For Vanessa

献给凡妮莎

图书在版编目（CIP）数据

切尔诺贝利的午夜 /（英）亚当·希金博特姆著；鲁伊译. —桂林：广西师范大学出版社，2021.3（2025.8重印）

书名原文：Midnight in Chernobyl: The Untold Story of the World's Greatest Nuclear Disaster

ISBN 978-7-5598-3402-7

Ⅰ. ①切⋯ Ⅱ. ①亚⋯ ②鲁⋯ Ⅲ. ①纪实文学－作品集－英国－现代 Ⅳ. ①I561.55

中国版本图书馆CIP数据核字（2020）第224360号

QIE ER NUO BEI LI DE WU YE

切尔诺贝利的午夜

作　　者：（英）亚当·希金博特姆

译　　者：鲁　伊

责任编辑：王辰旭

装帧设计：山　川

内文制作：陆　靓

广西师范大学出版社出版发行

广西桂林市五里店路 9 号　邮政编码：541004

网址：www.bbtpress.com

出版人：黄轩庄

全国新华书店经销

发行热线：010-64284815

北京启航东方印刷有限公司印刷

开本：635mm × 965mm　1/16

印张：34.5　　字数：447千

2021年3月第1版　2025年8月第11次印刷

定价：78.00元

MIDNIGHT
IN
CHERNOBYL

Adam Higginbotham

切尔诺贝利的午夜

[英] 亚当·希金博特姆 _ 著

鲁伊 _ 译

GUANGXI NORMAL UNIVERSITY PRESS
广西师范大学出版社
·桂林·

目录

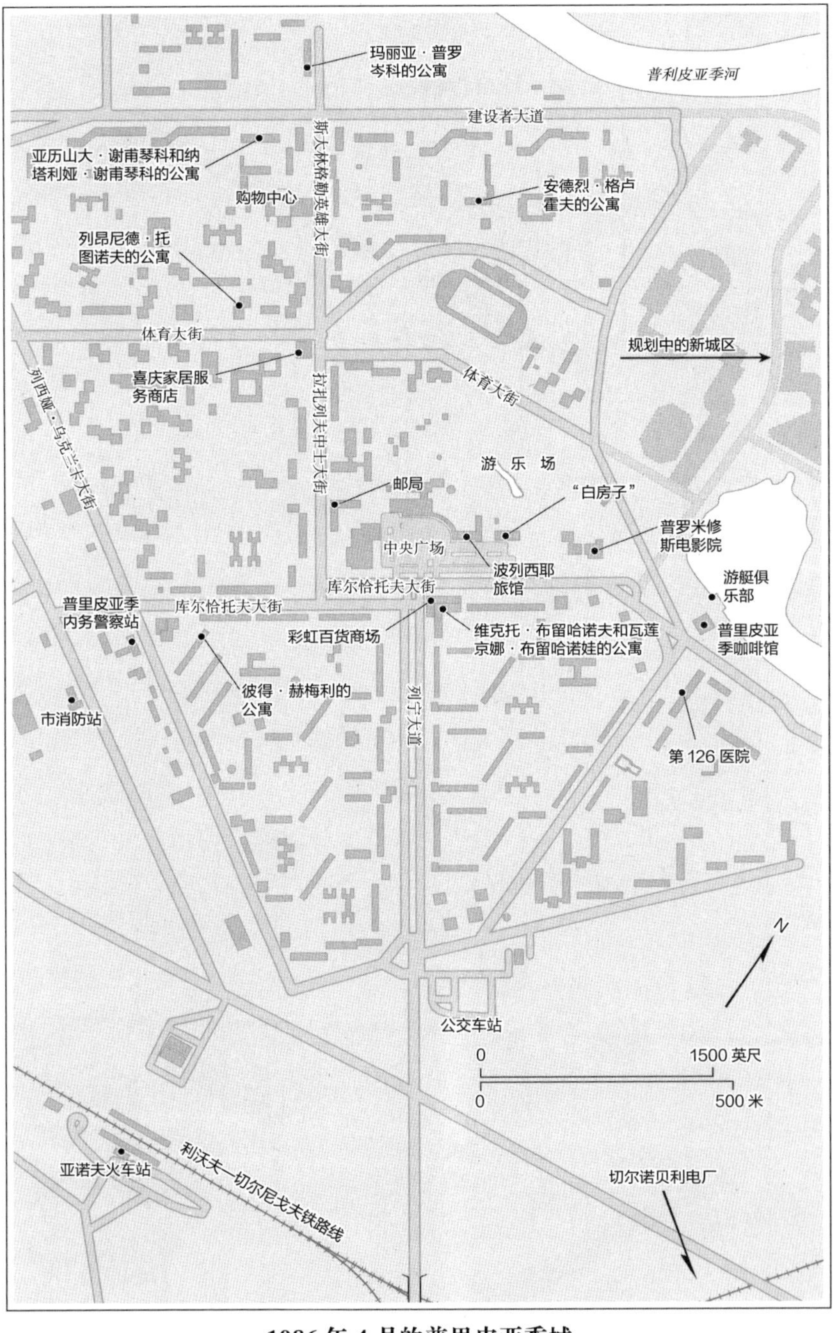

1986年4月的普里皮亚季城

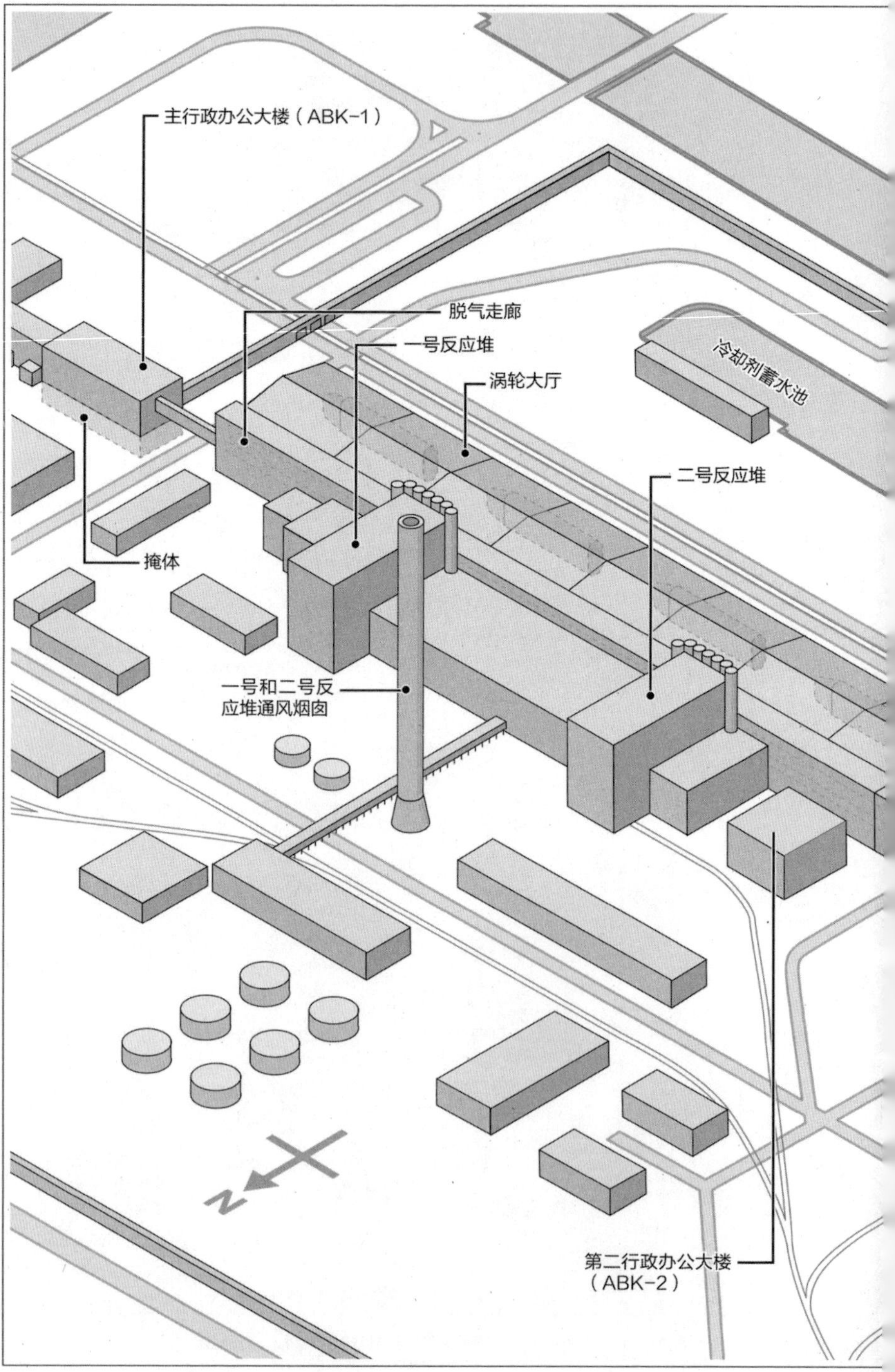
主行政办公大楼（ABK-1）
脱气走廊
一号反应堆
涡轮大厅
冷却剂蓄水池
二号反应堆
掩体
一号和二号反
应堆通风烟囱
N
第二行政办公大楼
（ABK-2）

1986 年 4 月的切尔诺贝利核电厂

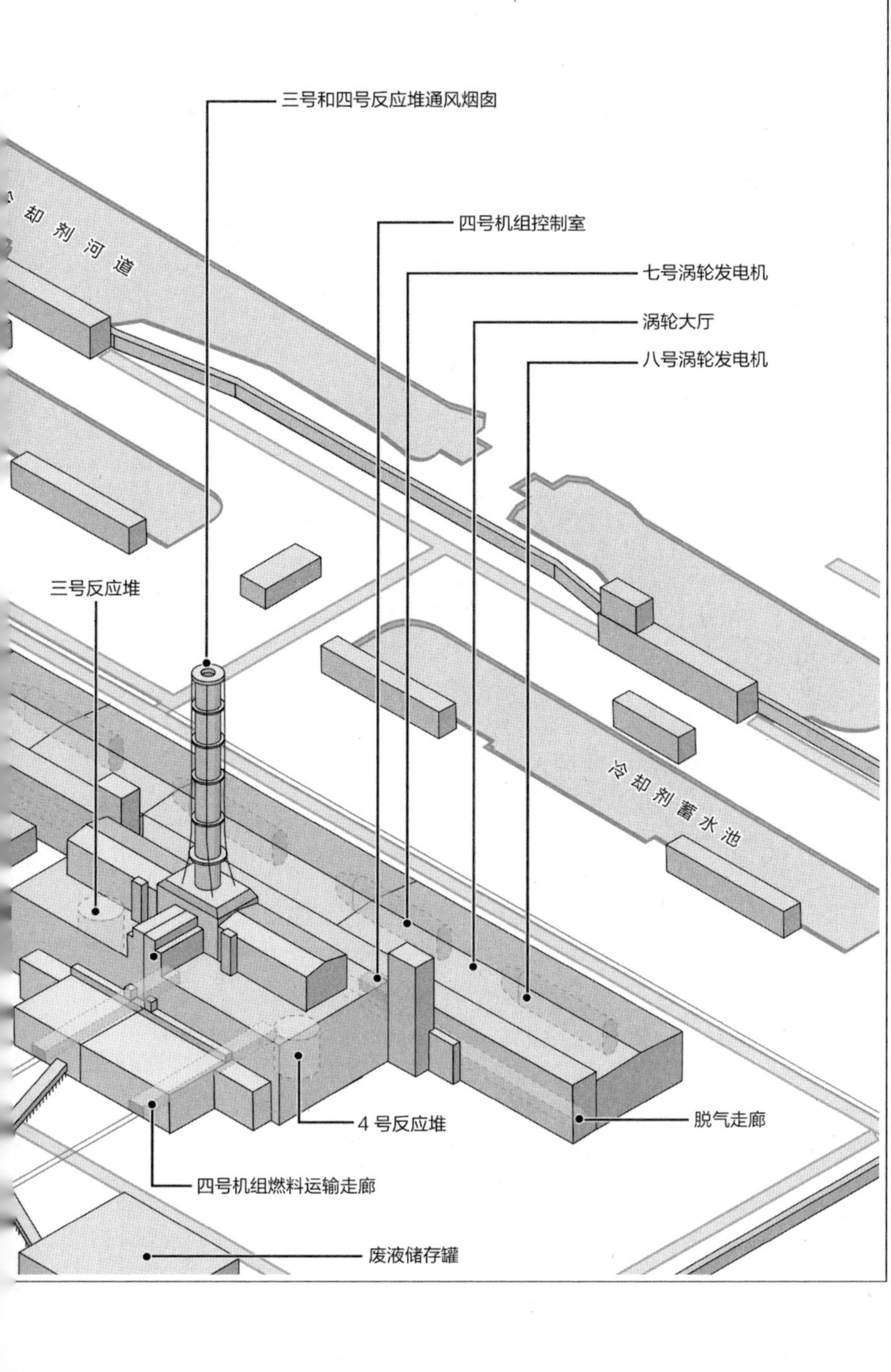

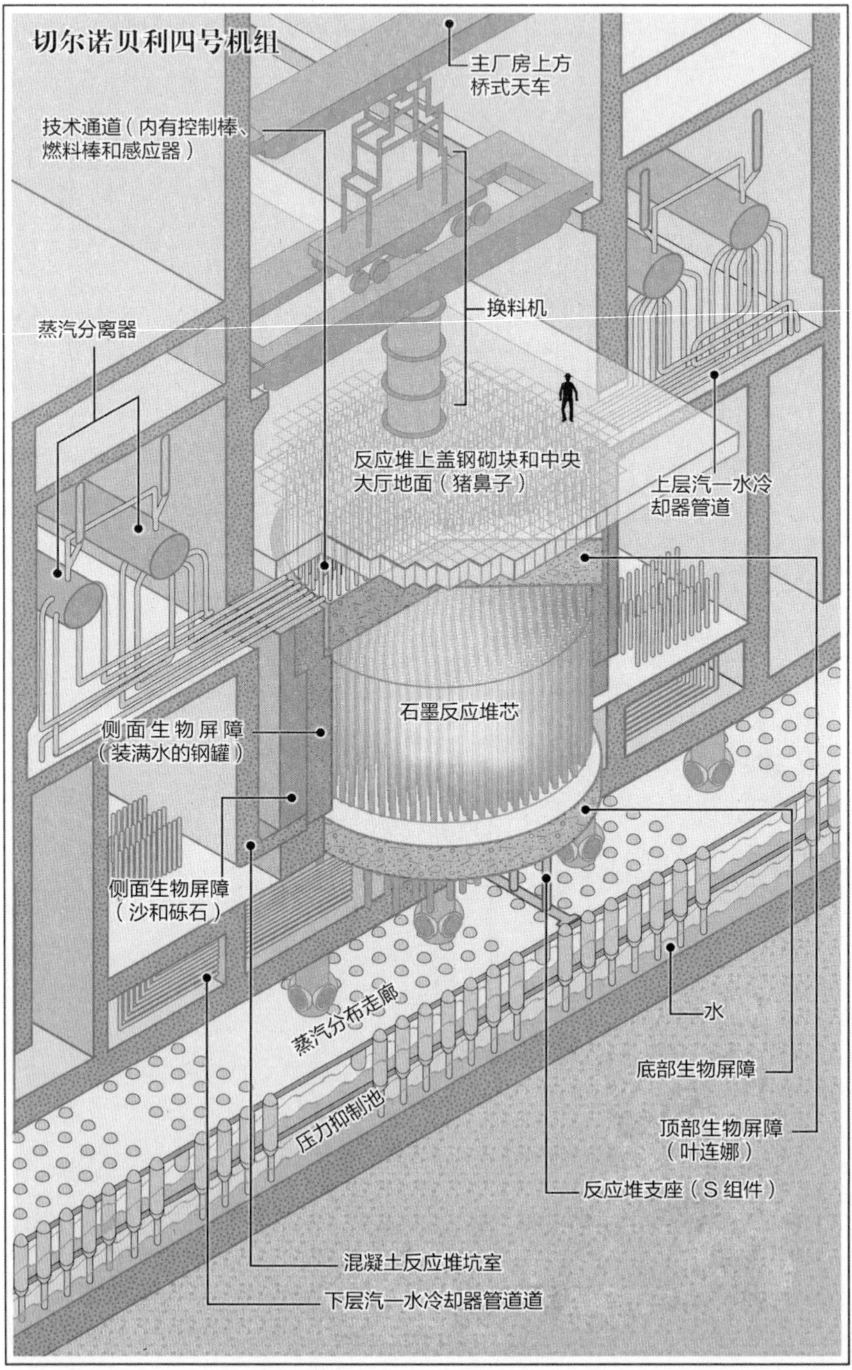
切尔诺贝利四号机组
主厂房上方
桥式天车
技术通道（内有控制棒、
燃料棒和感应器）
换料机
蒸汽分离器
反应堆上盖钢砌块和中央
大厅地面（猪鼻子）
上层汽—水冷
却器管道
石墨反应堆芯
侧面生物屏障
（装满水的钢罐）
侧面生物屏障
（沙和砾石）
蒸汽分布走廊
水
底部生物屏障
压力抑制池
顶部生物屏障
（叶连娜）
反应堆支座（S组件）
混凝土反应堆坑室
下层汽—水冷却器管道道

出场人物

切尔诺贝利核电站和普里皮亚季市

管理层

维克托·布留哈诺夫（Viktor Brukhanov），核电厂厂长

尼古拉·福明（Nikolai Fomin），总工程师，核电厂副厂长

阿纳托利·佳特洛夫（Anatoly Dyatlov），负责核电厂操作运行的副总工程师

员　工

亚历山大·阿基莫夫（Alexander Akimov），反应堆四号机组第五班次班组长

列昂尼德·托图诺夫（Leonid Toptunov），四号机组第五班次高级反应堆控制工程师

鲍里斯·斯托利亚尔丘克（Boris Stolyarchuk），四号机组第五班次高级机组控制工程师

尤里·特列古布（Yuri Tregub），四号机组高级反应堆控制工程师

亚历山大·谢甫琴科（Alexander Yuvchenko），四号机组第五班次高级机械工程师

瓦列里·佩列沃兹琴科（Valery Perevozchenko），四号机组第五班次反应堆车间巡查班组长
谢拉菲姆·沃罗比约夫（Serafim Vorobyev），核电厂民防负责人
韦尼阿明·普里亚涅齐尼科夫（Veniamin Prianichnikov），核电厂核安全培训负责人

消防员

列昂尼德·捷利亚特尼科夫少校（Major Leonid Telyatnikov），第二民兵消防站（切尔诺贝利核电厂）站长
弗拉基米尔·普拉维克中尉（Lieutenant Vladimir Pravik），第二民兵消防站（切尔诺贝利核电厂）第三班次负责人
彼得·赫梅利中尉（Lieutenant Piotr Khmel），第二民兵消防站（切尔诺贝利核电厂）第一班次负责人
维克托·基别诺克中尉（Lieutenant Viktor Kibenok），第六民兵消防站（普里皮亚季）第三班次负责人
瓦西里·伊格纳坚科中士（Sergeant Vasily Ignatenko），第六民兵消防站（普里皮亚季）第三班次成员

普里皮亚季

亚历山大·叶绍洛夫（Alexander Esaulov），普里皮亚季市执行委员会（市政府）副主席，副市长
玛丽亚·普罗岑科（Maria Protsenko），普里皮亚季市总建筑师
纳塔利娅·谢甫琴科（Natalia Yuvchenko），第四小学俄语和文学老师，亚历山大·谢甫琴科之妻

政 府

米哈伊尔·戈尔巴乔夫（Mikhail Gorbachev），苏联共产党总书记，苏联最高领导人

尼古拉·雷日科夫（Nikolai Ryzhkov），苏联部长会议主席（苏联总理）

叶戈尔·利加乔夫（Yegor Ligachev），苏联共产党主管意识形态的最高领导人，中央政治局二号当权人物

维克托·切布里科夫（Viktor Chebrikov），苏联国家安全委员会（克格勃）主席

弗拉基米尔·多尔吉赫（Vladimir Dolgikh），苏联共产党中央委员会书记，主管包括核能在内的重工业

弗拉基米尔·马林（Vladimir Marin），苏联共产党中央委员会重工业与能源委员会核能部门负责人

阿纳托利·马约列茨（Anatoly Mayorets），苏联能源与电气化部部长

根纳季·萨沙林（Gennadi Shasharin），苏联能源部副部长，分管核能产业

弗拉基米尔·谢尔比茨基（Vladimir Scherbitsky），乌克兰共产党第一书记，苏联共产党中央政治局成员；乌克兰苏维埃社会主义共和国国家领导人

亚历山大·利亚什科（Alexander Lyashko），乌克兰苏维埃社会主义共和国部长会议主席，乌克兰总理

弗拉基米尔·马洛穆日（Vladimir Malomuzh），基辅州共产党第二书记

维塔利·斯克利亚罗夫（Vitali Sklyarov），乌克兰能源与电气化部部长

鲍里斯·谢尔比纳（Boris Scherbina），苏联部长会议副主席，切尔诺贝利政府委员会第一任主席

伊万·西拉耶夫（Ivan Silayev），苏联部长会议副主席，主管工程工业，

苏联共产党中央委员会成员，切尔诺贝利政府委员会第二任主席

核专家

阿纳托利·亚历山德罗夫（Anatoly Aleksandrov），苏联科学院院长，库尔恰托夫原子能研究所所长，负责全苏联的核科学与核技术研发

叶菲姆·斯拉夫斯基（Efim Slavsky），中型机械制造部部长，全权掌控苏联境内的所有核武器项目

尼古拉·多列扎利（Nikolai Dollezhal），苏联反应堆设计机构能源技术科学研究与设计院（NIKIET）院长

瓦列里·列加索夫（Valery Legasov），库尔恰托夫原子能研究所第一副所长，阿纳托利·亚历山德罗夫的副手

叶夫根尼·韦利霍夫（Evgeny Velikhov），库尔恰托夫原子能研究所副所长，米哈伊尔·戈尔巴乔夫的科学顾问，瓦列里·列加索夫的竞争对手

亚历山大·梅什科夫（Alexander Meshkov），中型机械制造部副部长

鲍里斯·普鲁申斯基（Boris Prushinsky），隶属于苏联能源部的苏联核工业联合会总工程师，能源部核电站事故应急处理小组（OPAS）负责人

亚历山大·博罗沃伊（Alexander Borovoi），库尔恰托夫原子能研究所中微子实验室负责人，切尔诺贝利综合体考察行动的科学领队

汉斯·布利克斯（Hans Blix），总部设在奥地利维也纳的国际原子能机构的总干事

将 军

鲍里斯·伊万诺夫将军（General Boris Ivanov），苏联民防军副总参谋长

弗拉基米尔·皮卡洛夫将军（General Vladimir Pikalov），苏联陆军化学部队司令

尼古拉·安托什金少将（Major General Nikolai Antoshkin），基辅军区空军第十七军参谋长

尼古拉·塔拉卡诺夫少将（Major General Nikolai Tarakanov），苏联民防军副司令

医 生

安格林娜·古斯科娃医生（Dr. Angelina Guskova），莫斯科第六医院临床部负责人

亚历山大·巴拉诺夫医生（Dr. Alexander Baranov），莫斯科第六医院血液科负责人

罗伯特·盖尔医生（Dr. Robert Gale），加州大学洛杉矶分校医学中心血液病专家

引　子 1

1986 年 4 月 26 日，星期六，下午 4 点 16 分

切尔诺贝利原子能电站，乌克兰

亚历山大·洛加乔夫上尉爱辐射，就像男人爱他们的老婆。这个高大英俊的 26 岁男子，一头剃得极短的深色头发，双眸湛蓝如冰。当年参加苏联陆军时，还不过是个大男孩。这些年，军队把他训练得很好。在莫斯科城外的军校里，教官教给他关于致命毒剂和无防护辐射的相关知识。他去过位于哈萨克斯坦的塞米巴拉金斯克（Semipalatinsk）实验基地，也到过荒无人烟的东乌拉尔放射性追踪区（East Urals Trace）——一场秘密核试验失败后造成的污染，至今仍荼毒着那片土地。作为训练的一部分，他甚至登上过僻处北极圈内的禁地新地岛（Novaya Zemlya）。历史上威力最大的热核武器“沙皇炸弹”（Tsar Bomba），就是在那里试爆的。

如今，作为基辅地区民防部队第 427 红旗机械化团的辐射侦察指挥官，洛加乔夫深知如何保护自己和三名下属免受神经性毒剂、生物武器、γ 射线和强放射性粒子的危害：照着教科书上的指示按部就班，信赖自己的放射量测定设备，在必要时求助于存放在装甲车驾驶座下的核生化防护包。但他也坚信，最好的保护还是来自心理上的保护。那些对辐射心怀恐惧的人是最危险的。而爱上辐射、接受辐射的广泛存在、理解辐射复杂多变的那些人，则能够在经历最猛烈的 γ 射线暴击后全身而归，健康如常。

那天早上，一列由三十多辆车组成的车队，快速穿过基辅市郊。2

春风拂过装甲巡逻车的车窗，带着草木的清香。被召往切尔诺贝利核电站处理紧急情况的洛加乔夫坐在头车中，感觉一切都尽在掌握。他的手下前晚刚刚在每月例行的检阅仪式上列队走过阅兵场，各个都训练有素。在他脚下，摆着一排放射性物质检测装置，其中一台新装的灵敏性相当于老型号两倍的电子设备，正发出轻柔的杂音，显示周围一切并无异常。

但他们当日上午晚些时候终于接近核电站时，很明显，一些不同寻常的事确实发生了。穿过标志着核电站外围的混凝土路标时，放射量测定仪第一次发出了警报声。洛加乔夫上尉下令停车，记下了上面的读数：51伦琴每小时。如果他们在那里再等上60分钟，所有人吸收的辐射量，将相当于苏联军队在战争期间允许吸收量的最大值。于是他们沿着从远方的核电站一路延伸而来的高压输电塔继续往前开。放射量测定仪上的读数再度升高，但随即又降了下来。

装甲车轰隆隆地经过核电站冷却水河道的混凝土堤岸，切尔诺贝利核电站四号机组的轮廓终于出现在眼前。洛加乔夫和他的手下沉默地注视着那里。20层楼高的建筑物，屋顶已经被掀开，整个上半部一片焦黑，分崩离析。落入眼帘的，是七零八碎的钢筋混凝土楼板和石墨砌块，以及从核反应堆堆芯抛射而出的亮闪闪的燃料组件金属封装。一团蒸汽云从废墟上袅袅升起，飘散入万里晴空。

然而，他们受命而来，要对核电站进行全面侦察。于是，装甲车开始以10公里每小时的速度逆时针绕着电厂综合体缓慢行驶。中士弗拉斯金大声报出新设备上的辐射读数，洛加乔夫随手标记在一张用圆珠笔和彩笔手绘的仿羊皮纸地图上：1伦琴每小时，2伦琴每小时，3伦琴每小时。他们向左转了个弯，读数开始急速上升：10，30，50，100。

3 “250伦琴每小时！”中士喊道，双目圆睁。

“上尉同志——”他开口说道，手指向辐射测量仪。

洛加乔夫低头看向数字仪表盘，立时吓得头发都竖了起来：2080伦琴每小时。一个根本不可能的数字。

洛加乔夫努力保持冷静，努力回忆教科书上的内容，努力克服自己的恐惧。但他接受的所有训练，此刻都跑到了九霄云外。上尉听见自己在恐慌中对着司机高声尖叫，担心装甲车会就此停驶：

“你干嘛往这边走？你这个狗娘养的！你他妈的脑子有病吗？”他吼道，“如果这玩意儿不动了，不出一刻钟咱们全都得死翘翘！”

I

一座城市的诞生

一

苏维埃的普罗米修斯

随着螺旋桨缓慢转动的声音逐渐接近，黑色的鸟群飞起来，掠过普里皮亚季河盆地千里冰封的大草原，飞入珠链般纵横交错的河汊湖泊上空。远远站在下面没膝深的雪地里的，是维克托·布留哈诺夫，呼出的热气在铅云低垂的空中久久不散。他正等候着来自莫斯科的党政大员（nomenklatura）。

直升机终于着地，由各部部长和党内官员组成的代表团艰难跋涉穿过雪地，刺骨的严寒穿透了他们厚厚的羊皮大衣和皮高帽。苏联能源与电气化部部长和乌克兰苏维埃社会主义共和国的党内高官，与布留哈诺夫会合，那个大胆无畏的新计划就将从这里开始。只有34岁的布留哈诺夫，是个头脑灵活、雄心勃勃、忠诚坚定的党员。这之前，他带着命令来到西乌克兰，准备在这里建造一座将成为全球之最的巨型核电站——如果苏联中央计划制定者的宏伟蓝图得以顺利通过的话。

在河岸旁会合后，十二个在场者用白兰地为他们的计划举杯庆祝。一位国家摄影师拍下了他们手持长柄铁锹和经纬仪的照片，趴在一旁等候的直升机以一个尴尬的角度出现在背景中。他们站在雪地里，看着部长涅波罗日尼费力地将一根奠基桩一厘米一厘米地打进坚硬如铁的冻土中。

这是1970年2月20日。经过几个月的反复思量，苏联当局终于为这座有朝一日将令苏联的核工程技术闻名全球的新核电站选定了名字。他们曾考虑过几个方案，北基辅核电站，西乌克兰核电站，或者8 普里皮亚季原子能电站。最终，乌克兰共产党内大权在握的头号人物弗拉基米尔·谢尔比茨基拍板确认，核电站应当以该地区的中心城市命名，那是一个只有2000居民的古老小城，距离布留哈诺夫和他的上司此刻立足的这片冰雪覆盖之地，只有14公里。

切尔诺贝利城始建于12世纪。之后800年里，定居此处的农民在河里捕鱼，在原野上牧牛，在乌克兰西北部和白俄罗斯南部的茂密森林中采摘蘑菇。屠杀、掳掠、灾荒和战乱频频光顾。20世纪下半叶，切尔诺贝利终于迎来了和平。这里逐渐演变为一个静谧的地区中心，城里有几家工厂、一家医院、一座图书馆和一个文化宫，在不远处的普里皮亚季河与第聂伯河交汇之处，还有一座小船厂，为穿梭河上的拖船和驳船提供修理服务。环绕城周的，是一片无边无际、常年湿漉漉的泥煤沼泽和水生林，它们构成了第聂伯河盆地的一部分。在这个盆地中，32000多条河溪织成的密布水网，覆盖了乌克兰近半数的国土。从选定的新核电站站址顺流而下15公里，河流交汇后注入基辅水库，而由此向东南方向开车两小时，便是乌克兰的首都基辅。生活在那里的250万居民的饮用淡水，便靠这座大型水力发电站的水库提供。

维克托·布留哈诺夫是初冬时候来到切尔诺贝利的。他住在城里唯一的旅馆里，那是苏维埃大街上一栋光秃秃的平房。身材瘦长却矫健有力的他，长着一张严肃的橄榄色窄脸，一头浓密的深色卷发。他是家中四个孩子里的老大，父母都是俄罗斯人，却在中亚群山包围中的乌兹别克斯坦长大。他的面相颇有几分异国情趣：一名当地克格勃官员终于与他会面时，居然认为这个年轻的厂长是个希腊人。

他坐在旅馆床上，打开行李箱，拿出里面的笔记本、一套项目蓝图和一把木制计算尺。尽管如今已是切尔诺贝利原子能电站的负责人——当然，也是目前为止唯一的员工——布留哈诺夫却对核电所知甚少。在塔什干的理工学院读书时，他学的是电气工程。他很快从乌 9
兹别克水电站涡轮机组的低级岗位上脱颖而出，晋升为位于乌克兰东部工业区、该国境内最大的煤电站乌克兰斯拉维扬斯克（Slavyansk）煤电站的项目主管。然而在莫斯科的能源部，考虑高级管理干部人选时，知识和经验同忠诚和执行力相比，并没有那么重要；技术问题可以留给专家去解决。

20 世纪 70 年代初，为满足激增的电力需求，追赶西方，苏联匆匆上马了一系列反应堆建造项目。1954 年时，随着第一座商业发电反应堆落成，令资本主义国家的竞争对手们震惊不已的苏联科学家，一度自居全球核工程的带头大哥。然而从那以后，他们却逐渐被远远甩在后面。1969 年 7 月，美国宇航员完成登月的最后准备，苏联能源与电气化部部长发出了大力发展核能建设的号召。他设立了雄心勃勃的目标，苏联的欧洲部分将建起一个由全新的核电站串起的电网，从芬兰湾到里海，众多规模巨大、发电能力惊人的反应堆将拔地而起。

在 20 世纪 60 年代即将画上句号的那个冬天，能源部长把布留哈诺夫召到莫斯科，给他下达了新的任务。这是一个极其光荣崇高的项目。它不仅是乌克兰境内第一座原子能电站，也是能源与电气化部涉足的一个全新领域，该部门从来不曾从无到有地建起一座核电站。此前，苏联境内的每一座反应堆，都是由中型机械制造部负责建造的。藏在苏联原子武器项目身后的这个秘密组织，一举一动极其隐秘，连名字都用代号表示，以免勾起外界不必要的好奇。然而，不管即将面临的是怎样的挑战，作为一名坚定的共产主义信徒，布留哈诺夫愉快地接过了这面红色原子大旗。

独自坐在旅馆的床上，这位年轻的工程师需要在一片空地之上，构想出一个造价约为 4 亿卢布的浩大工程。他一一列出动工建造所需的物资清单，使用计算尺计算出相应的成本。随后，他将估算结果上报给位于基辅的国家银行。他几乎每天都会坐着巴士进城，如果没有巴士，就在街头搭顺风车。因为项目还没配会计，也就没有工资表这回事，所以他根本领不到任何工资。

核电站主体动工之前，布留哈诺夫需要为其建造可以将材料和设备运到施工现场的基础设施：从附近的亚诺夫（Yanov）火车站需要分出一条铁路；在普里皮亚季河边，要建起一座装卸砂石和强化混凝土的新码头。他雇用了建筑工人，没过多久，一支由青年男女组成的规模不断扩张的建筑大军，便开着履带式挖掘机和大型 BelAZ 翻斗车，在密林中开出了一条条通道，把起伏的丘陵削成平地。为了让自己、刚刚走马上任的出纳和几个住在施工现场的工人有个栖身之所，布留哈诺夫还在附近清理出的一片林地上规划建造了一个临时生活区。几栋带轮子的小木屋挤在一起，每栋都配备有小厨房和烧柴火的灶台。新住客把这个居住点称为列斯诺伊（Lesnoy），在俄语中是“林中小屋”的意思。天气暖和一点后，布留哈诺夫还建造了一所学校，孩子们可以在这里一直读到四年级。1970 年 8 月，他和他的家人——妻子瓦莲京娜、6 岁的女儿利利娅和襁褓中的儿子奥列格——终于在列斯诺伊团聚。

瓦莲京娜和维克托婚后的头 10 年，全部奉献给了帮助实现社会主义电气化这一宏大梦想。切尔诺贝利是这个小家庭 6 年内参与兴建的第三座电厂。瓦莲京娜和维克托是在位于乌兹别克首都塔什干 100 公里外的安格连水电项目建造工地上认识的，那时他俩都是项目里的青年专家。瓦莲京娜是一位涡轮工程师的助理，刚刚大学毕业的维克托则在那里实习。他本来还打算重返大学完成硕士学业，但电厂的部门负责人鼓动他留下来。“等着瞧吧，”他跟维克托说，“你会在这里遇上你未来的老婆的！”1959 年冬天，维克托和瓦莲京娜共同的朋友介绍他俩认识，他们打包票说：“她的眼睛肯定会让你一见倾心。”交往了不到一年，两人就于 1960 年 12 月在塔什干举行婚礼。1964 年，女儿利利娅出生。

对瓦莲京娜来说，列斯诺伊是个神奇的地方。住在这些临时搭成的小木屋里的，只有十几户人家。晚上，当推土机和挖掘机的轰隆声隐去，林中夜色深沉，万籁俱寂，只有一只灯笼发出一缕亮光，偶尔传来几声猫头鹰的啼叫。每隔一阵，为了给工人们加油鼓劲，帮助他 11
们早日实现建设目标，莫斯科便会派来各路苏联名人为他们表演，比如吉普赛大明星尼古拉·斯里琴科和他的巡回演出班子。维克托一家在林间小屋又住了两年。其间，劳动突击队员挖好了第一座反应堆坑室，在沙壤中开凿出一个巨大的蓄水池，那是一个 11 公里长、2.5 公里宽的人工湖，未来会为运行中的 4 座巨型反应堆提供至为关键的数百万立方米的冷却水。

与此同时，维克托眼见着一座全新的城市——原子城，在河边拔地而起。按照设计者的计划，这座后来命名为普里皮亚季的城市，有朝一日将成为负责核电站运行的上千名员工及其家属的家。1972 年，几座宿舍楼和公寓楼宣布完工。新城的发展速度相当之快。一开始，既没有铺好的道路，也没有为住宅楼供暖的市政热电厂。但这里的居民年轻且充满热忱。第一批开抵现场的专家，是一群理想主义者，他们是核未来的先锋队，急切地想要用新技术改变祖国的面貌。对于他们来说，这些问题都是小事：为了在夜间保暖，他们全都穿着大衣睡觉。

瓦莲京娜和维克托是第一批搬进城里的居民。1972 年冬天，他们住进了位于列宁大道 6 号的一间三室公寓，正对新城的入口。城里第一座学校完工之前，他们的女儿利利娅每天会搭乘卡车或小轿车返回列斯诺伊，在林间学校上课。

依照苏联的城市规划法规，普里皮亚季和电厂之间，应当隔着一个禁止兴建任何建筑的“卫生区”（sanitary zone），从而确保城里的居民不会暴露于低剂量致电离辐射的环境之下。但普里皮亚季和电厂的

1980年，维克托·布留哈诺夫和妻子瓦莲京娜，在普里皮亚季附近的森林中采蘑菇

距离还是很近，路上开车只要不到 10 分钟——要是乌鸦从天上飞的话，直线距离只有 3 公里。此外，随着城市扩张，城里的居民开始在卫生区建造夏季度假屋。每个人都乐得对那些规定视若不见，以此换取一栋凑合着用的度假屋和一块小菜园。

维克托·布留哈诺夫最初接到的关于切尔诺贝利核电厂的指示，是建造两座新型压力管式石墨慢化沸水反应堆（RBMK），也即高功率 12
通道型反应堆。为了迎合苏联式的好大喜功，RBMK 反应堆不仅体积巨大，发电能力也远超西方国家所有已建成的反应堆。每个 RBMK 反应堆理论上的发电能力为 1000 兆瓦，足以满足至少一百万户现代家庭的需要。莫斯科和基辅的上级领导设定的工期，要求布留哈诺夫必须以超人般的速度工作：根据第九个五年计划的细则，第一座反应堆需要于 1975 年 12 月投入运行，接下来，第二座反应堆也应当在 1979 年底前入网发电。布留哈诺夫很快便意识到，这是一个不可能完成的进度表。

1970 年，当这位年轻的厂长在切尔诺贝利开始工作的时候，社会主义的经济试验正在开倒车。长达数十年的中央计划经济、昏庸的官僚主义、庞大的军费开支和泛滥的贪污腐败，已经令苏联不堪重负，开始进入“停滞时期”（Era of Stagnation）。在几乎每个行业，都是一幕物资短缺、生产停滞、盗窃公物和挪用公款蔓延成风的衰败景象。核工程自然也不例外。从一开始，布留哈诺夫就缺乏足够的建造设备。关键的机械部件和建筑材料经常无法准时运到，甚至根本就付诸阙如。就算是运到的那些，也常常存在缺陷。在建造直通巨型反应堆中心区长达数里的通道和上百个燃料组件时，钢和锆都是必不可缺的原料，却经常缺货。用于核用途的特种管材和强化混凝土常常质量低劣，只能扔掉。整个苏联制造业的工艺质量都是一团糟，国家电力系统内部不得不额外加入一个“预安装全面检修”的工序。从变压器、涡轮机到开关，每件新设备从工厂运到后，都需要拆开，检查缺陷，进行修复，然后再按照首次生产制造时的初始标准重新组装起来。只有这么折腾一番，才能安全地安装。这样的人力浪费令每一项建筑工程都面临长达几个月的工期延误和数百万卢布的预算超支。

从 1971 年底到 1972 年初，与工人们的反复争吵、与工程建设经
13 理的意见不合以及不断从基辅传来的党内领导的批评指责，日益令布留哈诺夫疲于应付。工人们抱怨着食物的短缺和工地食堂里排起的长队；他总是没办法提供造价预算和设计文件；工期一次又一次地延误，严重达不到莫斯科下达的月度工作指标。除了这些，还有更多头痛的事接踵而来：普里皮亚季的新市民要求为他们建造面包房、医院、文化宫和商场，还有上百间公寓有待建造。

最后，1972 年 7 月，精疲力竭、梦想破灭的布留哈诺夫开车前往基辅，约见他在能源与电气化部的上级领导。他在切尔诺贝利原子能电站站长的位子上已经坐了快 3 年，电厂却还是一片平地。现在，他打算撂挑子不干了。

在苏联停滞时期犯下的所有大错背后，是那些计划经济下的疯狂夺权、任人唯亲、人浮于事和铺张浪费……与单纯的社会主义（mere Socialism）不同，“真正的共产主义”（True Communism）是马克思主义的理想国：“一个没有阶级的社会，每个人都各尽所能，各取所需”，一个人人平等、人民当家作主的梦想。然而，当革命被政治压制所取代，实现这一精英统治下的香格里拉的最终日期，便被一再向后拖延。

几十年来，苏联已经建立了一套严苛僵化的干部人事制度，一系列重要岗位——“在册干部”（nomenklatura）的人事任命权，全部掌
14 握在党的手中。此外，在每一个民营和军工企事业单位和部门中，都

设有负责监督管理的党委领导：这些党政干部（apparatchiks）形成了苏联的影子政治官僚体系。尽管在表面上，苏联的 15 个加盟共和国都由自己的部长会议和总理直接领导，但实际上，每个加盟共和国的最高领导人第一书记，才是真正的大权在握者。在他们之上，从莫斯科发号施令的，是永远板着一张脸的苏联共产党总书记、中央政治局主席列昂尼德·勃列日涅夫。他是全苏联 2.42 亿人民的实际领导者。对于一个现代国家的有效运行而言，这种乱干预、瞎指挥，既令人困惑，又阻碍生产力。

入党的大门不是向所有人敞开的。想成为党员，需要经过一个漫长的预备期，经现有党员考察合格才能转正，而且需要定期缴纳党费。到 1970 年时，每 15 个苏联公民中，才有不到一个能够被党接纳。但成为党员也会带来仅有少数精英才能享受的特权和实惠，比如进特供商店购物、阅读外国书报、享受特殊的医疗服务以及可能的出国机会。最重要的还是，想要升到任何高级职位，没有一张党员证都是很难的，破例的可能微乎其微。在维克托·布留哈诺夫 1966 年入党时，党几乎无所不在。在工作场所，他需要听命于两方面的领导：一面是直接业务主管，另一面则是当地的共产党委员会。在他成为核电站站长后，情况也没有半点不同。他会收到来自莫斯科能源部的指示，与此同时，也要服从于基辅地区党委的各种要求。

70 年代前期，在勃列日涅夫和他身边那群老朽昏庸的小帮派的严密监视之下，意识形态日益成为装点门面之物。当时大清洗虽然已经结束，但全苏联境内，领导人和大型企业（比如集体农场、坦克制造厂、发电站和医院）的负责人对待下级的管理手段，依然是凌辱加恐吓。用小说家和历史学家皮尔斯·保罗·里德的话来说，这些杀人不眨眼的官僚“有着一张卡车司机的脸，却长着钢琴师的手”。日复一日地忍受领导们夹杂着污言秽语的尖声训话所带来的羞辱，在几乎每个工作单位都是司空见惯之事。这助长了一种自下而上的文化，溜须拍 15

马之徒学会了揣摩领导的意图，对他们说的每一句话都唯唯诺诺，同时又对自己的下级耀武扬威，百般威胁。当领导的提议需要投票表决时，他会理所应当地认为，每一次都能全票通过——暴力诚然战胜了理性。

在政治、经济和科学的许多领域，只有那些压制个人意见、避免冲突、对上级领导表现出无条件服从的人，才有机会获得提拔。到70年代中期时，这种盲目服从在苏联国家机器中已经彻底压制了个体决策，不仅官僚干部深受其害，连技术人员和经济专家也在劫难逃。谎言和欺骗充斥于整个系统，在上下级之间双向传递：下属提交给上级的报告中充满虚假的统计数字和夸大的预测结果，不可能实现的目标被圆满达成，不可能达到的定额被英雄主义地超过。为了保住自己的位置，每一级的管理者不是将谎言层层上报，就是自己参与到编造谎言中去。

在莫斯科，主管经济的国家计划经济委员会，就这样高高坐在摇摇欲坠的谎言金字塔之上，注视着那些一点儿准谱都没有的账目。作为“指令性经济”的大脑，国家计划经济委员会负责全苏联境内资源的中央分配，小到牙刷，大到拖拉机，要紧如强化混凝土，琐碎如高底皮靴。然而，莫斯科的经济学家们缺乏可靠的参考数据去估测在这个疆域辽阔的庞大帝国中到底发生着什么。虚假统计数字满天飞，以至于克格勃一度将间谍卫星上的照相机转向了乌兹别克斯坦，试图获取这个加盟共和国准确的棉花产量。

一面是短缺，一面又是不可理喻的商品及物资滞销，这已经成为日常生活的一部分。购物变成一种投机游戏，每个人都随身带着一个网兜，希望能碰巧赶上商店进了一批有用的货品，不管是白糖、厕纸还是捷克斯洛伐克进口的烩蔬菜罐头。到最后，庄稼白白地烂在田里，
16 渔民眼看着打上来的鱼在网里发臭，然而苏联大大小小的商店里，货架上却是一片空空荡荡。

说起话来慢条斯理但相当自信的维克托·布留哈诺夫，和大多数苏联管理者都不一样。他性子很温和，深受许多下属的喜爱。凭着惊人的记忆力和精明的头脑，他出色地掌握了工作中的众多技术环节，谈起化学物理来也是头头是道，令上级大为欣赏。开始时，他对个人意见的自信还让他能够公开向上级领导提出不同意见。因此，当切尔诺贝利项目的压力日益增大，沉重到令他无法负担的地步时，布留哈诺夫只想辞职算了。

然而，1972 年 7 月布留哈诺夫赶到基辅，能源部的上级领导却在接过他的辞职信后当面撕成粉碎，然后告诉他回去接着干。这之后，年轻的厂长意识到，他根本无路可退。不管其他职责如何要求，他最重要的任务就是服从指示——用尽一切办法，执行党的计划方针。之后一个月，建筑工人向核电厂的地基上浇注了第一方混凝土。

13 年后，1985 年 11 月 7 日，布留哈诺夫静静地站在新建成的普里皮亚季文化宫前方的观礼台上，所有窗户都挂着党和国家领导人的手绘画像。核电站的工人和建筑工人高举旗帜和标语牌，列队走过下面的广场。在纪念十月革命 68 周年的领导讲话中，这位厂长的杰出成就得到大力表扬：他成功执行了党的计划方针，而且在普里皮亚季城和核电厂的领导岗位上始终谦虚谨慎、不骄不躁。

如今，布留哈诺夫已经将自己最好的青春年华，都奉献给了这座白色强化混凝土建成的庞大帝国，一个拥有近 5 万人口和 4 座巨型
1000 兆瓦反应堆的城市。还有另外的两座反应堆正在建造中，预计将 17
在两年内竣工。随着切尔诺贝利核电站的五号机组和六号机组于 1988 年投入运行，掌控于布留哈诺夫手下的，将是地球上最大规模的核电

设施。

在他的领导下，到切尔诺贝利核电厂工作——那时候的正式名称是弗拉基米尔·伊里奇·列宁核电站——成为全苏联的核专家都抢着去的一个优差。许多人来自莫斯科工程物理学院（MEPhI）——苏联的麻省理工学院。在计算机技术发展上严重落后的苏联，缺乏培养核工程师所需的模拟机，这些年轻的工程师只能在切尔诺贝利体验核电的实际操作。

为了欢庆普里皮亚季原子城的伟大创举，市执行委员会（ispolkom）专门用高光纸印刷了宣传册，里面充满了兴高采烈的市民愉快游玩的彩色图片。城中人口的平均年龄只有26岁，超过1/3的人是孩子。这些年轻的小家庭，拥有5所学校、3个游泳池和35个游乐场，以及河边绵延的沙滩。城市规划者努力保留了这座城市的林区风味，每栋新的公寓楼都被葱郁的树木包围。以科学技术为主题的雕塑和马赛克壁画点缀着城里大大小小的建筑物和开放空间。尽管拥有众多现代设施，置身于大自然中的这座城市，依然提供某种动人的天然野趣。某个夏日，布留哈诺夫的妻子瓦莲京娜亲眼看见一对驼鹿游过普里皮亚季河，懒洋洋地躺在沙滩上，然后又消失于密林中，完全无视河边目瞪口呆的戏水者。

作为一座原子城，这座城市及城中所有的一切，从医院到15所幼儿园，都是服务于核电厂的附属部门，直接接受来自莫斯科的能源部的财政拨款。它存在于一个经济泡沫之中，在举国物资短缺供给不足的荒漠中，这里是一个丰裕的绿洲。城中食品商店的货品供应甚至比基辅还要充足，能够买到猪肉和小牛肉、新鲜的黄瓜和西红柿以及多达5种香肠。在彩虹百货商场（Raduga），甚至有产自奥地利的成套
18 餐具和法国香水，而且购物者完全不需要先排上好几年队。这里还有一座电影院、一所音乐学校、一个美容沙龙和一个游艇俱乐部。

普里皮亚季是一个小地方，很少有楼房超过10层，花20分钟就

80年代早期的普里皮亚季城，可以见到地平线上的切尔诺贝利原子能电站。核电厂的四号反应堆离城市东南角只有3公里

普里皮亚季是一座被森林和白沙滩环绕的城市。每日一班的“火箭”号水翼船航运，提供了通往基辅的便宜快捷的交通方式，沿着第聂伯河向南，只需两个小时即可到达

能穿越整个城市。每个人都互相认识，内务部警察（militsia）和驻在城内、在市执行委员会大楼五层拥有一间办公室的克格勃负责人几乎无事可做。偶有麻烦，通常也不过是无足轻重的破坏公物和公开酗酒。每年春天，普里皮亚季河解冻时，都会有在隆冬时节喝得酩酊大醉结果失足落入冰下的倒霉鬼的尸体浮出来。

在西方人眼中，普里皮亚季的缺陷似乎一眼可见：混凝土地砖的缝隙里长着枯黄的杂草，小高层公寓楼千篇一律，风格呆板。但对于那些出生在偏远的苏联工业城市、成长于哈萨克斯坦的苍莽大草原或西伯利亚流放地的人来说，这座新的原子城不啻为工人阶级的天堂。在家庭录像和照片中，普里皮亚季的市民彼此留下的样貌，并不是了无生气的社会主义实验的牺牲品，而是一群划着船、扬着帆、跳着舞、试穿着新衣服的无忧无虑的年轻人，而他们的孩子，则在巨大的铁制大象或五颜六色的玩具卡车上开心玩耍。这是一群生活在未来之城里的乐观主义者。

1985 年底，回首过去一年，无论在家庭还是事业上，维克托和瓦莲京娜都收获满满。这年 8 月，他们的女儿利利娅出嫁了，婚后，她和夫婿重新回到基辅的医学院，继续学业。很快，利利娅就怀上了第一个孩子。12 月，这对夫妻在俯瞰普里皮亚季中央广场的宽敞公寓房间召开派对，庆祝维克托的五十大寿和银婚纪念日。

与此同时，维克托荣幸地收到邀请，作为代表团成员前往莫斯科参加即将召开的苏联共产党第二十七次代表大会。这是来自上层的重要政治肯定。这次代表大会对于全苏联来说，都将是一次重要活动。这是新当选的苏共总书记米哈伊尔・戈尔巴乔夫第一次作为苏联最高领导人主持大会。

19 戈尔巴乔夫上台是在 1985 年 3 月。他的掌权，结束了党内很长一段时期的僵化政治。在这之前，为了隐瞒高层领导人的健康恶化、酗酒无度和老迈衰颓，粉饰太平的对外宣传大军已经开始变得越来越力不从心。54 岁的戈尔巴乔夫看上去年轻气盛，充满活力，而且在西方追捧者颇多。他的政治观点形成于 60 年代，而且是第一个懂得利用电视庞大威力的总书记。讲话时，他常无意中流露出南方口音；在克格勃精心安排的大规模群众活动中，他并不介意投身于人流之中；此外，他也频繁出现在苏联官方电视节目《时代》（*Vremya*）中，每天晚上，都有近 2 亿观众收看这个节目。他宣布了一系列经济改革计划，即“重建”（perestroika），并在 1986 年 3 月的共产党代表大会上提出了“开放政策”（glasnost），倡议政府活动公开。作为一名坚定的社会主义者，戈尔巴乔夫相信，苏联之前走上了一条歪路，但只要回到列宁的立国方针上去，便有可能继续向“真正的共产主义”进军。当然，这会是一条漫漫长路。在冷战的沉重财政负担下，经济摇摇欲坠。苏联军队在阿富汗深陷战争泥潭，而在 1983 年，美国总统罗纳德·里根提出了名为“星球大战”的战略防御计划，将战场延伸到了太空。核打击看起来一触即发。而苏联国内，一切却似乎还是老样子，僵化保守的官僚主义和贪污腐败并未改变。

在一片与世隔绝的沼泽地中建造 4 座核反应堆和一整座城市的 16 年里，维克托·布留哈诺夫慢慢学会了面对官僚系统里的现实。遭到反复敲打，不断屈从于上级意志，昔日博学强记、直率坦诚的年轻专家，已经变成了党政大员们听话的工具。他完成了所有下达给他的指标，成功实施了计划，还因为赶超工期和超额完成任务，为自己和同事们赢得了许多奖章和奖金。但是，和所有成功的苏联管理者一样，要做到这些，布留哈诺夫学会了如何敷衍塞责，应付了事，从而以有限资源满足那些根本不切实际的目标。他不得不抄近道，做假账，在执行规章制度时做各种小动作。

20 当切尔诺贝利电站的建筑设计师们指定的建筑材料无法得到时，布留哈诺夫不得不凑合行事：规划要求使用防火线缆，但供应不上时，建筑工人们只能因地制宜。

当远在莫斯科的能源部得知，核电厂涡轮机大厅的屋顶居然是用极其易燃的沥青铺成的时候，他们命令他立刻返工。然而，为这座50米宽、近1000米长的建筑物重铺屋顶所需的特殊防火材料，在苏联境内根本造不出来，于是能源部只好特许他不按规章办事，沥青便留在了那里。

当该地区的党委书记指示他在普里皮亚季建造一个符合奥运会比赛规格的游泳池时，布留哈诺夫曾试过拒绝：这类设施通常只会建造在人口超过100万的苏联城市中。但当书记坚持说“要你建就建”时，布留哈诺夫只好服从。他虚报城市预算，骗过了国家银行，挤出了这笔建造费用。

此外，眼看着切尔诺贝利电厂的第四座，也是最高级的一座反应堆即将完工，相当耗时的对机组涡轮发电机的安全测试工作，却还未完成。布留哈诺夫静悄悄地推迟了这项工作，从而可以在1983年12月的最后一天按照莫斯科下达的指示正式竣工。

然而，苏联能源与电气化部就像是一个被宠坏了的恋人，永远都无法满足。80年代头几年，苏联本已相当紧迫的核建设计划被进一步加速，争分夺秒地在整个西部的国土上建起一座又一座规模越来越庞大的核电站。按照莫斯科的计划，到20世纪末，切尔诺贝利将成为一个由巨型原子能电站组成的密集电网中的一部分，每个巨型原子能电站都将拥有多达12座反应堆。1984年，第五座反应堆的竣工时间被提前了一年。劳动力和供应问题依然大面积存在：混凝土有缺陷，工人缺乏电动工具。一群恪尽职守的克格勃特工和他们设在电厂里的情报员连续报告了一系列值得警惕的建筑质量问题。

四号机组是切尔诺贝利核电站最新、最高级的反应堆厂区，照片摄于1983年该机组完工后不久

1985年，布留哈诺夫收到了建造切尔诺贝利二期项目的指示。这是一个独立的核电站，包括4个RBMK反应堆，使用一种全新的设计模型，而且比以前还要庞大。这个核电站会建在现有核电站几百米外，21 仅有一条河相隔。普里皮亚季也会辟出一块新的居住区，供电厂职工居住。此外，还会建起一座通向新核电站的桥，以及一座10层高的办公楼。厂长的办公室就在顶层，布留哈诺夫可以在那里俯视自己不断扩张的领地。

布留哈诺夫加班加点，夜以继日。无论白天还是晚上，他的上级领导通常都能在核电站的某个地方找到他。如果电厂里出了什么岔子——这是常有的事——厂长就会经常连饭都顾不上吃，24小时连轴转，仅凭咖啡和雪茄提神。开会的时候，他总是谨言慎行，莫测高深，能用一个字说明白的事，从来不会用到第二个。总是独往独来、精疲力尽的他，没有几个朋友，也很少向人吐露心事，甚至连他的妻子也不例外。

布留哈诺夫的手下也换了一班新的人马。多年前，那支由青年专家组成的士气高昂的队伍，在冰天雪地的密林中开辟了第一块居住点，又齐心协力帮助第一个反应堆投入运行。如今，他们已经开赴其他的战场。取代他们的，是上千名新员工。布留哈诺夫发现，让这些人遵守纪律并非易事——尽管他在技术上颇有天赋，却缺少管理苏联式劳动大军所必需的魄力。和厂长布留哈诺夫存在权力竞争关系的电厂建筑工程负责人，是个颇为盛气凌人的家伙，而且在党内颇有人脉，这人曾贬称他为“一块棉花糖”。

“停滞时期”导致苏联工作场所中的道德水准普遍下降，怀恨于心的劳动者对个人责任视若罔闻，即便是在核工业领域也不例外。苏联的经济乌托邦主义不承认失业的存在，人员臃肿和无故旷工成为慢性问题。作为电厂厂长和新城的负责人，布留哈诺夫需要为普里皮亚季的每个人提供一份工作。势在必行的建造工作解决了2.5万人的就业，筹建中的木星电子厂可以为城里的大多数女性提供工作岗位。但这并不够。切尔诺贝利电厂的每个班次，都有上百名男女工人坐着巴士从普里皮亚季来到电厂，但他们中的许多人只是在那里闲坐，无事可干。这里面当然有来这里观摩专家工作的实习核工程师，每个人都怀抱着有朝一日成为被称作“原子人”（atomshchiki）的技术骨干的梦想。但另外也有来自其他能源工业的机械工和电工，即“电力人”（energetiki）， 22
这些人对核电厂一知半解，漠不关心。他们被告知，辐射没有危害，“你可以把它涂在面包上”，或是反应堆“就像是俄罗斯茶炊，比热电厂简单多了”。在家里，有些人用带有彩虹图案的玻璃杯喝水，他们吹嘘说，这是在核电站用过的燃料冷却池的放射性水中浸过才能产生的效果。还有一些人，则用看小说和玩牌来慵懒地打发当班时间。那些有真正重要的工作去做的人，被称为“有效控制组”（the Group of Effective Control）——这个称呼足够官僚主义，足够直白，也不失幽默。然而，那些无所事事的人，却会拖负有紧急任务的人的后腿，令电厂效率低下，弥漫着一股危险的懒洋洋的气息。

在上层，那支由拥有独立意志的核工程专家组成的经验丰富的团队，在监督核电站的第一个反应堆启动运行后，已经全部离开了，高级专家严重短缺。布留哈诺夫的副手、负责核电站每日技术运行的总工程师尼古拉·福明，以前是电厂的党委书记，生性傲慢无礼，是一个不折不扣的老派党棍。顶着颗锃亮的光头，经常敞胸露怀的福明，脸上常带迷人微笑，平日自信的男中音会在兴奋时陡然升高。他有着布留哈诺夫所缺乏的那种气势逼人的苏维埃魅力。身为一名电子工程师，他的任命是由莫斯科的党中央不顾能源部反对而下达的。他没有从事核电的经验，但政治上极为过硬，而且他的确通过函授课程尽力突击学习了一些核物理知识。

1986年春，切尔诺贝利已经正式成为全苏联表现最出色的核电站之一，有消息说，布留哈诺夫对党的忠诚很快就会得到奖励。根据上一个五年计划的结果，这座电厂将可能获得国家最高荣誉：列宁勋章。员工们会拿到奖金，布留哈诺夫则可能被授予社会主义劳动英雄的荣誉称号。在能源部，将布留哈诺夫提升至莫斯科的决定已经做出，福
23 明会接替他的位置，担任电厂厂长。这个消息会在五一劳动节那天由最高苏维埃主席团下令公布。

此外，布留哈诺夫也从一片平地上建起了普里皮亚季城，一个深受市民喜爱的美丽模范城市。尽管有市政府，但这座卫星城里几乎所有大大小小的决定，都要经过他的批准。打从一开始，建筑师们就大声呼吁在城里多多种植不同种类的树木和灌木，如桦树、榆树、七叶树、茉莉、丁香、小蘗等。然而，布留哈诺夫情有独钟的还是花，他下令到处种满鲜花。1985年，在一次市执行委员会会议上，他宣布了一个大手笔的工程，希望用5万丛盛放的玫瑰装点所有街道：城里男女老幼一人一丛。当然，有人反对。怎么可能找到那么多的花呢？然而，当下一个春天到来时，已经有3万丛重金采购自立陶宛和拉脱维亚的良种波罗的海玫瑰到位，种在列宁大道两旁杨树下的长条花坛中，以及中央广场的四周。

这个高高筑起的混凝土广场，紧邻库尔恰托夫街，正对风景如画的进城大道。按照规划，这里将树起普里皮亚季城自己的列宁像。在苏联，这是每一个主要城镇的必需建筑物。不过，永久性的纪念碑这时仍未建成。市政府宣布，将以竞标形式选择设计方案。在未来的纪念碑底座所在的地方，立着一个三角形的木箱，上面画着一幅激动人心的肖像、一把锤子和镰刀，以及“列宁的英名和使命万万岁！”的口号。

而且，维克托·布留哈诺夫还将一座纪念碑献给了古老的希腊诸神。那是一尊6米高的现实主义铜像，气势雄伟地屹立在普里皮亚季城的

库尔恰托夫大街和列宁大道相交转角处的彩虹百货商场。核电厂厂长维克托·布留哈诺夫和其他电站高级职员就住在百货商场上方的公寓大楼中。屋顶的标语写的是“光荣属于列宁！”和“光荣属于共产党！”

沿着列宁大道的方向俯视普里皮亚季城。这条进城大道的两侧栽种着白杨树

电影院前。铜像描绘的是泰坦巨神普罗米修斯，披风高高飞扬，全身赤裸，手中高擎着跳动的火舌。普罗米修斯，带着偷来的火，从奥林匹亚山上下到人间。与火一道带给人类的，是光明、温暖和文明——正如“红色原子”的火炬手们照亮了以往沉于黑暗之中的苏联的千家万户。

然而，这个古老的希腊神话也有着阴暗的一面：因为诸神威力最
24 大的秘密遭窃而勃然大怒，宙斯将普罗米修斯锁在一块岩石上，每天有巨鹰飞下，啄食他的肝脏，直到永远。

接受了普罗米修斯馈赠的凡人，也未能逃脱因此而来的惩罚。宙斯给人类送来了世上第一个女人——潘多拉，她随身带着一个盒子，一旦打开，便会释放出永远无法再被收回的邪恶。

二

α、β 和 γ

宇宙万物，几乎都由原子构成，那些星尘碎片，谱就了世间百态。虽然比一根头发还要小上一百万倍，原子却充斥于整个浩瀚空间。每个原子的正中，都有一个核，核的结构致密到难以想象的地步，相当于把 60 亿辆车塞进一个小行李箱里，同时也蕴含着巨大的能量。由质子和中子构成的原子核，周围环绕着一群电子，它们被一种物理学家称为“强相互作用力”（the strong force）的力紧紧束缚在一起。

强相互作用力和引力一样，属于维系宇宙的四种基本作用力。科学家们一度认为，这种力强大到令原子坚不可摧，牢不可分。他们还认为，“质（mass）与能（energy）既不会无中生有，也不会凭空消失”。1905 年，阿尔伯特·爱因斯坦颠覆了这些想法。他认为，如果可以用某种方式将原子分开，这个过程便会将原子极小的质量转化为巨大的能量释放，释放出的能量等于损失的质量乘以光速的平方。他用一个方程式定义了这个理论，这就是 $E=mc^2$。

1938 年，三位德国科学家发现，当重金属铀的原子被中子撞击时，原子核会裂开并释放出核能。而当原子核裂开时，释放出的中子又会高速飞出，撞击周围的其他原子，促使其分裂，进而释放出更多能量。如此一来，假如将足够多的铀原子按照正确的组合方式聚在一起——形成临界质量（critical mass）——这一过程即可自行持续下去：一个原子释放出的中子撞裂另一个原子的原子核，释放出更多的中子，再

26 与其他原子核发生冲撞。在达到临界点时，便会发生原子裂变的链式反应，也即核裂变（nuclear fission）。这将释放出难以想象的巨大能量。

1945 年 8 月 6 日早上 8 点 16 分，一枚装有 64 公斤铀的裂变武器在日本广岛上空 580 米处引爆，爱因斯坦的方程式以一种冷酷无情的方式得到证实。就自身而言，这枚核弹的效率极其低下：只有 1 公斤铀实际发生了核裂变，而转化为能量的质量，仅有 700 毫克——一只蝴蝶的重量。然而，这已足以令整座城市在刹那间被夷为平地。当场死亡和在爆炸后迅速丧生的人约有 7.8 万，有人瞬间气化，有人粉身碎骨，还有人在冲击波后的一片火海中被烧成灰烬。到 1945 年底时，还有 2.5 万男女老幼，因为世界上第一起原子弹袭击产生的辐射暴露而奄奄一息、悲惨死去。

辐射是在不稳定的原子发生蜕变的过程中产生的。不同元素的原子重量各异，视其原子核中质子和中子的数量而定。每种元素的质子数量都是特有且恒定的，它们决定了该元素的“原子序数”和在元素周期表中的位置：氢元素永远只有一个质子，氧元素总是有 8 个，金元素的质子数则是 79 个。然而，同一元素的原子却可能含有不同数量的中子，其结果便是众多不同的同位素，比如氘（只有一个中子的氢同位素）和铀 235（比金属铀多出 5 个中子的同位素）。

向一个稳定原子的原子核中增加或减少中子，都会导致不稳定的同位素产生。然而，任何一个不稳定的同位素，都会努力恢复其稳态，抛出部分核子，力求达到稳定——这有可能会生成其他的同位素，有时也会形成一种不同元素。例如，钚 239 的原子核蜕去两个质子和两个中子后，会变成铀 235。这一核蜕变的动态过程被称为放射现象（radioactivity），而原子以波或粒子形式蜕去中子时释放出的能量，则被称为辐射（radiation）。

在我们周围，辐射无处不在。太阳和宇宙射线发出的辐射，令高海拔城市沐浴在远比沿海城市更高的本底辐射之中。埋藏地下的钍和 27
铀会发出辐射，砖石建筑也不例外：石材、砖块和土坯都含有放射性同位素。用来建造美国国会大厦的花岗岩的放射性就非常强，以至于这栋建筑物通不过联邦安全法规对核电站放射性的要求。所有的活体组织在某种程度上都是放射性的：人类和香蕉一样，因为含有少量放射性同位素钾 40 而释放辐射；与其他组织相比，肌肉中的钾 40 含量更高，因此男性通常比女性放射性更大。巴西坚果中镭的平均浓度，是其他有机产品的一千倍，令其成为世界上放射性最高的食物。

辐射无色无嗅无味。尽管还没有证据足以表明，何种程度的辐射暴露才是全然无害的，但很显然，当辐射释放出的粒子和波强大到足以穿透或破坏构成活体组织的原子时，危险迫在眉睫。这种高能辐射，便是致电离辐射（ionizing radiation）。

致电离辐射有三种表现形式：α 粒子、β 粒子和 γ 波。α 粒子相对较大较重，移动缓慢，无法穿透皮肤。连一张纸都能阻断它们的行进路径。但如果 α 粒子通过其他方式进入人体，比如吞服或吸入，它们就能导致染色体大规模损伤，甚至致死。在通风不良的地下室中积聚的氡 222 气体，会向肺部释放 α 粒子，导致癌变。威力强大的 α 粒子释放元素钋 210，是烟草烟雾中的主要致癌物之一。2006 年在伦敦，投放入茶杯中用于毒杀俄罗斯联邦安全局特工亚历山大·利特维年科的，就是这种放射性元素。

β 粒子比 α 粒子的个头小，移动速度也要快一些。它能穿透一定厚度的活体组织，导致皮肤上的可见烧伤和持久的遗传损伤。一张纸不足以提供对 β 粒子的防护，但铝箔可以，保持足够长的一段距离也行。到 10 英尺以外，β 粒子就几乎造不成什么伤害了。但如果摄入体内，不管以什么样的方式，都会是危险的。释放出 β 粒子的放射性同位素会被身体误认为基本元素，当在某些特定器官中积聚时，便

会导致死亡：与钙化学性质相似的锶 90 会沉积在骨骼中；钌会被肠道
28 吸收；碘 131 尤其容易在儿童的甲状腺中蓄积，导致癌症。

γ 波，以光速行进的高频电磁波，是三种致电离辐射中能量最高的。它们能够远距离传输，除了厚厚的混凝土或铅板，没什么能阻挡它们的穿透，电子设备也会被其毁坏。γ 波可以直穿人体，毫不减速，所经细胞就像是被微型机关枪子弹扫射过，被打得粉碎。

严重暴露于所有三种致电离辐射之下，会导致急性辐射综合征（ARS），人体就如同一只布偶，被拆个稀烂再重新拢在一起，每一丝每一缕都遭到摧毁。急性辐射综合征的症状包括恶心、呕吐、出血和脱发，接着是整个免疫系统崩溃，骨髓失去功能，内脏器官破碎，最终死亡。

对于那些在 19 世纪末最早探索“辐射物质”的原子能先驱，辐射效应是个令人着迷的小玩意儿。1895 年发现 X 射线的威廉 · 伦琴，曾为在实验过程中看到自己的手骨轮廓被投射到实验室的墙上而深深着迷，但当他对妻子戴着结婚戒指的左手拍下全世界第一张 X 射线照片时，却把他的妻子吓坏了。“我看见了我自己的死亡！”她说。这之后，伦琴采取了谨慎的防护措施，保护自身不受自己的发明所害。然而，其他人就没那么小心了。1896 年，托马斯 · 爱迪生发明了荧光镜。这是一种可以将 X 射线投射到屏幕上，从而可以看见固体内部的仪器。爱迪生的实验需要一位助手反复将手放在一个盒子上方，暴露于 X 射线之下。当这位助手的一只手总是出现烧伤时，他只不过换成另外一只手操作而已。但烧伤迟迟难愈。最后，外科医生截掉了这名助手的左臂和右手的 4 根手指。后来癌症蔓延到他的右臂，医生把这支手臂也切除了。癌变最终转移到了他的胸部，1904 年 10 月，他死了。这是已知的第一位死于人造辐射的受害者。

即便体外辐射暴露的危害已经十分明显，人们对体内暴露的恶果 29
依然所知无几。20世纪初，药房把含有镭的专利药剂当成滋补药水出售，人们相信，药水中的放射性会给他们带来能量。1903年，玛丽·居里和皮埃尔·居里因为发现钋和镭而获得诺贝尔奖。他们在巴黎的实验室里从数吨黏糊糊的柏油矿中提取的镭，是一种放射性比铀强大近一百万倍的α粒子释放源。皮埃尔丧生于一场交通事故，此后玛丽继续探索放射性化合物的特性，直到1934年逝世。她的死因，很可能是辐射导致的骨髓衰竭。即便八十多年过后，居里的实验室笔记依然带有极强的放射性，必须保存在衬铅的盒子里。

镭可以与其他元素混合，令其在黑暗中发光。于是，钟表商开始雇用心灵手巧的年轻女性，小心翼翼地将镭涂在表盘数字上。在新泽西、康涅狄格和伊利诺伊州的钟表工厂里，这些“镭女郎”被训练着用嘴唇将笔尖舔细，然后再蘸上镭涂料。第一批“镭女郎”的下颌和骨骼开始坏死解体时，她们的雇主宣称，她们不过是染上了梅毒。终于，一起胜诉案件揭开了真相：这些管理者明知镭的职业暴露风险，却用各种手段向雇员掩盖这一事实。这是公众第一次获知摄入放射性原料的危害。

最终，辐射对人体的生理影响，被用雷姆（rem，人体伦琴当量的英文缩写）计量，并将各种相关因素的复杂组合考虑在内：辐射的种类，暴露的总时长，穿透人体的剂量和位置，以及这些人体部位对辐射伤害有多敏感。那些细胞分化速度较快的部位，如骨髓、皮肤和消化道，要比心脏、肝脏和大脑面临更大风险。一些放射性核素（radionuclide），比如镭和锶，释放出的辐射能量更大，因此也就比其他放射性核素，比如铯和钾，更危险。

广岛和长崎原子弹爆炸的幸存者们，为研究急性辐射综合征在大
规模人群中的效应提供了第一个机会。他们最终成为一个时间跨度超 30
过70年的试验项目的研究对象，并帮助生成了一个关于致电离辐射对

人体长期影响的通用数据库。在那些从长崎原子弹爆炸中历劫余生的人中，有 3.5 万人在 24 小时内丧生。急性辐射综合征患者在一两个星期内会脱光所有头发，然后开始便血，接下来因为感染和高烧死亡。另外有 3.7 万人在 3 个月内死去。大约同样数目的人幸存的时间要长一些，但 3 年后均患上了白血病。40 年代末，白血病成为第一种与辐射联系起来的癌症。

50 年代末，美国空军对致电离辐射对无生命物和活体的影响进行了大规模的研究。作为研发原子能飞机这一政府项目的一部分，洛克希德飞机公司在北佐治亚的森林里建造了一个隐藏在地下矿井中的水冷式 10 兆瓦核反应堆。按下某个按钮，这个反应堆就会从地下掩体升至地面，令方圆 300 米之内的一切暴露于致命剂量的辐射之下。1959 年 6 月，辐射效应反应堆（Radiation Effects Reactor）开足马力，首次亮剑，锋锐所及之处一片死寂：虫子从空中坠下，小动物和寄生在它们体内体外的细菌全部死亡，用技术人员的行话来形容，它们全都“瞬间标本化”了。辐射对植物的影响略有差异：橡树变成了棕黄色，马唐草却神奇地不为所动，松树受到的打击是最严重的。反应堆场内部物体的变化也同样神秘：透明的可口可乐瓶子变成了棕色，液压油凝结成了口香糖，晶体管设备停止工作，橡胶轮胎变得像石头一样硬。

尽管人体暴露于致电离辐射之下，会对其造成深远的恐怖影响，但这却很少伴随任何有迹可察的感觉。一个人可能被足以杀死他一百回的 γ 射线穿身而过，而毫无感觉。

1945 年 8 月 21 日，就在广岛原子弹爆炸两个星期后，参与曼哈顿计划（Manhattan Project）的一位年仅 24 岁的物理学家哈里 · K. 达格利恩，在位于新墨西哥州的洛斯阿拉莫斯国家实验室加班工作时，
31 不小心手滑了一下。他当时正在组装的测试燃料棒束——一个以碳化钨砌块围起的钚球，意外达到了临界状态。达格利恩看到一道蓝光闪过，随即被超过 500 雷姆的 γ 波和中子辐射击中。他迅速分解实验装

置，离开实验室，自己去了医院，虽然并没有出现任何表面症状。然而，辐射事实上已经要了他的命，就如被一辆疾驰的火车迎面撞上。25天后，达格利恩陷入休克，此后再也没有醒过来。他是历史上第一个因近距离暴露于核裂变下而意外死亡的人。《纽约时报》将他的死因描述为“工业事故”导致的烧伤。

从一开始，核电工业就尽力试图摆脱自己源于军事工业这一阴影。人类建造的第一座核反应堆，是1942年在芝加哥大学的一座废弃美式橄榄球场露天座位席下，手工组装起来的。它是曼哈顿计划的试验场，世界上第一枚核武器所需的裂变原料必须首先在这里生成。第二座反应堆，建在华盛顿州汉福德区哥伦比亚河畔的一个荒岛，其唯一目的就是为美国不断增长的原子弹武库制造钚。美国海军负责选定美国境内几乎每一座民用核电站的反应堆设计。美国第一座民用核电厂的建造蓝图，根本就是对一个计划建造的核动力航空母舰图纸的略加改动而已。

在苏联，遵循着同样的模式。1949年8月29日，天刚破晓，苏联第一枚原子弹RDS-1——参与建造它的人称之为“大家伙”（the Article）——在哈萨克斯坦草原上引爆，试验基地离塞米巴拉金斯克城只有140公里。该项目代号为“一号问题”，由伊戈尔·库尔恰托夫主导。这位当时只有46岁的物理学家，留着流行于维多利亚时代招魂师中的标志性八字络腮胡。监视他的秘密警察，对他的谨慎小心和政治敏感度留有深刻印象。这颗原子弹，几乎原封不动地照抄4年前炸毁长崎的“胖子”（Fat Man），弹内的钚核则在以汉福德核反应堆为初始模板的A反应堆——安努什卡（Annushka）反应堆中制造。 32

库尔恰托夫的成功，离不开一些安插在关键位置的苏联间谍的帮助，以及从畅销书《军事用途的原子能》(*Atomic Energy for Military Purposes*) 中获得的信息。1945 年，美国政府将这本书公开出版，很快便在莫斯科被翻译成俄文。当时，核工业是新组建的第一总局和“核中央委员会”的职权范围，主管该中央委员会的，正是斯大林的心腹拉夫连季·贝利亚，克格勃前身内务人民委员部（NKVD）负责人。从一开始，苏联的核项目就充满着但求目的、不择手段的冷酷，而且极端保密，几乎到了偏执的地步。到 1950 年，第一总局调动了 70 万人在铀矿工作，超过半数为苦役犯，甚至一度包括 5 万战俘。然而，即便刑期已经服满，第一总局仍会将这些人塞进货车，运到苏联远北地区的流放地，以免他们将所见所闻的一切告诉其他人。许多人从此再也没有被人见到过。当库尔恰托夫的团队取得成功时，贝利亚对他们的奖励与一旦失败时的惩罚成正比。那些可能被这个秘密警察头子下令当场枪决的人，库尔恰托夫本人和设计了安努什卡反应堆的尼古拉·多列扎利，被授予国家最高荣誉“社会主义劳动英雄”称号，还有乡间别墅、小轿车和现金奖励。那些可能被投入监狱坐穿牢底的人，则荣获了次一级的“列宁勋章”。

在“大家伙”爆炸时，库尔恰托夫已经决定着手建造一个专门用于发电的反应堆。研发工作始于 1950 年，选定的地址是位于莫斯科西南方约两小时车程的新建城市奥布宁斯克（Obninsk）。在那里，曾经参与建造安努什卡反应堆的同一组物理学家，开始设计一座新的反应堆。只不过这一次，裂变产生的热能将用来把水加热为蒸汽，推动涡轮发电机。资源甚为稀缺，甚至连核项目中的有些人都觉得，核电反应堆可能根本不切实际。只是慑于库尔恰托夫作为“原子弹之父”的威望，贝利亚才做出让步，允许项目继续进行。直到 1952 年底，政府才真正发出了大力发展核电的信号：一个新成立的专门从事新反应堆
33 设计的研究机构，被命名为能源技术科学研究与设计院，俄文缩写为 NIKIET。

1953 年，苏联测试了第一枚热核装置，破坏力超过原子弹一千倍的氢弹。由此，两个战后新兴的超级大国均在理论上拥有了毁灭全人类的能力。即便是库尔恰托夫，也为自己所制造出的新武器的威力深深震撼：爆心方圆 5 公里的地表，全部变成玻璃。不到 4 个月以后，美国总统艾森豪威尔在联合国大会上发表了《原子能促和平》（*Atoms for Peace*）的演讲，这是一系列旨在安抚美国公众对世界末日将至的恐慌情绪的举措之一。艾森豪威尔号召全球协作，为了人类的利益，对初现端倪的军备竞赛加以控制，对原子能加以驯服。他提议召开一场国际会议，专门考虑这个问题。毫不令人意外，苏联随即公开反驳，这个提议不过是空洞无力的政治宣传攻势。

但当联合国和平利用原子能国际会议最终于 1955 年 8 月在瑞士日内瓦召开时，苏联派出大规模代表团出席了会议。这标志着 20 年来苏联科学家首次获许与外国同行出现在一起。会上，他们发动了自己的政治宣传攻势。苏方宣布，1954 年 6 月 27 日，苏联科学家已经成功将代号为 AM-1 的奥布宁斯克反应堆并入莫斯科电网。

这是世界上第一座利用核能实现民用发电的反应堆，因此科学家们将其称为和平原子 1 号（Peaceful Atom-1）。而位于宾夕法尼亚州希平港（Shippingport）的美国第一座核电站，还有两年才能完工。和平原子 1 号的藏身之处，是一栋老式厂房，灰泥饰面，有个高高的大烟囱，很容易被误认为一家巧克力工厂。它的发电能力只有 5 兆瓦，刚够推动一台火车机车，然而却是苏联利用核能为人类造福的强大实力的象征。和平原子 1 号的启动，标志着苏联核能工业的诞生，以及冷战中两个超级大国之间技术竞赛的开始。

1953 年，斯大林去世后不久，拉夫连季·贝利亚便被逮捕入狱， 34
执行枪决。第一总局被重组改名。新成立的中型机械制造部（俄文缩写为 MinSredMash 或 Sredmash），负责监管从铀矿开采到核弹试验的一切与原子能有关的事务。新走马上任的苏联总理尼基塔·赫鲁晓夫结束了持续多年的斯大林式镇压，解放文艺，拥抱高科技，承诺在1980年前实现工人阶级人人平等、共同富裕的共产主义。为了帮助苏联经济现代化并巩固自己的政权，赫鲁晓夫对太空旅行和核技术均推崇备至。

随着和平原子1号的成功，物理学家和他们在党内的上级领导仿佛找到了一剂万灵药，可以帮助苏联摆脱贫穷匮乏的过去，走向一个更光明的未来。对于依然努力在二战废墟中重建家园的苏联人民来说，奥布宁斯克反应堆表明，苏联可以在造福普通老百姓的技术上领先世界，为他们的家庭带来温暖与光明。从事AM-1工程的物理学家们获得了苏联科学界最高荣誉列宁奖，而报纸杂志、电影和电台节目，也对原子能大加赞颂。文化部甚至在小学开设课程，教授孩子们基本的原子能知识，并将苏联核项目的和平用途与美国核项目的军事意图相对照。根据历史学家保罗·约瑟夫森的记载，核科学家与太空人和苏联卫国战争烈士一道，成为“苏联英雄圣殿中近乎传奇的人物”。

然而，奥布宁斯克的这个小反应堆并不像表面宣传的那么神奇。它的设计原理，并非基于发电的特殊需要，只不过是为了满足快速、低成本地制造钚弹燃料需求而生。主导其施工建设的团队来自中型机械制造部，是建造安努什卡反应堆的原班人马。在施工过程中，腐蚀、泄漏和设备故障屡屡发生。而且，这个项目上马的初始目的，是为核潜艇提供推进力。在这一想法被证明不切实际后，原本的项目名称“海
35 军原子”（俄文 Atom Morskoy，缩写为 AM）才被因势利导改成后来这个看起来比较单纯无害的名字。

此外，这座反应堆还有个与生俱来的问题——不稳定。

反应堆与核武器不同。在核武器中，大量铀原子裂变发生于瞬息之间，释放出毁灭性的热浪与光波，但在反应堆里，该过程必须得到

控制，并精确地维持几周、几个月甚至几年之久。这需要三样东西：慢化剂、控制棒和冷却剂。

最简单的核反应堆，根本不需要任何设备。把质量正好的铀 235 集聚在一起，放在有中子慢化剂——水或石墨，它们可以令铀的中子运动减速，从而实现彼此撞击——存在的环境中，一个自持链式反应便会开始，以热能形式释放分子能量。发生此种事件所需的理想条件组合——临界状态，甚至可以在大自然中自发形成。例如在非洲国家加蓬，就有一个古老的地下铀矿，该处的地下水扮演了慢化剂的角色。20 亿年前，自持链式反应在那里的地下开始进行，产生了不少的热能，平均在 100 千瓦左右，足够点亮 1000 只灯泡，而且持续了 100 万年之久，直到所有的水都被裂变释放的热能蒸发殆尽。

要想在核反应堆内部稳定地产生能量，中子的行为必须得到巧妙的控制，确保链式反应保持恒定，裂变热量能够用于发电。在理想情况下，每一个裂变反应都应当正好触发一个邻近原子的另一次裂变，从而连续生成与前一次裂变同样数目的中子，令反应堆一直保持在相同的临界状态。

只要有一次裂变没能产生和上一次同样多的中子，反应堆就会处于亚临界状态，链式反应将减缓并最终停止，反应堆随即停止运转。但如果每次产生了不止一次裂变，链式反应就会变得速度太快，有可能进入不可控的超临界状态，突然释放出大量能量，就如同在核武器 36
中一样。要在这两个极端中保持稳定状态，是一个相当精密的任务。最早那一批核工程师不得不研发出一系列工具，去压制那些危险的、逼近人类控制能力极限的力量。

发生在核能反应堆中的亚原子活动，极其微小而又不可见，令人难以琢磨：生成 1 瓦特电需要每秒钟发生 300 多亿次裂变。在一次裂变事件中，生成的中子大约有 99% 是高速逸出的高能粒子——速度高达 2 万公里每秒的“瞬发”（prompt）中子。瞬发中子撞击它们的邻居，触发下一次裂变，令链式反应继续，而所有这一切平均只需10纳秒。这段时间非常短暂，从事曼哈顿计划的那些科学家用“摇”（shakes）这个单位予以计量，一“摇”相当于“羊尾巴摇一下”。如此瞬息万变的过程，任何机械手段均无法控制。幸运的是，每次裂变生成的余下那1%的中子，释放速度可以用秒钟甚至分钟计量，是极少数可以被人类察知的中子。正是有了这些释放速度慢到足以回应人类控制的缓发中子的存在，核反应堆的运行才成为可能。

一些元素具有中子吸附能力，比如硼和镉，它们就像是原子海绵，吸满、俘获缓发中子，防止它们触发进一步裂变。通过插入含有这些元素的机电控制棒，链式反应的扩增便可以得到逐步控制。当控制棒全部插入反应堆时，堆芯会保持在亚临界状态，而当控制棒被抽出时，裂变便会慢慢加速，直到反应堆达到临界状态，并一直保持在这个状态，视情况需要加以调整。进一步抽出控制棒，或是将其大量抽出，会令反应活性增加，生成更多热量和能量，而将它们插入更深时起到的作用则恰好相反。然而，仅仅使用一次裂变产生的那不到1%的中子来控制反应堆，会令整个控制过程变得极其敏感：如果控制棒抽出过快、过多或一次插入过多，又或者众多安全系统中的任何一个环节
37 出了故障，反应堆便可能无法应付瞬发中子引发的裂变，进入“瞬发超临界”（prompt supercritical）状态。结果，便是反应堆失控。这种灾难情形会意外触发类似原子弹内部的反应过程，骤然生成大量不可控制的能量，直到反应堆堆芯熔毁，或是爆炸。

为了发电，反应堆内部的铀燃料必须变热到足以将水变为蒸汽的程度，但也不能过热，否则燃料自身便会开始熔化。为了防止熔化，在控制棒和中子慢化剂之外，反应堆还需要冷却剂带走多余的热量。英国建造的第一座反应堆使用石墨作为慢化剂，空气作为冷却剂。随后，美国的商用反应堆开始使用沸水作为冷却剂和慢化剂。两种设计的危险和益处都同样明显：水不会燃烧，但在转化为高压蒸汽时能够

导致爆炸；石墨不会爆炸，但极度高温时会着火。第一批苏联反应堆照抄了为曼哈顿计划而建造的那些反应堆的设计，既使用石墨，也用到了水。这是一个风险很高的组合：石墨慢化剂会在高温下爆燃，水冷却剂则有潜在的爆炸风险。

针对未来的和平原子 1 号，三个相互竞争的物理学家团队推出了各自的初始方案。一个是石墨－水设计，另一个用石墨充当慢化剂、氦充当冷却剂，第三个则使用铍作为慢化剂。然而，苏联工程师们此前在产钚工厂的工作经历，意味着他们此时拥有更多操控石墨－水反应堆的实践经验。此外，这种反应堆成本也更低，更易于建造。那些更具试验性，也可能更安全的方案，根本没有一点儿胜出的可能。

一直到和平原子 1 号的建设工作进行到末期，奥布宁斯克的物理学家们才发现了他们设计中的第一个重大缺陷：作为冷却剂的水可能漏到灼热的石墨上，这不仅会导致爆炸和放射性物质释放，还会令反应堆失控。该团队为设计解决这一问题的安全系统，反复推迟了反应堆的投入运行时间。1954 年 6 月和平原子 1 号终于进入临界状态，但仍带有另外一个科学家们永远都无法解决的严重缺陷，一种名为正空泡系数（positive void coefficient）的现象。

正常运行时，所有的水冷核反应堆都含有一些在堆芯中循环的水
蒸气，它们会在液体中形成气泡，也称“空泡”（void）。水作为中子 38
慢化剂的效率要比水蒸气高，因此，水中的气泡体积会影响到堆芯的反应性。在同时用水充当冷却剂和慢化剂的反应堆中，当水蒸气的体积增加，慢化中子的数量就会减少，反应性因此下降。如果形成过多水蒸气，或者冷却剂完全漏光，链式反应就会停止，反应堆自动停堆。这种负空泡系数的作用，就如同反应堆的紧急制动手柄，在西方的水－水反应堆设计中是一种十分常见的安全装置。

然而，在和平原子 1 号这样的水－石墨反应堆中，效果却恰好相反。当反应堆变热、越来越多的水转化为水蒸气时，石墨慢化剂却仍旧像

之前那样工作。链式反应继续扩增，水越来越热，越来越多地转化为水蒸气。而这些水蒸气反过来又会吸收越来越少的中子，令链式反应进一步加速，形成能量和热量交互上升的循环。为了停止或减缓这一效应，操作人员必须依赖插入反应堆控制棒这一手段。如果他们出于某种原因没能做到，反应堆就会失控、熔毁或是爆炸。这种正空泡系数从一开始就是和平原子 1 号的致命缺陷，而接下来的每一座苏联水－石墨反应堆的操作，都被它的阴影所笼罩。

1956 年 2 月 20 日，长达十多年的隐姓埋名后，伊戈尔·库尔恰托夫首次以真人形象出现在苏联公众面前。从 1943 年起，这位“原子弹之父”便与层层保密的“一号问题”一道消失在公众视野里。这期间，他不是独处于高度保密的莫斯科和奥布宁斯克实验室中，便是隐入哈萨克斯坦广袤无垠的武器试验基地。如今，在召开于莫斯科的苏联共产党第二十次代表大会上，他向面前的代表团宣布了一个动人的奇妙远景，一个以核能推动的新苏联。在简短但激动人心的讲话中，库尔恰托夫为雄心勃勃的试验性反应堆技术勾勒出了一系列实行方案，由原子能驱动的船舶、火车和飞机，将在一个充满未来主义色彩的共产主义帝国内纵横往来。他预测，借助一个由巨型核电站组成的电网，廉价的电力很快便能进入苏联的千家万户。他承诺，在 4 年内，苏联
39 的核能发电量便将达到 200 万千瓦——奥布宁斯克核电厂发电能力的 400 倍。

为了实现这一大胆设想，如今已经有了自己的原子能研究所，并被任命为所长的库尔恰托夫说服了中型机械制造部的负责人，放手让他建造 4 种不同的反应堆原型。他希望可以从中选出为苏联核工业奠定基础的设计。然而，建造开始之前，库尔恰托夫还必须得到国家计划委员会负责经济的那些官僚的同意，因为整个苏联所有资源的分配，

全都控制在他们手中。国家计划委员会下辖的能源与电气化部已经为所有的一切设定了目标预算：从拨给建造每座电站的资金数额，到完工后预计的发电能力。对于社会主义理想、苏联的声望和社会主义技术战胜资本主义技术等，国家计划委员会的委员们毫不关心，他们追求的，只是理性经济和看得见摸得着的结果。

和他们的西方同行一样，关于核电相对于传统发电在速度和成本上的优势，苏联科学家们的争论也充满了猜测和不确定性，而且带有浓重的理想主义色彩，认为电很快会变得“便宜到犯不着查电表”（too cheap to meter）。然而，和美国大肆宣传核未来的那些人不同，苏联人没办法借着打高尔夫球的名义兜售自己的方案，更不能依赖自由市场上的商业投资。而且，经济形势也不站在他们这一边：建造核反应堆投资浩大，而苏联又是个化石燃料储量丰富的国家，尤其是在西伯利亚广袤无垠的荒原之下，几乎每天都会发现新的石油和天然气储藏。

不过，苏联庞大的国土和相当落后的基础设施为核电赢得了优势。科学家指出，西伯利亚的油气储藏，距离最需要这些能源的地方，居住着绝大多数苏联人口、工业密集的西部地区，可谓万里迢迢。无论是长距离运输原材料还是运输电力，都成本巨大且效率低下。而且，核电厂最有力的竞争对手——水电站——需要淹没大片富饶农田。核电站的建造成本虽然昂贵，但对环境影响极小，而且基本上不依赖自然资源。它们可以建在电力需求最大的主要城市附近，而且如果规模 40
足够大的话，可以提供大量的电力。

显然被库尔恰托夫的承诺说服，国家计划委员会拨出了建造两座原型核电厂的资金：一座使用在美国已经成为标准的压水反应堆；另一座使用水－石墨管道类型，相当于和平原子1号的放大版。但是，和西方一样，核电厂的建造成本飞速攀升，国家计划委员会怀疑科学家们误导了他们。他们下令缩减方案规模，停止继续建造压水式反应堆电厂，库尔恰托夫的核电未来梦逐渐破灭。他给国家计划委员会的负责人写信，坚称核电厂对于苏联原子能的未来至关重要，请求继续为核电项目划拨资源。但他的陈词被置若罔闻。1960年，库尔恰托夫去世，未能亲眼见到自己的梦想被重新拾起。

与此同时，在名为816联合体（Combine 816），也称为托木斯克-7（Tomsk-7）的西西伯利亚秘密核基地中，中型机械制造部却完成了一个新的项目，缩写为EI-2的伊万2号。伊万2号是一个简化版的大型军用水-石墨反应堆。它的上一代伊万1号是一个简单的模型，其唯一目的，就是制造用于核弹头的钚。改装后的伊万2号可以同时执行两项任务，既能够制造用于武器的钚，而且作为这一过程的副产物，也能生成100兆瓦的电能。库尔恰托夫去世两年后，苏联的民用核项目终于重启，但进展却已经远远落在美国之后。在这种情况下，新的重点转向了建造费用和运行成本都较低的反应堆。此时此刻，做好扛起苏联原子能大旗准备的，不是库尔恰托夫设想的民用核项目中设计精密复杂的试验性反应堆，而是身强力壮、勇敢无畏的伊万2号。

就在库尔恰托夫在莫斯科召开的苏联共产党代表大会上，陈述其以原子能为动力的宏大苏联梦不到一年之后，喜欢露齿微笑的年轻女王伊丽莎白二世出席了位于英格兰西北部海滨的卡尔德豪尔（Calder
41 Hall）核电站的开幕仪式。她用戴着手套的手优雅地拉下控制杆，眼见着一个巨型仪表盘上的指针开始转动，这标志着来自该电站两座气冷反应堆之一的第一批原子能电汇入英国国家电网。在宣传中，这是世界上第一座投入运行的商业级核能发电站，标志着一场新的工业革命的开端，而对于坚信原子能用于和平的人来说，这也是对那些害怕原子能只会带来世界毁灭的人的一场胜利。“对他们而言，”一位新闻纪录片评论员说，“这一天是一个胜利的里程碑。”

然而这一事件，其实是一场盛大的政治宣传演练，真相要黑暗得多。建造卡尔德豪尔核电站，是为了替英国新上马的原子弹项目制造钚。它所生成的电能，只不过是一块昂贵的遮羞布。民用核工业的军事背景，不仅影响到其依赖的技术，而且会左右其监管者的想法。即便是在西方，核科学家们也继续奉行一种保密和只顾眼前利益的文化：在这种环境中，莽撞大胆的试验经常伴随着问题发生后从上到下的拒绝承认。

1957 年 10 月，就在卡尔德豪尔核电站开始运行一年后，附近的温德斯凯尔（Windscale）增殖反应堆接到命令，要在一个几乎不现实的工期内，生产出引爆英国氢弹所需的氚。人手极度短缺、对技术也一知半解的操作人员在紧急状态下工作，对于安全问题只有敷衍了事。10 月 9 日，温德斯凯尔一号反应堆的 2000 吨石墨起火。大火燃烧了两天，释放的辐射物质遍及英国和欧洲，使得当地奶牛场受到高浓度的碘 131 污染。在近乎绝望的情况下，电厂管理人员下令向反应堆上浇水，但不知道这样做到底是会让火势平息，还是会导致爆炸，将大片英国领土变成不适合人类居住之地。这之后，一个调查委员会很快完成了一份全面报告，但在即将公布之时，英国首相下令撤回所有已印刷的报告，仅留两三份副本，并将制好的金属印版全部打碎。他随后向公众公布了大加删改的版本，把火灾的罪责推到电厂操作人员头上。此后 30 年，英国政府一直不肯全面承认这场事故的严重程度。

与此同时，在苏联，本来便已经层层笼罩于核工业上的神秘色彩， 42
现在更是变本加厉。在赫鲁晓夫的领导下，苏联科学家开始享受到前所未有的独立性，而被鼓励毫不怀疑地相信新的科学与技术之神的人民群众，更是完全蒙在鼓里。在这种飘飘然的氛围中，物理学家们被之前在和平利用原子能上的胜利冲昏了头脑。他们开始使用 γ 射线延长鸡肉和草莓的保质期，建造可以安装在坦克履带上的移动式核反应堆，设计让这种移动反应堆绕北极漂浮，甚至像他们的美国同行，设计建造原子能飞机。他们也会使用核武器灭火和进行地下爆破，只在产生的冲击波开始摧毁附近建筑物时，他们才限制了爆炸的强度。

库尔恰托夫死后，原子能研究所以他的名字命名，苏联核科学的领导权转移到了他的弟子阿纳托利·亚历山德罗夫手上。仪表堂堂、顶着颗锃光瓦亮的光头的亚历山德罗夫，曾经帮助建造了第一座产钚反应堆（plutonium production reactor）。1960年，他被任命为库尔恰托夫研究所所长。作为一名忠诚的共产党员，他坚信科学是帮助实现苏维埃经济梦想的有力工具，因此对那些具有里程碑意义的项目大加奖掖，却不太重视尖端研究。停滞时期初期，苏联业已取得成绩的科学项目，如太空探索、跨流域调水和核能等被国家当成重点，优先配给了大量资源，那些新兴技术，如计算机科学、遗传学、光纤技术等则远远落在了后面。亚历山德罗夫亲自负责用在核潜艇和破冰船上的反应堆的设计，同时也设计出了用于发电的新的管道式石墨反应堆。为了降低建造成本，他极为强调规模效应，坚持认为可以使用标准化组件和常规工厂原料来增加反应堆的尺寸，直至其成为庞然大物。在他看来，建造核反应堆和制造坦克或康拜因收割机没什么差别。亚历山德罗夫认为，成批量地生产这些巨型反应堆，是苏联经济发展的关键，而要实现诸如变沙漠为良田、变北极为热带绿洲、以原子弹削平
43 拦路高山这一类的宏大梦想，像苏联人常说的那样去“纠正自然的错误”，则必须借助原子能的力量。

尽管有着远大的理想和巨大的政治影响力，亚历山德罗夫对于苏联的核科学发展却并无实权。在他身后，中型机械制造部及其性格暴躁的部长，人称“大叶菲姆”和“阿亚图拉”（Ayatollah，对伊斯兰教什叶派领袖的尊称）的老革命家叶菲姆·斯拉夫斯基的顽固的权力阴影，始终回旋不去。尽管年轻时候，两人曾是苏俄国内战争中敌对的双方，骑在马背上的斯拉夫斯基，是红色骑兵军中的一名政委，而亚历山德罗夫是白卫军的一员，但这两位原子能大佬的关系却十分亲密，经常在一起喝着伏特加和白兰地回忆往事。然而，冷战局势一再升级，

中型机械制造部的军工需求压倒了库尔恰托夫研究所那些纯粹的科学家的需求。在中型机械制造部成立后的最初几年中，举国之重的核武器项目，令这个部门拥有了对一个庞大核帝国的集中控制大权，拥有自己的科学家、部队、实验室、工厂、医院、大学院校和试验基地。从金矿到电站，中型机械制造部可以调用的资源几乎是无限的，而所有这一切，都在一堵不可穿透的沉默之墙后运行。

就连中型机械制造部下属机构的名字，都是保密的。它们的所在地，小到莫斯科和列宁格勒的单个研究院所，大到整个城市。在这些城市里工作的人将其称为“邮政信箱”，仅仅以代码形式提及。在权力通天、政治手腕灵活的斯拉夫斯基的领导下，中型机械制造部变成一个对外封闭、几乎完全自治的国中之国。

在中型机械制造部一向秉持的关于永久战争的偏执妄想主导下，任何事故，不管规模多小，都视为国家机密，由克格勃严加监控。甚至到 20 世纪 60 年代中期苏联的核能工业开始发力之时，这种偏执狂式的神秘依然继续留存。赫鲁晓夫倒台后，官僚体系大洗牌。1966 年，运作全苏联新建原子能电站的职责，从中型机械制造部转移到了负责民用的能源与电气化部。然而，所有其他的一切，包括为电厂提供电能的反应堆的设计与技术监管、反应堆的原型，以及与反应堆燃料循环有关的各个层面，依然控制在中型机械制造部的手中。 44

作为国际原子能机构 12 个创始成员国之一，苏联从 1957 年起就有义务向国际原子能机构报告发生在境内的任何核事故。然而，其后几十年中，苏联的核设施发生了数十起危险事故，却没有向国际原子能机构提及过任何一起。在将近 30 年的时间里，蒙在鼓里的苏联公众和整个世界都认为，苏联运行着全世界最安全的核工业。

然而，保持这一假象的代价十分巨大。

1957 年 9 月 29 日，星期日，下午 4 点 20 分，乌拉尔南部的车里雅宾斯克 -40 行政区（Chelyabinsk-40）发生了一场大规模爆炸。这个隶属于中型机械制造部的保密行政区，从来不曾出现于任何一张民用地图上。藏身于禁区中的，是由苦役犯在一片荒原中胼手胝足建起、由一系列产钚反应堆和放射化学工厂组成的马亚克生产联合体（Mayak Production Association），以及住着在反应堆和工厂中工作、享有特殊待遇的技术专家们的舒适小城奥焦尔斯克（Ozersk）。那是一个和暖晴朗的下午。当奥焦尔斯克的市民听到爆炸声时，许多人正在市体育场观看足球比赛，以为不过是附近工业区的苦役犯用炸药炸地基发出的声音，几乎没几个观众会费神抬头看上一眼。比赛依然继续。

然而，爆炸发生于一个装满高度放射性钚处理废料的地下核废料储藏罐。冷却和温度监控系统失灵后，随之产生的爆炸将储藏罐 160 吨重的混凝土上盖炸飞了 20 米之高，附近囚犯营房的玻璃窗全部炸碎，防护栏的铁门也被撕扯开来，空中升起了一道高达 1 公里的烟尘巨柱。几个小时内，一层灰色的放射性尘埃和几厘米厚的爆炸碎片便覆盖了整个工业区。在那里工作的战士们很快便被送入医院，一个个身上流着血，呕吐不止。

应对核事故的紧急方案压根不存在。一开始，没有人意识到他们
45 正面临一场核事故。几个小时之后，才找到远离岗位的工厂管理者们，他们正在莫斯科观看一场马戏表演。而那时，总计 200 万居里（curies）的高强度放射性污染，已经洒落在一条宽 6 公里、长近 50 公里的致命地带上，开始在乌拉尔全境蔓延。第二天，细雨和厚厚的黑雪下在附近的几座村庄。用了一年的时间，人们才完成禁区内部的清理。而对爆炸后果的所谓“清理”（liquidation），开始时不过是由拿着铁锹跑进污染区的士兵，将炸碎的核废料储藏罐碎片铲进附近的沼泽。奥焦尔斯克的市领导对大规模恐慌情绪的担心，明显超过对辐射威胁的惧怕。他们试图钳制媒体，阻止其报道所发生的一切。后来谣言开始在年轻

的工程师和技工干部中传播，近 3000 名工人离开了这座城市，他们宁肯去铁丝网外的“大世界”试试运气，也不愿困守在舒服却已被污染了的小家中。

铁丝网外的那些偏僻村庄，光着脚的女人和孩子在一群穿着防护服、戴着防毒面具的男人的监视下，依照命令收割他们的土豆和甜菜，然后将其倒入推土机挖开的壕沟中。士兵们将农民养的牛成群赶入露天大坑，开枪射杀。最后，在两年的时间里，1 万人被下令永远离开这里。整片居民区被犁入地下。23 个村庄被从地图上彻底抹去，多达 50 万人暴露于危险剂量的放射之下。

关于马亚克事故的谣言传到了西方，但车里雅宾斯克 -40 是全苏联最警卫森严的军事禁区之一，苏联政府根本拒绝承认它的存在，更不用说在那里发生的一切了。美国中央情报局最后派出了 U-2 高空侦察机去拍摄当地照片。1960 年 5 月，在执行第二次侦察任务时，弗朗西斯·加里·鲍尔斯的飞机被一枚苏联 SA-2 地对空导弹击中。这成为冷战中的决定性事件之一。

尽管又过了几十年，真相才最终浮出水面，但马亚克灾难作为历史上最严重的核事故的纪录，依然保持了许多年。

46 三

4月25日，星期五，下午5点，普里皮亚季

1986年4月25日，普里皮亚季，一个日丽风和的星期五下午，天气暖和得更像是夏天而非晚春。几乎所有人都在期待五一劳动节前的这个长周末。技术人员正在为市里一座新游乐场的盛大开幕做准备，家家户户都往冰箱里塞满过节的食物，还有一些人，追着最近风靡全城的装修热，在自家公寓里大贴壁纸和瓷砖。室外，空气中浮动着苹果花和樱花的香气。新洗好的衣服挂在正对列宁大道的阳台上。在维克托·布留哈诺夫家的窗下，他喜欢的玫瑰正在盛开，一片姹紫嫣红。

远方，天际线处的弗拉基米尔·伊里奇·列宁原子能电站闪着耀眼的白光，从那里延伸出的电线杆，架着通往交换站的高压电缆，织成了一张巨网。在拉扎列夫中士大街一栋10层公寓楼的屋顶上，朝向中央广场的那一侧，有一排用巨型白色装饰字体写成的乌克兰文标语，那是能源与电气化部甜蜜动人的宣传口号：“让原子成为工人，而不是战士！”

像往常一样，忙于工作的布留哈诺夫早上8点就离开家前往办公室。他开着一辆公家配给的白色伏尔加，从俯瞰库尔恰托夫大街的自家公寓开到电厂，只是很短的一段距离。瓦莲京娜已经做好安排，这天下午要跟她所在的电厂建设办公室请个假，陪陪开车从基辅过来度
47 周末的女儿女婿。利利娅已经怀孕5个月了，天气又这么好，他们三个决定去距离白俄罗斯边界几公里处的河畔小镇纳罗夫拉（Narovlia）

玩上一天。

在切尔诺贝利电厂四号机组值守夜班的反应堆部门高级机械工程师，亚历山大·谢甫琴科，这天白天是和两岁的儿子基里尔一起在普里皮亚季城中度过的。亚历山大在电站刚工作了3年。他瘦长矫健，几乎有两米高，高大的身量全拜高中时代在苏联加盟小国摩尔多瓦的蒂拉斯波尔市（Tiraspol）参与赛艇运动的经历。13岁时，他就已经是该市赛艇俱乐部的第一批成员，那里的教练只挑选个子最高、体格最强壮的男孩子，然后在第聂伯河的激流中对他们进行考验。16岁，他便成为摩尔多瓦的少年组联赛冠军，他所在的赛艇队，进而在汇聚全苏联高手的全苏青年锦标赛中获得亚军。

亚历山大在物理和数学方面也很有天分。17岁时，他不得不面对一个痛苦的抉择：是该上大学，还是从事竞技体育？最后，还是教练的反对令他选择了学术生涯。1978年，他被敖德萨国立理工大学的核物理专业录取。学校离他的家乡只有不到100公里，仅仅隔着乌克兰边界。亚历山大年轻且充满热诚，他决定献身于一项充满未来主义色彩的宏伟事业——在核电站工作。

如今，24岁的亚历山大已经是切尔诺贝利核电厂的共青团副书记。尽管工作占据了他大量时间，每年冬天，他依然喜欢和电站的朋友一起在城里浇成的冰场玩冰球。春天到来时，他和妻子纳塔利娅会跟邻居借上一艘小摩托艇，全家人在普里皮亚季河上游玩，悠闲地在平缓的棕色河水中顺流而下，漂过被馥郁芬芳的谷中百合铺满的林间沼泽，最后停泊于空阔无人、苍松环绕的细白沙滩上。

亚历山大和纳塔利娅打小就认识，在蒂拉斯波尔市，两人上同一 48
所学校，是同班同学。12岁时，亚历山大的个子已经比所有其他男孩都高，显得有些笨手笨脚。纳塔利娅则是一个在家里深受宠爱的苗条小姑娘。她的爸爸妈妈都是“在册干部”：忠诚的共产党员，在当地工业部门担任高级管理工作。她爱把黑发编成两条辫子，垂在纤细的后背。随着情绪变化和天气转换，她蓝灰色的眼睛似乎会改变颜色。亚历山大立时就注意到了她。然而，虽然纳塔利娅对他也有好感，但没有表示出来。

几年后，亚历山大和家人搬进苏维埃大街的一间公寓，正对着纳塔利娅家的独栋别墅。他们开始有一搭没一搭地约会，经常分手，和其他人谈起恋爱，但总是兜兜转转又回到一起。最后，1982 年 8 月，分开整整一年后，他们结婚了。纳塔利娅那时 21 岁，亚历山大只有 20 岁。基里尔出生于一年后。

和所有初出茅庐的苏联专业人士一样，亚历山大在 1983 年毕业后，不得不从政府指定的岗位中挑选一个。但他的选择几乎没有任何悬念。切尔诺贝利核电厂是整个苏联最好、最著名的核工业部门，又在乌克兰，紧挨着基辅，地处宁静秀美的乡间。最重要的是，他听说，移居到普里皮亚季城的已婚夫妇可以分到一套公寓。亚历山大希望他刚成立的小家庭能在一年内就拥有一个自己的家，这在苏联其他地方是不可想象的。

儿子出生时，纳塔利娅还有一年才能读完俄罗斯哲学学位。她留在敖德萨，亚历山大则搬进了普里皮亚季的单身宿舍，开始在电厂工作。1983 年 12 月她第一次去那里看他时，一丁点儿也没有见到这座城市引以为豪的美丽。灰蒙蒙的冬日里，普里皮亚季显得暗淡无趣，在光秃秃的田地和刷锅水一样浑浊晦暗的天空的映衬下，极其荒凉压抑。唯一给她留下深刻印象的，是城市入口处那座混凝土纪念碑，以巨大粗犷的字体拼成了“普里皮亚季 1970”的字样。第二年，他们家
49 就分到了一间顶层公寓，公寓大楼位于刚完工的城中新区，就在建设者大道上。他们 8 月时搬了进去。这间两居室的公寓宽敞得简直就像

王宫一样。从阳台上，谢甫琴科夫妇能够将普里皮亚季河和远处的森林尽收眼底。凉爽的微风从厨房的窗户吹进。他们在客厅贴上鲜艳的粉色花朵图案墙纸，里面摆满了纳塔利娅的妈妈运用关系从她任职的木材合作社搞到的家具。

在这样一个以理工为主的原子城，哲学系毕业生的专业派不上什么用场，于是纳塔利娅开始在学校里当老师。拥有两千多名学生的第四学校，规模相当庞大。纳塔利娅在那里教授俄语和文学，还担任四年级班主任。她经常琢磨，为什么不得不把时间花在照看其他人的孩子上，却任由自己的儿子在托儿所里无人关心。1986 年春天，亚历山大已经从循环泵操作员提升为四号反应堆部门的高级机械工程师。3 月底，他被叫到普里皮亚季党办，组织上提议由他出任普里皮亚季市共青团第一书记。与在电厂共青团担任的兼职工作不同，这是一个全职的政工岗位，意味着他必须辞去在四号机组的工作。亚历山大拒绝了。他们坚持向他发出邀请，他再度拒绝，并引用了恩格斯的名言。组织这次放他回家了，但亚历山大知道，他不能一直拒绝下去：没人可以拒绝党的要求。与此同时，赚着两份工资，又有一个自己的小家，谢甫琴科夫妇感觉拥有了需要的一切。他们开始考虑，再生一个孩子。

然而，没有家人在身边帮忙，生活并没有那么容易。4 月下旬，基里尔得了一场重感冒。一开始，纳塔利娅请假照顾他。但病情一直缠绵不愈，当她不得不回学校给学生上课时，两口子开始轮班照顾孩子。轮到亚历山大在电厂值夜班时，白天看儿子的任务就落在了他头上。4 月 25 日下午，纳塔利娅下班回到家中，她从公寓的窗户望下去，发现丈夫把基里尔放在自行车横梁上，正带着他在街上兜风。前一天晚上，亚历山大从午夜一直工作到早上 8 点，又陪了儿子一整天，几 50
个小时之后，他又得回到电厂上下一个班。纳塔利娅意识到，他这会儿一定累坏了。尽管外面阳光灿烂，儿子兴奋的叫声一路传将上来，一团疑虑的阴影却笼罩住了她。

四号机组第五班次的高级机械工程师亚历山大·谢甫琴科和妻子纳塔利娅，两人戴着借来的帽子，照片摄于1985年10月25日，他24岁生日的晚上

1985年新年，纳塔利娅和当时两岁的儿子基里尔在家中

晚饭后，纳塔利娅打发基里尔上床睡觉后，坐下来看由欧文·肖的畅销剧本《富人，穷人》（*Rich Man*，*Poor Man*）改编成的苏联热门电视剧。亚历山大通常会在10点半左右离家上夜班，但他那天显得躁动不安，特别精心地为工作做准备。他花将近一个小时泡了个澡，然后穿上一身崭新的工服：一条宽松长裤，一件被很多人艳羡的芬兰制造的防风夹克衫。那样子就像是要去参加派对，而不是到核电站工作。他独自在厨房给自己倒了杯咖啡，但他又想找人做个伴儿，于是把纳塔利娅叫了过去。

她离开电视，两人闲聊了几分钟。最后，他该走了。

离谢甫琴科家几百米外，体育大街上正对大型游泳池的一间公寓里，亚历山大·科罗尔正躺在沙发里看书，他的朋友列昂尼德·托图诺夫便在这时轻轻走了进来。自打在核工业城市奥布宁斯克的莫斯科工程物理学院分院同窗共读时起，两位核工程师的友情已经保持了近十年。如今，他们住在同一栋大楼，只有一层之隔。这栋大楼由几乎一模一样的一居室所组成，里面住着医生、教师和其他年轻的单身核工程师。两人都有彼此的钥匙，随时可以进出对方的公寓。

科罗尔是物理教师之子，列昂尼德则是参与苏联太空项目的某位高级军官的独生子。两个人的身体里都流淌着科学的血液。他们出生于50年代末60年代初，当时，苏联工程师经常以出其不意的漂亮举动令西方震惊。列昂尼德的父亲曾身处苏联高度机密的技术世界核心，负责位于哈萨克斯坦的拜科努尔航天发射场（Baikonur Cosmodrome）的火箭设施的建造工作。1957年，就是在那里，人造地球卫星（Sputnik） 51
横空出世。外人眼中的一个由粗手大脚的庄稼汉组成的帝国，第一次粉碎了美国对自身技术优越性的傲慢偏见。

3年后，列昂尼德出生于高度保密的太空城列宁斯克（Leninsk），呱呱落地后第一眼就能看见拜科努尔的发射台。在他成长过程中，身边的叔叔阿姨，正是将人类送入太空轨道的那些工作者，他们不仅深受生活在航天发射场附近的孩子们崇拜，更是全苏联人的偶像。列昂尼德的爸爸喜欢跟人夸口，尤里·加加林在没有成为地球上最有名的那个人之前，就曾经看护过还是小婴儿的列昂尼德。1961年4月的某个清晨,加加林乘坐的东方1号（Vostok 1）火箭从发射台上腾空而起，7个月大的列昂尼德就在现场，目睹着耀眼的火箭尾焰消失于大气平流层中——一名苏联飞行员，成为第一个进入太空的人类。

列昂尼德13岁时，他的父亲被任命为塔林（Tallinn）市迪维德切（Dvigatel，俄语中意为“发动机”）火箭发动机工厂的军方代表，全家人因此移居爱沙尼亚。三年后的7月，列昂尼德前往莫斯科参加莫斯科工程物理学院的入学考试。他性格内向，做事专心，一直是一个数学成绩不错的好学生。不过，在苏联“原子弹之父”库尔恰托夫大力支持下创立的莫斯科工程物理学院，可是苏联核工程与核物理的最高学府，入学考试出了名的难，每4个学生中仅录取1名，有些人一考再考才最终被录取。列昂尼德在试卷上奋笔疾书，他的父亲就坐在考场外面的长凳上耐心等待。这个年轻人走出考场时，已是精疲力尽，浑身发抖。列昂尼德只考了一次就被录取了，但当他给母亲打电话报喜时，母亲却请求他不要去。他是她的独生子，一想到核能，她就深感惊恐。她恳求他留在塔林，就在那里读大学。

但列昂尼德对这个波罗的海边上的小城里死水一潭式的生活全无兴趣。17岁的他离开家庭，热诚地投奔到“原子人”——和平原子的信徒的队伍中来。

列昂尼德·托图诺夫是在1977年认识的亚历山大·科罗尔。那时，他俩是莫斯科工程物理学院奥布宁斯克校区原子能电厂工程学的一年级新生，整个年级共 30 多名学生。对于这些心怀远大抱负的十几岁的工程师来说，这个被 16 所其他研究机构包围、与两座小型研究反应堆 52
近在咫尺的综合体，是一个激动人心、处处新奇的地方。学业很难，要从最基本的学科——数学、技术制图和化学学起，也要接受思想政治教育。为了取得好成绩，学生们需要通过历史唯物主义和“科学共产主义”课程：研究苏联共产党的历史，以及由马克思创立，被列宁和勃列日涅夫加以发展，预计将在 2000 年引领苏联走进“真正的共产主义”的社会规律。

闲暇时间，这些待在奥布宁斯克的大学新生和其他地方的学生没什么两样。他们喝啤酒，玩扑克牌，看电影和演出。那个时候，模仿电视节目“机智开心果俱乐部”（KVN）的喜剧小品比赛特别流行，虽然这个节目很早便已经被苏联的新闻审查机构禁止播出，但它依然以备受全苏联大学生欢迎的现场表演形式继续存在。表情羞涩、戴着眼镜、婴儿肥犹存的列昂尼德，对自己男孩子气的外表十分不满。他蓄起了胡子，希望让自己看起来成熟一些。留着一蓬棕色大胡子、笑容迷人的他，颇有女生缘。

在莫斯科工程物理学院，列昂尼德开始练习空手道，在当时的苏联，这项运动是官方禁止，却没有明文界定的一长串外国思想和行为之一。关于空手道的相关信息以地下出版物的形式存在着，列昂尼德从这些非法流通的个人印制的小册子中，学会了拳法和腿法。他还开始练习拳击，尽管好几位导师规劝他说，这可能会造成视力损伤，妨碍他们日后在核工业的前途。虽然最终他的视网膜经历拳击场的洗礼后安然无恙，但鼻子却真的骨折了，留下了经常流鼻涕的慢性后遗症。有一晚下课后，列昂尼德和一位盛气凌人的热力学导师喝醉后吵了起来。两人越吵越凶，最后在浴室里打成一团。列昂尼德把那位导师的眼睛打青了。这之后，他收到了开除的警告，但出于某种原因被延缓执行，最终还是留了下来。

在莫斯科工程物理学院学习四年后，列昂尼德和科罗尔开始着手毕业设计。科罗尔关注的方向是一种隔离故障燃料棒的技术，而列昂
53 尼德则致力使用声学检测反应堆表现不正常的地方。毕业研究需要他们在苏联核电站实习6个月，两个人都选择了切尔诺贝利。他们非常喜欢那里，于是1983年从莫斯科工程物理学院一毕业，二人便选择回到切尔诺贝利全职工作。列昂尼德和科罗尔到来之时，正赶上切尔诺贝利四号机组完工，这是整个核电站最新也最高级的RBMK反应堆。

和所有其他新上岗的工程师一样，他们必须从基层干起，在学习电站及相关设备的操作和布局期间，从事那些与自己学历不相符的低级工作，比如拎着油桶巡视工厂、检查机器是否过热、用拖把擦干污迹。这些年轻的专家很快便发现，明白反应堆工作原理是一回事，明白实际操作又是另外一回事。当班时间结束后，他们会在核电站继续待上几个小时，花额外的时间亲手摸清那些巨大的蒸汽管道和线缆的走向，在黑暗中找到巨型门阀的位置，逐个操作间、逐层楼地跟踪不计其数的管线连接。此外，为了多学点儿知识，快一点儿升职，不管白天还是晚上，实习工程师随时回到电厂从旁观察日常操作和特殊测试，也是家常便饭。

1983年的夏天和秋天，在四号反应堆最终组装期间，这些新的实习生受命负责质量控制。随着容纳反应堆“活性区域”（active zone）的巨大圆柱形混凝土坑室浇筑成型，数万吨充当慢化剂的长方形石墨砌块被慢慢地填入其中。在这个过程中，列昂尼德、科罗尔和其他实习操作员需要费力地爬进坑室，检查施工进展。他们会将组装团队的工作与设计师的图纸相对比，寻找石墨堆中的漏隙和裂缝。他们会监督冷凝水循环管道的焊接工作，这些窄孔不锈钢管围绕着堆芯布成了一张错综复杂的管网。最后，坑室全面填满，管道也完工后，1983年12月13日，他们亲眼见证了反应堆在加注燃料后被封装起来，第一

4月25日午夜当班的高级反应堆操作员列昂尼德·托图诺夫（左）和他的朋友亚历山大·萨沙·科罗尔（中），摄于1981年。当时他们还有两年才从莫斯科工程物理学院毕业，与另一位身份未明的友人一道外出旅游

次进入临界状态。

繁忙的工作几乎没给他们的业余爱好留下多少时间，但列昂尼德
54 还是想出办法忙里偷闲。和科罗尔刚到普里皮亚季时，列昂尼德就在宿舍楼下组织起了一个健身俱乐部，甚至支起了一组瑞典产的肋木架，供大家使用。随后，又在城里一群接受他的数学和物理课外辅导的高中生中搞了个健身小组。而且，他还有个在普里皮亚季医院第126医疗卫生中心当护士的女朋友。此外，他还喜欢钓鱼。核电站周围的人工河道网和巨大的冷却水池里，鱼儿众多，它们繁衍于其中的水作为冷却剂流经核电厂的反应堆，然后被排放到河中，仍然带着放射性，但温暖宜人。

在实习期间参与建造这座他有朝一日将工作于其中的反应堆之后，列昂尼德离正式成为高级反应堆控制工程师又近了一步。这可能是整个核电厂中要求最高的一个岗位，因为在8小时的当班期间，男人们，即便是在宣扬男女平等的苏联，从事这项工作的也永远是男人，需要一分钟都不能溜号地控制着反应堆的巨大能量。这个位置对学习成绩和实践经验有着极其严格的要求：操作人员说着内部的代码语言，各种佶屈聱牙的缩写词满天飞，形成一种新的语言：ZGIS、MOVTO、BShchU、SIUR、SIUT、SIUB……然后，还有成堆厚厚的操作手册和规章制度需要专心记牢，并参加一连串在核电站核安全部门举行的考试。此外，还需要通过体检，以及由克格勃执行的背景调查。在某次安全考试结束后，列昂尼德和科罗尔坐在一起，跟他提到了一个奇怪的现象：在RBMK反应堆的众多文档中，有提到在某些情况下，反应堆的控制棒反而会加速反应性，而不是令其放慢。

在所有这些学习和实践操作结束后，列昂尼德才获得许可，在控制室的反应堆操作面板前，站在一位现任高级反应堆控制工程师身后，

观察他如何工作。最后，列昂尼德终于获得许可，在密切观察和监视下，亲手按动按钮，切换操作面板开关。

1986年4月25日的那个深夜，当列昂尼德·托图诺夫开门走进 55
亚历山大·科罗尔的公寓时，他已经在两个月前正式成为一名高级反应堆控制工程师。依然担任助理工程师的科罗尔比他落后了一步，但也有望很快转为四号机组反应堆部门的高级工程师。列昂尼德发现老朋友躺在沙发上，正在阅读新一期俄文版《科学美国人》上一篇关于最新在美国发现的艾滋病的文章。列昂尼德告诉他，那天晚上，在他当班期间，会按计划对涡轮发电机进行电气测试。这值得一看。

“咱们一起去吧。”列昂尼德说。

“不了，我这次就算了，”科罗尔回答说，“我正看着这篇有意思的文章呢。”

当晚还差几分钟11点的时候，列昂尼德动身前往几个街区外的库尔恰托夫大街上的车站，那里有班车接送在电厂上班的工人。他顺着体育大街一直走到头，在喜庆家居服务商店（Jubilee home services store）黑魆魆的橱窗前右转，经过邮局和技工学校，穿越中央广场，直到列宁大道的尽头。这是一个有些闷热的晚上，墨蓝的天空中群星闪烁。

在班车上，列昂尼德·托图诺夫见到了和他一起在四号机组值夜班的同事：在控制室工作的高级机组控制工程师鲍里斯·斯托利亚尔丘克和班组长亚历山大·阿基莫夫，还有反应堆部门的一群工程师，其中便包括列昂尼德的朋友、穿着一身新衣的亚历山大·谢甫琴科。车程并不远。10分钟后，他们就到了核电站主行政办公区的台阶前。

这栋4层楼高的办公楼，看起来就像是一艘巨型集装箱货船的桥楼。它位于整个核电站的最东边，西边是4座反应堆，以及一个混凝土筑成、又细又长、延伸出去将近1公里的涡轮大厅。在行政办公区里面，是维克托·布留哈诺夫和其他高级员工的办公室，以及几个卫生间（sanitary locks）。这几个卫生间是核电厂两个主要辐射控制点之一，它们隔开了电厂中的“清洁”区和可能存在放射性危险的“脏”区。

沿着光可鉴人的大理石楼梯走向二楼，经过以鲜艳的红黄蓝色绘
56 就真人大小人像的彩色玻璃幕墙，列昂尼德一干人等来到了男性员工卫生间的双层大门前。里面迎头摆着一条窄窄的长凳，上面有“请脱鞋！”的标识。他坐下，脱掉鞋子，双腿横跨过长凳，穿着袜子走进更衣室。他把衣服挂在窄窄的铁皮更衣柜里，仅着内裤穿过门进入“脏”房间。当他身后的门关闭时，想要再回到“清洁”的房间，便只有经过一个安装有 α 粒子和 β 粒子感应器的辐射监控装置。列昂尼德穿上刚刚清洗干净的白色棉布工作服，戴上手术室里的那种白棉布罩帽保护头发，最后套上白色帆布靴。

切尔诺贝利核电厂是在一种完全无视建筑学高尚情操的功利主义原则指导下建造起来的：形式服从于功能，以核电站设计师能想出的最因陋就简的方式达成目的。涡轮大厅中容纳着核电站 8 座巨型蒸汽涡轮机，首尾相连一长串排开，各自装在 30 米高、以瓦楞钢板为屋顶的棚子中。核电厂的 4 座反应堆，也沿着涡轮大厅的长度平行铺开：巨大的混凝土盒子按照建造次序排列，依次为一号至四号反应堆。前两座反应堆各自位于单独的结构中，但为了节约时间和金钱，三号反应堆和四号反应堆被建在一起，置身于同一屋顶下，共享通风和备用系统。在涡轮大厅和反应堆之间，是如同核电站脊骨的脱气走廊（deaerator corridor）。这条看起来无穷无尽的走廊，中间一道门都没有，也没有任何转弯，它与涡轮大厅保持平行，从电厂一边的主行政办公区一直延伸到四号反应堆的西侧，全长近 1 公里。

脱气走廊让电厂职工可以走到核电站的任何一个角落，其中就包

括沿走廊分布的4个机组的控制室——每个反应堆有一个机组控制室。它也是这个庞大的综合体之内的一个关键定位点。这个阴暗且弥漫着机油味的地方，更像是一艘犹如庞然大物的潜水艇昏暗嘈杂的内舱，而不是一座普通的建筑物。电厂内部的许多地方只容猫着腰进入，要么就得在叮当作响、密布着长达数百公里的管道的楼梯井里爬上爬下，或是穿过厚厚的钢门。厂内布局也令人眼花缭乱，工人们通过字母和 57
数字组合定位自己所处的位置：俄文字母的A到Ya表示一条轴线，数字1到68代表另外一条。与通常的楼层不同，厂内的楼层被纵向分成不同的高度符号，以距地平面的米数表示，并以红色大字写在走廊的墙上和楼梯平台上。从地下室里标记为−5的地方，爬到标记为+74.5的核电站的最高点——反应堆区的屋顶，高度超过了20层楼。

要去到四号控制室，列昂尼德·托图诺夫、鲍里斯·斯托利亚尔丘克、亚历山大·阿基莫夫和其他该晚当班人员，需要爬到标记为+10——比地平面高出10米的地方，然后穿过几乎整个脱气走廊，快走的话，大约10分钟能从这一头走到另一头。到脱气走廊末端，四号机组中央反应堆大厅的楼层还要再高一些，需要从控制室爬楼梯或坐电梯上到标记为+35的地方——离地面大约10层楼。在这里，穿过一扇可以隔绝辐射的沉重的密封门，四号反应堆亮闪闪的钢质盖子便呈现在眼前。

离四号控制室500多米远的地方，在紧邻核电厂的公路的另一边，第二民兵消防站第三班次的值班人员正在消防站外面打发时光。他们的香烟在温柔的夜色里明暗闪烁。这是安然无事的一天。临近午夜时，14名消防员已经值完了这一个24小时班的大半，并且轮流在待命室里睡了会觉。他们要到第二天早上8点才能交班回家。这个消防站是切尔诺贝利电厂附近的两个消防站之一。普里皮亚季也有自己的第六民兵消防站，那里的消防员就住在消防站旁边、列西娅·乌克兰卡大街尽头的一栋两层大楼中。他们这天晚上早些时候接到市公交车站屋顶起火的警报，已经出动过一次。但消防员只用了不到 5 分钟就将火扑灭，他们很快又回到了家中。

第二消防站是为了保护切尔诺贝利核电厂而设的，但需要他们出
58 动的机会向来不多。数以千计的工人在综合体内部日以继夜、加班加点地完成建造工作时，有时候会引发一些小规模的火灾：电焊工的火花引燃了一堆垃圾，或是不小心打翻了一大桶热沥青。离核电厂和建筑工地都不远的消防站，里面设有办公间、食堂、安装有电视的待命室和摆着一张乒乓球台的娱乐室。在一号反应堆和二号反应堆之间，外涂红白相间条纹的通风管道，正对着消防站的几扇玻璃大门。门后面，停着 4 辆消防车：紧凑型的 ZIL-130s 和大块头的 6 轮 ZIL-131 干粉消防车。干粉消防车可以携带 2400 升水和 150 升泡沫，用于扑灭电气设备起火。在这栋建筑物身后，还有一个单独的盛放特种消防设备的库房，里面停着一辆每秒钟能泵水 40 升的乌拉尔移动消防水罐车。

消防站的第三班次纪律颇为涣散，净是些不喜欢守规矩的老油条。许多人来自周边农村，彼此沾亲带故。这里面有来自白俄罗斯的两兄弟伊万·夏维和列昂尼德·夏维，以及 55 岁的“老爹”格里戈里·赫梅利，他的两个儿子也是消防员。所有这些人都出生在核电站所在地方圆 10 公里内的小村子里。班次负责人弗拉基米尔·普拉维克中尉只有 23 岁，是一名喜欢摄影、绘画、诗歌的大学毕业生和忠诚的共青团员。他的妻子在普里皮亚季的一所幼儿园教音乐，几个星期前的 3 月底，刚刚生下他们的第一个孩子，一个女娃娃。

那天早上，普拉维克本来打算请假，和他的朋友、第一班次的负责人彼得·赫梅利调个班。他们两人都毕业于切尔卡瑟（Cherkasy）的一所消防安全学院。彼得是赫梅利老爹的小儿子，身材魁梧，性情

温和，只有24岁，也是一名中尉。普拉维克的女儿出生后，彼得经常跟他调班，那天早上，彼得又一早穿好制服准备上班。然而，消防站的副站长不同意调班。“捷利亚特尼科夫少校周一就度假回来了，”他跟普拉维克说，“他会批准你调班的。”

赫梅利回到家，休息了一会儿，为星期六上班做好准备。而普拉 59
维克只好再一次接过管理问题重重的第三班次的工作。

回到普里皮亚季，彼得决定好好利用一下这个不用值班的晚上，于是，他和消防站的3名军官在城里新开的购物中心的一家餐馆吃了晚饭。尽管戈尔巴乔夫总书记当时正在全苏联范围内展开禁酒运动，他们还是搞到了一瓶伏特加。喝光伏特加后，他们又开始喝起了“苏维埃香槟”（Sovietskoe Shampanskoye），一种当年由斯大林下令研发生产的大规模制造、价格低廉的“人民香槟”。大约11点钟，他们一起来到赫梅利家里。这是一间一居室公寓，位于与普里皮亚季消防站一街之隔的几栋老旧的矮楼中。他们还邀请了几个女孩来一起开派对。直到午夜过后，赫梅利的客人们才散去，在厨房桌子上留下了一些巧克力和半瓶苏维埃香槟。

累了也醉了的赫梅利冲了个澡，准备上床睡觉。

核电站这边，高级机械工程师亚历山大·谢甫琴科已经来到他的岗位上：这是位于三号机组反应堆大厅和四号机组反应堆大厅之间，处在标记高度+12.5上的一个巨大的、没有窗户的夹层空间。他在这儿有一张办公桌，存放他的文件和一个装满设备及原料的金属箱。尽管已经24个小时没合眼了，但他认为这个晚上不会有太多事发生。当天早些时候，在对涡轮进行了一系列早就该做的测试后，反应堆按照计划实施了一次维护停机。他以为，到他上班的时候，四号机组已经停止运转了。他和其他值夜班的人所要做的，只是监视着反应堆慢慢冷却而已：小菜一碟。

然而在下面的控制室里，计划却发生了变化。测试比预定时间晚了 12 个小时，现在才正式开始。核电站副总工程师的耐心正在耗尽。而当从四号反应堆传来的数据显示异常时，对于如何回应，意见分歧正变得越来越严重。

四

60

和平原子的秘密

1966 年 9 月 29 日，莫斯科的苏联部长会议（the Soviet Council of Ministers）签署命令，批准建造第一台新一代巨型水 - 石墨核反应堆，后来被以 RBMK 指代，全称是压力管式石墨慢化沸水反应堆（reaktor bolshoy moschnosti kanalnyy），或高功率通道型反应堆（high-power channel-type reactor）。它由中型机械制造部的军用产钚发电两用反应堆“伊万 2 号”发展而来，是试验性的和平原子 1 号反应堆的直系后代，只不过规模放大了好几个量级而已。

直径 12 米、高 7 米的 RBMK 反应堆堆芯，是一个比两层楼还高的巨型圆柱体。构成它的，是由 1700 余吨起慢化作用的石墨砌块堆成的 2488 根彼此独立的柱子，每根柱子内部都有一个上下贯通的圆形通道。装在这些通道中的，是 1600 多根耐热锆合金压力管，每根压力管中都装着一对金属组件，其中封装着燃料棒：190 吨浓缩二氧化铀，被分别压缩进每个直径只有男性尾指大小的陶瓷芯块中。一旦反应堆进入临界状态，铀开始升温变热，释放出核裂变的能量，燃料组件便会被从下方泵入堆芯的水所冷却。在巨大的压力下——69 个大气压，或 1000 磅 / 平方英寸——水会迅速升温到 280 摄氏度，转化为水和超高温水蒸气的混合物，然后从反应堆上部通过管道输送至巨型汽水分离汽锅。它们会将蒸汽输送至涡轮发电机发电，而剩下的水则回到冷却循环的起点，再一次流经堆芯。

反应堆的功率由211根注入碳化硼的控制棒来调控。这些控制棒
61 大多数长约5米，可以被升高或插入反应堆堆芯，增加或降低核链式反应的速率，从而控制反应堆产生的热量和能量。为了保护电厂和员工不受辐射危害，反应堆的堆芯——“活性区域”——被一个巨大的环形水罐包围起来，外面又包有一层钢制外壳并以盛满了沙子的巨箱围住。所有这些，进一步被封装于深达8层楼的混凝土坑穴中，以排成王冠形状的填充了铁粒和蛇纹岩（一种能令中子减速的矿物质）的金属箱覆于其上。此外，还有一个直径17米、厚3米的生物屏障，这个被称为E结构或昵称“叶连娜”（Elena）的不锈钢鼓形结构，像一个巨大的盖子，牢牢地盖在坑穴上面。装满了鹅卵石、蛇纹岩和氮气的叶连娜，重约2000吨，相当于6架满载的大型客机，几乎完全靠重力作用保持在原位。从叶连娜体内穿过的，是作为燃料通道的管道，而在它的上面，则覆盖着上百根窄窄的管子，蒸汽和水从中流走。加盖在立式燃料通道之上的2000块可移动的钢包混凝土砌块，不仅藏住了叶连娜，也充当了反应堆大厅的地面。这个形如棋盘的金属圆圈，是昼夜运转不息的反应堆露在外面的脸，电厂的员工把它叫作“猪鼻子”（pyatachok）——5戈比硬币的昵称。

RBMK反应堆是苏联式好大喜功的一个胜利，宣示着它的缔造者对于规模经济的不懈追求：它的体量是西方反应堆的20倍，可以制造出3200兆瓦的热能，或者说1000兆瓦的电量，足以让半数基辅居民家中灯火长明。苏联科学家宣称，它是苏联的“国家”反应堆，不仅使用独特的技术，而且也是全世界最大的反应堆。库尔恰托夫原子能研究所的光头所长亚历山德罗夫把RBMK反应堆的设计归功于自己名下，并向苏联专利局提交了保密发明的申请。在苏联，RBMK反应堆的主要竞争对手，是简称为VVER、工程复杂度较高的水－水反应堆，

年过八旬的库尔恰托夫研究所所长、苏联科学院院长阿纳托利·亚历山德罗夫正在做讲座，照片中是他帮助设计发明的核动力破冰船。亚历山德罗夫力主在苏联大力发展核电，并且将 RBMK 反应堆的发明归于自己名下

因为它和美国人偏爱的压水反应堆十分相似，所以会被唱衰者贬称为
62 “美式反应堆”。与 VVER 不同，RBMK 反应堆的部件可以在现有工厂中制造，不需要任何专门工具。它的模块化建造方式——由数百个石墨砌块砌成石墨柱——也意味着可以轻而易举地在现场完成组装，并在必要时扩大规模增加功率。

通过免去安全壳建筑（containment building），亚历山德罗夫还省了不少钱。在西方几乎每一座反应堆四周，都会用厚厚的混凝土筑起一个半圆球体的安全壳，用于防范严重事故时放射性污染逸出电厂。但因为 RBMK 的体量十分庞大，建造安全壳的费用将会加倍。作为成本较低的解决方案，反应堆被分成了 1600 个压力管，在各自薄薄的金属外壳中容纳一对燃料组件。这一方案的发明者宣称，这是一种可以和拜占庭文明的排水管道系统相媲美的技术胜利，让发生严重事故的可能性变得微乎其微。他们还设计了一个事故抑制系统，可以在一到两根压力管同时破裂的情形下安全应对局势，让释放出的高压放射性蒸汽，通过一系列阀门，安全地排放到地下室中的巨型水箱中冷却，并安全地封阻起来。

压力管破裂是设计师们预想中 RBMK 反应堆有可能遇到的最严重的事故之一，也即所谓的最大设计基准事故（maximum design-basis accident）。这类事故还包括其他一些可能发生的灾难，比如地震和飞机撞上电厂，或是反应堆冷却回路中的大口径水管之一完全破裂，从而令堆芯供水中断，触发堆芯熔毁。为了防止最后一种情形出现，设计师们设计了一个由压缩氮气供能的紧急冷却系统，而核电工业从上到下每一级的每一个反应堆操作员，都要反复演练，以确保不惜任何代价保证堆芯持续供水。

当然，更糟糕的事故在理论上也可能会发生：工程计算表明，如果 1600 个压力管中超过 2 根，哪怕只是 3 到 4 根压力管同时破裂的话，瞬间释放出的高压蒸汽就可能将 2000 吨的叶连娜和“猪鼻子”掀离

原位，切断剩下的每一根蒸汽管和压力管，导致一场破坏力惊人的爆 63
炸。然而，设计师们觉得没有必要为这种情况做出准备，在他们看来，那完全是在可能范围以外的事。不过，他们还是为这种情况起了个名字——超设计基准事故（beyond design-basis accident）。

中型机械制造部下令，由列宁格勒一家同时也制造坦克和拖拉机的重型机械制造厂，起草 RBMK 反应堆的方案初稿。但收到项目蓝图后，中型机械制造部却以技术不过关为由拒绝了它们。一位库尔恰托夫研究所的科学家警告说，这个设计太危险了，不能用于民用。另一位科学家则意识到，正空泡效应的风险会令新的反应堆本质上极易爆炸，尽管他的上级试图因为他的不同看法而将其赶出研究所，但他仍然到处写信反映问题。这些信件最后均送到了共产党中央委员会和苏联部长会议那里。

然而那时，仍坚持认为中央计划经济不可动摇的苏联政府，已经下令开始建造 4 座新型大规模反应堆。于是，能源技术科学研究与设计院（NIKIET）的设计师仓促之下只好全面修订 RBMK 的图纸，将它从一个战争狂人式的既可产钚又能发电的两用反应堆，改为性格温驯的为民用电网发电的反应堆。将这些修改一一化为现实是一项艰巨复杂的工作，所需时间远远超出预期——还处于原始状态的苏联计算机技术，令估算反应堆预期表现的工作耗费了大量人力，而得到的结果也相当不可靠。直到 1968 年，如今被命名为 RBMK-1000 的新反应堆设计才最终完成。因此，为了节约时间，中型机械制造部决定彻底略过原型阶段：想要知道新的反应堆在工业发电中的表现如何，最快捷的办法就是让它们直接投入大规模生产。

1970 年，在列宁格勒郊外，中型机械制造部位于芬兰湾（Gulf of Finland）的一处设施之上，全苏联第一座 RBMK 反应堆开始动工兴建。与此同时，基辅的两家技术和经济研究所也开始为乌克兰境内的第一座核电站选址，并迅速将范围缩小到了两个地方。提议的第一个站址

切尔诺贝利核电厂三号机组主厂房，图中展示的是反应堆的1600个燃料通道上盖被移除时的状态。三号机组和四号机组所使用的RBMK-1000型号反应堆是同时建造的，几乎完全相同

后来被用于建造化石燃料电厂，乌克兰部长会议随即下令，乌克兰共和国全新的 2000 兆瓦原子能电站，将在另一处建造：基辅地区科帕奇 64
（Kopachi）村旁边的一大片沙堤，离切尔诺贝利镇只有 14 公里。

列宁格勒电站的第一个 RBMK 机组于 1973 年 12 月 21 日正式启动，正好赶在全苏联“电力人”欢庆属于他们自己的全国性节日“电力工程师日”的前一天。两位自豪的 RBMK-1000 之父，库尔恰托夫研究所的亚历山德罗夫和能源技术科学研究与设计院的尼古拉·多列扎利，都在现场目睹着机组开始运转。这时候，列宁格勒的第二个 RBMK 机组也在建造过程中，切尔诺贝利和库尔斯克的建筑工人们也已经开始为建造 RBMK 核电站破土动工。但第一座列宁格勒反应堆还未开足马力之前，一个事实便已经变得很明显：RBMK 设计师们将项目迅速上马、投入全面生产的决心，伴随着巨大的代价。严重的设计缺陷从一开始便困扰着 RBMK 反应堆。许多问题迅速浮现，而另一些问题过了许久才暴露出来。

第一个问题源自正空泡效应。这个缺陷令苏联的石墨 - 水反应堆极易在冷却剂流失的情况下发生链式反应失控，而在 RBMK 反应堆中，降低反应堆运行成本的那些举措，令问题进一步恶化。为了让 RBMK 反应堆同化石燃料电站相比更有竞争力，它被刻意设计为令铀燃料燃烧产生的电力输出最大化。在列宁格勒一号机组启动后，设计师们发现，当更多的燃料参与燃烧时，正空泡效应会恶化，而运行的时间越长，反应堆就越难以控制。在 3 年的运行周期即将结束、需要停堆进行预防性的机组维护之时，RBMK 反应堆将处于最不可预测的状态下。设计师们做了修正，但这种不稳定性依然存在。然而，亚历山德罗夫和多列扎利都不打算对这些问题刨根问底，甚至并不完全理解这些问题，因此，在反应堆的操作手册中，并没有提供任何与空泡效应有关的安

65 全分析。在列宁格勒进行的试验，结果已经很明显：理论上预计的反应堆运行表现，与实际中的情况有很大差异。但设计师们决定不过分追究这些结果。即便在投入全面商业运转后，依然没有人知道，在发生大型事故时，RBMK 反应堆会如何反应。

反应堆的第二个弱点，源自它的庞大体量。RBMK 反应堆是如此庞大，以至于堆芯某个区域的反应性经常与另一个区域的反应性仅有松散的联系。操作人员在控制反应堆时，不得不视其为几个合在一起的单独反应堆，而不是一个整体。一位专家将它比作一栋巨大的公寓楼，某一家或许正在热热闹闹地欢庆婚礼，隔壁那家却在为葬礼守夜。孤立的反应性热点可能会深藏在堆芯底部，很难被察觉。这个问题在反应堆启动和停堆期间尤为显著，当反应堆以低功率运行时，检测堆芯内部反应性的系统会变得不那么可靠。在这些关键时期，那些在控制室值守的工程师几乎对发生在活性区域中的事情一无所知。他们不得不凭借着“经验和直觉”估测堆芯的活跃程度，而无法依赖设备上的显示数字。这使得启动和停堆成为 RBMK 操作中最考验能力也最危险重重的阶段。

第三个缺陷，存在于作为预防事故的最后一道防线的反应堆紧急保护系统之中。如果操作人员遇到需要紧急停堆的状况，比如重大冷却剂泄露事故或反应堆失控，他们可以按下“紧急停堆”按钮，激活该机组俄文缩写为 AZ-5 的五级快速降功率系统的最终阶段。按下这个按钮，会将专门的一组 24 根吸收中子的碳化硼控制棒，以及当时处于抽出状态的余下 187 根手动或自动控制的控制棒，全部同时插入反应堆堆芯，全面终止整个反应堆的所有链式反应。然而，按照设计，这个 AZ-5 应急机制并不是要让反应堆骤然紧急停堆。多列扎利和能源技术科学研究与设计院的技术人员认为，突然切断反应堆产生的电力，对于苏联电网的运行具有破坏性。此外，他们也认为，只有
66 在对电厂的外部供电完全中断这种极其不可能发生的情况下，此种即

时停堆才有必要。因此，他们设计了只会缓慢将反应堆功率降至零的AZ-5 系统。为这个系统提供动力的，并非专门的紧急发动机，而是与手动控制的反应堆控制棒共享同一套电动伺服系统。在反应堆正常运作期间，操作人员使用这些手动控制的控制棒调整反应堆的功率。要将这些 AZ-5 控制棒从反应堆上方完全抽出的位置彻底插入堆芯，需要 18—21 秒的时间。设计师们希望，控制棒缓慢的插入速度可以通过其庞大数量予以弥补。但在中子物理中，18 秒是一段相当长的时间，而在一个处于高度正空泡效应下的核反应堆里，这几乎相当于永恒。

除了这一连串令人不安的重大设计缺陷，反应堆的建造也受到了苏联工业蔓延成风的偷工减料和粗制滥造的负面影响。列宁格勒一号反应堆的燃料组件卡在了燃料通道中，不得不送回莫斯科反复测试，反应堆的全面启动因此推迟了将近一年。在其他的 RBMK 反应堆中，本应用于调节 1600 余个充铀燃料通道的关键供水的阀门和流量计，被证明极其不可靠，控制室中的操作人员经常完全不知道反应堆到底被冷却到了何种程度，或者究竟有没有冷却。事故几乎是不可避免的。

1975 年 11 月 30 日夜里，就在列宁格勒核电厂一号机组投入全面运行一年，定期维护后重新运行发电入网时，它开始失去控制。AZ-5 紧急保护系统启动了停堆，但在链式反应停下来之前，便已发生了堆芯部分熔毁，32 个燃料组件全部或部分受损，辐射物质释放到了芬兰湾上空的大气中。这是与 RBMK 反应堆有关的第一起重大事故，为此中型机械制造部成立了一个委员会，调查到底哪里出了问题。其后，官方统一口径宣称，是一个制造缺陷导致某个燃料通道受损。但委员会了解的真相却完全不同：这起事故是反应堆固有设计缺陷的结果，罪魁祸首正是蒸汽空泡效应不受控制的急速增加。

中型机械制造部把委员会的调查结果压了下来，并掩盖了事故真 67
相。其他 RBMK 核电厂的操作人员，从来没有被告知过这起事故的真实原因。然而，委员会还是给所有的 RBMK-1000 反应堆提出了一些重要改进建议：研发新的安全管理机制，在冷却剂流失时对其提供保护；对堆芯蒸汽急速增加时的事态发展进行分析；设计一个反应速度更快的紧急保护系统。尽管这从表面上看起来郑重其事，但反应堆的设计师们却没有对任何一个改进建议做出实际回应，而随后，莫斯科还下令建造更多的反应堆——就在列宁格勒堆芯熔毁事件发生第二天，苏联部长会议最终批准在切尔诺贝利建造第二对 RBMK-1000 机组，并将这座核电站的预计发电能力增加到惊人的 4000 兆瓦。

1977 年 8 月 1 日，已经比预计工期晚了两年的切尔诺贝利核电厂一号反应堆，终于进入临界状态。这时，离维克托·布留哈诺夫见证第一根奠基桩打进普里皮亚季旁冰雪覆盖的大地中的那一刻，已经过去了七年多。为乌克兰共和国第一座核电站并网发电进行准备工作的年轻的核电厂操作人员，一个个都自豪极了。在第一批燃料组件被装载，反应堆缓缓开足马力，并最终连接上变压器的那段时间，他们在自己的岗位上日以继夜，加班加点。9 月 27 日晚上 8 点 10 分，乌克兰第一批核电流入 110 千瓦和 330 千瓦的电线，随后汇入整个苏联电网，库尔恰托夫研究所、能源技术科学研究与设计院的科学家和设计师以及电厂的专家一道引吭高歌：“就在今朝，就在今朝，来自 RBMK 的电流奔涌如潮！”

然而，切尔诺贝利的操作员很快发现，让他们竭尽心力的这座反应堆，是一个朝秦暮楚、说翻脸就翻脸的小情人。RBMK 与生俱来的不稳定性，令其极难驾驭，高级反应堆控制工程师的工作不仅需要动脑，还相当耗费体力。每分钟要做出几十次调整，他们几乎一直脚不
68 停步，经常像挖沟的工人一样汗流浃背。有传言说，在列宁格勒，值守控制台的中型机械制造部的反应堆工程师人数增加了一倍，以“双人舞”的方式应付这项艰巨复杂的任务。反应堆操作人员需要用力地

在控制板上进行操作，因此控制棒的开关很快就会磨损，必须经常更换。一位前核潜艇军官第一次坐在切尔诺贝利一号机组的操控台前时，他完全被反应堆的庞大体量和操作手段的原始落后惊呆了。

“你们怎么可能控制得了这么一大坨屎一样的东西？”他问道，“这玩意儿怎么会用于民用？”

第一次维护停堆时，切尔诺贝利的操作人员发现，反应堆中像蛇一样往复盘绕的管道，满是各种缺陷：水-蒸汽冷却剂管道锈蚀了，燃料通道上的锆-钢接头松开了，而且设计师没能建造任何可以防范反应堆给水系统故障的安全系统，最后，切尔诺贝利的工程师们不得不自行设计并组装了一个凑合用。与此同时，在莫斯科，反应堆设计师们在自己的作品中继续发现了更多恼人的缺陷。

1980年，能源技术科学研究与设计院完成了一项保密研究，列出了可能损害RBMK反应堆安全性的9项重大设计缺陷和热工水力学不稳定性现象。这份报告清楚地表明，事故不仅会在罕见和不太可能发生的情况下发生，就是在日常操作中也有可能出现。然而，他们并没有采取任何重新设计反应堆的行动，或是对电厂员工发出可能发生危险的警告。能源技术科学研究与设计院没有设计建造新的安全系统，只是简单地修改了一下RBMK-1000反应堆的操作指令集。在军用反应堆运作几十年无事故的情况下，能源技术科学研究与设计院和库尔恰托夫研究所的大佬们显然认为，一套精心编写的操作手册足以确保核安全。设计师们认为，只要严格遵循新的操作指令集，人可以和电厂中的机电安全系统一样，做出及时且可靠的反应。

然而，面对日益加码的生产指标和经常性机械故障或设备短缺，同时被要求对官僚体制的瞎指挥和乱命令永远唯命是从，苏联核电厂
的员工们早就已经习惯了，或是无视那些规章制度，或是蒙混过关， 69
只求完成工作。而且，他们从能源技术科学研究与设计院那里拿到的更新过的指令集，既不清晰明了，也缺乏解释。其中一个新指令要求，

某个最低限额的控制棒应当一直处于堆芯内部。但能源技术科学研究与设计院并没有强调，对这个简称 ORM 的运行反应性裕量(Operational Reactivity Margin ）的最低限额，是旨在防止重大事故发生的关键安全预防措施。因为不知道这些规定到底为什么如此重要，操作人员继续像往常那样工作，无视违反规定可能导致的灾难性后果。

与此同时，在苏联境内每一座核电站发生的每一起事故，都继续被当成国家机密，甚至连事故发生地的专家们都被蒙在鼓里。

1982 年 9 月 9 日傍晚，尼古拉·施泰因贝格正坐在自己的办公桌前。他的办公室位于切尔诺贝利一号机组和二号机组之间的 3 层楼上，可以俯瞰两个反应堆共用的通风烟囱。35 岁的施泰因贝格，留着短短的山羊胡，颇为帅气迷人，从 1971 年便开始在切尔诺贝利工作，那时候，他刚刚从莫斯科动力工程学院的核热工水力学专业毕业，是新一代满怀热情、雄心勃勃的“原子人”之一。在第一批 RBMK 反应堆建成之前，他便已经在大学里花了两年多专门学习相关知识。他亲眼看着切尔诺贝利电厂的头两个机组拔地而起，如今则在三号机组和四号机组的涡轮发电机部门担任负责人。当施泰因贝格看见蒸汽从通风烟囱顶部冒出来时，他知道，麻烦来了：至少有一根反应堆内部的管道破裂了，肯定发生了辐射释放。他拿起了电话。

但他接通一号机组控制室，警告那里的操作人员停闭反应堆时，当班的主管却完全不当一回事。虽然施泰因贝格一再坚持，但这位主管却挂断了他的电话。随后，施泰因贝格召集了自己的手下，等待响应紧急情况。但一直没有电话打过来。几乎等了 6 个小时后，临近午夜时分，他和手下员工才坐上车回到普里皮亚季的家中。

第二天早上回工厂上班，施泰因贝格才听说，一号机组的确出了问题，然而，尽管他职位颇高也富有经验，却无法再知道更多详情。70 布留哈诺夫厂长和电厂的总工程师开始时坚称，不管发生了什么情况，反正没有导致任何放射性元素释放。当地的克格勃官员采取了措施，“防止制造恐慌、散布谣言和其他负面影响”。事实上，放射性污染先是被风吹走，接着随着雨一道落下，不仅波及普里皮亚季城，甚至散布到距离电厂 14 公里远的地方。这些放射性元素中包括碘 131、二氧化铀燃料碎片和含有锌 65 和锆－铌 95 的热粒子，预示反应堆堆芯发生了部分损毁。在距离核电站 5 公里远的克里斯托加罗夫斯卡（Chistogalovka），辐射水平比正常情况高出了数百倍。但苏联原子能权威机构苏联核工业联合会（Soyuzatomenergo）派来的小组不同意这些发现。电厂附近的污染区域被马上放水冲洗，再用土壤和落叶掩盖起来。在普里皮亚季，污染清理车在街上遍洒泡沫，列宁大道上也不动声色地重铺了一层沥青。

后续调查显示，一号机组发生了堆芯部分熔毁。反应堆在维护后重新并网发电时，一个气动冷却阀仍然处于关闭状态，燃料通道中的铀燃料过热，于是发生了断裂。没有人在事故中死亡，但造成的损坏却花了 8 个月的时间才完成修复。工人们用桶把反应堆石墨砌块一桶一桶地运走，这令他们暴露在相当大剂量的辐射之下。电厂总工程师承担了责任，被降级调往保加利亚任职。这一事件被划为绝密，直接牵涉其中的人被克格勃勒令签署封口协议。要到很多年之后，尼古拉·施泰因贝格才了解到事实的真相。

之后几年中，苏联其他地方的核电厂可能还发生过更严重的事故，但所有这些都被掩盖起来了。1982 年 10 月，亚美尼亚梅查莫尔（Metsamor）核电厂一号反应堆的一个发电机爆炸，涡轮大厅被烧塌，官方不得不从三千多公里外、位于北极圈内的科拉半岛（Kola

Peninsula）空运一个应急小组来帮忙保住堆芯。不到 3 年后，在俄罗
71 斯巴拉科沃（Balakovo）核电厂第一座反应堆的启动过程中，一个泄压阀爆开，300 摄氏度的超热蒸汽逸入反应堆井周围的环形腔室，14 个人被活活烫死。两起事故都秘而不宣，其他核电站的操作人员只能从“原子人”内部流传的小道消息和《真理报》上的闪烁其词中猜出一二。

然而，在所有这些危险重重的隐瞒钳制中，最严重的一例，再次来自位于莫斯科的苏联核设计中枢——能源技术科学研究与设计院，RBMK-1000 的孕育之地。1983 年，在这种反应堆投入运行后已经浮现出来的一系列缺陷之外，反应堆设计师们又得知了一个新问题：AZ-5 紧急保护系统的控制棒出现了一个令人费解的设计缺陷。那一年年底，在两座最新的 RBMK 反应堆，立陶宛的伊格纳利纳（Ignalina）核电厂一号机组和切尔诺贝利的四号机组，开始物理启动、向苏联电网输电期间，关于这个问题的首个确凿证据出现了。

在两座反应堆投入正常运转前的一系列测试中，伊格纳利纳和切尔诺贝利负责反应堆启动的核工程师们，注意到了一个不大但很令人困惑的小故障。当他们使用 AZ-5 紧急停堆按钮停闭反应堆时，控制棒开始下沉到堆芯中。然而，这些控制棒非但没有顺顺当当地完成停堆，在开始阶段反而起到了相反的作用：有那么很短的一段时间，反应堆的功率不降反升。专家们发现，这种“正紧急停堆效应”（positive scram）的严重程度与停堆开始时反应堆的内部条件有关，尤其是标志着 211 根控制棒中有多少根被从堆芯中抽出的运行反应性裕量（ORM）。如果紧急停堆开始时，还有超过 30 根控制棒插在堆芯中，AZ-5 机制就可以按预期发挥作用，反应堆将会快速且安全地完成停堆。但当插入控制棒的总数少于 30 根时，反应堆在停堆时的行为则变得越来越难以预测，AZ-5 系统也就无法轻轻松松发挥作用。当只有 15 根控制棒插入时，技术人员发现，这对反应堆内部裂变的初始减缓作用微乎其

微，需要等上 6 秒，反应性才会开始下降。而在某些情况下，比如插入控制棒少于 7 根，按下 AZ-5 按钮不但不会令反应堆停堆，还会触发失控链式反应。如果这种情况发生了，那么启动 AZ-5 停堆后，反 72
应堆的功率便会增加到停不下来的程度，直到整座反应堆被摧毁为止。

正紧急停堆效应的源头，是控制棒的自身设计。这是能源技术科学研究与设计院热切渴盼“节约中子”、令反应堆运行更有效率的一个始料不及的后果。和所有正常操作时用于操控反应堆的手动控制棒一样，AZ-5 紧急控制棒含有碳化硼，一种可以大口吞噬慢中子，从而减缓链式反应的中子毒物（neutron poison）。但即便是完全从注水的控制通道中抽出，按照设计，控制棒的尖端仍会处于反应堆的活性区域中，保持待命状态。这时候，如果控制棒尖端含有碳化硼，则由此产生的毒化效果会导致电力输出轻微却持续下降。为了防止这种情况发生，控制棒的尖端有那么短短一段，由可以帮助裂变的中子慢化剂石墨制成。当启动紧急停堆、AZ-5 控制棒开始下降到控制通道中时，石墨取代了可以吸收中子的水，结果就是在开始阶段，反而会导致堆芯反应性增加。只有当较长的控制棒充硼部分继石墨尖端之后进入通道时，才会开始减缓反应性。

对于一个安全设备来说，这是一种荒谬绝伦、令人发指的设计，就好像汽车的操控踏板的电路被故意装反，踩下刹车的时候，不但不会减速停车，反而会加速前进。经过进一步的测试，技术人员终于确定，正紧急停堆效应会在巨型 RBMK 反应堆堆芯的下半部分生成局部临界，尤其是当反应堆处于低于半功率运行状态，而操作人员启动 AZ-5 系统停闭反应堆时。

出于担心，库尔恰托夫研究所核反应堆部门负责人，给能源技术科学研究与设计院写了封信，详细列出 AZ-5 系统中的这些反常现象，表示需要对这些现象进行更密切的观察研究。他警告说，“看起来，一次更深入彻底的分析可能会揭示其他危险的情况”。能源技术科学研究与设计院的总设计师尼古拉·多列扎利大包大揽地回复道：他们已经知道了这个问题的存在，并且已经采取措施应对。但实际上，他们并没有。尽管对 AZ-5 运行机制做出的某些局部修改得到了审批，但这些修改代价巨大且相当不便，因此仅被零打碎敲地实施，每次仅有一
73 座 RBMK 反应堆接受改造。切尔诺贝利一号机组、二号机组和三号机组都逐渐通过了改造，但即将完工的四号机组要等到 1986 年 4 月首次常规维护之后，才轮得上。

与此同时，能源技术科学研究与设计院发布了一份通知，提醒所有 RBMK 核电厂高级管理人员注意正紧急停堆效应。然而，混杂在雪片般纷飞的官僚主义文件材料中，再加上措辞神神秘秘、欲说还休，这些消息从来就没能传到反应堆操作人员的耳中。不管怎样，对于阿纳托利·亚历山德罗夫和其他核工业高官来说，令人望而生畏的苏联的国家反应堆 RBMK-1000 只不过遇到了一些暂时性的小挫折而已。1983 年的最后一天，当维克托·布留哈诺夫在确认弗拉基米尔·伊里奇·列宁原子能电站四号反应堆最终完工的文件上签名时，全世界人民只知道一起核事故。而这一奇耻大辱，完全属于美国。

1979 年 3 月 28 日清晨，宾夕法尼亚州哈里斯堡（Harrisburg）附近的三里岛（Three Mile Island）核电站，少许比芥菜籽还细小、净水用的树脂颗粒，堵住了二号反应堆第二冷却剂回路的一个阀门。在接下来的 24 小时中，这个小小的设备故障层层放大，再加上人为失误，导致了严重的冷却剂外流，并令堆芯部分暴露。反应堆开始熔毁，数千加仑的放射性污水污染了安全壳建筑。员工们别无选择，只好将放射性气体直接排入大气。尽管没有人因为泄漏的辐射受害，泄漏出的半衰期很短的惰性气体同位素全部汇集为一团云，飘向了大西洋上方，但是关于这起事故的新闻报道还是导致了普遍恐慌。13.5 万名从家中逃离的宾夕法尼亚州居民，把三州交界的公路堵得水泄不通。曾在美

国海军担任核工程师、知道核灾难为何物的吉米·卡特总统，亲自前往现场。对于在此前几十年便已逐渐积蓄力量的国际反核运动来说，要说明危险技术的脱缰之害，再没有比这更能激起民众恐惧情绪的反面典型了。在美国，核电工业的发展，本来就已经因为不断上涨的建造成本和日益增加的公众疑虑而步履维艰，此时更是几乎一夜之间陷 74
入停滞。

尽管这件事让美国大失颜面，但关于三里岛的新闻在苏联内部却被审查限制，因为担心可能破坏表面上完美无瑕的和平原子的记录。在公开场合中，苏联官员将事故的原因归结于资本主义的失败。在库尔恰托夫研究所，职位仅次于亚历山德罗夫的二把手瓦列里·列加索夫院士，发表了一篇文章，坚称三里岛事件与苏联的核工业无关，因为苏联的操作人员更训练有素，而且核安全标准比美国更高。私底下，苏联物理学家们开始分析原子能电站发生严重事故的可能性，对现有的核安全规章制度进行修正。但无论是中型机械制造部，还是能源技术科学研究与设计院，都没有采取任何举措对 RBMK 反应堆进行调整，使其符合这些新的规定。

1986 年 1 月，新一期的《苏联生活》(*Soviet Life*) 杂志，刊登了一篇以切尔诺贝利核电厂为典型的、长达 10 页的特别报道，对核能创造的奇迹大加赞颂。这本光鲜亮丽、以英文出版的杂志，看起来十足就是一本美国出版物，但它的出版方实际上是苏联驻美大使馆。特别报道中包括了对“因原子而生”的普里皮亚季城的居民的采访、电厂的彩色照片，以及微笑着的电站员工。列加索夫与人合写了另外一篇文章，宣称“从第一座苏联核电厂开始运行至今的 30 年中，从来没有发生过任何一起令电厂员工或附近居民严重受威胁的事故，也没有发生过任何一次导致空气、水和土壤污染的正常操作故障”。

在另外一次采访中，乌克兰能源与电气化部长维塔利·斯克利亚罗夫向读者打包票说，电厂发生堆芯熔毁的可能性“一万年都遇不上一次”。

75 # 五

4 月 25 日，星期五，晚 11 点 55 分，四号机组控制室

四号控制室苍白晦暗的荧光灯管下，烟雾缭绕，空气污浊。值夜班的员工刚刚到达，但气氛已经越来越凝重。本来预计在当天下午就该完成的涡轮发电机测试，现在还没开始。负责核电站运行操作的副总工程师阿纳托利·佳特洛夫，已经两天没睡觉了。他又困又乏，很不高兴。

这项测试的意图，是检查一个在停电时为四号反应堆提供保护的关键安全系统。假设核电站完全失去来自外部电网的供电，RBMK 反应堆的设计师们要为此做出准备。这是设计基准事故的众多可能情形之一，此种情形下，电厂突然断电，保持冷却水循环经过反应堆堆芯的巨型冷却剂泵也会慢慢停下来。核电站有应急的柴油发电机，但需要大约 40 秒到 3 分钟才能恢复供电，让冷却剂泵重新启动。这是一个十分危险的空档，足以导致堆芯熔毁。

于是，反应堆设计师们设计出了一个所谓的“降负荷机组”（rundown unit）：利用机组涡轮自身的动量带动冷却剂泵来顶过这关键的几秒钟。降负荷机组是四号反应堆的关键安全特性，本应在 1983 年 12 月反应堆获准启用之前便完成测试。然而，为保证按期完工，布留哈诺夫厂长批准略过这一测试。此外，那之后进行过几次类似的测试，均失败
76 了。到 1986 年初，这项测试已经逾期两年之久，但反应堆的首次计划维护停机，终于令此项测试得以在真实情况下进行。星期五下午两点，

机组两台巨型涡轮发电机之一的八号涡轮发电机已经按照新的指数调试完毕，终于做好了接受测试的准备。

然而这时候，基辅电网的中央调度员却出面干预了。在五一劳动节到来之前，整个乌克兰的工厂和企业正在疯狂地为完成生产指标、赢得奖金而赶工。他们需要切尔诺贝利核电厂供应的每一度电。调度员说，直到用电高峰过去之后，最早也要等到晚上 9 点后，四号机组才可以断网开始测试。

到星期五午夜时，等待监控测试情况的电力工程师小组威胁说，如果测试还不尽快开始，他们就要取消合约，返回顿涅茨克。在四号控制室，此前被告知过测试项目的那些员工，当班时间即将结束，已经在准备回家。此外，按照预定计划，在测试过程中随时帮助反应堆操作员执行任务的电厂核安全部门的物理学家，也被告知试验已经完成。他干脆就没露面。因此，当 25 岁的列昂尼德·托图诺夫走上高级反应堆控制工程师的操作台时，刚刚上岗两个月的他，平生第一遭要为引导一台变化无常的反应堆完成整个停堆过程做好准备。

但是，副总工程师佳特洛夫已经下定决心，不管怎样都要继续测试。如果测试当晚未能完成，将不得不再等上一年。佳特洛夫可不想等。55 岁的佳特洛夫是那种极其典型的苏联技术官僚：瘦高挑儿，两颊如同刀削，稀疏的灰发向后梳着，露出高耸的额头，一双西伯利亚人种的眯缝眼，即便在照片中，也仿佛闪着恶意的光芒。他是一个资历相当老的物理学家，来切尔诺贝利前，曾在苏联远东的海军反应堆项目工作了 14 年。佳特洛夫是核电站中有核专业知识技能的 3 名高级管理人员之一。他主管三号机组和四号机组的日常运行，同时负责招聘和培训电厂员工。

佳特洛夫是农民的儿子，小时候，每个晚上他都要负责点亮克拉
斯诺亚尔斯克流放地附近叶尼塞河上的航标灯。14 岁时，他从家中逃 77
了出来。先是上了一所职业学校，然后当上了电工，接着考取了莫斯

科工程物理学院。1959年毕业后，分配到一个苏联军工复合体基地——位于遥远的阿穆尔河畔共青城的列宁共青团造船厂。作为对外保密的23号实验室的负责人，佳特洛夫管理着一个20人的团队，负责在扬基级和维克托级核潜艇下水前为其安装反应堆。

1973年来到切尔诺贝利时，佳特洛夫已经主持了四十多座VM反应堆堆芯的组装、测试和交付使用。这些小型的海上反应堆系由水-水反应堆（VVER）变化而来，与建造于切尔诺贝利的规模庞大的石墨慢化反应堆不可相提并论。然而疯狂钻研业务的佳特洛夫全身心地投入到了对RBMK-1000的全面学习中，切尔诺贝利的每一个新机组交付使用时，他都在现场。每个星期，他有6天甚至7天都在工作，每天工作长达10小时。他发现，从普里皮亚季的家中走到电厂，有助于消除阴暗思想。而且他还会慢跑健身。他很少待在自己的办公室，无论白天晚上，经常在走廊和通道四处巡视，检查设备，查找泄露和不正常的振动，密切注意员工的一举一动。佳特洛夫是个专注细节的人，业务娴熟，也很以自己对反应堆及其相关系统的知识——数学、物理、机械、热力学和电机工程学而骄傲。

然而，佳特洛夫掌控绝密军方实验室时养成的习惯，对他管理一座民用核电站的操作人员和工程师却毫无帮助。他不得不容忍那些经常开小差和对命令敷衍了事的家伙。即便是他从阿穆尔河畔共青城带过来的那些同事，也发现他难以共事。他常常独断专行，强横霸道，讲话时满口脏话和苏联海军中的俚语，经常把那些缺乏经验的技工称为“操他妈的小金鱼儿”。任何被他发现的故障，都必须立即得到修理。他随身带着一个小本本，把那些不符合他标准的人的名字都记录其上。

78 这位副总工程师认为，他永远都是正确的，在技术问题上十分固执己见，甚至在被上面否决时依然如此。此外，在造船厂的长期经验和加诸切尔诺贝利核电站的不切实际的建设指标，都让佳特洛夫心知肚明，来自苏联官僚机构的最高指示和苏联底层社会的灰暗现实是截然不同的两回事。

佳特洛夫的所作所为，完美符合对一个自学成才的苏联人的所有期待：白天将全副精力投入工作，晚上则在文化中浸润身心。他热爱诗歌，将普希金经典名作《叶甫盖尼·奥涅金》的全部八章牢记于心。不工作的时候，他是一个好伙伴，尽管他的亲密朋友并不多。很长时间之后，他的秘密才逐渐浮现出来：来切尔诺贝利之前，佳特洛夫曾卷入过23号实验室的一场反应堆事故。事故发生了爆炸，佳特洛夫受到了100雷姆的辐射，这是一个巨大的辐射剂量。这场事故当然秘而不宣。这之后，他的两名幼子中有一个得了白血病。没有确凿证据表明两件事存在必然联系。但这个男孩9岁就死了，佳特洛夫亲手把他葬在共青城的河边。

尽管在佳特洛夫手下工作的切尔诺贝利电厂专家，不太喜欢他对待他们的方式，许多人却很崇拜他，而且很少有人对他的专业程度提出质疑。求知若渴的他们相信，佳特洛夫知道关于反应堆的一切应该知道的事情。此外，通过排斥异己和营造永远正确的权威假象，佳特洛夫期待他的下属像机器人一样执行他的所有指令，不管他们是否有更好的判断。

然而，这位副总工程师对于他们操作的这座反应堆，却有某种程度的迟疑。尽管长时间逐条仔细地看过最新的技术修订和规章制度，尽管对热力学和物理学滚瓜烂熟，佳特洛夫还是承认，RBMK-1000中有些东西对他来说有点莫测高深：一个即便是他都无法全然理解的核之谜。

四号机组的控制室就像一个巨大的没有窗户的方盒子，20米宽，10米深，水磨石的地面，低垂的天花板上是内嵌式荧光灯和纵横往复的通风管道。通常在这里值守的是一个4人小组。在控制室后方，当 79

班的班组长有自己的办公桌，可以观察其他 3 名操作人员在 3 个长长的灰色钢制控制板前，操控机组运行。这些彼此不挨着的控制板，呈弧形摆开，占据了整个控制室前方。坐在左边的，是俄语缩写为 SIUR 的高级反应堆控制工程师。坐在右边的，则是高级涡轮发电机控制工程师。值守中间、协调其他两人活动的，是高级机组控制工程师，负责保证在运行过程中时刻为反应堆供水——数十万立方米的水，在反应堆的一回路中流转：始自水泵，流经反应堆，进入汽水分离器，输送到涡轮发电机，如此周而复始。这 3 个人面前的控制板，连接着上百个开关、按钮、测量仪表、照明灯和信号报警器，一起控制着核裂变发电的主要过程。

在这些控制台前方，是一面顶天立地的仪表墙，上面的发光表盘读数和闭路电视屏幕显示着三个系统的运行状况，而不断震颤着的描笔式示波器，则缓慢地在卷筒纸带上记录下所有数据。藏在控制板后面和左、右前厅中的，是上千米一直延伸入黑暗中的线缆和排成行的计算机柜，里面装着闪闪发光的电子管和滴答作响的继电器——这些古老且复杂的技术设备，将控制板与反应堆连接起来。

年轻的列昂尼德・托图诺夫在高级反应堆控制工程师的工位上坐下，他所面对的，是两块几乎顶到天花板的巨大背光显示屏，上面显示着四号反应堆的运行情况。一块显示屏上显示着 1659 个充铀燃料通道的各自状态，另一块则由 211 块闪光表盘组成直径 3 米的圆形。这是自同步监视器（Selsyn monitors），标明碳化硼控制棒的所在位置。这些控制棒可以被升高或降入反应堆，用来控制其链式反应。在托图诺夫的手下，是一个开关控制板，他可以选择几组控制棒，操作控制杆将其送入或移出堆芯。旁边的反应性测定仪，闪亮的数字读数以兆瓦为单位显示着反应堆的热能输出。托图诺夫身后，站着班组长亚历
80 山大・阿基莫夫，他直接听命于副总工程师佳特洛夫，负责监视整个测试过程。在核电厂严格的技术等级制度中，作为一名经验丰富的反

应堆控制工程师，阿基莫夫是这个房间里最高级别的操作人员。佳特洛夫所扮演的是行政领导的角色，不管他在核技术领域的专业知识多么深厚，也无法接过反应堆工程师的控制权，就像航空公司的执行官不能随便走进公司旗下某架客机的驾驶舱把飞机开走。

32岁的阿基莫夫，又瘦又高，戴着厚厚的眼镜，已开始秃顶，还留着两撇小八字胡。他是一个忠诚的共产党员，整个电厂学识最渊博的技术人员之一。他和妻子柳芭生了两个儿子，闲暇时间喜欢读历史传记，或是背上自己的温彻斯特步枪到普里皮亚季附近的沼泽中打野兔和野鸭。阿基莫夫聪明过人，能力出众，而且深受大家喜爱，但他的同事都觉得，他在跟上头打交道的时候有点儿太唯命是从。

四号控制室现在变得有点儿拥挤，除了列昂尼德、其他两名值守涡轮发电机和水泵控制板的操作人员，上一班的员工也还留在岗位上没走，还有前来观看测试的人。旁边的屋子里，来自顿涅茨克的涡轮发电机专家正摩拳擦掌，监控着八号涡轮发电机的停机状况。佳特洛夫则在屋子里踱来踱去。

基辅电网调度员终于下达许可，操作人员重新启动了反应堆漫长、有控制的降功率过程，令其稳定地保持在720兆瓦的水平上，仅仅比执行测试要求的最低水平高出一点点。但或许是认为功率更低些会更安全，佳特洛夫坚持认为，应当进一步降到200兆瓦。手持测试规程的阿基莫夫表示不同意，他显然颇为坚决，站在附近的人都留意到了他的反对意见。即便是在隔壁机器大厅传来的涡轮发电机隆隆轰鸣的干扰下，他们也能听见两个人争吵的声音。阿基莫夫知道，在200兆瓦功率下，反应堆会变得极其不稳定，比平常更难操控。而且，测试程序也明确规定，测试必须在不低于700兆瓦功率的情况下进行。然而，佳特洛夫坚持他更了解情况，阿基莫夫只好不情愿地发出指令，而托图诺夫则开始进一步降低反应堆功率。然后，在0点28分的时候，这 81

位年轻的工程师犯了一个错误。

当托图诺夫在午夜接过反应堆的控制权时，机组的计算机化调控系统被设置为本地自动控制状态，这让他可以单独管理堆芯的不同区域，但当反应堆处于低功率运行时，这种本地自动控制通常都会被关闭。因此，托图诺夫开始将系统转为全面自动化状态，在此种核反应堆自动控制模式下，他可以在其他人准备启动测试时保持RBMK处于稳定状态。但在完成转换前，他需要选定新的操作模式下计算机维持反应堆功率的水平。然而，不知出于何种原因，他略过了这一步。反应堆和平常一样，又出了不可饶恕的岔子。没有接收到新的指令，计算机默认选择了上一次赋予它的设置值：接近于零。

这时，托图诺夫惊恐地眼见着反应性测定仪上的灰色闪光读数开始急速下降：500……400……300……200……100兆瓦。反应堆如脱缰野马，逃离了他的掌控。

一连串警报响了起来："测量电路失灵""紧急功率增率保护开启""水流量下降"。阿基莫夫看到了发生的一切。"保持功率！保持功率！"他喊道。但托图诺夫根本无法阻止读数下降。不到两分钟，四号机组的输出功率就降到了30兆瓦，还不到其热容量的百分之一。到午夜12点30分时，反应性测定仪上的读数几乎已经接近于零。然而，在此后至少4分钟的时间里，托图诺夫没有采取任何行动。在他等待之时，无情吞噬中子的氙135气体开始在堆芯中积聚，令本来已仅存无几的反应性不堪重负。反应堆正在被毒化，一头栽进了操作人员口中的"氙井"。在这个节点上，当反应堆的功率处于最低值、越来越多的氙开始积聚时，核安全程序对操作人员的指示十分明确：他们应当停止测试，立即停闭反应堆。

然而，他们没有这么做。

关于接下来到底发生了些什么，后来出现了几种互相冲突的说法。佳特洛夫本人坚称，功率首次下降的时候他不在控制室——尽管他并不总能准确回忆出到底是为了什么——他也没有在接下来的关键几分钟里向值守高级反应堆控制工程师台的操作人员发出任何指令。 82

其他在场人员的回忆，则截然不同。根据托图诺夫的说法，佳特洛夫不仅目睹了功率下降，而且还怒火万丈地告诉他，从反应堆中抽出更多控制棒，以使功率增加。托图诺夫知道，这么做肯定会增加反应性，但也会令堆芯处于极其危险的失控状态。因此托图诺夫拒绝服从佳特洛夫的命令。

“我是不会提高功率的！”他说。

这时候，佳特洛夫开始威胁这名年轻的操作员：如果他不遵守命令，他将立刻找其他愿意这么做的操作员取代他。上一个班次的负责人尤里·特列古布，为了观看测试留了下来，他完全有资格操作控制板，而且就站在旁边。此外，托图诺夫深知，这种不服从命令的行为，可能意味着他在这个苏联核工业最负盛名的机构中的锦绣前程，以及他在普里皮亚季的舒适生活，就要结束。

与此同时，反应堆继续被有毒的氙 135 充满，在这口负反应性之井中越陷越深，无力自拔。最后，在功率开始下降整整 6 分钟后，担心丢了工作的托图诺夫，终于屈服于佳特洛夫的命令。这位副总工程师擦掉眉毛上的汗水，从控制台前离身而去，回到控制室正中央的位置上。

然而，复苏一座中毒的反应堆并非易事。首先，托图诺夫试图在需要被抽出的手动控制棒中寻找平衡。站在他的身后，特列古布注意到，这位年轻的技术人员从堆芯的第三和第四象限区抽出的控制棒有些不成比例。功率继续向零点跌去。“为什么你抽出的时候不对称？”这位经验丰富的工程师问道。“你需要从这里抽出。”特列古布开始指点他应当选择哪些控制棒。当控制板上的按钮被托图诺夫的右手接连按下时，他的左手依然拉动着控制杆。

控制室中的气氛再度紧张起来。特列古布在托图诺夫旁边待了 20

分钟，两人一起努力，勉强将反应堆的功率提升到 200 兆瓦。但这之后，
83 便再也没法继续上升了。氙毒仍在大口吞吃着堆芯中的正中子，而他
们已经没有控制棒可抽了，一百多根控制棒已经处于它们能抽出的最
高位置。

到凌晨 1 点，托图诺夫和特列古布已经将反应堆从意外停堆的边缘拉了回来。但在这样做的时候，他们从反应堆堆芯抽出了该机组 211 根控制棒中的约 203 根。没有电厂总工程师批准而抽出如此大量的控制棒，是严令禁止的。然而，两名工程师知道，监控堆芯中控制棒数目，也就是运行反应裕量的计算机系统，并非一直准确，此外，他们完全不知道，这个裕量对于反应堆安全运行的重要性。他们一丝半点都没有想到，向堆芯再次同时插入如此多控制棒，会引发反应堆失控。在这一时刻，即便是极其小心地稳定住反应堆，然后再缓慢地令其停堆，也可能会引发一场灾难。

然而就在这时候，另外两个连接到反应堆的巨型主循环泵启动了。尽管属于初始测试程序的一部分，但这两台额外的循环泵根本就不应当在功率如此之低的情况下被加入。它们将更多的冷却水输送到堆芯，进一步破坏了反应堆内本已极其微妙的反应性、水压和蒸汽含量的平衡。在中央控制台前操作这个循环泵系统的，是 27 岁的高级机组控制工程师鲍里斯·斯托利亚尔丘克。随着循环泵轰鸣着加到最大马力，以每秒钟 15 立方米的速度将高压冷却剂泵入反应堆，他全力以赴地校正着汽水分离汽锅中的水量。急速的水流吸走了堆芯中更多的中子，令反应性受到压制，而反应堆自动调控系统则抽出更多控制棒来补偿。没过多久，冷却回路中的水就因为流速过快而在进入堆芯时便已经接近沸点并转化为蒸汽，这使得反应堆在哪怕功率仅略为增加的情况下，便可能出现正空泡效应。

现在，启动发电机降负荷的时机终于到来了。一些操作人员流露出显而易见的紧张。然而，阿纳托利·佳特洛夫却十分冷静。测试总

是要进行的，不管试验规程的附属细则上写着什么，不管他的手下多么疑虑重重。围绕着四号控制室的操作台和控制板，10个男人此时就站在那里，紧盯着他们的仪表设备。他转向阿基莫夫。84

“你还在等什么？”他问道。这时候，是凌晨1点22分。

针对切尔诺贝利核电厂的一个机组，模拟全面停电可能造成的影响，看起来是一个相当简单的过程，控制室中的许多人错误地认为，这项降负荷测试绝大部分属于电工的活儿，反应堆在其中只扮演一个小配角。测试程序几乎照搬1984年在三号机组进行过的那次测试，在那一次测试中，尽管没能得到理想的结果、令循环泵保持运行，但也没发生过任何事故。总工程师尼古拉·福明，没有得到上头的批准，便亲自下令进行该项测试，因此这一次应该也没什么道理不一样。他并没有把自己的计划告知莫斯科的国家核安全委员会、能源技术科学研究与设计院或库尔恰托夫研究所的专家。他甚至都没有告诉厂长布留哈诺夫即将进行测试这回事。

有了这个先例壮胆，福明对新的测试做出了两项重要的改动：这一次，在降负荷期间，该机组的8台主循环泵将全部连接到反应堆，增加一回路中的循环水量。但他还下达了一个命令，将一个特殊设备，一个只要按下按钮便可以重现设计基准事故效应的电箱，在测试期间临时接入控制板。新的测试程序，在一个月前由顿涅茨克的电气工程师小组负责人根纳季·梅特连科起草完成，4月份得到了福明和佳特洛夫的批准，看上去相当简单明了。

首先，操作人员会切断从反应堆到涡轮发电机的蒸汽供应，涡轮旋转开始减速。与此同时，他们会按下设计基准事故按钮。这会向反应堆的安全系统发送一个信号——向电厂的所有外部供电均已中断，从而触发紧急柴油发电机开始启动，并将八号涡轮发电机的降负荷机组与主循环泵相连。如果一切顺利，涡轮发电机靠惯性转动产生的电流仍可令循环泵保持运行，直到柴油发电机完成交接。技术人员们预计，这项实验的持续时间将不多于一分钟。测试会在梅特连科下
85 令后开始，而他则会用示波器记下测试结果。最后，操作人员将启动AZ-5系统实现全面紧急停堆，从而操纵反应堆进入常规停堆状态。

凌晨1点23分，坐在控制室自己的控制台前，列昂尼德·托图诺夫成功地将反应堆的功率稳定在200兆瓦。佳特洛夫、阿基莫夫和梅特连科都站在房间正中，等待着这一时刻开始。在楼上标记为+12.5的位置，紧挨反应堆坑室的泵房中，高级冷却泵操作员瓦列里·赫德姆丘克正值守在岗位上，8台主循环泵同时工作发出的雷鸣般的巨响，充满了这个3层楼高、空空荡荡的房间。在反应堆堆芯底部，压力水正在以仅比沸点低几度的高温涌入进口阀。就在那上面，211根控制棒中的164根已经被抽到了最高位置。

反应堆如同一支处于待发状态的手枪。剩下的，只是由某个人扣动扳机。几秒钟后，梅特连科下达了命令：

“开启示波器！”

在涡轮发电机控制台前，高级涡轮发电机控制操作员伊戈尔·克什鲍姆关闭了涡轮发电机的蒸汽泄压阀。6秒钟之后，一位工程师按下了设计基准事故按钮。亚历山大·阿基莫夫看着测量八号涡轮发电机速度的转速表上的指针逐渐下降，4台主循环泵开始靠惯性减速运行。控制室中气氛冷静，这一切很快就会完成。在反应堆内部，冷却水流过燃料通道，变得越来越慢，越来越热。在堆芯底部深处，转化为蒸汽的冷却剂逐渐增多。蒸汽吸收的中子量较少，反应性进一步增加，释放出更多热量。继续有更多的水转化为蒸汽，吸收的中子越来越少，反应性再度增加，又产生了更多的热量。正空泡效应掌控了局势。一个致命的反馈回路开始了。

然而，在列昂尼德·托图诺夫的控制板上，仪表没有显示出任何

异常。又过了20秒钟，反应堆的各项读数仍在正常范围内。阿基莫夫和托图诺夫悄声交谈。在循环泵控制台前，鲍里斯·斯托利亚尔丘克 86
全神贯注于自己的任务，没有听见任何异动。在他们身后，副总工程师佳特洛夫也保持着沉默，脸上毫无表情。八号涡轮发电机的转速慢慢降到了每分钟2300转。是时候停止测试了。

“SIUR（高级反应堆控制工程师的缩写）——停闭反应堆！”阿基莫夫平静地说。他在空中挥动手臂，“AZ-5！”

阿基莫夫掀起了控制板上的透明塑料罩。托图诺夫将手指伸进密封纸，按动下面的圆形红色按钮。正好36秒钟之后，测试结束了。

“反应堆已经停堆！”托图诺夫说。在他们上面的反应堆大厅里，控制棒的电动伺服马达开始发出嗡嗡声。墙上的211个自同步监视器闪动着显示，这些控制棒正在缓慢降入反应堆。一米，两米——

在堆芯内部，接下来发生的一切如此迅雷不及掩耳，完全超出了反应堆仪表的记录能力。

就在那一瞬间，当充碳化硼的控制棒上端进入反应堆上部时，总反应性下降了，正如预想中一样。但由石墨制成的控制棒尖端随即开始替代堆芯底部的水，令正空泡效应增加，生成蒸汽，推动反应性上升。在反应堆的底部，形成了局部临界质量。过了2秒钟，链式反应便开始以势不可挡的速度增加，从堆芯向四面八方喷涌而出。

在控制室里，正当员工们准备着放松一下时，高级反应堆控制工程师面前的报警板突然连续闪动起令人惊恐的报警信号。对应“功率偏移率紧急增加”和“紧急功率保护系统”的警示灯都闪着红光。电子警报器发出刺耳的尖叫。托图诺夫高声警告：“功率浪涌！”

“停闭反应堆！”阿基莫夫重复道。这一次，他是喊出来的。

站在20米外的涡轮发电机控制台前，尤里·特列古布以为自己听见了八号涡轮发电机继续减速的声音，就像是一辆全速行驶的伏尔加轿车突然开始放慢速度：呜——呜——呜——呜。但随后，声音增大为轰鸣，在他周围，整栋建筑开始不祥地颤抖起来。他以为，这可能是测试的副作用。但实际上，反应堆是在自我毁灭。在3秒钟之内，热
87 能蹿升到了最大值的一百倍。在堆芯东南象限区域的底部，几个燃料通道急速升温过热，燃料芯块接近熔点。当温度攀升至摄氏3000度时，封装燃料组件的锆合金变软、断裂，随即爆炸，将小块的金属和二氧化铀抛射向周围的燃料通道，在那里，它们瞬间令附近的水蒸发为蒸汽。这样一来，燃料通道自身也解体了。AZ-5控制棒卡在半途。反应堆保护系统的8个紧急蒸汽释放阀门全部瞬时打开，但这一保护机制很快变得不堪重负，分崩离析。

在标记为+50位置、悬于主厂房之上的一个起重台架上，反应堆车间巡查班组长瓦列里·佩列沃兹琴科惊讶地看见，圆形的"猪鼻子"上，80公斤重的燃料通道帽盖，开始像正遭受暴风雨袭击的池塘中的玩具小船一样，被抛上抛下。在托图诺夫的控制板上，响起了"反应堆内部空间压力增加"的警报。控制室的四壁开始摇动，振荡虽然很慢，却不断加剧。值守在循环泵控制台前的鲍里斯·斯托利亚尔丘克，听到一声响亮的悲咽，那是一头巨兽在痛苦万状中发出的抗议。然后，一声巨响。

怎么会发生这种事?

随着燃料通道粉身碎骨，通向堆芯的水循环完全中断了。巨大的主循环泵上的止回阀关闭了，所有困在堆芯的残留水分，瞬间化为蒸汽。一道中子脉冲从将死的反应堆中激涌而出，热能达到了超过120亿瓦的峰值。密封的反应堆内部空间中的蒸汽压力呈指数级剧增，每秒钟8个大气压，将2000吨重的钢筋混凝土上部生物屏障"叶连娜"顶离原位，并将焊接其上的压力管齐齐切断。反应堆内部的温度升高到了摄氏4650度，只略微逊色于太阳表面温度。

四号控制室墙上，自同步监视器表盘上的灯一阵狂闪，指针最终停在了3米的刻度上。绝望中的阿基莫夫操纵开关，松开AZ-5控制

棒的离合器，让它们可以在自身重力的作用下降入反应堆。但指针仍停止不动。已经太晚了。 88

1点24分，传来振聋发聩的一声巨响，或许是反应堆内部空间形成的氢氧混合物突然燃烧而引发的。四号反应堆被一场灾难性的爆炸，相当于点燃60吨TNT炸药，扯成两半，整栋大楼都为之颤抖。巨大的冲击力撞开了反应堆容器的四壁，扯裂数百根蒸汽管道和水回路，把上部生物屏障像一枚硬币一样抛起在半空中。它远远甩开350吨重的换料机，将高架桥式起重机扭离上方导轨，反应堆大厅上半部分的墙壁被炸得粉碎，混凝土的屋顶也被撞飞，露出了外面的夜空。

这时候，反应堆的堆芯已经完全炸毁了。近7吨铀燃料和炸成碎片的控制棒、锆通道及石墨砌块一道，被化成齑粉后又被高高吸入大气层，形成了一团携带着众多放射性同位素的混合气体和气溶胶。那里面的碘131、镎239、铯137、锶90和钚239，是已知对人类危害性最大的物质。此外，还有25到30吨铀和高放射性石墨被抛射出堆芯，散落于四号机组附近，在落下之处燃起小火苗。暴露于空气下，反应堆堆芯中仍残留的1300吨炽热的石墨碎块立刻着起火来。

在亚历山大·谢甫琴科位于+12.5标记位置、离控制室只有几十米远的办公间里，他正在和一位进来拿油漆罐的同事说话。谢甫琴科听到“砰”的一声响，脚下的地面开始摇动。感觉好像有个挺重的东西，或许是换料起重机，砸倒在反应堆大厅的地面上。接着，他听到了爆炸声。谢甫琴科看见粗大的混凝土柱和厚厚的屋墙像橡胶一样弯曲起来，带着湿热浑浊的蒸汽与灰尘的冲击波，把房门从合页处整扇撕开撞飞。天花板上碎石瓦砾如雨般落下。“得，”他想着，“和美国的这一仗，终于开打了。”

在涡轮大厅上方，涡轮发电机工程师尤里·科尔涅耶夫充满恐惧地抬头看着，八号涡轮发电机上方的波纹钢天花板，像巨大的扑克牌 89
一样一块接一块地坍塌下来，砸向他，砸向下面的设备。

在主厂房，以前当过核潜艇艇员的阿纳托利·柯尔克孜看见一道浓密的水蒸气向他席卷而来。在被炽热的放射性蒸汽击倒之前，柯尔克孜奋力关上压力气密门，封闭了大厅，拯救了反应堆车间中的他的同事。这是他在失去知觉前做的最后一件事。

值守在主循环泵邻近区域的瓦列里·赫德姆丘克是第一个丧生的人，或许在爆炸中瞬间化为齑粉，或许被坍塌的混凝土和机器压死。四号控制室里，砖块瓦片的灰尘从天花板上落下来。阿基莫夫、托图诺夫、副总工程师佳特洛夫不知所措地看着一切。空调通风口处涌出了灰色的烟雾，灯光也突然熄灭。回过神来的鲍里斯·斯托利亚尔丘克注意到，屋子里弥漫着一股刺鼻的机器的味道，和他以前闻到的别的味道都不同。在他身后的墙上，监视室内辐射水平的指示灯突然从绿色转为红色。

核电厂外面，冷却池的混凝土堤岸上，两个不当班的员工正在夜钓。听到第一次爆炸时，他们的钓线正垂在从核电站反应堆那里排出的温暖池水里。循声望去，他们正好听见了第二次爆炸，响如雷鸣，就像一架飞机突破音障时出现的音爆。大地在震颤，两个人随后都被冲击波震倒在地。黑烟从四号机组上方盘旋升起，四处溅射的火花和灼热碎片在夜空中划出弧线。随着烟雾逐渐消散，他们终于可以看见150米高的通风烟囱的全身，此时，它被下面一道奇异、冷白的光照亮着。

在第二行政办公大楼的29号房间，工程师亚历山大·图马诺夫正在加班。从他办公室的窗户看出去，整个电厂北部一览无余。凌晨1点25分，他听到一声轰鸣，感觉整栋楼抖了一下。这之后，是什么东
90 西爆裂的声音和两下重击。他看向窗外，发现从四号机组那里飞出了一连串火花，似乎有许多融化的金属碎片或燃烧的碎布正在从机组那里向四面八方抛射出去。就在他目睹这一切之时，大块熊熊燃烧的建

筑碎片撞上了三号机组的屋顶和辅助反应堆设备大楼，开始在那里着了起来。

3公里之外，普里皮亚季的市民犹在沉睡。维克托·布留哈诺夫位于列宁大道的公寓里，电话铃响了起来。

91 # 六

4 月 26 日，星期六，凌晨 1 点 28 分，第二民兵消防站

凌晨 1 点 25 分刚过，一束火舌高达 150 米、闪着虹彩的紫色烈焰，从切尔诺贝利电站刷着棒棒糖条纹的通风烟囱周围腾空而起，第二民兵消防站的警铃随即响了起来。电话调度员的房间里，有数百个红色报警灯泡，每个灯泡代表一间切尔诺贝利电站综合体内房间的状态主控板，突然间从上到下全部点亮。

第三班次的 14 名值班消防员中，许多人已经在待命室的床上迷糊着了，直到一声巨响令消防站的窗户和地板都晃动起来，才把他们惊醒。当紧急警报拉响时，他们已经穿上靴子，跑到消防站前方混凝土浇成的回车场上。在那里，消防站的 3 辆消防车一直处于待命状态，钥匙就插在点火器上。他们听见调度员喊着说，“核电厂发生了火灾”，再抬头看时，正好见到一朵巨大的蘑菇云，从不到 500 米远、开车只要两分钟的三号机组和四号机组上方冉冉升起。

普拉维克中尉下令出发，红白相间的大型 ZIL 消防车一辆接着一辆驶离回车场。24 岁的亚历山大 · 彼得罗夫斯基中士，是这个班次里第二年轻的成员，他来不及找自己的头盔，只好抓过普拉维克的军帽凑合戴上。这时候是 1 点 28 分。驾驶头一辆消防车的，是消防站的党支书阿纳托利 · 扎哈罗夫，一个 33 岁、喜欢招朋引伴的大块头。他还干着另一份工作，在普里皮亚季当救生员，他的望远镜和摩托艇曾帮
92 他从河里救起来很多喝醉了的游泳者。扎哈罗夫向右拐了个弯，沿着

工厂外围的围栏一直开，全速赶往工厂大门。一个向左急转，再穿过大门口，他就进到了电厂的地界上。他一路疾驰，掠过蹲伏在一侧的柴油发动机电站。车上的无线电台不断噼啪作响，传来提问和指示："出什么事了？""损失怎样？"另外两辆水罐车已经跟在他们后面赶来，普里皮亚季市的消防队员也在路上。普拉维克中尉发出了三号警报，最高级别的报警信号，这会召集基辅地区所有可用的消防队员。

从扎哈罗夫的车挡风玻璃看出去，核电厂这一庞然大物的超级结构此时已经近在眼前。他顺着右边的通道开进去，在一条抬高的堤道的混凝土支柱之间穿行，加速开向三号反应堆的北墙。在那里，他看见了30米之外的四号机组残骸。

四号机组控制室中，所有人都在同时开口说话，副总工程师阿纳托利·佳特洛夫拼命想要搞明白，设备上的显示到底意味着什么。涡轮发电机、反应堆和循环泵控制台上的红色和黄色警报灯闪成了一片，电子警报器也无休无止地尖叫着。情况看起来很不妙。在高级机组控制工程师鲍里斯·斯托利亚尔丘克的控制台前，读数显示8个主安全阀门全部打开了，然而分离汽锅中却没有水留下来。这种情形属于最大设计基准事故，是一个"原子人"最恐怖的噩梦：一个活性区域得不到上千加仑关键冷却剂的供应，堆芯熔毁的危险显著上升。

此外，在高级反应堆控制工程师托图诺夫的控制板上，自同步测量仪的表盘指针卡在了4米的刻度上，这意味着控制棒在下降还不到一半的时候便卡死在那里。托图诺夫已经将控制棒从电磁离合器上松开，让它们在重力作用下下沉到位，但不知为何，还没有令反应堆停堆，它们就停在中途。显示堆芯活性的反应性测定仪上的灰色LED读数时高时低。那里肯定还在发生着些什么，但佳特洛夫和他身边的技术人员已经无法控制。

四号机组在事故发生后的第一张照片，由切尔诺贝利核电厂摄影师阿纳托利·拉斯卡佐夫（Anatoly Rasskazov）在1986年4月26日下午3点左右在直升机上拍摄

绝望之中，佳特洛夫转向为了观察测试而在当晚来上班的两位实习反应堆控制工程师维克托・普罗斯库里亚科夫和亚历山大・库德里亚夫采夫，下令让他们手动完成紧急停堆。他告诉他们，前往反应堆大厅用手把控制棒插进堆芯。 93

两人听命而去，但就在他们离开房间后，佳特洛夫意识到了自己的错误：如果控制棒无法靠自身重力下沉，那么也就不可能以手动方式令其移动。他跑到走廊，想要把两个实习工程师叫回来，但他们已经消失在四号机组大厅和楼梯井中弥漫的烟雾和蒸汽之中。

回到控制室，佳特洛夫接过了指挥权。他下令给班组长亚历山大・阿基莫夫，遣散所有仍在岗位上的非必要员工，其中包括已经按下AZ−5紧急停堆按钮的高级反应堆控制工程师列昂尼德・托图诺夫。然后，他让阿基莫夫启动紧急冷却泵和排烟扇，并下令打开冷却剂管道阀门的闸门。“小伙子们，”他说，“咱们得把水弄进反应堆里去。”

楼上，+12.5标记位置、没有窗户的高级工程师办公室中，亚历山大・谢甫琴科被一片灰尘、蒸汽和黑暗所吞没。从被炸得四分五裂的门口外边，传来恐怖的嘶嘶声。他顺着桌子暗中摸索，寻找通往四号控制室的电话，但线路中断了。随后，三号控制室有人打电话发来指示：“马上抬担架过来。”

谢甫琴科找到了一副担架，跑下楼，到了+10标记位置的地方。但他在接近控制室之前，被一个茫然的身影拦住了。那人的衣服焦黑，脸上血肉模糊，已经认不出本来面目。他开口说话时，谢甫琴科才意识到，这是他的朋友、冷却剂泵操作员维克托・杰格佳连科。他说，他从自己值守的岗位那边来，那里还有其他人需要帮助。谢甫琴科打着手电在一片潮湿的黑暗中摸索，在一堆设备残骸的另一边碰到了第二名操作员，他还能勉强站立，但喷涌出的蒸汽已经把他烫得惨不忍

睹。他因为过于震惊而浑身发着抖，但还是挥手让谢甫琴科走开。“我
94 没事，”他说，“去救赫德姆丘克。他就在泵房里。”

谢甫琴科随即看见自己的同事尤里·特列古布从黑暗中钻了出来。特列古布是从四号控制室被派出来的，他的任务是手动打开紧急高压冷却剂系统的水龙头，用水注满反应堆堆芯。谢甫琴科知道这项工作需要至少两个人才能完成，便告诉那个受伤的冷却剂泵操作员该去哪里求救，随后便陪着特列古布走向冷却剂箱。他们发现，最近的入口已经被瓦砾堵住，于是下了两段楼梯，随即马上发现自己身处没膝深的水中。通往大厅的门被卡住了，但透过一条窄缝，二人可以窥见里面的情形。

一切都毁了。巨大的钢制水箱像打湿了的卡纸一样被撕开，在它的残骸之上，原本应该是大厅墙壁和天花板的地方，满天星光闪烁。他们看到的，是一片虚空，陷入黑暗死寂中的反应堆，只有露出来的五脏六腑，被月光照亮。

二人转入与地面持平的运输走廊，踉踉跄跄地走进夜色之中。站在离反应堆不超过 50 米的地方，特列古布和谢甫琴科是第一批真正了解四号机组到底发生了什么的人。这是恐怖的、犹如世界末日降临的一幕：反应堆大厅的屋顶不见了，右边的墙也几乎被爆炸冲力完全摧毁；半个冷却回路完全消失，在左边，曾经向主循环泵供水的水箱和管道悬荡在半空中。那个时候，谢甫琴科知道，瓦列里·赫德姆丘克肯定活不成了：他身处的位置被埋在蒸腾着热气的一堆瓦砾废墟下，照亮那里的，是被齐刷刷切断的粗如男性手臂的 6000 伏电线，摇荡着，在所触及之处引发短路，火花如雨般溅落在断壁残垣之上。

此外，在乱糟糟的一堆钢筋和混凝土碎块正中，从四号机组废墟的深处，反应堆原本的位置上，亚历山大·谢甫琴科看到了更令人惊恐的景象：一根闪闪发光的蓝白色缥缈光柱，笔直向上延伸，直至消
95 失于亘古不变的夜空。它是那么曼妙，那么奇异，在熊熊燃烧的建筑

物和炽热的金属碎片与机器残骸上跳动的火苗，幻化出忽隐忽现的虹彩，将其环绕。这美丽的磷光让谢甫琴科呆住了几秒钟，但马上被特列古布拉回角落，以远离那迫在眉睫的危险。令年轻工程师迷醉的这一现象，是空气被放射性物质电离所导致的，是未加遮蔽的核反应堆暴露于大气中的确然无疑的迹象。

当第二消防站的3辆消防车在四号反应堆旁边排成战斗队形时，一位核电厂的防火安全员跑出来迎接他们。他目睹爆炸经过，发出了警报。阿纳托利·扎哈罗夫从驾驶室跳出来，四处打量。地面上到处散落着石墨砌块，一些仍在闪着红热的火光。扎哈罗夫曾经在内部见过反应堆建造的过程，清楚地知道那是什么东西。

“这是什么玩意儿？”一个人问道。

“小伙子们，这是反应堆的肠子，”他说，“如果咱们能活到明天早上，就都能长生不死了。”

普拉维克告诉扎哈罗夫，留守在无线电旁边等候指令。他和小队长列昂尼德·夏维去侦察一下，确定火源。“然后我们再把它扑灭。”普拉维克说。

话音未落，年轻的中尉便消失在核电厂中。

四号机组的涡轮大厅中，两位消防员看到的是一片混乱。破碎的玻璃、混凝土和金属碎片撒得到处都是，一些不知所措的操作员在从瓦砾堆上升起的烟雾中跑来跑去，建筑物的墙壁摇晃着，从上面不知哪个地方，传来蒸汽逸出时发出的嘶鸣声。沿着A排的一溜儿窗户全都被炸碎了，七号涡轮发电机上方的灯光也被炸飞，蒸汽和热水从破裂的进水管法兰（凸缘）处激射而出，而在燃料泵的方位，透过云遮雾罩的蒸汽，仍能看到跳动的火苗。部分屋顶塌落下来，被爆炸冲力甩出反应堆建筑、落在大厅屋顶上的沉重的瓦砾碎片，仍在从上方掉

落。有那么一刻，一个曾经用来关闭反应堆通道的铅塞从屋顶掉下来，
96 就砸在离一个涡轮发电机操作员立足处不到 1 米的地面上。

作为专职消防员，普拉维克和夏维没有任何可以测量辐射的设备。步话机失灵了，他们找到了一部电话，试图打给核电站调度员，获知关于这次紧急情况的更多细节。电话无法接通。在接下来的 15 分钟时间里，两人在核电厂中四处奔走。但他们没法得出任何确定判断，除了涡轮大厅的屋顶发生了坍塌，而这里看起来并没有着火。

等普拉维克和夏维回到等在三号机组外面的同事那里时，普里皮亚季市的消防队员也已经赶来了。凌晨 2 点时，全基辅地区的另外 17 支消防队的队员，也都在全速向核电厂进发，和他们一道赶来的，还有搜救队员、特种云梯队员和水罐消防车。没过多久，驻基辅的内务部负责人就已经成立了一个危机处理中心，专门应对这一紧急事件，并要求每隔 40 分钟从现场向其发送进展汇报。

在与普里皮亚季警察局一街之隔的公寓里，喝了一晚上的大酒之后，第二民兵消防站第一班次负责人彼得·赫梅利正准备上床睡觉，门铃响了起来。来人是站里的司机拉琴科。

“四号机组着火了。”他说。所有人都需要马上赶到现场。赫梅利告诉他等自己穿上制服，然后便跟着他走下楼梯，钻进等在街上的一辆嘎斯吉普车。出门时，年轻的中尉顺手从厨房的餐桌上抓起了半瓶苏维埃香槟。嘎斯车在列西娅·乌克兰卡大街上向左急转，赫梅利紧紧握住酒瓶，把瓶子里的酒一饮而尽。

甭管是什么紧急情况，绝对不能浪费这么好的苏维埃香槟。

在核电厂厂长维克托·布留哈诺夫位于列宁大道的公寓中，爆炸发生两分钟后，他便被电话唤醒。并排躺在床上的厂长妻子也被惊醒，
97 灯打开的时候抬头看了一眼。深更半夜从核电站打来的电话并不稀罕，

因此她觉得没什么大惊小怪的必要。但当丈夫沉默不语地听着电话那边传来的消息时，瓦莲京娜眼看着血色从他的脸上消失了。维克托放下听筒，恍惚着穿好衣服，一言不发，走进了夜色之中。

凌晨2点不到，布留哈诺夫就赶到了核电厂。他看到了被里面闪烁的微弱红光所照亮的四号机组残破的轮廓，知道最糟糕的情况已经发生了。

我要进监狱了，他想着。

一路走进主行政办公大楼，厂长给核电厂的民防负责人下令，打开地下室的紧急掩体。按照设计，这个强化掩体会在遭遇核打击时为员工提供避难之处。里面有一个危机处理中心，核电厂的每个部门领导都有各自的办公桌和电话，还配备了清除污染的淋浴间、收治伤员的医疗室、过滤大气中有毒气体和放射性核素的空气过滤器、一台柴油发电机和装有足以满足1500人最少捱过3天的清洁饮用水。所有这些，都被一扇钢制气密门紧紧地挡在后面。布留哈诺夫走上楼，来到自己位于三楼的办公室，尝试给核电厂的值班总经理打电话。但没有答复。他下令启动自动电话报警系统，该系统可以通知所有高级员工，发生了最严重的紧急事故：全面辐射事故。这意味着放射性物质不仅释放到了核电站内部，而且已经蔓延到地上，并且进入周围的空气。

普里皮亚季的市长赶到了，与他一道前来的，还有克格勃的驻厂少校和核电厂与普里皮亚季市的党委书记。官员们提出了许多难以回答的问题。被期待给出答案的厂长，却什么也说不出来。

地下掩体是一个又窄又长的空间，屋顶很低，里面摆满了桌子椅子。被电话警报召集而来的电厂各部门领导，很快便各就各位。布留哈诺夫坐在紧挨着大门右边的椅子上，他的办公桌上安装了好几部电话，还有一个小型控制板。他开始向自己的上级进行事故通报。首先，他给莫斯科打了电话，向苏联核工业联合会的领导汇报了情况。接着，他又打给基辅的党委第一书记和第二书记。“发生了坍塌，”他说，“但 98

还不清楚到底出了什么事。佳特洛夫正在调查此事。”再之后，他又通知乌克兰能源部和基辅地区电力供应系统的负责人。很快，厂长便得到来自核电厂辐射安全部门负责人和值班总经理的初步损失报告：四号机组发生了爆炸，但他们正试着继续向机组输送冷却水。布留哈诺夫听到，控制室的仪表读数仍显示冷却剂水平卡在零点上。他所担心的，是犹如身处悬崖边缘的他们，正面对着一场想象中最恐怖的灾难：反应堆正在供水中断的情况下运行。没人提示他说，反应堆已经全毁。

掩体里很快就进来了三四十个人。通风扇嗡嗡作响，整个空间一片混乱，犹如魔窟。十几台电话同时在通话中，此起彼伏的声音在强化混凝土的墙壁间形成嘈杂的共振。那是核电站的各部门领导在打给他们的下属，所有通话的焦点，都是确保供水，把水泵到四号反应堆的堆芯。守在门口办公桌前的布留哈诺夫，看上去仍在震惊之中：向来精明强干的他，此刻陷入了极度沮丧的恍惚之中，动作慢吞吞的，十分僵硬。

从外部目睹了四号机组损毁的恐怖景象之后，亚历山大·谢甫琴科和尤里·特列古布跑回核电厂，报告他们所见到的一切。但在赶到控制室前，他们被谢甫琴科的顶头上司、反应堆工段值班负责人瓦列里·普列沃兹琴科拦住了。和他在一起的，是那两个被副总工程师佳特洛夫派去手动降下反应堆控制棒的实习工程师。在普利沃兹琴科说起他们接受的任务时，谢甫琴科试着告诉他们，这项任务已经没有意义了：控制棒，事实上，整个反应堆，已经不存在了。但普利沃兹琴科坚持要去。他说，谢甫琴科刚刚只是从下部检查了反应堆，他们需要从上方评估损失。

于是，特列古布继续前往控制室，而谢甫琴科答应帮忙寻找前往反应堆大厅的通道。命令就是命令。此外，谢甫琴科是唯一有手电筒

的人。四个人沿着楼梯，从 +12 标记位置爬到了 +35 标记位置。当他 99
们在坍塌的墙壁和扭曲的机器残骸形成的迷宫中摸索前行时，谢甫琴科走在最后一个，直到众人来到反应堆大厅的巨型气密门前。用钢铁制成、内充混凝土的这扇大门，重达数吨，但用来让它保持打开状态的转动曲柄装置却在爆炸中被摧毁了。如果他们走进大厅，而门在身后关上的话，所有人都将困在里面。于是，谢甫琴科答应留守在外面。他用肩膀顶住大门，用尽全身力气使其保持在打开状态，而他的三个同事跨过了门槛。

里面的空间并不大。普列沃兹琴科站在一个窄窄的横梁上，拿着谢甫琴科的手电筒在黑暗中扫来扫去。黄色的手电筒光照到了“叶连娜”的轮廓，这个巨大的钢铁圆盘斜悬在半空中，由反应堆坑室的边缘支撑其平衡。数百根从中穿过的细蒸汽管已经被齐齐剪断，乱糟糟的一团，就像是一个丑娃娃的头发。控制棒早就不见了。当他们向下打量那个被熔化的大坑时，三个人惊恐地意识到，他们正在注视着一个活性区域：反应堆喷着火的喉咙。

普利沃兹琴科、普洛斯库里亚科夫和库德里亚夫采夫在横梁上停留的时间，与谢甫琴科顶住门的时间一样长：最多也就 1 分钟。但即便如此，也已经太久了。三个人全都在几秒钟的时间里受到了致死剂量的辐射。

虽然看见他的三个同事一脸震惊、步履蹒跚地走进走廊，谢甫琴科还是想自己看个究竟。但曾经在核潜艇部队服役多年的普利沃兹琴科深知发生了什么，把这个年轻人推到了一边。大门重重地关上了。

“这儿没什么好看的了，”他说，“我们走吧。”

在一片漆黑的涡轮大厅中，副段长拉齐姆·德维叶特别耶夫正努力平息席卷整个部门的混乱。常规应急预案规定，核电厂的操作人员，而不是消防员，应当扑灭在核电站内部自己所值守区域发生的任何火灾，如今，整个涡轮发电机工段的几层楼都燃起了熊熊大火，很可能
100 发生更大的灾难。涡轮机械装置中注满了上千升高度易燃的油，而涡轮发电机里则含有氢——在正常的运转过程中，氢是冷却发电机线圈所必需的。如果两者中任何一样着火了，导致的火灾可能会沿着1公里长的涡轮大厅一直蔓延下去，吞噬核电厂剩下的3座反应堆，或是导致四号机组内部又一次剧烈爆炸。

放射性蒸汽和滚烫的热水，从破裂的管道里喷涌而出，被切断的线缆溅射着火花。置身其中的德维叶特别耶夫向自己的手下接连下令，打开七号涡轮上方的喷淋系统，将润滑剂排放到紧急水箱中，堵住从+5标记位置上一个破裂管线中激射出的油。与地平线齐平的地面上，漂着一层浮油，并且正在向地下室流去。3名工程师组成的小组奋力冲进已经灌满热水的输油泵控制阀门所在的房间，将阀门关闭，避免火势继续蔓延。两名机械师在+5标记位置上扑灭了一处火情，其他人则在各处努力与火势抗争。总机修工切断了脱气走廊的水泵，从而避免了从破裂管道中流出的放射性水流入涡轮室。

大厅内，水气弥漫的潮热空气带着臭氧的味道，让人几乎无法呼吸。但操作人员根本没去想辐射的事儿，从机组那边冲出来的已经吓坏了的放射剂量测量师，也没能提供任何有用的信息：他们的监控设备上的所有指针都已经超出最大测量范围。能够显示更高读数的辐射计锁在保险柜里，没有得到上头的命令前无法取出。拉齐姆·德维叶特别耶夫跟自己说，充满涡轮大厅的那股独特的味道，只不过是空气中的短路电弧所引发的，后来，当他开始感到恶心时，尽管知道这是辐射中毒的早期警报，但他依然用猛灌几口碘化钾溶液的办法把这股恶心劲儿压了下去。

当值班电气工程师阿纳托利·巴拉诺夫跑进来的时候，涡轮工程师尤里·科尔涅耶夫正在忙着关掉八号涡轮。巴拉诺夫开始用氮气替

换掉七号和八号涡轮发电机中的氢气，避免发生继续爆炸。等到两人完成工作时，一片诡异的静寂降临在他们和了无生气的机器周围。他们走到一个小阳台上吸了根烟。直到很久之后，他们才发现这根烟的代价：他们身下的通道散落着反应堆石墨砌块，在两人倚着阳台栏杆 101 休息的时候，辐射无情地穿透了他们的身体。

其他地方的工程师们已经开始在一片瓦砾中搜索死伤者。涡轮大厅一层的机械师们显然都毫发无损地逃过了最初的爆炸，但半小时后，一直在流量计室604房间监控着涡轮测试的弗拉基米尔·沙什诺克，依然不见踪影。三个人在瓦砾堆中摸索着，走到了位于涡轮大厅上方平台、凹进于反应堆建筑墙壁内部的那个房间。一路上到处都是机器残骸，他们躲避着逸出的蒸汽，趟过脚踝深的积水，但当他们最终到达604房间时，发现那里已经什么都没剩下了。混凝土墙板被爆炸的冲力甩到了大厅底部的地面上。黑暗和腾起的灰尘吞没了手电筒发出的微光。他们开始在一片漆黑中呼唤沙什诺克的名字，但听不到任何回应。终于，他们发现了一具躯体：昏迷不醒地侧躺在那里，血沫不停地从嘴里冒出来。他们搀着沙什诺克的腋下，把他救了出来。

核电厂外面，第二民兵消防站的普拉维克中尉登上了三号机组北墙上之字形的消防梯，他的靴子踩在金属踏板上，发出丁零当啷的声音。普里皮亚季消防站的几个消防员跟着他，其中包括指挥官维克托·基别诺克中尉，以及25岁、身材壮硕、有第六消防站体育冠军之称的瓦西里·伊格纳坚科。在他们四周，只能听到核电厂余下三座反应堆发出的轰鸣声，还有火苗燃烧的噼啪声。

爬到楼顶的路程不短。在三号机组和它命运多舛的双胞胎上方，平屋顶犹如巨大的台阶交错排列。八层平面上的建筑群，构成了一个混凝土的梯形金字塔，最高处位于通风区的顶部——它足有20层楼高，

上面矗立着红白条纹、俯瞰两座反应堆的大烟囱。从这里，消防员可
以直接看见四号机组反应堆大厅仍闪着光的废墟，并大致了解周围的
102 被破坏状况。几十处小火苗在他们四周的屋顶上烧着，烟囱脚下，三
号机组反应堆大厅上，还有远处黑暗中的涡轮大厅上方，被反应堆爆
炸抛射出的炽热的瓦砾碎片点燃，一些火头烧得很猛，火舌向半空中
蹿起一米多高，另一些虽然火势要小一些，却闪着奇异的白光，像烟
花一样发出嘶嘶声和爆裂声。空气中黑烟弥漫，有一种消防员们认
不出来的气味：一种诡异的雾一样的气体散发出让人不舒服的奇怪
味道。

在他们脚下的黑暗之中，是上百个致命的致电离辐射源：石墨块、燃料组件碎片以及装着反应堆二氧化铀燃料的芯块。它们散落在屋顶上，形成的 γ 射线场强度高达每小时数千伦琴。

然而，普拉维克一伙人却被一个更看得见摸得着的威胁——燃烧于三号机组屋顶上、正位于反应堆上方的火焰——吸引了注意力。风正在从西边吹来，任何一个小火苗，都可能会顺风蔓延到仍在运行中的二号和一号反应堆那里。如果这些火得不到控制，整个核电站都可能会迅速被灾难吞噬。普拉维克迅速做出反应，和基别诺克一伙人一道，将消防水带架到了屋顶上。普拉维克命令他手下的消防泵车连接到干式消防竖管上，借助核电厂的灭火系统将水送到建筑物所在的高度。但当水泵打开的时候，只有空气呼啸着流过水管。

“加点儿压力！”普拉维克对着无线电喊道。根本没有用，消防竖管已经被炸得粉碎。

这一次，就连第三班次那些平时吵吵嚷嚷彼此不和的家伙，也变得极其听话。在厚厚的帆布消防服和橡胶防火上衣下汗流浃背的他们，像日常演练的那样布开了更多消防水龙——5 条，17 秒。他们将消防水带扛在肩膀上，拖着它们爬上楼梯，开始在三号机组屋顶上喷射泡沫。基别诺克将另外一条消防水带连接到了普里皮亚季市消防站的大

型乌拉尔消防水罐车上，它每秒钟可以输送40升水。但即便如此，屋顶上的几个消防员也无法扑灭哪怕是最小的火苗。当他们把水浇到那些熊熊燃烧的东西上时，火势反而更加凶猛。这些东西几乎可以确定是二氧化铀芯块，在爆炸前，它们被加热到了超过4000摄氏度的高温，103
一遇到空气立刻便烧了起来。当往上面浇水的时候，产生的反应释放出了氧气、可引发爆炸的氢气和带有放射性的水蒸气。

24岁的亚历山大·彼得罗夫斯基留守在地面，他接到命令，再派两个人到通风区的屋顶上帮忙。还不过是个十几岁的少年时，彼得罗夫斯基就成为建造三号机组和四号机组的15人焊工小组的一员。他参与过两座反应堆的修建，熟知核电厂中从地下电缆隧道到屋顶的每一个房间。那些日子里，周围有点儿辐射是家常便饭，从来都没有出过问题。他丝毫不担心受到点儿辐射会有什么大碍。

彼得罗夫斯基只爬到第一层屋顶，位于+30标记位置，离最上方还有一半距离，便看到了正往下撤的普拉维克中尉和普里皮亚季市消防站的一群人。很明显，在他们身上发生了一些相当恐怖的事：摇摇晃晃、语无伦次的六个人，彼此搀扶着走下楼梯，一边走一边呕吐。彼得罗夫斯基告诉跟着自己的一个人，把这些人安全地送到地面，而他继续和第三班次的伊万·夏维往上走。他们急着要赶到屋顶，帮助那些可能仍在+71标记位置上扑火的同志，夏维在陡峭的楼梯上滑了一下，彼得罗夫斯基伸出手拉住他。伸手的瞬间，彼得罗夫斯基感觉到自己借来的军帽从头上滑落了。他绝望地看着帽子翻滚着跌入黑暗，只好继续光着脑袋向上走，为他提供保护的，只有他的衬衫和防水外套。

他们终于爬到最高点，两名消防员发现，屋顶上只有他们两个。一个消防水带还在出水。于是，两人开始轮流尽力扑灭火苗。他们绕着通风烟囱的基座扑火，把消防水龙对准燃烧着的大块石墨，但随即发现，即便火苗扑灭了，那东西仍然散发着炽热的白光，不管浇上去多少水都无法熄灭。30 分钟后，他们身边几乎所有可见的火苗都扑灭了，但一个主要问题仍没有解决：竖立在屋顶上的两米高的通风管道尽头，火舌仍在吞吐。水压不足以将水射入管道中，彼得罗夫斯基的个子又不够高，没法将消防水龙举到通风管道口。夏维要比他高出一
104 头，但就在彼得罗夫斯基中士把沉重的铸铝水龙喷嘴递到夏维手上时，他突然失明了。

足以致死的辐射剂量约为 500 雷姆（人体伦琴当量），或是暴露于 500 伦琴每小时的辐射场中，人体在 60 分钟内吸收的平均辐射量。在三号机组屋顶上的某些地方，铀燃料块和石墨块释放出的 γ 辐射和中子辐射，强度达到了 3000 伦琴每小时。在其他一些地方，辐射水平可能已经超过了 8000 伦琴每小时：在那里，一个人在不到 4 分钟的时间里，就会吸收到致命剂量的辐射。

彼得罗夫斯基的失明来得突然，彻底，但仅持续了 30 秒。然而，对他而言，这段时间却长如永恒，令他充满了恐惧。当视力又突如其来地恢复时，中士的勇气已经烟消云散。“操他妈的，小万子！”他对夏维喊道，“咱们赶快从这鬼地方离开！”

在核电站综合体的另一端，伊万·夏维的哥哥列昂尼德一直在涡轮大厅的屋顶上救火。在 +31.5 标记位置那里，飞溅的碎片在波纹钢屋顶上撞出了许多大洞。一些屋顶板已经完全塌陷，掉入下面的大厅，而另一些则在脚下摇摇欲坠，黑暗中，仿如一张布满了看不见的陷阱的拼花被。高温令消防员脚下的沥青屋顶表面熔化了，黏着他们的靴子，让他们步履维艰。第一批抵达现场的人无法用消防水龙够着所有的火头，只好沿着破洞的边缘缓缓前进，用沙子把火闷熄。

下到地面去取另外一根消防水带的列昂尼德·夏维，发现消防站站长列昂尼德·P. 捷利亚特尼科夫少校已经赶到，接过了指挥权。少校告诉夏维，回到涡轮大厅屋顶，等到所有余下的小火都扑灭后，在那里观察火情，直到火警解除。就在这里，凌晨 3 点刚过几分钟的时

候，仍在喝着人民香槟的彼得·赫梅利中尉和夏维一道，作为监视哨巡查着新的火头。他们两个人站在一堆缠在一起的消防水龙和放射性碎片之中，等待黎明降临。

在办公行政区下面的掩体中，布留哈诺夫厂长和厂里的高级员工 105
四处打着电话，仍无法相信他们头上的那个世界发生的一切。在重重压力之下，他们已经蒙头转向，机械地做着手头的事，但在他们心中，核反应堆永远都不会发生爆炸的强大信念，却难以克服。尽管这时，许多人已经亲眼见到了四号机组附近破坏的惨烈程度，他们依然无法或不愿接受真相。布留哈诺夫自己去了趟四号机组，返回掩体后，他仍拒绝正视自己所见到的一切预示的结果。他选择认定，反应堆本身仍完好无损，爆炸发生在别的某个地方，比如汽水分离汽锅，或是涡轮油箱。只要他的手下，一直保证向四号反应堆供水，降低堆芯熔毁的可能性，一场真正的灾难便有可能避免。

然而，并不是每个人都如此自欺欺人。核电厂的民防负责人谢拉菲姆·沃罗比约夫在凌晨 2 点之后不久赶到了掩体中。他做的第一件事，便是从储藏柜里取出一台测量能力强大的 DP-5 军用辐射计。DP-5 辐射计是一个粗笨的酚醛塑料盒子，长长的电线末端有一个钢制的探测棒。它被设计用于核打击后的环境中，与核电站放射剂量测量师用于监控工作场所安全的敏感的盖革计数器相比，DP-5 辐射计能够探测到强度高达 200 伦琴每小时的 γ 辐射场。根据规章制度，沃罗比约夫需要向地方当局报告任何可能导致辐射释放到核电站界限以外地方的事故。他走到地面，开始记录测量值。才走到核电厂前门的公交车站，显示的读数便已高达 150 毫伦琴每小时，比正常值高出 100 倍。他赶快跑回去告诉布留哈诺夫，要厂长向核电厂员工和普里皮亚季市民发出警报。

“维克托·彼得罗维奇，”他说，“咱们得发布声明。”

但厂长告诉沃罗比约夫等一下，他要多花点时间想一想。于是，沃罗比约夫又走了出去，钻进自己的小轿车，搜集更多数据。他绕着核电厂向四号机组方向开去，DP-5辐射计的指针摆到了20伦琴每小时的刻度上。当他越过变电站后，指针蹿升到100伦琴每小时，并继续向上跳动：120，150，175，直至超过200伦琴每小时的最大测量值。
106 沃罗比约夫现在已经不知道核电厂周围的真实辐射水平到底有多高，但他知道，那数字一定高得离谱。他一直开上了反应堆坍塌的北墙所形成的瓦砾堆，看见一排黑色石墨印迹一直没入黑暗中。不到一百米远的地方，第一批操作人员被引导出核电厂，上了一辆等候在侧的救护车。他们呈现出诡异的兴奋状态，埋怨着头痛和恶心，有的已经开始呕吐。

沃罗比约夫驱车回到掩体，向布留哈诺夫汇报了他对放射剂量的最保守估计：整个核电站目前被非常高的辐射场包围，数值高达200伦琴每小时。他说，最起码也要向普里皮亚季的市民发出警告，告诉他们发生了什么。“我们得告诉大家，发生了一起辐射事故，他们应当采取防护措施，关上窗户，留在室内。”沃罗比约夫对厂长说。

然而，布留哈诺夫仍在试图拖延。他说，他得等核电厂辐射安全小组的负责人科罗别伊尼科夫的评估报告。凌晨3点，布留哈诺夫给莫斯科的党委领导和基辅的内务部打电话汇报情况。他提到了爆炸和涡轮大厅屋顶的部分坍塌。至于辐射情况，他说，事实真相仍有待澄清。

又过了一个小时，负责辐射安全的领导才赶到。沃罗比约夫站在一旁，听着那个人给出的报告，几乎不相信自己的耳朵：他的测量值显示，辐射水平的确有所升高，但不过才13微伦琴每小时。他宣称，自己已经进行了全面彻底的调查分析，发现空气中的放射性核素主要是稀有气体，很快便会自行消散，因此对市民几乎不构成任何威胁，没什么可以担心的。这个评估报告显然是布留哈诺夫一直想要听到的。他站在那里，环视四周，语气阴沉地说道：“这里有些人什么都不懂，就知道煽动恐慌。”没人会不知道他到底说的是谁。

然而，沃罗比约夫知道，无论从任何方向接近核电站，都不可能不穿过比辐射安全小组汇报的数值高出上万倍的辐射场。他听到的每一个字，都一定是谎言，但他对自己专业知识和测量设备的信心却动 107
摇了。

拿起DP-5辐射计，沃罗比约夫第三次走入夜色，核对自己的测量结果。在他驱车前往普里皮亚季的路上，琥珀色的晨曦已经开始划破天际。在城里，他发现了一个警察局设置的路障，一群人正在空地上等着坐公共汽车前往基辅，沥青路面上有放射性坠尘留下的热点痕迹：在那周围几米开外的空间里，γ 辐射水平升高了上千倍。等到他从城中返回核电厂，沃罗比约夫的轿车和衣服都已经严重污染，DP-5辐射计已经不再能够显示准确读数。他大步流星地走下掩体的混凝土楼梯台阶，整个人已经处于歇斯底里的边缘，眼里流露出狂意。“没错的，”他对布留哈诺夫说，“我们必须按计划要求的那样采取行动。”

但厂长打断了他的话，并将他推开。“滚出去，你的仪表坏了。从这里滚出去！”

绝望中的沃罗比约夫拿起电话，准备通知乌克兰和白俄罗斯的民防当局。但接线员告诉他，他被禁止拨打长途电话。最后，他终于用自己的直线电话连接到了基辅，布留哈诺夫和他的助手在匆忙中忘了切断这条电话线。但当沃罗比约夫提供了自己的报告后，接电话的民防值班官员却不相信他是认真的。

负责反应堆车间巡查的瓦列里·佩列沃兹琴科，摸索着回到了四号控制室，他向副总工程师佳特洛夫报告了自己在执行手动降下控制棒这一不可能的任务时见到的景象：反应堆已经被摧毁了。佳特洛夫笃定地说，这是不可能的。尽管他知道，在四号机组的某处发生了爆炸，但他根本就没想过发生爆炸的正是反应堆堆芯本身。在他从事核工业几十年的经验中，他亲自监督了阿穆尔河畔共青城所有核潜艇的交付使用，目睹了切尔诺贝利的三号机组和四号机组启动发电，他研读的那些课程和说明书让他对 RBMK-1000 的最新规章了如指掌。所
108 有这些都不曾对反应堆可能爆炸有过任何暗示。佳特洛夫起身走向走廊，打算自己对机组进行检查，试图找出证据证明，这不过是紧急堆芯冷却系统中的某处发生了可燃气体爆炸。

在外面的走廊，他遇见了奥列格・亨里希和满身烧伤惨不忍睹的阿纳托利・柯尔克孜，皮肤正从他的脸上脱落下来，双手血肉模糊。佳特洛夫告诉他们，马上前往核电厂的医疗室，然后接着走向大厅，来到一扇窗户前。在那里，他惊诧万状地看到，机组大厅的墙壁，从 +12 标记位置到 +70 标记位置，总共超过 17 层楼高的一整面墙，已经完全倒塌了。他继续前往走廊的尽头，步下楼梯，缓缓地在三号机组和四号机组的外面绕了一圈，排在一起的消防车、舔噬着建筑物屋顶的火舌和满地散落的瓦砾碎片，尽收眼底。

跑回楼上的控制室，佳特洛夫看到了托图诺夫。虽然已经被命令离岗，他还是又跑了回来。佳特洛夫生气地要他为这种不服从指令的行为做出解释，然后得知，这位年轻的操作员的确已经离开了，但马上又觉得对核电站和自己的同志们负有责任，于是便又回来帮忙。佳特洛夫再一次命令他离开。几分钟后佳特洛夫再次离开控制室时，托图诺夫仍倔强地坚守在那里。随后，当一位新的四号机组班组长前来接替亚历山大・阿基莫夫时，他也选择留在了自己的岗位上。两个人决定执行他们接到的命令，确保反应堆的冷却水供应。要做到这一点，他们需要在给水管网中找到那些巨大的闸阀，把它们打开——必要的时候，用自己的双手。

这时候，控制室中的辐射水平已经高到了十分危险的程度。一次又一次地在四号机组里里外外的放射性瓦砾中穿行，加上频繁发作的呕吐，已经让佳特洛夫的力气一点一滴地消失殆尽。就在天将破晓时，

他重新找回了操作日志，从一直监控着反应堆最后时刻的列宁格勒原子能控制系统Skala计算机那里，收集了所有打印数据，最后一次离开四号控制室。

凌晨5点15分，极度虚弱且不停干呕着的佳特洛夫，终于蹒跚着走进掩体，向厂长布留哈诺夫报告情况，流进他鞋子里的放射性污水，随着他的脚步发出嘎吱嘎吱的响声。他把Skala计算机的三份记录摆在了桌子上：两份显示着反应堆的功率水平，另外一份显示一冷却回 109
路的水压。然而当布留哈诺夫和核电厂的党委书记谢尔盖·帕拉辛要他解释四号机组到底发生了什么的时候，佳特洛夫只是迷惑地摊举着双手。

“我不知道。我一点儿都不明白。”他说。

等到早上5点30分，核电厂中已经挤满了技术人员和专业人士，他们被从普里皮亚季的家中唤醒，赶来阻止灾难进一步恶化。三号机组的班组长不顾来自上面的指示，已经下令紧急停闭他负责的反应堆，将其控制室与核电站的通风系统隔离开来。而在核电厂的另一端，一号机组和二号机组仍然在运行发电，操作人员都守在自己的岗位上。但所有的警报都在一起响着，走廊里的装甲门也都牢牢关紧。

四号控制室外面的过道上，铝制天花板散落一地，放射性污水从上方倾泻而下，其中很多曾经流过上方的反应堆残骸，浸满了核燃料。

然而，布留哈诺夫绝望的指令仍然一直从掩体中传递出来：“把水送进去！”

在+27标记位置上狭窄的管道间里，亚历山大·阿基莫夫和列昂尼德·托图诺夫，在黑暗中奋力打开控制汽水分离汽锅供水的闸阀。这些阀门通常由电子传动装置遥控打开，但线缆已经被切断了，电也早停了。两人用尽全身力气，徒手转动那个与成年男子身量相仿的巨

4月26日凌晨，一个小分队被派去打开向反应堆输送冷却剂的巨型电气控制阀门，这是其中一名成员画的速写图：亚历山大·阿基莫夫（下方左侧）和列昂尼德·托图诺夫（下方右侧）站在没过脚踝的放射性污水中，阿基莫夫已经无法独自站立，托图诺夫正在呕吐

大转轮，每次只能转动一厘米。到早上7点30分的时候，浑身上下都被从屋顶倾注而下的放射性水浸透的两人，终于打开了一个冷却剂管道上的所有阀门。这时候，两人在四号机组强大无比的 γ 射线场中，已待了超过6个小时，开始出现急性辐射综合征的初期症状。他们的白色工作服已经变成灰黑色，又脏又湿，被不断释放高能 β 粒子的放射性核素浸透，使他们的皮肤暴露于每小时数百伦琴的辐射之下。托
图诺夫不停地呕吐，阿基莫夫几乎迈不动步子。不管他们如何用力， 110
最后一个阀门怎么也打不开。最后，阿基莫夫被他的同志们从管道间里拉扯出来，两个人跌跌撞撞地走下楼梯，向四号机组控制室走去，一盏矿工灯为他们照亮了脚下的道路。

然而，当托图诺夫和阿基莫夫进入核电厂的医疗室时，他们费了全身力气才放出来但已经毫无用处的水，从已被炸碎的反应堆的各处破裂管道激涌而出。水一层接一层地淹没了整个四号机组，流过走廊和楼梯，缓缓地清空了冷却三号机组所需的共用冷却水储备箱，让地下室和连接它们的电缆隧道变成一片汪洋，埋下进一步毁灭的隐患。直到很久很久之后，在掩体中的布留哈诺夫厂长和其他人承认自己犯下惊人错误之前，还会有其他一些人，要为四号反应堆完好无损的幻象，牺牲自己的生命。

星期六早晨6点35分，已经有37支消防队，共186名消防员和81台消防车，从整个基辅地区被召集到了切尔诺贝利。他们协力扑灭了四号反应堆建筑群附近所有的可见火头。基辅地区消防总局副局长宣布，紧急状况已经解除。然而，在反应堆大楼的残骸里面，仍有燃烧的黑烟和类似蒸汽的东西一直盘旋着冒出来，缓缓地飘散在春日晴朗的天空中。

在散落一地的瓦砾碎片中摸索着走到脱气走廊尽头的高级机组工

程师鲍里斯·斯托利亚尔丘克，从备用控制室的一扇破窗中探出身去，伸着脖子往下看。拂晓已至，天光大亮。斯托利亚尔丘克看到的景象，并没有把他吓到，但一个念头油然而生：

我还这么年轻，一切就这么结束了。

四号反应堆已经不复存在。在它原本的位置上，是一座铀燃料和石墨块堆起的、火光明灭的火山——这团放射之火，将不可能被扑灭。

七

星期六，凌晨 1 点 30 分，基辅

基辅南郊的孔恰 · 扎斯帕（Koncha-Zaspa），清幽芬郁的松林里，藏着许多国家分配给党内高官和各部部长的别墅。尽管各种舒适的设施一应俱全，维塔利 · 斯克利亚罗夫却无法入睡。这位乌克兰共和国的能源与电气化部长，在床上翻来覆去，眼睁睁地看着午夜来了又去，星期五的晚上变成了星期六的凌晨。1 点 30 分，电话响起时，他正绝望地盯着天花板。

这是值守在基辅办公室中，负责监控共和国内部电力分配的乌克兰电网中央调度员打来的。调度员午夜来电，意味着在由众多发电站和高压电线织成的庞大乌克兰电网中，某个地方出了严重的岔子。有那么一刻，斯克利亚罗夫希望，不管这次又出了什么事，只要没有伤亡就好。

50 岁的斯克利亚罗夫一辈子都在与权力打交道。他花了 16 年，才从卢甘斯克（Lugansk）煤电厂低级技术员的位置，爬到了发电站站长的职位上。但在那之后，他一路高升，当上了基辅电力委员会的总工程师，最后又升任能源部长。他一辈子追随共产主义，因为工作之故，有机会到苏联境外的许多地方访问，也因此频频与“特殊服务”部门——克格勃的人打交道。对铁幕之外真实生活的惊鸿一瞥，只是让斯克利亚罗夫变得益发犬儒主义，而自己作为“在册干部”在官僚系统内的升迁，也令他在与雷区重重的党派政治打交道时，格外小心谨慎。

尽管乌克兰核电厂的员工们仍需向莫斯科直接汇报，但他们所发出的电，却在斯克利亚罗夫的管辖范围内。还是能源部副部长的时候，
112 他曾经参与了切尔诺贝利核电站第一座反应堆的决策实施，现在则与苏联秘密核机构的负责人亚历山德罗夫和斯拉夫斯基直接打交道。他一直对核电站的各种问题知情，包括 1982 年 9 月一号机组的熔毁事故。即便是在传统发电站中，斯克利亚罗夫也在漫长的职业生涯中见识过颇多事故：电线杆倒塌、全面停电、电缆和油田起火。他的手下曾因此重伤残废，甚至死亡。根据调度员的汇报，发生在切尔诺贝利的这一连串突发事故，听起来要比斯克利亚罗夫以前经历过的情况都严重得多。

“切尔诺贝利核电厂发生了一系列操作故障。”调度员说，“四号机组在凌晨 1 点 20 分停堆了。我们收到电站起火的消息。火势蔓延到了主大厅和四号机组涡轮大厅以外。我们与电厂失去了联系。”

斯克利亚罗夫马上打电话给乌克兰总理。亚历山大·利亚什科听到消息后，告诉斯克利亚罗夫立即将情况上报，并致电乌克兰社会主义共和国共产党第一书记。身为乌克兰共和国领导人和苏联中央政治局常委的弗拉基米尔·谢尔比茨基，是强硬派的党内高官，68 岁，勃列日涅夫的政治密友，对戈尔巴乔夫搞的那一套改革措施完全没有兴趣。谢尔比茨基之前下过指示，周末不要打扰他，他要离开基辅去乡下，在那儿，他养了一大群心爱的鸽子。在他的度假别墅中，警卫接到电话后拒绝叫醒主人。斯克利亚罗夫只好又打给利亚什科，跟他解释情况。5 分钟后，仍然半睡半醒的谢尔比茨基终于接听了电话。

“发生什么事了？”这位第一书记咕哝着。

爆炸发生后不到 30 分钟，第一波紧急电话便打到了莫斯科的苏联各部委。苏联能源部、卫生部第三局和国防部中央指挥中心的机密高

频电话线纷纷响起，这个中央集权国家的众多触须开始慢慢做出反应。从基辅那里，乌克兰内务部的负责人通知了克格勃的当地办公机构、民防部门和检察官，并将情况汇报给自己在莫斯科的上级。 113

鲍里斯·普鲁申斯基被值班话务员的电话唤醒时，正躺在家中的床上。他是苏联能源部下辖的苏联核工业联合会的总工程师，也是最近刚刚成立的核电站事故应急处理小组（OPAS）的负责人。电话里的女声告诉他，切尔诺贝利核电厂四号机组发生了一场事故。然后，她高声念出了用来代表事故严重性的代码："1（*Odin*），2（*dva*），3（*tri*），4（*chetyre*）。"还没清醒过来的普鲁申斯基，开始费力地回忆这些数字的含义：局部事故，还是全面事故？火灾？辐射？有没有伤亡？完全没用。他变得不耐烦起来。

"用正常话告诉我，"他说，"发生什么事了？"这时候，是凌晨 1 点 50 分。

凌晨 2 点 20 分，来自国防部中央指挥中心的一个电话，唤醒了苏军总参谋长谢尔盖·阿赫罗梅耶夫元帅。切尔诺贝利核电厂发生了一起爆炸，放射性核素可能进入了大气，但没人知道确切情况。阿赫罗梅耶夫告诉值班军官，收集更多信息并召集总参谋长会议。等到元帅一小时后抵达总参谋部时，仍没有新的细节汇报上来。尽管如此，阿赫罗梅耶夫依然开始下达命令。

苏联民防军是苏联武装力量中负责在自然灾害、核战争和化学打击中保护平民的分支部队。其负责人此时正在乌克兰西部的利沃夫（Lvov）开会。元帅通过电话找到他，下令要求马上调动驻扎在基辅的民防军机动辐射侦察小分队。他还向驻扎在伏尔加河东岸、专门处理放射性污染的苏军特别部队发出警报，安排将人员和设备空运到切尔诺贝利。苏联民防军副总指挥鲍里斯·伊万诺夫上将离开莫斯科前往指挥行动时，以为自己只是去处理发生在切尔诺贝利电厂天然气贮藏系统的一场爆炸以及四号机组的火灾。他计划按照既定的核电站事故
114 处理方案部署军队，保护工人和附近居民。毕竟，他的手下就是为应对这种情况而特别训练出来的。

鲍里斯·普鲁申斯基聆听着值班话务员的解码事故报告：这是一次可能为最大级别的紧急事故，看起来恐怕是“全面辐射事故”，而且发生了火灾和爆炸。他让话务员直接连线核电厂。10 分钟后，一个当班的主管从切尔诺贝利给他回电，但无法提供任何细节。技术人员说，反应堆已经停堆，冷却水也在被输送到堆芯那里去，还没有任何关于伤亡人数的报告。他一边打着电话，一边试着用内部通话系统联系四号机组，然而没有任何回应。

普鲁申斯基挂了电话，马上下令召集核电站事故应急处理小组的 18 名组员开会。这还是这个小组成立后的第一次会议。随后，他给好朋友、物理学家格奥尔基·科尔钦斯基打了个电话。科尔钦斯基曾在切尔诺贝利当过 3 年副总工程师，十分了解电厂和员工情况。他如今在莫斯科担任共产党中央委员会的核电高级顾问。普鲁申斯基告诉他，电厂发生了一起事故，但细节还不清楚。

“发生了一起爆炸，”他说，“四号机组着火了。”

科尔钦斯基随后给他的顶头上司——党内负责核工业的弗拉基米尔·马林打了电话。他们达成一致意见，应当尽快在中央委员会内部成立党的分管小组。科尔钦斯基叫了一辆车，穿戴整齐，收拾好一个小行李箱，动身前往苏联核工业联合会办公室。他到那里时，主管已经坐在办公桌前，一名克格勃官员静悄悄地坐在角落里。当核电站事故应急处理小组的成员从分布于莫斯科城四处的家中赶到时，他们已经制定好了与各部委——中型机械制造部、卫生部和负责监控整个苏

联境内天气与环境的国家水文气象委员会——共同应对事故的方案。

与此同时，他们一次又一次地尝试与切尔诺贝利原子能电站的现 115
场负责人联系。依然没有回应。

凌晨3点，弗拉基米尔·马林仍在家中，电话第二次响了起来。这次是维克托·布留哈诺夫本人从核电厂下方的掩体打来。厂长承认错误说，电站发生了一起严重的事故，但他向上司保证，反应堆本身安然无恙。马林把这个消息告诉了他的妻子，然后迅速穿上衣服，叫了辆车，赶往中央委员会。在动身离开前，马林给他的顶头上司打了个电话，上司又将这个消息在官僚体系内部一层层地报了上去。

当一缕晨光在克里姆林宫上空破晓而出时，尽管连接莫斯科、基辅和切尔诺贝利的电话专线已经快被打爆，但布留哈诺夫打了包票的情况汇报，这时才开始慢慢传递到苏联政府的最高决策层那里。

清晨6点，关于事故的消息终于传到了苏联能源部长阿纳托利·马约列茨那里。他在家中打电话给苏联总理尼古拉·雷日科夫。他对雷日科夫说，切尔诺贝利核电站发生了一场火灾。一个机组停止运行了，但局势尽在掌握之中：一个专家小组已经赶往电厂了解详情，他分管核能的副手——一位经验丰富的核专家，此前正在克里米亚度假——也已经被召回到现场主持政府委员会的工作。雷日科夫告诉马约列茨要时刻与小组成员保持联系，一旦得到更多消息，马上给他回电。

但在苏联核工业联合会那里，格奥尔基·科尔钦斯基和其他的核专家却已经了解到，真实情况可能要比所有人能设想到的更糟糕。他们通过电话联系上核电站的当班主管时，他的声音已经断断续续，惊恐万状。联合会主任指示他去找核电站的高级管理人员，让他们马上给苏联核工业联合会打电话。

切尔诺贝利负责科研的副总工程师是第一个打回电话的。他冷静地解释了自己所了解的情况：四号机组此前断网停堆，接受常规维护，116 然后进行了某种电气测试；但到底是哪种电气测试，他不能说。在测试过程中，意外发生了。

但问及堆芯的紧急冷却——这项关键工作将确保四号反应堆可以很快修复、重新入网供电——的进展状态时，这位切尔诺贝利工程师的沉静自若突然被打断了。

“没什么好冷却的了！”他喊道。电话就此中断。

坐在基辅的办公室中，乌克兰能源部长维塔利·斯克利亚罗夫受命了解切尔诺贝利电厂到底发生了什么。他已经打了一圈电话，却还是无法拼凑出一个更准确明了的事故全貌，于是他派出手下主管核能的副部长，驱车前往切尔诺贝利。这位特派官员需要两个小时才能到达事故现场。这段时间里，斯克利亚罗夫一次又一次地给核电站打电话，并与莫斯科的上级通报进展。他渐渐感觉到，这事儿恐怕很棘手，但没人能够告诉他任何确切的信息。

清晨 5 点 15 分，副部长从事故现场打来了电话。核电厂仍在燃烧，消防队员正在奋力控制火势。反应堆大厅的屋顶和两面墙都已经坍塌，机器设备完蛋了，用于冷却反应堆的经过化学药剂处理过的水快用光了。但当斯克利亚罗夫问起迄今为止所有交谈对象都避而不答的那些紧急问题（比如，辐射水平如何？反应堆情况怎样？）时，他发现，就连自己派出去的专家，也显然无法给出一个直截了当的答复。

“情况非常非常糟糕。”他所言仅止于此。

到底是怎样的事故，竟会令人如此不知所措，无法从技术上理解？

斯克利亚罗夫再次打电话给第一书记谢尔比茨基，告诉他自己所掌握的情况。

“维塔利·斯克利亚罗夫。”谢尔比茨基开口道。斯克利亚罗夫一阵紧张，做好了最坏的准备。当第一书记对你以全名相称时，通常都是一个坏兆头。“你需要自己去那里看看。”

斯克利亚罗夫对近距离观看一座燃烧中的核电站可没什么兴趣。他试着拒绝。

“核电站是莫斯科直接管辖的。它不归我们管。”他说。 117

“核电站或许不是乌克兰的，”谢尔比茨基回答道，“但那块地和那些人可是乌克兰的。”

在核电厂下面的掩体中，厂长布留哈诺夫恍恍惚惚地坐在办公桌旁，显然仍无法承认这场灾难的真实严重程度，拒绝接受核电厂民防部门负责人报上来的辐射剂量读数。福明，没有通报布留哈诺夫便擅自批准四号机组涡轮测试的总工程师，也处于震惊之中。知道自己的独断专行已然铸成大错，他坐在那里，像个孤苦伶仃的小孩子，一遍又一遍地轻声重复着同一个问题：“到底发生了什么？到底发生了什么？”

早上 8 点，核电厂核安全部门的技术人员取回的样本显示，核电站周围的地表和水体中，都存在核裂变产物和核燃料粒子。这为反应堆堆芯彻底被毁以及放射性物质已释放到大气中，提供了确凿无疑的证据。9 点钟，穿着绿色橡胶防化服、带着呼吸面具的内务部警察部队，拦住了通往核电厂的道路，基辅地区的党内二把手弗拉基米尔·马洛穆日也已经赶到，全权接管危机处置。在主行政办公大楼三层布留哈诺夫的办公室里，厂长听取核电厂各部门负责人的报告时，这位党内领导就站在旁边。负责核电厂医疗室的医生提供了到此时为止的伤亡情况。一人遇难，几十人受伤，很明显，他们受到了超大剂量的辐射，已经表现出明确无误的辐射病症状。然而，主管核电站外部辐射剂量测定的负责人却坚持说，没有必要疏散普里皮亚季市民。核电厂民防负责人沃罗比约夫试图再一次插话说，他们有责任告知市民发生了事故，但马洛穆日打断了他。

118 “坐下，”他厉声道，“还没轮到你说话呢。”

马洛穆日命令布留哈诺夫给他提交一份书面报告。核电厂党委书记带着几名员工起草初稿，在上午10点左右交到了厂长的办公桌上。文件很简短，只有一页打印纸，里面提到了一场爆炸、反应堆大厅屋顶的倒塌和一场已经彻底扑灭的火灾。参与救火的34个人正在医院接受检查，9人受到了不同程度的烧伤，其中3人伤势严重。一人失踪，另外一人死亡。报告中没有提到任何有关辐射损伤的事。只是说，四号机组附近的辐射水平达到了1000微伦琴每秒，相当于3.6伦琴每小时，完全在容忍范围内。但它没有解释，这是用来测量辐射值的设备可能测到的最大读数。报告结尾打包票说，普里皮亚季的形势一切正常，辐射水平也在进一步调查中。在报告底部的空白处，布留哈诺夫用蓝色圆珠笔签上了自己的名字。

星期六早上9点左右，一架军用运输机从莫斯科的奇卡洛夫斯基军用机场起飞，坐在飞机上赶赴切尔诺贝利的，是鲍里斯·普鲁申斯基和他的核电站事故应急处理小组。与此同时，总理雷日科夫来到克里姆林宫，开始办公。雷日科夫是一位煤矿工的儿子，作为一名后勤保障专家，他在管理苏联经济时的兢兢业业、克勤克俭，令他在政府系统内一路高升。才不过56岁的他，身材修长，活力十足，是戈尔巴乔夫推动改革的得力助手。他周末通常会晚一点才到办公室，今天也不例外。一到办公室，他便给阿纳托利·马约列茨打电话，要求通报关于乌克兰核电厂火灾的最新进展。

能源部长的报告很不乐观。目前，他认为情况远比最初想象的更严重，这根本不是寻常的小事故。一个反应堆发生了爆炸，损失规模很大，后果难以预料，有必要采取紧急措施。雷日科夫告诉马约列茨，再组织一个更高级别的专家小组，马上坐飞机前往基辅。他给苏联民 119 航总局下命令，准备一架飞机随时待命。这之后，根据发生重大事故后的惯常程序，雷日科夫开始组建另一支级别更高的小组，由他亲手挑选的政府委员会，前往事发现场，接管事故处理和预后。光头、长着一张斗牛犬一样的脸、主管全苏联所有燃料和能源业务的苏联副总理鲍里斯·谢尔比纳，被他选中作为委员会主席。雷日科夫找到此时正身在 1000 公里以外的奥伦堡（Orenburg）的谢尔比纳，本来，在这座邻近哈萨克斯坦边境的小城，谢尔比纳要向一群当地石油工人发表演讲。雷日科夫告诉他，马上结束行程赶回莫斯科，一架飞机将等在那里，直接把他载往乌克兰。

上午 11 点，马约列茨率领的第二个专家小组已经在飞往切尔诺贝利的途中，雷日科夫正式签署了成立委员会的命令。他发出口令，尽快将委员会的所有成员，来自苏联科学院、库尔恰托夫研究所、苏联总检察长办公室、克格勃、卫生部和乌克兰部长会议的头面人物召集在一起。

那天早上，库尔恰托夫原子能研究所第一副所长瓦列里·列加索夫院士醒来时，他对发生在乌克兰的一切一无所知。天气晴好，他还没有想好，到底是和妻子玛加丽塔一道去自己担任系主任的莫斯科国立大学工作呢，还是参加在中型机械制造部总部大楼召开的积极分子会议。

作为一名一贯忠诚可靠的共产党员，列加索夫选择了党内积极分子会议。他刚好在 10 点前抵达会场，一位同事提到，在切尔诺贝利核电厂发生了一件令人不愉快的事故。主持这场会议的，是中型机械制造部部长叶菲姆·斯拉夫斯基。气氛一如既往地热烈。这位老人长篇大论地列举了该部一连串的成功与辉煌，然后对某些个人的错误进行斥责。通常来说，一切都会和往常一样顺利进行：所有的计划均已实现，
120 所有的指标都圆满达成。然而，在对核电工业的传统光荣颂歌唱到一半的时候，斯拉夫斯基突然停了下来，然后提起，显然，乌克兰的某座原子能电站出了点小岔子。但他很快补充说，这家核电厂是由他们的邻居能源部负责运行的。不管出了什么事故，都无法阻挡苏联核电工业继续大步向前。

中午，会议暂停。列加索夫上到二楼找一位同事聊天。在那里，斯拉夫斯基的副手亚历山大·梅什科夫向列加索夫通报了一些紧急信息：他被选进调查切尔诺贝利事故的政府委员会，当天下午 4 点，他需要赶到莫斯科的伏努科沃机场。列加索夫马上叫了一辆车，载他前往库尔恰托夫研究所。尽管在国家核研究的最高机构担任要职，他却只是一名化学家，而不是反应堆专家。他需要一些专家建议。

作为一位苏共资深理论家的儿子，瓦列里·列加索夫是库尔恰托夫研究所共产党委员会负责人。他是 50 年代的大学毕业生，和妻子玛加丽塔都参加过在西伯利亚南部抢收小麦的共青团青年突击队。后来，他选择在偏远的托木斯克 -7 化学联合体攻读放射化学硕士学位，而没有接受另一个在莫斯科城中的美差。作为一名知识分子和一个科学家，他对社会主义原则深信不疑，并坚信能够建立起一个由受过教育的精英人士运行的平等社会。列加索夫十分睿智，对很多事都有独特见解，而他的家庭背景，也让他有自信在一个唯唯诺诺、人云亦云的官僚世界中，说出自己的想法。闲暇时间，他写诗自娱。尽管列加索夫一向直言不讳，但他在党内的上级却很欣赏他，一路青云直上，并因为自己的工作得到了众多国家大奖，获得了一位苏联科学家可能获得的所有荣誉，除了一个最高奖项：社会主义劳动英雄。

身材敦实却身手矫健、一头深色头发、戴着厚眼镜的列加索夫，如今已经接近自己职业生涯的顶峰，享受着与其苏联科学明星身份相

配的一切特殊待遇。他打网球，滑雪，游泳，四处旅游。他和玛加丽塔住在绿树成荫的步兵大街26号（Pekhotnaya 26）的一栋大别墅中，走路就能到办公室。他们经常在家中款待来访的朋友和同事，其中包括他的顶头上司阿纳托利·亚历山德罗夫。这位已经83岁的苏联科学院院长和库尔恰托夫研究所所长，和列加索夫是只隔了几个门的邻居。121
亚历山德罗夫喜欢溜达到他家里吃个晚饭，下盘国际象棋，他经常评价他的这位副手总能料敌先机。只有49岁的列加索夫，似乎已经被当成未来的库尔恰托夫研究所所长人选，只等亚历山德罗夫退休。

只有一个人挡着他的路，他的隔壁邻居叶夫根尼·韦利霍夫。膀大腰圆、性喜交游的韦利霍夫，是研究等离子体的物理学家，出身于一个发明家与思想家辈出的大家庭。他是戈尔巴乔夫的私人科学顾问，在莫斯科郊外有一个由他负责、属于他自己的理论研究实验室。韦利霍夫在库尔恰托夫研究所里的仕途也是一路高升。他是列加索夫最大的竞争对手。他到过许多国家，和西方科学家保持着很好的关系，说着一口过得去的英语，喜欢戴一条普林斯顿领带。但他很少出现在步兵大街26号的餐厅。当列加索夫假装对他的同事显而易见的敌意大惑不解时，他的妻子给出了个简单的解决办法："少跟他说你的那些丰功伟绩。"

星期六中午，列加索夫到达研究所，他花了一阵子才找到自己想要找的人——亚历山大·卡卢金，RBMK反应堆的驻所专家。卡卢金这天没来上班，但听到列加索夫在找他后，他带上了自己能找到的、关于反应堆和切尔诺贝利核电厂的全部技术文档。列加索夫随后赶回家中，告诉妻子，自己马上要出差，需要赶往机场，尽管要做什么和要走多长时间都还不清楚。天气和暖，但他仍穿着那天早上穿的西装和昂贵的真皮外衣。

大约上午 11 点，危机发生九个多小时之后，第一架来自莫斯科的飞机，降落在了基辅的柏油碎石飞机跑道上。由鲍里斯·普鲁申斯基率领的能源部核电站事故应急处理小组，成员中有苏联核工业联合会和参与反应堆及核电厂设计的各研究所的科学家，克格勃成员，以及莫斯科第六医院的四人专家小组。莫斯科第六医院是苏联国家生物物理研究所的直属医院，专门治疗放射性损伤。刚一落地，普鲁申斯基便得知，一个政府委员会也在赶来的路上，接管形势控制。然而，关
122 于事故真实严重程度的信息，就算之前已经通报到了莫斯科的中央政治局层面，却没有人将其转达给普鲁申斯基和他的专家小组。当他们坐着大巴，在警察的护卫下赶往 140 公里外的普里皮亚季时，他们的情绪很糟糕——这时他们已经知道，有两个人死了。但对到底发生了什么依然迷惑不解。或许是反应堆大厅的屋顶坍塌了，要么就是某些机器着了火。然而，他们仍认为，反应堆已经安全停堆，正在注水冷却，不会有更多伤亡了。

正因如此，当大巴终于开到分别通向普里皮亚季和核电厂的三岔路口，普鲁申斯基看到一名内务部警察官员戴着“花瓣”面具（lepestok mask）时，他深感不解。“花瓣”面具是苏联设计的一种以布制成的呼吸面具，可以过滤大气中的放射性悬浮颗粒。他不明白为什么要这么大动干戈。应急小组到达普里皮亚季后，来自核电厂的接待人员安慰他说，一切都在控制之中。放下心来的普鲁申斯基登记入住了波列西耶旅馆，一座俯瞰中央广场的 8 层混凝土大楼，并到楼下的餐馆吃了午餐。这之后，他漫步到了阳光灿烂的旅馆天台之上，看见布留哈诺夫厂长正穿过广场向他走来。

“机组出了什么问题？”普鲁申斯基问。

尽管这位震惊过度的厂长这之后还会继续向他的上级提供相反的信息，并在几个小时的时间里依然告诉其他人，四号反应堆完好无损，但在这一刻，布留哈诺夫承认了真相。

“机组已经不复存在了。”他说。

普鲁申斯基惊呆了。他知道这个人不是核专家，但其言中之意，简直令人难以置信。

“你自己去看一眼吧，”布留哈诺夫绝望地说，“从街上就能看到那些分隔装置。”

在莫斯科，布留哈诺夫之前的那份书面报告中披露的信息，仍然在官僚体系中一层一层地缓慢上传。中午时，能源部副部长阿列克谢·马库辛，给中央委员会发了一份17行的电报，将厂长再三保证的事态进展预测传达了上去。尽管标注为“紧急”，这份电报还是要经由 123
总务部（the General Department）转到原子能部，直到星期六下午才交到戈尔巴乔夫手上。

“反应堆室上部发生了一起爆炸，”电报上说，“反应堆区间的屋顶和部分墙板、机器间的几块天花板……在爆炸中被毁，屋顶着火。火灾在凌晨3点30分被扑灭。”

对于一个已经对工业事故司空见惯的政府来说，这种事并不陌生。某种形式的爆炸，好吧；火灾，不是已经被扑灭了吗？当然，是个严重的事故，但也没什么大不了的。关键在于反应堆本身完好无损，一场可能的核灾难已经被避免了。

“核电站的相关人员正在采取步骤冷却反应堆的燃料堆芯。根据苏联卫生部第三局的观点，”报告说，“不需要采取特别措施，比如从城市中疏散居民。”

下午两点，第二波级别更高的政府官员，在能源部长阿纳托利·马约列茨的带领下，乘政府官员包机从莫斯科抵达基辅。乌克兰的能源部长维塔利·斯克利亚罗夫在跑道上迎接他们，然后一起转乘两架看起来颇为古旧的An-2双翼飞机。刚刚上任不久，也不是核专家的马约列茨，表现得很有自信。“你知道，”他说，“我觉得我们不会在普里皮亚季待多久。”他认为，48 个小时之内，他们就会返程回家。

“阿纳托利·伊万诺维奇，”斯克利亚罗夫说，“我觉得两天时间可不够。”

“别吓唬我们了，斯克利亚罗夫同志。我们的主要工作是尽快修复受损的反应堆机组，让它重新入网发电。”

在切尔诺贝利以外的土路跑道上颠簸着降落后，他们急速驶进普里皮亚季，穿过列宁大道两旁的白杨树投下的斑驳光影。斯克利亚罗夫注意到，人们还是一如既往，像在任何一个温暖的周末下午那样，做着自己的事情。孩子们踢着足球，刚洗好的衣服晾在阳台上，一对对情侣在新建成的购物中心前的中央广场上缓缓散步。他跟人问起辐
124 射水平，得到的答复是，读数大约为正常本底辐射水平的 10 倍，这显然在允许范围内。于是，斯克利亚罗夫也变得乐观起来。

两位部长走进了普里皮亚季共产党和市执行委员会的总部大楼。这是一栋紧挨着波利西耶旅馆的 5 层混凝土建筑，在里面工作的人称其为“白房子”。从基辅赶来的党内大员马洛穆日，已经在这里设立了指挥中心。苏联民防军方面的负责人伊万诺夫将军也已经从莫斯科赶来，向党内高官建议，用广播警告普里皮亚季市民，核电厂发生了事故。与此同时，他手下的部队正在对核电厂和城市进行辐射侦察。

齐聚一堂的部长和专家们，此时就如何冷却四号反应堆、清理事故现场废墟，展开了激烈的辩论。但在正从莫斯科赶来的委员会主席鲍里斯·谢尔比纳到达之前，他们无法做出任何决定性的行动。外面晴空万里，风和日暖，而在隔壁的旅馆，一场传统的乌克兰婚礼仪式刚刚开始。

乘着直升机绕反应堆低空飞行的鲍里斯·普鲁申斯基已经意识到，

布留哈诺夫厂长对切尔诺贝利原子能电站四号机组命运的描述是准确的。然而，这位核电站事故应急处理小组组长，仍然难以相信自己看到的一切。

主厂房的屋顶已经消失不见。里面，是一个洞开的黑色大坑，十多层楼高的外墙和地面，仿佛被一把巨大的勺子凭空挖走了。建筑物的北墙已经坍塌，化作四处散落于邻近建筑物平屋顶上和整个核电站区域内的乌黑瓦砾。在大厅的废墟中，他能看见120吨重的桥式起重机、换料机、主循环泵和应急堆芯冷却罐扭成一团的残骸。飞行员使直升机向一侧倾斜，以让核电厂的摄影师能够透过机窗拍照。普鲁申斯基看到反应堆的盖子——用于将反应堆与外部世界隔绝的、两千吨重的混凝土钢盘“叶连娜”，斜斜地对着天空。在它下面的反应堆坑室内部 125
深处，尽管是在明亮的阳光下，他依然能看见残留的燃料组件形成的闪闪发光的栅格，有一处还燃着炽烈的红黄色火焰。当直升机斜着飞远时，普鲁申斯基迫使自己面对内心中仍拒绝接受的现实：四号反应堆已经不复存在了。

在下午4点举行于白房子党委会议室的会议上，总工程师尼古拉·福明做出结论说，他手下员工在此前12个小时中为保证四号反应堆冷却水循环的种种努力，如今都被证明为徒劳。他承认，反应堆已经彻底被毁，高放射性的石墨碎片撒得满地都是。更糟糕的消息还在后面。那天早上，核电站的物理学家已经进入被污染的四号机组控制室，证实控制棒没有在爆炸前完全降入反应堆。他们现在怀疑，仍残留于反应堆容器中的核燃料很可能会很快再度满足新的临界条件，启动又一轮链式反应，只不过这一次，是在光天化日之下进行，而他们完全没有办法对其加以控制。反应堆复活，可能会导致火灾和爆炸，向离普里皮亚季城边缘不足2500米的大气中，释放出一波又一波致命

的 γ 和中子辐射。预测结果显示，新的临界条件将在晚上 7 点之后的某个时刻达到，他们只有 3 个小时的时间干预。

快到 5 点的时候，基辅地区民防部队的亚历山大 · 洛加乔夫上尉跑进白房子，带来了他对核电厂地面辐射调查的结果。他的装甲车以 100 公里每小时的速度飞驰过列宁大道，速度快得令 7 吨重的车身在从铁路桥上冲下来的时候，几乎处于腾空状态。然后他向右一直开过步行广场，直到大楼入口。已经上气不接下气的洛加乔夫交给马洛穆日一份地图，核电厂食堂旁边，他用铅笔潦草地标注了辐射读数：2080 伦琴每小时。

“你的意思是毫伦琴吧，小伙子。”这位党内一把手说。

126 “就是伦琴。”洛加乔夫说。

洛加乔夫的指挥官仔细研究着地图。他抽完一根烟，又点着了一根。

“我们需要疏散城市。”他说。

星期六晚上 7 点 20 分，载着谢尔比纳和瓦列里 · 列加索夫院士的飞机，降落在基辅的朱利阿内机场（Zhuliany Airport）。迎接他们的，是一群神情紧张的乌克兰政府部长和一排车身锃亮的大型黑色轿车。这些车载着他们，在渐深的暮光中，赶往普里皮亚季市执行委员会。车一路向北行驶，列加索夫看到，集体农场逐渐过渡为农户们的牧场和一望无际的沼泽、水草丰美的草场和浓密的松树林。他们对前方的情况充满着紧张、焦虑，对话断断续续，随即完全停止。在一片长久的沉默中，列加索夫只盼他们能赶快到达目的地。但谢尔比纳，这位已经对煤气管道爆炸和其他工业灾难见惯不惊的老手，在到达普里皮亚季后，带着自信的微笑，从他那辆加长版海鸥牌汽车中走出来：一位计划经济的救世主，这就拯救他的那些下属来了，他们将无需再为做出可能十分危险的决定而担惊受怕。

这些年里，当这位莫斯科的大老板外出巡视乌克兰共和国境内在建的众多核电厂时，乌克兰能源部长斯克利亚罗夫经常与他碰面。66 岁的谢尔比纳才智过人，精力充沛，工作兢兢业业，态度强硬而又充满自信。但有时候，他也会变得十分情绪化和冲动，总是试图证明他比所有人，甚至是那些专家，都懂得多。作为一个小个子，他用帝王般的气势来弥补身量上的不足。有些人对他十分尊敬，甚至崇拜万分。斯克利亚罗夫却只觉得这人几乎没办法共事。

谢尔比纳十分安静地跟专家们逐一打过招呼，直到他见到了斯克利亚罗夫。此时，斯克利亚罗夫已经驱车到过核电厂，亲眼见到了反应堆被毁的情形。

“怎么样，吓得拉裤子了没有？”谢尔比纳问。

“还没，”斯克利亚罗夫说，“但我觉得接下来可保不齐不会。”

楼上，普鲁申斯基刚刚完成对核电厂的侦查巡视归来。谢尔比纳走近，听到普鲁申斯基正在走廊里和苏联核能部长说起自己的惊人发 127
现。直升机飞过反应堆后，普鲁申斯基继续朝地面开展调查，他透过望远镜研究了四号机组的废墟，在核电站周边地区，能看到四处散落的石墨砌块。在他看来，很明显，反应堆内部发生了爆炸，核燃料碎片就藏身于这些瓦砾中。

“我们必须疏散本地居民。”普鲁申斯基说。

“你怎么这么危言耸听？”谢尔比纳问。

大约晚上 10 点之后，政府委员会第一次会议在普里皮亚季市党委书记三楼的办公室召开。约有 30 名政府部长、军方官员和核工业专家列席，他们都坐在门边排成三排的椅子上。谢尔比纳站在屋子中间，靠着一张办公桌，桌上堆满了地图、文件和盛满烟头的烟灰缸。屋子里很热，空气中弥漫着浓浓的烟味儿，气氛紧张得简直令人窒息。

会上，谢尔比纳听取了基辅地区党内一把手马洛穆日和苏联能源部长马约列茨的汇报，列加索夫院士也只是在一旁听着。他们没有提供关于核电厂或普里皮亚季市内局势的任何详细信息，也没有提出任何关于如何应对事故后果的计划。只是说，在四号机组进行涡轮发电机降负荷试验时，接连发生了两起爆炸，反应堆大厅被毁，数百名电厂员工受到伤害，其中两人死亡，剩下的人住进了市医院。四号机组的辐射情况比较复杂，尽管普里皮亚季市的辐射水平显著超过正常值，但对人体健康不构成威胁。

谢尔比纳将委员会成员分成了几组：第一组由中型机械制造部副部长梅什科夫带头，开始调查事故原因；第二组将进一步测量辐射剂量；民防军的伊万诺夫将军和乌克兰内务部的根纳季·贝尔多维奇将军则为可能的疏散做准备；苏联卫生部副部长叶夫根尼·沃罗比约夫
128 负责所有与医疗相关的事务。最后，瓦列里·列加索夫将负责一个团队，对灾难后果加以控制。

与核电站的物理学家们一样，列加索夫的第一个顾虑，便是四号反应堆的残骸中是否可能发生新的链式反应。核电厂的操作人员已经向冷却系统的水箱中倒入了一袋袋的硼酸粉，其中的硼可以吸收中子。他们希望用这种办法淹没核燃料。但这些化学溶液在反应堆大厅破碎的管网迷宫中，随即消失得无影无踪。他们并无法确定，这些溶液流到了哪里，而且现在供应也已经快要不足。斯克利亚罗夫命令再从西边 300 公里以外的罗夫诺（Rovno）核电站调运 10 吨硼酸粉来。但罗夫诺核电站站长不愿意掺和这件事，万一他们也遇到紧急情况呢？而当这些硼酸粉终于装上卡车运来时，车又半途抛了锚，直到第二天，才运到切尔诺贝利。

与此同时，列加索夫意识到，核电厂操作人员试图用水冷却已经

炸碎的反应堆堆芯的英勇而又徒劳的做法，只是令三号机组和四号机组的地下室空间中注满了被污染的水，从而令放射性蒸汽云不断地涌入大气。此外，放射性悬浮颗粒的毒潮也从四号反应堆的大坑中，汹涌地散入空气。普鲁申斯基已经在匆匆一瞥中看到，那里的燃料电池栅格闪闪发光，还有一个预示着不祥之兆的炽热发光的亮点，这强烈意味着，有些东西正在燃烧。不管怎样，这团火必须扑灭，反应堆必须封闭起来。

然而，从堆芯抛射出的那些瓦砾碎片，令核电站及其附近的地面也成了一个放射性雷区。如今，对于任何试图接近四号机组的人来说，哪怕只是停留极短的时间，都意味着死亡。想要近距离覆盖反应堆，甚至只不过是用传统方式灭火，使用泡沫，或是像30年前英国在温德斯凯尔核电站事故中那样用水，都是不可能的。委员会中迄今没有人能够就如何熄灭熊熊燃烧的反应堆提出任何建议。列加索夫惊愕地环顾四周，遍布对核物理一无所知的政客，以及不敢提出解决方案、迟 129
疑不决、呆若木鸡的科学家和技术人员。每个人都知道，必须得做点儿什么。但做什么呢？

浓密的放射性核素云，继续从四号反应堆上方翻涌着进入天空，但白房子里济济一堂的专家们，依然无法就是否疏散普里皮亚季达成一致意见。民防军辐射巡逻小队，从中午起就开始每小时测量一次城市街道的辐射读数，他们发现，数字令人惊心：在离反应堆不到3公里的列西娅·乌克兰卡大街，下午3点前后，读数已经达到0.5伦琴每小时，到傍晚时分，升高到了1.8伦琴每小时。这个读数要比正常本底辐射高出上万倍，但苏联卫生部副部长坚持认为，这并不对居民构成直接威胁。他义愤填膺地指出，即便是在当时仍未向外公布的1957年马亚克灾难后，那个对外保密的城市中的居民，也不曾被告知需要离开。“他们从来都没疏散过那里的居民！”他说，“为什么要在这里这么干？”

事实上，苏联当局正式制定的核事故疏散标准要比这高得多。根据名为《关于核反应堆事故中居民保护的决策标准》的国家文件，只有当居民可能受到的辐射暴露超过 75 雷姆的终生最大暴露剂量——核电站工人年度安全辐射暴露值的 15 倍，才会执行强制疏散。即便是那些规定何时应当告知居民发生辐射泄露的法律法规，内容上也相互抵触，而且并没有明确规定，谁拥有决定疏散的权力。谢尔比纳或许只不过是担心在普里皮亚季造成恐慌。但在那个时候，他并没有理由认为，对那些不幸的新闻和不实的官方信息早已司空见惯的苏联公民，会真的在收到事故警报后失去头脑。更紧迫的，是国家对保密的强制要求。到星期六黎明拂晓时，内务部警察部队已经用路障封锁了整个地区，克格勃随后也切断了这个城市的长途电话线。等到黄昏降临时，本地的电话线路也被切断了，仍旧没有广播通知普里皮亚季市民发生了事故，更不要说警告他们待在室内或是关闭窗户了。即便如此，谢
130 尔比纳清楚地知道，一旦进行疏散，便没可能再继续隐瞒整个原子城 5 万居民的大逃亡。

然而，民防军指挥官和物理学家，对卫生部长的乐观预测并不同意：即便城中的辐射情况在短期内仍可忍受，却没有任何改善的可能。到这时为止，从反应堆飘出的气流，已经向北方和西北方向飘去，从普里皮亚季和基辅一直飘向白俄罗斯。到星期六中午时，化学部队已经在离核电厂 50 公里远的气流飘经路线上，监测到足以致命的 30 伦琴每小时的外部辐射剂量。但风向随时可能改变，而且东南方向已经在下雷雨；即便是极小的一部分降落在普里皮亚季，放射性坠尘也可能随之降下，给市民带来恐怖的后果。在基辅那边，乌克兰总理已经单方面下令，为可能的全城疏散安排好运输车辆——超过一千辆公共汽车和卡车。然而，没有来自上面的命令，任何工作都无法向前推进。而谢尔比纳希望在做出决定前，得到更多信息。他决定等到第二天早晨。

与此同时，四号反应堆咧着大嘴的坑室中，正酝酿着某种骚动。

星期六晚上大约 8 点时分，核电厂主管科学的副总工程师注意到，废墟中有红宝石色的光明灭闪动。这之后，是一连串小规模爆炸，耀眼的白光从主厂房的废墟中，如同喷泉一般蹿涌而出，照亮了 150 米高的通风烟囱。两小时后，能源部下属核能研究机构苏联核电运行研究院（VNIIAES）的一个小组，正在冷却剂河道提取样本，四号机组的墙壁突然被一声雷鸣般的巨响摇动。炽热发光的碎片如大雨般从天而降，技术人员只好躲到桥墩下暂避，他们的辐射剂量测定设备的指针全都超过了最大刻度。

政府委员会的会议还在继续。空气里仍弥漫着一种不切实际的氛围：不知何时，主席助理们居然起草了一份修复四号反应堆，重新将其并入苏联电网发电的行动方案，尽管这已经很明显是一个不可能实 131
现的任务。此外，根据斯克利亚罗夫的回忆，临近午夜，一位公务人员打断会议，告诉谢尔比纳，总书记戈尔巴乔夫很快会给他打电话听取情况汇报。这位副部长要求所有人离开会议室，但斯克利亚罗夫起身要走时，谢尔比纳却拦住了他。

“不，不。坐下，”他说，“听我怎么说。然后你再跟你的上级一字不差地复述。”

来自莫斯科的扰频高频电话线路（VCh）响了起来，谢尔比纳接过电话。

“发生了一起事故，”副部长告诉戈尔巴乔夫，“出现了点恐慌。现在党组织、州里的总书记和区委会成员都不在现场。我会下令能源部长重新启动所有机组。我们将采取一切措施平息这场事故。”

戈尔巴乔夫说话时，谢尔比纳沉默了一会儿。

最后，谢尔比纳说“好的”，然后将听筒挂上。

他转向斯克利亚罗夫：“你全听到了？”

他全听到了；惊呆了。“你没办法重启反应堆，因为已经没有反应堆了，”他说，“它已经不复存在了。”

“你这个大惊小怪的家伙。”

“我亲眼看见的。”

过了几分钟，专线电话又响了起来。这一次，是谢尔比茨基，乌克兰共产党的一把手。

谢尔比纳向谢尔比茨基重复了刚刚跟戈尔巴乔夫说过的话，一个充满幻想和拒绝承认现实的自信满满的突击行动方案。然后他把电话交给斯克利亚罗夫。

“他要跟你说话。就照我刚才说的讲。”

“我不同意鲍里斯·叶夫多基莫维奇同志说的话，”斯克利亚罗夫说，“我们需要疏散所有人。”

谢尔比纳从乌克兰能源部长的手中抢过电话。

“他是个大惊小怪的家伙！”他对谢尔比茨基喊道，“你怎么疏散这么多人？我们将会在全世界人民面前丢人现眼！”

八

星期六，凌晨 6 点 15 分，普里皮亚季

大约凌晨 3 点过后，亚历山大・叶绍洛夫被电话铃声吵醒。伸出手摸索着电话听筒，他想着，又一个周末吹了。

妻子之前带着孩子回娘家了，要住上几周。他本来还指望着能逍遥几天，比如挤出点时间钓个鱼啥的。家里有两个孩子，5 岁大的女儿和马上 6 个月的儿子，就算是不用工作，也总是有一大堆的活儿要干。更何况，作为普里皮亚季市执行委员会的副主席——相当于副市长，叶绍洛夫每天还要跟那些没完没了，令人头痛的行政事务打交道。

他是从基辅调到普里皮亚季来的。之前，他在基辅市财政计划部门工作。对于这个 33 岁的会计和他的家庭来说，这是一次值得庆祝的升迁：搬出破破烂烂、每天早上都要在厕所前排大队的集体宿舍，住到空气清新的乡下，干着一份配私人秘书的体面工作，还有自己的专车，虽然有点儿老旧吧，但也能开。然而，叶绍洛夫发现自己的新职责颇为琐碎繁重。他不但要管理普里皮亚季城的预算、开支和收入，还得担任计划委员会的负责人，主管交通运输、医疗保健、通讯、街道清洁、劳动就业局和建筑材料的分配。这里或那里总是会出点儿岔子，而一旦出了问题，普里皮亚季的市民可从来不会忍着不抱怨。

电话那边，是玛丽亚・博亚尔丘克，市执行委员会的秘书。她刚刚被一名从核电厂回来的邻居吵醒。发生了事故：一场火灾，可能还有爆炸。

133 3点50分，位于白房子二楼的市执行委员会办公室里，叶绍洛夫已经坐在自己的办公桌前。委员会主席，也就是市长，已经前往电厂了解情况。叶绍洛夫给普里皮亚季民防部队的负责人打了个电话，负责人立刻从床上跳起来，跑到了办公室。但两人都不知道该做些什么。电厂有自己的民防人员，普里皮亚季市从来都不会介入他们的任何一次演习。电站以前也发生过事故，但他们总是几乎没出什么动静就自己搞定了。

现在，他们已经给手头上的每一个电站号码打了电话，但没人告诉他们任何情况。他们想过要开车赶往那里，但没有车。所能做的，就只是坐在那里等着。窗户外面，广场上的街灯投射着琥珀色的光晕，库尔恰托夫大街上的公寓大楼，一片漆黑沉静。

黎明将近时，坐在办公桌后的叶绍洛夫看见一辆救护车，从电厂方向沿着列宁大道疾驰而来。车上的急救灯闪着，警报却没有拉响。司机在彩虹百货商场那里急转向右，沿着广场南侧一路狂奔，最后朝医院的方向驶去。过了一会儿，第二辆救护车也跟了上来，同样消失在街角。

急救灯的蓝光消失在远处，城市的街道恢复安静。但接下来，又一辆救护车飞驰而过。然后又是一辆。叶绍洛夫开始怀疑，这一次的事故，可能和以往有所不同。

天光终于破晓，有朋友和亲戚在电厂值守夜班的那些人，开始窃窃私语：电厂发生了某种事故。但没人知道确切情况。

大约7点钟，安德烈·格卢霍夫位于建设者大道的公寓里，电话响了起来。他在核电厂的反应堆物理实验室工作。来电话的，是他在仪表与控制部门的一个朋友。那个朋友也在家里，听说电站里出了点
134 岔子，但不知道详情。作为核安全部门的成员，格卢霍夫有权限直接

给电厂里每一座反应堆的控制室打电话。愿不愿意去问问情况怎么样呢？

格卢霍夫挂断电话，拨下了朋友托图诺夫在四号机组高级反应堆控制工程师值班台的号码。但没人接听。

奇怪，他想到。或许他在忙吧。他又试着拨通二号控制室，那里的高级反应堆控制工程师马上接听了电话。

“早上好，鲍里斯，”格卢霍夫说，“一切怎么样？”

“还行吧，”这位工程师说，“我们增加了二号机组的功率。所有参数都正常。没什么特别要报告的。”

“那就好。四号机组怎么样？”

电话那边是长久的沉默。

“我们收到指示，不要谈论这件事。你最好往窗户外面看看。”

格卢霍夫走到阳台上。公寓位于第 5 层楼，隔着新建成的摩天轮，从他的位置正好可以看见电厂全景。但他没发现有什么特别反常的。四号反应堆上方有烟雾盘旋。格卢霍夫喝了杯咖啡，告诉妻子，他这就前往库尔恰托夫大街，在那里找从电厂坐班车回来的夜班工人聊聊。他们或许能够告诉他发生了些什么。

他在班车站等了很久，可夜班工人们一直没有现身。取而代之的，是一辆装满警察的大卡车。格卢霍夫跟他们打听发生了什么事。“不太清楚，”一位警察说，“反应堆大厅的墙塌了。”

“什么？”

“反应堆大厅的墙塌了。”

这是个令人难以置信的消息。但托图诺夫肯定对此有解释。

或许我只不过错过了班车，格卢霍夫想着。托图诺夫或许已经回到家中了。

从班车站走到托图诺夫的公寓楼，只要不到 15 分钟。格卢霍夫爬到顶楼，在楼梯口右转，走向走廊尽头那扇以红色人造革华丽装饰着的房门：88 号。他按下门铃。又按了一次。但没有应答。

城东边上的普里皮亚季第 126 医疗卫生中心，位于一栋藏在低矮铁栅栏后的饼干色小楼里。这所医院服务于一座不断发展及年轻居民不断增长的城市，拥有 400 多张病床、1200 名职工和一个挺大的妇产科，算得上设备很齐全了。但它从来没有做好准备迎接这样一场灾难性的辐射事故，因此，当星期六清晨第一批救护车开始停在医院外面时，医院职工很快就应付不过来了。时值周末，很难找到医生，而且最开始时，没人知道他们所面对的是什么问题：从核电站送来的那些穿着制服、之前曾参与扑救火灾的年轻人，抱怨着头痛、喉咙干和眩晕。有些人的脸变成了可怖的紫色，另外一些则像死人一样苍白。很快，所有人都开始干呕甚至呕吐，呕吐物填满了洗手盆和水桶，直到他们的胃中无物可吐，却依然无法停止。负责分诊的护士开始哭了起来。

早上 6 点，医院院长正式做出辐射病的诊断，并通知了莫斯科的生物物理研究所。从核电厂送来的人被告知，脱掉所有个人物品，统统上交，包括手表、现金、党员证。所有这些都已经污染了。医院中原有的病人被打发回家，出院时一些人都还穿着自己的病号服。护士们打开用于辐射事故的急救包，其中装有药品和一次性静脉注射设备。到早上，医院已经收治了 90 名病人。其中包括四号控制室里的那些人：高级反应堆控制工程师托图诺夫、班组长阿基莫夫和他们独断专行的上司、副总工程师佳特洛夫。

一开始，佳特洛夫拒绝接受治疗，表示他只想睡上一觉。但护士坚持给他扎上了静脉针，他立刻感觉好多了。其他人的伤势看起来似乎也并不严重。亚历山大·谢甫琴科开始时感觉又眩晕又兴奋，但很快便睡着了，直到护士来给他打点滴时才醒来。他认出这名护士是同
136 住一栋公寓楼的邻居，请求她交班后设法找到他的妻子，安抚她说，

他很快就能回家。与此同时，谢甫琴科和他的朋友试图估算自己到底受到了多大剂量的辐射：他们觉得可能是 20 雷姆，或者 50。但一位曾经历过核潜艇事故的海军老兵很有经验地说："50 雷姆的时候你是不会呕吐的。"

从 604 房间被同事救出的弗拉基米尔·沙什诺克，是第一批送到的伤员。他的身上满是烧伤和水疱，肋骨塌陷，背上显然还有骨折。然而，当他被抬进来时，护士看见他的嘴唇在动，他正努力说话。她俯下身去。"离我远点儿——我是从反应堆隔间里出来的。"他说。

护士剪开粘在他皮肤上的已经成了碎片的脏衣服，把他安顿在重症监护室的病床上，但她们几乎什么都做不了。凌晨 6 点，沙什诺克死了。

纳塔利娅听到门铃响起来的时候，还不到 8 点。她很早就醒了，疲惫且不安。儿子因感冒无法入睡，哭了一整夜，前一个晚上便已心神不定的纳塔利娅，此刻更忐忑了。但城里的学校和全苏联所有的学校一样，周六上午都要上课，她得在 8 点 30 分就开始教学。因此，她一早梳洗打扮好，等着亚历山大从核电厂下班回来。夜班结束于早上 8 点，如果他快点儿坐上巴士，正好可以赶在纳塔利娅不得不离开前接过照料基里尔的责任。

但站在门口的不是她的丈夫，而是一个陌生人：一个看起来脸熟的女人，可一眼之下却无法对上号。这是那个在医院工作的邻居。

"纳塔利娅，"她说，"你丈夫让我告诉你，不要去上班了。他在医院里。核电站发生了事故。"

就在斯大林格勒英雄大街的街角那边，待在家中的玛丽亚·普罗

岑科听到了从楼下公寓传来的一阵动静。普罗岑科用勺子轻轻敲了几
137 下厨房的暖气，每当她有什么重要新闻，或是炉子上煮着什么特别美味的食物，要和楼下邻居分享，她总是会这么干。应答的敲击声立刻传了回来：到楼下来！

40 岁的普罗岑科留着一头剪得很短的深色卷发，虽然是个小个子，却气势不凡。中俄混血的她出生于中国，却在苏联的革命熔炉中成长。她的祖父在斯大林大清洗期间遭逮捕，被送进古拉格后就此消失。她还是婴儿时，住在中国边境小镇上的两个哥哥患了白喉后，因为宵禁令无法求医，结果都死了。在那之后，她的父亲悲伤过度，沉迷上了鸦片，她的母亲则逃到苏联加盟共和国哈萨克斯坦，在那里独自把玛丽亚拉扯大。普罗岑科是乌斯季卡缅诺戈尔斯克（Ust-Kamenogorsk）的道路与交通学院建筑专业毕业生，她在普里皮亚季担任总建筑师已有 7 年，在市执行委员会二楼有一间自己的办公室。从那里，她那双极其注重细节的眼睛，能够看到普里皮亚季所有新建项目的执行情况。因为有中国血统，她不能入党，但她却带着一种外来人的热情投入了自己的工作。她带着尺子走过大街小巷，检查新公寓大楼的混凝土板质量是否合格。她因为人行道的施工质量糟糕而严厉批评建筑工人："孩子们会摔断腿，那时候你的心情会怎样？"当说服劝告不管用的时候，她就会报以疾言厉色。对她闻风丧胆的男人可不止一个。

普里皮亚季的许多公寓楼和主要建筑，文化宫、旅馆、市执行委员会大楼等，都是根据出自莫斯科的标准化图纸而建造的，它们的设计初衷，就是为了让苏联境内的每一个城市可以原封不动地照搬。但普罗岑科想方设法让自己的建筑尽可能地独特。尽管主流的国家主义审美呼唤"无产阶级美学"，出于经济实惠的考虑而拒绝放纵的西方个人主义，她却希望建筑物是美丽的。普罗岑科精打细算，用那些供应量不多的硬木、瓷砖或花岗岩，对普里皮亚季公共建筑的内部加以装饰，为餐馆设计了镶木地板和花草纹样的铁艺围屏，在文化宫的墙上

镶嵌小块的大理石。她目睹着这座城市从两个小区扩张为三个、四个。138
新街道建成时，她帮忙选择名字，城里的所有新建附属设施，都由她帮忙完善细节。图书馆、游泳池、购物中心、体育馆，所有这些都经过她的亲手修饰。

那天早上离开公寓的时候，普罗岑科本来还打算在办公室里度过这一天，忙着准备城市的另一个扩张项目。就在前一天，她刚接待了基辅城市设计研究院的一个代表团。他们一起设计了普里皮亚季第六个新区的基础设施。这个新区将建在河边新填造的一块土地上，为布留哈诺夫厂长计划中规模庞大的切尔诺贝利二期项目的反应堆操作人员提供住处。挖掘工作正在进行中，河底的沙土被挖出，为更多的住宅区提供地基。当这些建筑完工时，普里皮亚季将可容纳多达 20 万居民。

等到普罗岑科下到楼下公寓中时，已经是星期六早晨 8 点多了。15 岁的女儿已经去上学，在城里担任技工的丈夫还在床上睡觉。她发现邻居——她的好朋友斯韦特兰娜和丈夫维克托，坐在厨房桌前。尽管时间还早，他们却在一杯一杯地喝着私酿的伏特加。斯韦特兰娜跟她解释说，她的弟弟从核电厂打来电话，说发生了一起爆炸。

“我们得把‘毒素’赶跑！”维克托举起酒杯说。和许多核电厂的建筑工人以及电力工人一样，他相信辐射会在血液中生成所谓的“毒素”，而伏特加是一种行之有效的预防用药。普罗岑科跟他说，不管有没有必要，她恐怕都不胜私酿伏特加的酒力，就在这时，她的丈夫出现在门口：“有电话找你。”

电话那边是市执行委员会的秘书。“我这就过来。”普罗岑科说。

到了早上 9 点，数百名内务部警察已经开始在普里皮亚季街头巡逻，所有通向该城的道路都已经被警方的路障切断。市领导们，其中包括

139 普罗岑科、副市长叶绍洛夫、普里皮亚季民防负责人以及学校和企事业领导人，聚集在白房子中召开紧急会议。而在普里皮亚季市的其他地方，这一天的开始，却和任何一个温暖的星期六早晨没有什么不同。

在城里的 5 所学校、金鱼幼儿园和小阳光幼儿园中，数千名儿童已经开始上课。外面的林荫下，母亲推着婴儿车在散步。人们涌向沙滩，晒太阳，钓鱼，在河里游泳。杂货店里，顾客们为即将到来的五一劳动节采购新鲜的农产品、香肠、啤酒和伏特加。其他人前往他们位于城边的度假屋和菜园。河堤旁边的咖啡厅外，人们正在为即将举行的一场露天婚礼派对做着最后准备。体育场中，市足球队正在为下午的比赛热身。

在白房子四层的会议厅里，基辅地区的共产党第二书记弗拉基米尔·马洛穆日走上讲台。马洛穆日一两个小时之前才从基辅赶到，但因为在处理紧急情况时，党的权威总是排在政府之前，所以现在他才是掌控局势的人。站在他旁边的，是城里两个权力最大的人：核电厂厂长布留哈诺夫和建筑工程负责人瓦西里·基济马。

“发生了一起事故，”马洛穆日说，但没有给出更多的信息，“情况现在正在评估。有更多详细情况，我们会告诉你们的。”

与此同时，他解释道，普里皮亚季市中的一切都应当正常进行。孩子们应当待在学校，商店应当正常开门，计划于当天举行的婚礼也应当继续。

自然，有人提出了问题。与西方童子军组织类似的第三小学少年先锋队的队员，总计 1500 名儿童，那天要在文化宫集会。他们还能继续集会吗？第二天，按照计划，孩子们要在市里街道上举行跑步比赛。要不要正常进行呢？马洛穆日跟校长打包票说，不需要改变计划，一切都应当如常进行。

“拜托不要大惊小怪，”他说，“在任何情况下，都不要大惊小怪。”

140 10 点 15 分，一辆孤零零的装甲车，苏联民防部队第 427 红旗机械化团辐射侦察巡逻车队的头车，缓缓地驶离基辅，开向普里皮亚季。车的舱盖紧闭，上面安装着各种辐射剂量测定仪器，开过横穿铁路线的铁路桥时，发动机发出吃力的哀鸣。透过驾驶舱厚厚的防弹玻璃，整个城市尽收眼底。一切看起来都很正常。

按照战斗条例规定，跟在后面、保持着 800 米距离的余下的侦察车队，在白房子外面的广场上与这辆巡逻车会合。民防军部队之前收到指令，对城市和周边环境进行辐射调查，但他们并没有核电厂或普里皮亚季的详细地图。在白房子二楼，一批人找到了普罗岑科。她手头有城市地图，但没办法复印。复印机可以被用来印制非法出版物，因此在苏联，使用为数极少的那些复印机的权力，牢牢掌握在克格勃手中。普罗岑科坐在绘图板前，开始用手尽可能快地画出城市的简图。

中午时分，辐射侦察部队分成小组，开始在全城进行辐射剂量测量，一架苏联武装部队第 225 混合飞行中队的米 -8 直升机，正从南边向普里皮亚季飞来。坐在驾驶员位置上的，是机长谢尔盖·沃洛金和他的两位机组成员。那天早上，正好是他们在鲍里斯波尔（Borispol）军用机场当值。按照常规轮值制度，一个直升机组应当随时待命，做好应对发生在基辅军区内的紧急情况的准备。沃洛金及其手下平日里执行的任务要比这趟差舒服得多，不过是在共和国内部运送苏联的军政要人而已。他们的直升飞机为了这一用途进行过特别改装，机舱中铺着地毯，安装了舒适的扶手椅，配有洗手间，甚至还有一个酒吧。尽管他们也接受过强制性的训练，做好了在阿富汗山区执行战斗飞行任务的准备，但他们从来不曾被征召前往。

那天早上大约 9 点，沃洛金收到了绕着切尔诺贝利核电厂进行空
中辐射调查的命令。在路上，他要接上一位民防军的高级军官，这个 141
人会向他提供必要的细节情况。填好飞行计划后，沃洛金到值班员那里，为自己和机组成员领取个人辐射测量计。设备的电池腐蚀了，只有飞行中队的防化员可以替换电池，但他正在空军基地的另一边为基

地指挥官修建车库。沃洛金决定，不带个人辐射测量计也没什么大不了。尽管执行此项任务专用的呼吸面具和橡胶防化服，已经发放给他和他的机组成员了，但把它们都穿戴齐全再去驾驶飞机，简直是不可能的。天气还很暖和，机舱内很热，就算是穿着夏季制服也一样。大约上午 10 点，飞行工程师启动了发动机，沃洛金只穿着一件衬衫，就把飞机开上了天。他接上了那位民防军官员，一位佩戴着自己的军用辐射探测装置的少校，飞往普里皮亚季，等待进一步指令。

沃洛金很了解切尔诺贝利。他经常驾驶中队的直升机飞往位于立陶宛考纳斯（Kaunas）的军用飞机厂接受年度检修，途中总要飞过核电站闪闪发光的白盒子形状的建筑物。有时候，出于好奇，他会打开装在机舱座椅后边的 DP-3 战场辐射计。在核打击后环境下，DP-3 辐射计可以在 4 级敏感度间调整：测量范围可以从 10 伦琴每小时一直增加到 100、250 和 500 伦琴每小时。但他从来没见指针动过一下。现在，这位机长接近核电站上空 200 米处时，他能够看见白色的烟从建筑物上方飘出来。他告诉工程师，打开机舱内的辐射计。他的导航员做好准备，根据空中的辐射读数进行必要计算后估测出地面的辐射剂量。沃洛金看到一辆黄色伊卡鲁斯巴士穿行在核电站尚未完工的五号机组和六号机组之间。好吧，他想着，如果人们仍在那里工作，一切应该都很正常。

接着，他看见了核电厂坍塌的西侧。在那里面，什么东西正在燃烧。

“18 伦琴每小时，”飞行工程师报告说，“正在迅速爬升。”那位民
142 防军上校打开了机舱门，他的手持装备开始显示放射性。他打开机窗，自己测量外面的读数：20 伦琴每小时。

把核电厂甩在后面，沃洛金准备把直升飞机降落在普里皮亚季，这样那位少校便可以汇集关于调查飞行的更详尽的指示。他绕着城飞了一圈，选择逆风降落。他注意到，很多人走在大街上，在河边钓着鱼，在自家的一亩三分地种着土豆。天空湛蓝，林木葱绿，一群白鸥从上

4月26日第一个赶到事故现场的直升机飞行员谢尔盖·沃洛金大尉，坐在驾驶室中

事故发生后，普里皮亚季市总建筑师玛丽亚·普罗岑科在她位于切尔诺贝利镇的办公室中，办公桌后面的地图显示了被疏散的城市

方盘旋飞过。

沃洛金将米-8直升机降落在普里皮亚季城西南角一座游乐场旁边，他希望这样可以避免制造太大的骚动。然而，每当直升机在民用建筑附近降落，总是会吸引很多注意力。四周很快便围上了一群大人小孩。大人们想知道，核电站的情形如何，他们要多久才能重返那里工作。小孩们则想要一窥直升机内部。民防军上校进城时，沃洛金把那些孩子放了进来，每次6—7个人。

现在，回到核电厂这边。晚上被紧急电话召集到厂里的员工，已经和按照惯例在早上8点上班的早班工人会合。在离四号机组只有400米远的工程建筑总部，每日例会正常召开，但随即被核电厂发生事故的新闻打断，所有人都被送回家中。然而，大家并没有感到特别的警惕。一些建筑工人充分利用这意料之外的一天休假，到自己的度假屋中打发时光，或是去沙滩上游个泳。核电厂里发生不幸事故是家常便饭，辐射似乎从来不曾伤害过任何人。上一次类似情况发生时，卡车也出现在普里皮亚季，对街道进行喷洒，然而这些车辆来来去去作业时，孩子们就光着脚踩在除污泡沫中玩耍。

在白房子的办公桌前，普罗岑科给家中打了个电话，告诉丈夫用吸尘器吸过公寓的地面后，再用水清洗，然后务必督促15岁的女儿从学校回家后换下衣服，洗个澡。然而，她两小时后再打过去时，发现
143 两人都对她的警告无动于衷。他们正坐在电视机前看一部电影，她的女儿甚至没有去洗澡。“等电影结束了，我就去洗。”她说。

即便是那些亲眼目击了灾难发生经过的人，也很难将核电厂里的毁灭景象与普里皮亚季街头无忧无虑的气氛联系起来。一位在五号和六号机组工作的管理人员，那天晚上在从明斯克出差返回的路上目睹了熊熊大火。就在爆炸发生一个小时后，他把自己的轿车停在了距离

破碎的四号机组反应堆大厅不足100米距离的地方，眼睁睁地看着消防员在屋顶奋力控制火势，整个人完全惊呆了。然而，当他第二天上午10点在普里皮亚季家中醒来时，一切看起来都一如往常。他决定和家里人一起好好享受这一天。

然而，在其他一些地方，有迹象显示，城中并非一切如常。一位技术人员的邻居，是个电气装配工，那天早上，他没有去沙滩，而是选择在自家公寓大楼的屋顶上铺了块橡胶垫，躺下晒太阳。只待了一会儿，他就注意到自己开始迅速晒黑。几乎与此同时，皮肤也发出了一股灼烧的味道。他中间一度下楼休息，邻居发现他兴奋异常，幽默感十足，就好像喝了酒一样。因为没人想要和他一起到屋顶上晒太阳，他便独自回去了，继续加速把自己晒黑。

但在核电厂，早班的核工程师们却清楚地意识到这座城市正面临的危险，试图警告他们的家人。一些人设法通过电话找到他们，告诉他们待在家中。知道克格勃肯定在对通话进行监听，一个人试图使用密语告诉他的妻子做好逃离城市的准备。另外一个人说服了厂长布留哈诺夫，让他回家吃午饭，随后便将所有家人塞进自己的汽车，准备带他们去安全的地方，但在列宁大道尽头，被一名值守路障的全副武装的内务部警官拦住了。整个城市已被封锁，没有官方许可，任何人都不能离开。

核电厂技术培训项目负责人韦尼阿明·普里亚涅齐尼科夫，是在上午11点左右到达亚诺夫火车站的，他错过了之前12个小时发生的所有一切。他去了利沃夫出差，不在城里。那天早上，坐火车回家的 144
路上，他听到其他乘客谈论着流言，说是发生了一起重大事故。普里亚涅齐尼科夫是一位经验丰富的核物理学家，凭借着自己的专业知识，他曾效力于克拉斯诺亚尔斯克-26的多家产钚工厂和哈萨克斯坦的许多核试验基地。从切尔诺贝利项目最初启动时起，他就在那里工作，并一直以自己在核电厂中的位置而自豪。他很了解反应堆，因此拒绝相信那些流言蜚语：在他可以想见的任何情况下，反应堆堆芯发生爆炸都是不可能的。他与其他乘客激烈地争论了起来，到最后几乎就要动手打一架。

但到达普里皮亚季时，他亲眼见到，民防军第427红旗机械化团的水罐车，正在街道上喷洒清洗剂，道旁的排水沟中留下了白色的泡沫。这位物理学家意识到，那是用来吸收落到地面上的放射性核素的解吸溶液。此外，到处都是内务部警察。普里亚涅齐尼科夫跑回自己的公寓，向妻子和女儿示警，但家中空无一人。

在公寓里，他试着给核电站打电话，线路却是断的。他骑着自行车，在离城几公里外的自家度假屋中找到了正在侍弄鲜花的妻子。她拒绝相信出了任何岔子。直到他向她指出草莓叶子上的深色石墨污点时，她才同意回到家中。

普里亚涅齐尼科夫怀疑，事故的源头是灾难性的反应堆毁损，但没有辐射测量计，他无法说服自己的邻居相信这个离经叛道的想法。他劝服不了这些人，而且，作为一个父亲和祖父都死于政府手下的人，他也知道，再继续努力说服可能会是危险的。

那位民防军上校返回沃洛金机长的直升机，他带回了新的消息：他们在核电厂看到的受损状况是由一场爆炸导致的。政府委员会正在从莫斯科赶来，等他们一到，就会需要一份关于当下情况的全面报告。上校说，他会陪着沃洛金和他的机组成员在城市上方按照三角形的飞行路线绕个圈子，锁定那些可能存在高放射性污染的地区。他们再次
145 起飞前，沃洛金告诉周围的人，把孩子带回室内，关上窗户。

下午1点30分左右，这位飞行员将直升机开到100米高处，向北飞过紧邻普里皮亚季的头三座村庄中的第一个后，再折返向西。驾驶舱中的辐射测量计仍旧显示为零。沃洛金下降到50米的高度，继续前

往下一个村庄。什么问题都没有。他把直升机又降下一些，到了只有 25 米的高度，但辐射测量计的指针依然没有移动。沃洛金怀疑，它不过是不够敏感，无法获取读数。在飞过调查飞行方案上的最后一个转折点时，沃洛金开始沿火车轨道朝着切尔诺贝利核电厂的方向飞去。

在他的右边，能看到克里斯托加罗夫斯卡村，许多人正在自家菜园里耕作。风这时开始向西南方向吹去，带着从核电厂和火车站方向飘来的一缕白烟一直飘向那个村庄。或许是蒸汽？

克里斯托加罗夫斯卡并不在调查飞行方案中，但沃洛金决定还是去那里采集一些读数。万一那白烟是放射性的呢？这玩意儿可能会正好落在人们的头上。飞过火车站后，他把操控杆向上拉起，直升机开始转向右侧。大滴液体开始在飞机座舱盖上凝结。开始时，沃洛金以为那是雨。随后，他注意到，这些液珠并不像雨水那样在玻璃上溅开，恰恰相反，它们样子怪异，厚重而黏稠，缓缓地像果冻一样淌下去，随即蒸发，留下盐一样的印子。不过天空依然晴朗。他俯身看了下控制板，又抬头往上看，在他上方，有一团白烟正在头上飘过，有些地方很稀薄，有些地方很厚，就像是一团云。

“机长，爆表了！”飞行工程师喊道。

“什么爆表？”

“DP-3 辐射计。指针卡住了。”

“那就切换到更高一档。”沃洛金说着，转身自己查看表盘。辐射计已经调至最大设定，指针像是被粘在了表盘的最远端，直指着 500 伦琴每小时的刻度。沃洛金知道，这个设备读取的是他驾驶座椅后面的接收器受到的辐射值。这看起来几乎不可思议，驾驶舱内部的辐射水平，已经超出了预计出现于核战争中的最坏情况。不管怎样，他必 146
须立即驶离这团云。

沃洛金将操控杆大力向前推去，直升机的机头急转向下，随即左转。树梢从机身下掠过，一抹翠绿。他将飞机开到最大速度，远远离开火车站，朝普里皮亚季飞去。然后，驾驶舱的门突然打开了，惊恐万状的民防军上校手中拿着自己的辐射测量计。

“你干了什么？”这位军官的尖叫声穿透了飞机发动机的轰鸣，“你把我们都给玩死了！”

纳塔利娅花了一整个上午，试图了解她的丈夫亚历山大到底发生了什么事。她先到楼下的公共电话亭给医院打了个电话，但他们什么都不肯告诉她。随后，她听说，克格勃就在那里，谁都不允许入内。她没办法就这么一无所知地待在家里，而且，亚历山大并不是唯一没有按预期下班回家的人，她的好朋友，住在楼下的玛莎上来说，她在三号机组工作的丈夫也还没有回家。

于是，纳塔利娅把儿子基里尔交托给一位邻居，两个女人一起去寻找从核电厂回来、能够告诉她们到底发生了什么的人。她们按响一个又一个门铃，走进一间又一间公寓，从这栋楼到那栋楼，穿街过巷，急匆匆的脚步在混凝土楼梯上留下回声。她试过要给父母发一封电报，但邮局关门了。玛莎拿起电话打给住在敖德萨的爸爸妈妈，却发现电话线已经被切断。

终于，玛莎的丈夫回到了家中，很明显他没有受伤，却证实了事故的消息。他解释说，那天黎明前，他曾帮忙把亚历山大送进医院。随后，另外一个邻居说，他曾在医院见到过亚历山大，他整个人表面上看没什么大碍，纳塔利娅可以在医院二楼或三楼病房后面找到他。她或许没办法进到医院里面，但肯定可以隔着窗户叫他。

纳塔利娅终于找到第 126 医院时，已经是下午邻近傍晚了。亚历
147 山大出现在窗口，上身赤裸，下面穿着病号裤。他探出身来，问自己的妻子前一天晚上有没有把公寓的窗户打开。

纳塔利娅终于放下心来。他看上去一切正常，完好无损，尽管胳

膊和肩膀都通红通红的，好像被烈日灼伤过。此外，有点令人疑惑不解的是，他鬓角的头发显然完全变白了。

“当然了！”她回答道，“天气又热又闷。”

在她丈夫身后，纳塔利娅看见其他人在医院病房里走动，别的病人，或许。她分辨不出来。这些人都没有靠近窗口。她担心有人会注意到她在那里，然后把她带走。

“娜塔莎，”亚历山大说，“关上所有的窗户，把放在外面的食物都扔了，然后把公寓里每样东西都洗一洗。”

他没办法多说别的了。克格勃就在那里，讯问着每一个人。但夫妻俩说好，第二天以同样的方式见面。这时候，其他女人已经设法将伏特加、香烟和民间偏方草药偷运到了她们丈夫的手上，有些人甚至用绳子拴住袋子，从医院的窗户扔进去。亚历山大说，他想让纳塔利娅给他带点儿东西：一条毛巾、一把牙刷、牙膏，以及几本读物。这些都是人们住院时通常想要的东西。看起来，恐慌已经结束。纳塔利娅这时十分肯定，只要核电厂里的问题解决了，一切都会好起来的。她回到家，一切按照丈夫吩咐的做了。

下午 4 点，核电站事故应急处理小组（OPAS）的医疗小组成员开始给病人进行分级诊断。普里皮亚季副市长叶绍洛夫站在一旁，主治医生在一本破旧的笔记本上奋笔疾书，并开始向电话那头莫斯科生物物理研究所的某个人读出一长串症状。

“许多人的情况都不乐观，”他的声音空洞，“烧伤很严重。有些人剧烈呕吐，还有一大部分肢体烧伤，加剧了病情的恶化。他们应当紧急疏散到莫斯科。”但当他说有 25 个病人需要紧急空运时，电话中传 148
来了反对意见。这位专家的声音变得严厉起来。

“那就赶快安排吧。”他说。

更多的病人不断地被送来医院，他们都表现出辐射病的症状。经过一番争论，医院院长决定，给普里皮亚季所有市民发放稳定碘片，一种用于预防对儿童构成特别威胁的放射性同位素碘 131 吸收的药。但药房里没有足够的碘片，而且上面的命令也要求对危机保密。因此，叶绍洛夫动用了自己在切尔诺贝利和波列西耶附近地区的党内关系，不事声张地请求帮助。到黄昏时，总计 23000 剂碘化钾运到了，一切准备就绪，只待将它们逐门逐户地送到城中居民手上。

晚上 8 点，第二书记马洛穆日将叶绍洛夫召回了白房子。这位副市长发现，大楼周围已经停满了各种各样的车：伏尔加牌和莫斯科人牌汽车，内务部警察部队的巡逻护卫车，军用吉普车，以及党内高官专用的崭新的黑色轿车。在大楼的第三层，一群身着制服的校尉等在办公室外面，而政府委员会就在里面开着会。马洛穆日指示叶绍洛夫将伤势最严重的病人，从普里皮亚季医院护送到基辅城外的鲍里斯波尔机场。在那里，民防军指挥伊万诺夫将军安排的一架军用飞机会将他们送往莫斯科。

从办公室的窗口望出去，叶绍洛夫看见一大群看完夜场电影的观众正在从普罗米修斯电影院离开，母亲们推着婴儿车，走向码头上的咖啡厅。楼下餐厅举行的婚宴上，酒杯相撞的声音一路飘将上来。他听见有人在高声起哄，“亲嘴儿”，然后是拉长了声音的齐声计数，“一！二！三！”

星期六，夜色降临，普里皮亚季城中每间公寓的电话线和有线广播音箱都已经陷入沉寂。这种挂在墙上的广播匣子，也叫广播点，就像是煤气管道和电线，把政治宣传输送到全苏联的家家户户。它有三个频道：全苏频道、共和国频道和城市频道。广播从每天早上 6 点开始，
149 首先是苏联国歌，接下来是声音阴沉刻板的“莫斯科之声”。许多人会

一直开着广播——曾经一度，关掉广播被认为是可疑的举动——政府的谆谆教诲如嘈嘈切切的背景声，回荡在每一个厨房。当这些广播匣子默然无声，电话线也被切断时，即便是那些整个下午都沐浴在阳光下的普里皮亚季市民，也开始意识到，某些不寻常的事情发生了。

随后，当地房管局（zheks）的办公人员开始逐门逐户告诉居民，用拖布擦洗各自的楼梯，女共青团员则开始敲门分发稳定碘片。有小道消息说，核电厂里剩下的反应堆全都停堆了。还有谣传说会全城疏散。一些人甚至打好了行李，走到大街上，等着随时被带走。但没有任何来自官方的消息。

亚历山大·科罗尔几乎一上午都坐在托图诺夫的公寓中，等着老朋友回来，跟他解释四号机组到底发生了什么。他听说，核电厂中发生了最大设计基准事故。但他拒绝相信。最后，托图诺夫的女朋友来了，跟他说，所有值夜班的人都住进了第 126 医院，其中一些人在那天傍晚被空运到了莫斯科的特别门诊。

科罗尔拎着毛巾、牙膏和托图诺夫的牙刷来到医院时，已经过了晚上 9 点。到那里时，两辆红色伊卡鲁斯巴士正停在前门的台阶旁。一辆车上装满了受伤的消防员，还有他在四号机组值夜班的朋友。他们都还穿着医院的病号服，许多人看起来十分健康。科罗尔上了车，找到托图诺夫。他看起来似乎和平常没什么两样，但科罗尔很快发现，巴士的座位和四壁都铺着一层层的塑料布，而托图诺夫说话时，一副困惑万分、找不到北的样子。

科罗尔问他发生了什么。“我不知道，”年轻的操作员说，“控制棒降了一半，然后就停了。”

科罗尔没再继续发问。他知道，普里皮亚季没几个人会知道这些人被送出了城，更不知道他们将被送到哪里。他开始拿着笔和纸在巴士中穿行，记下他朋友们的家人亲戚的名字和地址，这样至少他能告诉这些人，他们心爱的人被转送到了莫斯科。此时，另外两个躺在担 150

架上的人被送上了巴士。

其中一个人抬起头看。“喂，科罗尔！”他兴高采烈地说。

但科罗尔完全看不出这个受伤的专业技术人员是谁。他的脸变得通红肿胀，已经完全认不出本来面目。当科罗尔看到第二个担架上30%的身体都被烧伤的人，他开始意识到，不管控制棒发生了什么问题，都不会是一次小事故。此时，他已经没有时间了，他的朋友们正在离开。科罗尔爬下巴士，目送它驶离第126医院。

那天晚上，科罗尔和另外几名核电厂的高级工程师，在其中一人的家中聚了一下，他们喝着啤酒，谈论着到底是什么导致了事故。有许多种猜测，但没有答案。他们打开电视，希望看到点儿相关的新闻，但新闻里根本就没有提到核电厂或事故。

在列宁大道尽头宽敞的转角公寓中，瓦莲京娜徒劳地等了一整天布留哈诺夫的消息。自从他天亮前一言不发地离开，她就再也没见过他。直到过了夜半，这位核电站负责人才回到家，并带回一张许可证——他们怀孕的女儿和女婿可以凭着这张许可证，开上家用轿车穿过内务部警察布下的警戒线，逃离这座城市。他只停留了几分钟。他说，他必须返回核电厂。“你知道，船长总是最后一个跳船逃生的。从现在起，”他对瓦莲京娜说，“家里就靠你了。”

韦尼阿明·普里亚涅齐尼科夫终于通过电话找到自己在核电站的领导，他被告知，他们在进行一次试验，他需要管好自己的事。那天晚上，普里亚涅齐尼科夫把妻子和女儿关在家里。他命令她们打点好行李箱，乘坐第二天早上的第一班火车离开城市。正当一家人准备上床睡觉时，他们听到了从核电站方向传来的奇怪的声音。从他们位于六楼的阳台上可以看到，黄色和绿色的火焰从四号反应堆的废墟上腾起了一百多米高。

星期天凌晨不过三四点钟的时候，伊万诺夫将军的飞机载着26名
151 已经开始出现急性辐射综合征早期症状的病人，从鲍里斯波尔机场的

柏油碎石跑道上起飞。这些人中包括列昂尼德·托图诺夫、班组长亚历山大·阿基莫夫、总工程师佳特洛夫、亚历山大·谢甫琴科和曾经在反应堆大厅屋顶上救火的消防员。大多数人都不知道，他们要被送到哪里，或是为什么要被送走。他们担心着家人的命运以及电厂的安危。飞到莫斯科只用了不到两个小时。那些还保持清醒的人吐了一路。

新的一天开始了，内务部已经在普里皮亚季的内务部警察站设立了一个应急中心。值班的官员在官方日志上写下一系列记录。早上 7 点 7 分，他写道："市民在安睡。早晨 8 点时，办公室会开始工作。情况正常。辐射水平在上升。"

九

星期日，4 月 27 日，普里皮亚季

黎明后，第一架大型运输直升机飞来，在市中心广场周围的楼顶上低空盘旋。白房子和库尔恰托夫大街上公寓大楼的混凝土正面外墙，都在随着直升机双涡轮发动机的轰鸣而颤抖，尘土打着旋儿在空中飞扬，螺旋桨把花池里的花瓣搅得零落满地。长着一张娃娃脸的 43 岁的尼古拉·安托什金少将就站在下面。这位苏联空军第 17 集团军的总参谋长挥动军帽向飞行员示意，直到飞机在波利西耶旅馆外面的大街上停稳。

前一天晚上从基辅军区的中央指挥中心接到命令后，安托什金少将在星期六午夜过后驱车赶到了普里皮亚季。陪同他的，还有一位空军化学战专家。他对核电厂到底发生了什么几乎一无所知，没有收到任何相关指示，更没有配备人手和仪器设备，甚至连直接与飞行员沟通的双向无线电也付诸阙如。一抵达普里皮亚季，他便前往白房子向谢尔比纳报到。这位政府委员会主席的命令很简短："我们需要直升机。"

白房子里的一间间办公室，如今已经被来自陆军、海军和民防军的将军元帅们占据。安托什金用其中一间的电话把他在基辅的副手从床上唤醒，紧急召集各种直升机团的飞机起飞前来。第一批直升机冒着雨、低云乃至暴风雨的威胁，连夜从乌克兰和白俄罗斯各地赶到了切尔诺贝利附近的军用空军基地。凭着政府委员会的紧急授权，安托

什金从莫斯科北边托尔若克（Torzhok）的直升机训练学校召来了一批试飞员，同时从1000公里外哈萨克斯坦边境上的空军基地调集了更多的飞机。 153

到星期日太阳升起时，这位将军已经指挥着一支由80架直升机组成的空中抗灾救援部队，在核电厂周围的4个飞机场待命，而且还有更多飞机正从全苏联的其他空军基地赶往切尔诺贝利。这时，他已经超过24个小时没合眼了。

旅馆里，睡在床上的谢尔比纳、列加索夫院士和其他政府委员会成员，被飞机降落的噪音惊醒。他们前一天晚上开会开到很晚，试图解开四号机组废墟处理问题上的那些死结：如何应对反应堆新的链式反应的威胁；如何扑灭火灾，止住不断向大气中飘散的一眼可见的放射性核素烟云；是否应当开始疏散城市；以及如何解开“事故到底如何发生”这个最大的谜团。

列加索夫估计，反应堆中还有2500吨石墨砌块，它们之前着了火，已经达到1000摄氏度以上的高温。如此高温，很快便会熔化堆芯中燃料盒的锆金属包壳和其中盛装的二氧化铀芯块，令更多的放射性颗粒释放到从破碎的堆芯飘出的烟云中。列加索夫认为，这些石墨的燃烧速率大约为每小时一吨。即便将那些已经被爆炸抛出堆芯的材料考虑在内，如果他的计算正确，而剩下的石墨又继续不受干扰地燃烧的话，这团火将可能熊熊燃烧两个多月，释放到空气中的放射性核素，足以在接下来的几年中污染整个苏联甚至是全地球。

但这个问题牵涉众多没有先例的复杂因素。普通的消防技术是不管用的。石墨和核燃料燃烧时的温度极高，水和泡沫都无法将其扑灭；在这样的高温下，水不仅会立即蒸发为蒸汽，将更多的放射性悬浮颗粒以毒气云的形式排放到大气中，还会分解为氧和氢两种元素，增加 154

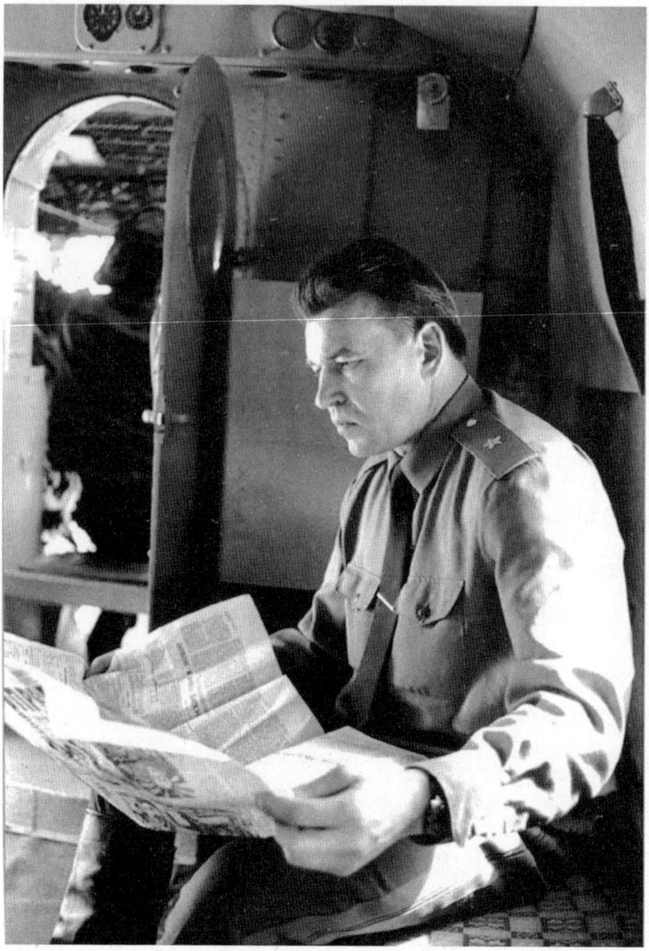

苏联空军基辅军区参谋长尼古拉·安托什金少将，坐在他指挥的某架直升机机舱中

再度爆炸的可能性。此外，反应堆周围强大的 γ 辐射场，令人几乎不可能长时间从陆路或水路接近。

列加索夫和其他渐渐精疲力竭的核专家们争论了几个小时，扔出他们能想到的每一个点子，从书本和操作手册中疯狂搜集信息，用电话和电传打字机与莫斯科交流。内务部的消防长官和能源部专家也在跟首都的同事们求援。一位物理学家无法在核电站的技术材料中找到某个简单问题的答案，于是给妻子打电话，让她帮忙在家中查找。在库尔恰托夫研究所的办公室中，83岁的所长、苏联科学院院长、RBMK反应堆专利持有者、列加索夫的导师亚历山德罗夫，就坐在一台加密电话旁，随时为普里皮亚季的科学家们提供关于如何重新控制四号反应堆的建议。列加索夫提出，可以用核电厂建筑工地储存的用于制造抗辐射“重型”混凝土的铁球，覆盖反应堆。谢尔比纳则认为，可以将消防船开到普里皮亚季，用高压水龙将水直接射入反应堆大厅。但存放铁球的仓库正好在四号机组放射性坠尘的飘移路线上，那里已经严重污染，无法接近。而将更多的水浇入反应堆，不仅危险，也于事无补。

争论持续了一整夜。与此同时，来自能源部核研究机构苏联核电运行研究院（VNIIAES）的团队，完成对核电厂的侦察巡视后也回来了。他们目睹了四号机组废墟中射出的恐怖之光，向谢尔比纳汇报说，辐射情况十分危急。

凌晨2点，谢尔比纳给自己在莫斯科的党内领导、主管重工业和能源的中央委员会书记弗拉基米尔·多尔吉赫打了电话，请求批准放弃这座城市。科学家们终于在离天亮还有几个小时的时候，爬上了各自在旅馆中的床，而关于如何应对这座燃烧中的反应堆，谢尔比纳已经做出了决定：使用安托什金的直升飞机，以空投形式将火熄灭。 155

但采用何种材料组合才能达成目的？又或是到底应该怎样去完成此项行动？政府委员会的成员依然没有达成一致。

星期天早上大约 7 点，谢尔比纳走进白房子的办公室。这里如今已经被苏联军方的辐射权威、苏联民防军副总参谋长鲍里斯·伊万诺夫将军和苏联化学部队司令弗拉基米尔·皮卡洛夫上将所占据。他宣布说，自己已经做好了签署疏散令的准备。

“我已经决定了。”谢尔比纳说，“你们怎么看？”

伊万诺夫把辐射报告递给他。与卫生部官员的希望相反，普里皮亚季街道上的污染水平不但没有下降，反而在显著上升。在这位民防军负责人和他在该地区的副手的心中，已经没有疑问：城中居民不仅受到仍在从反应堆继续飘来的放射性核素的威胁，而且还处于已经开始在地面积聚的放射性坠尘的危险之下。

他们必须得到疏散。这些军官的观点得到了来自第 126 医院院长的另一份报告的支持。只有化学部队指挥官皮卡洛夫，一位气宇轩昂、浓眉怒目、奖章累累的苏联卫国战争老兵认为，还不着急把普里皮亚季市民转移到安全地点。

谢尔比纳告诉他们，自己已经下定决心，疏散应当从那天下午就开始。但他仍旧没有下达命令。他想要自己去看一眼四号反应堆。

早上 8 点刚过，谢尔比纳和列加索夫仍穿着前一天从莫斯科赶来时的西装，爬上了停在市足球场当中的一架米 -8 直升机。与他们一道前往的，还有皮卡洛夫和安托什金两位将军，以及带着一架全新摄像机、准备记录现场情况的基辅总检察长办公室的两名检察官。从普
156 里皮亚季飞到核电站，只要不到两分钟，当飞机在长长的涡轮大厅西边转身时，6 个人透过圆形的舷窗，凝视着下方恐怖的景象。

即便是在一个最不肯轻易服输的苏联人的眼中，一切也已经昭然若揭：切尔诺贝利核电厂的四号机组，永远都不可能再发出一度电了。新的一天刚刚开始，清朗的晨光下，反应堆业已彻底被毁的真相一目

了然。反应堆大厅的屋顶和上半部墙壁早已荡然无存，在里面，列加索夫认出了反应堆的上盖，显然，它被无比强大的爆炸力甩到了一边，呈陡峭角度卡在反应堆坑室上方。他能看见散落于机器大厅屋顶上方和附近地面的石墨砌块以及大块燃料组件碎片，一根白色烟柱——列加索夫认为很可能是石墨着火的产物——从炸出的大坑中飘摇直上，高达数百米。此外，还有一个不祥之兆，在建筑物漆黑阴暗的废墟深处，有一些深红炽热的点，显然，有些东西正在剧烈燃烧。但他不知道是什么。

直升机掉头返回普里皮亚季，列加索夫已经确切无疑地知道，这一次他所面对的，不仅仅是一次令人惋惜的苏联工程技术事故，而是一场全球性的灾难，一场可能影响全世界几代人的浩劫。如今，控制事态以免进一步恶化的责任，就落在了他的头上。

星期天早上10点，这场灾难性事故发生整整32小时后，谢尔比纳在白房子的市党委办公室中，召集苏联中央级和当地一级的党委成员，他终于颁布命令，疏散普里皮亚季。

下午1点10分，整个城市厨房中的广播匣子终于打破了沉默。一个年轻女子用激昂、自信的声调，大声念出了那天早上由一群高级官员起草、经谢尔比纳批准的通知：

> 请注意！请注意！亲爱的同志们！市人民代表大会敬告各位，因为在普里皮亚季市的切尔诺贝利核电厂发生了一起事故，不利的辐射条件正在形成中。党和苏联的各级组织及武装部队 157
> 已经采取了必要的措施。然而，为了确保人民群众，尤其是少年儿童的彻底安全，将城市居民暂时疏散到基辅附近地区势在必行……我们恳请大家在暂时疏散期间保持冷静，有条有理，

保持纪律。

这份紧急通知的措辞很谨慎：它并没有告诉市民将会被强制离开多久，却有意地误导他们相信，时间不会太长。市民被告知仅带上重要的文件以及足够两三天用的衣服和食物。他们必须关紧窗户，关闭煤气和电闸。市政工人将留下来维护城市的公用事业和基础设施。空无一人的房子会由警察巡逻守卫。一些人担心在离开期间发生意外，只打包带走了最珍贵的随身物品，如舞会礼服、珠宝和刀叉盘碟。也有人把冬装带上了，做好了最坏的准备。

那天一大早，纳塔利娅就带着受伤的丈夫请她捎去的毛巾、牙刷和其他物件，满怀期待地来到第126医疗卫生中心楼下。但她站到前一天和亚历山大说话的那扇窗户底下，却没有见到丈夫，也没有见到任何核电厂的人。大楼的窗子都敞开着，几个小时前还住满了病人的整个医院的西侧，此刻空空荡荡。她四处找人，想问问他们都去了哪里，却一个人都找不到。

158 纳塔利娅回到自己位于建设者大道上的公寓中，她的邻居把全城疏散的消息告诉了她：3天内，他们就要离开此地，大巴车会把每个人接走。在那之前，把所有的孩子都关在室内，耐心等待。没有时间害怕或恐慌，有太多的问题需要解答：我的朋友们都在哪儿？我们要去哪里？什么时候才会回来？

纳塔利娅把注意力集中在那些眼下最紧迫的事情上。首先，她得确保带上家里所有的档案文件。她找到了他们的内部护照、大学文凭、疫苗注射记录和公寓的房产文件。这之后的问题是：到哪里能找到在接下来的3天里给基里尔喝的牛奶？所有的商店都关门了。最重要的是，她需要找到自己的丈夫。

没过多久，她就发现了为什么亚历山大会如此突然地消失不见。很快，前一天傍晚在大巴车上记下各人住址的科罗尔来到门前，跟她说明自己如何目睹医疗飞机将这些人送到了莫斯科。他还主动给纳塔利娅带来了钱，100 卢布，几乎是一个月的工资，还有给孩子的一盒牛奶。

把牛奶放在亚历山大停在过道的自行车车座上，她走进卧室去打包。她装满了一个小行李箱，里面有儿子穿的衣服、两三条裙子、几双鞋，然后走到楼下等候。

白房子二楼上，军官、科学家和政府委员会的成员走马灯一般来来去去，但普罗岑科却一整个星期六晚上都坐在办公桌前。有太多的事需要做，但能做事的人却没几个：市执行委员会大多数的技术人员，都已经被打发回家了。

尽管核电厂发生了危机，普罗岑科依然觉得，有必要好好保护那些城市发展和扩张必不可少的小山一般的文件档案。她仍坚信，那些工作会如期进行。

然而，每过去一个小时，便会有民防军的化学部队回来要她再画出一套地图，他们持续观测到，普里皮亚季和周边地区的辐射水平正在上升。星期六晚上 8 点钟，市长告诉她，要为可能发生的全城疏散做好准备。一切还都没确定。但他说，如果命令下达了，她必须做好让普里皮亚季全城居民在接到通知后迅速出城的准备，不管是坐大巴还是火车。

在大厅另一边遥对自己办公室的会议室中，普罗岑科和 20 位市政府成员一道进行筹划安排。这位建筑师铺开地图，清点着城里的每一 159
栋公寓大楼，内部护照部门和区房管局的负责人则将每栋大楼中的户数加起来，计算每家到底有多少儿童和老人。随后，普罗岑科与普里皮亚季市民防负责人一道，计算出从城中的 6 个区撤出所有居民需要多少辆大巴。

普里皮亚季城中共有 51300 名男女老少，其中超过 4000 人为核电站操作人员和建筑工人，他们按照计划会留下来，维护城中的基础设施，在核电厂工作。要将所有家庭安全撤出，需要超过 1000 辆大巴车，再加上两条河船和直接开到亚诺夫火车站的 3 列柴油火车，它们将被用来载运住在城中单身宿舍的那些男青年。

与此同时，在基辅，乌克兰交通部开始从整个城市和周边市镇郊区的运输企业调集大巴车，要求大巴司机在星期六晚上加班工作，准备在开道警车的引导下前往普里皮亚季。晚上 11 点 25 分，他们收到乌克兰部长会议的命令，开始出发。凌晨 3 点 50 分，500 辆车已经开到了城市警戒线外，还有另外 500 辆在半个小时内就能赶到切尔诺贝利。在破晓前，排成 12 公里长的车队已经齐齐停在开往普里皮亚季的路上，司机们一边等待着进一步的指示，一边在移动餐车上就餐。整个行动都在保密中进行。到星期天早上，基辅的公交车站挤满了焦急等待的乘客，然而他们注定徒劳守候，班车永远都不曾出现。

星期日正午，普里皮亚季的市民开始在自家楼外聚集，等待从城市撤离。他们手中拎着小购物袋，里面装有个人物品，煮土豆、面包和猪油等食物以及少量档案文件。没有恐慌的迹象。尽管有警告让孩子们待在室内，但家长们发现很难控制这些到处跑来跑去的孩子，他们就在尘土飞扬的街道上玩着。一些家庭甚至开始步行出城。

160 与此同时，第 51 护卫直升机团的两架直升机的机组成员，开始准备对四号反应堆进行空中打击。这项行动是谢尔比纳当天早上 8 点批准的，开始得极其仓促。安托什金将军及其手下需要自行摸索出的，不仅有起飞和降落的地点，还包括飞行计划、速度、飞行轨迹和辐射条件，而所有这些都要满足那位急脾气的政府委员会主席的要求。飞行员们开始出动侦察，确定反应堆上方的飞行路线后，谢尔比纳的注意力，转向了确定将向何处空投那数千吨材料的问题上。

列加索夫和其他科学家最终确定了向四号机组废墟内部倾倒的那些物质的复杂配方，其中包括粘土、铅和白云石。他们希望这些能熄灭着火的石墨，冷却炽热的核燃料，阻断放射性核素向大气层的释放。库尔恰托夫研究所的老权威亚历山德罗夫和核物理学家推荐了铅，以及含有碳酸钙和碳酸镁的天然矿物质白云石。因为铅的熔点较低，科学家们认为它会在火焰高温下液化，帮助冷却核燃料，困住从损毁的堆芯中释放出的放射性核素。他们还希望，这些铅能流进反应堆容器的底部，并在那里固化为一层可以阻挡 γ 辐射的屏障。使用白云石的目的，一是冷却燃料，二是希望它可以在火焰高温下化学分解，释放出二氧化碳，从而令起火的石墨因为缺氧而无法继续燃烧。亚历山德罗夫还推荐使用粘土，它可以封闭反应堆，并帮助吸收放射性核素。

但所有这些物质在核电厂都找不到。尤其是铅，在整个苏联，都属于短缺的原材料之一。然而，这项行动刻不容缓。谢尔比纳下令让飞行员先向反应堆空投终于从罗夫诺核电厂用卡车运来的硼粉，这种中子慢化剂可以防止在剩下的铀中产生新的链式反应。列加索夫已经乘坐一辆装甲运兵车进入反应堆的周边地带，亲自测量中子辐射，他 161
得到的数据显示，废墟中的链式反应现在已经停止。但这位物理学家还是希望能够确保它不会重新开始。

与此同时，谢尔比纳将安托什金将军和两位身为核专家的苏联副部长派到了普里皮亚季河岸边，他们需要在那里亲自动手填充沙袋。列加索夫院士认为，沙子或许可以熄灭火焰，在燃烧的反应堆上方形成一个过滤层，阻住向外逃逸的热粒子和放射性气体。而且这个办法又便宜又不愁供应。普罗岑科为了给城市扩张做好准备，已经在河道中挖掘了好几吨沙子，现在它们就堆在普里皮亚季城河滨咖啡馆旁边的河岸上，离直升机降落的波利西耶旅馆门前广场只有两个街区。一切正好，因为所需数量十分巨大：科学家们估算，反应堆需要被一层至少一米厚的吸收剂覆盖。根据他们的计算，这大约需要 5 万袋沙子。

河岸边很热，将军和两位西装革履的副部长很快便大汗淋漓。此外，比火辣辣的日头更糟糕的，还有辐射。他们既没戴呼吸面具，也没带辐射计。其中一位副部长向一群核装配专家的管理者求助，这个管理者提出要求，要让他的手下在污染地区工作，必须支付额外的奖金。但即便有他们帮忙，这项任务依然令人不堪重负。两位专家驱车前往附近一个名为友谊的集体农场，找到了一群正在忙着春播的集体农场职工。这些正晒着太阳的农场职工，完全不相信他们听到的关于事故的新闻，也不觉得有必要扑灭燃烧的反应堆，更不认为他们耕作的土壤已经被辐射所毒化。直到农场场长和党支书赶来，反复跟他们解释这场危机，这些农场职工才同意出手帮忙。最后，总共 100—150 名集体农场职工志愿加入了河岸上的劳动，随后来自基辅民防部队的分遣队也赶来支援。

但谢尔比纳仍然不满意。回到白房子里，他把那些部长和将军逼
162 得更紧，要求他们加快速度，并对核能部门的代表大发雷霆。他咆哮着说，这帮人在炸飞反应堆这件事上挺有天分，填装起沙袋来却蠢得无可救药。

就算谢尔比纳真的知道此时这些人周围的空气中急剧上升的污染水平，他也完全没有表现出来。这位委员会主席对待辐射危险的傲慢轻蔑态度，就如同一名骑兵军官纵马穿过炮火连天的战场。委员会中所有的人都以他为榜样：监测身边的放射性似乎成了不明智的做法。在这些部长中，洋溢着一股苏联式的英雄主义精神。

星期日下午，头 10 袋沙子被抬到了广场，每袋重逾 60 公斤，装在安托什金将军手下的一架直升飞机上。

一共 1225 辆大巴，它们车身颜色各异，红的，黄的，绿的，蓝的，红白相间的，漆着彩色条纹的，分别代表十多家不同的苏联运输企业。此外，还有 250 辆卡车和其他支援车辆，比如民防军的救护车、维修车和油罐车。下午 2 点，第一批放射性核素飘入大气整整一天半之后，这支等在普里皮亚季城外的五颜六色的车队终于开始移动。

普罗岑科在城市入口处的铁路桥上等着他们。胳膊下夹着一张普里皮亚季地图，她穿着大热天里穿的衬衫、裙子和凉鞋。一位陆军少校和另一位警方少校与她会合。他们彼此握了手，全都对自己需要做的事心知肚明。谁都没多说话。

第一辆大巴开近时，那位警方上校挥手将它叫停，普罗岑科爬上车，把地图拿给司机看，为他指点方向：大巴车需要每 5 辆一组行动，她告诉他应当开到哪个城区，如何到达那里，在哪一栋建筑前停下，以及走哪条路出城。随后，她下车，警官挥手叫来另外一组大巴车，普罗岑科再将地图指给下一位司机。

慢慢地，5 辆，又 5 辆，一个小时，又一个小时，她目睹着这 163
一千多辆车慢慢地开向风景如画的列宁大道的尽头，然后一个急转弯，喷出一道尾气，消失在城市中。

普里皮亚季城 160 座公寓大楼的 540 个出口外面，市民们举步走上各自的巴士，大门在他们的身后“砰”地关紧。

下午 3 点前后，基辅军区空军部队的副指挥官鲍里斯·涅斯捷罗夫上校，看见目标出现在视野前方。他是一名有着 20 年驾驶经验的直升机飞行员，曾服役于叙利亚，经受过阿富汗北部山区的战火考验。他开着一架大功率米 -8 运输直升机从西边飞来，保持在 200 米的高度，准备在接近四号机组红白条纹通风烟囱时减速。在他身后的货舱中，飞行工程师已经将滑动侧门打开，把安全带扣好在机身上。堆成一堆的 10 个沙袋，就在他的脚下。

涅斯捷罗夫将速度放慢到 100 公里每小时，发出指令："准备空投！"

四号反应堆的废墟快速接近。上校的耳机中被静电干扰噪音充满，驾驶舱温度计骤然从 10摄氏度蹿升到 65 摄氏度，安装在驾驶座椅后背的辐射计顿时爆表。透过脚踏板中间的驾驶舱玻璃，涅斯捷罗夫看见了白色的烟柱和闪耀着红光的反应堆边缘，就如同一座翻腾汹涌的熔炉。

直升机上并没有装备轰炸瞄准器或定位装置。要将沙袋正好投入反应堆坑室，飞行工程师需要用肉眼瞄准，估算出弹道轨迹，一个一个地把沙袋推出舱门。当他在反应堆上方俯身而出时，整个人都会被毒气云包围住，经受着 γ 波和中子辐射的轰击。除了自己的飞行服，没有其他的保护措施。从下方升起的高温热浪，令涅斯捷罗夫不可能在空中逗留盘旋：如果直升机失掉了向前的冲力，它很可能会被超高
164 温的气流柱困住，螺旋桨的扭矩会灾难性地下降，整架飞机将骤然从空中坠落。

上校将速度减到了 60 公里每小时。他努力保持直升机稳定，希望飞行工程师能站稳脚步。"放！"他喊道。飞行工程师奋力举起第一个沙袋，投到四号机组上方的空中，然后是第二个，第三个。"投放完毕！"

涅斯捷罗夫将机身调转向右驶开，准备下一轮空投。

下午 5 点，玛丽亚·普罗岑科折好自己的地图，挥手叫停最后一辆巴士，爬上去，一路驶过列宁大道。一个孤零零的乘客，独自进入了一座被抛弃了的城市。她指点司机从普里皮亚季城的一侧开到另一侧，在每一个市区停下来，检查自己的工作完成结果。6 点 30 分，普

罗岑科回到市执行委员会大楼，告诉市长，她的任务已经完成了。

“弗拉基米尔·帕夫洛维奇，办好了。所有人都疏散了。”她说。

除了那些维持人员和留下来照管核电站幸存下来的几座反应堆的员工，整个城市都清空了。

当她的报告一级一级地上传到政府委员会主席那里时，普罗岑科并不感到悲伤，只有一种完成了一项重要工作的满足感。这就像他们在少年先锋队中常说的那样：“只要政府一声令下，只要共青团发话，使命必达！”

直到那天晚上，她才开始感觉不适：喉咙刺痛，头痛得眼前发黑，脚和脚踝火烧火燎，痛痒交加。她并没有把这些和辐射联系起来，部分原因在于，对于自己长时间站在铁路桥上，曾光着腿暴露其中的飞扬尘土里的放射性 α 粒子和 β 粒子的作用，她一无所知。她不愿意就此多想，当她开始腹泻时，普罗岑科告诉自己，不过是因为吃了变质的黄瓜。至于头痛和喉咙痛，她已经两天没睡觉了不是吗？她把腿放进浴室的下水槽，用冷水冲洗双脚，以此缓解瘙痒。但症状很快便又回来了。

普罗岑科回到自己的办公桌前，再次为化学部队绘制地图。如今，他们每 60 分钟就要对该地区进行一次辐射调查。他们开始在市执行委 165
员会大楼内部四处清扫，以消除辐射，并警告她说，走廊如今已经全都污染了。看门人早就走了，于是普罗岑科拿了块湿抹布，自己把地毯擦洗干净。没有手套，她只能裸露着双手。

五颜六色的巴士车队沿着城周狭窄的道路缓缓前行时，那些离开的居民中，很少有人知道他们将前往何方。没人告诉过他们任何事。但他们坚信，自己会很快回来。部分车辆已经开出城界很远了，才有人意识到，粘在车轮上的放射尘已经到了十分危险的水平，必须返回普里皮亚季接受除污。核电站的一名员工已经和他的妻子孩子坐着巴士开出城 50 公里，才告诉家人需要独自前行，而他得返回电厂帮助自己的同事。司机把他放在了伊万科夫市，不过他必须说服当地内务部警察的指挥官才得以返回。一些被疏散的市民说服他们的司机将自己一直带到基辅，但内务部的计划里却是要求把普里皮亚季的市民分头安置在波利西耶乡下的小村镇中，那里的农民和集体农场职工，每家接纳一户疏散居民。

维克托·布留哈诺夫的妻子瓦莲京娜，在驶离城市时哭了一路。在纳塔利娅·谢甫琴科乘坐的巴士上，乘客们不安地小声议论着他们究竟会流落到何方。一路开过一个又一个居民点时，他们用目光搜索着路边村庄的名字，看到那些站在自家院子里目送他们经过的农民，一张张饱经风霜的脸上，露出同情的神色。

白房子三楼，政府委员会的会议仍在继续。楼下，普罗岑科仍俯首案前。大约晚上 8 点，她向窗外瞥了一眼，发现有个女人正穿过广场走进城市。她孤身一人，拎着个行李箱。普罗岑科想不通，城里的
166 女人和孩子应当在几个小时以前就被送到安全的地方去了。她打发一位值班警卫下楼，调查一下情况，自己则在办公室里看着他拦下那个女人，对她进行盘问。他们交谈着，那个女人频频点头，然后继续拎着行李箱往前走。根据那个警卫的反馈，普罗岑科发现，关于普里皮亚季发生紧急情况的消息，显然没有阻止途经该站的火车按正常时刻表在这里停留。这个女人刚刚度完周末，搭乘火车从位于西南方向 300 公里外的赫梅利尼茨基（Khmelnitsky）回来，完全不知道在自己出门的这段时间，这里发生的任何变化。

当警卫向她解释发生的一切时，她看起来不慌不忙的。当然，她同意被疏散，“但首先，我得回趟家”。

然而，当这个女人带着自己的行李箱返回公寓大楼时，她发现，普里皮亚季已经完全变了个样子。就在几个小时的时间里，维克托·布

留哈诺夫心爱的未来城市，已经成为一座鬼城。列宁大道两侧的阳台上，洗好的衣物晾在那里无人收起，在微风中飘来飘去。沙滩上荒无一人，餐馆里空空荡荡，游乐场中一片死寂。

如今，街道上回响着新的声音：不知所措的宠物狗汪汪地叫着，它们的皮毛已被毒尘严重污染，主人不得不将其遗弃；民防部队巡逻车开动时发出的嘎嘎声；以及直升机发动机无休无止的突突作响，那是第 51 护卫直升机团的飞行员和工程师，一趟又一趟地将成袋的硼和沙投入那座放射性火山的血盆大口中。

II

帝国的陨落

十 云

自四号机组残骸逸出的那团看不见摸不着的辐射云，被一股从残破堆芯滚滚上升的炽热气柱带到九重天上，又凭借着好风之力，飘出去几千公里。

它在猛烈的爆炸中脱缰而出，直冲上宁静的夜空，到达约 1500 米的高度后，才被从南边和东南方向吹来的强劲气流所裹挟，以每小时 50—100 公里的速度向西北飘去，穿过苏联，直奔波罗的海。这团云中含有气态的氙 133、被辐照过的石墨微粒和由纯放射性同位素（比如碘 131 和铯 137）组成的粒子，它们发出的热量令周围的空气变暖，就像成千上万个微型热气球一样飞在空中。在这团云的中心，波动着约 2000 万居里的放射性活度。等到苏联科学家们终于在事故发生一整天之后，开始在事故现场附近定期进行空中监测时，这个看不见的妖魔已经偷偷逃走，令监测者完全无从了解它的大小和强度。他们的测量结果显示的，只是它的尾迹而已。不到 24 小时，它便已经到达了斯堪的纳维亚半岛。

星期日中午，丹麦罗斯基勒（Roskilde）北部的瑞索（Risø）国家实验室，一台自动监测设备静静地记录下了这团云的到来。但因为时值周末，这些读数没有得到注意。那天傍晚，一名驻扎在芬兰南部卡亚尼（Kajaani）测量站的芬兰国防军士兵，记录下了本底辐射的异常升高。他将这一情况汇报给了赫尔辛基的操作中心，但有关方面并没

170 有采取进一步行动。到晚上，这团羽状烟云在瑞典上空遇上了雨云，内部潮湿的水汽开始清理和浓缩含有的污染物。

当雨最终从这团云中洒落在离斯德哥尔摩两小时车程的北方城市耶夫勒（Gävle）时，它已经带上了极强的放射性。

4 月 28 日，星期一，早上快 7 点时，克利夫·鲁滨逊正在福斯马克（Forsmark）核电站的咖啡间吃早饭。坐落于波的尼亚湾（Gulf of Bothnia）的这座核电站，位于耶夫勒东南方向 65 公里处。鲁滨逊，29 岁，是个英裔瑞典人，在核电厂的放射化学实验室担任技师。他每天早晨坐巴士到福斯马克上班，同车的还有正在修建大型地下核废料储存库的建筑工人。

喝完咖啡，鲁滨逊走进更衣间去刷牙。返回的路上，他经过了一个辐射监测点，警报铃声响了起来。这位仍半睡半醒的技师愣住了——他刚刚才到，还没进入反应堆区域，他是不可能被污染的。但警报声引来了核电厂辐射防护部门的一位员工，鲁滨逊向他解释了事情经过。他再次走过监测装置，警铃再一次响起。但第三次尝试时，监视器沉默了。两个困惑不解的人认定，设备一定是出了故障。或许报警阈值之前被微调过了。这位放射剂量测量师告诉鲁滨逊回去工作，机器晚一点可以修好。

巧的是，鲁滨逊在实验室中的工作，正是测量福斯马克 -1 的放射性活度，这既包括核电站建筑内部，也包括排放入周围环境的放射性。反应堆竣工才不过 6 年，但小的技术故障已经层出不穷，那年冬天，燃料棒泄露已经导致了几起小规模的放射性元素释放。他星期一早上的常规工作是，首先要到核电厂的上方，从通风烟囱中收集空气样本，然后返回实验室分析。这需要一定的时间。大约 9 点，他再次回到楼下喝咖啡。接近辐射监测点时，他看见通道被排成长队的电厂工人堵住了，每个人都会触发警铃长鸣。更加迷惑不解的鲁滨逊从一个工人那里拿了只鞋子，装在塑料袋中以避免交叉污染，然后返回实 171
验室。他将这只鞋子放在锗检测器上，一种十分灵敏的 γ 射线测量工具，准备等着看看。

但结果返回的速度快得令人恐惧，计算机屏幕上划过一道陡峭的绿色峰值曲线。鲁滨逊的心脏都快停止跳动了，他从来没见过这种情形。这只鞋子已经被通常只会在福斯马克 -1 堆芯中发现的一系列裂变产物严重污染，其中不仅有铯 137、铯 134 和半衰期较短的碘同位素，还有包括钴 60 和镎 239 在内的少数其他元素。他意识到，这些成分只有在核燃料与大气接触时才会生成。鲁滨逊立刻给自己的上司打了电话。这位上级担心发生了最坏的可能，让他立即返回通风烟囱，再采集一批新的空气样本。

早上 9 点 30 分，核电厂经理卡尔·埃里克·桑德斯泰特接到了污染的警报。这位福斯马克核电厂的高级职员，与鲁滨逊之前一样，完全摸不着头脑。他们无法在核电厂内部追溯到污染源，但是，根据天气状况，外面的地表辐射水平，却与福斯马克某座反应堆发生重大泄漏事故时的可能情形一致。10 点 30 分，桑德斯泰特下令封锁通往核电站的道路。当地政府发布了预警警报：通过电台广播提醒居民不要接近福斯马克，警方也设置了路障。30 分钟后，仍在实验室中测试新一批样本的鲁滨逊，听到了响彻整栋大楼的警报声。整座核电厂都被疏散了。

那时，斯德哥尔摩的国家核管理机构和国防机构，已经收到从斯图斯维克（Studsvik）的一家研究机构发来的类似的高度污染报告，那里离福斯马克足足有 200 公里。在斯德哥尔摩提取的空气样本也显示，辐射水平升高，且存在含有石墨粒子的同位素混合物。这预示着某座民用核反应堆发生了灾难性事故，但该反应堆的类型明显与福斯马克的反应堆不同。到下午 1 点时，使用为帮助监测限制核武器试验的《部

分禁止核试验条约》（PTBT）执行情况而研发的气象计算方法，瑞典
172 国防研究所构建出了整个波罗的海区域的天气模式模型。这些数据确然无疑地证实，放射性污染完全不是源自福斯马克，它来自瑞典之外的某个地方。而风，正从东南方向吹来。

莫斯科时间上午 11 点前后，盖达尔·阿利耶夫正坐在克里姆林宫的办公室里，电话突然响了起来，召集他去中央政治局参加一个紧急会议。作为苏联副总理，阿利耶夫是苏联境内最有权势的人之一。他曾担任阿塞拜疆克格勃负责人，是中央政治局 12 名拥有投票权的成员之一，对于那些可能影响苏联历史进程的最重大的事项负有共同决策责任。然而直到星期一上午，即便是阿利耶夫，对发生在乌克兰的这场核事故也仅知大略。关于切尔诺贝利，苏联的印刷媒体只字未提，广播或电视上也没有相关报道。无须来自莫斯科的示意，基辅当局已经在用各种办法，封锁压制科学家们对事故情况的了解。星期六，基辅植物学研究所的仪器记录下辐射值的激增后，克格勃官员迅速赶到，查封了这些设备，“以免产生恐慌和挑动民意的流言散布”。即便如此，等到总书记戈尔巴乔夫召集紧急会议、讨论事态发展时，阿利耶夫意识到，很快，在苏联国界之外便可以检测到辐射的存在。

中央政治局这 12 个人，其中包括阿利耶夫，总理雷日科夫，负责对外宣传的亚历山大·雅科夫列夫，正在党内冉冉升起的保守派政治明星、戈尔巴乔夫的对头叶戈尔·利加乔夫，以及克格勃头目维克托·切布里科夫，并没有在通常的中央政治局会议室中碰头，而是齐聚于戈尔巴乔夫位于克里姆林宫三楼的光线昏暗的办公室。尽管最近翻新过，铺设了纹样精美的地毯，圆顶天花板上也挂着水晶吊灯，这间屋子还是显得空荡荡的，很不舒服。每个人都很紧张。

戈尔巴乔夫的提问很简洁：“发生了什么事？”

主管苏联能源部门的中央委员会书记弗拉基米尔·多尔吉赫，开始介绍他通过电话从谢尔比纳和身在普里皮亚季的专家那里了解的情况。他提到了一场爆炸、反应堆的损毁和城市的疏散。空军正在使用直升机以沙子、粘土和铅填埋机组废墟。一团辐射云正在向南方和西 173
方移动，已经在立陶宛被检测到。相关信息仍十分有限且彼此矛盾：武装部队说的是一回事，科学家们说的是另一回事。现在，他们需要决定如何，或者是否将这起事故告知苏联民众。

对于戈尔巴乔夫来说，这是对他刚刚在一个月前的党代会上的承诺——公开透明的新政府——的一个突然而意外的挑战。直至此时，所谓的“公开性”不过是一句口号。“我们应当尽快发表声明，”他说，“不能拖延。”

然而，习惯性的神神秘秘和偏执多疑已经根深蒂固。任何一种事故的真相，都有可能损害苏维埃的威信，激起民众恐慌，因此应当永远封锁钳制：即便是发生在三十多年前的 1957 年马亚克爆炸，如今依然没有出现在官方记录中；1983 年，大韩航空 007 号班机空难，机上的 269 人全部丧生，苏联起初依然否认对这一事故知情。此外，戈尔巴乔夫手中的权力并不稳固，面对那些曾摧毁赫鲁晓夫及其自由化计划的极端保守派的反对，可谓相当脆弱。他不得不小心谨慎。

尽管从这次会议的官方记录看，后来，与会者似乎一致同意有必要就该起事故发表公开声明，但盖达尔·阿利耶夫坚持认为，这是有误导性的。根据这位苏联副总理的回忆，他主张立刻公布真相，坦诚相告：欧洲所有国家很快就会知道，发生了某些可怕的事；这场灾难的规模如此之大，没有隐瞒的可能性。有什么必要去掩盖已经大白于天下的事实呢？但在他结束发言前，公认的克里姆林宫二号当权人物叶戈尔·利加乔夫便将他打断。“你想干什么？”他尖刻地质问，“你想发布什么信息？”

“别扯淡了！”阿利耶夫答道，“我们瞒不住这件事的！”

会议桌上的其他人反驳说，他们还没掌握足以公之于众的充分信息，而且担心会制造恐慌。就算真的要发布新闻，也必须严格掌握分
174 寸。“声明的措辞一定要避免导致过度警惕和恐慌。”最高苏维埃主席团主席安德烈·葛罗米柯说。等到他们投票表决时，利加乔夫的主张显然占了上风：中央政治局决定采取传统的解决途径。这些党内大佬联合起草了一份语焉不详、仅有 23 个词的声明，由国家通讯社塔斯社（TASS）公开发表。而它的主要目的，用中央委员会官方发言人的话来说，就是为了同那些“资产阶级的造谣中伤……政治宣传和无中生有”作斗争。

不管戈尔巴乔夫的本意如何，看起来，老办法还是最好的办法。

在斯德哥尔摩，下午 2 点，瑞典国家当局已经形成一致意见：整个国家由于国外一起重大核事故而受到了污染。不过一个小时后，瑞典外交部便联系上了东德、波兰和苏联等国的政府，询问其境内是否发生了此种事故。没过多久，瑞典向这些国家在国际原子能机构的代表发送了同样的公报。那时，芬兰和丹麦政府已经确认，他们同样在国境内检测到放射性污染。

回到切尔诺贝利。那个布留哈诺夫曾经坐在床上为自己的核未来
175 勾勒蓝图的小旅馆，如今挤满了从莫斯科派来的精疲力尽的党内官员。空军第 17 军的直升机飞行员们正在奋力掩埋反应堆，以控制下面熊熊燃烧的石墨之火，但放射性核素仍在从四号反应堆余烬犹存的残骸中滚滚涌出。然而，苏联当局却信誓旦旦地对瑞典人说，他们丝毫不知道在苏联境内发生了任何一起核事故。

那天下午，在莫斯科的瑞典大使馆科学专员联系上了国家原子能利用委员会——中型机械制造部温和无害的公开门脸。但对于旗下反应堆发生问题之事，委员会既不肯确定，也不予以否认。那天傍晚，

在瑞典大使馆的鸡尾酒会上，托尔斯滕·奥恩大使拉住了一位苏联外交部的官员，直言不讳地跟他打听，是否知道苏联境内最近发生了核事故。

这位官员跟奥恩说，他会留心此事，但再没多说话。

直到 4 月 28 日，星期一晚上 8 点，距离毒气云开始涌入四号机组上方的夜空，几乎已经过去 3 天，莫斯科广播电台才播出了戈尔巴乔夫办公室同意发布的那份塔斯社声明。“切尔诺贝利核电厂发生了一起事故，”播音员读道，“其中一座原子反应堆遭到破坏。现已采取相关措施消除事故影响。救援物资已经发放给受灾群众。政府为此设立了一个政府委员会。”惜字如金、吝于真相的这份公报，是典型的苏联式新闻报道，延续了这个国家几十年来对传统工业事故百般遮掩的习惯。一个小时后，莫斯科广播电台的国际频道，用英语向外国听众重复了这份声明，随后列举了一长串发生在西方的核事故。两份声明都没有提到，这起发生在乌克兰的事故到底发生于何时。

莫斯科时间晚上 9 点 25 分，在全苏联播出的晚间王牌电视新闻节目《时代》（*Vremya*），以苏联部长会议的名义，读出了同一份只有 23 个字的声明。这是当天的第 21 条新闻。没有图像，只有节目主持人表情严肃的一张脸，同时提及，部长会议认为可能发生了一些异常状况。

第二天早上，4 月 29 日，星期二，莫斯科的新闻媒体依然对事故一言不发。在乌克兰，基辅的各大日报报道了这条新闻，但编辑们竭尽全力轻描淡写，避重就轻。《乌克兰真理报》在第三版底部刊登了一篇小报道，放在了讲述两名退休老人费尽周折才在家中装上电话的故事之下。乌克兰《工人报》小心翼翼地将有关切尔诺贝利的报道，藏在了苏联足球联赛日程表和一场国际象棋锦标赛的新闻之下。

回到克里姆林宫。总书记戈尔巴乔夫在两天之内，已经召集了第二次中央政治局特别会议，时间依然是上午 10 点 30 分。现在，他关 176

心的问题是，对于这场不断发展变化的灾难，最初的反应实在蹩脚：辐射仍在扩散，在斯堪的纳维亚，已经有关于辐射水平上升的报道，波兰人也在提出令人尴尬的问题。污染有没有可能波及列宁格勒甚至是莫斯科？

弗拉基米尔·多尔吉赫向他的同事们通报了最新消息：从切尔诺贝利飘出的放射性同位素烟云，已经分成三股，分别向北方、南方和西方飘去；内务部已经在核电厂四周至少10公里半径的范围内设置警戒线，反应堆释放的辐射强度已经在下降。克格勃负责人切布里科夫不同意这样的看法，根据他的信息源，没有任何辐射情况有所改善的迹象。事实上，他们正面临着一场灾难。已经在该区域采取进一步的疏散措施，约有两百名事故受害者住进莫斯科的医院，此外，根据乌克兰总理弗拉基米尔·谢尔比茨基的报告，在乌克兰共和国内部，已经出现恐慌情绪的爆发。

在场的每个人都同意，必须尽快彻底封闭反应堆。为了控制局势，他们提议设立一个7人特别行动小组，由总理雷日科夫负责，小组成员包括多尔吉赫、切布里科夫、内务部长和国防部长。被紧急授权的该小组，可以向全苏联境内的所有党政部门发号施令，协调莫斯科的灾难应急行动，将这个中央集权国家的所有资源交付切尔诺贝利的政府委员会使用。

讨论再次转到该如何告知整个世界到底发生了什么的问题上。“我们越诚实越好。”戈尔巴乔夫说。他建议，至少应当将具体信息告知苏联卫星国家的政府以及华盛顿与伦敦。“您说得对。”阿纳托利·多勃雷宁说，“毕竟，我敢肯定，照片已经送到里根的办公桌上了。”他此前曾经担任苏联驻美国大使20年之久，新近才被任命为中央委员会成员。于是，他们同意向驻哈瓦纳、华沙、波恩和罗马等首都的苏联大使发送电报声明。

177 “我们要向自己的国民发布信息吗？”阿利耶夫问道。

“或许吧。”利加乔夫回答。

星期二晚上，《时代》播出了一条以苏联部长会议名义发出的新声明。这份声明不情愿地承认，已有两人在切尔诺贝利核电厂的爆炸中身亡，反应堆建筑部分被毁，普里皮亚季城已经被疏散。声明中没有提及放射性物质释放的事。这一次，相关报道被提到了第六条，紧接在关于苏联强大经济实力的鼓舞人心的新闻之后。

这时候，世界其他地方的媒体都已经嗅到了铁幕之后惊世浩劫的味道，切尔诺贝利成为西方媒体的头条。各家报纸和电视网均派出通讯员，搜寻更多的细节，不管其信息源如何靠不住。那些驻在莫斯科的外国媒体大军，前往乌克兰的申请遭拒，又面对着一堵官僚主义的沉默之墙，只好凑合着那些零星材料敷衍成文。刚刚才到苏联不久的合众国际社（UPI）记者卢瑟·惠廷顿，几个星期前曾在红场偶遇一位乌克兰女性，他认为这个女子认识紧急服务部门的人。于是，惠廷顿给这位家住基辅的女性打了个电话。凭自己的理解，他认为她说的是，有 80 人在爆炸中当场死亡，另有 2000 人在送往医院途中伤重不治。但没有办法对这些说法进行独立核实。与惠廷顿同在莫斯科的同事、《美国新闻与世界报道》的尼古拉斯·丹尼诺夫后来认为，这位合众国际社同行的俄语水平太初级，可能误解了他的采访对象的原话。但不管怎样，这个煽动性的故事立即出现在各国通讯社的新闻稿中，结果可想而知。

《2000 人死于核噩梦：核电厂大火失控，苏联紧急求援》的大标题，出现在星期二的《纽约邮报》头版。同一个早上，关于事故轻描淡写的新闻，被塞在了基辅市体育比赛结果之下。在伦敦，第二天，伦敦《每日邮报》刊登了题为《2000 人在原子恐怖事件中丧生》的报道。当天 178
晚上，这个过分夸大的死亡人数成为全美国各大电视新闻的主要故事。

一位五角大楼的知情人士对美国全国广播公司（NBC）说，根据核电厂卫星图像显示的破坏状况，数千人死亡是不可避免的后果，2000人的数字“看起来没问题，因为在核电厂工作的就有4000人”。很快，美国国务卿乔治·舒尔茨收到一份情报部门的秘密评估报告，里面说，苏联宣称只有两人死亡完全是“荒谬透顶”。

与此同时，辐射云继续向北推进，并向西扩散到整个斯堪的纳维亚半岛上方。随后，天气变化陷入停滞状态，污染物一路飘移南下，笼罩波兰上空，接着形成了一个高压楔，向下插入德国。随倾盆大雨而落的辐射物，在地上形成了一条从捷克斯洛伐克一直蔓延到法国东南部的重度污染沉积带。西德和瑞典政府向莫斯科愤怒抗议，责怪它没有及时通报这场事故，并要求提供关于事件经过的更多信息，但这些要求却如石沉大海。恰恰相反，苏联大使馆官员在波恩和斯德哥尔摩联系了许多科学家，向他们征询关于扑灭核火灾的建议，尤其是如何扑灭正在燃烧的石墨。谣言已经四处蔓延，专家们公开发表着对反应堆熔毁的各种猜测，而更恐怖的事情是，此时，仍存在着放射性大火无法被扑灭的可能。所有这一切，都令欧洲上下陷入巨大恐慌。

在丹麦，药房里的碘化钾片很快就卖光了。在瑞典，禁止销售从苏联和5个东欧国家进口的食物，一个哺乳期女性的母乳中据说被发现含有放射性粒子，政府的电话总机被四面八方的来电打爆，人们询问着饮用水是否安全，能不能进行户外活动。在共产主义盟国波兰，国家电视台安抚公众说，他们并无危险，但当局依然为儿童发放了稳定碘片，并限制奶制品的销售。在荷兰，一个业余无线电台据说收听到了基辅地区某个人用短波发出的信息，号称在切尔诺贝利发生熔毁的不是一座反应堆，而是两座。“整个世界完全不了解灾难真相，”那个乌克兰人的恳求透过静电噪声传来，“救救我们。”

苏联发言人将这些故事斥为唯恐天下不乱的西方政治宣传，但囿于这个国家习惯性的保密作风，却也拿不出什么事实予以还击。星期

三晚上，莫斯科广播电台承认，在两例死亡之外，还有197人因事故 179
而入院治疗，但其中49人已经在检查后出院。播音员含糊其辞地说，"辐射情况"正在"改善"。电视上播出了一张据说在爆炸后不久拍摄的核电厂照片，显示它并没有完全损毁。在同一时间，基辅广播电台也宣布，它将尽力平息所谓数千人死亡的"西方谣言"。

与此同时，克格勃负责人切布里科夫向他的上级汇报说，他正在与那些资产阶级阴谋的源头作斗争。他对共产党中央委员会说，他采取了"相关措施，控制外国外交使节和新闻记者的行动，限制他们收集有关切尔诺贝利核电厂事故的信息，挫败了那些企图借其在西方煽动反苏联政治宣传的阴谋"。

同一天，在莫斯科，尼古拉斯·丹尼诺夫发现，他已经无法将稿件传回位于华盛顿特区的《美国新闻与世界报道》总部。他打算转为使用合众国际社办公室的电传机，那里距离他20分钟车程。准备外出时，丹尼诺夫从窗户看出去，发现有几个人正在从院子里的检修口中拖拽线缆，显然是想要切断他与外部世界仅存的联系。然而，这根本无济于事，苏联对西方报道的百般阻挠，徒令谣言更加甚嚣尘上。到周末，《纽约邮报》将会刊登来自乌克兰的"数则未经证实的报道"，宣称有15000人在事故中丧生，而他们的尸体被集体掩埋于在核废料处理场挖的大墓坑中。

在普里皮亚季政府委员会总部，紧张局势继续恶化。星期日傍晚，年轻的空军指挥官安托什金少将来到了白房子，向谢尔比纳主席汇报飞行员空投行动的进展。他们仅仅使用3架直升飞机，就已经在夜晚到来前，向四号机组内部空投了10吨硼粉和80吨沙子。在如此恐怖的情况下，这简直是一种英雄壮举，然而，谢尔比纳丝毫不为所动。 180
在此等浩劫之前，这不过是杯水车薪。"向这样一座反应堆空投80吨沙子，就像是用 BB 枪打大象！”他说。他们必须再拿出点儿像样的成绩。

安托什金下令投入重型直升机，其中就包括绰号为“飞牛”的巨型米 -26 直升机。它是世界上功率最大的直升机，单次载重高达 20 吨。他整夜未眠，筹谋布置，试图找出增加行动效率的方式。第二天，委员会从附近几座乡镇征调人口，填装沙袋。安托什金改进了空运控制系统，加快了装载速度。此外，他还征集了许多从米格 -23 战斗机上退役的制动降落伞，将其用作装载货物的网子。与此同时，飞行工程师们依然几乎没有任何防护措施去阻挡废墟中升出的 γ 射线，继续徒手将沙袋掷入四号机组。

机组成员每天天一亮就开始飞行，直到黄昏，才在夜色中返回切尔尼戈夫的空军基地，对直升机进行除污处理，把制服脱下来丢弃，然后在桑拿房中擦洗身上的放射性尘土。但直升机上的辐射几乎不可能完全清除，第二天早上，他们开始执行新的任务时，飞行员们发现，停机坪飞机下方的草，一夜之间全都变黄了。大多数机组成员每天在反应堆上方飞行 10—15 个架次，每次进行 2 到 3 次空投，但第一批飞行员的执飞架次要多得多：一位飞行员头 3 天在四号反应堆上往返了 76 次。据安托什金回忆，只要出动 2 到 3 次，等飞机在地面暂时降落时，一些飞行工程师会从飞机上跳下来，跑到河岸边的树丛中呕吐。

到 4 月 29 日星期二上午，安托什金手下的飞行员的工作看来起了成效：从反应堆逸出的放射性活度开始下降，温度也从 1000 摄氏度以上降到了 500 摄氏度。但在被废弃的普里皮亚季城的街道上，辐射水平如今已升高到极其危险的程度，政府委员会被迫撤离到了 19 公里外
181 切尔诺贝利镇上的新据点。核电厂附近半径约为 1.5 公里的区域，很快便被官方命名为“特别禁区”（osobaya zona），那里已被瓦砾和核坠尘高度污染。科学家、专家和留在核电站维护余下 3 座反应堆的操作人员，现在只能坐在装甲运兵车中接近那里。

那天下午，在莫斯科，总理雷日科夫主持了中央政治局行动小组的第一次会议。中央计划经济的巨锤立即挥动起来。列加索夫院士和其他科学家计算得出，要熄灭石墨大火，总计需要2000吨铅，但列加索夫却不敢开口要求在如此短的时间内调集数量如此巨大的稀缺物资。熟悉这一经济体系运作的老手谢尔比纳可不管这些，一张嘴便要了6000吨，以备万一，雷日科夫随即下令，让整个苏联铁路网上装有铅的火车皮，马上掉头开往切尔诺贝利。第一批2500吨铅第二天早上就运到了。

到星期二晚上夜色降临，安托什金的直升机队伍又向四号机组外墙之内空投了190吨沙子和粘土，但火苗仍在燃烧，放射性核素也继续从反应堆废墟中翻涌而出。提交给基辅党委的一份科学报告表明，在核电厂西边和西南边100多公里外的乌克兰城市罗夫诺和日托米尔，本底辐射水平已经增加了近20倍。该地区民防部队负责人已经做好准备，疏散切尔诺贝利核电厂周边10公里半径内的居民点，住在那里的居民总数达1万人，并请求谢尔比纳同意执行该行动。但是，令他们惊愕不已的是，他竟然拒绝了。

第二天早上，直升机将一批降落伞运到切尔诺贝利：并不是安托什金之前建议的剩余设备，而是从全苏联境内的空军特遣部队征调来的14000顶全新的伞兵部队降落伞伞衣。安托什金试验了一下，发现每顶降落伞最多可以载重1.5吨而不破裂。日落时，他的手下已经又向反应堆空投了1000吨吸收剂。当晚这位将军向上级报告时，他第一 182
次自空投行动开始以来，看到谢尔比纳的脸上露出了喜色。

4月30日，星期三，切尔诺贝利核电厂上方的风向，再一次发生变化。而这一天，正是一年一度的五一劳动节庆典前夕，通常，全苏联大城小镇的街道，都会在节日里被游行集会的人群挤得水泄不通。

这一次，风开始向南吹，携带着高能 α 和 β 辐射污染，直接向基辅扑去，与之一道的，还有以碘 131 形式存在的高浓度 γ 辐射，这种放射性同位素能够在甲状腺中沉积，对儿童的威胁尤甚。那天下午 1 点整，城市街道上的辐射水平开始骤然上升。到夜幕降临时，在基辅市中心第聂伯河东岸的科学大道上，记录下来的放射性活度已经高达 2.2 毫伦琴每小时，比正常值高出了数百倍。这团放射性云的行踪，一直被苏联国家水文气象委员会的气象监测设备密切监视着，那天，该部门向身在莫斯科的总理雷日科夫发送了一份关于该发现的加密报告，同时也将其抄送给基辅的乌克兰共产党领导人，其中就包括第一书记谢尔比茨基。

在乌克兰卫生部内部，那些平日里慢条斯理、稳重克制的共和国名医，也开始乱了阵脚。他们讨论着对放射性悬浮颗粒采取预防措施的必要性，建议通过广播警告市民。但他们没有采取任何行动。基辅市执行委员会主席（也即市长），负责协调民防事务的瓦伦丁·辜斯基，曾经在一家制造 γ 辐射测量工具的工厂工作过，很熟悉辐射的危害。他试图说服谢尔比茨基，取消按计划将在次日早上穿过市中心的五一劳动节大游行。但这位第一书记告诉他说，命令已经从莫斯科传达下来，游行不仅要举行，而且他们还必须带上自己的家人一道参加，以此证明，在基辅，没有人有理由感到恐慌。

第二天早上，游行的各项准备工作如常进行。组织者四处悬挂标语，
183 围观群众挤满了大街小巷。10 点，按照计划，这位第一书记应当站在俯瞰十月革命广场的观礼台正中，宣布游行开始。但直到离游行开始只有 10 分钟时，还不见他的踪影——观礼台上的那个中心位置空无一人。乌克兰中央政治局成员、市长和其他各界要人变得焦躁不安起来：除了第一书记，没人有资格宣布仪式开始，而在当政的这么多年里，他从来没有在五一劳动节游行庆典中迟到过。终于，他的海鸥牌轿车从山上疾驰而下，开到主席台前，猛地停了下来。谢尔比茨基从车后

座爬出来，满脸通红，骂着脏话。

“我跟他说了不能在十字大街（Khreschatyk）搞什么游行。”他对台上的观礼团成员说，“这又不是红场。这是个谷地，辐射全堆积在这儿了……他跟我说，要是把游行搞砸了，那就把党证交上来吧。”

没人会误解，这位暴怒的第一书记说的那个他是谁。在苏联，有权以驱逐出党来威胁他的，就只有戈尔巴乔夫本人而已。

“去他妈的，”谢尔比茨基说，“开始游行吧。”

10 点刚过，兴高采烈的人群便开始大步走过宽阔的十字大街。太阳暖洋洋的，空气中洋溢着节日的气息。红旗汇成了一片海洋，在春日中盛放的各色牡丹，魏紫姚黄，绚烂无比。一身灰色戎装、披着鲜红色饰带的党员老兵们整齐地列队走过，穿着白色队服、系着红领巾的女少先队员挥舞着樱花枝，身着乌克兰哥萨克人的传统服装、绣花上衣配阔腿灯笼裤的年轻舞者，时而手拉手排成长列，时而转着圈儿胡旋前进。

基辅市民把他们的孩子扛在肩上，拉在手中，接踵摩肩地走在这条林荫大道著名的栗子树下。他们牵着气球，举着绘有苏联和乌克兰党内领导人头像的标语牌，走过十月革命广场上的喷泉——悬挂于两侧公寓大楼外立面、6 层楼高的马克思、恩格斯和列宁像，面无表情地看着来来往往的人群。

当他们从主席台前走过时，谢尔比茨基在台上挥手致意，露出慈父般的微笑。鉴于微风中可能携带的放射性坠尘的危险性，他做出了 184
某些让步：游行只持续了 2 个小时，而不是原定的 4 小时；组织者从每个市区召集的游行群众，只有 2000 余人，而非 4000—5000 人。这位第一书记特地安排，让他的孙子弗拉基米尔务必参与游行。基辅市长辜斯基也带上了他的三个儿子和两个孙辈。站在观礼台上的一些人，那天早上佩戴了辐射计，乘人不注意频频查看。另一些人则时不时地偷瞄一眼天空。

之后，风再度改变方向，有可能将含有放射性核素的烟云，吹向北边的莫斯科。这时，苏联飞行员开始频频出动，在空中播撒可以增加空气湿度的碘化银，进行人工降雨。首都保住了。但在它南边 300 公里远的地方，农民们却眼睁睁地看着黑雨如鞭，无情地击打在白俄罗斯数百平方公里的肥沃农田上。

在莫斯科，五一劳动节的游行队列像往年一样横扫红场，城里到处都是狂欢的味道。来自全苏联的工人们，9 个人排成一排，列队走过红色花岗岩的列宁墓，向着观礼的戈尔巴乔夫和其他中央政治局成员挥动纸花和鲜红色的横幅标语。但这之后，总理雷日科夫召集切尔诺贝利行动小组又开了一次紧急会议，与会者包括主管卫生、国防和外交的十余位高级政府部长，分别负责苏联意识形态和克格勃的两位领导人利加乔夫和切布里科夫也出席了。会上，作为核科学家代表的，正是库尔恰托夫研究所所长阿纳托利·亚历山德罗夫。

外面街道上的节日庆祝如火如荼，小组成员却面对着切尔诺贝利急转直下的紧急局势。首先，他们听到的消息是，危机的严重程度已经令苏联卫生部应接不暇。雷日科夫同意解除卫生部部长的医疗紧急应对职责，将控制权下放给卫生部副部长奥列格·谢尔潘。雷日科夫要求他，每天向行动小组提交全苏联范围内因事故而入院治疗的受害者人数，并报告有多少人已经确诊为辐射病。尽管已经迁出普里皮亚
185 季市，谢尔比纳、列加索夫和其他政府委员会成员的辐射暴露水平，也已到了十分危险的程度，必须尽快派人把他们替回来。他们需要从西方订购医疗设备，并用硬通货支付。此外，行动小组还不得不开始严肃考虑，接受那些请求前往莫斯科，协助治疗辐射病患的外国医生的援手。

苏联武装力量总参谋长阿赫罗梅耶夫元帅报告说，国防部的军队

已经在紧邻切尔诺贝利核电厂的周围地区，开始了清除污染的工作，但亟需更多人手，因为辐射仍在继续扩散。形势已经很明显，向国际社会掩盖事实真相只会让事态恶化。西方外交官和新闻记者正在莫斯科强烈抗议，抛出一连串关于事故状态和严重程度的问题。雷日科夫决定召开一次面向外国记者的新闻发布会，并下令让谢尔比纳、亚历山德罗夫和安德拉尼克·彼得罗相茨（苏联国家原子能利用委员会主席）负责具体实施细节。

这时，雷日科夫组织协调了政府委员会的替换成员，并下达命令，要求他们第二天就飞往切尔诺贝利。这个新的团队将以 55 岁的苏联前航空产业部长伊万·西拉耶夫为首。准备替换瓦列里·列加索夫的首席科学家，是他的隔壁邻居和竞争对手叶夫根尼·韦利霍夫。

会议结束后，雷日科夫到戈尔巴乔夫的办公室去见他。他和党内保守派代表利加乔夫已经决定，是时候去视察一下事故现场了。雷日科夫把自己的想法告知总书记，等待戈尔巴乔夫开口说，他也会一道前往。但显然，这位苏联领导人的脑子里压根儿就没有想过这回事。第二天，雷日科夫和利加乔夫与克格勃负责人一道，飞赴基辅，戈尔巴乔夫并没有同行。

在乌克兰第一书记谢尔比茨基和乌克兰总理的陪同下，这些中央政治局成员乘坐直升机飞到了切尔诺贝利核电厂。他们在一个普里皮亚季疏散市民暂时栖身的小村子停下来。雷日科夫发现，见到的那些人平静得有些奇怪，他怀疑这些人对身处其中的这场灾难的严重程度 186
仍一无所知。当这些人问起什么时候才能获得许可重返家园时，部长们无言以对。他们只是被劝告说，要耐心等待。

下午 2 点，在切尔诺贝利镇的地区党委总部，雷日科夫和利加乔夫召开了一场碰头会。话题转到了疏散核电厂周围居民点的问题上。谢尔比纳告诉雷日科夫，已经开始对 10 公里禁区进行疏散。

摆在桌子上的，是分别由军方、气象部门和地质部门单独测绘得出的核电厂周边地区的侦察地图。这些全部标为头号机密的文件，标出了核电厂逸出的放射性坠尘的分布情况。把它们一张张叠放在一起，一个边缘破碎不齐、以普里皮亚季为中心向东南方扩散出去，直至覆盖切尔诺贝利的区域便呈现出来。它跨过了乌克兰共和国边境，进入白俄罗斯北部，然后一长条重度坠尘覆盖区一直向西延伸，在维利恰（Vilcha）和波列什科（Polesskoye）两座村镇前方形成了一个三岔口。污染已经远远扩散到了10公里禁区的范围之外，如今在有些地方，甚至远至距核电厂30公里之处，正威胁着一大片土地上的成千上万名居民的生命。

总理雷日科夫仔细端详着地图。一些位置现在看起来是安全的，另一些则显然并非如此，而在某些村庄，放射性坠尘零星分布，每条街道的数字都不一样。显然，应当做点儿什么，但到底应该怎么去做却难以确定。屋子里的每一个人都等着他的决策。

“我们要疏散30公里禁区内的人口。”雷日科夫终于发话了。

“疏散整个地区？”有人发问。

“疏散整个地区！”总理回复道，在地图上圈出了这一区域以示强调，“立即执行。”

十一 187

“中国综合征”

由波利西耶旅馆高高的房顶上四下张望，从左手边音乐学校门口那座熠熠生辉的雕塑，到右手边广场上飘扬的一行行彩旗，普里皮亚季的市中心，犹如一张鲜艳的全景画卷，在卢博米尔·米姆卡上校面前徐徐展开。整座城市，都属于他和他的无线电报务员。旅馆空空荡荡，鸟儿都飞走了，连曾经在下面街边的杨树和刺槐树枝杈之间跳来跳去、叽叽喳喳的麻雀，也早已不见踪影。之前探查楼下的宴会大厅时，两人曾发现有一张神秘的黑色地毯一直铺到四边墙角，穿着橡胶防化服、汗流浃背的报务员开始穿过大厅，随着靴子在脚下发出嘎吱嘎吱的响声，他们才意识到，覆盖在地板上的，原来是成千上万只昏昏沉沉的苍蝇，显然，它们都中了辐射的毒。从墙上解下消防水龙，他们把地板冲洗干净，等楼上的太阳太毒、放射性太强时，好转移到这里。站在由户外露台的重混凝土框架撑起的 8 楼屋顶上，米姆卡上校拥有遥望 3 公里外依然清晰可见的四号反应堆的最佳观察位置。

几乎从空投行动一开始，空军便将这座旅馆用作临时控制塔。如今，安托什金少将设计了另外一个系统，可以让他手下的飞行员每天向熊熊燃烧的反应堆空投数百吨原材料。当一架又一架直升机转动着螺旋桨、咔哒咔哒地飞往四号机组时，米姆卡在屋顶上凭借肉眼估测出距离和抛物线，并通过无线电向飞行员发出最终指令。现在，参与到行动中的直升机已有几十架，包括中型米 −8 直升机、重型米 −6 直升机 188

和超重型米 -26 直升机等，它们从 3 个起落区犹如走马灯一般轮番起飞。每架直升机的机身下方都吊着至少一个向上翻转的降落伞，里面装着民防部队和劳动突击队从本地居民点挖掘填装的一袋袋沙子或粘土。在一片尘土飞扬中，这些直升机以 100 公里每小时的速度，从基地飞近反应堆。

米姆卡等待着，靠着核电站四周变压器场上树起的定向标杆确定飞机位置，直到它们距离目标只有 300 米远，他便发出“各就各位”的命令，这时飞行员会将手指移向投放按钮，两到三秒钟后，米姆卡说“投掷！”，飞行员随即投下载重，突然尽释重负的直升机迅速转身飞走，返回起落区装运另一批货物。

米姆卡每天早上 4 点起床，吃早餐的同时接受血液测试，检查他的辐射暴露水平。6 点钟，他开始对反应堆进行侦察飞行，然后降落在旅馆外面的方形广场上。他会一直待在屋顶，过了晚上 9 点，天完全黑下来后，他才自己驾驶着当日最后一班飞机飞到四号反应堆上方，测量记录第二组辐射和温度数据。这之后，他要接受除污处理，晚上 10 点吃晚餐，接下来还要听取汇报。直到半夜，他才得以上床睡觉。而 4 个小时后，一名军校学员会再次把他摇醒。

安托什金少将为他的手下设定了 22 雷姆的最高暴露量——但许多人仍习惯性地低报数字，从而可以多飞一些时间；还发放了一些味道很苦的碘化钾片，以及另一种吃起来甜甜的、被他们称为“药糊糊”（pastila）的膏状药物，这些药物来自列宁格勒的一家制药厂，号称可以帮助对抗辐射。第一批铅运到了，有的是铅锭，有的是铅皮，还有仍带着价签、从商店中转运而来的 10 公斤袋装的猎枪铅弹，飞行员们凑合着制作了自己的保护装备。他们在机舱地面铺了 4—5 毫米厚的铅皮，本来用于放置降落伞包的驾驶座椅凹槽也填满了铅弹。他们甚至还为此编了个打油诗：“还想当个爸爸，用铅护住蛋蛋。”

189 虽然空投仍在继续，列加索夫院士和从莫斯科派来的库尔恰托夫原子能研究所、中型机械制造部的科学家，却对熊熊燃烧的反应堆的内部情形几乎一无所知。飞行员现在空投的目标是四号机组中一处可见的红光，但没人知道，它到底是由何导致的。在苏联的首都，物理学家们被连夜拉到他们在库尔恰托夫研究所的办公室中，帮忙计算四号反应堆废墟内部到底还留存着多少铀燃料。每天，科学家们都会与直升机机组成员一道飞往事故现场上空5到6次，监测空气中的辐射水平，通过分析大气中的放射性同位素来估算燃烧中的堆芯的热度。他们使用瑞典制造的热成像照相机来读取反应堆的表面温度。飞行员们向目标投掷沙包时，他们就在一旁观看，眼见着黑色的放射性烟尘形成的蘑菇云腾空而上，足有100米高，停在那里许久，才被风吹散，飘向四野。黄昏来临时，建筑物上会升起一道绚丽的深红光晕。某个薄暮冥冥的傍晚，米姆卡上校在对反应堆上空进行侦察飞行时，向下看了一眼那团炽热的物质，立时想起了他曾经在苏联远东地区的勘察加（Kamchatka）火山见过的岩浆。

从一开始，来到切尔诺贝利的库尔恰托夫研究所小组成员、RBMK反应堆专家康斯坦丁·费多伦科，就试图提醒列加索夫，直升机行动可能已走上了歧途。他亲眼看到，每一批空运物资投入破碎的反应堆建筑时，都会扬起一大批重放射性粒子。此外，因为目标极小，其中一部分还被倾斜的混凝土盖子“叶连娜”挡住了，飞行员接近的速度又特别快，这些沙子或铅被准确投进反应堆坑室正中的可能性，看起来微乎其微。

但列加索夫不同意。他对费多伦科说，现在再想改变方向已经太晚了，“决定已经做下了”。两位科学家争论了几分钟，直到费多伦科最终说出了他真正的担心：用来熄灭石墨之火的所有努力，可能只不过是在浪费时间。他说，应当让这团放射性火焰自己烧尽。

列加索夫不想再听，他坚持认为，必须立即采取行动，不管有没 190
有效果。

“如果我们什么都不做，人们不会理解的。”列加索夫说，“我们必须让大家看到我们在做点儿什么。”

日复一日，倒入反应堆的物资总量逐渐累积。4月28日，星期一，直升机出动了93个架次，空投了300吨物资；第二天，数字上升为186架次和750吨。4月30日星期三早晨，他们开始空投铅，那一天，包括沙、粘土和白云石在内的一千多吨吸收剂，对四号机组上方进行了地毯式轰炸。在起落区，连夜从基辅地区的陆军预备役军人中征召而来、仓促集结成的731特种营，每天在直升机高速旋转的螺旋桨下工作16个小时，将沙包整齐地装入降落伞伞衣，再将其固定在飞机的吊货点上。炎热的天气和直升机的下洗气流生成一道高达30米、无休无止的放射尘旋风。战士们没有穿任何防护服，甚至连“花瓣”呼吸面具都没戴。灰尘飞进他们的眼睛和嘴巴，在他们的衣服下面被汗水打湿，凝结成块。晚上，他们就穿着这些被辐射的军装，脏乎乎地躺在普里皮亚季城边的帐篷里，倒头睡去。破晓时，他们又爬起来接着干。

伴随着空投行动的继续，从反应堆中逸出的放射性核素水平，开始画出一道向下倾斜的曲线：从星期日的600万居里辐射，下降到星期一的500万，星期二的400万，星期三的300万。到星期三结束时，空军飞行员之前瞄准的那个着火点，似乎已经熄灭了。第二天，5月1日，星期四的晚上，安托什金少将向谢尔比纳汇报说，他手下的飞行员已经向四号反应堆空投了1200余吨铅、沙子和其他物资。一些政府委员会成员站起身来，鼓掌庆祝。谢尔比纳向将军露出了一个难得一见的微笑，随即，他设定了第二天的新目标：1500吨。

第二天傍晚，列加索夫和科学家们，在分析四号机组的最新数据时，发现了一个令人惊恐且显然无法解释的现象。从反应堆中释放出
191 的放射性物质，不仅没有继续下降，反而开始骤然上升，一夜之间从

300 万居里蹿升到了 600 万居里。燃烧中的堆芯的温度也在迅速上升。到星期四晚上，列加索夫的估测数字表明，堆芯温度已经接近 1700 摄氏度。

这位院士现在开始担心，四号反应堆坑室中残存的二氧化铀燃料和锆金属包壳，已经变得炽热无比，开始熔化为一团放射性岩浆，堆芯已接近全面熔毁。更糟糕的是，之前从 200 米高空中投进的 4600 吨沙子、铅和白云石，再加上发生于一个星期前的那几次初始爆炸的冲力，可能已经使反应堆的地基扛不住了。如果熔化燃料的温度达到 2800 摄氏度，他们怀疑，它可能会烧穿反应堆坑室的强化混凝土地面，并在上方压力的作用下，逐渐侵蚀坑室底部，进入建筑物的地下室，深入地底。这会是世界末日级的反应堆事故——“中国综合征”（the China Syndrome）[1]。

这个所谓的“中国综合征”最早出自美国核工程师的想象，它之所以会变得如此臭名昭著，却是拜一部在三里岛事故（Three Mile Island-2,TMI-2）发生前不到一个月公映的好莱坞大片《中国综合征》所赐。简·方达在其中饰演一位勇敢无畏的电视记者，她惊恐万状地发现，一团熔化的铀燃料是如何烧穿了加利福尼亚一座出了故障的反应堆的基部，并继续无情地向下燃烧，直至抵达位于世界另一端的中国。尽管这一假想的恐怖噩梦违反了物理学、地质学和地理学的众多定律，但如果切尔诺贝利真的发生了堆芯熔毁，却会构成两个真实的威胁。第一个，也是最明显的，是对本地环境的威胁。核电站坐落于普里皮亚季河地下水位上方，相距不过几米，如果熔化的燃料穿透这段距离，后果将会是灾难性的。各种各样的有毒放射性核素将毒化饮

[1] 需要说明的是，“中国综合征”这一名字和称谓与中国无关，它本源自电影中的台词“核反应堆的冷却水如果烧干，可能会发生很可怕的事，会把地球烧穿，而美国的另一面是中国”，所以才有“中国综合征”的说法。

用水，受影响的不仅是基辅市民，也包括从第聂伯河流域水体中取水的每一个乌克兰人，总计约 3000 万人，甚至还会流入黑海。

192 但第二个威胁要比污染地下水体更迫在眉睫，也更不堪想象。熔化的燃料只有在穿透反应堆建筑地基后，才会进入普里皮亚季河和第聂伯河。在那之前，它可能会穿过位于四号反应堆下方的蒸汽抑压池（steam suppression pools），这个原本设计中的安全空间，如今已经灌满了水。一些科学家担心，如果炽热的燃料与封存在那个空间中的数千立方米水发生接触，可能会引发新的蒸汽爆炸，其强度甚至会超过最早的那次。爆炸冲力不仅可能摧毁四号机组的残骸，还会炸掉另外三座在事故中幸存仍完好无损的反应堆。

与一颗由 5000 吨超强放射性石墨和 500 吨核燃料组成的超级脏弹量级相仿佛，这样的一场爆炸可能会杀死“特别禁区”内一切残存的生命体，而释放到大气中的放射性坠尘，会令欧洲大部分地区在长达 100 年的时间里成为不适合人居的荒芜之地。

5 月 2 日，星期五，由伊万·西拉耶夫带队的新一届政府委员会，领命从莫斯科赶到切尔诺贝利，前来替换鲍里斯·谢尔比纳和听命于他的那些政府委员会成员。列加索夫的老对头叶夫根尼·韦利霍夫也在这个团队中。

此时，谢尔比纳和他的小组成员已经疲惫至极，而且，在长达 5 天经常性地无视那些看不见、摸不着，却真实存在于他们周围的危险之后，这些人全身上下都被辐射照了个遍。进入事故区域 24 小时后，委员会成员才收到碘片或辐射计，而且并不是每个人都肯不嫌麻烦地用上这些防护措施。现在，他们的眼睛和喉咙因接触放射性尘土而又红又肿。有人注意到，自己的声音变得又尖又细，这是 α 污染的一个

1986年5月，副总理伊万·西拉耶夫（左）正在察看从空中拍摄的核电厂废墟照片。他是从莫斯科派来主持危机处理的第二任政府委员会负责人。坐在他旁边的是科学家尤里·伊兹拉埃尔（居中）和叶夫根尼·韦利霍夫（右）

奇怪的副作用。还有人感觉烦闷欲呕，脑袋发晕，情绪躁动而难以集中注意力。5 月 4 日，星期日，他们终于返回莫斯科，谢尔比纳一干人马上住进了医院，接受辐射病症状检查。他们上交了自己的衣物和昂贵的外国手表，所有这些都已被严重污染，只能掩埋处理。谢尔比纳的一名助手洗了 18 次澡，试图除掉皮肤上的放射性颗粒。护士们剃
193 光了每个人的头发，除了谢尔比纳，他宣称，这种做法有失一位苏联部长会议成员的尊严，只同意把头发剃短。

然而，尽管受到的辐射剂量逐渐积累升高，所有的同事也都已经离开，列加索夫却选择留在切尔诺贝利。到星期日结束时，反应堆释放出的辐射已经达到 700 万居里，甚至比直升机行动开始前还要高。而此时，在如何回应的问题上，列加索夫与韦利霍夫产生了分歧。

和列加索夫一样，韦利霍夫也没有直接同核能反应堆打交道的经验，他准备在现场边干边学。他的一举一动不太招将军们的待见，那些人更喜欢身材矫健、坚决果断的列加索夫，一个按照苏联领导人的传统模子铸出来的忠诚的社会主义者，而不是这位有一大堆西方朋友、穿着颜色花俏的格子衬衫、胖乎乎的学院派。但韦利霍夫与戈尔巴乔夫多年交好，这让他可以与总书记直接搭上线，而此时，戈尔巴乔夫已经不太喜欢列加索夫，开始怀疑他没有讲出事故的全部真相，因此需要在切尔诺贝利安置一个自己能信得过的人。

现在，除了个性不同，两位科学家也在如何处理四号机组熔毁威胁的方式上各持己见。韦利霍夫最近刚看过电影《中国综合征》——一年前，曾针对莫斯科国立大学物理学系的一群特殊观众放映过这部片子——因而担心可能会发生最坏的情况。然而，列加索夫和其他在场核专家，却不为好莱坞版本的事件描述所动。他们相信，全面熔毁的可能性微乎其微。

科学家们仍对四号机组深处发生的状况所知甚少。他们没有来自燃烧的反应堆内部的可靠数据，甚至连逸入大气的放射性核素的测量

值，误差也高达 50%。他们完全不知道石墨到底处于何种状态，也无法列出燃料释放出的裂变物的明细，甚至不能确定，锆金属有没有在燃烧，或者这些元素中有多少与直升机空投的各种原料产生了反应。他们不知道热核燃料将如何与密闭的水体产生反应，也没有任何假设的模型来帮助解决问题。

在西方，早在 15 年前，科学家们便开始模拟反应堆熔毁的最坏情况，相关研究一直在进行，自三里岛灾难后，更是加大了力度。但苏联的物理学家对本国反应堆的安全性极其自信，从来不曾想过要去对超设计基准事故进行离经叛道的假设。而在此时直接向西方专家求助，看起来更是匪夷所思。尽管这些物理学家对于燃烧反应堆的疑虑逐渐增长，但政府委员会和中央政治局依然决定向 30 公里禁区以外的全世界，隐瞒堆芯可能熔毁的消息。 194

韦利霍夫联系上了他位于莫斯科郊外的研究实验室的负责人，命令他的团队在整个五一劳动节假期加班加点。12 位科学家并没有在电话中得到任何细节信息，甚至当他们到达实验室的时候，也只是以最泛泛而谈的方式得知这次事故的情况。他们需要竭尽所能地找出反应堆堆芯熔毁的速度，但这些人全都是理论物理学家，是研究激光固体交互作用现象、等离子体物理学和惯性聚变的专家，没有人对核反应堆有任何了解，于是不得不做的第一件事，便是集体学习 RBMK-1000 的相关知识。他们把图书馆翻了个底朝天，搜寻与放射性同位素的特性、衰变热和热导率相关的参考书，并征用了该实验室中苏联制造的大型计算机来计算。

与此同时，在韦利霍夫和列加索夫就堆芯熔毁的风险争执不一时，石墨大火继续熊熊燃烧，四号反应堆内部的温度持续上升。韦利霍夫给身在莫斯科的戈尔巴乔夫打了电话。发生在切尔诺贝利的这一切，都处于严格保密状态，他在接下来的 6 个星期里，连打给妻子都不行。但当他需要同总书记通话时，可以立即接通总书记豪华轿车中的车载电话。“我们要疏散基辅吗？”戈尔巴乔夫问道。

韦利霍夫表示，他也不确定。

拥有社会主义劳动英雄荣誉称号、得过两枚列宁勋章的政府委员会新任负责人伊万·西拉耶夫，是一个老资历的技术官僚，性格直率，一头银发梳成背头，不像谢尔比纳那么脾气暴躁。但他面临的情况远
195 比其前任面对的更棘手：大火，逸出的辐射，堆芯熔毁，以及可能的爆炸。他开始要求每 30 分钟便向他汇报一次现场情况进展。委员会成员早上 8 点便开始办公，直到凌晨 1 点才结束。许多人每晚只能睡上 2 到 3 个小时。

在位于切尔诺贝利镇的总部，西拉耶夫采取了典型的苏联式危机应对方式：他没有选择某一条行动路线来阻止可能的堆芯熔毁，而是下令不惜牺牲地齐头并进，全面出击。他给电厂员工发出命令，让他们找出办法将氮气注入反应堆坑室，覆盖住熔化的堆芯，令石墨火焰因缺氧而熄灭。他还从基辅召来了地铁建筑工程师，开始在四号机组下方钻孔，用液氮或液氨冻住沙土，保护地下水不被熔化燃料污染。此外，他还传出话去，寻找愿意进入反应堆下方漆黑一片的地下室房间中的勇士，将蒸汽抑压池的阀门打开，把可能在那里找到的 5000 立方米高放射性污水泵出去。

与此同时，安托什金少将指挥的对四号反应堆的直升机空投仍在继续。

5 月 3 日，星期六，凌晨 1 点，位于核电厂南面 30 公里的军营中，民防部队第 427 红旗机械化团的彼得·兹博罗夫斯基大尉，刚在基地浴室中洗完澡，听说有人在找他的时候，他正在用毛巾把自己擦干。一名上校和一位少将走过来。他以前从来没见过其中任何一个人。

“做好准备，”那位将军说，“政府委员会的负责人要见你。”

36 岁的兹博罗夫斯基，是一名军龄已有 16 年的灾难救援老兵，因为身强力壮，人们都叫他“罗斯”（Los）或“驼鹿”。到这时，他已经和他的手下，在漫天烟尘和直升机的下沉气流中工作了 3 天，把一袋又一袋的沙子和粘土，装进安托什金麾下直升机队的降落伞中。自打头天早上吃了早饭，他还什么都没吃，正盼着来上二两包治百病的 196
伏特加。

“没吃完晚饭前，我哪儿都不去。”兹博罗夫斯基说。

“我们等你。”将军回答道。

深处四号反应堆之下的蒸汽抑压池，是密密匝匝挤在一起的多个幽闭空间。它们身处一个被分成上下两层、容积为 7000 立方米的巨大混凝土水池中，周遭遍布密林般的粗管道，又被分割成不同的走廊和隔间，而且已经被水灌得半满。这些水池是主反应堆安全系统的一部分，用来在堆芯内部压力通道破裂的情况下避免蒸汽爆炸。在紧急情况下，逸出的蒸汽通过安全阀门释放到这些水池中，化作水中的气泡，然后在向上冒泡的过程中安全无害地冷凝为液体。

但在 4 月 26 日四号反应堆走向最终毁灭的过程中，这个冷凝系统很快便不堪重负失去作用。现在，无论是核电站的员工还是科学家们，都不知道水池中到底还存着多少水，或者这些水池是否还完好无损。核电厂的技术人员打开了通往该系统的一个阀门，只听到空气涌入时发出的呼啸声。但科学家们依然怀疑，水池中可能还存有水。命令传达下来，要寻找一个理想的爆破点，用炸药炸穿几乎有两米厚、外包不锈钢的墙壁。当这一指示传到三号机组一名班组长那里时，他建议说，或许有个破坏性更小的法子来完成这个任务。仔细核对了一番核电厂的蓝图后，他指出了一对位于反应堆下方管网纵横的地下迷宫深处、用于在检修维护时排空水池的阀门，并在手电筒和DP-5军用辐射计的帮助下对路线进行了侦查。

在事故发生前，打开这些阀门轻而易举：走楼梯下到地下三米处的负三层，进入狭长的、以混凝土浇筑的连接三号机组和四号机组的001走廊，找到阀门隔间，转动编号为4GT-21和4GT-22的阀门轮盘。
197 但如今，放射性污水已经将001走廊淹没。在阀门隔间中，水深1.5米。当他接近那里时，这位班组长的DP-5辐射计爆了表，根本无从知晓里面的辐射强度到底有多高。除非排出走廊中的积水，否则阀门无法打开。

下半夜，“驼鹿”兹博罗夫斯基出现在切尔诺贝利政府委员会总部大楼二层的会议室中。西拉耶夫从办公桌后面走过来，身体立正站好，大拇指紧贴裤线。

“大尉同志，政府给你下达了命令：从四号机组下方泵出积水。”

兹博罗夫斯基想都没想：“是，长官！”

“你会在军方总部得到详细任务信息。”西拉耶夫说，“早上9点钟做好准备。”

只有在下楼梯的时候，这位大尉才开始想起有关四号机组附近最新情况的报告：在反应堆外墙旁边，辐射值达到了2800伦琴每小时。他在军队技校学过，700雷姆就已经是致死剂量。在那堵墙边上，待上15分钟就够了。在堆芯下方的辐射值又会是多少呢？

兹博罗夫斯基驱车120公里，回到基辅的民防基地，调集人员和设备。路上，他在家里停了一下，知道身上的衣服已经高度污染，走进公寓前，他在门厅里就把自己脱光。他亲吻了熟睡中的12岁的儿子，跟妻子道了别。他没告诉她自己要去哪里。

星期六早上9点钟准时回来向西拉耶夫报告时，大尉得知，必须从头开始为此次行动做计划。如何进入四号机组地下室？如何把水排出？能把水排到哪里？就连这些最基本的问题，也还没来得及考虑。在当天上午的政府委员会会议上，专家们无法就储存 5000 立方米——足以填满两个奥运会规格泳池——高放射性污水的安全位置达成一致。在等待决定意见的时候，兹博罗夫斯基坐着装甲运兵车对现场进行了
侦察，发现墙上有一道裂口，可以通向地下室维修通道。担心在离已 198
经受损的反应堆如此近的地方使用炸药会导致不良后果，兹博罗夫斯基要求陪同他的人拿着大锤进去清出条路。有 5 个人站了出来。辐射值相当高，大尉估计，每个人最多只能工作 12 分钟。当他们终于打通一条通道时，兹博罗夫斯基像深海潜水员那样在腰上拴了一根绳子，自己进到了地下室中。他在黑暗中摸索前进，直到脚底开始吱嘎作响。慢慢地，水深超过了 4 米。那里的水感觉很暖和，45 摄氏度，跟洗澡水一样，散发着硫化氢的味道。

在莫斯科，韦利霍夫的理论家团队开始进行试验，调查研究熔化的核燃料的反应变化。在没有来自核电厂的真实数据的情况下，韦利霍夫联系上了他在西方国家的熟人，用飞机将有关该现象的论文成箱空运过来，但手忙脚乱的科学家们根本无暇阅读分析那些堆成山的材料。他们决定，自己做研究会更快些。他们加班加点，困了就在办公室的椅子上打个盹。在实验室中，他们用二氧化碳激光加热金属柱和铀燃料芯块，然后将它们放在混凝土碎片上，记录下结果。他们将样本送往基辅，那里的一位专家对二氧化铀、熔化重混凝土和沙之间的相互反应进行检验。他们很快便确认了韦利霍夫的最坏预测：只需 10 公斤重的燃料，便可产生足够的热量熔穿反应堆容器的强化混凝土底部，然后以每天 2.5 米的速度继续向下深入。他们还发现，炽热的铀可以融合吸收碎片、金属和沙，生成具高度放射性和各种未知属性的全新物质。

在切尔诺贝利，对于到底该把蒸汽抑压池中的放射性污水放到哪

里去，委员会依然悬而不决；与此同时，反应堆上方的温度读数却在持续升高。西拉耶夫开完一个会又接着开另一个。争论一直持续到夜里，在院士、将军和政客们对着彼此大喊大叫、吵成一团的这段时间，“驼鹿”兹博罗夫斯基则尽可能地让自己睡上一觉，虽然每次不过几分
199 钟。争吵中，戈尔巴乔夫从莫斯科打来电话，他的声音大到屋子里的每个人都听得清清楚楚：

“怎么样？你们拿定主意了没有？”

此时，已经被恐惧压倒的电厂物理学家们像僵尸一样走来走去，他们不仅担心长期的辐射，更害怕迫在眉睫的爆炸随时都可能要了他们以及周围几百米以内所有人的命。

最后，反复思考了两天之后，兹博罗夫斯基决定向一位电厂的高级工程师请教，应该如何处理水。这位技术人员对他说，就在普里皮亚季城外，正好有两个可以派上用场的露天水池。但要从四号机组的地下室把水排到这两个水池中，需要 1.5 公里长的水管，而且每个水池的容积至少要 20000 立方米。此时，地下室中的水温开始升高，这可是不祥之兆。

如今，温度已经上升到 80 度。到星期日下午 6 点时，列加索夫测得的反应堆温度已经高达 2000 摄氏度。有些情况正在发生。他们必须迅速做出反应。

波利西耶旅馆（左）和普里皮亚季市执行委员会大楼——“白房子”（右），安托什金在上面标注出了观测位置，他手下的军官在那里引导直升机完成在四号机组上方的空投行动

彼得·兹博罗夫斯基大尉，摄于1986年。因力大惊人而被叫作“罗斯”或“驼鹿”的兹博罗夫斯基，指挥了从四号机组地下室泵出积水的行动，避免在核电厂发生二次爆炸——一位科学家担心，这场预期中的爆炸，量级可能远超第一次

十二

切尔诺贝利之战

5月2日，星期五，晚上8点刚过，美国总统罗纳德·里根乘坐空军一号降落于东京羽田机场，这是他对整个亚洲和太平洋地区为期10日的外交访问的最重要一站。他此次日本之行，是为了与英国、法国、德国和加拿大等国首脑一道，出席七国集团（G7）的首次会议，但从一开始，这次旅行便被发生在世界另一边的核灾难笼罩了一层阴影。

关于瑞典上空监测到辐射存在的第一批报告，在里根周一乘坐总统专机离开夏威夷时，便已经传到他的耳中，之前安排好的一天假期被打断，转为听取美国情报部门汇报所掌握的切尔诺贝利电厂的消息。从那时起，苏联对事故的掩盖，已演变为一场全球性的外交和环境危机。在间谍卫星从乌克兰上空拍摄的高清照片中，可以看到许多微小的细节，比如顺着电厂周围反应堆冷却河道的方向铺开的一条条消防水带。中央情报局的分析员知道，这场灾难的严重程度远比莫斯科承认的要高。此外，美国核管理委员会的官员也开始怀疑，在切尔诺贝利，其他反应堆中至少有一个此时正面对四号机组的持续危机的威胁。然而，莫斯科断然拒绝了里根公开提出的医疗与技术援助。那座严重受损的核电厂到底正在发生些什么，美国的核专家只能猜测。

与此同时，苏联试图阻止更多事故细节外泄的努力，正在被瓦解。在5月3日提交给戈尔巴乔夫的机密报告中，苏联外交部长爱德华·谢瓦尔德纳泽警告说，继续对外保密于事无补，而且，这样不仅会在西

欧播下不信任的种子，就连像印度和古巴这样本来准备拥抱苏联核技 201
术的友好国家，如今也开始疑虑重重。谢瓦尔德纳泽写道，采取传统办法应对这场事故，也会危及戈尔巴乔夫与美国达成历史性的销毁核武器协议的梦想。西方的报纸这时都在质问，对于一个不肯说出核事故真相的国家，又如何相信它会对自己到底拥有多少枚核弹保持诚实？

5月4日，星期日早上，里根总统在大仓饭店（Hotel Okura）的套间中进行每周一次、面向全美的广播讲话。他谈到了在东南亚参加的首脑峰会、扩大自由贸易的必要性以及国际恐怖主义的问题——此前，利比亚在幕后策划了对一家位于柏林、经常有美国士兵光顾的迪斯科舞厅的恐怖爆炸袭击，作为回击，美国空军F-111轰炸机近期空袭了卡扎菲在的黎波里的驻地。

里根再次表达了他对事故受害者的同情，又一次提出愿意施以援手，但他的语气随即变得强硬起来。他将“自由国家”向国际社会告知共同面对的灾难风险时秉承的公开原则，与苏联政府的“神神秘秘、顽固拒绝”做了一个对比。“一起导致好几个国家被放射性物质污染的核事故，可不只是件家务事，”里根操着他大咧咧的乡下口音说道，“苏联人欠整个世界一个说法。”

当天，放射性雨落在了日本，随后被一股向东行进的急流裹挟，以每小时160公里的速度于海拔9000米的高度穿过太平洋，直奔阿拉斯加和加利福尼亚海岸。第二天下午，5月5日，星期一，一个国际原子能机构（IAEA）代表团在苏联政府的邀请下抵达莫斯科。由国际原子能机构总干事汉斯·布利克斯率领的这个团队得到了苏方承诺，答应会向其完完整整、诚实无隐地披露切尔诺贝利核电站的事件经过。

在他们抵达的几小时前，中央政治局在克里姆林宫内再次碰头讨论这场危机。这一次，围坐在一起的24个人中，包括鲍里斯·谢尔比纳、年高德劭的核能领军人物阿纳托利·亚历山德罗夫和中型机械制造部脾气暴躁的大头目叶菲姆·斯拉夫斯基。瓦列里·列加索夫则从切尔诺贝利飞来，当面递交他的报告。

202 要讨论的事情很多。前景并不乐观。

总理尼古拉·雷日科夫在发言中对情况进行了细致分析，描述了他在两天前访问事故区时的所见所闻。扑灭大火的直升机行动进行得很成功，他说，在废墟内部发生新的链式反应的危险已经消除，但苏联和乌克兰地方当局对事故的回应却暴露出种种缺陷与不足。“这些极端情况事实上表明了（我们）在某些方面拥有高度组织性，而在另外一些方面则彻底无能为力。”他说。

对如今已经扩大到核电厂半径 30 公里范围内区域的疏散，仍在进行中，10 万人已经被强制撤出包括两个白俄罗斯辖区在内的这片土地。但初期行动的后果一片混乱：“有 5000—6000 人不知所踪，”雷日科夫说，“根本不知道他们现在身处何处。”

民防部队和卫生部严重未能履行其职责，不是指令不清，就是计划欠缺，离开疏散区的人甚至没有接受辐射暴露水平的血液检测。如此混乱的局面，对苏联长达数十年的核战争后续准备工作，简直就是一场嘲弄。“我能想象，一旦发生了更严重的情况，将会是何种场面。”这位总理气愤地说道。

到这时为止，超过 1800 人，其中包括 445 名儿童，已经被送进医院，预计还会有更多患者涌入。高度放射性覆盖了苏联西部南至克里米亚半岛、北到列宁格勒的大片地区，其中大多数地方超出天然本底辐射 5—10 倍。苏联化学部队司令已经在疏散区内集结了 2000 人，受命展开除污计划。雷日科夫已经下令，要围绕事故现场建起一座 30 公里的堤坝，防止春雨将 10 公里禁区中的地表污染物，冲刷到普里皮亚季河和第聂伯河中。他建议军方工程师在 48 小时内完成这一任务。

不过，这位总理向他的同事们解释道，现在他们需要面对一个最大的威胁：反应堆熔毁。关于那团正在一点一点向四号机组地下室啃噬而去的熔化核燃料，科学家们向他提交了两种可能的预测。一种可能是放射性衰变产生的热量会逐渐自己消耗光。根据他们的计算，这可能需要花上几个月的时间。 203

但由列加索夫院士和亚历山德罗夫提交的另一种可能结果，就要灰暗得多了。韦利霍夫担心，当温度达到2800摄氏度时，熔化核燃料与抑压池中的水相互作用，会导致足以摧毁四号机组残骸，并夷平整个三号机组的蒸汽爆炸。此外，两位院士还警告雷日科夫说，还有必要考虑另一种可能性：“一场后果更加不堪设想的灾难性核爆炸”。

接下来轮到谢尔比纳发言，其后，列加索夫也逐一列举了他们所面临的的各种技术挑战：辐射释放、燃烧的石墨、熔化堆芯不断升高的温度以及对快速反应的急迫需求。亚历山德罗夫从旁附议。有人提出不同意见，发生了一些争论。

“别发火嘛。”戈尔巴乔夫的保守派副手利加乔夫对谢尔比纳说。

“你把伦琴和毫伦琴搞混了。”乌克兰共产党负责人谢尔比茨基对水文气象部副部长说。

苏军总参谋长阿赫罗梅耶夫主张,应当使用空心装药破甲弹（hallow-charge shell）炸穿抑压池的墙壁。煤炭部长夏多夫则表示，这种办法太危险。他提议，如果能把水泵出来的话，他的手下可以通过填充混凝土的方式对空间进行加固。“如果有必要，”他说，“我们可以在建筑物下方挖出一条矿道来。”

列加索夫表示赞同，他们应当在反应堆下方挖出一条通道，向其中泵入氮气，从下方对其冷却。他向戈尔巴乔夫保证说，现在还没有必要向西方紧急求助。如果最糟糕的情况发生了，疏散区最多也不过扩大到核电站半径250公里的区域。

但戈尔巴乔夫已经和留守在切尔诺贝利的韦利霍夫通过话，这位总书记现在相信，他们正在迎来一个恐怖的结局：假如再发生一次爆炸，他们将需要把疏散区扩大到半径500公里的范围。这意味着要对

苏联人口最稠密地区之一的大部分区域进行疏散，重新安置居住在明
204 斯克和利沃夫这些白俄罗斯和乌克兰特大城市中的所有居民。而在基辅，这个拥有 200 万人口的苏联第三大城市，共和国当局已经开始暗中起草疏散方案，但不敢设想真正实施时的情境。他们预料会发生巨大的恐慌，商店、住宅和博物馆都将遭到洗劫，可能会有数百人在火车站和机场因拥挤踩踏而死亡。

“我们必须加快脚步，不分昼夜地连轴转。”戈尔巴乔夫说，“时间正在流逝。”他们不仅应当想象自己正在经历一场战争，而且还要把这当成一次核打击。

他们还在讨论接下来该如何行动的时候，谢尔比纳收到了来自四号机组下方的消息：兹博罗夫斯基大尉的泵出积水行动已经开始了。

兹博罗夫斯基已经带着从整个地区的民防企业和消防站招募来的 20 个人出发前往核电厂。他们到达现场后发现，一片诡异的寂静，仿如荒原，只剩下几个仍在照管一号、二号和三号机组的骨干操作人员。在四号反应堆附近的瓦砾废墟周围，到处是弃置不用的设备。一个多星期前他们的同事留下来、因遭到过于强烈的辐射而无法回收利用的消防车，被安托什金麾下直升机部队误投的铅和沙袋砸中，如今已是处处凹痕，遍体鳞伤。空投已经暂时停止，一条细细的烟柱或气柱仍从废墟中冉冉升起，直入空中。石墨碎片散落了一地，仍保持在被爆炸抛射而出时的位置上，在炽热的太阳下闪烁着微光。

在他们位于基辅的基地中，消防队曾试着从直升飞机上向地面布设消防水带，从而减少消防员在反应堆附近高辐射区域停留的时间。但这些试验都失败了。这些人不得不用手牵拉那条长达 1.5 公里的消防水带。他们演习了一遍又一遍，操练路线，分秒必争地减少组装和接驳时间，从而可以最快地将消防水带接到特制的 ZIL 消防车上。这

些车上安装有高功率水泵，每秒可以泵 110 升水。

一开始时，兹博罗夫斯基大尉一点儿都不担心可能遇见的状况。205
不管怎样，他想，他的指挥官不会交给他一桩明知会让他送命的任务。直到进入核电厂，他才开始对自己面对的威胁有所了解。那里的员工已经见过许多被飞机送到莫斯科的特殊诊所接受治疗的朋友，看着他的时候，就像是在看一个死人，带着怜悯。

留下来值守核电站的那些电厂专家和管理人员，仍然接受着厂长布留哈诺夫和曾经夸下海口的总工程师福明的日常指挥。这两人每日继续坐在灯光昏暗的核电厂地下掩体的电话旁，等待从政府委员会发来的指示。但他们早已因体力消耗、辐射暴露和震惊过度而精疲力竭。福明已经在掩体中待了 5 天，休息时只能蜷缩着身体睡在通风室日夜轰鸣的设备旁边。从普里皮亚季疏散那天起，布留哈诺夫和其他的操作人员便被送到了离核电厂 30 公里外、以“童话”（Skazochny）为名的一个少先队营地居住。

“童话”坐落于密林深处，由一栋栋小型砖木结构宿舍组成，四处点缀着怪模怪样的雕塑，有龙、海怪和斯拉夫神话人物，是核电厂员工子弟打发漫长暑假的一个夏令营。现在，这片树林和周围的林地堆满了救护车、小轿车、消防车和军车。大门口处设了一个辐射检查点。整个营地里，从围栏到食堂的窗户上，到处都张贴悬挂着小纸条：核电厂员工以手写字条寻找妻子和儿女的下落，普里皮亚季的被疏散家庭将他们落脚村庄的地点广而告之，恳请大家提供线索。

兹博罗夫斯基大尉一群人正为泵出积水行动做准备，其他旨在阻止堆芯熔毁的措施也在同时展开。首先，地铁工程师从基辅赶来，在三号反应堆旁边的地面上挖了一个大坑。使用日本制造的专门的钻孔设备，他们开始朝着四号机组的方向水平钻探，试图在其地基下钻出
一系列 140 米长的平行孔道。工程师们希望，这些孔道可以将装有液 206
氮的窄管送入，冻住地层，防止熔化的核燃料下行至地下水位。

与此同时，核电站的技术人员开始实施列加索夫的方案，用氮气扑灭反应堆。这个思路需要使用核电厂现有的管网，将氮穿过地下室送入反应堆大厅的废墟中。事故发生前，这些管网在电厂维护检修期间被用来输送多种气体。从一开始，执行这一任务的核电厂员工便意识到，这是徒劳之举：反应堆下方的管道几乎可以肯定已经被破坏了，而且，即便能通到反应堆大厅，也不能指望氮气可以熄灭着火的氧气，因为这栋建筑已经没有屋顶，氮气无法在燃烧的石墨附近集聚以取代火焰周围的空气，反而只会白白地飘入大气。但命令就是命令。

西拉耶夫主持的政府委员会发出命令，征集乌克兰境内所有的液氮，用卡车和火车转运到切尔诺贝利。用于将液氮转为氮气的两台巨型汽化器，原本位于敖德萨的深冷机械制造公司（Cryogenmash）工厂，此时也空运到了切尔尼戈夫机场。与此同时，在核电站的行政办公区附近，建起了容纳这两座机器的特殊工具棚。安托什金手下的两架巨型米 -26“飞牛”直升机将它们运抵现场时，人们才发现，机器太大，无法通过工具棚的门。操作人员不得不用锤子砸出一个更大的进口。晚上 8 点，技术人员向西拉耶夫报告说，一旦液氮到场就可以开泵。那些液氮本应当晚抵达，然而直到第二天早上还不见踪影。操作人员们等了整整一天。直到深夜 11 点，布留哈诺夫才接到西拉耶夫的电话。

“去找液氮，”这位委员会主席说，“不然你就等着被枪毙吧。”

在一支特遣小分队的陪伴下，布留哈诺夫在 60 公里外的伊万科夫找到了那些液氮罐车队。司机们一个个显然都被辐射的恐怖景象吓坏了，他们把车停了下来，拒绝继续前行。士兵们端着机关枪在车队尾部各就各位，最终在枪口的劝说下，司机们同意继续完成他们的送货任务。

207 5 月 6 日（星期二）晚上 8 点，“驼鹿”兹博罗夫斯基率领的一伙人，终于戴上了军用呼吸面具，穿上了 L–1 防化服（为核战争中的战斗人员设计的厚重橡胶防护服），驱车前往四号反应堆。兹博罗夫斯基已经完成了辐射调查，计算出了需要从哪个方向进入，以及停留多长时间。γ 辐射场的变化幅度很大，在一号机组附近的一些地方不过 50 伦琴，但在那些最危险的区域，距离四号机组不到 250 米远的地方，暴露值可达 800 伦琴。这些人将卡车停在运输走廊内，这是反应堆下方的一条大型通道，可供向核电厂运输新燃料的有轨机车通过。只用 5 分钟——只是规定时间的 1/3——他们就铺设好了消防水带，然后开始泵水。让发动机保持在运行状态，他们离开时，将运输走廊的门一重重关上，然后飞奔进入最近的掩体。终于，地下室中的水位开始下降了。在核电站下面值守的布留哈诺夫和福明给西拉耶夫打电话，西拉耶夫随后又将消息上报给莫斯科。

每隔几个小时，三个人便会冲出去为卡车加气加油，另外两个人则每 60 分钟被派出去一次，读取辐射值和水温。星期三凌晨 3 点，两名消防员跑进掩体，报告了消防水带破裂的消息。一个在夜色中进行辐射侦察的化学部队小队，开着装甲运兵车从水带上压过，压断了 20 处，而且连接消防水带的垫圈也都被压坏了。放射性污水喷涌到距离反应堆仅有 50 米的地面上。两名中士赶紧跑出去修补断掉的地方，但他们需要 20 段全新的消防水带，每一段都需要 2 分钟才能重新接续上。操作的时候，他们就跪在释放着 γ 辐射的水塘中。L–1 防化服的两指橡胶手套又笨拙又闷热，他们便把它脱下扔在一边，赤手空拳地继续干。一个小时后，任务完成了，这些人退了下去，精疲力尽，嘴巴里泛着一股酸苹果的怪味。

泵水行动持续了一整夜，直到第二天白天。连续 14 个小时的不间断操作后，一辆卡车的发动机停止了运转，必须马上更换。但兹博罗夫斯基的手下都已被吓坏了：一个手下被打发回切尔诺贝利消防站拿一箱包治百病的伏特加，但半路上便已吓破了胆，就此一去不返。另 208

一个人开始满口乱嚷嚷，呕吐着被送进了医院。轮到“驼鹿”出去读取辐射值时，他命令一名消防员大尉跟他一起去，以防他万一晕倒或迷路。这位军官拒绝了。

“别把我惹毛了啊，你个杂种！”兹博罗夫斯基吼道，“不然我就让我手下人把你捆起来扔到四号机组旁边去。在那儿待上个一刻钟，包你屁话都说不出来一句。”

这位军官只好乖乖地钻进橡胶防化服，依令而行。

140公里之外，核电厂事故的细节开始渗入基辅。消息通过人们的口口相传而扩散，这些消息出自那些卑鄙的“敌台”——英国广播公司、瑞典广播电台和美国之声——向苏联境内广播的俄语节目，也来自那些克格勃鞭长莫及之处。一波又一波的谣言和随之而来的紧张焦虑，令整个城市动荡不安。内务部（MVD）的舆情监控部门报上来的民间对事故伤亡人数和空气水源污染的猜测，到了荒唐离谱的地步。一位情报员听见某个出租车司机天花乱坠地说，普里皮亚季城疏散时一片混乱，暴徒四处劫掠，甚至连政府军队也无法控制。据说，一位政府部长也在遇难者之列，怀孕的女性被迫引产，第聂伯河已经完全被放射性物质污染。

苏联当局仍在向公众信誓旦旦地保证，核电厂的威胁局限于30公里半径区域内。但基辅的街道已经连续几天都在释放 γ 辐射，来自反应堆的放射性坠尘中的热粒子，慢慢地熔入沥青路面。乌克兰共产党领导人谢尔比茨基知道，城里的放射剂量水平已经急剧增长。第聂伯河流域水体中的放射性碘也已经达到正常值的1000倍。

与此同时，乌克兰克格勃的负责人发出警告说，莫斯科和基辅电
209 视台中广播的事故伤亡人数彼此矛盾。但他的同事却在如何以及何时告知公众的问题上拖拖拉拉。

5月6日，星期二，也就是危机发生十日之后，乌克兰卫生部长在当地广播电台和电视上出现，警告基辅市民采取措施防范辐射：留在室内、关闭窗户、避免饮用井水。然而那时，流言已经传遍，说是党内高官都已经悄悄地将自己的子女和孙辈，送到了安全的少先队营地和南方的疗养院。几天前，在一家位于基辅市中心、经常有乌克兰中央委员会成员光顾的药店，医生兼作家尤里·谢尔巴克发现，一群显然日子过得不错的退休人员排起了长队，静静地等待购买稳定碘片。更糟糕的是，关于核电厂可能发生致命的二次爆炸、政府已经秘密制定了全城疏散预案的谣言，也传了出来。许多人认为，苏联政府发布的那些官方保证，不过是空洞的政治宣传而已。

那天晚上，火车站前人潮汹涌，数千人试图逃离这个城市。为了保住位置，排队买票的人晚上就睡在火车站大厅中。苏联的内部护照制度使得绝大多数公民在没有充分理由的情况下无法离开自己的户口登记区，于是许多工人忙着申请度假，一些人在遭到拒绝后，索性破釜沉舟地辞掉了工作。一辆接一辆的桔黄色街道清扫车很快出现了，开始不间断地清洗城市街道上的热放射性坠尘。城里的银行外面也开始拥满了人，一些银行刚开门几个小时就不得不停止营业，还有一些则设下了每人只能取100卢布的限额。到下午时，许多银行的现金都被取光了。药房里的稳定碘片卖光后，人们开始喝本来只能当成外用消毒剂的碘酒，结果把喉咙都烧伤了。酒类专营商店外面的队伍长度，增加到了以往的4倍，挤满了那些指望红酒和伏特加可以帮助自己抵抗放射性的人，乌克兰卫生部副部长不得不出来发表声明：“酒精有助于防辐射纯属不实谣言。”

到星期三的时候，紧张万分的基辅人开始成群疯抢出城车票，自从1941年德军发动闪电战向东突进以来，还从来没有过如此多的人试图逃离。在火车站，人群中不分男女，个个手里都攥着一大把卢布，直接往列车员手中塞钱，四人座的隔间中塞进了10个人，甚至有人爬 210

到了行李架上。另外的一些人则试着从公路逃离，基辅城南边的道路挤得水泄不通：在一天之中，便有近 20000 人开车或坐巴士离开。政府在机场增设航班，并将从基辅开到莫斯科的火车班次增加了一倍，身在莫斯科的西方记者目睹一节节装满无人陪伴孩童的车厢开进车站，那些孩子双眼圆睁，鼻子都在车窗玻璃上压平了，他们的亲戚朋友在站台上焦急地等候着他们。

担心发生大规模的恐慌，对核电厂酝酿中的危机心知肚明的乌克兰总理，开始考虑有组织地疏散城市中的每一个儿童。但切尔诺贝利的政府委员会并没有就这件事发布任何指示。乌克兰共和国的党政高官也都不愿意为采取如此激烈的措施而承担责任，只要走出这一步，就不可能隐瞒或压制相关消息，这等于向整个世界大声宣告，局势已经恶化到令人恐怖的地步。这位总理需要专家建议。他请求克里姆林宫的辐射医学专家列昂尼德·伊雷因和气象学主管官员尤里·伊兹拉埃尔赶到基辅，提供紧急咨询。

在莫斯科，来自国际原子能机构的事实核查团队，成员包括总干事、瑞典前外交官汉斯·布利克斯和美国的核安全主管莫里斯·罗森，已经得到亲自参观核电厂的批准，成为苏联以外第一批得以访问事故现场的官方人士。他们将于 5 月 8 日星期四飞往基辅。韦利霍夫听到这个消息时，惊呆了。这位院士请求副总理西拉耶夫给戈尔巴乔夫捎个口信：“告诉他，这儿就是个污物四溢的大茅房，他们得做好爬过一座粪山的准备。”

直到星期四早上 4 点左右，001 走廊中阀门隔间的龙头才开始从辐射污水下方露出来。副总理西拉耶夫坚持要求派人立即将其打开。但地下室遍布着数公里长的管道，所有的阀门看起来都一模一样，四
211 下一片漆黑，只有对这些狭窄黑暗的房间中的管道网络极其了解的人，

才有希望完成这一任务并全身而退。切尔诺贝利核电站的三名员工被选中执行这一任务，其中两人负责打开阀门，一人负责在万一出意外时将他们护送出来。他们拿着发放的湿式潜水服，由乌克兰副总理亲自开车送到核电厂。他们手里紧抓着扳手和手电筒，胸口别着铅笔式辐射计，蹚着及脚踝的污水，走进了三号机组和四号机组共用的地下室。

核电厂值班总经理鲍里斯·巴拉诺夫走在最前头，后面跟着两位工程师亚历克谢·阿纳年科和瓦列里·别斯帕洛夫。在楼梯间中向负三层走去时，巴拉诺夫停下来测量了一下四号机组下方走廊中的读数。他将 DP-5 辐射计的伸缩臂拉到最长，将传感器探入黑暗中。辐射计马上全方位爆表。没什么好说的了。“快走！”巴拉诺夫说。三个人跑了起来。一位工程师边跑边忍不住向后看了一眼。他瞥见一个巨大的混着一团团混凝土碎块的黑色锥形物，那是从上方残破的建筑漏进走廊的。他的舌头刺痛，一股液体辐射分解的金属味道。

向下通向 001 走廊入口的路线，之前已经由一位放射剂量测量师拿着 DP-5 辐射仪考察过一次，他的最后读数是在走廊的水面上直接测取的。在那以外，地下室依然是一个危险的神秘所在。没人知道里面到底有多少水，也不知道再往里面深入的话，放射性到底会变得多强。在这条通道中每多待一刻，辐射暴露都会激增。每一秒都生死攸关。

当两位工程师走进去时，巴拉诺夫为他们把风。整个空间一片寂静，甚为诡异。踩水行进时发出的声音，被低矮的天花板反弹，回荡不绝；他们的耳朵听到的，是自己努力透过潮湿的“花瓣”面具呼吸的喘息声。但他们随即发现，水如今仅及脚踝，而且找到了一根与地面平齐、半径极大、粗到足以让人在上面行走的管道。阀门本身完好无损，而且标识清晰可见，4GT-21 和 4GT-22 轻而易举地便被打开了。没过多久，阿纳年科便察觉到了头上抑压池传来的咕噜噜的水声。

5 月 8 日拂晓，反应堆下方发生第二次劫难性爆炸的即时危险已 212

经解除。很快，一位穿着便服的军官，在掩体中找到了正在当值的“驼鹿”兹博罗夫斯基，递给他一个来自政府委员会的信封，里面有1000卢布现金。

院士们因排空抑压池水而如释重负的情绪，并没有维持多久。尽管战士和工程师们的努力，阻止了后果可能不堪设想的蒸汽爆炸，但对地下水位的威胁却还继续存在，而且科学家们担心，“中国综合征”恐怕会因此而变得更厉害。一些估测结果现在表明，如果四号机组的地基被熔穿，炽热的燃料可能会深入地底3公里处才停下来。来自基辅的地铁建筑工人已经开始向着反应堆的方向钻孔，希望用液氮冻住土壤，但大雨、灰尘和高放射性瓦砾令他们力不从心，进展缓慢。他们屡屡遇到核电厂蓝图上没有标记出来的巨大地下障碍物，比如核电站建造过程中使用的起重机基座，珍贵的钻头也遇阻折断，他们不得不停下来，在更深处从头开始。

与此同时，西拉耶夫发下命令，开始向蒸汽抑压池中泵入氮气，同时向地下室派入更多人手，等到水排空后立即用液态混凝土将其填充。到这周末，中央政治局已经批准采取了迄今为止最无奈的举措：据报道，苏联外交官接触了西德的首要核工业组织德国原子论坛（German Atom Forum），请求援助。苏联大使馆没有提供需处理问题的任何细节，但表示，他们迫切需要得到关于“如何对付某些极度高温、可能熔穿核电厂底部的东西”的指导意见。

在莫斯科城外的实验室中，韦利霍夫手下的科学家继续昼夜无休地研究着熔化二氧化铀的各种特性，来自中央政治局的指示，要求他
213 们做出堆芯熔毁的最保守后果预测。物理学家们和两组数学家齐头并进，数学家没日没夜地坐在计算机旁边，演算物理学的理论——完整地演算一遍某个实验算法，需要10—14个小时，因此每个数学家旁边

都要坐着一位同事，在他犯错的时候予以纠正，或是在他打瞌睡的时候将其叫醒。只有两组计算结果完全一致时，他们才对自己的结论抱有信心。

他们被得到的那些结果惊呆了。如果熔化的燃料扩散到一个足够大的区域，形成一个不到10厘米厚的燃料层，它们便会迅速冷却，失去熔化土壤或混凝土的能力，最终停止移动，自行固化。但他们也发现，这些从熔化的反应堆堆芯中不断流出的新成分——二氧化铀混合沙、锆和铅后形成的一种人造放射性岩浆（corium），会表现出某些难以预料的行为。如果从上方加以覆盖，比如覆以数千立方米的液态混凝土，放射衰变的热量便会被困住，但这种放射性岩浆可能会以更快的速度向下熔去。此外，尽管在理论上，使用一系列管道冻住熔化燃料下方的土层可以阻止其继续前进，但计算机模型却显示，只有在严格的条件限制下，这种办法才能奏效。如果冷却管道彼此之间的距离超过4厘米，放射性岩浆便会化作几条火舌，继续在管道之间的空间烧下去，然后在管道的另一端合并为一体，像是某种原始却潜力十足的新生命体，继续无休无止地向地下烧去。科学家们意识到，那些地铁工程师的行动注定只能以失败告终，而试图用混凝土填充抑压池的行动也必须被立刻终止。

这些科学家不再视自己为身处纯物理象牙塔、两耳不闻窗外事的书呆子，而是挺身站在切尔诺贝利的一群无知蠢货和一场全球浩劫之间的唯一力量。将点阵打印机打印出的计算机模拟结果塞入行李箱，实验室负责人维亚切斯拉夫·皮什米尼坐上了最近的一班飞机，一架雅克-40行政专机，赶往基辅。

5月8日，星期四早上，就在四号反应堆下方蒸汽抑压池中的水排空几小时后，国际原子能机构的汉斯·布利克斯和莫里斯·罗森从 214

莫斯科动身，前往切尔诺贝利核电站。他们在基辅机场与叶夫根尼·韦利霍夫会面，然后一起乘坐直升机向西北方向飞去。

机舱中很热，穿着绿色防护服的他们全都汗流浃背。核电厂越来越近。在美国核工业部门有多年行政管理经验的罗森问韦利霍夫，他应当将自己的辐射计设在哪一档。

“一百左右吧。”韦利霍夫回答道。

“毫伦琴？”

“不，伦琴。”

罗森露出不安的神情。他的设备并不是为如此高的辐射暴露而设计的。但韦利霍夫安抚他说，不会有问题的，他自己的苏制辐射计轻而易举就能测量这一档的辐射。此外，这条航线他每天都会飞一次。

这位院士并没有告诉他的美国同行的是，他对核电厂周围的辐射水平事实上所知甚少。韦利霍夫尤其迷惑不解的是，为什么在他们离开四号机组时，辐射水平没有按预计情况马上下降，而是选择了一条违反平方反比定律的缓慢降落轨迹。后来，他才发现，在每次飞行中，他和他的科学家同伴都暴露于极其强大的 γ 辐射场中，它们不仅来自下方的反应堆，还来自散落于通风烟囱平台上的数十块燃料碎片。

不过，韦利霍夫有理由保持乐观。在经历了这么多之后，尽管阻止反应堆下方熔毁的殊死搏斗仍在进行中，逸入空气中的放射性核素水平却已经突然开始下降，和它们在 5 天前开始激增时一样，幅度巨大，难以解释。

四号反应堆开始进入视野，罗森和布利克斯能够看见一道轻烟从废墟中袅袅飘出，放射性元素释放水平虽然仍很高，但在渐渐归零，而石墨大火也显然已经完全熄灭。反应堆表面的温度急剧下降，从 2000 摄氏度降到了只有 300 度。尽管苏联科学家无法理解为什么会这样，但至少从表面上看，危机开始 13 天后，或许终于要结束了。即便
215 如此，罗森依然不想冒险。当直升机飞到离反应堆还有 800 米远时，

韦利霍夫问，要不要再飞近些。

“不了。”这位美国人说，“我在这儿就能看得很清楚了。”

在第二天举行于莫斯科的新闻发布会上，罗森对记者说，石墨大火已经熄灭，而他们在直升机上测量的数值也表明，“那里的放射性已经相对很小”。他很自信，不会再有堆芯熔毁的风险。“局势已经稳定，”他说，“我可以说，一群很有能力，非常非常有能力的苏联专家正在现场工作。他们胸有成竹，此时此刻正各司职守。”

5 月 11 日，星期天，莫斯科中央电视台播出了来自 30 公里半径切尔诺贝利隔离区的第一条报道，其中包括一段视频，视频中出现了在路障旁边叫停车辆的戴面具的警察、废弃的房屋以及用塑料布封起来的井口。在城中心政府委员会总部大楼的楼上，韦利霍夫和副总理西拉耶夫接受了采访。这是一间响着回音的会议室，西拉耶夫坐在列宁像下的办公桌后，被一群身着白衣、手拿地图和笔记本彼此交谈的技术人员围在中间，虽然看起来有些苍白，但十分开心。“我们今天已经得出结论，主要的也是最重大的威胁已经消除了，”他从一叠反应堆航拍照片中翻检出一张当天拍摄的图像说，“这是最新的图片，大家可以看到，其中显示出完全平静的状态。看不见烟雾，显然也没有发光点。”

“这件事当然已经成为历史。外界所预测的那些情况，尤其是西方资本主义报纸大肆张扬的那种迫在眉睫的末日浩劫，已经不再是一种威胁。我们确信，危险已经过去了。”

回到莫斯科，理论物理学家们继续坚持，仍在四号反应堆的某个深处流动的熔化放射性岩浆，依然是一种可怕的威胁。但对于他们的发现，存在十分激烈的不同意见。库尔恰托夫研究所和中型机械制造部的原子能专家认为，这只不过是一群缺乏核反应堆实际操作经验的学院派在指手画脚，妄发议论。他们宣称，几乎可以确定，放射性岩浆会在熔穿四号机组的地下室层前停下来，离烧毁整栋建筑物最下层 216

的地基还有很远一段距离。而且，这些理论学家自己也同意，这种情形事实上是最可能出现的，虽然不能保证必然出现。他们计算得出，一团球形的放射性岩浆，可以烧穿反应堆下方所有 4 层 1.8 米厚的强化混凝土地面，而到达欧洲第四大河流的地下水位的几率，也高达十分之一。

在这些理论物理学家提交的正式报告中，他们建议只有一个，需要在人类能够想象的最危险条件下施工的极其大胆的建筑项目，能够绝对保证“中国综合征”不会出现。他们推荐在四号机组下方深处挖掘一个 5 米高、30 米见方的空间，在其中安装一台专门定制的巨型水冷热交换器，对土壤进行冷却，对熔化的放射性岩浆进行中途拦截。为了说明他们所面临的巨大威胁，实验室负责人皮什米尼前往莫斯科中型机械制造部总部开会时，带上了一大块在试验中被熔化的混凝土，一个变形的二氧化铀芯块仍深嵌其中。

中型机械制造部的建筑工程负责人显然不需要更多证据来说服。

“盖吧。”他说。

十三

第六医院之内

“往后退两步！往后退两步，不然我谁都不理！往后退两步！”

普里皮亚季市政府的总经济师爬上一条板凳，开始收集人群信息。这帮吵吵嚷嚷的家伙挤满了这间小房间，又一直涌到走廊里，在楼梯和外面的街道上排成了长龙。平时性情温和、总带着一丝微笑的斯韦特兰娜·基里琴科，已经这样孤立无援地被困在波列什科好几天了。这是一个位于切尔诺贝利核电站西边 50 公里外的小镇，街道上车辙纵横，有个不大不小的广场，还有个列宁纪念碑。她和几个普里皮亚季市执行委员会的留守人员，在波列什科市政厅设起了一间办公室，直面那些背井离乡的市民的怒气和困惑。愤愤不平的人群蜂拥而上，要求跟市长见面，把哇哇大哭的孩子放在她的办公桌上，打听如何安置生病的爷爷奶奶，什么时候才能领到工资。此外，他们还想要知道，什么时候才能回家。

4 月 27 日，星期日，等到夜幕降临时，至少有 21000 人从他们位于普里皮亚季城中的现代公寓仓皇离开，被巴士撂在乌克兰西北部湿地平原上的 50 多个小镇和乡村中。他们被告知仅需准备离家 3 天所用之物，但很快，这些被连根拔起的家庭携带的食物、现金和干净衣服便用光了，他们随即发现，即便是之前认为干净的那些东西，也并非如此。波列什科镇医院外面的街上，一位放射剂量测量师搬来桌子，设了个临时的监测站。他前面排起了一长队被疏散的群众，队伍移动

得很快，却永远不见缩短。这位测量师一边用监测设备轻触人们的衣
218 服、头发和鞋子，一边慢悠悠地用他疲倦而单调的声音念叨着："干净的……污染的……污染的……干净的……去下风口抖抖你的衣服……干净的……污染的……污染的……污染的……"

一开始，许多接纳疏散人员的农户都很和善，对他们热情相待，而这些人也充分利用了这种善意。维克托·布留哈诺夫的妻子瓦莲京娜是一位训练有素的工程师，她被安置在罗兹瓦日夫（Rozvazhev）一个村庄的集体农场实验室负责人家中，帮忙挤牛奶。但在疏散过程中，瓦莲京娜与怀孕的女儿和自己的母亲失散了，她对自己的丈夫究竟遭遇何种命运、家人到底身在何处一无所知，而且也根本没有地方去打探消息。

30 公里之外，纳塔利娅·谢甫琴科和她两岁的儿子基里尔与 1200 名难民一道，暂住在卢戈维基（Lugoviki）的土坯草房中，这是乌日河边上一个偏僻的居住点，连一部电话都没有。最后一次见到自己的丈夫亚历山大时，他在普里皮亚季医院的病房中向她挥手示意，告诉她回家把窗户关上。从那时起，关于他究竟被带到了哪里，现在的情况如何，她一点消息都没有。这母子俩与在普里皮亚季城中住一栋楼的另外两家邻居一道，住在一对年老的农民夫妇家中，房子很小，他们让出了自己的卧室，让这些新来者居住。谢甫琴科一家和其他家里有小孩的人一起睡在床上，其他人只能睡地板。星期一，那位老汉带着孩子们去钓鱼了，但基里尔还在生病，屋子里也潮乎乎的。

到星期二的时候，已经没有足够的食物喂饱三家人了，纳塔利娅也几乎花光了身上的钱。她跟以前的邻居恳求："谢尔盖，让我们离开这儿吧。"于是两个人凑了些现金，刚够买去基辅的巴士票。抵达后，她带着基里尔去了机场，登上一架飞往摩尔多瓦的飞机，去投奔住在那里的父母，以及只有一街之隔的亚历山大的爸爸妈妈。到摩尔多瓦后，她再次开始搜寻丈夫的下落。

到星期三时，对于这场事故的官方消息仍在封锁中，即便是那些在其他原子能电厂工作的人，也被蒙在鼓里。但一些细节开始透露出来，两个家庭借助各种关系，尽可能地寻找线索。通过一位住在莫斯 219
科、在军队中有认识人的叔叔，纳塔利娅得知，核电厂伤势最严重的那些人，已经被送进莫斯科一家附属于卫生系统第三总局的特种医院，那里专门收治苏联的核工业工人。纳塔利娅和她的婆婆当天上午飞到了莫斯科，发现整座城市显然对乌克兰的那场危机一无所知，人们都在忙着准备第二天的五一劳动节庆典。

两个女人对于到哪里才能找到亚历山大产生了分歧。纳塔利娅拿到的医院地址，是在苏联生物物理研究所的地界上，那里戒备森严，限制出入。亚历山大的母亲却打听到另外一个地方，卡希拉高速公路边上的一家癌症研究中心，处于城中另外一个区，她坚持她的信息来源才是可靠的。纳塔利娅不想跟她争辩。当癌症中心的员工告诉她们，那里没有一个名叫亚历山大·谢甫琴科的病人时，两个女人叫了辆出租车，穿过整座城市前往第六医院。

等她们到达目的地，已经是下午两三点了，但只看了一眼，纳塔利娅就立即知道，自己找对了地方。那是一栋极其朴素的9层褐色砖楼，被草坪和铸铁篱笆墙包围。虽然自身看起来十分不起眼，但四周的景象却远非如此：所有的进口都被严防死守，带着辐射监测设备的技术人员，对每一个进出大楼的人的鞋子和裤子都要进行检查。

一大群人已经守在正门的检查站外面。在那些挤挤挨挨的面孔中，纳塔利娅认出了许多来自普里皮亚季的熟人。所有人都和她一样，困惑而惊惶，但谁都不准进入医院。就在纳塔利娅站在那里打量情况的时候，一名医生从前门走了出来，开始大声朗读一份切尔诺贝利电厂的患者名单和他们的当前状况。人群中嘈杂混乱，焦虑不安，彼此推搡着、叫喊着提出问题。当有人听不清到底说了些什么的时候，这位医生不得不一遍又一遍地重复。即便如此，努力从嘈杂中分辨他的话语的纳塔利娅，还是没听到任何有关她丈夫的消息。最后，她用手肘撞开人群，挤到了前列。

220 “亚历山大·谢甫琴科怎么样了？”她问道。那位医生看了一下名单。

“你，”他说，“跟我进来。”

4月27日，星期日，天亮之后不久，从核电厂送来的第一批病人就被送到了莫斯科。一群穿着PVC围裙和防护服的医生，以及几辆座椅上包了聚乙烯膜的巴士，已经在伏努科沃机场（Vnukovo Airport）等着他们。第六医院的专家们已经空出整个病区等待他们的到来。这家有600张床的机构，特为收治中型机械制造部的核工业员工而设，有两层楼专门留给放射医学科。这些病患中有人仍穿着爆炸发生时的衣服，许多人身上满是放射性尘埃。他们刚抵达医院，人们便发现运送他们的那些车辆已经严重污染，超出了除污处理的极限。运送第一波病人的飞机被拆卸销毁了，一辆巴士被送到库尔恰托夫研究所的校园，开进一个大坑里，然后被填埋。

到星期日晚上，一共有207名病患住进了医院病房，绝大多数是电厂的操作人员和消防员，也有在燃烧的机组边值守的保安、在放射性尘雾中等公交车的建筑工人，以及在冷却水通道旁边垂钓的人。115人被诊断为急性辐射综合征，其中有10个人受到的辐射剂量非常大，医生们立刻认定，他们几乎已经不可能活下来。

第六医院临床部门的负责人，是62岁的安格林娜·古斯科娃医生。早在三十多年前，苏联核武器项目最初启动时，她便开始从事放射医学研究。1949年，她刚刚成为一名神经病科医生，便领命前往乌拉尔山脉以南的封闭小城车里雅宾斯克-40，治疗在马亚克生产联合体的产钚工厂中工作的战士和古拉格犯人。被派到整个苏联最敏感的保密位置之一，就算是古斯科娃这样的专业人士，也对自己要去哪里一无

所知，而一旦到了地方，他们会被禁止离开或与外界通信。古斯科娃 221
在马亚克待了两年还没返回，她的母亲甚至以为她被逮捕了，正关在克格勃的地牢中。然而，就在她的母亲给秘密警察写信，请求将她释放时，这位年轻的医生却在条件艰苦的生物物理前沿阵地，闯出了一片事业上的新天地。

在马亚克，古斯科娃遇到了她的第一批急性辐射病受害者：13位因恶心呕吐而来到她诊所的古拉格犯人。因为对他们的症状缺乏了解，这位医生误以为是食物中毒，治疗后便打发他们回去继续工作了。直到这些人再次就诊，抱怨高烧和内出血时，她才发现，他们在二十五号放射化学工厂（Radiochemical Factory Number 25）附近已经被放射性核素严重污染的土地上挖沟时，被暴露于恐怖的辐射场之下，而且至少有一个运气不太好的犯人已经受到了致死剂量的辐射：600雷姆。

后来，那些在工厂机床前工作的年轻女性开始得上另一种怪病，虚弱、头晕、浑身剧烈疼痛，一个患者甚至疼得直想要“往墙上爬”。古斯科娃是有史以来第一批记录下这种新病症状的医生。这是一种由于长期低剂量接触放射性同位素而导致的慢性辐射病（chronic radiation sickness），简称CRS。她设计了一整套筛查和治疗此种疾病的方法，开展了一系列研究，并向她在中型机械制造部的上司进言，只要小心控制，工人不会因辐射暴露导致太大损伤。为此，她迅速得到提升。她曾前往坐落于哈萨克大草原、占地数万平方公里、被称为“多边形区”（the Polygon）的塞米巴拉金斯克秘密武器试验基地，目睹了苏联的第一批原子弹试验，并为那些爆炸后马上冲进引爆区拍摄照片的摄影师提供治疗。古斯科娃后来还成为原子弹之父伊戈尔·库尔恰托夫的私人医生。1957年9月，马亚克第十四号核废料罐发生爆炸后，她就在那里为苏联第一起核灾难的受害者提供紧急救治。同一年，33岁的她被派往莫斯科生物物理研究所新设的放射医学专科工作。

222 之后 30 年里，新组建的中型机械制造部统辖之下的核帝国疯狂扩张，大踏步地朝着预想中的世界末日决战跃进，没有给安全问题留下多少考虑的时间。前进的代价，便落在了那些不幸的反应堆技术人员和被辐射的潜水艇艇员身上，他们一个接一个地悄然倒下，不是被秘密埋葬，便是被送到莫斯科第六医院古斯科娃负责的部门接受检查。事故本身依然严格保密，而且在事后，那些幸存下来的病人，也被禁止向外透露让他们患上那些可能余生都会为其所困的疾病的真实原因，但古斯科娃和她的同事收集了大量关于放射性对人体危害的临床证据。震惊于中型机械制造部一直拒绝承认与原子能产业迅猛发展相伴随的危险，1970 年，她写了一本书，描述了在一座民用核电站发生严重事故后可能出现的种种后果。但当她将手稿呈交给苏联卫生部副部长时，他勃然大怒地将其扔出了办公室，禁止她出版此书。此后一年，她将历年来治疗中的临床发现编纂为《人类辐射病》（*Radiation Sichness in Man*），并因此获得了列宁奖。

到 1986 年时，古斯科娃已经主持这所全苏联最大的放射性损伤专科十余年之久。她诊治过一千多名严重辐射暴露者，对于核事故的了解，可能比世界上所有其他医生都多。作为一名忠诚的共产党员，苏联医疗行政体系中为数不多的一名女性高级干部，她的作风十分强硬，深为手下员工所惧怕，但她对自己为保护苏联人民和国土安全所做的工作深感骄傲。她独自一人住在第六医院所在地的一间公寓中，床边的电话会随时将核紧急事件发生的消息告知给她。

纳塔利娅·谢甫琴科只花了很短的时间，便通过了检查站，走上五级石阶，穿过第六医院的门口。但在麻木与恐惧之中，这段时间感觉上却仿如永恒。完了完了，她想着。

223 当医院巨大的木门在身后关上时，纳塔利娅才发现真相。她之所以被从人群中挑了出来，不是因为自己已经成了寡妇，而是因为家里的背景赋予了她某种特权。

纳塔利娅的叔叔通过他在中型机械制造部认识的人，搞到了一张特别通行证，可以让她进入医院。那天上午，他已经在里面等了她几个小时，心中疑惑，为什么她花了这么长时间才过来。

纳塔利娅钻进一个窄窄的电梯，只够容纳两名乘客和一位电梯操作员。医院里光线昏暗，破破烂烂，地上铺着镶木地板，天花板很高。乱糟糟的电线从墙上的孔洞中露出来，东一处西一处地垂在那里。所有的工作人员，无论是正在走廊擦地板的战士，还是医生和技师，全都穿着一式一样的白色或蓝色袍子，头上戴着帽子，口罩遮住了嘴巴鼻子。每个房间的门口都铺着一叠湿布，保证放射性尘不会四处飘散。电梯突然停在 8 楼，纳塔利娅打开门，左转进到 801 病房中。亚历山大就在那里，和一个她不认识的男人，消防员普拉维克，合住一间。他原本浓密的、总是梳不服帖的头发，已经被剃短到紧贴头皮。

“操！”他说，“看我成了什么怪样子！看看这脑袋！”

自打最后一次见到他，经过如此惊惶不安的几天之后，纳塔利娅的心中只有喜悦。不管那天晚上在核电厂究竟发生了什么，她所熟悉的那个萨沙就在这里，看上去，他一点儿都不像住进专科医院的那种病号。

星期一早上，当他们在医院的病床上醒来，谢甫琴科和其他核电厂操作人员，包括副总工程师佳特洛夫、班组长亚历山大·阿基莫夫和年轻的高级反应堆控制工程师列昂尼德·托图诺夫，已经不再能感觉到辐射病的急性反应。在星期六早些时候困扰他们的眩晕和呕吐，已经消失不见。当晚投入救火的消防员们，都是些大个子的健康小伙子，他们也恢复了活力，吵吵嚷嚷地坐在病床上打扑克。一些人感觉好得不行，医生们所能做的只是勉力将他们留在医院。余下的症状看起来也十分轻微：一些人头痛欲裂，没有食欲，嘴巴发干，喝多少水 224

都不管用；另外一些人发现他们的皮肤开始变红，接触过 γ 射线、被放射性污水溅到或衣服被水浸湿的地方，微微肿了起来。

亚历山大刚到这里，脑袋就被护士剃个精光。这是在马亚克灾难后制订的标准治疗方案的一部分，因为那些重度辐射暴露的患者，在事故几星期后发现自己的头发成团掉落时，一个个都吓坏了。某些切尔诺贝利操作人员头发中的放射性，现在已经高达正常值的1000倍，剃下来之后，被收集在一个塑料袋里填埋了。萨沙看起来心情不错，已经可以开自己光头的玩笑，而且看起来也一切正常。还会有什么问题吗？

他对纳塔利娅说，他不想在房间里说话，“咱们出去抽根烟”。

作为一种因人类的不智之举而导致的疾病，急性辐射综合征来势汹汹，病情复杂，存在许多未解之谜，挑战着现代医药的极限。引发急性辐射综合征的辐射暴露，可能只发生在几秒之间，而且没有任何初期反应，但它的破坏性效果却会立刻显现：高能射线、α 粒子、β 粒子和 γ 辐射将DNA链齐齐斩断，遭辐射暴露的细胞开始死亡；出现恶心和呕吐的症状，其速度和剧烈程度与暴露剂量成正比；皮肤可能会变红，但恶心最终会减少；在18个小时之内，除了那些最严重的烧伤，所有烧伤之处都会褪去颜色，病人会进入一段相对舒服的潜伏期。根据各人的辐射暴露严重程度，这种带有欺骗性的浑若无事，可以持续几天甚至几星期，这之后，急性辐射综合征进一步的症状才会显现出来。暴露剂量越低，潜伏期越长，恢复的可能性越高——假如得到正确治疗的话。

从切尔诺贝利来的病人，辐射暴露的途径花样百出：爬上三号机组屋顶的消防员们，吸入了释放 α 和 β 粒子的烟雾，身上落满放射性
225 坠尘，而且整个身体都被散落身边的燃料芯块和堆芯碎片释放出的 γ

波击穿。他们的暴露剂量与所站立的位置有很大关系。几米之遥，可能就是生死之间。在四号机组内部奋力减轻事故损失的那些操作人员，被爆炸产生的尘雾和破裂管道释放出的放射性蒸汽包围，又被含有大量 β 粒子释放颗粒的水浸湿，在搜寻过程中更是在遍布反应堆堆芯瓦砾的废墟中反复穿行。一些人吸入了放射性的氙、氪和氩，这些半衰期很短，但放射性极强的气体，灼伤了他们嘴巴和呼吸道中的软组织。另外一些人的皮肤大面积烧伤，原因或是 γ 射线，或是落在皮肤上、浸到衣服里的 β 粒子。一些人的暴露时间只有几分钟，另一些人则要长得多。阿基莫夫曾和托图诺夫一道在齐脚踝的放射性污水中，徒劳无功地试图冷却已经炸碎的反应堆，在莫斯科下飞机的时候，他仍穿着当天穿了一整晚的脏兮兮的工作服。他的皮肤被这些衣服上的放射性物质连续辐照超过 24 个小时，最后才由第六医院的分诊护士脱了下来。

然而，在他们于事故发生一整天后到达莫斯科时，207 名患者中，只有伤势最严重的那些人出现了疾病表面症状。

来自切尔诺贝利核电站消防站、普拉维克中尉手下的消防队员，以及从普里皮亚季市消防站前去增援的那些消防员，除帆布制服外没有任何防护措施帮助他们抵挡 γ 波辐射。其中 6 个人短时间内吸收了剂量巨大的辐射，在到达第六医院时，脸色已经由红润变得如同蜡一般灰白，他们皮肤的最外一层已经完全被辐射灭活。内伤虽然一时难以确认，但最终表明程度同样严重，身体中细胞自然分化速度最快的那些部位，尤其是肺和呼吸道、肠道及骨髓，受到的影响尤剧。对于那些受影响的器官，可用的治疗方法仅限于输血、用抗生素对抗感染，以及在最坏的情形下进行骨髓移植。最后一个选项是一种十分危险的治疗手段，伴随着众多并发症和副作用，本身便可能致命。

古斯科娃医生和她的团队知道，急性辐射综合征的表面症状，比如肿胀、皮肤烧伤和坏死、便血和大出血、骨髓细胞大量减少、呼吸 226

道和消化系统侵蚀等出现时，他们已经是回天乏术了。此外，缺乏对受害者辐射暴露具体情况的了解，也很难确定他们的辐射剂量，更不用说找到对症的治疗方法。即便是在规模最小、情况最确定的核事故中，对病人进行鉴别分类也几乎完全出于猜测。在四号反应堆爆炸后的一片混乱中，没有几个事故受害者知道，他们是如何以及在哪里遭受的辐射暴露。核电站负责监控的员工已经不知所措，消防员根本就没有配备辐射计，特别行动人员也只佩戴着简陋的、仅供在电厂内每日使用的徽章式剂量计，最高测量值只到 2 雷姆。那些从入院员工脱下来的防护服上取下，并小心装进袋子、用飞机运到莫斯科的剂量计，也在清除污染的过程中被粗心大意地毁掉了。

然而，古斯科娃凭借着在辐射病理学领域的数十年工作经验，开创了一种生物剂量测定法（biological dosimetry），根据问诊和化验结果来估测暴露情况；该种方法将首次出现呕吐症状的时间和白细胞读数都考虑在内。由骨髓制造的白细胞，是人体免疫系统的基础，也是判断急性辐射综合征效应的最可靠生物标记。通过测量病人的白细胞读数和白细胞减少率，医生可以相应估测出每个人受到的辐射量。这是一个极其耗费人力的过程。缺乏西方血液病医生诊所中常见的自动血细胞计数器，临床医生不得不在显微镜下用肉眼计数。前者只需 20 秒就能完成，后者却要花上半小时。

要为每位病人提供尽可能准确的诊断，白细胞化验只是一系列分析检验的一部分。病人们很快便习惯了每天都要从指间或静脉取血的生活。医生们还会提取标本测量他们皮肤中的锶和铯污染量，检查尿液中的钠 24，它的存在预示着病人曾暴露于核裂变下，从而整个身体都变成了放射性的。然而，在判断谁能够活下去，而谁几乎肯定无法幸存这一点上，血液化验是最关键的。

227 当纳塔利娅向医生打听亚历山大的病情时，他们说，她只能等。

“在头三个星期里，我们就会知道的，”他们告诉她，“做好最坏的准备吧。”

到5月1日，古斯科娃的团队已经鉴定出那些伤势最轻的病人，并将那些需要重症监护的人送进了单独的病房，以避免交叉感染。当一位医生来到彼得·赫梅利的病房跟他讨论检查结果时，他看上去十分困惑，因为这位年轻的消防员体内各项指标都表明，伤害程度相对很轻，虽然起初全身发红。他问赫梅利，最近有没有到阳光充沛的地方度假。这位医生似乎认为，对于他的病人身上的黑红色，度假时不慎晒伤是比暴露于燃烧反应堆的 γ 辐射下更合理的解释。他的白细胞数目之所以显得如此健康，只有两个原因可以解释。

“要么就是你不在现场，要么就是你喝了酒？”这位医生说，“跟我说实话。”

担心医院将自己执勤时喝酒的事报告上去会有什么不良后果，赫梅利局促不安地承认说，那天他的确出去聚会了，喝了很多伏特加。“那天是军官日嘛。”他说。

医生笑了，拍了拍他的肩膀：“干得漂亮，中尉。现在我们会帮你恢复的。”

此时，伤员的亲属已经开始赶到医院，他们不仅来自普里皮亚季和基辅，还有从苏联其他地方远道而来的。普拉维克中尉的母亲，是最早到这里的一批人中的一个，从那时起，她几乎片刻不离儿子的床边。医生们建议这些妻子和父母带些食物过来，帮助他们心爱的人恢复体力，还特别推荐了鹅汤或鸡汤。在病床上，普拉维克给年轻的妻子和刚满月的女儿写了封语气轻快的信，在信中，他还为自己的拙劣笔迹和不在家中表示歉意。

“亲爱的，你们好。”他写道，“一个外出度假偷懒耍滑的家伙向你们问好……我实在是个不称职的爸爸，没有尽到照顾小娜塔什卡的责
228 任。这里一切都好。他们把我们安置在诊所里方便观察。你知道，之前在那儿待过的人现在都跑这儿来了，所以有一大帮人陪着我呢。我们会出去散步，晚上可以看见莫斯科的夜景。唯一的缺点是我们只能隔着窗户看。而且可能接下来一到两个月都会是这样。没办法，规矩就是这样。他们完成评估之前，都不能放我们出院。”

“娜佳，你读这封信的时候肯定在哭。千万别——把眼泪擦干。一切都很好。我们会长命百岁的。而且我们可爱的小闺女还会比我们长寿三倍。我非常非常想念你们两个……妈妈在这儿陪着我。她急匆匆地就赶了过来。她会给你打电话告诉我感觉如何的。我现在很好。”

高级反应堆控制工程师列昂尼德·托图诺夫的父母听到儿子所在的核电站发生事故时，正在塔林郊外的别墅度假，随后，他们迅速赶回家里。星期二，他们收到了一封列昂尼德发来的电报:“妈妈，我在莫斯科的医院，感觉还好。”后面附着地址，告诉他们到哪里去找他。薇拉和丈夫坐上了从爱沙尼亚起飞的第一架班机。第二天他们就赶到了第六医院，二人被领上楼，顺着一条窄窄的走廊一直走，直到列昂尼德从病房中走出来迎接他们。穿着短小的白色病号服，戴着一顶配套的帽子,看起来一切都好。他可以自己行走,坚持说感觉好极了。“一切都很好！别担心，妈妈，”他微笑着说，“一切都会好起来的。”

但当她往下看去时，薇拉看到的一切都告诉她，他的情况一点儿都不好。在列昂尼德病号裤的裤脚末端，露出了他的皮肤，一些恐怖的事情已经发生:那是一种丑陋的乌青色，就像眼睛被打过后第二天留下的黑眼圈，他的腿脚表面整个淤青一片，仿佛在某种腐蚀性液体中泡过。

罗伯特·盖尔医生是一个做什么事都喜欢定时定点的人。每天早上，妻子和三个孩子仍在梦乡时，他便早早起身，刮干净胡子，在家里的游泳池中游个泳。他的房子位于圣莫尼卡山脚下的贝莱尔区(Bel-Air)， 229
草木芬芳，风景宜人。之后，他开始给纽约和欧洲的同事打电话，因为时差，那边的人都已经开始工作了。4 月 29 日那天，第一次听到事故发生的消息时，他还在浴室里，听着广播。但直到那天上午，他才获悉，切尔诺贝利核电厂有人伤亡，这时他想到，或许自己能帮上点儿忙。

40 岁的盖尔，是加州大学洛杉矶分校医学中心的一名血液病医生和骨髓移植专家。他喜欢穿一双在梅尔罗斯大道（洛杉矶著名的购物街）定制的木屐，宽领带上装饰有鲸鱼或绵羊图案，热爱慢跑，每天中午拿冻酸奶当午餐，行事颇为张扬，不介意被人当成独持异议的怪咖。他还是国际骨髓移植登记库委员会主席，该机构的共享研究资源被公认为对于拯救急性辐射综合征患者的生命至关重要。盖尔知道，苏联已经正式拒绝美国国务院提议的医疗援助，但他计划采取另一条途径：通过他的朋友和资助人阿曼德·哈默。那天早上 9 点 30 分左右，他拿起了电话。

身为美国西方石油公司（Occidental Petroleum）的董事长，阿曼德·哈默是一位著名的慈善家和艺术品收藏家。他生于纽约，父母均是热忱的共产主义者。他在 1921 年中断医学学业后首次访问苏联，声称是去那里打理父亲的医药公司的苏联业务。在莫斯科，他见到了列宁，列宁给了哈默贸易特许权，这成为他发家致富的基础，同时也开启了一条延续了约 70 年的与苏联领导人直接联系的通道，被沃尔特·克朗凯特[1]称为“连接共产主义与资本主义的一道独特桥梁”。

1978年，盖尔在前往苏联参加在莫斯科国立大学举办的一场医学会议时，初次遇到哈默，后来，因为参与哈默倡导的寻找癌症治愈方法的行动，两人渐渐熟识起来。要向切尔诺贝利的受害者施以援手，他再想不到比哈默更好的沟通渠道了。

230 盖尔在华盛顿特区的一家酒店中找到哈默，跟他解释了骨髓移植对拯救辐射暴露受害者的重要意义。那天晚些时候，哈默给米哈伊尔·戈尔巴乔夫写了一封信，代盖尔进言，并将这封信电传到了克里姆林宫。星期四下午，这位医生已经手持机票，在一群摄影记者的包围下，大步流星地穿行在洛杉矶国际机场中，准备前往莫斯科。

在第六医院，核电站的操作人员聚在一起，聊着天，抽着烟，谈论着困扰每个人的那桩神秘事件：令他们置身此处的那场事故，到底因何而起。克格勃官员和苏联检察长办公室的检察官逐个房间在病床边开展调查，消防队员和工程师们做出了各种大胆猜测，但没人真正知道，爆炸到底是如何发生的。那些接受过核工程和反应堆物理培训的人，包括副总工程师佳特洛夫、阿基莫夫、列昂尼德和谢甫琴科在内，仍无法理解所有的一切。

“任何想法都可以提出来，小伙子们。”佳特洛夫跟那些当晚听从他指令的年轻技术人员说，“别担心，任何异想天开的想法都可以说出来。”

即便当他们的情况开始恶化时，他们也从未讨论过到底应当怪罪谁。在儿子的床边，列昂尼德的父母都很小心提及有关事故的话题。毕竟，是列昂尼德按下了AZ-5按钮，而这触发了爆炸。但最终，薇

[1]　美国著名电视新闻节目主持人，曾被评为“全美国最受信赖的人”。

拉鼓起勇气，坦率地问起了这个问题。

“儿子，”她说，“到底发生了什么，怎么发生的？”

“妈妈，我什么都没做错，”他说，“我做的一切都是按照操作规程来的。”

医生随即打断了他们，示意她不要再打扰她的儿子。此后，他们没有再讨论过这起事故。

5月1日，星期四早上，柳德米拉·伊格纳坚科被叫到安格林娜·古斯科娃位于6楼的办公室，这位医生跟她解释说，有必要为她的丈夫 231
进行骨髓移植。瓦西里·伊格纳坚科是普里皮亚季市消防站的中士，单位里的头号运动健将。在三号机组的屋顶上，他曾与普拉维克中尉一道灭火。现在，需要一名直系亲属捐献骨髓，拯救他的生命。古斯科娃解释说，这位近亲已经在赶赴莫斯科的路上了。

自事故发生，已经过去了6天，对于那些被辐照得最厉害的患者，急性辐射综合征最初的潜伏期结束了。瓦西里已经打上点滴，不间断地接受着注射。那天晚上，他给了柳德米拉一个惊喜：他求护士帮他偷偷带了一束花进来，送给柳德米拉，夫妻二人一道在他位于医院8楼的病房里看了五一劳动节的烟花。瓦西里还能站起来，两人看向窗外时，他用双臂搂着她。但他的情况已经逐渐恶化，无法再饮用她给他带来的鸡汤。医生建议试一下生鸡蛋，但他还是无法下咽。

为病情最严重的急性暴露患者确定骨髓捐赠者十分困难，他们的白细胞读数下降得十分迅速，无法找到足够的细胞来完成组织配型分析。对那些检验结果表明可以成为理想捐献者的亲属，捐献过程本身也是一种折磨。50岁的薇拉是第一批实施骨髓捐献的。全身麻醉后，医生在她的臀部切开两个切口，将粗大结实的6英寸长针刺入她的髋骨，抽取骨髓，一次只能取一茶匙那么多，大约要90分钟才能完成

200次穿刺，获取装满一个烧杯的一夸脱粉红色液体。技术人员将其过滤，去除脂肪和骨头碎片，在离心机中处理，放到一个袋子中，然后再将其输入她儿子手臂上的静脉。再然后，就只能等待这些骨髓细胞进入他的骨髓腔，开始制造健康的新血细胞。

当瓦西里·伊格纳坚科听说，他的小妹妹纳塔利娅是最理想的捐献者时，他坚决不同意。“我是不会接受纳塔利娅的骨髓的！”他说，“我宁可死！”即便他的妻子跟他解释，这不会给妹妹带来任何长期伤害，
232 伊格纳坚科依然坚持己见。最终，换成他的姐姐柳达来完成捐献程序。

到第一周结束时，第六医院的血液科负责人亚历山大·巴拉诺夫医生已经为病情最严重的患者进行了3起骨髓移植，托图诺夫和阿基莫夫都在其中。但还有3位患者，他们遭到了极其严重的辐射，身体里已经没有可以用来配型的白细胞了。对于这些人，苏联医生尝试了一种新的实验性移植技术，使用死产或流产胎儿的肝脏细胞进行移植。这种疗法的成功率比骨髓移植还要低，但古斯科娃手下的人知道，除了这个，他们已无计可施，回天乏术了。

到那个时候，生物剂量测定法的局限已经变得十分明显。古斯科娃最初的计算表明，一些人只受到了低剂量的辐射，甚至低于某些接受标准放射治疗的癌症患者。然而，这一分析结果只显示了γ射线对骨髓的影响，没有将吸入放射性烟雾、粉尘和蒸汽，或吞进放射性粒子导致的内部辐射带来的伤害考虑在内。此外，当β烧伤的外部特征缓慢出现在受害者的皮肤上，医生们被其覆盖面积与严重程度惊呆了。5月2日，巴拉诺夫医生估计，他的病人中大约有10人不可能活着走出第六医院。没过多久，他便将这个数字增加到了37。

即便如此，患者和他们的家人仍然抱着很高的期望，因为他们听说，一位据说医术十分高明的美国医生即将赶来，还带着能救命的外国神药。

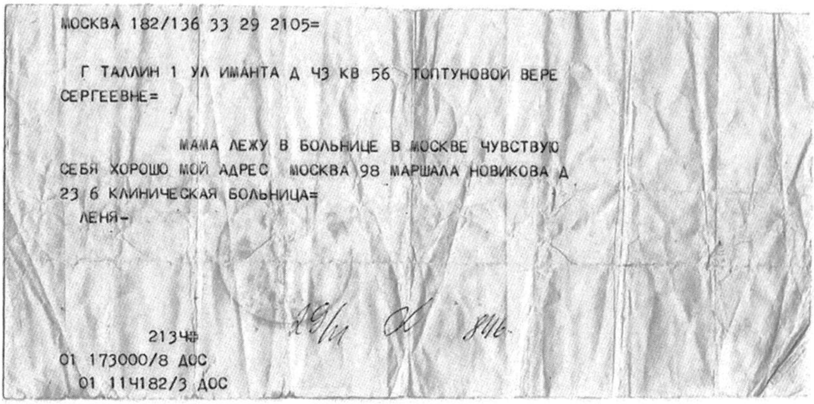
МОСКВА 182/136 33 29 2105=

Г ТАЛЛИН 1 УЛ ИМАНТА Д 43 КВ 56 ТОПТУНОВОЙ ВЕРЕ СЕРГЕЕВНЕ=

МАМА ЛЕЖУ В БОЛЬНИЦЕ В МОСКВЕ ЧУВСТВУЮ СЕБЯ ХОРОШО МОЙ АДРЕС МОСКВА 98 МАРШАЛА НОВИКОВА Д 23 6 КЛИНИЧЕСКАЯ БОЛЬНИЦА=

ЛЕНЯ-

2134#

01 173000/8 ДОС

01 114182/3 ДОС

4月29日，列昂尼德·托图诺夫在第六医院的病床上发给身在爱沙尼亚的父母的电报。上面写着“妈妈我在医院感觉还好”，并给他在莫斯科的地址

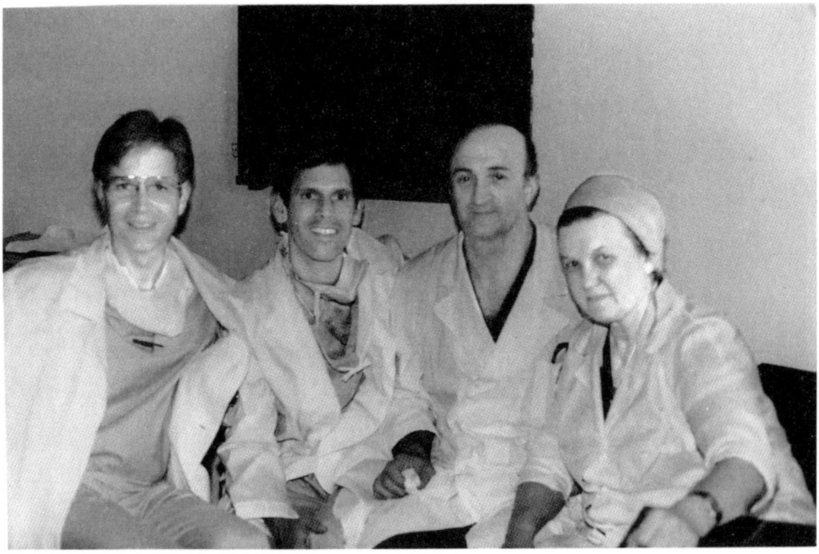

两位在5月初飞往莫斯科帮助治疗事故受害者的美国血液病专家，与他们的苏联同行摄于第六医院：理查德·钱普林医生（Dr. Richard Champlin）、罗伯特·盖尔医生、亚历山大·巴拉诺夫医生和安格林娜·古斯科娃医生（由左至右）

星期五晚上，罗伯特·盖尔住进了红场边上的苏维埃饭店（Sovietskaya Hotel），第二天一早，他就起来了，套上件绘有“USA”字样的背心，在莫斯科的街上跑了 8 英里。这之后，他和亚历山大·巴拉诺夫一起在酒店用了早餐。脸庞瘦削、顶着颗光头的巴拉诺夫，是最早在苏联
233 开展骨髓移植的外科先驱，但他的神色总是忧心忡忡的，有着一张目睹许多病人在万般痛苦中死去的人的脸。他的烟瘾极大，经常一根接一根地抽，而且习惯随手撕张纸凑合着当烟灰缸，抽完一根烟后再团起来扔进垃圾筐。早餐后，两人开车前往第六医院，巴拉诺夫在那里将盖尔介绍给了安格林娜·古斯科娃。她很热心，但见到这个男孩子气的美国医生随身只带了一个小包，并没有任何她此前期待的昂贵西方设备，未免有些失望。之后，巴拉诺夫带着他探访了住在 8 楼的病人。

这所医院的无菌病房就设在这里，接受移植的患者手术后在这里恢复。从移植的骨髓细胞稳定下来，到开始制造血液成分，这一过程可能需要两个星期到一个月，其间患者的免疫系统完全处于无用状态，使他们对于出血、小感染乃至于自己肠道致病菌的攻击，没有任何抵御之力，任意一种情况发生都可能会导致死亡。

在无菌病房中，盖尔发现了四名身处“生命岛”（life islands）中的患者。这是一种密封的塑料气泡装置，在医生努力延长患者生命、等待移植的骨髓细胞发挥作用的战斗中，它是一道至为关键的防线。病人们呼吸的空气或是经过过滤，或是必须通过一个管子接受紫外线消毒。为了进一步防止感染，只有那些双手和衣服都经过消毒的医务人员才能接触他们，要么就只能戴着塑料手套透过操作口操作。因为医院的生命岛数量不够，患者的使用是有配额的。在此前从来没有见过 β 粒子烧伤的盖尔看来，那天下午他检查的这四个病人看上去的确有病，但并没有十分吓人。那之后不久，他参与了自己在这里的第一例移植手术，协助巴拉诺夫从一位捐献者身上抽取骨髓。

得到姐姐捐献的骨髓之后，瓦西里·伊格纳坚科被转移到 8 楼，安置于生命岛中。医务人员试图将他的妻子挡在外面，但柳德米拉还是想办法溜了进去，把手伸进气泡装置中为他湿润双唇。如今进到他病房中的，不是护士，而是年轻的小战士，他们戴着手套，为他注射，处置流出的血和血浆。没人想要再待在病房里了，柳德米拉想，或许他们是怕被传染吧。一些医务人员，尤其是年轻一点儿的，变得毫无 234
理由地畏惧那些病人，他们认为辐射病是会传染的，就像瘟疫。

伊格纳坚科很快便从移植手术中恢复过来。但他的总体情况却已经开始急剧恶化。他的样子每一分钟都在发生改变：皮肤变了颜色，身体肿胀不堪。他无法入睡，于是，医务人员在他每天需要服用的几十粒药丸之外，又增加了镇静剂。他的头发开始掉落，人也变得暴躁易怒。“这一切怎么回事？”他问道，“他们说我也就不舒服两个星期！看看现在多长时间了！”

慢慢地，他越来越难以自主呼吸。手臂上裂开了一个个口子，腿部肿胀青紫。最后，连止痛药也失去了作用。5 月 4 日，星期日，他已经不能站立。

第六医院中病情最严重的患者，受到了来自体外和体内的双重折磨。随着白细胞数量急剧减少，感染开始在那些年轻的操作人员和消防员的皮肤上蔓延。他们的嘴唇上和嘴巴里，因感染单纯疱疹病毒而起的黑色水疱结了厚厚的痂。牙龈因为假丝酵母菌感染而红肿，上面覆了一层窗纱般的假膜，皮肤也开始脱落，看起来就像是一块块鲜红的生肉。手臂、腿和躯干上被 β 粒子烧伤的地方，生出了疼痛的溃疡。和纯粹由高温导致、会随着时间缓慢愈合的热烧伤不同，辐射烧伤会逐渐恶化。他们体表的 β 粒子烧伤气势汹汹地向外扩张，从那些接触过放射性物质的地方，渐渐侵蚀下面的组织。这些人的体毛和眉毛全都掉光了，肤色也逐渐暗沉，先是红色，然后是紫色，最后变成棕褐色，像纸一样一层层卷起脱落。

在他们体内，γ 辐射将他们的肠道内膜吞噬殆尽，肺部也遭腐蚀。阿纳托利·柯尔克孜曾在爆炸发生后，奋力关闭通往反应堆大厅的气密门，整个人都被蒸汽和尘土包围，体内的铯元素含量极高，令他本人成为一个危险的辐射源。现在，他开始出现狂暴、难以控制的痉挛发作，烧伤专家安热莉卡·巴拉巴诺娃医生不得不躺倒在他身上，用自己的体重把他压在床上。柯尔克孜病房周围的辐射值最终变得非常
235 高，该部门的负责人不得不把她就在隔壁的办公室，搬到医院的其他地方。病房外大厅中的镶木地板也被严重污染，必须取出另铺。

事故后的头 12 天，亚历山大·巴拉诺夫和罗伯特·盖尔做了 14 起骨髓移植手术，阿曼德·哈默和山德士公司（Sandoz Corporation）安排了价值数十万美元的药物和设备从西方空运到莫斯科，盖尔也得到苏联官方允许，从纽约和洛杉矶召来更多同事帮忙。但医生们知道，他们的许多努力可能都不过是徒劳。事后，在莫斯科举行的一场新闻发布会上，盖尔宣布，他们的移植患者中，约有 3/4 可能都难逃一死。

曾被来自四面八方的高能 γ 射线轰击了几个小时，又在放射性污水中蹚过的班组长亚历山大·阿基莫夫，移植自孪生兄弟的骨髓丝毫没能减缓他的生理机能全面崩溃的速度。光是他被污染的工作服，就令他受到了 10 戈瑞（grays）的辐射，相当于 1000 雷姆，由此导致的 β 粒子烧伤几乎覆盖了全身，只有腰部扎着厚厚的军用腰带的一块地方未受影响。然而，阿基莫夫的肺部还另外受到了 10 戈瑞的辐射，这导致了急性肺炎。他的体温开始升高，肠子开始解体，随着血便排出体外。有一次他的妻子柳芭探望他时，回头从窗口看去，发现她的丈夫正在一丛一丛地揭下自己的大胡子。

“别担心，”他跟她说，“一点儿都不疼。”

阿基莫夫知道，他或许没办法活着离开医院了，在还能说话的时

候，他告诉一位朋友，如果可以活下来，他希望可以追随自己狩猎的爱好，成为一名猎场看守人。柳芭建议说，他们可以和两个儿子住在河上，照管浮标，为船只导航，就像副总工程师佳特洛夫的父亲以前那样。不管发生了什么，阿基莫夫确定了一件事："我再也不回核工业领域了。我什么都可以干……我可以从头来过，但绝对永远不再回反应堆了。"

基辅检察长办公室的首席检察官谢尔盖·扬科夫斯基，来到阿基
莫夫的病房，就事故向他提问。这位工程师的身体已经肿胀不堪，几 236
乎已经说不出话来。医生们没空跟这些检察官浪费时间，质问扬科夫斯基，为什么要折磨一个奄奄一息的人。他们跟他说，阿基莫夫挺不过几天了。这位检察官的调查工作徒劳无功。

离开前，扬科夫斯基在这位垂危的核工程师的病床前，俯下身去说："如果你记得什么，就写下来吧。"

5月6日，阿基莫夫度过了他的33岁生日。很快，他便陷入昏迷。

5月9日，星期五，这一天是标志着苏联在第二次世界大战中彻底打败纳粹德国的胜利日。当天晚上，病人们再一次从医院的窗口观赏了空中燃放的烟花。但这一次，他们心中毫无喜悦之情。瓦西里·伊格纳坚科的皮肤已经开始脱落，身上流着血。他不停咳嗽，费力地吸气。鲜血从他的嘴巴里淌落。彼得·赫梅利则自己一个人躺在病房中，收到了来自好友普拉维克、由一位医生转交的加油打气的纸条："恭喜放假！回头见！"自从12天前一起来到这家医院，赫梅利便没见过自己的老同学，现在根本不知道他到底在大楼中的哪个地方。但他还是写下了一张答谢纸条。

第二天，死亡开始降临。第一个去世的是切尔诺贝利核电厂消防站的消防员，弗拉基米尔·季舒拉中士。爆炸发生几分钟后，他和普

拉维克一道爬上了屋顶。5 月 11 日，普拉维克和普里皮亚季消防站的指挥官基别诺克，也因伤势过重而不治。后来，恐怖荒唐的谣言传到了普拉维克身在基辅的那些熟人耳中：据说他受到了极其强烈的辐射，眼睛都从棕色变成了蓝色，医生还在他的心脏里发现了水疱。同一天，亚历山大·阿基莫夫成为第一个辞世的核电厂操作人员，死的时候，双目圆睁，皮肤变成了黑色。

古斯科娃医生现在禁止病人们互通信息，将他们关在自己的病房
237 中。窗外花开满树，天气简直完美。在诺维科夫元帅大街（Marshal Novikov Street）的围栏之外，整个莫斯科一切如常。那些幸存下来的人独自躺在病床上，打着点滴，接着换血机，就这样一个又一个小时地过去，常常只有护士陪伴着他们。透过亲戚的窃窃私语，朋友和同事接连死去的消息传到了他们耳中。运送遗体的轮床被推过医院的长走廊，发出令人心惊肉跳的声音。

当第一批在四号机组工作的战友被送往墓地埋葬时，对亚历山大·谢甫琴科的折磨才刚刚开始。正如医生警告过的，他身上的 β 粒子烧伤慢慢开始显现威力。最初，是红色的小点出现在脖子后面。接下来，更多的破损伤口在他的左肩胛、臀部和腿肚子上出现，他曾以这些部位顶住反应堆大厅的巨门，覆盖其上的那些释放 β 粒子和 γ 波的放射性核素黏液，浸透了他打湿的工作服。

谢甫琴科被转到了重症监护室，在这一层楼中，连他在内，只有四个病情极其危重的人被安置于单独的病房中。住在隔壁的，是他的上司、反应堆班组长瓦列里·普列沃兹琴科。这位退役海军在进入反应堆大厅、直视燃烧堆芯时，受到剂量巨大的 γ 射线辐射，但他阻止了谢甫琴科往里看，从而令其免遭最恐怖的辐射。但即便如此，谢甫琴科身上的烧伤的颜色还是逐渐变深，开始扩散，皮肤变成黑色，脱落下来，露出下面柔软的婴儿皮肤般的粉红肌肉。此外，肩胛处起初像是被晒伤的那个地方，逐渐起了水疱，坏死，变成蜡黄，而辐射则

向下侵蚀着骨骼。疼痛变得几乎无法忍受，护士就喂给他吗啡止痛。医生开始讨论截肢的必要性，并从列宁格勒调来特殊设备以确定他的胳膊是否还能保留下来。

5 月 13 日，星期二，柳德米拉·伊格纳坚科坐着巴士来到莫斯科西北郊外的米季诺(Mitino)公墓。与她同行的，还有她的朋友纳迪娅·普拉维克和塔尼娅·基别诺克，她们的丈夫已于两天前去世。当男人们的遗体落土下葬时，她就在那里看着。柳德米拉当天早上 9 点为此而离开了医院，但她嘱咐护士，只跟瓦西里说她不过是想歇息一下。等 238
到她那天下午返回第六医院时，她的丈夫也去世了。来为他下葬的入殓师发现，他的身体已经肿胀不堪，无法穿进自己的制服。当他终于被安葬在米季诺公墓自己的同志旁边时，这位年轻消防员的遗体，被密封装在两个厚厚的塑料袋中，木棺材外还套着一个锌盒子，就像是一个被辐射过的俄罗斯套娃。

同一天，瓦列里·普列沃兹琴科也伤重不治。纳塔利娅试着跟丈夫保密，但躺在病床上的亚历山大能听到，隔壁病房中医疗仪器发出的滴答声已化为静默。5 月 14 日，又有三名四号机组的操作人员死去，其中就包括列昂尼德·托图诺夫。他的父母守在他的床边，直至最后一刻。这个年轻人全身 90% 的皮肤被 β 粒子烧伤覆盖，肺部也被 γ 辐射摧毁，但那天夜里，他一直醒着，挣扎着呼吸。在移植的骨髓发挥作用之前，他便死于窒息。最后，医生计算得出，他吸收了大约 1300 雷姆辐射，超过致死剂量 3 倍。维克托·普罗斯库里亚科夫，是跟着普列沃兹琴科一起上到起重台架上的两个实习工程师中的一个，他也看向了燃烧的反应堆，全身都被恐怖的烧伤覆盖，尤其是拿着谢甫琴科手电筒的双手。他又撑了 3 天，于 5 月 17 日夜里去世了。

到 5 月的第三周结束时，事故死亡人数已经达到 20 人，亚历山大·谢甫琴科变得害怕起来。他的白细胞数目降到了零，剩下的头发也都掉光了。什么时候才会轮到我？他琢磨着。独自躺在病房中，那些伤势最重的幸存者开始怕黑，于是在一些病区，灯几乎一直亮着。

作为一名优秀的共产党员，谢甫琴科没有宗教信仰，也不知道如何祈祷。然而每天晚上，他醒着躺在床上，都会祈求上帝，让他再多活过一夜。

十四 239

清理员

1986年5月14日，星期三，距离四号机组内部发生爆炸已经过去两个半星期，米哈伊尔·戈尔巴乔夫终于出现在电视上，首次面向公众谈起这起事故。在被CNN现场转播的这期《时代》节目中，面对该节目横跨13个时区的2亿观众，他宣读着一份早已准备好的陈述。这位苏联历史上最擅长电视秀的领导人，如今看起来无精打采，魂不守舍，心事重重。他说，发生在切尔诺贝利的这起事故，“已经严重地影响了苏联人民，引起了国际社会的关注”。他有时会转入防御模式，偶尔也会显得义愤填膺，但最终在26分钟时结束了讲话。

戈尔巴乔夫痛斥了美国及其北约盟国编造的关于这起事故的“堆成山的谎言”。他说，这些谎言是他们试图转移注意力的“卑鄙”伎俩的一部分，从而藉此回避他最近提出的销毁核武器的提议。他感谢了罗伯特·盖尔和汉斯·布利克斯，向遇难者和伤员的家人表示了同情：“苏联政府将照顾好那些遇难者和受害者的家人。”他向观众保证，最坏的情形已经过去了，但也警告说，任务仍未结束：“这是我们第一次真正面对核能脱离人类控制后的恐怖力量……我们一天24小时都在工作。整个国家的经济、技术和科学资源都被动员起来了。”

48小时之前，苏联国防部长谢尔盖·索科洛夫元帅，在一群高级 240
参谋和该部医疗行政人员的陪同下，来到了切尔诺贝利。一个由化学战部队和民防部队的辐射专家打前锋的军方特别行动小组，已经在5

月初进驻30公里禁区。基辅、明斯克和塔林的年轻人，被从他们的工作岗位上召集而来，也有人是在半夜就被敲门叫起来。上头给他们发了制服，让他们宣誓，然后告诉他们，就当是在经历一场战争。被运进禁区后，他们才知道自己的最终目的地。现在，曾于1979年指挥苏联军队越过边境进入阿富汗的索科洛夫元帅，专程赶到了这里，要再一次领导他的手下，打一场保护祖国的英勇战役，也即后来的“切尔诺贝利事故后果清理行动”（the Liquidation of the Consequences of the Chernobyl Accident）。

在中央集权国家的全力动员下，人员和设备从苏联的每一个加盟共和国，向切尔诺贝利潮涌而来。这支地球上规模最庞大的军队，一落地便投入了一场殊死决战。巨型Ilyushin-76军用运输机空运来了士兵和重型设备。科学家、工程师和其他民用工业的工人，也从里加到符拉迪沃斯托克之间的各个地方赶来。官僚体制的束缚、计划目标的限制和经济优先度的考虑，全都被置之度外。只要一个电话，任何资源都能从苏联的几乎任何地方赶运到核电站：来自哈萨克斯坦的隧道工程专家和轧制铅皮，来自列宁格勒的点焊机，来自车里雅宾斯克的石墨砌块，来自摩尔曼斯克的渔网，来自摩尔多瓦的325个潜水泵和3万套棉布工作服。

这种爱国主义总动员的精神，在第一波事故详细报道出现于苏联媒体上之后，变得格外激昂。克里姆林宫的宣传高手终于找到了一个报道这起灾难的合适角度。《消息报》和《真理报》发表的文章，充满敬意地详尽描写了最初投入灭火战斗的那些消防员英勇无畏的牺牲精神，旁边配着矿工和地铁工人在废墟之下奋力挖掘隧道的大幅照片。尽管这些故事看起来充分体现了“公开性”原则，对于辐射的危险秉笔直书，也不隐瞒探访第六医院的伤员时目睹的细节，但这种公开是有条件限制的。民众的困惑、人员的无能或是安全防范措施的缺乏，都不能讨论，每一位消防员似乎都是在明知道自己所面对危险的前提

下，依然无私无畏地冲上前去，从而得以步入苏维埃英雄的圣殿。事 241
故的原因没有被追查。在别的地方，意思讲得很清楚：危机很快就会结束。根据每周出版的《乌克兰文学》(*Literaturna Ukraina*)，原子“只不过暂时地失去控制”，苏联科学家“牢牢地把握着发生在反应堆之中和周围的一切”。报纸还报道说，被疏散地区的居民在清除污染的工作完成后就可以返回家园。

第一轮清理工作已经在核电站内部展开，虽然当时仍在努力控制从余烬犹存的四号反应堆废墟中泄露的辐射。污染区域被分成3个同心圆区域：最外层的30公里禁区，中间的10公里禁区，以及被前两者包在中间、毒性最大、紧邻核电厂的特别禁区。这项工作落在了苏联总参谋部指挥下的军事工程师、民防部队和化学战部队头上，这些士兵很多都是年轻的新兵。局势一片混乱。

从来就不曾有过任何正式方案，无论是民用的还是军用的，用以规划一场如此巨大的核灾难后的清理工作。即便到了5月中旬，仍然没有足够的电厂专业人员对敷衍了事的操作进行监督，此外，关于工人们可以安全承受的最大辐射剂量标准的设置也存在争议。从过去几十年发生于核潜艇封闭空间的屡次事故中，海军的医生学到了带血的经验，因此他们坚持采用国防部25雷姆的标准。但无论是苏联卫生部，还是化学部队的负责人弗拉基米尔·皮卡洛夫将军，都希望将标准设为那个数值的两倍：50雷姆。皮卡洛夫手下的士兵在打仗的时候就采用这一辐射剂量标准。3周过去了，他们才最终同意使用较低的那个标准，但许多人都已经被危险地过度暴露了。即便到了那时，25雷姆的最大辐射剂量也被证明难以监控，经常会被分队指挥官有意无视。

从全苏联其他原子能电厂赶来帮助清理工作的民用核工业专家，因四处可见的缺乏准备而倍感震惊。他们发现，训练有素、能够有效

242 监测辐射暴露水平的放射剂量测量师，寥寥无几。仍没有对该地区进行全面深入的调查，而还一直从反应堆中涌出的放射性核素的容量，也在时时变化，几乎不可能得到可靠的辐射信息。辐射计短缺是家常便饭。一个排的30名战士，经常不得不共用一个监测设备：带着它的那个人记录下来的辐射剂量，被同样应用于其他每一个人，不管他们身处何处，以及从事何种工作。

清理反应堆附近那些个头最大、放射性最强的瓦砾碎片的任务，落在了开着巨型IMR-2战斗工程车的士兵身上。这些战斗工程车的设计用途，是在地雷区中或在核打击后的混乱里，为部队开辟一条前进道路。它们实际上就是战斗坦克，只不过装备着推土铲和伸缩式起重机臂，而非机枪架。车上的液压钳，大得足以夹起倒在路上的电线杆或树干。为了尽量减少辐射暴露，驾驶舱里包了一层铅，每个人只允许在控制台前工作几分钟就要被替换下来。然而，第一批开进四号机组附近废墟的机器中，有一辆很快便出了问题。透过狭窄的装甲观察槽，驾驶员无法看清周遭情况，开进了一片迷宫般的废墟，被四面的瓦砾碎片困住。他的指挥官无法用无线电与他沟通，而他在高辐射区域的时间限额正一点点耗尽。最后，他的长官驱车接近，从自己的装甲车舱盖探出身去，为被困的驾驶员大声指点方向，直到他找到安全返回的路线。这位战士得救了，但对他的长官来说，待在外面的那几分钟却太长了。第二天，他便被送进了部队医院。

5月4日，头两辆庞大的无线电遥控推土机被空运到了核电厂。一辆制造于车里雅宾斯克，另一辆从芬兰进口，它们被用来清理四号机组周围的放射性瓦砾碎石和土壤。这块地方，是特别禁区中最危险的地带，反应堆建筑北墙边高高堆起了小山一样的碎石，这里的 γ 辐射暴露高达数千伦琴每小时。在不加防护的情况下，人只能在这里工
243 作几秒钟。用铅皮保护好最敏感的遥控元件后，技术人员开始试着使用推土机。他们在一个相对安全的地方，一辆停在100米外的特制防

核化侦察车中操控推土机，将散落一地的核燃料碎片推回四号机组。但那辆斯堪的纳维亚造的进口机器很快就失败了，根本没办法爬上放射性瓦砾堆成的那个陡峭的斜坡，而重达 19 吨的苏联货也没坚持多久，便在紧邻反应堆的地方坏掉了，根本不可能取回来。到 9 月份时，已经有好几辆这种明黄色机器被丢弃在附近田野上。

能源部紧急从国外采购更多的遥控设备，以总理雷日科夫为首的中央政治局行动小组也制定了方案，要在反应堆上方铺设一层乳胶溶液。与此同时，对于堆积在反应堆北墙边的那座放射性瓦砾山，政府委员会的成员则采取了一个苏联长期惯用的解决办法，下令用混凝土将其封盖起来。能源部的建筑团队用一条 800 米长的管道，将灰色的水泥砂浆灌进去，当它浇在被爆炸抛出反应堆的燃料盒上时，马上沸腾起来，很快，炽热的放射性水泥便如同喷泉一样喷到半空中。这时，民防军 731 特种部队的预备役军人，开始徒手从反应堆附近铲走表层土壤。虽然其他部队在这个高辐射区域穿行时，都乘坐着装甲运兵车，这些人却只穿着普通军装便在露天中开始工作，仅有棉布制成的“花瓣”呼吸面具为他们提供保护。他们用普通的铲子铲走反应堆墙边的土壤，将它们填入金属容器，然后再运到为五号和六号机组兴建的一个半完工的放射性废料储存库掩埋。虽然他们的每一次轮班工作时间仅有 15 分钟，但天气酷热，辐射无情。他们的喉咙变得瘙痒，头晕目眩，而且没有足够的饮用水。一些人开始流鼻血，另一些人则开始呕吐。一支化学战部队的小分队被叫来帮忙清理三号机组附近地面上散落的大块反应堆石墨砌块，在他们被卡车运到后，竟直接开始用手捡拾。

这样的任务令清理员经常在几秒之内就受到一年内允许的最大辐射剂量。在特别禁区的高辐射区域，一项在其他地方可能由一个人一 244
小时内就能完成的任务，现在则需要 30 个人，且每人只能工作两分钟。而新的管理条例严格规定，只要他们达到 25 雷姆的上限，就要被送出禁区，永远不许回来。衡量每项工作时，不仅需要计算其时间，还要计算到底需要“烧掉”多少个人才能将其完成。最后，一些指挥官找到了解决的好法子，那就是最好继续调度使用现有人手——那些辐射暴露已经达到极限的人，而不是把新的部队人员送到危险区送死。

与此同时，在地下，与“中国综合征”的决战变得更加激烈了。核电厂物理学家韦尼阿明·普里亚涅齐尼科夫在成功地帮助家人坐火车离开普里皮亚季后，终于在5月初获得许可回到核电站，然而他发现，办公室中的一切都已被两厘米厚的放射性灰尘所覆盖。5月16日，他得到命令，收集反应堆正下方的温度和辐射测量值，希望可以借此确定，熔化的堆芯烧穿混凝土地基的风险到底有多紧迫。尽管科学家们此时相信，衰变核燃料所产生的热量正在下降，但据他们的估测，其温度仍高达600摄氏度。收集准确数据、推断事态发展的任务，就落在了普里亚涅齐尼科夫和他的团队的头上：熔化的放射性岩浆是否仍在移动？普里皮亚季河和第聂伯河的河水是否仍面对严重污染的威胁？

借助一台从莫斯科运来的以巨型变压器提供动力的等离子炬（plasma torch），一群战士用了18个小时才打穿厚厚的混凝土墙，进入反应堆下方空间。在那个漆黑的隔间中，头顶上就是数百吨熔化的核燃料，普里亚涅齐尼科夫估计，辐射水平可能高达数千伦琴每小时，必须在5—6秒内完成任务，待上一分钟就等于自杀。他只穿着轻便的棉工作服、戴着布口罩，打算仅凭速度对抗反应堆残骸释放出的γ辐射。但当他带着辐射和温度探针爬进那个孔道时，他的辐射计失灵了，完成工作所需的时间远比预想中要长。然后，就在即将完成设备安装
245 时，他感觉到某些粉末状的东西像雨一样从上方撒在他头上。吓坏了的普里亚涅齐尼科夫，连滚带爬地从黑漆漆的地下室尽快夺路而出，一路扯下自己的衣服，全身赤裸着飞奔了一公里，沿路推开错愕不已的士兵，一直跑进行政办公区。到了那里，他才发现，撒在身上的那些东西不是核燃料，只是沙子，而他在反应堆下方停留的那几分钟里，受到的辐射剂量总共不到20雷姆。

到那时，从顿巴斯（Donbas）和莫斯科的煤矿赶来的四百余名矿工，已经开始建造科学家之前规划的、位于四号反应堆下方土层中的巨型热交换器。再一次，政府委员会设置了看起来不可能实现的竣工期限：整个工程从设计到建造，再到通过测试交付使用，只有一个多月的时间。矿工们在距离工程目标130米、靠近三号反应堆建筑外墙处挖出的一个矿井中，开掘坑道，每3小时一班，昼夜不休地工作着。矿井的直径只有1.8米，热得让人喘不过来气，但头上的土层为他们提供了保护，让他们不受地表致命辐射的危害。他们禁止在地下吸烟，但可以在坑道入口处逗留片刻，偶尔吸根烟，喝口水，可就是在这里，他们却在不知不觉中受到了来自四周灰尘瓦砾的γ射线的猛烈轰击。这些矿工使用手持工具和气钻进行挖掘，再将废石方用窄轨小型矿车运出，很快，便挖到了反应堆地基下方。在这里，他们开始挖掘用以容纳热交换器的30平方米的坑室：他们一伸手就能摸到反应堆建筑的底基层板，手掌下的混凝土感觉很温暖。中型机械制造部的设计师反复警告他们，在坑室的规格尺寸上稍有偏差，就可能会让整个反应堆容器及其内容物落到他们的头顶上，假如发生这样的塌陷，他们瞬间会葬身于一个巨大的坟墓中。

当这个坑室完工时，中型机械制造部的工程师们进到里面，开始安装热交换器。这台机器是在莫斯科制造的，各部件的尺寸严格受限于狭窄的坑道直径，从而使地下的施工条件变得更加恶劣。将这些零件焊接在一起时，会令狭窄而通风不良的空间中充满有毒气体，人们开始窒息晕倒。设计中必须用到的40公斤重的石墨砌块，由十几岁的 246
新兵在坑道中排成一行，用双手接力的方式传递进去。坑道中的温度高达60摄氏度，这些年轻人干活的时候几乎半身赤裸，每一班结束时，精疲力竭的他们都只能被拖出坑道。

最后阶段的组装开始于6月份，主持这一工作的，是身形高大的中型机械制造部焊接班组长维亚切斯拉夫·加拉尼克辛。一头蓬松乱发、胡子拉渣的他，一度拎着斧子冲进坑道，威胁建筑工人们加紧赶工。但早在项目于6月24日完工之前，普里亚涅齐尼科夫的探测器测到的温度，便已经进一步下降，对“中国综合征”的恐惧终于消除。那台由极其精密的不锈钢管网、10公里长的控制线缆，布设于混凝土面板上、像三明治一样夹在石墨砌块层中的200个热电偶和温度传感器组成的热交换器，凝聚了数百名矿工、战士、建筑工人、电工和工程师好几个星期的日夜拼搏与艰苦奋战，却从来不曾启动过。

5月底，苏联陆军总司令瓦伦丁·瓦连尼科夫，当时负责指挥正在阿富汗进行的所有军事行动，被从喀布尔召回，接管切尔诺贝利的军方清理行动。这位将军到达现场后发现，超过10万名化学战部队的士兵独自奋战在禁区中，数百名住在附近的能源部建筑工人被紧急征召入伍，但很明显，清理行动还需要更多人力。中央政治局这时意识到，如果将全苏联那些酗酒成性、滥用药物成瘾的年轻新兵继续送到高辐射区域中，整个一代苏联青年人的健康都会被毁掉，而一旦遭到西方入侵，这会让国家几乎没有还手之力。5月29日，中央政治局和苏联部长会议签署了一道在和平时期没有先例的命令：再征召数万名预备役军人，24—50岁的男性，参与为期不超过6个月的总动员。他
247 们被告知需要参加特殊军事演习，许多人在穿上军装后才发现真相。7月开始时，超过4000名预备役军人在隔离区外面安营扎寨，他们睡在成排的帐篷中，每天早上由敞篷卡车运向特别禁区。这段路很长，天气很热，新铺的柏油路面在阳光下闪着光，水罐车在上面洒了水，防止灰尘飞扬。两侧一闪而过的树木和田野看起来郁郁葱葱，但它们全都被胶合板制成的围栏隔离起来，那上面写着警告：“请勿路边停车——有污染。”

卡车和混凝土搅拌车在路上形成了一条看不见头尾的长龙，它们

高速驶过的时候，路边尘土飞扬。重型运输直升机的下沉气流也卷起一阵阵飞沙走石。无论是哪一种，都将辐射带到了整个地区。那些被轻风带到空中的放射性微粒，直径仅有几微米，不知不觉间便飘散远去，有的落在近处，还有的飘到100公里外，才随着雨化作放射性坠尘落下。乌克兰科学院的物理学家冒险进入禁区，使用纱网和普通的吸尘器采集空气样本。他们发现，每一次直升机飞行过后，辐射水平都可能增加1000倍。办公室的设备、家具和文件上覆了厚厚的一层尘土，而这些灰尘也钻进了那些在漫天尘土中工作的人的头发、肺和胃里面。在身体内部，这些“热”粒子从反应堆堆芯炸飞的肉眼几乎难以察觉的核燃料碎片所导致的伤害，比它们在体外时的威胁呈指数级增加：1微克钚可以向食管或肺的软组织发射1000拉德（rad）的高能α辐射，其后果足以致命。而且，清理员们仅戴着贝雷帽和便帽，静电滤尘“花瓣”呼吸面具也是到处乱挂。虽然他们尽量只喝瓶装的矿泉水，那些深知危险所在的人最终也形成了一个下意识的习惯：为了清除自己身上的污染，他们近乎条件反射式地不停从衣服和桌子表面捡起哪怕是最微小的灰尘颗粒，然后把它们弹开。然而，其余的人依然对身边看不见的危险一无所知：士兵们在靠近反应堆的太阳底下闲逛，抽着烟，夏日炎炎的时候甚至会光着膀子；一群克格勃官员隐瞒身份进到禁区中，穿着坦克兵的工作服，带着昂贵的日本制造的辐射 248
计，但直到靠近四号机组废墟时，他们还不知道要把设备打开。乌鸦到瓦砾中翻捡垃圾，只要停留过久，就会遭辐射而死，散落在核电厂周围。只有这些倒霉的乌鸦的尸体，警示人们要意识到鲁莽无知的代价。

由直升机、飞机、装甲车和那些身穿橡胶防护服、头戴呼吸面具的士兵，徒步完成的每日辐射调查，覆盖禁区的上上下下、里里外外。结果表明，污染已经扩散到整个乌克兰、白俄罗斯和俄罗斯。从四号机组飘出的尘雾所投射的阴影，不仅覆盖了普里皮亚季和切尔诺贝利，而且也笼罩着众多的集体农场、工厂企业、小型城镇、偏僻农村、森林和大片农田。高密度的放射性轨迹，直抵30公里禁区的北部和西部边界，而由四号反应堆中的21种不同放射性核素构成的坠尘，其中包括锶89、锶90、镎239、铯134、铯137和钚239，已经在以核电厂为中心、半径300公里的区域中，形成了斑斑点点的重污染地带。辐射对居民的威胁是双重的：周围地上被辐照过的灰尘和瓦砾，构成外部威胁；而借助土壤、作物和农场牲畜等渠道进入食物链的有毒放射性同位素，则从体内下手。到5月底，超过5000平方公里的土地——比美国特拉华州面积还大，已经严重污染，不再安全。风和天气变化只会令情况变得更糟糕，来自放射性区域的尘土，不停地被重新吹进部队已经清理过的地方，令早期的清除污染工作几乎完全失去意义。

为核电站界线以外的庞大区域清除污染的工作，不仅因为天气和工程量的浩大而变得格外复杂，牵涉的不同地形和材料也令难度急剧增加。放射性烟雾渗入了混凝土、柏油、金属和木材；大楼、厂房、花园、灌木丛、树木和湖泊都曾在放射云的路径上，这些云连续几天甚至几周曾在其上漂浮；房顶、墙壁、机械、农田和森林都必须清洗，拆解，
249 捡出未被污染的部分，或是粉碎掩埋。“清理”这个词不过是军方的委婉说法而已。事实上，放射性核素既不可能分解，也不可能毁灭，只不过是将它们换个地方埋起来，最好是埋在一个长期的放射性衰变过程不会给环境带来太大直接威胁的地方。

这是一项人类历史上没有先例的浩大工程，而且整个苏联——事实上，是整个地球——之前都没有人想到需要为此做出准备。然而即便如此，它也没能摆脱苏联式行政命令体系中那种常态化的不切实际的荒谬预期。当化学部队指挥官皮卡洛夫将军向前来视察的中央政治局行动小组领导，初次汇报30公里禁区中的形势时，他预计清除污染工作可能需要7年才能完成。听到这番话，强硬派的中央政治局成员叶戈尔·利加乔夫顿时大发雷霆。他告诉皮卡洛夫，最多只有7个月的时间。

“如果你到时候没能完成任务，我们就剥夺你的党员证！”

“尊敬的叶戈尔·库兹米奇，”将军回答道，“如果是这样的话，您就别再等7个月才来拿走我的党员证了。您现在就拿走好了。”

返回莫斯科后，中央政治局行动小组遇上了一个新问题：寻找可以永久性地将四号反应堆残骸与外部环境隔离开来的办法。如今，石墨大火已经最终熄灭，对“中国综合征”的恐惧忧虑也已散去，当务之急，是防止更多的放射性物质释放到核电厂周围的大气中，并尽快重新启用切尔诺贝利余下的三座反应堆。它们发出的电，或许对苏联经济来说没那么不可或缺，但让它们恢复运行，可以再一次展示社会主义国家的强大力量，彰显苏联专注于核能发展的决心。不过，只有安全封闭四号机组的废墟，才有可能安全地启动它们。这一责任最初落在了能源部头上，但该部的工程建设团队很快便被这些艰巨的任务压垮了。到5月12日，他们索性在绝望中选择放弃。

但总书记戈尔巴乔夫却已下定决心，尽快让这场丑闻消失在公众 250
视野中。他对中央政治局说，苏联是世界上第一个建造核电站的国家，现在，也需要成为第一个为核电站建造棺材的国家。是时候跟那些用血书写苏联核建设规则的人——中型机械制造部的专家，讨回这笔账了。第二天，中型机械制造部的负责人叶菲姆·斯拉夫斯基带着一个10人小组，乘坐他的私人座机Tu-104飞到了基辅，然后坐在直升机中绕着核电厂的废墟兜了一圈。

“真是个烂摊子。”他在空中察看废墟时说道。他的手下被眼前的景象惊呆了，情况要比官方报告中的描述糟多了。反应堆爆炸后留下的大坑里，仍在向外冒着烟，那里现在就像是一个休眠的火山，可能随时会咆哮着苏醒过来。很明显，不管谁来承担为四号机组残骸筑墙的任务，都需要在人类可能面临的最恶劣的环境中施工。这项任务意味着几乎超出想象的辐射水平，一个极其危险、无法进行测绘的施工工地，以及一个近乎不可能的完工期限——戈尔巴乔夫告诉斯拉夫斯基，要他在当年年底之前封闭这座反应堆。死亡几乎不可避免。这位年过八旬的核能大佬转向他的手下：

“小伙子们，你们必须冒这个险。”

第二天下午，在苏联中央电视台播出的采访中，政府委员会负责人伊万·西拉耶夫描述了建造这座反应堆安息之地的方案：建起一座坟墓，把四号机组的废墟永远埋在里面。他解释说，这会是“一个巨大的安全壳”，“从而让我们能够安全地埋葬……这场事故所留下的一切”。最终，它会成为一个可以延续一百年之久的纪念碑式建筑。在摄像机前，西拉耶夫给它取了一个充满历史感和仪式感的名字：石棺。

251 在公开场合，苏联政府继续向国民保证，这场浩劫已经得到控制，已经释放出的辐射不会带来任何长期威胁。但在克里姆林宫的秘密会议中，中央政治局行动小组听闻，灾难对于苏联居民的直接影响，已经到了值得警觉的程度。5 月 10 日，星期六，雷日科夫获悉，总计约 9500 人已经因这起事故住进了医院，光是在头 48 个小时里，便有至少 4000 人住院，超过半数以上是儿童，其中 26 人已经被诊断为辐射病。在俄罗斯西部的 4 个地区，污染水平已经开始上升，但原因还有待解释。苏联水文气象部也决定在基辅上空采取行动，用飞机向大气中喷洒播云物质，希望可以避免放射性雨落在城市中。

苏联总理签署了新的命令，对莫斯科必须严防死守，以免被蔓延的威胁危及。民防部队在所有通向莫斯科的主要道路上，都设置了路障，对每一辆车进行辐射检查，交通因此延误长达数小时，愤怒的司机在不合时令的热浪中群情激昂。从白俄罗斯和乌克兰来到首都的旅行者，则被送进医院进行除污处理。此时，雷日科夫还给苏联的农工企业下了命令，停止从被事故影响的地区接收肉类、奶制品、水果和蔬菜，直到有另行通知为止。

与此同时，在基辅，乌克兰政府已经组建了自己的特别行动小组，监管30公里禁区内部的城镇清理工作，并实施了一系列保护邻近区域居民不受污染的措施。5月12日，在核电站以南120公里范围内的5个地区，不允许在河流湖泊中钓鱼，游泳，清洗衣物、牲畜或汽车也在禁止之列。

在每一条通向基辅的道路上，交通警察都设置了清洗和除污岗哨，确保每一辆进城的车都经过辐射检查。市政水罐车在街头巡游，向道路和人行道上喷洒数千升水，而军队则对围墙和树木进行喷射清洗，去掉上面的放射性尘土。然而，因担心引发公众恐慌，更害怕触怒他们在莫斯科的顶头上司，乌克兰的国家领导人仍然对是否疏散城中的儿童迟疑未决。

关于四处蔓延的污染有何长期影响这一问题，主管辐射医学和气象学的克里姆林宫首席科学家列昂尼德·伊雷因和尤里·伊兹拉埃尔，拒绝提供确定答案。两位专家被从切尔诺贝利召来，参加乌克兰政府 252
特别行动小组的一场紧急会议，他们表示，反应堆已经被覆盖、放射性物质的释放已经急剧下降，很快便会完全停止。他们坚称，以当前的辐射水平，还犯不着进行疏散，他们仅建议共和国采取进一步措施，随时告知居民管控危机的最新方式方法。但乌克兰领导人怀疑，不管他们心中的真实想法如何，伊雷因和伊兹拉埃尔只不过是不想为疏散负责而已。于是，在乌克兰中央政治局于深夜进行的特别会议中，弗拉基米尔·谢尔比茨基命令这两名科学家起草一份书面意见，并在上面签名。但随后，他将这份文件锁在了自己办公室的保险箱中，把他们的建议丢在了一边。

那天晚上，谢尔比茨基单方面下令，基辅城中从幼儿园到7年级的所有儿童，加上那些已经从切尔诺贝利和普里皮亚季周边地区疏散出来的孩子，全都要从城中转移到东边的安全地带，至少在那里停留两个月。第二天晚上，乌克兰卫生部长罗曼年科再一次出现在电视上，安抚观众说，共和国内部的辐射水平仍在国际安全标准之内。但他同时建议，尽量将儿童户外游戏的时间减短，并禁止进行球类游戏，以免踢起尘土；成年人应当每天洗澡洗头。他还补充说，学校会提前两周放假，“以改善基辅城中和州内儿童的健康”。

疏散开始于 5 天后，36.3 万名儿童和成千上万的哺乳期及孕期女性，形成了一支足有 50 万人的流亡大军，足足占到了基辅总人口的 1/5。由此而生的后勤保障任务，规模远超当初疏散 30 公里禁区时的水平，而且从一开始便笼罩着恐慌的阴影。33 列火车穿梭往来，每两小时就从基辅火车站开走一班。叽叽喳喳的小学生挤满了站台，他们的衬衫上别着编号纸条以防走失，对于那些无法乘火车离开的人，还特别安排了飞机。当一波又一波的女人和孩子涌进乌克兰的少先队营地和疗养院时，整个高加索地区度假村中的苏联游客都接到通知，他
253 们的假期预定被取消了，而疏散者在敖德萨和阿塞拜疆等地找到了临时的居所。3 天后，基辅成了一座没有孩子的城市。没人敢确定地说，他们一定能回来。

5 月 22 日，谢尔比茨基在一份详细描述乌克兰加盟共和国如何处理该起事故的党内报告上，签下了自己的名字。尽管失误和疏忽比比皆是，尤其是未能及时提供居民辐射暴露水平的安全值，9 万名群众依然被从 30 公里禁区中的乌克兰辖区成功疏散出来。所有人都被重新安置了新的居所，超过 90% 的人已经恢复工作。每人得到了 200 卢布的补偿金，款项合计 1030 万卢布。在整个乌克兰，事故后几天内住进医院或被隔离的 9000 多名男性、女性和儿童中，161 人已经被诊断为辐射病，其中包括 5 名儿童和 49 名内务部军警。总计 26900 名儿童被送往苏联其他部分的少先队营地，正在哺乳喂养的女人，也被转移到

了基辅地区的疗养院中。

但在所有这些对民众关怀备至的举措之下，黑色逆流已经开始袭向事故的第一批受害者。就在前一天，乌克兰卫生部长收到一份在莫斯科的顶头上司拍来的电报。关于如何记录因这场事故而遭辐射暴露的患者的诊断结果，电报中给出了指示：那些患上急性辐射病和被烧伤的人，会被如实记录为“因累积辐射暴露而导致的急性辐射病”；但那些辐射暴露程度较低、没有出现严重症状的人，其诊断记录中则根本不会提到放射性这回事——莫斯科下令，这些病人的医院档案中要表明，他们被诊断为“植物神经—血管张力障碍”（vegetative-vascular dystonia）。这是一种表现出心悸、出汗、恶心和突发疾病这类躯体症状的心理性主诉疾病，由神经紊乱或“环境因素”所触发，虽属苏联医学界中的一种特有疾病，却与西方的“神经衰弱”十分相似。这份备忘录还指示说，对于那些前来检查的、已经遭受紧急救援人员所允许的最大剂量辐射的清理员，也要做出同样的模糊诊断。

回到禁区。逃亡居民遗弃的那些猫猫狗狗，开始成为一种健康威胁。 254
苏联农业部担心，狂犬病和瘟疫会就此蔓延。更迫在眉睫的是，这些又饿又绝望的遭遗弃宠物，皮毛如今都已经被彻底辐照，会毒害它们遇上的每一个人。

乌克兰内务部长转向猎人和渔民协会请求援助。他召集起了 20 支由本地男性组成的队伍，在被污染的地区铺开大网，开始清理所有能够找到的遭遗弃宠物。每一支队伍都由 10—12 名猎人组成，陪同他们的是两名卫生巡查员、一名警察和一辆垃圾车。4 辆机械挖掘机挖出了埋葬这些宠物尸身的大坑。随着春日悄然离去，猎人和渔民协会的人，穿行于隔离区中，猎杀那些曾被他们驯养的猎物，杳无人迹的波利西耶乡下，寂静被一阵阵步枪开火的声音打断。

尽管这些勤勉的乌克兰猎人，在 30 公里禁区内，总共猎杀了 2 万头农用牲畜和家养宠物，但几乎不可能将所有动物一网打尽。一些家犬设法逃到禁区边界之外，被扎营在那里的清理员喂食并收养。士兵们或许并不太在意那些动物身上携带的辐射，但他们还是为它们起了充满苦涩意味，也更适合新环境的新名字：小剂量（Doza）或伦琴（Rentgen），要么就是伽玛（Gamma）和老辐射计（Dozimetr）。

在 1986 年夏天，皮卡洛夫将军指挥下的士兵遍布整个禁区，他们充当了一场规模庞大、独一无二的试验的试验品。苏联的核电厂事故应急预案此前所设想的情形，是一座受损反应堆一次性、短时间的放射性物质释放，而不是一场持续如此之久，甚至在除污工作开始后，仍未完全停止的灾难。30 公里禁区内部的房屋和建筑，全都被以不同的方式污染了，严重程度视其与核电厂的距离和烟雾飘过时的大气条
255 件而变化，并没有一定规则可以遵循。从车里雅宾斯克 -40 召来的辐射专家，在应对马亚克灾难后续影响时积累的知识和经验，让他们成为清理放射性土地的不二之选。但即便是他们，也从来没有遇到过此种情形。

开始时，化学部队试过将一切清洗干净。他们使用水炮和消防水龙，向农场建筑物和民房喷射水和除污溶液 SF-2U。但当溶液流到地面上时，放射性坠尘开始集聚，建筑物旁边土壤的放射性污染反而增加了一倍，于是，他们只好用推土机铲走最上层的土。一些材料更难对付：铺设外墙砖的墙壁尤其难以清洁，而强化水泥在清洗之后的污染程度一如既往，士兵们不得不拿刷子刷除某些放射性核素。在庭院和花园中，人们将最上层的土壤全部铲走，堆进模子，用一层粘土盖得严严实实，然后再在上面种上新的草籽。污染程度最严重的土壤，被卡车

成车拉走，作为核废料埋在特别挖出来的大坑里。许多居民点经过了两次甚至三次除污处理，那些长时间拒不接受除污处理的房屋，索性被推平。最后，整座村庄都被推土机夷为平地后加以埋葬，并在它们的原有位置上设置了三角形的金属标牌，上面带有国际公认的标志——标示放射性危险的三叶草符号。

苏联的技术人员试了他们能想到的一切办法，来去除建筑物及附近土地上的放射性核素：士兵们在基地厨房中将聚乙烯醇溶液煮开，生成一种可以涂在墙上、吸附污染物的液体，干了之后，它们会变成能够脱落的薄膜；在路肩上喷洒沥青，控制扬尘，并在不可能清理干净的高速公路路面上不停地铺设柏油；在米 -8 直升机上安装内装胶水的巨桶，从空中往下倾洒，希望固定住地面的放射性颗粒。作为中型机械制造部的技术服务分支机构，苏联装配技术研究设计院（NIKIMT）的专家，把全苏联的工厂都过了一遍筛子，寻找任何可能用来抑制扬尘的东西，前提条件是足够便宜，又能够大量供应。随着夏天慢慢过去， 256
从 PVA 胶水到“巴达”（barda）——一种用甜菜和木材加工的废料制成的糊浆，各种材料陆续被运到禁区外缘的铁路车场，然后在直升机下方化作粘稠的深色雨点洒落而下。

与此同时，辐射对乌克兰境内河流、湖泊和水库的威胁，也一直考验着苏联工程师和水利专家的创造力极限。爆炸发生后几天，他们便从莫斯科和基辅被召集到禁区，想尽办法不让放射性坠尘冲刷到普里皮亚季河中，进而渗入地下水。此外，他们还要尽力防止已经进入河水中的污染物，危及下游的基辅和供应全基辅人饮用水的巨型水库。军方的建筑工程特种部队与苏联水利部的人马一道，建立了 131 座新的水坝和过滤装置，钻了 177 口引流井，并开始建造一道长 5 公里、厚 1 米、深 30 米的地下粘土墙，希望可以在被污染的水流入河水前，将其阻住。

在靠近普里皮亚季的地方，隔在城市和核电厂之间的卫生区，曾经遍植松林，它们正好位于爆炸后头几天反应堆释放的重度放射性坠尘飘走的路线上。厚厚一层释放 β 粒子的放射性核素灰尘，让它们受到了超大剂量的辐射，在有些地方高达 10000 拉德，超过 40 平方公里的林地几乎瞬间便被杀死。不到 10 天，连接普里皮亚季和核电站的主路两边茂密的松林，便变成了一种不同寻常的颜色：针叶逐渐从深绿转为红铜色。在这条路上疾驰而过的士兵和科学家，根本不需要从装甲运兵车的观察口中向外看，便已知道自己进入了“红树林”（Red Forest）。即便有装甲钢板和防弹玻璃的保护，他们的辐射计指针也会在超强的辐射中开始剧烈摆动。这片树林威胁巨大，没过多久，作战工程师便将它们砍倒，埋在由混凝土封装的坟墓中。

在集体农场的土地上，农业科学家使用深耕作业法将表土翻开，再安全地把放射性核素深埋在无法构成危害之处。他们试验了两百多种不同的作物品种，检验哪一种可以最大程度地吸收辐射，然后将种
257 子与石灰和其他钙粉一起播在田间，从而用化学方式固定土壤中的锶 90，防止其进一步进入食物链。专家们预测的最理想结果是，一年之内，便可以在禁区内重新开始农业种植。

但在那些树叶和树下土壤成为致电离辐射源的地方，这项工作便成为西西弗式的徒劳无功。即便是最轻柔的夏日清风，也会将带有释放 α 和 β 辐射粒子的灰尘重新吹到空气中，而每一场雨都会从云层中将辐射带下来，将那些半衰期更长的核同位素冲刷进湖泊溪流。秋季的到来，会令带有放射性的落叶轻舞于大地之上。普里皮亚季沼泽，欧洲最大的沼泽，已经成为一块吸附了锶和铯的巨大海绵，而广袤无垠的农田，也已被证明大到无法清理干净，即便动用了推土机大军。只有 10 平方公里的禁区真正清除了污染。而全面清理，将需要移除近 6 亿吨表层土壤，并将其作为核废料予以掩埋。即便在苏联看似无穷无尽的庞大的人力动员能力下，这也被视为一件不可能的任务。

到 6 月初，30 公里禁区已经成为一块被军队团团包围住的放射性战场。在核电厂的周围，地上满是大战后的一片狼藉，丢弃的车辆、损毁的设备、蜿蜒的壕沟和庞大的土木工事。然而，虽然穿着防护服的放射剂量测量师仍在地上走来走去，军用直升机也在天上盘旋往复，无奈背井离乡的普里皮亚季市民，却开始试着返回自己家中。入室抢劫已经开始成为问题，每个人都有一些他们迫切想从城中取回的东西。有人把身份证件和护照落下了，有人丢下了大量现金，还有人只是想拿回日常用品。光是 6 月 6 日这一天，乌克兰内务部警察部队便遣返了 26 个普里皮亚季居民，他们均在未办理合法手续的情况下，试图越过检查站或禁区边界。

6 月 3 日，政府委员会的负责人发布命令，宣布停止所有令普里皮亚季重新变得适合人类居住的行动，并即时生效。普里皮亚季市政 258
府成员，在切尔诺贝利镇苏维埃大街上的一座废弃办公楼中，找到了一个临时的新家。几天后，正是在这里，一位曾在阿富汗服役的克格勃官员找到了玛丽亚·普罗岑科。和许多其他的秘密警察不一样，他给普罗岑科的印象则是，既温和又有礼。他告诉这位建筑师，他需要她帮助绘制一份新的普里皮亚季地图。他们要在城周围立起围栏，希望听听她的建议，看应当从哪里入手。普罗岑科展开她那幅 1∶2000 的地图，再一次尽职尽责地画了一个副本。两人一起核查了最佳也是最短的路线：将主要建筑物包在中间，避开那些可能会切断市政基础设施中至为关键的下水道和电线的地方，并将公墓隔了出来。她提出了一连串重要的问题：士兵们将如何开挖基脚？使用何种设备？怎样把围栏的桩子打进去？她告诉自己，他们只是要保护这座城市免受窃贼和劫匪的骚扰。

6 月 10 日，第 25 机械化步兵师的工程部队开进了普里皮亚季，他们带着铁丝网、木桩和装备了巨型螺旋钻的拖拉机。因为知道自己在高辐射区域施工，他们的行动速度惊人，不到72个小时就完成了任务。如今，普罗岑科心爱的原子城，被封锁于一道2米高、周长9.6公里的铁丝网围栏中，由全副武装的警卫负责巡逻。很快，又安装了由中型机械制造部特种技术司设计制造的中央电子报警系统，防止外人入侵城市。

在30公里禁区的边界，工程师们还开出了一条宽度介于10—20米间的道路，并搭建了桥梁，挖掘了涵洞。这条道路穿过沼泽、森林和河流，从乌克兰一直通往白俄罗斯。他们还将7万根桩子打进土中，并在其间布设了400万米长的铁丝网，野狗只能在无人收割的麦田里跑来跑去。在某些地方，他们发现辐射水平过高，便会临时决定将禁
259 区的边界扩大，将新的污染热点区域纳入禁区边界。到6月24日，他们已经在整个隔离区外围建成了195公里的报警围栏。普里皮亚季和切尔诺贝利原子能电站，如今孤立于2500平方公里的大片无人地带之中，由内务部警察部队密切巡查，只有持政府发放的通行证的人才可进入。

然而，玛丽亚·普罗岑科仍然坚信领导人曾跟她说过的话：疏散只是暂时的。终有一日，也许没那么快，但必定会在未来的某个时间，清除干净城中的辐射污染，那时，她和她的家人将获准回到他们在河边的那个家。

但是，随着夏日逐渐变短，普罗岑科仍在远离切尔诺贝利的流放中执行着市政府的工作，可她的职责却越来越多地局限于营造这块核无人之地的官僚体系上。她学会了凭感觉断定，来她办公室的专家，哪些是直接从反应堆周围的特别禁区来的——他们的衣服会发出臭氧的味道。与此同时，她得到官方指示，协助被疏散的市民回到他们的公寓，取走家具和个人物品。一个由12人组成的委员会聚在一起开了个会，就哪些东西可以带走以及如何执行达成了一致。他们制定了计划，要从全州召集150辆运送家具的卡车，派出一支由50名放射剂

量测量师组成的团队，在居民的公寓中和检查站测量辐射水平。此外，他们还找到可以运送来访者出入禁区的巴士车，征用了 50 万个盛装物品的聚乙烯袋子。在两周的规划后，该行动正准备开始进行时，有人指出，完成这一任务是不可能的：普里皮亚季市民仍然处于无家可归的状态，根本没有地方存放从这座废弃之城运出来的个人物品。

普罗岑科和一群来自乌克兰科学院的物理学家交上了朋友。他们是来监测禁区的辐射水平的。这些人终于把真相告诉了她。皮卡洛夫将军的化学部队，会继续对这座原子城的街道和住宅区进行 5 个月的清除污染行动，但其目的只是控制危险的放射性物质继续扩散。政府 260
委员会计算出，要将这座城市清理到足以再次让人居住的程度，将需要投入 16 万人的力量。这样一场行动的代价是不可想象的。

“忘了这事儿吧，”那些物理学家对她说，“你永远都回不到普里皮亚季了。”

十五
调　查

4 月 26 日那天，天还没亮时，谢尔盖·扬科夫斯基就赶到了事故现场。他有点儿疑惑不解，干嘛要折腾这一趟。这位刚刚三十而立的、基辅地区检察长办公室的总检察官，身材修长，有点儿龅牙，在检控这个行当已经干了将近 6 年。他负责那些“针对个人的犯罪”：强奸、人身侵犯、持械抢劫、自杀和谋杀，还有玩忽职守。尽管克格勃忙着把那些讲勃列日涅夫笑话的人关进监狱，但非意识形态领域的犯罪应当只是资本主义国家的问题，扬科夫斯基却发现自己总是有的可忙。

尤其是伏特加，简直就是暴力死亡事件或猝死的大马力发动机。婚礼和葬礼往往以打成一团、拔刀相向告终。冬天，男人们经常倒在街头昏睡过去，第二天早上发现时已经冻得全身僵硬。致命的工伤屡见不鲜。在扬科夫斯基辖区的一个集体农庄，五名联合收割机司机午饭时狂饮了一番伏特加，之后就醉倒在了麦田里，完全不知道第六个人还残存着几分清醒。当这人最终意识到发生了什么事情时，他的五位同志已经在他驾驶的联合收割机的割刀下粉身碎骨。光是 1981 年这一年，扬科夫斯基便将 230 具尸体送进了停尸间。

那天凌晨 2 点，他被顶头上司、负责案件调查的地区副总检察长瓦列里·丹尼连科的一通电话叫醒。20 分钟后，这位长官已经等在了扬科夫斯基位于基辅的公寓外面。他坐在该部门的移动犯罪调查实验室中，这是一辆设备齐全的小巴，外漆内务部警察的专属颜色，闪着红蓝警灯，响着警笛。他说，切尔诺贝利核电站发生了火灾，他们要去调查一下。

通往核电厂的路显得特别空旷，一路穿过宁静的乡间，看着树木 262
和高压输电塔在地平线上勾勒出的浓墨般的阴影，他们花的时间比预想中少得多。如果看见其他车辆，司机便会拉响警笛。接近电厂时，他们加速超过了一连串也在向同一方向赶去的消防车。

然而，当他们赶到核电站，在离四号反应堆 200 米处把车停下时，眼前却是一片十分诡异的宁静景象。天还没完全亮起来，扬科夫斯基能看见建筑物上方悬着些许烟雾。但没有火苗。消防车虽停在那里，可是没有任何迹象显示这里发生了一场浩劫。这位检察官看到，有人站在暗地里，悠闲地抽着烟，看着水像瀑布一样从废墟中流淌出来。

“嘿，这儿怎么了？”扬科夫斯基问道。

“噢，不知啥玩意儿被炸飞了。”那个人回答道。表情很轻松，好像这种事随时都在发生。

这些本地人就能把这事搞定，扬科夫斯基想着。

“为什么他们把我们叫来？”他对丹尼连科说，“为什么他们这么早就把我们叫起来？”看起来简直就是浪费时间。

“等等——等一会儿，”丹尼连科说，“这儿有点儿不对劲。”

他们一起向核电厂的主行政办公大楼走去。该地区的主要领导人都已经到了那里。从基辅赶来的党内大头目马洛穆日正在听取汇报。

“你来这儿干嘛？”马洛穆日问两位检察官，“我们可以自己处理这事。火已经扑灭了。机组很快就会重新投入运行。”

但驱车前往普里皮亚季时，他们发现，警察局中已经挤满了乌克兰内务部的大头目。更多的信息开始传了进来：有人被送进了第 126 医院，身上有烧伤，还在呕吐；克格勃把守在核电厂外边，搜查着蓄意破坏者。很明显，发生了某些严重的事情。丹尼连科和他的上司地区总检察长开了个会。与此同时，本地警察给扬科夫斯基安排了一辆车和一间办公室。

丹尼连科回来的时候，大约是早上 6 点。这位地区检察长已经做出决定。

“我们要立案，”他告诉扬科夫斯基，“我们得起诉。”

263 这位检察官坐在一台打字机前，将一张纸装进滚轴，开始在键盘上敲打起来。

对切尔诺贝利核电厂四号机组事故原因的调查，在 4 月 26 日凌晨便已分兵两路展开。第一个方向是犯罪调查，随着这一天慢慢过去，这场灾难的影响慢慢变得明显起来，它的幅度迅速扩大，重要性也不断提升。到午饭时，扬科夫斯基和几名同事分头前往普里皮亚季城和核电厂，对医院中的操作人员进行讯问，并查封核电站控制室中的文件。这已经不再是一次地区性的调查，而上升到了乌克兰共和国的级别。然后，就在天快黑之前，苏联的副总检察长带着新的指示，从莫斯科赶来。他下令在苏联检察长办公室第二分部内部成立一个特别调查小组，该分部是专门针对苏联封闭性军事和核设施中发生的犯罪而设的。整个调查自此被划定为最高机密。

就在同一个晚上，普里皮亚季的政府委员会也启动了一场技术和科学调查行动，委托瓦列里·列加索夫院士具体实施，但由最初设计了该反应堆、大权在握的中型机械制造部副部长梅什科夫负责监管。梅什科夫迅速得出结论，事故原因一定是操作人员的失误：水泵超过了负载，备用的冷却系统被切断，反应堆在缺乏冷却剂的情况下运行，于是导致了某种爆炸。这是那种令人担忧却可以预见的最大设计基准事故，每个操作人员都被培训过，本应该知道如何防范。

但第二天早上，两位库尔恰托夫研究所 RBMK 反应堆专家，从莫斯科飞到了基辅，开始对反应堆数据进行法医分析。在从朱利阿内机场赶往普里皮亚季的路上，两位科学家被来自对面方向的巴士长龙阻住了，直到当晚才抵达目的地。第二天，他们去到核电站地下的掩体，收集四号机组的工作日志、反应堆诊断登记系统的计算机打印输出，以及录下了爆炸发生几分钟前操作人员对话的录音带。当他们检查这 264
些数据时，物理学家发现了一系列导致事故的事件：反应堆在低功率下运行，几乎从堆芯抽出了所有控制棒，含糊不清的说话声和一声“快按按钮”的高呼，以及 AZ-5 紧急系统的启动。最后，他们看到，描笔式示波器绘出的显示反应堆功率的曲线开始急剧升高，直至突然变成一条向上的直线，一直冲破页面顶端。

对于两位专家中毕生致力于 RBMK 项目的亚历山大·卡卢金来说，所有一切看起来都熟悉得令人不寒而栗。两年前，他在负责反应堆设计的苏联能源技术科学研究与设计院参加了一次会议，会上有人提到，在某些特定的情况下，下降的控制棒可能会取代堆芯底部的水，导致反应性骤然提升。那时候，该研究所的科学家都认为，这种情形几乎不可能发生，犯不着为之担心。如今，当卡卢金绝望地凝视着四号反应堆计算机打印输出上那个令人恐惧的几何图形时，看上去，那全部都是可能的。

但在细致分析这些数据之前，卡卢金的想法只不过是一种令人困惑的理论而已。与此同时，专家们把初步分析的结果打电话汇报给了列加索夫。4 月 28 日，星期一下午，一封电报打到了莫斯科的中央政治局：事故原因，难以控制的反应堆功率浪涌。然而，关于到底是什么触发了功率浪涌的问题，依然没有得到解答。寻找理想替罪羊的行动却马上开始了。

到 5 月第一周结束时，库尔恰托夫研究所的反应堆专家团队，已经回到莫斯科的学院中，开始解读从四号机组记录和诊断系统中取回的装满了一个又一个麻袋的文件、穿孔卡片印张、操作手册和磁盘中的信息。研究所中的每一台计算机都被征用于完成这项任务，开始每天 24 小时不间断地解码数据，重建反应堆最后几小时的模拟模型。与
265 此同时，检察长办公室的调查人员和克格勃仍在第六医院的病房中穿行，讯问着核电厂的工程师和操作员，即便他们已经开始陷入休克，濒临死亡。

回到核电站。厂长维克托·布留哈诺夫仍坚守在自己的岗位上。表面上，他一如既往地冷漠淡定，但实际却经受着员工接连死亡的打击，感受着周遭的一片浩劫，背负着沉重不堪的责任。他早已精疲力竭。每一天,他都尽自己的最大能力,保证政府委员会的指令得以执行，但找人接替那些已经住进医院，或因遭到过多辐射暴露而无法继续在核电厂工作的专业人士，花去了他的全部精力。每一天结束时，他返回到童话少先队营地，和那些高级别的同僚一道，住在营地图书馆的架子床上。晚上，躺在书架之间，他们会聊起到底是什么导致了这场巨大灾难，一聊就是几个小时，几乎彻夜无眠。

扬科夫斯基在医务室中找到了布留哈诺夫，他是前来讯问这位厂长在事故中到底扮演着怎样的角色。“操，”布留哈诺夫告诉他，“我太信任福明了。我觉得这就是一次电力测试。我没想到事情会变成这个样子。”这位检察官戏仿了俄罗斯诗人谢尔盖·叶赛宁自杀时留下的一句诗，向他表示嘲弄：“或许明天，医院的病床会带给我永恒的安宁。”

那之后没多久，核工程师和作家格里戈里·梅德韦杰夫便访问了事故现场，并在切尔诺贝利镇上的政府委员会总部大楼走廊中，遇到了来来回回踱着步的布留哈诺夫。韦利霍夫和列加索夫两位院士与苏联核能部长共用走廊尽头的一间办公室，他们仍在那里费尽心机地试图平息“中国综合征”的恐惧。布留哈诺夫穿着核电厂操作人员的白色工作服，两眼通红，皮肤惨白，沮丧之意深深地嵌进了他脸上的皱纹。

“你看上去气色不太好。”梅德韦杰夫说。

“没人需要我，”布留哈诺夫说，“我就像一橛屎一样在这儿晃悠着。我对这里的任何人都没屁用。”

“福明在哪儿呢？”

“他疯了。他们把他送去疗养了。”

两个星期后，5 月 22 日，布留哈诺夫向核能部长阿纳托利·马约列茨递交了一份申请，请求批准他请个假，探望一下被疏散到克里米亚的妻子瓦莲京娜和儿子奥列格。马约列茨批准了他的请求，布留哈 266
诺夫飞到南方，休了一个星期的假。

他离开后，核能部长阿纳托利·马约列茨做出安排，永久性地把布留哈诺夫从切尔诺贝利核电厂厂长的职位上撤了下来。

调查继续进行，苏联领导人在公开场合表示，这起事故是由操作人员引发的，一连串几乎不可能发生却不幸凑在了一起的事件所导致的。“原因显然出在主观领域，是人的错误，”中央委员会成员、未来的俄罗斯总统鲍里斯·叶利钦对一位西德电视台的通讯员说，“我们正在采取措施，确保这种事不会再次发生。”

“这起事故是由一系列极其不可能发生的技术因素凑在一起而导致的，”苏联国家原子能利用委员会主席安德拉尼克·彼得罗相茨在发表于《洛杉矶时报》的一份声明中写道，“我们倾向于认为，操作人员犯下的错误令形势复杂化了”。彼得罗相茨承诺说，一旦调查完成，关于这起灾难起因的完整报告会在国际原子能机构维也纳总部的国际会议上公布。

率领苏联代表团、审核大会报告及对其加以润色以适合大众阅读的任务，被指派给了瓦列里·列加索夫。这意味着他将史无前例地窥见一座最神秘的苏联科学堡垒的内情。中型机械制造部中的强硬派反对这项任命，担心可能难以控制他。5 月 13 日，这位院士第二次从切尔诺贝利返回家中，整个人都已经变了个样子。他的手和脸都因放射性暴露而变黑了，思想信念也发生了动摇。他眼里含着泪水，对妻子讲起这场事故是多么令人身心俱疲，而在保护苏联人民免受灾难后果影响的问题上，他们又是多么缺乏准备：洁净的饮用水、未被污染的食物，还有稳定碘片，所有这些都供应不足。在第六医院接受的身体检查表明，反应堆的荼毒在列加索夫的体内留下了深刻的印记：医生在他的头发、呼吸道和肺部发现了一系列核裂变产物，其中包括碘
267 131、铯 134、铯 137、碲 132 和钌 103。他的健康状况受到了严重损害，头痛、恶心、消化系统疾病和慢性失眠折磨着他。然而，列加索夫依然全身心地投入到了整理报告材料的工作中，他需要汇编数十位专家的著作和数百份文档。他在库尔恰托夫研究所的办公室中夜以继日，回到家中也依然忙个不停。他和同事互相比较各自的统计数据，直到确定全部准确。在他位于步兵大街 26 号的别墅中，起居室的地板上摊满了纸张，一直蔓延到走廊里和楼梯上。

与此同时，在莫斯科一道道紧闭的大门之后，一场官僚主义大战已经打响，而由头，是准备提交给中央政治局的一份阐述事件经过的保密联合报告《切尔诺贝利核电站四号机组事故原因报告》（AES）。在备忘录、会议记录和众多的中期汇报文档中，苏联核工业的大佬们——科学家和相互存在竞争的各个核工业控制部门的大头目——争先恐后地推卸着自身责任，希望在最终报告呈交给总书记戈尔巴乔夫之前，把自己洗脱干净。

这场冲突很难说势均力敌。一方阵营是中型机械制造部、苏联能源技术研究与设计院（NIKIET）和库尔恰托夫研究所，每个部门的负责人都是年逾八旬的苏联科学界元老、久经考验的保守派官僚：作为骑兵参加过十月革命的叶菲姆·斯拉夫斯基，第一台苏联反应堆的设

计者尼古拉·多列扎利，以及体型硕大、秃着脑袋的原子大佛阿纳托利·亚历山德罗夫。这些人设计建造了 RBMK 反应堆，但也在十余年中忽略了关于其缺陷的众多报警信息。而另一方阵营，是以 56 岁的核能新秀阿纳托利·马约列茨为代表的能源部。他负责的这个部门建造了核电厂，负责反应堆的运行，因此要对把反应堆搞爆炸了的那些人员的培训和处罚负责。

5 月 5 日，爆炸发生 10 天后，随着政府委员会关于灾难原因的初期报告完成，争执便几乎立刻开始。出于斯拉夫斯基在中型机械制造部的副手梅什科夫的授意，报告毫不意外地将事故的罪责归到了操作人员的头上：他们停掉了关键的安全系统，无视操作规程，而且在没有征求反应堆设计师意见的情况下就擅自进行试验；高级反应堆控制 268
操作员列昂尼德·托图诺夫在惊慌失措中按下了 AZ-5 按钮，徒劳无功地想要在事故已经发生的情况下阻止其恶化，这起事故完全是由他和他同事的无能而引发的。托图诺夫和班组长亚历山大·阿基莫夫不可能对这个版本的事件经过表示异议，两个人都将在 10 天之内恰逢其时地死去。

但能源部的专家拒绝在这份联合调查报告上签字。根据自己的独立调查结果，他们另行出具了一份单独的附件。他们认为，不管操作人员犯了怎样的错误，如果不是设计上存在致命缺陷的话，四号反应堆永远都不可能爆炸，而这些缺陷就包括正空泡效应，以及会导致反应性增加而非降低的错误的控制棒设计。他们详细的技术分析提出了一种可能性，即，按下 AZ-5 按钮，而不是按照正常操作规定安全地停闭反应堆，或许才是导致爆炸的罪魁祸首。

作为回应，亚历山德罗夫在核工业的多机构协作科学与技术理事会（Interagency Scientific and Technical Council）内部召开了两次特别会议，对事故原因进行分析。但在这个徒有其名的理事会中，满当当地都是中型机械制造部的职员，以及 RBMK 反应堆的前鼓吹手，而其主席更是拥有 RBMK 设计专利的亚历山德罗夫本人。会议一开就是几个小时，然而，亚历山德罗夫祭出了他的全套本事，去打压那些关于反应堆设计缺陷的讨论，再把话题一次又一次地转向操作人员的错误。当企图受挫时，斯拉夫斯基，扮演大长老角色的“阿亚图拉”，索性向那些他不想看到的持异议者大喊大叫，让他们闭嘴。国家核监管机构的代表甚至从始至终都没有获准发言，提出他设想中的旨在改善反应堆安全性的设计改进报告。

但马约列茨的副手、能源部主管核能事务的根纳季·萨沙林，拒绝承认失败。在第二次多机构协作理事会的会议上，他起草了一封给戈尔巴乔夫的信，列出了事故的实际原因，并描述了亚历山德罗夫和斯拉夫斯基如何试图掩埋关于反应堆设计缺陷真相的各种举动。萨沙
269 林承认核电厂员工的确有操作失误，但他主张，仅仅关注这些失误，不过是揭露了核电厂缺乏组织纪律性：“它们不会帮我们找出这场灾难的真正原因。”此外，这位副部长还解释道，不管他们多么费尽心机，依然不可能永远地将真相掩埋。考虑到这场灾难造成的全球影响，国际科学共同体一定会要求知悉事故后的所有技术细节。在信中，萨沙林警告说：“或迟或早，这些真相一定会为我国和国外的一大群反应堆专家所知。”

5 月底，前往克里米亚探望家人的维克托·布留哈诺夫回来了。一到基辅，他就给核电厂打了个电话，请求派一辆车到机场接他。电话中是一阵令人尴尬的沉默，他知道，事情有些不对头。到核电厂之后，布留哈诺夫上楼前往自己位于行政办公大楼三楼的办公室。他发现，办公室所有的窗户都被铅皮盖住了，另外一个人坐在他的办公桌后。对于这位身陷重围的厂长，这是他即将遭遇的众多公开羞辱中的第一个：甚至没有人愿意费工夫去通知他一声，他已经不在位了。

“我们拿布留哈诺夫怎么办？”新上任的厂长问他的总工程师。两人决定为他虚设一个职位，工业技术部门的二把手。这是一个非业务部门的闲差，让他可以在等待宿命降临时有点事可忙。他们都知道，等不了多久，他就要为自己的罪行承担责任。

苏联检察长办公室第二分部的总部，位于莫斯科格拉诺夫斯基大街（Granovskogo Street）一栋对外保密、戒备森严的大楼中。审讯正在里面继续进行。谢尔盖·扬科夫斯基的调查范围，如今已经扩展到了设计建造 RBMK 反应堆和监督其运行的设计师和科学家，许多德高望重的院士，就像普通人一样被传讯审问。反应堆设计师尼古拉·多列扎利，也在扬科夫斯基的讯问对象之列，这位年高德劭的核能大佬跟这位检察官保证，爆炸的罪责完全在那些操作人员的头上，他的设计没有任何问题。

到夏天结束时，对反应堆设计师的调查被剥离出来作为单独的刑事案件审理，而对核电厂操作人员的调查则加大了马力。扬科夫斯基往返奔波于苏联各地，搜寻信息。他飞到斯维尔德洛夫斯克（Sverdlovsk），在制造四号机组使用的巨型主循环水泵的工厂没收了许多文件，并对员工进行讯问。他在高尔基（Gorky）与因为倡导人权运动而遭内部流放至此的核专家安德烈·萨哈罗夫一起待了整整 10 天，随身带着反应堆计算机系统的穿孔卡片打印输出，希望萨哈罗夫可以帮助分析它们。此外，回到乌克兰后，扬科夫斯基还拜访了其他的核电厂，收集关于以往事故的证据。每到一处，都有克格勃官员像影子一样跟着他，以确保他调查发现的每件事继续对外保密。 270

7 月 2 日，星期三，维克托·布留哈诺夫被叫回基辅。有人递给他一张飞往莫斯科的机票，他需要出席明天在那里举行的一场中央政治局会议。离开前，他去和地区党委副书记马洛穆日告别。以前，这位副书记对布留哈诺夫从来都是冷脸相对，现在却突然给了他一个大拥抱。这不是一个好兆头，但此时，这位已遭罢免的厂长已经认命了。

第二天上午 11 点整，中央政治局成员齐聚于克里姆林宫三楼一间光线阴暗的会议室中。房间里摆满了小桌子，布留哈诺夫发现自己身处一群德高望重的苏联核工业头目之中，其中包括亚历山德罗夫、斯拉夫斯基和列加索夫，他们全都像犯了错误的小学生一样坐在那里。挂在他们头顶上的庄严肃穆的列宁像，仿佛在盯着他们看。总书记戈尔巴乔夫宣布会议开始，然后让谢尔比纳宣读政府委员会对灾难原因做出的最终报告。

“这起事故是操作人员严重违反规定维护计划和反应堆严重设计缺陷所共同导致的结果，”这位委员会主席开门见山，“但这些原因的严
271 重程度是不同的。委员会认为，引发事故的关键在于操作人员的错误。”

这是更合中型机械制造部胃口的表述。然而，谢尔比纳接下来指出，反应堆的缺陷也是广泛存在且无法推卸的。RBMK 反应堆没有跟上当下的安全标准，而且就算是在事故发生之前，也永远不可能在苏联境外获得运行批准。他说，事实上，此类反应堆潜在危险极大，他手下的专家甚至建议，所有建造更多这种反应堆的现有方案都应当被推翻。

等到谢尔比纳讲完，戈尔巴乔夫已经是怒气冲天。自从这场浩劫突然发生，他的怒火和怨气已经积了好几个星期。他费了很大的力气去寻找关于事件来龙去脉的准确信息，而他在西方——作为一个改革者和可通融的合作伙伴——的个人声誉，也因那些拙劣的掩盖真相的举措而蒙污。他现在开始指责斯拉夫斯基和亚历山德罗夫，认为他们大搞秘密的国中之国，有意对他隐瞒事故之所以会发生的真相。“在 30 年的时间里，你们跟我们说，一切都绝对安全。你们觉得我们应当把你们当成神。这就是为什么会发生所有这一切，为什么最后会以灾

难告终。没有人能控制这些部委和科学中心，”他说，“而且就算到了现在，我也没看出你们得出了必要的结论。事实上，看起来你们只不过是在试图把所有这一切掩盖起来。”

会议在激烈的争执中持续了几个小时，很快就过了午餐时间。戈尔巴乔夫问布留哈诺夫，他是否知道三里岛事故和切尔诺贝利核电站的事故历史，这位厂长对总书记表现出来的谦和有礼十分惊讶。斯拉夫斯基继续指责着操作人员，而戈尔巴乔夫的强硬派副手利加乔夫则紧紧抱着苏联的国家骄傲这块船板不放。“我们向整个世界表明了，我们能够应付这一切，”他说，“谁都不许小题大做。”能源部的代表承认，他们事前已经知道反应堆存在问题，但亚历山德罗夫和斯拉夫斯基依然坚持不停地扩张核能项目。

在某个时刻，梅什科夫不明智地坚持认为，如果严格遵照规章制度操作的话，反应堆依然绝对安全。

“你真是吓到我了！”戈尔巴乔夫回答说。

随后，瓦列里·列加索夫承认，科学家令苏联人民失望了。“这是 272
我们的错，确然无疑，”他说，“我们应当对反应堆保持警惕的。”

“这场事故是不可避免的……即便没有发生在此时此地，也会发生在其他某个地方。”总理雷日科夫说。他认为，落在亚历山德罗夫和斯拉夫斯基手中的巨大权力冲昏了他们的头脑，导致他们造成了灾难性的后果。“在很长的一段时间里，我们一直在走向这个结局。”

晚上7点，一刻不停地争吵了近8小时后，戈尔巴乔夫发表了他的总结发言，提出了对所有他认为负有罪责的人的惩罚方案。这些内容被写进了决议草案，其中包括一个25点计划，并将在11天后提交给中央政治局投票表决。在决议中，这些党内领导人指责布留哈诺夫和总工程师福明纵容核电厂内部的违反规章行为和“玩忽职守犯罪”，而且没能为那次中途发生事故的测试做好安全准备；批评了能源部的管理不力、忽视员工培训以及对其管辖下核电厂中发生的大量设备事故漠不关心；最后，他们也抨击了国家核监管机构对其缺乏有效监督管理。

中央政治局的决议也坦率承认了导致四号反应堆毁灭的那场事故的真正源头。决议指出，这场浩劫，“是因为 RBMK 反应堆建造中的缺陷，它没有满足全部安全要求”。此外，尽管叶菲姆·斯拉夫斯基深知这些缺陷并收到了无数的警告，他依然没有采取任何措施解决反应堆设计中的漏洞。

中央政治局对那些中层干部施加了最严厉的惩戒。中型机械制造部副部长梅什科夫、能源部主管核电的副部长萨沙林和能源技术科学研究与设计院的副院长，被解除了职务。维克托·布留哈诺夫被开除出党，在耻辱中被送上返回基辅的飞机。

273 他们也提议，对那些因这场事故而被曝光的工业及组织的缺点和错误进行彻底整改。决议命令，内务部和国防部为军队和消防员配备必要设备并重新训练，以应付放射性紧急事故和清除污染的工作；国家计划委员会和能源部应当重新审视他们的长期核电预期发展目标；训练和安全标准应当接受全面修订，而对核能的监管工作将划归新组建的原子能部统一管辖。最后，在默认了所有错误都出在反应堆本身后，党内领导人下令，所有现存的 RBMK 核电厂都应当接受整改，与现行安全标准保持一致。建造更多 RBMK 反应堆的计划也当即被停止了。

然而，那些从一开始就主控着整个项目的核工业巨头们，却几乎完全逃脱了公开的指责。当时已经在监督“石棺”建造项目，试图将被毁的反应堆永远埋在地下的斯拉夫斯基，还有亚历山德罗夫，都只不过被提点了一下，要求他们尽职尽责确保和平原子的安全。尼古拉·多列扎利的名字则根本就没有被提及。

在这次马拉松式的会议结束时，戈尔巴乔夫强调了这起灾难事件的深远国际影响。它给苏联技术的声誉抹了黑，而现在他们的一举一动，都在国际社会的密切注视之下。他说，现在的当务之急，是将所发生的一切坦然相告，不仅是那些社会主义盟国，还有国际原子能机构和整个国际社会。“公开对我们更为有利，”他说，“如果没有按照应当去做的那样公开所有真相，我们会吃苦头的。”

并不是所有人都对此表示同意。第二天，克格勃第六总局的官员就开始发布一份与切尔诺贝利事故相关、被定为不同保密级别的话题清单。这份足有两页打印纸的文件总共列出了26项内容，处于最上方、标为“机密”的是第一项：“关于四号机组事故真实原因的相关信息”。

一回到基辅，维克托·布留哈诺夫就被带到了列宁格勒宾馆，第二天早上，他被传唤到公诉人办公室提供事实陈述。检察官给了他一 274
张问题列表，布留哈诺夫用笔写出答案。这份陈述最终满满地写了90页，写完后，他被开车送回了童话少先队营地。

7月19日，星期六晚上，中央政治局最终决议的官方版本在《时代》节目中播发。措辞毫不含糊，口气严厉尖锐。播音员说，通过政府委员会的调查，“业已证实，该事故是由这座原子能电站员工的一系列严重违反反应堆操作规程的行为所引起的……缺乏责任感、玩忽职守和无视纪律导致了严重的后果”。这份声明中包括了一份遭撤职的部长名单，最后以布留哈诺夫已被驱逐出党的消息结尾。苏联总检察长办公室已经启动调查，法庭审判会在随后进行。完全没有提及任何反应堆设计缺陷的事。

第二天早上，这条新闻出现在《真理报》《消息报》和所有其他苏联报纸的头版显著位置。随后《纽约时报》全文转发了中央政治局的声明。那天，在莫斯科，《加拿大环球邮报》的一位记者找到了一个正在清洁列宁像的女人，问她对于那些有罪之徒怎么看。“他们全都应该被丢进监狱。”她说。

在塔什干，布留哈诺夫的年迈老母与他三个弟弟妹妹中的一个住在一起。消息公布之时，她正在家中看电视。得知大儿子颜面扫地的

1985年5月9日，在普里皮亚季市举行的纪念苏联在伟大卫国战争中打败德国的胜利日大游行中，维克托·布留哈诺夫（居中，戴着太阳镜）、切尔诺贝利核电厂党委书记谢尔盖·帕拉辛（在厂长左手边）和其他电站领导及市领导走在队伍前列

下场，她颤颤巍巍地走出公寓，来到大街上，随后心脏病发作，当场死亡。几天后，在基辅，乌克兰共产党中央委员会下达了自己的判决，总工程师尼古拉·福明因为下令进行那场导致了爆炸的测试，以及“在工作中极端明显的错误和疏忽”而遭驱逐出党，核电厂党委书记谢尔盖·帕拉辛也遭撤职。

8月的第二周，前往乌兹别克斯坦参加母亲葬礼的维克托·布留哈诺夫已经返回。他和几百名核电厂员工及清理员一道，被分配到了11艘停泊在风景如画的第聂伯河弯道旁的航船中，离切尔诺贝利核电站约40公里。8月12日，去基辅出差的核电厂副总工程师返回时，带来了一份有布留哈诺夫名字的传票，上面命令他于次日上午10点到 275
位于基辅城中屠夫大街的检察长办公室205号房间报到。在那里，经过三个多小时的审讯，以及一个小时的午餐休息，布留哈诺夫被正式起诉和逮捕，依照的是《乌克兰刑法典》第220条第二款“在易爆炸工厂及设施违反安全管理条例”的罪名。两名身着便衣的人带着他从后门走出，随后，他被开车送到了一个克格勃拘留所，一直在那里待到第二年。

两个星期后，8月25日，一身灰色西装、扎着条纹领带的瓦列里·列加索夫，走上了在维也纳国际原子能机构总部召开的一场特别技术会议开幕式的主席台，他的脸肿着，厚厚的眼镜片后面神情憔悴。会场气氛紧张肃穆，装饰着木墙板的会议大厅座无虚席。来自62个不同国家的600位核专家，以及列席的200多位新闻记者，专门为寻找这场震惊世界的事故的真相而来。列加索夫身上的担子无比沉重，这不仅关乎苏联科学的集体荣誉，也关乎全球核工业的未来。这场灾难表明，人们无法信赖苏联的技术人员建造或操作自己的反应堆，而且，这项技术本身也似乎带有与生俱来的危险性，即便在西方，核电站也应当被关停或逐渐取代。

列加索夫那个夏天的大部分时间，都花在了汇编准备提交的材料上。为他提供协助的，是一个由 23 位专家组成的小组，其中半数来自库尔恰托夫研究所，也包括反应堆设计师、苏联环境和气象部门的负责人，以及作为辐射医学和清除污染专家的安格林娜·古斯科娃医生和弗拉基米尔·皮卡洛夫将军。

然而，不管搞不搞“开放性”那一套，苏联的国家喉舌并不比从前更情愿披露有关技术诸多失败的真相。当这份报告的一个草案最终呈交到中央委员会那里时，能源部的负责人被自己读到的内容吓呆了。
276 他将其转给克格勃，附了一张纸条：“这份报告含有抹黑苏联科学声誉的内容……我们认为有必要让它的执笔者接受党的训诫，并被法院定罪惩罚。”

尽管他有关惩罚的提议听起来有些过于严厉，但这位能源部大员的恐惧并非没有缘由。向整个世界披露这场灾难的真正根源：反应堆的自身设计；苏联核项目中存在的系统性的、长期的失误，以及神神秘秘、凡事抵赖的文化；监督这个项目具体实施的高级科学家们的傲慢自大。这简直令人不可想象。如果这份报告承认了 RBMK 反应堆的设计缺陷，事故责任将可以一直追溯到总设计师和科学院院长。在一个科学取代宗教成为民众信仰的社会中，这些核科学大佬是最神圣的偶像，苏联的国之柱石，而允许他们被拉下神坛会损害作为苏联国家基础的整个系统的尊严和体面。他们不可以被发现有罪。

列加索夫的发言是大师级的。在翻译的帮助下滔滔不绝地讲了 5 个小时之后，这位院士让所有的听众都入了迷。他详细列出了反应堆的设计，承认有某些“不足之处”，但掩盖了那些不足为外人知的事实；以分钟为单位描述了事故发生经过，内容远比任何一个西方专家所能想象的更惊心动魄。发言结束后，他接受了长达数小时的提问，列加索夫和他的团队几乎回答了每一个问题。在被记者逼问他提到的反应堆设计上的不足时，列加索夫回答道："这个系统的缺陷在于，设计师没能预见到操作人员的那些不可理喻的愚蠢行为。"不过，他承认，苏联 14 座现存的 RBMK 反应堆中，"将近半数"已经被关停并接受技术改造，"从而提高它们的安全性"。

被苏联科学家这种显然史无前例的坦诚所震撼，并得知这场灾难只不过是一次非同寻常的事件，与苏联之外的核安全没有什么关系，而它的健康和环境后果似乎也在可接受的范围内，放下心来的大会代表离开会议厅时，对苏联原子能的未来，以及这个行业在全世界的未来充满信心。在周末离开维也纳时，大家的情绪都很轻松，甚至可 277
以说是喜悦。对于苏联以及瓦列里·列加索夫本人，这场会议，用一位英国权威物理学家在《原子科学家公报》(*Bulletin of the Atomic Scientist*)上的评论来形容，简直就是"一次公关胜利"。

一回到莫斯科，列加索夫便直接去了库尔恰托夫研究所，爬楼梯跑上三楼。"胜利了！"他向一个朋友喊道。

然而，许多问题仍萦绕不去。

大会进行到一半，在不向媒体开放的为期 3 天的会议茶歇时间，麻省理工学院的物理学家理查德·威尔逊拉住了苏联代表团的两位成员，向他们提出了一个困惑已久的问题。在威尔逊拿到的那份美国能源部匆忙翻译成英文、满是各种表格和数据的报告中，有些地方的简单运算好像都出了错：标示苏联特定地区放射性坠尘的数字加在一起，与图表最后部分给出的总数对不上。两位苏联代表不得不承认，这些数字可能并不准确。几年后，威尔逊才得知，按照列加索夫的指示，关于白俄罗斯和俄罗斯污染情况的 6 页数据，被从报告中删去了。他在总理雷日科夫的直接命令下，亲手篡改了这份报告。

"我在维也纳没有说谎，"两个月后，在苏联科学院做的一场报告中，列加索夫对他的同事说，"但我也没有讲出所有真相。"

278

十六

石　棺

屋顶下方的黑屋子里，站成一排的士兵正等待着战友对他们的装备进行检查。在他们橄榄绿的军装上，绑着及膝长的铅围裙，一块块从 3 毫米厚的铅皮上切割下来的灰软金属片，固定在胸口、脑后和脊椎部位，把腹股沟包得严严实实，连靴子里也塞满了。他们的头上是绿色的帆布兜帽，沿着脸的轮廓收得紧紧的。所有人都戴着沉重的呼吸面具和护目镜。有些人还扣了顶塑料的建筑工地安全帽。

“你们准备好了吗？”塔拉卡诺夫将军问道。他的讲话声在混凝土四壁内回荡。排在最前面的五个人，眼中闪着焦虑之色，走向楼梯。到了上面，他们转向右边，按指示沿着一条黑漆漆的走廊一直向前，直到看见一块亮得刺眼的形状不规则的天空：这是爆炸时击穿屋顶留下来的洞，大小仅容一人进出。从这里，可以通向三号机组上方屋顶的 M 区，几个月前，消防员们曾经在那里奋力扑灭四号反应堆抛射出的瓦砾碎片燃起的熊熊火焰。

塔拉卡诺夫将军把屋顶按照其高度和污染水平分成了几个区。他用自己生命中的几个女人的名字为每一个区域命名：K 区（卡佳），那里的 γ 射线辐射值高达 1000 伦琴；N 区（娜塔莎），2000 伦琴；以及 M 区（玛莎，将军的大姐）。在这里，人们说到辐射水平时，只会窃窃私语。在一眼便能看到四号机组被炸裂的安全壳和已经被炸碎的反应

279 堆残骸的 M 区，遍地都是瓦砾焦土和被爆炸冲力抛射过来的大块砖石。

从反应堆大厅中飞射出的扭曲的混凝土强化棒和设备碎片摊了一地，有些重达半吨。曾经是反应堆堆芯一部分的石墨砌块，如今撒落得到处都是，或许是爆炸产生的热量使然，有些已经变白，却依然完好无损。在这些石墨砌块周围，辐射水平高达 10000 伦琴每小时：暴露其下，不用 3 分钟就能要了命。

担任苏联民防部队副司令的尼古拉·塔拉卡诺夫将军，是一个 52 岁、秃脑门、小个子的哥萨克人。家中七个兄弟姐妹中，他排行老五。少年时，他曾目睹自己的村庄被纳粹德军烧成平地。他瞒报年龄参了军，15 年后获得了军事科学博士学位。作为一名后原子弹时代的战斗工程学专家，塔拉卡诺夫撰写过两本苏联武装部队的教科书，介绍如何在核打击后开始重建。他详细研究过苏联主要城市被美国导弹袭击后可能出现的各种模拟情形：设想成千上万人的残酷死状；设想居民在被毒化的土地上挣扎求生；设想在未受打击的帝国大后方的地底下重建关键工业。1970 年，他开始在莫斯科郊外的诺金斯克（Noginsk）军事试验基地进行实际演练。那里建起了一个遍地瓦砾、处处废墟的小城，专门用于模拟核毁灭之后的城市环境。他在那儿制定出了众多技术规范，并研发出许多大型工程设备，比如装甲挖掘机和推土机，以及带有伸缩臂和机械钳的 IMR-2 战斗工程车。5 月初，这些设备已经部署到了切尔诺贝利特别禁区中放射性最强的区域。但现在，已经是 9 月份了。在 M 区，所有的计划和技术都失败了，塔拉卡诺夫不得不派出手下的战士参战，而他们手中的武器，只是铁锹而已。

走廊尽头，战士们在门前集合。橡胶呼吸面具中传出他们粗重的 280
呼吸声。一位军官按下秒表，另外五人迈出门口，走进天光之下。

自从伊万·西拉耶夫在苏联电视上现身，宣布建造石棺、永久封闭四号反应堆残骸的计划那时起，4 个月中，新一批建筑师、工程师和建筑工程部队被召集到这一地区，开始昼夜不休地辛苦工作，只为将这一想法化为现实。当他们在能源部的对手担负起重新启用核电厂余下 3 座反应堆的责任时，中型机械制造部专门成立的一支名为 US-605 的建设小分队，接过了石棺项目。新结构的设计由该部下辖的以代号相称的几个机构和下级部门协作完成：简称 VNIPIET 的全苏能源技术科学研究与设计研究所，简称 SMT-1 的中型机械制造部的主要建设部门，以及简称 NIKIMT 的专门负责核建筑项目研发的实验室。

最终的方案，是从候选的 18 个设计方案中挑选出来的。专门负责反应堆设计的 VNIPIET 的工程师们曾建议，用中空的铅球填充废弃的反应堆。还有人提议，用一个巨大的碎石堆将它埋在底下，或是在四号机组下方挖一个大得足以让反应堆掉进去的深坑，这样地球就会把它整个吞到肚子里去。在最开始的几次会议中，中型机械制造部的头头、脾气火爆的叶菲姆·斯拉夫斯基，甚至提出过自己的建议，一个一如既往强势专横的解决方案：把整个烂摊子用混凝土埋了，然后就此了事。“大叶菲姆”的建议一提出，一片尴尬的沉默，直到最后，阿纳托利·亚历山德罗夫才打破寂静。这位库尔恰托夫研究所的所长指出，斯拉夫斯基的解决办法不太符合物理学定律：仍残留于反应堆建筑物中的核燃料持续衰变产生的热量，会令混凝土填埋变得不太切实际——如果不是根本没有任何可能的话。

尽管从上到下彻底封死四号反应堆废墟这个主意看起来很有吸引力，但里面的燃料既需要大范围通风，以令其继续安全冷却，也需要
281 持续加以监控，从而在新的链式反应开始时发出警告。废墟必须要用一个保护罩盖起来，尽管没人能说出如何将其实现。四号机组占地相当大，差不多是一个足球场的面积，任何一种屋顶都需要在里面建造立柱支撑。然而，这个空间仍然是一片无人区，到处都是倒塌的墙壁、

损毁的设备和散落的混凝土，而且大多数埋在成千上万吨的、安托什金将军的直升机部队空投的沙子和其他材料下面。工程师们无法确切知晓，废墟是否仍有足够的结构完整性以支撑屋顶的重量，哪怕使用最轻最薄的屋顶材料。此外，辐射也令找出真相几乎不可能。

在提出的建筑解决方案中，有一些相当野心勃勃，比如建造一个跨度 230 米的单拱，或是在反应堆大厅上滚铺与其等宽的预制联排拱顶。还有一个巨型悬索结构单跨屋顶的方案，用一排间距 6 米的倾斜钢臂将屋顶吊在半空中，工程师们将这个设计戏谑地称为“希特勒万岁”。但这些异想天开的想法需要几年时间才能完成，代价会是天文数字，或者根本就超出苏联工程技术的现有水平。最后，是由中央委员会强令指定的设计方案，伴随着一张一如既往不切实际的时间表，而且要在极其恶劣的现场施工条件下完成。不管要在四号机组周围建起什么样的东西，都必须尽最大可能地迅速完成，不能以年来计算，而要以月计算。这一方面是为了阻止放射性扩散，而另一方面，也是让一号、二号和三号机组可以相对安全地重新启动运行，从而为苏联蒙羞的技术威望找回几分颜面。

然而，技术上的挑战几乎难以逾越。建筑物只能用遥控方式建造起来只是其中一个原因；即便已经向废墟空投了沙子，并用熔化的铅淹没了它，四号机组附近的辐射水平，依然高到任何人都无法在其中工作 3 分钟以上。工程师们计划用预制构件来建造新的结构，使用起重机和机器人在现场完成组装。此外，时间也很紧迫。6 月 5 日，戈尔巴乔夫给斯拉夫斯基及其手下下令，必须在 9 月份之前完成新建筑，也就是说，只有不到 4 个月的时间来完成这一历史上最危险也最野心勃勃的土木工程壮举。事实上，甚至在莫斯科的工程师和建筑师在对 282
可行设计方案达成一致前，现场施工便已经开始。

为了控制他们的总体辐射暴露量，中型机械制造部的 US-605 小分队采取了轮班制，每一班进入切尔诺贝利禁区中工作两个月。第一拨人在 5 月 20 日开始进场工作，他们需要清除能源部半途而废的补救计划所留下的烂摊子——堵得乱糟糟的道路、毁损的设备和完成了一半的混凝土项目，同时为即将开始的巨大工程建造必需的基础设施。他们还需要为一支 2 万人的建筑大军准备好住处、食物和卫生设施，那些人大多数是由中型机械制造部征召入伍的预备役军人，后来被称为“游击队员”（partizani）。中型机械制造部认为，自己的技术专家，比如建筑师、工程师、科学家、电气专家和放射剂量测定师，都是不可替代的人才，需要被保护起来，以避免过度暴露，这样才能够在禁区中工作尽可能长的时间。而那些通常已经人到中年的“游击队员”，却被当成愚昧、缺乏技能、可以牺牲的炮灰，被编制成排，一批接一批地扔到需要在高辐射区域出苦力的最前线。这些人在几个小时或几分钟内，就暴露于最大剂量的辐射之下，然后便被打发回家，用新的一批人肉炮弹取代。

第一拨人马最重要的任务，是保证中型机械制造部最主要的辐射防护物资——强化混凝土的持续供应。建造切尔诺贝利头 4 座反应堆时用到的铁轨和水泥厂，正好处在四号机组排出的第一波强放射性坠尘烟雾的飘移路线上，已经被严重污染，只能废弃。建造工作开始之前，中型机械制造部的工程师们铺设了 35 公里长的新路线，建起了几座清除污染的火车站、一个铁轨枢纽、一个有能力卸载 50 万吨航运砾石的河上码头，以及 3 座新的混凝土厂。

这之后，工程师们开始向反应堆发起围攻。他们建起了一排又一排的“先锋墙”，保护建筑工人免受那些从废墟中源源不断地、如看不见的枪炮一般发射出来的 γ 射线的危害，然后在其掩护下慢慢地向前推进。在一个安全的距离上，工程师们将 2.3 米见方、近 7 米长的中
283 空钢模，在平板火车货厢上像砖块一样叠起来，然后焊接上。然后，

他们用装甲战斗工程车将其推到反应堆周围的位置，再用至少 300 米外的泵，将混凝土浇筑在这些火车货厢和承载物之上。最后得到的隔离墙，高度超过 6 米，厚达 7 米，在它们投射的“γ 射线屏蔽区”下，工人们每次可以安全地工作 5 分钟。他们周围的地面也经过了除污处理：先用抑尘溶液喷过，逐渐被另外一层半米厚的混凝土层覆盖。

施工一刻不停地进行着，每天 24 小时，每周 7 天，工人们分为 4 个班次，每 6 个小时一班。晚上，工地被探照灯和空中的一架系留飞艇投射的灯光照亮。政府委员会在衡量建筑团队的进展时，采取了苏联标准，以每天浇筑的强化混凝土量来计算，而且持续不断地给他们施加压力。仲夏，中型机械制造部的工厂每 24 小时搅拌出的混凝土，达到了令人瞠目结舌的 1000 立方米（12000 吨）。搅拌车和泵车接力式地将这些混凝土快速运往四号机组的废墟，司机们在新修好的公路上以每小时 100 公里的速度飞驰，一方面是防止夏季高温会令车中的混凝土固化，一方面也是因为担心周围空气中的辐射。道路两边，很快便散落着因侧翻而报废的卡车残骸。

在 7 月和 8 月，中型机械制造部的第二拨工程师开始进驻第一道先锋墙和四号机组自身外墙之间的空间。那里有更多的混凝土、橡胶、瓦砾碎片和被污染的设备。以这些为基础，他们开始向上修建。以 450 万卢布的巨款从西德购进的 3 台德马格高负载起重机和两辆巨型履带式机械工程车，从铁路运到了禁区中。它们的起重能力相当于普通起重机的近 20 倍，用来安装巨大的预制钢模。这些钢模中回填了更多的混凝土，从而将从反应堆建筑北侧滚落的那些高放射性瓦砾所形成的陡坡深埋地下。这便是后来所谓的“阶梯式隔离墙”（Cascade Wall）。它由 4 个层层升高的巨大台阶组成，每一层台阶长 50 米，高 12 米，整个看起来，就像是一座献给报复心极强的史前神灵的庙宇。284
这个建筑的庞大体量，令在其遮蔽下工作的人和机器相形见绌。而无论是人，还是机器，都不能在其附近长久停留。如果开得太近，混凝土泵车的发动机就会熄火，放射剂量测定师所携带设备的刻度盘也会发疯一样乱转，就像是处于磁场中的指南针。这是一个专家们一直未能合理解释的现象。

阶梯式隔离墙的钢模被预先组装为巨大的模块，用起重机令其就位，然后再灌入混凝土。这项工作花了几周时间才完成。四号机组墙壁上的漏洞和空隙，意味着数千立方米的液态混凝土被白白地灌入废墟之中，填满了地下室、走廊和楼梯间，直到缝隙也填满。等到砂浆凝固，以无线电控制的爆炸螺栓将起重机吊索松开，下一个模块的建筑再在其上开始进行。但在最终安装阶梯式隔离墙的角模块——一座升起于活跃的 γ 辐射场中、高达 16 层楼的塔状建筑时，爆炸螺栓失灵了。中型机械制造部的专家从游击队员中找了个志愿者，他同意被另外一台起重机吊起来，用手松开螺栓。在他执行任务前，他们发给他 3 种不同的辐射计，来记录完成任务期间的辐射暴露水平。他用了一个小时才回到地面，得到了 3000 卢布、一箱伏特加和当即复员的奖励。但他把所有的辐射计都扔了，担心上面的数字不会是好消息。

中型机械制造部的工程师们忙着建造石棺，库尔恰托夫研究所的一个科学特别行动小组，则开始试图解开一个迷团。他们认为，在反应堆断壁残垣之内的某个地方，应当仍残留有 180 吨核燃料，它们怎么样了？开始时，科学家们坚信，大多数铀已经在爆炸中被抛射出反应堆容器，散落在机器大厅的废墟中。但从直升机上降入废墟的辐射探测仪，没有显示出任何它们存在的证据。列加索夫院士现在担心，哪怕只是一小部分铀燃料和石墨慢化剂仍完好无损，那么当反应堆坑室中的条件合适时，它们可能会再度进入临界状态，启动一次没有人
285 能控制的新核链式反应，导致更多的放射性核素释放到核电厂周围的
大气中。他的同事韦利霍夫则担心，那些盲目地将混凝土泵到散落核

燃料束上的中型机械制造部的建筑工人，可能正在无心间建造一颗巨大的原子定时炸弹。

然而，最初几次在反应堆大厅中寻找铀燃料的尝试，均告失败。特别行动小组的成员，在穿过瓦砾堆通向反应堆容器的所有路线上，无论下方、上方还是左右两侧，都测量到了数千伦琴每小时的辐射暴露值；他们四处搜寻熔化的铅和沙子、碳化硼或是白云石——所有那些从直升机上空投下来的材料。但是，他们没有找到任何这些东西存在的证据，当然，也没有核燃料的影踪。

最后，库尔恰托夫研究所的科学家们来到了反应堆大厅地下室的一个房间，这里正处于反应堆容器下方的最东边，中间隔着 3 层楼。带着一台测量值可达 3000 伦琴每小时的仪器，小分队发现，一路上的辐射值都还在可允许范围内。但接下来，他们将辐射测量仪的探头伸向楼上、正对头顶的那处空间，在标记位置为 +6 的 217/2 隔间里面，探头感应到了一个极其强烈的 γ 场，设备立时跳到最大读数，随即便因过载而烧毁。不管那里面到底藏着些什么，其放射性都高到了惊人的程度，这给出了确认那数百吨不知所踪的核燃料具体位置的一个可能线索。然而，任何敢于进入漆黑一片的 217/2 走廊中的人都发现，这样做可能要冒着在几分钟甚至几秒钟之内，便吸收到致死剂量的 γ 辐射的危险。

8 月底，亚历山大·博罗沃伊从莫斯科赶来，加入了特别行动小组。博罗沃伊，49 岁，是个体格壮实的中微子物理学家，在库尔恰托夫研究所已经工作了 20 多年。从切尔诺贝利的“火箭”号（Raketa）水翼船上下船的时候，天气很热，有人发给他一套卡其布的防护服，还有两个装着“花瓣”呼吸面具的信封，但并没有附使用说明。那天晚上，一个刚刚结束一轮工作的研究所同事来拜访他，向他传授了几条如何

在核电站废墟的高辐射区域存活的“戒律”，这些都是通过几个月的
286 实践经验总结出的。他告诉博罗沃伊，千万别迷路，永远不要在没有电灯照明的情况下走进任何一间房间，永远记着在携带手电筒的同时，备上一盒火柴以防万一。他还警告他，要小心那些从上方落下来的水，它们可能会把污染物带到鼻子、眼睛或嘴巴中。另外，最重要的是，十诫之第一诫，要对臭氧的味道保持警觉。他解释说，莫斯科那边的老师或许会告诉你，辐射无臭无味，但他们从来没到过切尔诺贝利。超过 100 伦琴每小时的超强 γ 辐射场，可能引发急性辐射综合征的阈值，从而导致空气大面积电离，留下一股类似雷电交加的暴雨过后的独特气味。如果你闻到臭氧的味道，赶快跑。

第二天早上，在院士列加索夫的命令下，博罗沃伊被派到四号机组中，执行自己的首次侦察任务。

特别行动小组继续搜寻燃料，中型机械制造部的团队正为完成石棺而挥汗如雨，能源部的技术人员也在为赶上自己的工期而加班加点：中央政治局已经公开承诺，3 座幸存的切尔诺贝利反应堆中，一号和二号机组将在冬季到来前恢复发电。但此时，因为关于 RBMK 设计缺陷的真相已经开始浮现，专家们首先必须改造反应堆，改变蒸汽空泡效应，修改控制棒发挥作用的机制，从而改善反应堆的表现，使它可以安全运行。与此同时，他们还必须从上到下清除整座核电站的辐射污染，直到建筑物本身不会给在其中工作的操作人员带来危害。位于 4 座反应堆下方的地下室线缆通道，在事故中曾被放射性污水淹没，将其中的积水泵干后，里面的混凝土地面和防火涂层都要铲掉，打磨干净，再加以替换。核电厂的墙壁和地板都用酸冲洗过，涂上了一层快干聚合物溶液，或是用几层厚塑料布覆盖上。整个通风换气系统，要么采用了冲洗法去除里面的放射性尘和热粒子，要么彻底重建，而

巨大的综合体中的几乎每一件电子设备，都用酒精和氟利昂溶液擦洗得干干净净，这道工序从 6 月份开始，将一直持续 3 年。287

但最危险的问题，在他们的头顶。爆炸发生 4 个月后，三号机组的阶梯式屋顶，以及高悬于四号反应堆残骸之上的红白条纹通风烟囱所在平台，仍然散落着大大小小的石墨和反应堆组件的碎片。燃料组件和二氧化铀的陶瓷芯块，控制棒，还有锆合金管道，都还保持在落下时的位置上，和乱糟糟的一团消防水带缠杂在一起，而将这些消防水带丢在那里的消防员们，已经在几星期前于第六医院去世。在某些地方，瓦砾堆成了一座座极其危险的小山：主厂房一块重达 5 吨的混凝土板，被爆炸的冲力抛入半空，落在了一堆反应堆石墨中。在另外一些地方，沥青在大火中被烧化，一块块残砖废铁被焊在了屋顶之上。所有这些都有着极强的放射性，必须移除它们，操作人员才有可能安全返回下面的房间，重新运行三号反应堆和涡轮。

政府委员会再一次向苏联装配技术研究设计院（NIKIMT）求助，这家位于莫斯科的实验室曾建议，在该区域采用喷洒甜菜浆的办法对付尘土。现在，科学家们给出了又一个异想天开但节约经费的解决办法：用纺织工业生产出的废布头制作大块软垫，在便宜的水溶性胶中浸泡后，再放到屋顶上，它们便可以粘住那些瓦砾碎片。胶水变干后，可以将这些“吸墨纸”揭起来，连同放射性碎片也一道带走，然后再清除掩埋。科学家们的初期实验很成功：仅用一平方米的“吸墨纸”，就能从 70 米高的地方带走 200 公斤瓦砾残骸。但他们使用巨型德马格起重机将这些“吸墨纸”运到三号机组屋顶上的请求，被委员会拒绝了。这些起重机用于建造“石棺”，每天要 24 小时连轴转，根本抽不出空档。NIKIMT 的团队进行了第二次成功的实验，将这个发明装配到了直升机上，但随即遭到禁止，因为螺旋桨带起的下沉气流会再度扬起太多有毒的尘埃。

与此同时，能源部的技术人员开始计划使用机器人完成碎片清理。

288 其中一台购自西德，专门用来处理放射性材料，被戏称为“小丑”；另外两辆遥控车则是为苏联的月球探测项目而研发的，上面改装了小型推土铲。为了节约时间，避免机器将残骸转运到其他废弃物处理点的麻烦，技术人员决定干脆将其推下屋顶，倒入四号机组的深坑里。但“小丑”敏感的电子元件很快便在 M 区的 γ 场中失灵。即便是打算用在月球表面上的那些机器，也无法抗衡它们在核电厂废墟屋顶上面对的恶劣新环境。时而人工大脑乱成一团，时而轮子粘在了沥青上，时而吊在大块石材上进退不得，时而又被自己的线缆牢牢缠住，机器人一台台坏掉，直到彻底停工。

9 月 16 日，塔拉卡诺夫将军收到一封加密电文，传召他到切尔诺贝利镇的政府委员会开会。此时，鲍里斯·谢尔比纳在莫斯科向戈尔巴乔夫报告了事故原因之后，已经赶回，全职担任政府委员会主席。下午 4 点多，会议开始，就在列宁大街区党委大楼谢尔比纳那被铅严严实实包住的办公室中进行。负责三号机组清理行动的辐射侦察负责人尤里·萨莫伊连科首先发言。他是乌克兰人，身形敦实，一头黑色蓬发，眼神深邃，但看起来十分憔悴，眼圈发黑，眼袋深垂，烟一根接一根吸个不停。

萨莫伊连科向大家解释他们所面临的局势。他拿着一张手绘的屋顶平面图，上面密密麻麻地标注着辐射值，并用红旗和红星标识情况最危险的地方。所有试图清理瓦砾废墟的技术手段和自动化方式都已宣告失败。辐射水平依然高得惊人。但必须先清理干净屋顶，石棺才可能完成闭合，这个被选中存放反应堆废墟中污染情况最严重的碎片的地方，也才能够永远与外界隔离。他们已经穷尽了所有其他办法。他说，现在是时候派人上去亲手完成这项任务了。

现场一片沉默，凝重如山。

1986年9月，第一任政府委员会主席、副总理鲍里斯·谢尔比纳（左起第二人）和瓦列里·列加索夫院士（左起第四人）在返回切尔诺贝利进行后续清理工作的途中

一台苏联设计的STR-1机器人，正在将从反应堆堆芯抛射出的石墨砌块推下屋顶。1986年夏末，几台这种机器被用于移除三号机组屋顶的放射性瓦砾。当辐射强大到机器无法承受的地步时，3000多人被派去执行这一任务

1986年10月中旬，修建过程中的“石棺”。建造阶梯式护墙上面几层时，借助了连接到泵车上的一连串管道，回填而成。右手边的履带式德马格起重机正在建造用于固定建筑物西侧的高塔生物机器人行动正式开始。

塔拉卡诺夫手下的士兵于三日后开始行动，那是 9 月 19 日下午，他们准备得十分仓促，装备也是因陋就简。陆军军医团的一位放射科 289
医生，穿着试验性的防护服走到屋顶外面，身上带着 10 个单独的辐射剂量计以监测其辐射暴露水平。他被兜帽、铅围裙、呼吸面具和从切尔诺贝利政府办公室墙壁上揭下来的铅皮包得严严实实，一路小跑着穿过屋顶，很快地四下张望一番，然后将 5 锹石墨从屋顶上铲下去，倾倒入四号机组的废墟。在这 1 分 30 秒钟里，他吸收了 15 雷姆辐射，赢得了一枚红星奖章。他的装备将辐射暴露减低了约 1/3，但强大的 γ 场令铅几乎无法发挥任何实际作用。对于随后的那些战士来说，速度依然是最好的保护。

为了让手下的部队熟悉战场，塔拉卡诺夫建造了一个屋顶的实际尺度模型：这是一个全新的末日后训练场，只不过这一次是从现实中取材，依据核电厂的航拍图片建模而成，其上散落了一地的假石墨砌块、燃料组件和锆合金管道碎片。他给战士们发放了相当原始、匆匆赶工制造出的设备，其中包括铁锹、耙子和抬走大块断壁残垣的木制担架。战士们使用长柄钳捡拾核燃料碎片，还有可以敲碎牢牢粘在熔化的沥青中的瓦砾的大锤。塔拉卡诺夫在屋顶附近的房间中将他们召集起来，使用从屋顶摄像机传来的闭路电视影像，对他们进行任务介绍。对每一批新兵，他都会发表同样一番讲话：“你们中如果有任何一个人不想干这件事，或是感觉身体不适，可以马上离队！”许多人都很年轻，心里并不情愿，但如果他们不去的话，还有谁会去呢？

多年之后，这位将军坚持说，没有任何一个人当逃兵。

在外面的屋顶上，这些人跌跌撞撞地一路小跑，被沉重笨拙的穿戴压弯了腰，脚上衬了铅皮的靴子在滑溜溜的石墨碎片上不停地打滑。他们沿着坡道跑上去，艰难地爬上梯子，在通风烟囱下的 γ 射线屏蔽区里，稍停片刻喘口气，然后铲起一点儿放射性废料碎片，摸索着走到屋顶边缘，将锹里的东西扔到四号反应堆废墟。每个人执行任务的时间都以秒表计时，从而确保其可能遭到的辐射暴露剂量低于规定的
290 25 雷姆。3 分钟，2 分钟，40 秒——时间过得很快，结束时，电子警铃会发出一声尖叫，有时也可能是一阵响铃。他们照理只应该出去执行一次任务，但有的人一次又一次地重新回到屋顶上。他们的眼睛生疼，嘴巴里满是金属的味道，甚至感觉不到自己的牙齿。在 M 区，曾担任过战地摄影师的伊戈尔·柯斯京，被一种奇异的、犹如探索另外一个世界的感觉迷住了。但那里的辐射非常强烈，胶片上留下了肉眼可见的痕迹。然后，它们偷偷地潜入柯斯京的照相机，向上穿透底片链轮，在照片的底部留下了仿佛洪水过后水位线般的鬼影。

这些人从屋顶下来之后，仿佛全身血液都被吸血鬼吸干了，蜷成一团，没法动弹。每个战士的工作，都由来自奥布宁斯克的专家们登记在册，他们以一种杂货贩式的精细，逐一记下：

> 杜金，N.S.——扔下 7 个锆合金管，重达 30 公斤。
>
> 巴尔索夫，I.M.——移除两个直径 80 毫米、长 30–40 厘米的管子……10 个锆合金管……重 25 公斤。
>
> 贝奇科夫，V.S.——用大锤敲碎一块粘结在沥青中的石墨砌块。
>
> 卡兹明，N.D.——扔下石墨碎片，重达 200 公斤。

在 12 天中，塔拉卡诺夫的生物机器人大军，从早上 8 点到晚上 8 点，接力式地冲上屋顶，总共有 3828 人参与了此项行动。后来，政府给每个人都颁发了一份打印的奖状，和一笔数目并不大的现金奖励，并将他们送去做了除污处理，然后打发回家。10 月 1 日，塔拉卡诺夫宣布行动结束。当天下午 5 点差一刻的时候，经过几个月的修复、改造和

安全测试，一号机组反应堆终于重新并网发电。在五个多月的时间里，这是第一次，切尔诺贝利核电厂又开始发电了。

在三号机组的屋顶，塔拉卡诺夫和监督清理工作的科学家们举行了一个小规模的庆功仪式。一群辐射侦察兵穿着蓝色运动鞋和帆布工作服，三人一组地跑过空旷的 M 区，爬上了立于巨大的通风烟囱一侧 291
的梯子。当他们爬到距地面 150 米的顶端时，这些人在护栏上绑了一面旗子，在微风中将其展开。从在上方盘旋的一架直升机打开的舱门中，伊戈尔·柯斯京捕捉到了那个画面：红旗在风中招展，标志着人类战胜了辐射。

8 天后，塔拉卡诺夫在俯身进入等在电厂外面的个人专车时，晕倒了。在指挥行动的近两周时间里，他在闭路电视前密切关注着手下部队的进展，反复登上屋顶视察，这让他也受到了 200 雷姆的辐射。

9 月 30 日，关于石棺阶梯式护墙完工的新闻，占据了《消息报》的头版。那时，中型机械制造部 605 建筑小分队的第三班人马已经开进禁区，一支 11000 人组成的大军带着命令，要加速完成这个项目。该班次的总工程师列夫·博恰罗夫，已经在中型机械制造部工作了近 30 年。这个 51 岁的中年人，穿着一件棉袄，戴着顶贝雷帽，乐呵呵地大步迈进了特别禁区。他曾经赢得过三项国家大奖，而且职业生涯一开始，便参与了中型机械制造部历史上最具里程碑意义的项目：在哈萨克斯坦一个人迹罕至的沙漠半岛的铀矿旁边，建起了一座 15 万人居住的城市——舍甫琴科（Shevchenko）。调动一支由 1 万名生活和工作于铁丝网后的古拉格囚犯组成的劳动大军，博恰罗夫主持建造了这座城市中的一系列铀处理设施，世界上第一座商业性的“增殖”反应堆，地球上最大的核动力海水淡化厂，以及从电影院到牙膏厂等众多必要辅助设施。

博恰罗夫在切尔诺贝利的任务，是中型机械制造部的工程师们在现场遇到的最棘手的一个问题。他需要将圈在四号机组周围的这口钢棺材封闭起来，在已成废墟的主厂房上方加上屋顶，然后在三号机组和四号机组之间建起一道厚厚的混凝土墙，把反应堆建筑已经损毁的部分与核电厂其他部分隔离起来，让剩下的反应堆可以恢复正常运行。但这个项目已经严重超期，修订后的时间表依然和之前一样荒谬而不合实际。

292 此时，从外表上，四号机组已经看不出任何核电厂的特征了。炸碎的外立面，被涂成绛紫色、内填砂浆的钢制陡墙封了起来，这是借助一道防御土墙，一节节连起来、形如昆虫一般的混凝土泵，以及德马格起重机而完成的。在主厂房和暴露的反应堆堆芯上方，辐射水平依然很高，铆工和焊工完全不可能进入施工。于是，石棺的钢制部件只好被预组装为起重机最大负载能力所能及的组件，然后靠重力本身保持各位——一座巨大的钢铁纸牌屋。对这个外表粗陋的庞然大物，工程师们根据其形状或大小，为每一个组件起了绰号：帽子，裙子，章鱼，狗窝，飞机，曲棍，以及一条 70 米长、重约 180 吨的钢梁“猛犸象”——它庞大且沉重，必须使用特殊制造的拖车以每小时 4 公里的速度缓慢地拖拽就位。

博恰罗夫和手下的工程师，把工程总部直接设在了四号机组前方的一栋楼中，那里的墙壁以厚达 1 米的混凝土制成，在事故前，曾被计划用来储存液体放射性废料。如今，在这片被炸得肠破肚穿的区域中，这里是整个核电站综合体中污染程度最轻的一个地方，政府委员会主席鲍里斯·谢尔比纳每天就是在这里听取项目进展汇报，然后每 24 小时向戈尔巴乔夫通报一次最新情况。中型机械制造部年过八旬的掌门人叶菲姆·斯拉夫斯基也是这里的常客。在这座权宜的掩体中，工程师们通过遥控电视摄像机网络监控着石棺的组装。他们的眼睛紧盯着一排电视屏幕，上面显示着从建筑工地上最凶险的地方传来的画面，借助步话机向起重机司机喊出指令："往上往上！""下来一点！""向左边靠！""往右边挪！"操作德马格起重机的人被一层层15厘米厚的铅皮严严实实地包在驾驶舱中，眼前什么都看不见，仅凭一个小监视器上闪动的代表起重机吊钩的放大的黑白图像做出判断。

博恰罗夫本人也是在一片黑暗中工作。即便最终组装已经开始，他手头仍没有石棺的图纸，没法在废墟中进行准确可靠的测量。他只能借助直升机或卫星拍下的四号机组航拍照片工作，或是站在三号机组+67标记位置上立起的衬铅观测台上用望远镜张望。最后，当不派 293
人进行现场实测，工程就无法继续进行时，苏联装配技术研究设计院的技术人员想出了另外一个具有创造力的解决办法。他们用一根5米长的线缆，将一个重20吨、用铅制成、带有一个30厘米厚的铅玻璃观察孔的足以容纳4人的深海潜水器（bathyscaphe），挂在德马格起重机的吊钩上，吊起到距离地面100米的空中，然后由起重机转动悬臂，令其"飞过"四号反应堆上方，使工程师可以相对安全地进入到施工现场放射性最强的区域。

这位总工程师制订的覆盖反应堆的计划，十分简单，但也充满风险。他提议使用并排放置于横梁上的27根巨型钢管作为屋顶，由反应堆建筑余下的墙壁为这些横梁提供支撑，然后再用混凝土盖住。但强大的辐射，使评估这些支撑墙的受损程度变成一项不可能的任务，更不用说预测它们是否能够承受新屋顶的重量了。物理学家担心，如果墙塌了，可能会导致新的爆炸。

在他们将绰号"飞机"的屋梁吊起时，因为实在太重，德马格起重机的一根主吊缆突然崩断，发出一声炮弹爆炸般的巨响。据博恰罗夫说，那个起重机操作员，因为害怕发生倒塌会要了自己的命，在惊恐之中跳出了包着铅的驾驶舱，仓皇而逃。直到24小时之后，才成功更换这条吊缆，并找到了一名新司机将这个大家伙吊装就位。

博恰罗夫把鲍里斯·谢尔比纳带到+67标记位置的观察哨上，指着一块地方告诉他，那里将成为最大也最重要的那根屋梁——180 吨的“猛犸象”，按照设计，它将为石棺整个南侧的屋顶提供支撑——的地基。这位主席惊呆了。在那根屋梁即将立足之处，他所能见到的，就只是一团乱七八糟的断壁残垣，不仅有炸碎的混凝土和缠成一团的管道，还有从一片瓦砾中露出头来的办公家具。“你疯了吗？”他问博恰罗夫，“这是不可能的！找个其他的办法。”

然而，没有其他的办法。整个结构能否顺利完工，如今全取决于能不能成功地将这个超级巨大的钢制组件安装就位。如果博恰罗夫做
294 不到这一点，他们将不得不从头开始重新建造石棺。博恰罗夫决定亲自走进去对这个基址侦察一番。

到那年深秋，全苏联征召了数以万计的人到中年的“游击队员”，到禁区中的高辐射区域埋头苦干，直到达到 25 雷姆的限额。这之后，他们先是接受除污处理，然后听从指示在一份宣誓保密的文件上签名，就可以被准许复员，回到原来的地方。走的时候，每个人的手里都攥着一个小小的硬皮本，里面是他们累积吸收辐射剂量的官方记录。但很少有人会把这份文件上的数字当真。离开前，还有一些人获得了突出贡献奖，他们可以自行选择某种奖励：录音机或手表。回家后，许多人会试着用伏特加来清除体内的辐射。不管《真理报》和《消息报》上如何大张旗鼓地宣扬胜利，关于他们所面对的艰苦条件的真相，还是慢慢传遍了苏联的大城小镇。结果是，当预备役军人收到召集他们进行“特殊训练”的征兵通告时，他们也慢慢明白了这意味着什么。有些人就对征兵官员行贿，好让自己留在家中。据说，缓服兵役、不去阿富汗参战的价码高达 1000 卢布，而逃脱去切尔诺贝利的义务，则只需一半价钱就够了。在禁区外围的某些军营中，指挥官还会面对手下部队的不断反抗。一群 200 名来自爱沙尼亚的“游击队员”被告知，

他们的服役期从原来的两个月延长到了6个月，于是，他们愤怒地聚在一起示威抗议，拒绝回到工作岗位。基辅的军警巡视人员也经常会遇到抛下手下士兵的高级军官，他们一个个喝得醉醺醺的，试图乘火车逃离这座城市。

然而，还是有很多人自愿留在切尔诺贝利工作。有人是被传说中的高工资吸引，因为在高辐射地区服役，会额外发放给劳动者一笔奖金；有人是出于对科学的好奇；也有人只是出于为祖国母亲牺牲自我的念头，就像他们的父辈和祖辈在伟大的卫国战争中做过的那样。

弗拉基米尔·乌萨坚科，36岁，10月17日征召入伍。包括他在内的80名“游击队员”，由一架Ilyushin-76运输机从哈尔科夫（Kharkov） 295
空运到了基辅，然后乘坐卡车赶到核电厂附近的一座军营中。有一位工程师，此前服兵役时曾在苏联导弹防卫部队担任无线电操作员，本可以通过贿赂免于入选，但他却没有那么做。在禁区里，他看到的是一片混乱：到处都是穿着军装的士兵，像绿色的蚂蚁一样急匆匆地执行着他们的任务——但在他看来，正进行的一切全无头绪。一群群散兵游勇在高辐射区域晃荡着，等待上面的指示，或在其他人工作时在旁边看热闹，完全无视辐射剂量在自己体内累积。

乌萨坚科负责指挥一个排，那些在禁区中已经待了一阵的、没有被委派官职的军官，提醒他要保护好自己：别理那帮发号施令的大官儿，别让自己的手下暴露于最危险的辐射下。随即，他们便被派到处于石棺高墙之下的机器大厅中，为中型机械制造部的US-605建设小分队工作。乌萨坚科带着8个人来到+24.5的标记位置，在那里，隔开三号机组和四号机组的混凝土屏蔽墙仍在建设中。他们花了一个小时才将木板钉在那堵墙上。他们在那里做的每一件事都被列为机密，战士们从来都不知道自己工作的目的到底是什么。木板在这儿，锤子在那儿，拿好钉子，赶快干吧。工作内容常常在变，但究其实质，又都是一样的，全是让人累断了腰却完全不解其故的重体力活。他们站成一排，将一摞摞单个容积 40 升、装满了水的袋子，费力地拖进建筑物的地下室，然后由人用手完成混凝土搅拌工作。他们从屋顶上扔下被弃置在那里的消防水带，从冒着泡泡的水池子底下捡起瓦砾碎片——他们得到的全部指示，不过是把看到的东西都捡起来，而且动作要迅速。

石棺之中黑暗而潮湿，乌萨坚科最大的恐惧，便是手下的士兵迷失在这座伸手不见五指的迷宫中的某个地方。其实，强烈的辐射存在于每一个地方。在某些房间里，他们甚至可以感觉到一道看不见的射线在轰击着自己的眼球。在另外的一些房间中，他们能听到中型机械制造部之前安装的音箱不间断地发出低频啸音，警告人不要逗留。在其他地方，US-605 建设小分队的工程建设专家在墙壁上悬挂了一连串的 36 伏灯泡，在衬了铅的观察间中借助电视摄像机观察“游击队员”的工作进展。最后，当要求他们去正处于反应堆下方的一个房间中工
296 作时，乌萨坚科和他的手下不干了。在那里，只要一分钟，辐射剂量计就会到达最大值。他们朝那间屋子走过去，随即推倒了监控入口处的摄像机，然后藏身于安全之处，直到分配的任务时间结束。US-605 建设小分队的技术人员花了 10 天时间，才重新安装好一台新的摄像机。那时候，乌萨坚科和他的手下早已远走高飞。

弗拉基米尔·乌萨坚科在三号机组和四号机组中一共执行了 28 次任务，总计在禁区中待了 44 天。但他没有在那里见过任何一个伟大的爱国者。和他聊过天的每一个人，想的都只是赶快凑齐 25 雷姆的规定剂量限额，越早能回家越好。

由一位识路的库尔恰托夫研究所物理学家带队，在一名浑身挂满沉重的摄影装备的摄像师的陪同下，US-605 建设小分队最后一个班次的总工程师列夫·博恰罗夫进入了四号机组的废墟，向着“猛犸象”屋梁的基址走去。一干人等爬上了一座被炸离了墙面，如今歪歪扭扭

悬在空中的楼梯。在 +24 标记位置处，他们转入下方一条漆黑的走廊，然后开始跑起来。但越往里去，屋顶就越低，他们慢慢意识到，这条走廊如今已灌满了中型机械制造部施工时撒落的混凝土。到这条黑暗通道的尽头时，博恰罗夫和他的手下不得不蹲下来，在仅有 40 厘米高的空间里扭曲着身体前行，每个人都紧拽着前头那个人的双腿。在 +39 的位置,他们终于看到了天光:在离“猛犸象”选定基址不远的地方，有一个出入孔道。将其他人都留在后方，博恰罗夫独自全速跑过废墟。3 分钟后，他回来了，虽然受到了相当大剂量的辐射，却也就此确定了施工方案。

使用一台德马格起重机、一个深海潜水器、专门选出的 60 名动作敏捷身体强壮的“游击队员”和连夜从北极圈内港口摩尔曼斯克（Murmansk）空运来的一批渔网，博恰罗夫在 +51 标记位置的瓦砾废墟上浇筑了一个勉强能用的混凝土平台。在短时间内仓促进行的一系列负载试验，让工程师们相信，这个地基足够结实，能够承载起“猛犸象”的重量。11 月 1 日晚上 10 点，这根巨大的屋梁终于吊装就位。从清理行动开始那天起，人们第一次从叶菲姆·斯拉夫斯基的脸上看到了笑容。

从那之后，工作进展加速了。封盖住反应堆那被炸成筛子的五脏 297
六腑后，中型机械制造部的队伍安装了一个通风换气系统，让石棺内部的空气保持稳定，并在旁边刚刚进行过除污处理、装满了计算机设备的房间里安装了一系列辐射和温度监控设备。因为反应堆堆芯中的那 180 吨铀还是不知所踪，列加索夫院士和其他科学家依然担心有可能发生新的链式反应。于是，在这个新结构中，中型机械制造部的工程师们还安装了一个由库尔恰托夫研究所负责监控的喷淋系统，按照设计，当新的临界性开始出现时，它会向反应堆废墟喷洒能吸收中子的碳化硼溶液，为所有一切敷上一层抑制反应性的膜。最后，四号机组机器大厅的屋顶和窗户，也都用钢板层层密封，而反应堆大厅的西侧，则由一排 10 个巨型钢制扶壁给予支撑，每个扶壁高达 45 米。

11 月 13 日，斯拉夫斯基再一次前来视察工程时，石棺已经差不多完工。这座森然矗立的黑色钢铁大厦，将它的建筑意图——中世纪魔幻小说中困住撒旦的监狱，完美地呈现了出来。这是一项无与伦比的建筑成就，一个在极其艰苦恐怖的条件下达成的技术胜利，一个苏联式好大喜功的新高峰。工程师们宣称，这一建筑结构使用了 44 万立方米混凝土、60 万立方米砂石和 7700 吨金属。工程每日造价飙升到了超过 100 万卢布或 150 万美元。当斯拉夫斯基凝视着他的杰作，这座用混凝土和钢铁建成的野性主义的“大教堂”时，据说，泪水充盈了这位老人的双眼。

这将成为斯拉夫斯基领导中型机械制造部这个不断蔓延的帝国的最后一项成就。一个星期后，总理雷日科夫将他传召到了自己位于克里姆林宫的办公室，要求他提出辞职。斯拉夫斯基用他个人惯用的蓝铅笔写下了一行字：“我的左耳已聋，请解除我的职务。”那种壮心不已却被迫下台的怨愤与不甘，清晰可见。斯拉夫斯基当时已经 88 岁，再过 6 个月，就可以庆祝担任中型机械制造部负责人 30 周年。随后，
298 他离任的消息传到了莫斯科大奥尔登卡街中型机械制造部的总部，他的手下都悲伤地流下了眼泪。

1986 年 11 月 30 日，正式宣布石棺交付使用的文件最终得以签名确认，距离将四号反应堆炸得四分五裂的首次爆炸，仅仅只有 7 个月零 4 天。12 月 3 日，列夫·博恰罗夫完成了自己在特别禁区中的使命。冬天已经来到了乌克兰，第一场雪很快便会落在石棺之上。他裹着一件发给阿富汗作战部队的冬季防寒外套，内穿一件条纹衬衫，来到了基辅的火车站，和几名同事一道，坐上了一辆连夜开往莫斯科的火车，随身带着一大纸壳箱瓶装伏特加。回家的路上，他们开怀畅饮了一番。

1986 年 9 月，中型机械制造部负责人、人称“大叶菲姆”或“阿亚图拉”的叶菲姆·斯拉夫斯基（左）与设计和工程专家弗拉基米尔·库尔诺索夫（居中）及伊利亚·杜多罗夫（右）在事故现场。斯拉夫斯基已经成立了一个专门的工程建设小分队——中型机械制造部 US-605，并着手用钢筋混凝土的“石棺”将反应堆废墟封闭起来

1986 年 11 月，建成后的“石棺”

第二天早上，火车开进莫斯科时，博恰罗夫原本以为，他们会在车站受到英雄凯旋般的礼遇，然而，站台上并没有前来迎接的人群。他只看见了自己的妻子，还有一位开车带她来接站的朋友，以及一名刚从阿富汗的战争泥沼中归来的士兵——他认出了这位工程师的皮领子迷彩服。

“坎大哈[1]？”这名士兵问道。

“切尔诺贝利。”博恰罗夫说。

那个士兵搂了一下他的肩膀：“兄弟，你这活儿可不好干。”

[1]　坎大哈（Kandahar），阿富汗第二大城市。

十七 299

禁　区

1986年8月初，莫斯科郊外米金诺（Mitino）村附近一座新建成的公墓里，某个特殊区域中的坟墓，已经增加到了25座。它们排成两列，离入口处黄砖外墙的火葬场只有50米，还有空间容纳更多墓穴。有些前面立着白色大理石的墓碑，铭刻着金字，装饰着苏联的五角星，另外一些才刚下葬不久，看起来和土堆差不多，上面摆放着鲜花和卡片。乌鸦在墓穴上方盘旋。一些好奇的西方记者来到墓地，想要记录死者的名字，但警官们没收了他们的笔记本，并静悄悄地将他们带走。

9月，安格林娜·古斯科娃医生宣布，总计已有31人因为切尔诺贝利核电厂四号机组爆炸起火的直接后果而死亡。这个数字此后被视为这场事故的官方死亡人数。任何高出的数字，都被当成西方资本主义政治宣传的证据。因爆炸或坍塌而当场死亡的循环泵操作员瓦列里·赫德姆丘克，尸体仍被埋在反应堆大厅的断壁残垣之下。几小时后，他的同事弗拉基米尔·沙什诺克因外伤和热烧伤死于普里皮亚季医院，被安葬在核电站附近一个小村庄的墓地中。从那时起，又有29名受害者，包括操作人员、消防员和警卫人员，在基辅的放射科病房和莫斯科的专科医院中，因急性辐射综合征而死去。在13名接受罗伯特·盖尔和其他苏联专家骨髓移植治疗的病人中，除一人幸存外，其他人全
死了。古斯科娃最终认为，骨髓移植对于控制急性辐射综合征病情进 300
展毫无用处。但还是有人挺过了他们在灾难后头几个小时所遭受的恐

怖伤害，在第六医院接受了几个月的痛苦治疗后，终于开始恢复。

不顾下属反对、执意进行那场注定以灾难告终的涡轮试验的副总工程师阿纳托利·佳特洛夫，事发后因为难以置信而在四号机组的废墟中走来走去长达几个小时，这让他的小腿受到了恐怖的 β 辐射烧伤，吸收辐射剂量总计高达 550 雷姆，但他却在 11 月初就出了院。他回到基辅后，很快便被逮捕关进拘留所。在事故当晚指挥切尔诺贝利核电厂消防队的列昂尼德·捷利亚特尼科夫少校，直到 7 月才得知战友死亡的消息，那时，他已经获准离开隔离病房，只带着一个预防感染的纱布口罩，就可以在医院的走廊里无需搀扶而自行行走。到了 8 月，他就出院了，与妻子和两个孩子一道被送到拉脱维亚海边的一个度假村恢复和休养——带着避免晒太多太阳、少吃油腻食物的医嘱，因为辐射已对他的肝脏造成了损害。接下来的那个月，他的恢复状况十分理想，已经可以前往哈萨克斯坦探望自己的父母。

在医生们看来，一些辐射暴露程度最严重的操作人员居然能够幸存，这几乎就是奇迹。安德烈·托尔马钦，一位电气工程师，在反应堆爆炸时，他离它只有 120 米远，此后又在机器大厅的高辐射区域，奋力关闭给水泵，扑灭燃油起火，前后待了好几个小时。他吸收的 γ 和 β 辐射，在古斯科娃和其他专业人士看来，绝对是致死剂量：大约 1000 雷姆。他的身体对移植的骨髓产生了排异，还得上了坏血病和因辐射而导致的肝炎，没人指望他能活下来。然而到 5 月底，他的血细胞计数突然开始止跌回弹，并且因为某些连医生都无法完全解释的原因，他最终竟完全恢复了健康。

整个 5 月，耳听着隔壁病房中连接在朋友身上的医疗仪器一台接一台地安静下来，亚历山大·谢甫琴科自己也在生死边缘徘徊。有几个星期，他的妻子纳塔利娅每天早上在附近的小旅馆中醒来，都会担心夜里会发生不测，于是恳求她的妈妈给医院打个电话。出于迷信，
301 她盼望着，只要自己不给医生打这个电话，关于丈夫病情的消息就会

好一些。后来亚历山大的骨髓开始失去功能，医生给他输血以维持生命，而纳塔利娅则满城搜寻珍稀昂贵的食材，希望能够帮他保持体力。她把黑鱼子酱三明治带到他的病床边，但前来探望的好友科罗尔坚持说，他应当试试番茄酱。然而谢甫琴科什么都无法下咽，医生只好通过静脉滴注给他输营养液。

直到6月，谢甫琴科的骨髓才开始恢复功能，血液中也重新出现了新的白细胞，看起来他肯定是可以活下去了。但与此同时，他身上的辐射烧伤，尤其是手臂和肩膀上那些，似乎也很可能永远无法完全愈合，外科医生不得不反复从他的肩胛骨部位切掉皮肤和肌肉，以去除那些腐烂变黑的组织。β 粒子侵蚀肘部肌肉而留下的那些疼痛不堪的开放性伤口，令他永远都不可能再过上正常人的生活。

9月下旬，医生批准谢甫琴科回家小住一段时间。那是一套政府特批给他家的新公寓，位于莫斯科国立大学附近一个颇为富裕的街区。他整个人憔悴不堪，瘦骨嶙峋，而且对用来帮他减轻烧伤剧痛的麻醉剂出现了成瘾症状。医生在帮助谢甫琴科戒掉对止痛剂的依赖的同时，也鼓励他在经过几个星期的全方位照料之后，重新学会如何自己生活。但辐射对他的荼毒并没有结束。即便在爆炸发生几个月后，新的烧伤仍陆续在他的腿上和胳膊上出现，他又一次住进了第六医院，接受进一步治疗。

当这些幸存的急性辐射综合征患者躺在莫斯科的病床上时，普里皮亚季的疏散居民却处于一种进退无措的状态，不知道什么时候才能或是否可能回到那座被废弃的原子城，回到自己的家中。就在隔离区外的波列什科镇，成千上万名流离失所的市民，手头既没有干净衣服也没有钱，只好把能够找到的一切，从浴袍到核电厂工人的工作服，都披挂在身上。他们相信伏特加可以保护身体抵挡辐射，也因此挤破

302 了居民点酒类专卖店的大门，而那些私自蒸馏的酒很快便以 35 卢布每升的价格流通起来——这个价钱足以在基辅买到一瓶上好的干邑白兰地了。与此同时，国家也在尽力为这些人提供新工作，让他们的孩子有学可上。5 月，苏联红十字会按人头一次性向受灾流亡群众发放了 50 卢布。那个月晚些时候，苏联政府又给每个流亡家庭的成员发放了 200 卢布的救济金。分发这笔数以百万计的钱需要 15 名出纳员，每天早上，他们从银行将装在袋子里的现金运到波列什科的市政府办公室，在扛着机关枪的内务部警察的监督下进行发放。然而，从 6 月到 7 月，人们仍会络绎不绝地回到切尔诺贝利镇苏维埃大街上的流亡市政府办公室，询问着："我们什么时候才能回家？"

7 月 25 日，他们得到了答案：那天早上，第一车普里皮亚季疏散市民踏上了回城之旅，但能做的，只不过是遵照官方制订的计划，从自己的公寓中尽量取回能拿走的东西，然后为拿不走的东西索取赔偿而已。到达 30 公里隔离区的边界检查站时，他们收到了发放的棉布工作服、鞋套、"花瓣"呼吸面具和厚厚的聚乙烯塑料袋。在普里皮亚季城门口查验过证件后，他们获准在自己被抛弃的公寓中停留 3—4 个小时。走在城中的街道上，马路牙子上堆着黄沙，小草已经开始从柏油马路的裂缝中冒出头来。第一天早上，一共有 69 个市民走下巴士，而在此后的几个月中，每天还会有数百人回到这里，在他们以前的家中翻捡可用之物。

这些流亡者仅被允许取回那些在严格限定的类别之内的财产。大件家具和任何积存了大量灰尘的物件，包括地毯和电视机在内，则严令禁止拿走，所有儿童物品和玩具，以及辐射测量值高于每小时 0.1 毫伦琴的东西，也在禁止之列。这些公寓大楼的电和水都已经切断，曾经回荡于楼梯间和走廊里的烟味、汗臭气也已消失。尽管有内务部警察巡逻，每栋大楼的入口处也都安装了报警系统，许多人还是发现
303 自己的公寓遭到了洗劫。他们的冰箱里满是腐败变质的食品，那本来

是他们为迎接五一劳动节的大餐而准备的。在考虑应当舍弃哪些物品时，一些人发现自己很难忍住眼中的泪水，他们意识到，自己可能永远都不会再次见到留在那些发了霉的房间里的一切了。

9月，纳塔利娅·谢甫琴科回到一家人在建设者大道上的那间两居室。在楼梯间入口外面，她发现了儿子基里尔的已经摔坏的婴儿车，所以上楼的时候心中忐忑不安，不知将见到怎样一番景象。然而，当她来到公寓中时，一切却和离开时没什么两样：她见到的第一样东西，就是疏散那天早上萨沙·科罗尔给孩子带来的那盒牛奶，被她忘在了亚历山大的自行车座上，如今还摆在那里。她没拿走多少东西，只是收集了几张幻灯片和照片，其中包括她和亚历山大在前一年他生日时戴着帽子拍下的一张合影，以及他的邻居那天晚上写的应景打油诗。在混杂着实用主义与感伤情绪的一片忙乱中，其他住户在取回个人财物时似乎全无规律可循，有的装了一塑料袋子科幻小说，还有的拿了几个刀叉餐盘。每个访客最多只允许在公寓里逗留 4 个小时，匆忙决定从前半生积攒的家当中抢救哪些东西，然后就得返回大巴离开。瓦莲京娜·布留哈诺娃如今已经在河畔小城泽料内角（Zeleny Mys）的安置点住了下来，在电厂做着两班倒的工作，而她的丈夫则仍关在基辅的克格勃拘留所中。她取回了自己最珍贵的几样物品：结婚 25 周年纪念日上收到的一对水晶杯；一张儿子幼年时拍摄的全家福；一件炙手可热的羊皮外套，后来她把它送给了一位邻居；还有几本书——她用布蘸着醋把它们擦拭了一遍，认为这样有助于中和辐射。

常常要到深夜，访客们才回到禁区外围的辐射检查站。来自莫斯科工程物理学院奥布宁斯克校区的只有十几岁的核工程专业大学生，会对他们的个人物品加以检查。不管阴晴雨雪，他们都值守在警戒线上，在装着瓷器、录音带、书籍、相机、衣物和小摆件的箱子上挥舞手中的辐射测量计探棒。当个人物品因辐射水平过高而不能放行时，一些人会试着用现金或禁区中的另一种通货——伏特加来贿赂检查者。

当他们发现，即便是切尔诺贝利核电厂的前员工也对放射性尘的危险
304 一无所知时，这些年轻的大学生惊呆了。让他们倍感吃惊的，还有那些从阴影里突然现身的鬼鬼祟祟的陌生人，他们会提议，用一箱箱的酒来换取在成堆的没收物品中搜劫一番的机会，然后准备在禁区外的二手市场上售卖获利。

对这座废弃城市的回访持续了整整4个月，直到1986年10月25日结束。到那时为止，29496人重返过自己在普里皮亚季城中的公寓。有些人回去了不止一趟，但也有人一次都没回去过，他们的物品一直处于无人认领状态。市政府本来计划在下一年秋天再安排几趟返城，但被政府委员会拒绝了。一道国家命令确定了赔偿给疏散者财产损失的金额：单身者每人赔偿4000卢布，两口之家，7000。当时，买一辆新车——对于那些足够幸运可以搞到供应的人来说——要花5000卢布。整个夏天，市执行委员会每天都会收到数百份赔偿申请，到那年底，成为和平原子牺牲品的普里皮亚季市民申报的家庭财产损失，除去汽车、车库、度假别墅和汽艇，总数已经达到1.3亿卢布。那年秋天，基辅的家具店生意异常兴隆。那些一片空白、试图重建生活的疏散者，几乎需要重新购买他们曾经拥有过的每一样大件物品。

最开始的时候，那些因四号机组放射性坠尘而不得不抛家舍业的疏散者，其艰难处境得到了来自全苏联的广泛同情。4月底，政府在国家银行设立了一个救灾专项基金，按照苏联惜字如金的惯例，命名为904号账户，好心人可以向其捐款，用于帮助受害者。5月，一场慈善摇滚演唱会在莫斯科的奥利匹克体育场举行，这在苏联是破天荒第一遭，现场观众多达3万人，同时还在基辅的一个录影棚进行了实况电视转播，矿工、电厂操作人员和其他清理员齐聚一堂，消防员们齐声念出他们在第六医院病房中去世的同志们的名字。8月初，国家

银行行长报告说，904号账户中已经收到总计约为5亿卢布的捐款， 305
其中有来自个人和单位集体捐赠的工资、退休金和奖金，也有从国外汇入的外币捐款。

但永久性地重新安置这11.6万人——从普里皮亚季疏散出的专业人士及其家属，切尔诺贝利的居民，30公里隔离区中数十个小居民点的农民，则要复杂得多。6月，中央政治局通过了一项决议，从政治上优先考虑疏散者的生计，号召乌克兰和白俄罗斯共和国政府在冬季到来前建造数万间新公寓。在乌克兰，从共和国四面八方赶来的5万名支援者立时投入了突击性的建筑工作。第一个居民安置点的150栋砖房，就在辽阔的高尔基集体农场旁边，位于切尔诺贝利南部一百多公里处，并在8月举行了盛大的开放仪式。据报道，每一户都配备了家具、煤气罐、电灯、毛巾和床上用品，还有一个装满了土豆的混凝土地窖。光是乌克兰共和国，便总计承建了11500栋适合一家人居住的新房，而且所有这些，按照预计都将于10月1日前完工。

位于莫斯科的中央政治局特别行动小组，还在基辅和乌克兰其他城市，从那些已经排队等了几年的家庭的眼皮子底下，强制征用（生生抢走）了另外13000间刚完工的新公寓，然后将房门钥匙交给普里皮亚季的疏散市民。切尔诺贝利核电厂的专家和他们的家人被重新安置到乌克兰境内余下的康斯坦丁诺夫卡、扎波罗热和罗夫诺3座核电站，在那里，这些人得到了新的工作，还搬进了崭新的公寓。但不是所有新来者都能得到同事们的热情欢迎，在他们眼中，将自己辛辛苦苦才谋到的位子拱手让给那些和他们资历相当，却因自身无能所造成的后果而不得不背井离乡的核专家，完全没有公正可言。在基辅，几个大型公寓建筑项目本应在冬季到来前就已完工，从而可以征用给疏散者居住，却都神秘地陷入停工状态。最后，许多前普里皮亚季居民
只能在僻处城市东北角、交通不便的特罗耶西厄纳（Troieshchyna）区 306

的一大片高层建筑中，找到一块容身之地。

在那里，他们被自己的新邻居避而远之，那些人一方面对这些难民心怀不满，另一方面也担心看不见的放射性污染。在学校，本地的父母严令禁止孩子与来自普里皮亚季的疏散学生同桌。这样做倒也并非没有合理原因。人们很快便发现，在特罗耶西厄纳的新公寓大楼里，楼梯间与走廊中的辐射值比基辅其他地方高出了几百倍。

回到切尔诺贝利，政府委员会仍然下定决心，就算克服万难，也要在放射性区域的核心地带继续保持核电站运行。随着第一座反应堆于 10 月初重新并网发电，新的核电站站长宣布，即刻着手让第二座反应堆开始发电的计划。三号机组的污染情况仍十分严重，核电厂的总工程师和库尔恰托夫研究所的专家全都建议，重新启动会过于昂贵，而且会让很多操作人员付出健康的代价。但他们的反对意见被驳回了，按照计划，第三座切尔诺贝利反应堆将于 1987 年第二季度重新并网发电。委员会甚至下令重新开始五号反应堆和六号反应堆的建设工作，虽然它们之前已经接近竣工，但从事故发生的那天晚上起，所有一切就都停下来了。

与此同时，《真理报》报道了一个雄心勃勃的计划，要再造一座原子城，供劫后重生的切尔诺贝利核电厂的操作人员及其家人居住。这将是一座代表未来、适应 21 世纪需求的新城，位于普里皮亚季东北 45 公里外，正好处在第聂伯河畔一片森林之中。这座城市将命名为斯拉夫蒂奇（Slavutych），拥有各种各样现代化的便利设施，并会加倍注意融入周围的自然环境。按照计划，它还会有一个中央集市广场，一座列宁像，以及一个献给切尔诺贝利英雄的博物馆。

在莫斯科，对这场灾难的政治宣传，如今开始围绕着切尔诺贝利
307 电站和普里皮亚季消防队的消防员，及指挥官捷利亚特尼科夫少校的

英勇牺牲而展开。9 月，一张捷利亚特尼科夫的照片刊登在《消息报》头版，配着大幅标题“谢谢你们，切尔诺贝利的英雄”。照片中，他的头顶仍因辐射病的影响而秃着。这个官方媒体还宣布，他和直升机部队指挥官安托什金将军均已被授予“苏联英雄”的国家最高荣誉称号。两位年轻的中尉，弗拉基米尔·普拉维克和维克托·基别诺克，生前曾率领手下爬上反应堆建筑屋顶，向燃料组件碎片和熊熊燃烧的大块石墨上浇水灭火，也被追授了这一荣誉。参与建造“石棺”的中型机械制造部 US-605 建设小组的领导班子，则成为社会主义劳动英雄。捷利亚特尼科夫头上赤褐色的头发一经长出，他就开始出国，得到了明星般的对待。美国和英国的消防员团体都向他颁发奖项，《人物》(*People*) 杂志采访了他，在伦敦，他还得到英国首相玛格丽特·撒切尔的接见。

第二年的 1 月，在一个电视转播的颁奖典礼上，苏联形式上的国家领导人、头发花白的党内高官安德烈·葛罗米柯发表了一席演讲，对消防队员、武装部队的清理员，以及用沙子和混凝土将余烬未熄的反应堆掩埋起来的中型机械制造部工程建筑负责人，都推崇备至。“整个世界上，或远或近的每一个角落，亿万人满怀希望，关注着你们奋勇突击的每一刻，”他说，“这是一项伟大的壮举，全人类的壮举……是的，切尔诺贝利是我们共同经历的苦痛，但它也成为苏联人民战胜恶劣外部条件的一个符号……与此同时，我们的党对每一个个体的贡献，也都给予了恰如其分的表彰。没有无名的英雄。每个人都拥有他们自己的脸，自己的个性，自己独特的英勇业绩。”

然而，有些人显然更能称为英雄。那些在涡轮大厅中参与灭火、防止次生爆炸的切尔诺贝利核电站的工程师和操作人员，以及徒劳无功地在致命的 γ 辐射场中奋力冷却反应堆的人，一直没有得到公开承认。颁发给核电厂员工的少数奖项，整个处理过程都绝对保密。有一次，负责外国事务的中央委员会书记阿纳托利·多勃雷宁前往第六医院病

房探望受伤的操作人员，但这次探访并没有被媒体报道。亚历山大·阿
308 基莫夫和列昂尼德·托图诺夫的家人，不仅没有因为自己心爱的人的英勇表现而得到表彰，反而收到了这样的通知：根据《乌克兰刑法典》第6条第8款，被告人因为近期身故而免于因自身罪行被检控。

1986年的整个冬天，颜面扫地的切尔诺贝利核电厂厂长维克托·布留哈诺夫，都被关押在基辅的克格勃监狱中，等待即将到来的审判。于他，访客探望是被禁止的，但妻子瓦莲京娜每个月可以给他带一个5公斤的食物包裹，里面装着香肠、奶酪和奶油。偶尔，布留哈诺夫会有狱友同住一间牢房，某个伪造货币的家伙，或是入室盗窃的小贼。但绝大多数时间，他只能独自打发无穷无尽的狱中时光，读读从监狱图书馆借来的书，或是学学英语。有一阵，瓦莲京娜获许给他带英文报纸进来，直到他们的儿子偷偷在一份报纸中写了“我爱你，爸”这四个字，那之后，连这点儿优待也被取消了。

开始时，布留哈诺夫拒绝聘请律师为他在法庭上辩护，因为他心知肚明，这场审判的终审判决很早便已经做出。但他的妻子说服了他。于是那年12月，瓦莲京娜跑了趟莫斯科，找到一位愿意代表布留哈诺夫出庭的律师。这位律师是获准代理此类牵涉苏联核综合体中保密设施的案件的专家，拥有查阅那些在中型机械制造部的沉默之墙后收集到的最高机密证据的权限。同一个月，作为苏联法律中规定的证据开示程序的一部分，检察官将他们在案件调查过程中发现、可能在案件审判中用于定罪的那些材料带给布留哈诺夫过目。在一大堆文件中，这位厂长发现了一封库尔恰托夫研究所某位专家写的信，RBMK反应堆的秘密历史终于为他所知——科学家们早就已经知道了一系列极其危险的设计故障，但布留哈诺夫和他的员工却被蒙在鼓里长达16年。

1987年1月20日，拘禁中的布留哈诺夫花6周时间逐一审读过

自己的案情细节后，检察长办公室的调查人员将调查结案起诉书提交给了苏联最高法院。他们一共向莫斯科寄送了48卷证据文件，全部被 309 列为最高机密。其中包含直接获取自核电厂的15卷证据文件，因被放射性灰尘严重污染，律师们只能穿着防护服阅读卷宗。

布留哈诺夫以及其他四名核电厂高级员工，包括佳特洛夫和福明，被依照《乌克兰刑法典》第220条第2款正式起诉，根据这条法律，他们被控“违反安全管理条例”，从而导致人身伤亡和“易爆炸工厂及设施”发生其他严重后果。这是一个被发明出来的法律措辞——苏联的法学家此前从未考虑过将核电站视为易爆炸的工业设施；也是为将事故责任推在少数几个被选中的替罪羊身上，而采取的一系列罗织构陷操作之一。为了坐实罪名，布留哈诺夫和福明还被依照《刑法典》第165条以滥用职权罪起诉。布留哈诺夫被控在事故当日上午有意瞒报核电站的辐射值，从而延误了核电站和普里皮亚季的疏散工作，以及故意将员工派到反应堆建筑污染最厉害的危险区域。如果罪名成立，这三名核电厂级别最高的员工都将面临长达10年的刑期。

按照计划将于1987年3月18日开始的审判，因为副总工程师尼古拉·福明精神状况极其不稳定、无法出庭而延期。他与布留哈诺夫同时被捕，此前曾试图在狱中自杀——他打碎了眼镜，用玻璃碎片割腕。在这位不幸的技术人员被送进医院休养的时候，审判被推迟到了那一年的晚些时候。

1987年1月，玛丽亚·普罗岑科最后一次回到了普里皮亚季。为了御寒，她裹着一身鼓鼓囊囊的棉袄棉裤，脚上穿着厚厚的毡靴。她领着一小队战士，走上白房子积雪皑皑的台阶。在这座荒弃无人的市政府大楼里，他们进到一个个房间，清空每一个柜子和保险柜，用麻袋装满那些已严重污染从而无法归入浩如烟海的苏联官僚体系档案， 310

但却也过于敏感而不能留下来的文件。结束这些后，普罗岑科把大楼中每一间办公室的钥匙收了起来，战士们则将麻袋丢进卡车后车厢。整个隔离区遍布着 800 个放射性废料倾倒点。随后，他们把这些文件拉到其中一个倾倒点，将其掩埋起来。

那一年的 4 月 18 日，新的原子城的市议会选举在斯拉夫蒂奇举行，普里皮亚季市政府正式解散，这座城市不再作为官僚行政体系中的一级而存在。普罗岑科在隔离区中工作将近一整年，中间只休息了一天，现在被调到了基辅的新工作岗位上。为了表彰她在事故后漫长的几个月中所表现出的坚韧不拔精神，她终于被批准加入苏联共产党。那年底，普罗岑科住进基辅的一家医院，在那里待了一个多月，医生将她的症状描述为与劳累过度相关的“神经紧张”，病历上写着：“正常疾病：与致电离辐射无关。”回到普里皮亚季，空荡荡的市执行委员会大楼，成了合作工业协会（Kombinat Industrial Association）的总部大楼。合作工业协会是一个新成立的国有企业，负责在 30 公里禁区内部进行的长期研究和清理工作。这个如今独占整座空城的新的官方机构，再度开放了普里皮亚季的主游泳池，以让清理员有地方放松一下。他们还在这座城市的暖房中建了一座试验农场，精通园艺的技术人员在被辐照过的土壤上种植草莓和黄瓜。

随着 30 公里禁区内部清理工作的缓慢进行，成千上万被运进来执行那些危险而又不容拒绝的任务的清理员，士气进一步跌落。高度污染地区的灰尘继续不断被吹进那些已经清理过的地区，让好几个星期的辛苦工作化作徒劳。似乎合作工业协会在普里皮亚季的工作有所进展，但克格勃随即发现，他们的专家只是报告了那些最干净地区的辐射值，因此低估了城中真实辐射水平已超过 10 倍。秘密警察也注意到，清理员的食物十分糟糕，辐射安全防护不足，工人们甚至没有及时领
311 到工钱，一个放射性废料倾倒点也被河水反复淹没。最终，合作工业协会的领导们因为任人唯亲、偷盗公物和酗酒成风，而遭到党组织的

严词申饬。

与此同时，禁区内的洗劫方式开始演变为大规模工业化作业，发起者常常就是那些清理员本人，而且有时还会和自己的同志发生内讧。一天晚上，辐射侦察指挥官亚历山大·洛加乔夫惊讶地看到，一群目无法纪的士兵，从紧邻核电厂的一个重度放射性污染的建筑材料商店中，取走大量燃气灶及建筑材料，装满了一辆又一辆卡车。“哥们儿，你们是不是他妈的疯了？”他问道。但他们还是不管不顾地继续进行。黎明拂晓时，两架装满有毒违禁品的 Antonov 22 重型运输机，已经在飞往西伯利亚军区的路上。洛加乔夫中尉自己也很快加入了顺手牵羊者的队伍。不过，他还是保持了足够的专业精神，在将偷来的物品运出禁区边界前对它们进行了除污处理。

在普里皮亚季，流亡市民丢下的汽车和摩托车总数超过 1000 辆，全都停在市中心，也成了洗劫对象。窃贼们偷走挡风玻璃，捣毁了车身。而一些汽车之前曾被征用，为禁区内的科学家和技术人员提供交通便利——五颜六色的拉达牌（Ladas）、日古力牌（Zhigulis）和莫斯科人牌（Moskvitches）轿车组成了一个临时车队，每辆车的发动机罩和车门上都涂有一个被白圈圈起的数字，谁在使用哪一辆车、用在什么地方等详细信息，都被记录在案。直到工作的最后一天，玛丽亚·普罗岑科都一直细心保存着这些资料。数百辆余下的汽车因为污染程度过于严重，没有办法归还给它们的主人，只好被运到一个放射性废料储存区，压扁后用推土机推进大坑深埋。

1987 年 4 月，灾难一周年纪念日临近，莫斯科的中央政治局成员们考虑了一系列宣传攻势，希望尽可能从最好的角度彰显苏联在灾难处理上的丰功伟绩。提议中包括了一些可以用于在国外发行的电视、科学报刊和出版物上的故事创意。在提交给国际原子能机构的苏联官

312 方报告中，含有安格林娜·古斯科娃医生及其同事提供的 70 页详尽的放射医学信息，其中包括了他们对生活在苏联西部的 7500 万居民，因这场事故总计受到的辐射剂量的估测结果。但是，这份报告并没有就辐射污染可能导致的进一步死亡或患病人数进行预测，而西方专家则以令苏联医生勃然大怒的预测结果填补了这一空白。罗伯特·盖尔告诉媒体，他们预计会有另外 75000 人死于灾难后果直接导致的癌症，其中 40000 例发生在苏联境内。

尽管在戈尔巴乔夫推动的“公开性”政策下，在苏联媒体中，编辑和制作人享有的自由度日益增加，但事实真相仍不允许与“粉碎西方媒体带有敌意和偏见的报道”这一指示产生冲突。苏联广播电视国家委员会的副会长提出了一个包含 26 个故事的清单，由塔斯社负责报道。这里面，有对 300 名、父母为隔离区疏散居民的孩子进行跟踪报道的《出生地点：切尔诺贝利》（Birthplace : Chernobyl），表明他们一直处于密切的医疗观察中，没有半点疾病迹象；还有《四月的风是什么味道？》（What Was the Scent of the Winds of April?），苏联气象局的局长在里面列举数据，对危险的放射性粒子落在西欧的说法予以反驳；以及《五彩缤纷的春日市场》（Palettes of the Spring Marketplace），这是一篇关于基辅春季新上市水果蔬菜的报道，辐射计测量结果显示，没有任何放射性核素存在，尽可安心享用。

最终的宣传方案在 4 月 10 日获得批准，其中包括发给苏联驻外使馆的一些反向宣传措施，以及允许外国记者代表团进入隔离区直接采访报道的提议。6 月底，来自《纽约时报》和《芝加哥论坛报》的记者终于进到这个区域，他们亲眼见到了“石棺”周围仿佛月球表面般荒凉的混凝土和柏油路面，红树林中枯干的松树，以及普里皮亚季空空荡荡的街道。

在这里，事故发生一年多之后，街灯依然会在夜晚亮起，安装在库尔恰托夫大街两边的音箱，有时也会奏出歌剧音乐。但悬挂在中央

广场上方那些曾经鲜艳的三角旗，已经被太阳晒褪了颜色，渐渐残破； 313
晾晒在公寓阳台上的那些洗干净的衣物也开始腐烂。然而，苏联当局仍努力维持着这座城市并未死亡，只是暂时睡去的幻象，仿佛不知哪天早上，它就会被归人们的脚步声惊醒。

十八
审 判

对维克托·布留哈诺夫和另外五名被告——被控导致切尔诺贝利原子能电站灾难——的审判，于1987年7月7日正式开始。苏联法律规定，刑事犯罪的开庭地点，必须在所控罪行发生的同一管辖区内。但鉴于普里皮亚季已经成为一座被放射性物质污染的鬼城，庭审遂在最近的备选地，距离核电厂14公里的切尔诺贝利镇举行。虽然经过了几个月的除污处理，这座城市仍处于30公里隔离区的核心地带，只有那些持有政府签发通行证的人才能进出。尽管审判名义上对公众开放，但出席者却仅限于禁区中的工作者，或是当局认为可以批准进入的人。无论是在苏联境内还是境外，那些被这场世界上最严重的核事故所震惊的人们，都在翘首等待着正义的到来，然而苏联却不希望这一场政治表演遭到不速之客的打扰。少数国际媒体代表，其中包括BBC和日本电视台（Japanese TV）的记者，被邀请出席审判，但他们只能乘坐专门的巴士出入，而且仅能在审判开始和结束阶段旁听，在此期间，所有一切都不过是照本宣科。位于苏维埃大街和卡尔·马克思大街交角处的一座年久失修的文化宫，重新装饰粉刷后，被用作审判场所：剧院礼堂中安装了崭新的座椅，四壁悬挂着灰色的闪缎帘幕，入口处还设置了一个辐射检查站。

下午1点，苏联最高法院的雷蒙德·布里兹法官在台上就坐，六名被告也在身着制服的内务部警察部队的押解下走进被告席。在两个

小时的时间里，他们就坐在那里，聆听布里兹高声朗读起诉书。这六 315
个人被共同控以玩忽职守罪，正是因为他们在切尔诺贝利原子能电站四号反应堆进行了危险且未经批准的试验，才导致了一系列的严重后果：机组全毁，放射性坠尘释放，11.6万人从两座城市和数十座村庄中疏散，超过两百名辐射病受害者不得不入院治疗，其中更有至少30人已经死亡。法庭还获知，切尔诺贝利核电厂早已出现过一连串事故，却从未重视过，或是根本就没有上报，而这座向来被视为整个苏联境内最优秀、最先进核设施之一的电厂，事实上却因为自身的管理松懈不力，而一直处于末日浩劫的边缘。不过，关于RBMK-1000反应堆设计上的缺陷，只字未提。

五个被控以违反“易爆炸工业设施”安全管理条例罪名的人，其中包括事故发生时的夜班负责人鲍里斯·罗戈日金和签字同意进行测试的车间主任亚历山大·科瓦连科，都提出了无罪申辩。但布留哈诺夫和福明承认，他们因为未能履行自己的职责而触犯了刑法第165条，构成犯罪——这是一项性质较轻的犯罪，刑期为5年。“我认为我没有犯下被指控的那些罪行，”布留哈诺夫对法庭说，“但作为管理者，我在某些地方确有疏忽。”

庭审于每天上午11点正式开始，一直持续到晚上7点，中间有一个小时的午餐时间。夏天火辣辣的大太阳炙烤着低矮的屋顶，四壁砖墙、空间逼仄的审讯室中，气氛凝滞。然而布留哈诺夫依然像往常那样，镇静沉着，不为所动。他穿着一件西装外套，没打领带，微微仰着头坐在那里，专注地聆听着目击证人和专家的证言。他陈述了自己在事故当晚的一举一动，但没有为自己做任何辩护。他坚持认为核电厂的安全记录没有问题，并对自己几乎不可能完成的工作任务进行了详细描述：招募训练有素的员工，是多么的困难，而对核电厂和城里的大事小情都要事必躬亲，又是多么地令人不堪重负。然而，他对法庭说，他并没有权力下令对普里皮亚季进行疏散，他也根本没有打算隐瞒真

316 实的放射性水平。布留哈诺夫宣称，他只不过是在签字前，没有仔细阅读那份关键的关于核电厂和城市周围辐射水平的报告而已。当被公诉人问起，他怎么可能在这么重要的职责上失职时，他保持了沉默。

在质证过程中，同为被告的另一个人问他，有没有文件证据表明，这座核电厂曾被划为“易爆炸”设施。布留哈诺夫小心翼翼地表示了异议：“这个问题的答案在调查材料中提供了。”

尽管遭受了诸多羞辱，经历了重重磨难，最终的厄运显然无可避免。布留哈诺夫依然是塑造了他的那个体制的产物，他很明白，自己被期待在被告席上扮演怎样的角色。他丝毫没有偏离这个剧本。

“你认为谁有罪？”一名人民陪审员问道。

“法庭会做出决断。”布留哈诺夫回答道。

“你认为你自己是负有最主要责任的犯罪人吗？”公诉人说。

“我认为应该是那些当班的员工，还有罗戈日金、福明和佳特洛夫。”

“但你呢？作为一名高级管理人员。”

“我也有罪。”

总工程师尼古拉·福明，这位曾经骄横不可一世的高官，通过函授课程完成核物理知识学习的电气工程师，坐在法庭前方，整个人都已经崩溃，不是自顾自地皱着眉沉思，就是如猫头鹰一般直盯着前方的空气。他脸色苍白，淋漓的汗水闪着亮光，站起来大声朗读着一份事先准备好的发言稿。他解释说，在事故发生几个月前，他因车祸而严重受伤，对于沉重的工作负担早已力不从心，并曾经向能源部提出申请，允许他重新改组核电厂的管理班子，但未能成功。他承认，自己没有通报莫斯科的上级核安全管理部门和反应堆设计师，甚至也没跟布留哈诺夫打声招呼，就擅自批准了四号反应堆测试项目。他说，在事故发生那天的凌晨4点，他便已经赶到掩体里面，所以对反应堆

遭破坏的程度和手下员工的伤势严重与否一无所知。公诉人认为，这 317
位总工程师在那一时刻的无知程度简直让人“不可理解”。

当被问起是谁导致了这场事故时，福明回答道：“佳特洛夫和阿基莫夫，他们背离了操作程序。”

在所有出庭的被告中，副总工程师阿纳托利·佳特洛夫是最桀骜不驯的。他坐在座位上，身体前倾，表情严肃而警觉，随时等待着做出还击：或是提出一连串问题，或是就细节加以纠正，或是提出额外要求，或是在证人提及特定文件和命令时要求澄清其出处。他对涉及技术方面的证词相当懂行且极其敏锐，每天都从证据中披露的信息里大有所获，而且越来越针锋相对，毫不退让。一度，当被一位专家证人质问反应堆的反应性裕量时，他回答道：“这是物理学考试吗？我要求你来回答这个问题！”

从一开始，佳特洛夫就主张，切尔诺贝利的操作人员，对于发生于四号反应堆的一切不负任何罪责，而且对加诸自己头上的每一条指控都给出了详细的回应。他说，那些没有向核电厂员工发出警告、告诉他们正在操作着一座可能发生爆炸的反应堆的人，才应当为事故负责，此外，他本人并没有给出过任何违反操作规程的指令。尽管遭到几位目击证人的反驳，佳特洛夫依然坚称，在实验开始前，列昂尼德·托图诺夫把反应堆功率几乎降到零的那个关键时刻，他并不在四号机组控制室中，而他也没有下令提高功率，更没有让两位此时已经去世的实习工程师前往反应堆大厅手动降下控制棒。

但很快，一切变得显而易见：无论是反应堆的设计问题，还是灾难发生前的一长串事故与系统性的真相掩盖，都不会被法庭考虑。尽管在被控有罪的人中，没有人屈打成招，也没有人被拉上被告席因自己的反革命行为而遭批斗，但也没有人怀疑，审判的结果会是什么：事实上，这成了苏联历史上最后的几场“法庭秀”之一。尽管首席公诉人依据政府委员会的官方事故报告来证明操作人员确实有罪，但他

318 忽略了其中关于反应堆设计问题的讨论。记者被告知，晚些时间会对那些设计师另案起诉。

然而，许多被传召作证的专家证人，本身便来自那些负责 RBMK-1000 初始设计的国家机构，其中就包括 NIKIET 和库尔恰托夫研究所。毫不令人意外地，这些物理学家为自己大力洗脱罪责，他们说，只有在能力不足的操作人员手中，反应堆突发事件才会变得危险起来。于是，法庭禁止发表与此观点相异的不同意见。当一位核专家开始解释说，托图诺夫、阿基莫夫和佳特洛夫可能并不知道正空泡效应的存在，而这种效应或许促成了反应堆的爆炸时，公诉人立时站起身来对他加以驳斥。佳特洛夫提交了 24 个书面问题，请求专家证人解答反应堆的技术规格，并追问他们，这些规格是否符合苏联国家核安全委员会的规章制度。但法官在没有做出进一步解释的情况下便裁定这些问题无需回答。

7 月 23 日，公诉人发表了他的结案陈词，措辞严厉，毫不容情：在离自己 26 岁生日还有 3 个月，便因辐射中毒而死的高级反应堆控制工程师列昂尼德·托图诺夫，是一个“软弱无能的专业人员”；他的上司、班组长亚历山大·阿基莫夫，“意志不够坚定”，出于恐惧而对佳特洛夫唯命是从；而佳特洛夫本人，则被描述为一个聪明，但目无组织纪律且性情残忍的家伙——公诉人将这位副总工程师视作一名“核工业流氓”，“不加考虑地破坏核安全准则和法令”，他的罪行直接导致了这场人类浩劫；总工程师福明，按职责本应在事故发生前将其叫停，却没能这样去做。

公诉人将最严苛的判词留给了切尔诺贝利核电厂的厂长。他认为，布留哈诺夫对他的上级撒了谎，希望可以隐瞒事故的严重程度，从而保住自己的职位，而这样的做法，不仅陷手下员工的生命于危险之中，而且也殃及了每一位普里皮亚季市民。“没有理由相信，布留哈诺夫不知道真实的辐射情况。”这位厂长的所作所为揭示了“无论是作为一名领导，还是一个人，布留哈诺夫都已道德沦丧”。

作为回应，辩方律师给出了反驳理由，被告人也都各自做了发言。布留哈诺夫的律师说，他的客户是一个正直的好人，知道自己必须承 319
担罪责。他们都意识到，根据核电站的操作规章制度，厂长要对发生在核电厂内部的一切事情正式负责。在私底下，他们希望布留哈诺夫可以只认下疏于管理的罪名，而逃脱性质更严重的滥用职权的指控。福明接受了罪名，请求法庭宽恕。佳特洛夫对死者表示了悲痛，对伤员致以同情，但仍拒不认罪。接受审判的其他三名职员，罗戈日金、科瓦连科和电厂核安全监察员尤里·劳什金，请求法庭宣判所有指控不成立。

但苏联人民已经做好了充分准备，期待着对这些人实施最严厉的法律制裁。难道不正是他们的贪污腐化和昏聩无能，令三个共和国的土地遭到污染、成千上万的无辜群众饱受毒害吗？《真理报》的科学编辑弗拉基米尔·古巴廖夫在这之前，已经发表了一出话剧《石棺：一出悲剧》（*Sarcophagus*：*A Tragedy*），讲述发生在某个虚构的核电厂中的一起事故。剧中，他将罪责归结于整个系统的崩坏，但也谴责了核电站的官员：没有指名道姓的电厂厂长，批准使用危险的易燃材料建造屋顶，从而可以如期竣工，而当放射性爆炸发生时，他把自己的孙子孙女疏散出城，却置全城百姓的安危于不顾。

当身上挂满奖章的消防员列昂尼德·捷利亚特尼科夫少校被问及他对那些被告的看法时，他毫不含糊地说：“当然了，他们应当被惩罚。根据政府委员会的说法，这是一场人祸。都是他们的错。后果太严重了。”其他人甚至态度更激烈。在某次审判休庭期间，瓦莲京娜·布留哈诺娃坐在基辅城里的一个公园的长椅上，旁边是一个曾经参加过伟大卫国战争的老人。当话题转到切尔诺贝利事故的审判进程时，这位老兵说，有人认为应当把这些被告关进监狱，但在他看来，那是不公正的。他说，他们全都该被枪毙。

1987 年 7 月，在切尔诺贝利镇的文化宫，被指控导致了这场灾难的被告们正在接受审判。坐在两名内务部警察之间的是（从左到右）：核电厂厂长维克托·布留哈诺夫、负责日常操作的副总工程师阿纳托利·佳特洛夫和总工程师尼古拉·福明

7月29日，星期二，又是一个酷热难熬的日子，布里兹法官宣读了判决。六名被告全部被判有罪。尤里·劳什金被判入狱2年；亚历山大·科瓦连科，3年；鲍里斯·罗戈日金，5年。这三个人均当庭收监。320
布留哈诺夫、福明和佳特洛夫都被判以最高刑期：在流放地入狱10年。除了站在被告席上流下眼泪的福明，每个人脸上都是一副默默承受的表情。瓦莲京娜·布留哈诺娃昏了过去。后来，一位检察官告诉她，“现在你可以随时离婚了”。

切尔诺贝利原子能电站的前厂长坐上一辆车窗上安了铁栏的黑色面包车，驶离文化宫，前往位于乌克兰远东地区的顿涅茨克流放地服刑。他坐上了在苏联监狱系统臭名昭著的斯托雷平（stolypin）火车，很幸运地熬过了一段艰辛的旅程：700公里的路，足足走了两周，在这期间，他大多数时间只能靠配给的咸鱼充饥。当他最终来到监狱，所有的狱友都涌到了院子里，想要看看这个导致了世界上最严重核灾难的罪魁祸首，到底长着一张怎样的脸。然而他们看到的，只是一个瘦小、虚弱的身影，几乎消失在一身过于宽大的灰蓝色工作服之下。

随着1987年年终将至，在斯拉夫蒂奇为切尔诺贝利的员工及其家属建起的全新原子城，几乎已经做好了开始迎接第一批住户的准备，他们将从第聂伯河畔的轮值工人营地和基辅的暂住公寓分两路搬来。建设速度惊人、整个过程被大肆报道的斯拉夫蒂奇，本打算作为苏联大团结的一个典型：它的五个城区由来自高加索、乌克兰、俄罗斯和波罗的海几个加盟共和国的建筑师分头建造，各具地方风格。但即便是这个事关名誉的项目，也没能逃过常见的官僚主义阻挠、工程延误、劳动纠纷和粗制滥造的魔掌。就在即将完工前，这座模范城市的中央供暖系统坏掉了，这让它在来年春季到来前都没办法住人。

为了准备新市民的到来，这年9月，苏联水文气象监测部门、卫生部和国防部的科学家们对斯拉夫蒂奇进行了一次辐射调查。他们发现，这座城市建造在被铯134、铯137、钌106和铈144污染的土地上，附近的树林含有铯、锶和钚等同位素。他们提交的报告指出，这里的年度辐射暴露量没有超过官方规定的针对核电站附近居民的辐射暴露
321 限度，但推荐用柏油铺设路面以及经常清洗街道和庭院，此外，为了避免人们在附近的森林中散步和采摘蘑菇时受到辐射，他们还建议砍倒树木，将落叶用袋子装好运走。

1987年12月4日，在历时超过18个月的除污、修复和改造后，切尔诺贝利原子能电站3座幸存反应堆中的最后一座，开始再次向苏联电网供电。尽管如今用一道混凝土和铅筑起的墙壁，将三号机组与它深埋石棺之下的孪生兄弟隔离了开来，但其放射性依然极强，必须从其他的反应堆调来心不甘情不愿的工程师轮流当值，以免过度暴露于辐射下。尽管塔拉卡诺夫将军和他的生物机器人们付出了巨大的牺牲，铀燃料芯块依然散落于大楼的屋顶之上，在下方机器大厅中工作的涡轮操作员，只能在安装了铅玻璃舷窗的混凝土防护室中操作。

这3座切尔诺贝利反应堆，以及在苏联其他地方运行的12座RBMK-1000机组，全都应当按照上一年7月中央政治局会议秘密决议的建议，接受全面技术改装。现在，每座RBMK反应堆都使用了高富集铀（highly enriched uranium）作为燃料，加入大量的额外控制棒来减少正空泡效应，并采用了更快、更有效的紧急停堆系统——这实际等于默认了设计者对于事故的责任。有关当局修订了反应堆操作员的操作指令集，并拨出款项建造计算机模拟器，让他们为预想中的事故做好准备。然而，真正的改变微乎其微，在事故发生一年多之后，中央政治局收到的一份报告表明，苏联的原子能电站工程质量依然堪忧，员工也疏于职守，而且发生了数百起小型事故。

在切尔诺贝利核电厂，值守3座幸存反应堆的操作人员，因为死去的同事被当成事故的罪魁祸首而士气大挫。尽管他们仍每天尽职尽责地干着工作，但许多人相信，真正的灾难原因并没有得到充分考虑，一些人认为，同样的事很可能会发生在他们头上。几乎没有人想要住 322
在斯拉夫蒂奇。

在公开场合中，瓦列里·列加索夫在苏联核工业安全的问题上，继续与政府保持同一口径。他说，他没有指责苏联的反应堆，除了那些最无法预见的因素，这些反应堆在设计时已经考虑到了所有可能发生的情况。这位院士坚称，核电代表着原子能科学的巅峰，对于人类文明的未来不可或缺。但在私底下，列加索夫却被他听到的、总理雷日科夫在一年多以前告诉戈尔巴乔夫和中央政治局其他成员的话所震惊：雷日科夫说，切尔诺贝利的爆炸不可避免，而且就算不发生在那里，也会或迟或早地发生在另一座苏联核电站。只有到了这时，列加索夫才最终意识到，这个核能大国的中心已经堕落到了何种程度：秘而不宣、漠不关心，傲慢自大、玩忽职守，以及设计和施工的低劣标准，早已成为一种文化。他看到，无论是RBMK反应堆，还是与之竞争的压水式VVER反应堆，都带着与生俱来的危险。他开始对这些问题开展更详尽的调查，并向中型机械制造部提议，设计新一代以熔盐为冷却剂的反应堆。但他的建议却被报之以狂怒和义愤，当时仍担任中型机械制造部负责人的叶菲姆·斯拉夫斯基告诉列加索夫，他是个技术盲，最好别插手那些和自己无关的事。

那时，列加索夫的健康问题变得日益严重，在接下来的几年中，他反复住进第六医院，因神经官能症、白细胞数目异常和心脏及骨髓病变接受治疗。尽管医生没有做出急性辐射综合征的正式诊断，但这位科学家的妻子对到底是怎么回事却毫无疑问。尽管如此，在大张旗鼓的“重建”（perestroika）之风的激励下，列加索夫鼓足干劲，提出了一系列针对僵化单一的苏联科学结构进行现代化改革的提议。他在苏联科学院面向自己同事做的报告，挑战了某些最有权势的大人物的独断专行；对任何人来说，这都伴随着显而易见的政治风险。他提议，应当将中型机械制造部拆分为几个小的部门，让他们在内部市场中相互竞争。他还认为，库尔恰托夫研究所中的研究基金分配，应当遵循
323 新的、更严格的标准，关注其实际结果。此外，那些目前控制着财政和人事大权的老家伙，也应当被更年轻、更有活力的科学家所取代。列加索夫有充分的理由相信，这份报告会引起强烈反响。要知道，他不仅在切尔诺贝利灾难的清理工作中表现突出，还在维也纳会议上出色地捍卫了苏联核工业的声誉。此外，他毕竟是亚历山德罗夫亲自指定的接班人，会继续领导库尔恰托夫研究所，而且在中央政治局内部还有着强有力的后台。

然而，列加索夫的提议被全然无视了。他没有认识到，他和他的主张不仅会招来那些老家伙的敌意，因为他威胁到了这些人当下坐得舒舒服服的位子；而且也不讨自己那些有意改革的同行的欢心，在这些人眼中，列加索夫本人便是停滞时代的产物，正是他的家庭背景让他一路顺风地坐上高位。即便是他在切尔诺贝利事故处理中扮演的角色，也充满争议，因为其他科学家开始质疑，用沙子和铅覆盖燃烧反应堆的行动是否明智。1987 年春天，苏联共产党中央委员会颁布命令，库尔恰托夫研究所的所有成员进行内部重组，推选出一个主持工作的科学和技术理事会。列加索夫以健康不佳为由不想参加选举。此外，他很可能已经意识到，那些反对票或许会妨碍自己接过亚历山德罗夫的所长之位。然而亚历山德罗夫坚持要他参选，而当选举结果宣布时，列加索夫发现，他之前实在太不了解那些同事的真实感受了。229 张选票中，只有 100 票赞成，却有 129 票反对。列加索夫如被五雷轰顶。50 岁的他，遇到了辉煌职业生涯中的第一次挫败。

在 6 月 10 日的一次党小组会议上，老迈的亚历山德罗夫宣布了一个好消息。他告诉屋子里的人，他们应当向列加索夫表示祝贺。这位

所长解释说，他刚看到了那些将因其在切尔诺贝利的英勇表现而受到中央政治局嘉奖的人的最终名单，他的二把手的名字就在名单前列：列加索夫将被授予他一直渴盼的一项荣誉，成为社会主义劳动英雄。但最终名单正式发布时，列加索夫的名字却不在上面。传言说，戈尔巴乔夫在最后时刻决定，库尔恰托夫研究所中不应有人受到国家嘉奖，毕竟，他们参与平息的这场灾难，就是这个研究所参与制造的。第二天，324
列加索夫从家中给自己的秘书打了个电话，在结束通话前，他请她照顾自己的两个孩子。这让她警惕起来，跟同事们急忙赶到位于步兵大街26号的别墅，在那里，列加索夫已经昏迷不醒，身边放着一瓶安眠药。

尽管最终被救了回来，但当列加索夫重新返回工作岗位时，整个人却变了个样子。他以往轻松愉快的眼光黯淡了，拖着脚步爬上楼梯时，就像是一个龙钟老人。那年夏天，他在英格兰参加某次科学会议时，遇见了自己的老朋友、《真理报》的科学编辑弗拉基米尔·古巴廖夫。古巴廖夫的话剧《石棺》正在伦敦的国家剧院上映。古巴廖夫试着给这位院士打气，劝他好好利用这次外国旅行，找几个姑娘，或者去伦敦西区看一场音乐剧《猫》。但列加索夫只想回酒店待着。那年秋天，列加索夫生平第一次开始读《圣经》。使用一台老朋友送的全新日本产口述录音机，他制作了一系列录音带，讲述自己在切尔诺贝利的经历，为回忆录搜集素材。但他跟那些亲近的人说，他的职业生涯算是完了。他试着再次自杀，但没有成功。

后来，古巴廖夫为了让朋友振奋起来，建议他为《真理报》写篇文章，阐述自己关于核安全的理念。列加索夫只花了几天时间就写完了这篇文章。发表后，他每天都给古巴廖夫打电话，询问反响如何。这篇文章如石沉大海后，列加索夫采取了更激进的措施。他接受了自由派文学期刊《新世界》（*Novy Mir*）的采访，采访中，他一反以往说法，发出警告说，新的切尔诺贝利浩劫随时可能在苏联的其他RMBK核电站中发生。他告诉记者，许多科学家都意识到了危险所在，却没有人站出来阻止其发生。在单独接受另外一份因“公开性”政策而摆脱新闻审查制度羁束的苏联期刊《青春》（*Yunost*）采访时，列加索夫的话说得更重。

与他从少年时代起就坚信的所有政治教条划地绝交，这位院士说，苏联科学已经迷失了方向。那些创造了苏联技术的辉煌壮举的人，那些建成了第一座核电站、将尤里·加加林送上太空的人，一直在为一
325 个崭新的、更美好的社会而奋斗，其所作所为都秉承着源自普希金和托尔斯泰的崇高道德和勇敢坚毅。但这一源远流长的传统美德，却在他们手中断了线，只留下了一代技术精湛却道德败坏的年轻人。列加索夫认为，正是这种苏联社会实验的彻底失败，而不仅仅是几个冒失莽撞的反应堆操作人员，应当为四号反应堆爆炸所引发的那场巨大灾难负责。

到 1988 年初，列加索夫已经对接替亚历山德罗夫成为库尔恰托夫原子能研究所所长这件事彻底绝望。相反，随着戈尔巴乔夫的改革逐渐加速，对苏联的公开批评日益增加，这位院士组建了一个生态理事会，提议设立一个由他自己主导的核安全研究所，一个为苏联核工业提供真正独立的规章制度的自主机构。他向苏联科学院提交了自己的方案，并对这些方案获得批准十分乐观。毕竟，不说别的，科学院总要承认他在处理历史上最严重的一场核事故后果中所扮演的角色。

但 4 月底最终举行听证会时，列加索夫的提议遭到否决，而他的导师亚历山德罗夫仅给予了不冷不热的支持。这位院士是在 1988 年 4 月 26 日得知这个消息的，正好是切尔诺贝利事故两周年。那天下午，列加索夫的女儿因加像往常一样从幼儿园里接回儿子，当他们到家时，她很高兴地看到，父亲就坐在车里，等在公寓大楼的门外。因加请他上楼吃点东西，但他说他得走了。“我从科学院来，”他说，“就是顺道过来看看你。”这是她最后一次见到父亲。

第二天的午餐时间，列加索夫的儿子阿列克谢从工作单位回到步

兵大街26号的家中，发现父亲的尸体悬挂在楼梯间中，脖子上套着绳索。他没有留下任何遗言。当一位库尔恰托夫研究所的同事检查列加索夫办公室中的放射性时，他发现，所有物件都已经严重污染，没办法将它们归还死者家中。这些东西被封进一堆大塑料袋中，掩埋了事。在那之后不久，一位官员前往阿纳托利·亚历山德罗夫的办公室，与他讨论谁能接替列加索夫的部分职责，这位85岁的老所长哭了出来。 326
“为什么他抛下了我？”他说，“哎，为什么他抛下了我？”

列加索夫去世两个星期后，在一场召开于基辅的有关事故医疗后果的国际会议上，苏联卫生部长致开幕词，国际原子能机构和世界卫生组织（WHO）均派代表参加。苏联科学家第一次承认，在这场灾难发生时，有1750万人，其中包括250万名7岁以下儿童，生活在乌克兰、白俄罗斯和俄罗斯污染情况最严重的地区。在这些人中，有69.6万人在1986年底之前接受了苏联医疗政府部门的检查。然而，到那时为止，官方口径中，因这场灾难而导致的死亡人数仍与上一年公布的数字一致：31人。卫生部长说，他们没有发现人群中出现任何一例因辐射而导致的伤害，“我们今天可以肯定地说，切尔诺贝利事故对人体健康没有任何影响”。

但苏联公民不再相信他们的科学家。在基辅，即便事故已经过去了两年，年轻夫妇仍不敢生育子女，人们将任何一种微小的身体不适都归因于辐射影响。《乌克兰真理报》遵循承诺，开始刊登距离核电站最近的三个主要城市的每周放射性报告，像天气预报一样时时更新。但原子能工业的官老爷们仍旧没有意识到，他们已经在何种程度上失去了公众的信任。但因习惯了自己在乌托邦中备受崇敬的偶像地位，他们虽然发现自己面对着种种猜疑和敌意，却依然无动于衷，不屑一顾。

在基辅的某次医学会议闭幕日的新闻发布会上，苏联生物物理研究所的负责人严词斥责了那些公开预测将有数千人因事故后果而患上癌症的科学家。“他们带来了极大的伤害，因为他们忘记了，导致癌症的原因存在多种变量，”他说，“我们永远都不会讨论到底有多少例的问题。这是不道德的。”

他还驳斥了那些关于因爆炸造成的长期后果而导致疾病的报道，327 认为它们是一种新的心理疾病——“放射恐惧症”（radiophobia）的表现。

对于苏联最后的当权者来说，被四号反应堆的爆炸释放出来的最具破坏性的力量，并不是放射学意义上的，而是政治和经济上的。扩散到整个欧洲上空的辐射云，令这场浩劫无法继续隐藏，这使得中央政治局里那些以往对戈尔巴乔夫推销的“公开性”政策最不情愿接受的保守派，也不得不开了个口子。这位总书记意识到，即使是国家的核工业机构，也已因遮掩、无能和经济停滞而受到了破坏，这使他确信，整个苏联已经病入膏肓。这起事故后，沮丧且愤怒的他，面对彻底变革的需求，一头扎进了名为“重建”的经济改革中，试图在一切太晚之前拯救苏联的社会主义实验。

然而，对信息的严格管控一旦松禁，苏联便无法再获得以往的控制力度。从切尔诺贝利事件开始日渐公开的新闻报道——先是发表在《真理报》和《消息报》上的新闻故事，接着是电视纪录片和流行杂志上的个人回忆——让人们可以公开讨论以往一直被禁止报道的许多社会问题，比如药物成瘾、流产危机、阿富汗战争和斯大林主义的恐怖镇压，等等。开始时的星星之火，逐渐汇成燎原之势，苏联公众开始发现，在许多问题上，他们长久以来一直被深深地误导着。这场灾难，加上政府在保护国民免受灾难后果影响上表现出的软弱无力，终于打碎了那个苏联是一个拥有足以领导世界的先进技术的超级大国的幻影。此外，当它试图掩盖业已大白于天下的事实真相时，即便是最忠诚的苏联公民，也开始意识到，他们的领导人是如此腐化堕落，那些梦想不过是一个假象。

瓦列里·列加索夫自杀后不久，《真理报》发表了这位院士用录音带记录下来的切尔诺贝利口述回忆的编辑摘要版本，在其中，他描述了应对这场浩劫的准备工作是如何不足，以及灾难发生前的一连串安全事故。“去过切尔诺贝利原子能电站之后，我得出结论，这场事故是 328
不可避免的，它是苏联在过去几十年中发展起来的经济体系全面崩溃的集中体现。”他在一份发表时题为《说出这些，是我的职责》（It's My Duty to Say This）的个人陈述中这样说道。到 1988 年 9 月，为了向外界发出整个系统迅速转变的信号，中央政治局屈服于公众的疑虑，终止了两座新建核电站的工程，尽管位于明斯克市郊的那一座已经接近完工。

10 个月后，苏联核工程师格里戈里·梅德韦杰夫在《新世界》上发表了一篇掀起轰动的事故曝光文章。尽管有所谓的“开放性”政策，梅德韦杰夫仍花了两年时间与克格勃和切尔诺贝利新闻审查委员会——专为避免有关切尔诺贝利事故的最敏感信息外传而成立——暗中角力，才最终令自己的文字得以发表。站在这些反对力量背后的，是切尔诺贝利政府委员会主席鲍里斯·谢尔比纳，他担心梅德韦杰夫会曝光自己在普里皮亚季的一举一动，而这种担心并非全然没有根据。梅德韦杰夫的《切尔诺贝利笔记本》（Chernobyl Notebook）一文，根据他对事故现场的亲自访问和对目击者的数十次采访，逐分逐秒地重建了发生在 4 月 26 日那一天的事件。文中，维克托·布留哈诺夫是一个软骨头的笨蛋，一个典型的既麻木不仁又昏庸无能的苏联核工业官僚，并指出，谢尔比纳不必要地推迟了对这座命途多舛的原子城的疏散工作。苏联最大名鼎鼎的持不同政见者，刚刚被戈尔巴乔夫解除内部流放的安德烈·萨哈罗夫为这个故事撰写了导言。在他亲笔写给总书记的信中，萨哈罗夫威胁道，如果中央委员会不允许梅德韦杰夫的文章发表，他会亲自出手，将文中包含的信息散播到天涯海角。“任何与切尔诺贝利灾难有关的一切，无论是它的原因还是后果，都应当遵循‘开放性’原则，”萨哈罗夫在导言中写道，“完全彻底地公开赤裸裸的真相，势在必行。”

1989 年 2 月，事故发生近 3 年后，在黄金时段播出的《时代》节目的一条报道，向苏联民众揭露了一直被掩藏的 30 公里禁区以外放射性污染的真实程度，并曝光了禁区之外的总污染面积事实上超过禁区内面积的真相。“我们应当用‘开放性最终赢得了胜利’这句话作为这个故事的开始。”播音员说道。在他身后，是一张五颜六色的地图，上
329 面显示着放射性污染最严重的热点区域，有些甚至远至核电站 300 公里以外，越过了白俄罗斯的边境，深入到戈梅利（Gomel）和莫吉列夫（Mogilev）等地区，那里的人在 1986 年 4 月和 5 月亲眼见到黑雨从天而降，土壤深受毒害。白俄罗斯政府预计，将有另外 10 万人需要被疏散，并准备向莫斯科索取相当于 160 亿美元的进一步援助。

几个星期后，就在最后一支苏联军队灰溜溜地从阿富汗战败而归，国内经济的新闻日益负面的情境下，总书记戈尔巴乔夫第一次来到事故现场视察。他穿着一件白色外套、戴着顶防护帽与陪同在侧的妻子赖莎一道，巡视了切尔诺贝利核电厂的二号反应堆，并参观了斯拉夫蒂奇。在基辅，他对党内官员讲话时宣布，要推行一个保护环境的项目，同时承诺对任何有争议的新建项目采取全民公决。他恳请大家耐心对待日益严重的短缺问题和衰败动荡的经济，同时警告说，任何想要脱离苏联的加盟共和国都是在“玩火”。但是，环境问题已经成为拉脱维亚和爱沙尼亚新兴独立运动的聚焦点，并很快为乌克兰的反对党“绿色世界”（Zelenyi Svit）提供了平台。在基辅的某次计划好的公开露面中，当戈尔巴乔夫从他的豪华轿车中钻出来，开始谈起需要大家支持“重建运动”时，围观群众偏离了给定的脚本。“人们都怕了。”一个女人告诉他。当他试图回应时，另一个女人打断了这位总书记，问他对

于正在克里米亚兴建的两座新的核反应堆有何看法。

随着事故3周年的临近，《莫斯科新闻报》从乌克兰日托米尔地区某个位于隔离区西面40公里处的集体农场发来报道，在那里发现了锶90和铯137的热点区域。当地农民观察到，自从事故发生后，有出生缺陷的牲畜的数目急剧上升，小猪仔长着青蛙一样的眼睛和畸形的头骨，生下来的小牛没有四肢、眼睛或头。位于基辅的乌克兰科学院派出了一个考察团，其中一名成员对媒体说，“令人震惊”，应当立即疏散该地区。库尔恰托夫研究所的一名代表拒绝承认这种出生畸形和事 330
故之间存在任何联系，他认为，大量使用化肥和不当耕作方式才是罪魁祸首。1989年10月，《苏维埃俄罗斯报》的报道称，从1986年起，数百吨被放射性元素铯污染的猪肉和牛肉已经秘密掺入香肠中，卖给了蒙在鼓里的全苏联消费者。尽管在与此相关的肉类加工厂中工作的工人，都得到了奖金——作为对他们受到的辐射暴露的补偿，一份打给中央政治局的后续报告却坚称，这些“切尔诺贝利”香肠绝对安全，可以食用，而且整个加工过程“严格依照苏联卫生部的推荐标准”。

在禁区内部，数千名士兵继续清理着被放射性核素污染的地面，用推土机将历史古老的居民点夷为平地，把被污染的家具从普里皮亚季的公寓窗户中扔出来。同时，在这里的野生动物身上，科学家们开始注意到奇怪的新现象：刺猬、田鼠和鼩鼱都带上了放射性；绿头鸭开始出现遗传变异；在核电厂的冷却剂蓄水池中，鲢鱼长成了庞然大物；红树林周围的树木，叶子胀大到不正常的比例，巨型针叶树的松针变为正常尺寸的10倍，金合欢树的“叶片大如儿童的手掌”。有关当局宣布，打算在白俄罗斯设立一个野生动物保护区，并在禁区内建起一座国际研究中心，专门研究辐射对环境的长期影响。

但经费很紧张。在数十年冷战军备竞赛的大肆铺张后，苏联经济本已捉襟见肘，此时再加上戈尔巴乔夫“成事不足，败事有余”的市场经济改革，从阿富汗撤军和遣散军队的高昂代价，以及国际石油市场的崩溃，更显得不堪重负，摇摇欲坠。而切尔诺贝利的财务成本，如被辐射和损毁的设备、人员疏散、医疗护理、工厂、农田和数百万千瓦发电能力的损失，则继续不断上升。光是建造和运行石棺的费用，就高达40亿卢布，约等于55亿美元。根据某个对最终损失的
331 估算结果，将这场灾难所牵涉的方方面面加起来，总数可能超过1280亿美元，相当于1989年苏联全年的国防预算。这种机体失血虽然缓慢，但却无法止住，由此成为正慢慢倒下的苏维埃巨人身上又一处无力回天的开放性伤口。

1989年7月，戈尔巴乔夫发表讲话，向苏联东欧卫星国——如东德、捷克斯洛伐克、罗马尼亚等的国民发出信号，如果他们选择将自己的领导人赶下台，或是甚至脱离社会主义兄弟联盟，他可能不会干预。4个月后，柏林墙倒塌了，庞大的苏联帝国开始解体。

在苏联，随着长期的物资短缺和内部经济崩溃，族群分裂和反对莫斯科中央集权的行动逐渐表现出快速增长的势头。骚乱与非暴力反抗在15个苏联加盟共和国中此起彼伏。在立陶宛，6000人包围了伊格纳利纳核电站，那里的两座新建成的RBMK-1500反应堆成为民族主义者泄愤的靶子，而由此引发的一连串抗议示威，很快便导致波罗的海三国宣布脱离苏联独立。在明斯克，一场据媒体报道有8万人参加的游行示威，在白俄罗斯政府的总部大楼前举行，要求迁出被污染的地区，重新安置。“我们的领导人足足骗了我们3年，”一名游行参与者对苏联记者说，“现在，他们已经抛弃了这块被上帝和切尔诺贝利诅咒了的土地。”

在西方，公众对核能的信心自三里岛事故后便从未完全恢复，而当四号反应堆的爆炸发生后，更是彻底破碎。这场灾难释放出了一轮

公众的不信任情绪，对核能工业的反对也在全球蔓延。在事故后的 12
个月里，瑞典、丹麦、奥地利、新西兰和菲律宾政府全都做出承诺，
永久性地放弃他们的核项目，另外的 9 个国家或是取消了新建反应堆
的计划，或是将其推迟。民意调查表明，切尔诺贝利事件后，全世界
有 2/3 的人反对继续开发核能。美国面临着反应堆建设的全面崩溃，
而这座乌克兰核电厂的名字，在国际舆论中，已经成为技术失败以及 332
对官方信息的怀疑的代名词。

在乌克兰，苏联能源部正在建设的新核电站项目，成为地方对抗莫斯科的焦点问题。当基辅当局号召停止在克里米亚半岛兴建充满争议的核电厂时，工程却依然进行，直到当地政府部门批准了工人罢工，国家银行也停止支付项目资金。1990 年 3 月 1 日，乌克兰最高苏维埃通过了一系列共和国环境保护措施，其中便包括一项要在 5 年内关闭切尔诺贝利核电站所有 3 座现存的反应堆的协议。8 月 2 日，共和国立法部门规定，不得在乌克兰境内新建任何核电厂。在莫斯科，能源部被迫考虑，假如原属于苏联中央一级的决策权被突然移交给各个加盟共和国，谁才能控制苏联的核电厂网络。

在隔离区内，成千上万吨来自反应堆的瓦砾碎片、放射性土壤、植物、家具、车辆和设备，现在都已经埋葬在了约 800 座核废料处理场中。这些被称为“坟场”（mogilniki）的以混凝土为壁的壕沟、大坑或土堆，都用聚合物溶液喷洒过，然后在上面种了草。但这些倾倒核废料的兔子窝都是匆匆挖成的，而且几乎无人维护。没有人费工夫去跟踪记录哪些东西埋在了哪个地方，到 1990 年初时，清理行动已经耗尽了人力。即便开出两倍于苏联平均工资的价码，以及直接打进银行账户的奖金，但当那些预备役军人得知，他们将被派往切尔诺贝利时，许多人立刻拒绝。持续不断的征兵动员引发了公众的不满，最后，苏联军方决定停止向禁区中派遣部队。1990 年 12 月，清理行动实质上宣告结束。

到最后，几乎已经不可能计算出在禁区中服役的清理员的总数，部分原因在于苏联政府的虚报数字。到 1991 年初，来自全苏联的 60
333 万名劳动者参与了清理四号反应堆附近放射性炼狱的工作，官方承认他们为“切尔诺贝利清理员”。作为对他们的服务的表彰，许多人被颁授了特殊的身份证件，以及一枚珐琅奖章，上面用希腊文镌刻着 α、β 和 γ，环绕着一滴鲜血。在所有人的理解中，和那些伟大卫国战争的老兵一样，他们的牺牲为自己赢得了来自祖国母亲的终生关怀照顾。在基辅，苏联卫生部设立了专门的诊所——全苏放射医学研究中心，为每个经受过辐射暴露的人提供治疗。但随着第一批退役的清理员开始发病，带着看起来无法解释、不可预料或过早出现的各种症状来到医院，他们发现，这些吃公家饭的医生，并不情愿将他们的症状与在 30 公里禁区中忍受的恶劣条件联系起来。已经经济破产的国家，无力为 50 多万新增的、随时可能残废的人提供承诺过的专业治疗，因此，医生们以代码形式写下诊断，这些人的医疗档案也被列为机密。除了那些最极端的案例，几乎所有病人都会被给出与玛丽亚·普罗岑科同样的诊断：“普通疾病：与致电离辐射无关。”

1991 年 12 月初，在基辅议会 4 个月前决定举行的一场全民公决中，乌克兰国民投票宣布从苏联独立，随后，米哈伊尔·戈尔巴乔夫输掉了让余下的 12 个加盟共和国继续结成共同体的战役。在 8 月份的一场失败的政变后，戈尔巴乔夫短暂地回到了国家领导人的位置上，但随即眼睁睁地看着俄罗斯总统鲍里斯·叶利钦剥夺了他的权力，并宣布，暂停苏共的一切活动。圣诞节那天，戈尔巴乔夫在电视中露面，发表了一次真情流露的辞职演说，苏联的红旗最后一次从克里姆林宫的旗杆上降下。在帝国坍塌的一片混乱中，大多数参与“切尔诺贝利之战”的英雄男女都被忘记了，作为这个国家最后的抵抗者，他们仿佛一夜之间便从人间蒸发了。

接下来的那些年，许多历劫余生的人，正当壮年便成了废人，他们被一连串神秘的症状击倒，比如高血压、白内障、肾脏疾病和慢性 334
疲劳。第一个赶到现场的直升机飞行员谢尔盖·沃洛金大尉，曾漫不经心地驾驶飞机穿过从反应堆升起的放射性烟雾，后来他患上了恐高症，只好转为空军文职人员。那些完全无法继续工作的人，获得了国家的退休津贴，但数目越来越少，而且很难寻求医学治疗。在基辅和莫斯科的医院中，一些人死于心脏病或包括白血病在内的血液疾病。事故当晚指挥消防员的捷利亚特尼科夫少校，在 2004 年 12 月因下颚癌去世，年仅 53 岁。对于其他一些人来说，因为这场灾难而被从熟悉的世界中突然连根拔起，从而漂泊无依，四顾无援，由此带来的心理负担实在过于沉重，难以承受。在暴露于致死剂量的辐射后，奇迹般幸存的电气工程师安德烈·托尔马钦，虽然扛过了失败的骨髓移植，扛过了毒血症，活着走出了第六医院，但之后很快便陷入抑郁，酗酒身亡。

2006 年 2 月，事故发生近 20 年后，我在基辅一家门庭寥落的咖啡厅里，见到了物理学家韦尼阿明·普里亚涅齐尼科夫，这里离他居住的小区很近。这个 62 岁的大块头男人，穿着一件三件套西装，打着波点领带，整个人生气勃勃，引人注目，话语中充满了各种譬喻和冷幽默。他细致入微地回忆起妻子栽种的草莓叶子上的石墨斑点，以及在四号机组地下室中与“中国综合征”的殊死搏斗。他告诉我，在 1986 年 5 月最恐怖的那几天中，曾到反应堆深处测量温度和辐射值的 5 个人，有 4 个已经死了。“所以，20% 的幸存率，”他带着一丝阴郁的微笑说道，“如果把我包括在内的话。”

活下来的清理员们，也带着同样的恐惧，他们担心，从战场归来的自己，身上带着没人能看见的致命伤口。“我们知道，那个看不见的敌人正在身体内部像虫子一样吞食着我们。”尼古拉·安托什金将军说，他手下的直升机部队曾参与扑灭核燃料大火。“对我们来说，战争还在继续，我们正一点一点地从这个世界消失。”

335 2006 年，当我前往亚历山大·谢甫琴科和纳塔利娅离莫斯科国立大学不远的公寓拜访他们时，谢甫琴科的手臂和背部满是紫红色的伤疤，那是一次又一次植皮手术的结果。手术的次数太多，以至于他数到第 15 次的时候就停了下来。他从第六医院一出院，便迅速回到了工作岗位，但后来又在德国的一家医院住了好几周，接受一群军队医生的治疗。此外，他每年仍要接受为期两周的医学检查。谢甫琴科刚刚换了一份新工作，这让他在 1986 年之后，第一次可以回到他当初选择的职业领域——核工程上来。他很高兴，因为这份工作让他可以去乌克兰出差，访问这个国家仍继续运行的核电站，再一次与当年在敖德萨大学就认识的老同事共事。

然而，当他开始谈起那起事故时，汗水从他剃了平头的脑袋上涔涔地流下来，攥在拳头里的手绢很快便湿透了。谢甫琴科不知道辐射会不会让他不育，尽管医生向这对夫妇保证，他们肯定还可以有更多孩子。但纳塔利娅不相信他们，并质问他们的动机——她可不想成为某个冷酷无情的科学实验的无知小白鼠。

于是，他们的儿子基里尔就成了独生子，当时，他正在医学院学习，打算成为一名医生。他们养了一只暹罗猫，给它起名查理。这只猫出生于 4 月 26 日，他们认为这是一个好兆头。但亚历山大说，辐射对他健康的影响，并没有像人们预想中那么糟糕。“医生一直跟我说，我活了下来。所以应当好好活下去，不要自寻烦恼。”他说，“但只要我一回乌克兰，他们就会开始跟我说起，谁谁谁又死了。是因为辐射吗？我不知道。我压根儿不懂那些统计数字。但当朋友跟我问起时，我会告诉他们：你越少琢磨这件事，就会活得越长。”

十九

大象脚

2016年4月25日，星期一，下午，普里皮亚季的天气温暖宜人，更像是夏天而不是春天。城市安静而空旷，杨絮在微风中漫天飘舞，浓荫密布，寂静无声，只偶尔会被鸟鸣声打破。在四号机组爆炸近30年后，维克托·布留哈诺夫在一片空地上幻化出的那座原子城，终于又被自然重新征服。依照这位厂长的命令种下的良种波罗的海玫瑰，很早以前便已疯长得到处都是，在城市中央广场正中，发黑的玫瑰果实就烂在乱糟糟的灌木丛里；柳树、松树和野梨树长成了密林，挤占了原来的足球场；一棵银桦树苗从白房子前面破破烂烂的台阶上破土而出；一丛丛的橡树和金合欢树将原本宽阔的库尔恰托夫大街变成了一条树影斑驳的林中小径。路灯柱上，锤子和镰刀的符号历经风雨而犹存，但一颗颗的苏联红星却已锈蚀，被树枝顶得七扭八歪，人行道标记上的图像，在几十年的日晒雨淋下早已消失不见。四分五裂的摩天轮下方，长了一层厚厚的苔藓。

暴露于风吹雨打中，被雨水、霜冻和腐蚀性的苔藓轮流攻击，城中的许多建筑都已经濒临倒塌。在体育大街上，一栋公寓大楼的入口被掉落的巨型混凝土板完全堵住。趁乱打劫和拾荒的人将城中所有能找到的金属全都一扫而空，房间里只剩下已经消失不见的暖气片留下的黑色轮廓，街道上则到处是洞，那是他们从地下偷走钢管和线缆时留下的痕迹。在列宁大道的小区里，楼梯间里满地碎玻璃，卧室墙上

起卷松脱的壁纸布满尘埃，黯淡褪色。走上俯瞰库尔恰托夫大街的
337 13/34 号楼 4 楼，布留哈诺夫一家人的公寓，大门已经从合页上脱落下来，倒伏在门厅那里，上面覆盖了厚厚一层浅灰色的尘土。这间宽敞的转角公寓几乎空无一物，没有任何证据能显示谁曾经住在这里：一张小孩子画的老爷车贴在黑漆漆的浴室的瓷砖上，厨房的地板上丢着一只高跟鞋。但从一个俯瞰中央广场的房间的阳台上，仍能越过树梢看到正对面那座 10 层公寓大楼屋顶上的标语：让原子成为工人，而不是战士！

3 公里外，切尔诺贝利核电厂五号反应堆和六号反应堆上方的工程起重机保持着它们在事故当晚停工时的状态。在核电站的主结构内部，仍有少数员工在工作。当新独立的乌克兰共和国开始收到来自俄罗斯的第一批电费账单时，政府改变了关闭核电厂余下 3 座反应堆的决定，最后一座反应堆直到 2000 年才最终停堆。从那时起，一群人数不断减少的工人负责着一号、二号和三号机组的冷却、停止使用和拆卸工作，他们每天坐着专门的电气火车，从一小时车程外的斯拉夫蒂奇赶过来上班。

我第一次参观切尔诺贝利核电站，是一个深冬的早晨，供暖停止了，整个核电站综合体之中寒意浸骨。在 +10 标记位置上，卫生间（sanitary lock）的“脏区”一侧，细雪从窗口飘进来，两个身着白色工作服、套着厚厚的大衣的男人，快步走过脱气走廊，呼出的热气凝成了云雾。在二号控制室里面，三位工程师站在各自的操作台旁边，抽着烟，小声打着电话。操作台上的许多表盘和信号报警器都贴着纸标签，上面打印着“停止使用”的字样。在曾经一刻不停地闪动着反应堆的各项数值、如今却被束之高阁的控制板正中，一块小型彩色电视屏幕显示着机器大厅的闭路监视图像，在那里，巨大的涡轮发电机正在缓慢地被拆卸。沿着那条曾连接电厂所有四座反应堆机组的长走廊再往西边走一点，留下的骨干员工便消失不见了。在三号机组这个沉睡的巨人

身体内部，一种令人压抑的寂静，在光线昏暗的机器间里潜滋暗长。338
地面上，仍然覆盖着 1986 年清除污染行动中铺设的塑料垫，但它们已年久发黄。单调的灰色光线透过污秽的玻璃窗照进来，沉重的管道悬在屋顶，潮湿的空气中飘浮着一股刺鼻的机油和臭氧味道。

再往下几级楼梯，沿着一条没有窗户的走廊一直走，便无法再继续前进了。某种近在咫尺但无法看到的存在，某种野兽般凶残的力量，几乎触手可及。头上交错纵横的粗管，在这里戛然而止，被截断的管道端口悬于空中，曾经是某个通道入口的地方，现在被混凝土死死封住。靠着这堵墙，一滩乳白色的液体中，立着一座红色大理石的纪念碑，上嵌铜质浮雕：一个男人的剪影，头上戴着顶核电厂工人常戴的筒帽，伸长了一只手臂发出警报，仿佛正在等待永远都不会到来的援救。这是瓦列里·赫德姆丘克的墓碑，他是四号反应堆爆炸的第一个遇难者。活下来的同事建造了这座纪念碑，安放在他们能接近的、离瓦列里的可能葬身之处最近的地方。那位从人间蒸发的机械师的遗体，便在这堵厚达 3 米且衬了一层铅的混凝土墙之后的某个地方，埋在数千吨瓦砾、沙子和扭曲变形的机器碎片之下。与他在一起的，还有四号反应堆熔化的堆芯，一团由铀、锆和其他堆芯元素形成的变幻莫测的物质，它们和 30 年前浩劫发生那天时一样，令人迷惑难解，却轻而易举便能置人于死地。

从 1986 年夏天进入拔地而起的石棺内部展开探查一开始，库尔恰托夫研究所专家小分队便面对着众多艰难险阻。他们从莫斯科奉命而来，要找到曾为四号反应堆提供动力的那数百吨核燃料，但进展屡遭阻碍：γ 辐射场，坍塌的废墟，中型机械制造部的建筑工人新浇筑的一道道阶梯式混凝土墙，还有失灵的设备，全都困扰着他们。他们起初曾尝试过使用机器人，但结果和在特别禁区中工作的许多其他人遭遇的一模一样。一个耗费巨资开发出来、用于探查废墟的设备，第一次投入测试，便进退失据，哪怕是在面对最小的障碍时。操作人员必须反复地将它救出困境，直到它最后在一个高辐射区域彻底一动不动
339 地停下来。那天晚上，当组装特别小组观看摄像机捕捉下来的画面时，这台机器人突然出乎意料地又活了过来，滑稽地闪着灯，挥舞着机械臂，一路冲向走廊，最后尖叫着侧翻在地，气得破口大骂的操作人员只好冒险把它取了回来。

最后，初步的侦察工作终于在一台塑料坦克模型的帮助下开始了，它是一位科学家花了 12 卢布（相当于当时的 5 美元）在基辅的儿童世界玩具店买来的。这个玩具可以用一根长长的电线末端的电池动力操作盒加以控制，上面加装了辐射剂量计、温度计和一支高功率手电筒。科学家把它当成一只对放射性特别敏感的猎犬，走在他们前方 10 米处，遇到危险马上发出警报。尽管对周围的危险有充分的意识，库尔恰托夫行动小组的成员们却充满干劲，一方面是因为深知搜寻失踪燃料的意义重大，如此才能确保新的链式反应不会开始，但另一方面，也是出于他们的科学好奇心。在石棺里面，他们是对另外一个世界的疆域进行探索的探险家，那里的 γ 辐射场达到了此前从未有人经历过的高度，奇异的新物质生成于四分五裂的核反应堆所形成的、温度超过 10000 摄氏度的熔炉中。

1986 年秋天，库尔恰托夫研究所的团队成员终于进入到神秘的 217/2 走廊，做出了他们第一个和最值得铭记的发现。在那里，几个月前，他们的遥控辐射探测仪曾经突然爆表短路。为了到达那里，科学家们必须钻过一条在废墟中形成的狭窄通道，手上打着电筒，身上穿着薄薄的一层塑料防护服，以免放射性坠尘落入。他们在那里发现了一个由某种神秘物质形成的巨大的球形石笋状物。它看起来好像是从他们头上的某个地方流下来的，然后凝固成了煤黑色、表面光溜溜的一大坨。他们将这坨半人高、重约 2 吨的凝固物称为“大象脚”。它

的表面辐射高得惊人，达到了 8000 伦琴每小时，或 2 伦琴每秒：在旁边待上 5 分钟，就足以导致一场痛苦万分的死亡。尽管如此，政府委员会还是颁下命令，对它拍照并进行全面分析。

在发现“大象脚”之前，这些科学家不仅无法找到从反应堆中失 340
踪的燃料，也看不到安托什金将军手下那些英勇无畏的直升机飞行员空投进反应堆中的那 16000 多吨材料的丝毫迹象。因此，他们希望“大象脚”中可能会含有某些当初试图用来冷却堆芯的铅。然而，想要从它上面提取化验用的样本并不容易。这坨物质实在太硬，安装在机动小车上的钻头根本搞不定，一位自告奋勇拿着斧子进去凿取样本的战士也空手而归，而且还受到超大剂量的辐射，必须马上疏散出切尔诺贝利。最后，一名警察部队的神枪手奉命赶来，用一把步枪从它的表面上轰击下来一块碎片。样本显示，“大象脚”是由一股熔化的放射性岩浆固化后形成的，也不知这股岩浆是如何从附近的房间流进这条走廊的，它们由二氧化硅、钛、锆、镁和铀等组成，其中包含着可以在核燃料中找到的所有放射性核素。但在 5 月初最疯狂的那几天空投进四号机组的那些铅，却丝毫不在其中。

通过测量反应堆下部空间的空气温度，库尔恰托夫研究所的专家们发现了还有更多放射性岩浆存在于走廊末端的某个房间里的证据。在那个曾经容纳着支撑反应堆容器及其所有内容物的巨大不锈钢横梁——S 结构的房间里，放射性岩浆的温度仍因放射性蜕变产生的能量而炽热逼人。然而，他们再一次被瓦砾和放射性阻住了去路。在几乎每一次政府委员会会议上，鲍里斯·谢尔比纳和其他官员都对科学家们严词斥责，批评他们没能找到反应堆燃料，追问他们发生新一次自持链式反应的持续危险到底有多高。

1988 年初，他们组建了一个由 30 位科学家组成的新的多学科合作团队，专门对石棺进行探查，确定燃料的所在位置。另有 3500 余名建筑工人为这个团队提供支持。这便是切尔诺贝利综合体探查行动

（Chernobyl Complex Expedition）。使用跨度长达 26 米、由中型机械制造部和苏联采矿业的技师操作的水平钻机，综合体探查行动团队开始在四号机组内部向下钻探，从废墟中钻取土芯样本，检视建筑物本身的构成成分。到 1988 年晚春，爆炸发生两年后，钻孔打到了反应堆容器那里。5 月 3 日，一个钻头突破了竖井的混凝土外墙，穿过一层沙
341 子和碎石以及内防护容器（inner protection tank）的钢壁，最终钻进了反应堆坑室。科学家们把一个探测器从钻孔中送到坑穴正中，希望以此估测出作为事故起点的反应堆堆芯的石墨堆和燃料组件的损毁程度。但探测器没有遇到任何抵抗，极其顺畅地从这个直径全长 11.8 米的前活性区域正中穿过，毫无停顿阻滞。

科学家们都糊涂了。燃料到底在哪儿？第二天，他们将一个潜望镜和一个大功率照明灯插了进去，将里面全部照亮，所有人都惊呆了：这个巨大的、曾经容纳了 190 吨铀燃料和 1700 吨石墨砌块的四号反应堆坑室，此前人们曾认为已经由一批批空投的沙子、铅和白云石填满，但实际上却几乎空无一物。

在一项后来持续了数年的行动过程中，综合体探查队的成员逐渐深入到四号机组内部兔子洞一样的废墟深处，在那里采集样本，拍摄照片，为所发现的一切拍摄视频资料。就是在此时，他们揭开了一个秘密：在切尔诺贝利之战最激烈的时候，反应堆建筑内到底发生了些什么。他们发现，在以反应堆建筑为靶心、从上方空投的那 17,000 吨材料中，只有很少的一部分准确投到了反应堆坑室中。绝大部分空投材料，都散落在堆满主厂房的瓦砾废墟中的其他地方，形成了一座座高达 15 米的小丘。一些铅锭击中了红白条纹的通风烟囱，而距离靶心几乎有 100 米远的三号机组屋顶，已经被那些空投的物质压垮。此外，看起来，没有被爆炸冲力甩出反应堆的那 1300 吨石墨，几乎全部被火焰吞噬了：到最后，这座熊熊燃烧的反应堆，把自己生生地烧了个一

一个废旧设备露天堆栈，因污染情况过于严重而无法被运出核电厂周围隔离区的巴士汽车、消防车、直升机、装甲车和建筑设备，在事故后被统一弃置在这里。截至1997年，据估算，事故导致的全部损失已达1280亿美元

“大象脚”。这团由熔化的沙子、铀燃料、钢和混凝土凝结而成的物质，在1986年秋天被切尔诺贝利综合体探查项目的科学家们发现于四号反应堆废墟下方的地下室中。它的放射性依然十分强大，在旁边待上不到5分钟，就足以导致痛苦的死亡

干二净。那些苏联飞行员在反应堆上方 200 米空中投沙灭火的英勇行为，根本没有任何意义。

综合体探查行动也揭示了，理论物理学家们为之惊恐万状的“中国综合征”，虽然开始时被中型机械制造部那群只知实干、苦干、蛮干的核专家斥为几乎不可能发生的事，但事实上却与真相相距不远。他
342 们查明，“大象脚”中那两吨足以置人于死地的成分，只是事故发生几分钟后，在反应堆内部形成的炽热的放射性岩浆流的一小部分，它们缓缓向下流入建筑物的地下室，直到反应堆坑室变得几乎空空荡荡。

燃料组件的锆金属包壳是最先熔化的，在爆炸发生半个小时之内，温度就达到了 1850 摄氏度，进而熔化了里面的二氧化铀芯块，汇成一碗滚烫的金属汤，然后又吸收了反应堆容器自身的一些部件，其中包括不锈钢、蛇纹岩、石墨和熔化的混凝土。这股包含了 135 吨熔化的铀的放射性岩浆，随即一路噬穿反应堆的下部生物屏障，一个重达 1200 吨、内充蛇纹岩碎石的巨型钢盘。它烧穿了这个屏障及里面的所有物品，吸收了其总重的约 1/4，然后一路畅通无阻地流入了下方的房间。支撑整个反应堆容器的十字钢梁——S 结构，达到了屈服点而变形，生物屏障便从反应堆的底部掉了下来，炽热的放射性岩浆开始在反应堆下部空间的地层上烧出一个洞。之前没能在四号反应堆垂死挣扎时帮上忙的蒸汽抑压系统管道，此时却为试图离开建筑物的岩浆提供了一条便道，让它们得以分兵四路，扩散到南边和东边，一路熔化金属物件，流过敞开的门口，缓慢注满了走廊和房间，再顺着水管一层接一层地向下渗透，直至四号机组的地基。

等到这股放射性岩浆流到被大尉兹博罗夫斯基和核电厂专家付出巨大代价排空的蒸汽抑压池时，它已经烧穿了反应堆下部空间的 3 层楼板，吞下了更多建筑部件和结构碎片，总重达到至少 1000 吨。在某些房间里，熔化的金属汇成了 15 厘米深的小池，原地凝固下来。然而，尽管兹博罗夫斯基等人付出了最大的努力，依然有数百立方米水

留在了抑压隔间中，直到放射性岩浆流到达此处，“中国综合征”才终于宣告结束。当岩浆滴进抑压池内残留的积水时，它冷却了下来，没 343
有造成任何危害，而四号反应堆熔化的堆芯，也终于停止了自己的旅行，形成了一块漂浮在放射性湖泊表面的灰色陶瓷状火山磨石，然而，此时它离隔开反应堆建筑和地下土层的地基，只不过是几厘米之遥。

直到 1990 年，综合体探查行动的成员才最终找到大多数的熔化燃料。他们在提交给政府委员会的报告中保证说，反应堆的鬼魂，“从目前来看”，不太可能重返人间兴风作浪。即便在事故发生 4 年后，某些燃料簇内部的温度仍高达 100 摄氏度，但除非它再次被水浸透，根据科学家们的计算，新的临界状态几乎不可能出现。他们也安装了一个新的监视系统，在临界状态万一开始的情况下提前发出警报。而那时，苏联内部的最终崩溃已经开始，无论是在经济上还是政治上，注意力焦点都已经远离了切尔诺贝利。

日益被人遗忘，资源也逐渐告竭，综合体探查行动却依然缓慢地向前推进。作为项目带头人，体型丰满的中微子物理学家亚历山大·博罗沃伊前后累计进到石棺之中一千多次。博罗沃伊说，他本身是个没什么勇气的人，只不过是对辐射的危险有充分了解，可以控制风险罢了。但每一次进到那栋庞大的黑色建筑物中，都会让他油然升起聆听肖斯塔科维奇的第六交响乐第一乐章时的感受：一曲不祥的前奏，预示着在生存与湮灭之间的挣扎。这位物理学家既没有计算机，也没有防护性设备，每次进入时，博罗沃伊都会带上一卷医用胶带，用来在塑料防护服万一被撕破时将其粘好。

到最后，这群人甚至连内衣都开始短缺。在 BBC 拍摄的探查行动纪录片播出后，科学家们开始收到来自西方的爱心包裹，里面装着亲手编织的袜子。博罗沃伊将它们作为奖励分发给在石棺中表现突出的小组成员。尽管条件如此艰苦，这些科学家却发现，他们的工作令人着迷且极其重要，一些人甚至在指定任务期结束后拒绝离开，还有许多人故意将辐射剂量计留在办公室中，以免在官方登记的最大辐射暴露剂量达到后被送回家。继“大象脚”之后，他们又在四号机组的
344 废墟中见到了放射性岩浆凝固成的其他怪模怪样的形状，他们分别给这些凝固物起了绰号：“水滴”，“冰柱”，“石笋”，还有“破烂堆”。在这些独特的发现中，他们将一种新物质命名为“切尔诺贝利石”（Chernobylite）——这是一种他们从废墟中铲下来的蓝色硅酸盐晶体，由锆和铀构成，极其美丽但也足以致人于死地。它只能被安全地检视很短一段时间，从四号机组中取出的样本，必须放在衬铅的容器中。此外，当经费逐渐花光，而发生新一轮自持链式反应的恐惧也暂告平息时，综合体探查行动小组开始发现一个新问题：在极度保密的情况下调动全苏联各方力量匆匆赶工建成的石棺，并不像苏联的宣传机器所鼓吹的那样，是一个工程的胜利。

尽管在建造过程中，建筑物本身的各种缺陷已经被小心地掩盖，博罗沃伊和他的团队如今依然在墙壁上发现了众多大到足以令人通过的缺口，以及一道道裂缝，水可能由此渗入，放射性尘土也会从此逸出。他们开始担心，在石棺内部，四号机组的混凝土残骸可能很快便会坍塌。等到博罗沃伊被召回莫斯科时，一切已经变得很明显：必须找到某些新的手段，才能保护整个世界免受依然炽热的反应堆余烬的威胁。

1991 年 9 月 11 日，核电厂前厂长维克托·布留哈诺夫获释出狱，他已经服满了 10 年刑期中的 5 年，其中大部分时间在顿涅茨克的流放地度过。根据苏联司法系统的规定，他因服刑期间表现良好而被提前释放，可以在一个俗称“转化营”（khimiya）的强制劳动营接受余下的刑罚。那个转化营位于小城乌曼（Uman），离他身在基辅的妻子瓦莲京娜很近。55 岁的他从监狱里走出来的时候，整个人羸弱不堪。瓦莲京娜搬到基辅后买给他的一件捷克制造的高级大衣，像只麻袋一样

挂在他身上。回到家中，她带他在两人的新公寓里参观了一圈。公寓所在的小区，住着许多伤残同事和电厂员工，被人称为“小普里皮亚季”。他还见到了自己从未谋面的已经5岁大的外孙女。

出狱后，布留哈诺夫走进了一个面目全非的世界。他曾忠贞不二 345
地效劳过的苏联，曾经的铁板一块，如今正烟消云散，甚至连他作为切尔诺贝利灾难罪魁祸首的污名，也已经在更高级别、更不可告人的秘密罪行接连揭露时变得无足轻重。1991年12月26日，苏联最高法院刑事案件委员会主席给布留哈诺夫身在莫斯科的律师寄去了一封只有两行字的信，告知他，针对其当事人判决的上诉，已经在未复核的情况下被驳回，因为负责做出这个判决的国家已经不复存在。

一开始，布留哈诺夫还渴望着重返普里皮亚季，尽管发生了所有这一切，他依然存着能在自己亲手建造的核电厂里找到一份新工作的希望。最终，喜欢冷嘲热讽的前党内大员、此时仍在独立后的乌克兰能源部主持工作的维塔利·斯克利亚罗夫，在该部位于基辅的国际贸易部门为布留哈诺夫谋到了一个位置。1992年初，布留哈诺夫静悄悄地回到了工作岗位上，此时，他已经是一个被人遗忘的家伙。

这位下了台的厂长，是因在四号反应堆爆炸中负有责任，而被判刑的切尔诺贝利电厂员工中，最后一个恢复自由身的人。科瓦连科和罗戈日金此前已经上诉成功，提前获释，重新回到电厂工作。前核安全监察员劳什金也已获释，但出狱后不久便死于胃癌。总工程师尼古拉·福明一直都没能从事故带来的震惊中完全恢复过来，被捕两年后（1988年），他被诊断为“反应性精神病”，转入一家精神病院接受治疗。1990年因健康原因提前获释后，福明在莫斯科北部的加里宁（Kalinin）核电厂找到了份工作，尽管据说此时他的精神状态依然极度脆弱。

阿纳托利·佳特洛夫，这个独断专行的副总工程师，服刑期间一直在对苏联法庭做出的判决进行抗辩，他到处上书并在狱中接受采访，希望将他得知的那些RBMK反应堆的缺陷公之于众，从而洗脱自己和手下员工的罪名。他直接写信给维也纳国际原子能机构的汉斯·布利克斯，指出他们的技术分析中的漏洞，也写信给列昂尼德·托图诺夫的父母，向他们描述他们的儿子是如何坚守岗位、试图挽救出了故障
346 的反应堆，以及他如何不公正地承担了导致这场事故的罪名。他解释说，这座反应堆根本就不应该投入使用，托图诺夫和他死去的同事，都不过是用司法手段掩盖事实真相的替罪羊。“我全心全意地向你们表示同情，与你们一样深感悲痛，”佳特洛夫写道，“没有什么比失去自己的孩子更让人难以忍受了。”

在狱中，佳特洛夫继续受着恐怖的辐射烧伤的折磨，那是他在事故发生当晚，在四号机组的断壁残垣中走来走去时遭受的辐射暴露所导致的。1990 年 10 月，他因健康状况恶化而提前获释。在自己位于特罗耶希厄纳的公寓中，这位身体日渐虚弱的工程师继续大声疾呼，揭露反应堆设计缺陷的真相，曝光列加索夫院士和苏联代表团向国际原子能机构粉饰事故真实原因的劣行。

包括格里戈里·梅德韦杰夫《切尔诺贝利笔记本》在内的许多出版后大获流行的回忆录，都对苏联官方公布的事件经过提出了质疑。然而，政府委员会的事故原因调查报告却依然被列为保密文件，公众对一系列事件的认知——一群无能的操作人员把一座完全可靠的反应堆搞炸了，也一直没有得到改变。但随着这个保密国家的森严舆论禁制的进一步松弛，关于四号机组爆炸源头的真相终于开始透露出来。顶着能源技术科学研究与设计院（NIKIET）和原子能部的反对，国家独立核安全委员会还是启动了姗姗来迟的事故原因独立调查。委员会从 RBMK 设计团队的中层人员和切尔诺贝利核电厂的前专家那里搜集了许多意见建议。委员会中负责此项调查的人与佳特洛夫开始了大量书信往来，核实发生在爆炸前的一系列事件。苏联当局提交给国际原子能机构的附录文件，已经开始对官方的故事版本进行否定，到 1990 年 7 月，一位赴维也纳代表团的高级成员终于公开承认，设计师才应

为这场浩劫负主要责任，操作人员的所作所为并不关键。

这份由核安全调查委员会在 1991 年 1 月提交给苏联部长会议的报告，彻底推翻了 1986 年列加索夫讲给国际原子能机构的故事。所谓的“一件精工细作的设备被一群接连违反关键安全操作条例的莽撞操作人员搞到最终爆炸”的说法，纯属谎言。但他们的发现并不能完全洗脱 347 佳特洛夫的罪名，后者坚称，不仅核电厂的工作人员与事故完全无关，而且在事故酝酿发展的关键时刻——列昂尼德·托图诺夫将反应堆的功率从零向上提升，从而保证降负荷试验可以进行之时——他根本就不在控制室中。但他们澄清了一件事，那就是，尽管操作人员的行为促成了事故发生，但他们却不应当为这场在几十年的时间里慢慢铸成的灾难负责。

1991 年 5 月，当这份报告仍在接受部长会议燃料与能源部（Fuel and Energy Department of the Council of Ministers）的审议时，其主要执笔者、前切尔诺贝利总工程师尼古拉·施泰因贝格，在召开于莫斯科萨哈罗夫中心的国际人权大会开幕式上报告了自己的发现。他告诉与会代表，切尔诺贝利灾难之所以会发生，是苏联特有的“科学上的、技术上的、社会经济上的和人员上的种种因素”叠加后的结果。甚至连最基本的安全操作都付之阙如的苏联核工业，一直依赖着操作人员夜以继日犹如机器人一般的精准操作——但他们经常要面对提前完成任务和“超过计划指标”的压力，而这些会让他们几乎不得不无视操作条例上的规定。他在报告中指出，佳特洛夫和如今已经离世的四号控制室中的操作人员，的确令反应堆处于不稳定的状态下，但这只不过是因为他们当时面对着必须完成涡轮测试的巨大压力。

“在这些环境因素影响下，”施泰因贝格说道，“机组操作人员和管理者做出了一个很可能导致了随后事故的决定。”但没人能够确定，因为他们都仍无法确知，当测试一旦开始，反应堆是不是会没有任何风险地停堆。尽管佳特洛夫、班组长阿基莫夫和高级反应堆控制工程师托图诺夫违反了某些操作条例，他们却对 RBMK-1000 反应堆的致命缺陷一无所知，而这意味着，在测试结束时插入控制棒——而不是关停反应堆——可能也会引发链式反应失控。

做出这份报告的每一个调查人员，如今都一致同意，摧毁了反应堆的那次致命的功率浪涌（power surge），在控制棒插入堆芯时便已开
348 始。“因此，切尔诺贝利事故的发生，遵循了世界上最严重的安全事故的标准模式：众多小的违规操作日积月累……催生了一系列不如人意的后果和异常，尽管单独看上去都没什么特别危险的地方，但最终被某个事件触发，酿成大祸。在这个具体案例中，操作人员的主观行为让反应堆潜在的破坏力和危险得到了释放。”

施泰因贝格意识到，这场事故的根源，不仅在于那些设计了反应堆的人，也在于那个默许反应堆投入运行、欺瞒成风、官官相护的官僚体制。但他总结道，追问谁应该负有罪责——到底是“那些把步枪挂在墙上、意识到子弹已上了膛的人，还是那些漫不经心地扣下扳机的人”——已经不再有建设性。

但原子能工业的大佬们，对于真相的胃口并不比 5 年前更佳。克里姆林宫负责核工业的部长，没有立即接受施泰因贝格报告中的调查结果，而是下令由一个新成立的委员会进行第二次调查。这一次，委员会的成员中，满是当初撰写了 1986 年维也纳报告的同一拨人。迫于来自能源技术科学研究与设计院的反应堆设计师们的压力，他们把兴师问罪的罗盘指针再次转向操作人员。国家核安全委员会推选出来的两位新一届委员会成员，辞职以示抗议，而他们的顶头上司也拒绝在新的文件上签名。直到 1991 年 8 月，苏联开始滑向灭亡深渊，这个问题仍争议未决。

直到第二年，在这个苏联核安全团队所属的机构已经解散之后，它的发现，才最终作为一个附件，与国际原子能机构最初的关于切尔诺贝利事故报告的修订版本一道出版。根据所谓的“新信息”来解释

1986 年报告中的不准确之处，国际原子能机构的专家们终于揭露了围绕事故原因而进行的一系列技术上的隐瞒遮掩：在这之前发生过的一长串 RBMK 反应堆事故、此种反应堆的危险设计、它的不稳定性，以及操作人员在反应堆状态问题上受到的种种误导。报告用大量的科学细节描述了正空泡效应与生俱来的问题，以及控制棒“末端”效应的致命后果。

尽管国际原子能机构的专家委员会仍旧认为，切尔诺贝利操作人 349
员的行为，“在许多方面……都不能令人满意”，但它确认了，这场有史以来最糟糕的核灾难之所以发生的主要原因，不是四号机组控制室中的那些人员，而是 RBMK 反应堆的设计本身。在这些人被葬入米金诺公墓 6 年后，这份报告终于以某种方式洗雪了亚历山大·阿基莫夫、列昂尼德·托图诺夫和其他在第六医院去世的操作人员头上的污名。但那时，这份充满诘诎聱牙的技术术语的修订版报告，除了在专业人士的小圈子里流传，几乎没有引起太多注意。回到基辅，依然对此不满的前副总工程师佳特洛夫，继续孤独地在媒体上辩称着自己的无罪，直到 1995 年 12 月死于骨髓癌，终年 64 岁。2008 年，事故发生二十多年后，阿基莫夫和托图诺夫，以及核电厂另外的 12 名工程师、电工和机工，终于因为他们在 4 月 26 日那天晚上的英勇表现得到了嘉奖。乌克兰总统维克托·亚努科维奇为他们每个人追授了乌克兰勇气奖章，三等奖。

二十

瓦列里·赫德姆丘克之墓

2015年10月的一个傍晚，我重新来到莫斯科韦尔纳茨基大道旁的一栋砖楼。10年前，就是在这里，我见到了亚历山大·谢甫琴科和纳塔利娅·谢甫琴科夫妇。太阳已经落山，外面冷飕飕的，但这年的第一场雪却还未落下。谢甫琴科夫妇位于九楼的公寓，之前豪华装修过，现代式的厨房闪闪发亮，洗澡间也焕然一新，但屋子里的气氛却显得冰冷单调。那只叫查理的宠物猫已经死了。纳塔利娅说她最近经常待在德国，她在那儿做着一份美容师的工作，偶尔才会回到莫斯科的家中。已经54岁的谢甫琴科太太，苍白而清癯，像一只鸟。她身上穿了一件绿色的短袖针织衫，上面点缀着粉色的滚边，染成深赭色的头发梳成蓬松的高髻。她为我泡了杯草本茶，端上一碟酥皮甜点，随后，给我讲了她丈夫的故事。

2006年与我见面时，亚历山大看起来一切都很好。年底时，纳塔利娅察觉到，他瘦了很多。即便是在那时，她依然觉得，减轻点体重对丈夫来说是件好事，这让他看起来更显年轻。他在核工程领域的新工作一切顺利，身体不错，心情也挺好。那年10月初，他们去希腊的克里特岛度了个假。有一天，他拿着一支船桨走到海滩上："纳塔利娅，我想你跟我做个伴儿！"尽管他在二十多年前就放弃了赛艇运动，但对这项运动的热爱却一直留在心中，他从来不曾错过电视上的任何一场比赛。

他刚刚找到了一艘小艇，但需要有个搭档一起划。纳塔利娅这辈子从来没有划过船，她的丈夫却死磨硬泡：就划到海湾的那一边，就几分钟。她爬进船头，亚历山大坐在船尾。她轻点船桨，插入碧蓝的水中。这事并不容易。她太纤弱了，又没有经验，而她 44 岁的丈夫虎 351
背熊腰，气力十足。她不得不疯狂地划动船桨，才能跟得上他的大长臂膀和训练有素的划桨动作，但她慢慢找到了节奏，全身心投入其中。他们终于划到岸边，纳塔利娅转过身，发现身后的丈夫高兴地喘着气，因为要跟上妻子超乎寻常的节奏而精疲力尽。“你是冠军！”他说。作为奖杯的替代品，他在附近的珠宝店为她买了一对海蓝宝石耳环。

假期结束，夫妻二人坐飞机飞回莫斯科，途中亚历山大突然感觉虚弱无力，脸上一下子血色全无。他将之归因于机舱内气压的变化，没当回事。等到他们终于回到家中，他似乎好了起来，虽然脸色依然十分苍白。而常规血液检查的结果也很正常，纳塔利娅以为，他不过是出差太多了，只需放慢点节奏就好了。

元旦假期之后，2007 年 1 月初，亚历山大发了一场高烧。以为是病毒感染，他吃了点药把烧降了下来。然而，他的体温一直上下起伏，早上还很低，到晚上就蹿了上去。他们意识到，可能有些不对头。他们的儿子基里尔给医生打了电话。

他们发现，亚历山大的脾较正常已经增大了几倍，这是白血病的一个常见症状。他的血细胞计数之前误导了大家，他住进医院时，骨髓已经开始衰竭。他又回到了现在已改名为布尔纳江医学中心（Burnasyan Medical Center）的第六医院，1986 年时的两位主治医生，已经 82 岁的安格林娜·古斯科娃和 72 岁的安热莉卡·巴拉巴诺娃，继续担任治疗顾问。开始时，纳塔利娅还希望，正确的治疗能让丈夫的病情得到控制，他还能再过几年正常日子。但在接下来的 18 个月里，他的体内长出了一个巨大的恶性肿瘤，令所有的疗法都失去了作用，就连从瑞士进口的某种试验性新药也于事无补。

2008年夏末，纳塔利娅开始做好最坏的准备。她以为，亚历山大最多活不过5天了，于是，她和儿子基里尔、亚历山大的弟弟弗拉基
352 米尔一起昼夜轮班看护着他。纳塔利娅在家里为他做好饭，带到医院，亲自喂给他吃。然而，令所有人惊讶的是，到8月底，他居然扛了下来，突然又能站起来了。医生允许他周末回家，可以散散步，开开车，在市场里买些新鲜蔬菜。即便是在回到医院后，亚历山大依然在病床上工作。他坚持要求纳塔利娅按照原定计划在11月去巴黎出差。然而，尽管他依然保持活力，下定决心像以前那样生活，他的病情却持续在恶化。他的脸和身体都肿胀不堪，整个人完全变了个样子。

2008年10月初，病情发展已经十分确定，医生允许亚历山大回到家中，和家人共度两个星期。他每天下午都会开着车来到纳塔利娅的办公室，接她下班回家。10月25日，他过了47岁生日。他喝了香槟，许多年未有音讯的朋友和同事从全世界给他打来电话，祝他生日快乐，身体健康。

一周之后，在他第一次踏进诺维科夫元帅大街上那栋褐色砖楼的22年后，亚历山大最后一次回到了前第六医院的大厅内。他给纳塔利娅打了个电话，说他将被送入重症监护室接受手术，没办法再打电话。25岁的基里尔已经成了一名实习外科医生，就在这家医院工作，依然每天可以见到自己的父亲。但当病房实行隔离后，禁止所有的探访，基里尔甚至告诫纳塔利娅不要到门诊去。星期六那天，两个男人还在一起说说笑笑，但到11月10日，星期一，亚历山大便陷入了昏迷。8个小时后，临近午夜之时，基里尔给妈妈打了个电话。

“爸爸死了。”他说。

在四号反应堆爆炸近25年后，2011年2月，核电站周围的30公

里隔离区依然处于重度污染状态。每个地方的辐射水平变化极大且无法预料：一张看不见的放射性坠尘拼花大被，罩在这片土地之上，并 353
深深渗入其中。在红树林的原址，苏联工程部队砍倒中毒的树木，将其埋在混凝土衬层的大坑里，上面用新鲜的泥土和沙子覆盖，又重新种上了草和松树。然而，这里的放射性依然极强，从中穿过的那条路不得不被废弃。现在，往核电厂去的车要取道东边几百米处的一条新路。一条沙土小径，穿过看似健康的针叶林，伸入远处枝干细瘦扭曲的稀疏松林，走在这条小径上，盖革计数器的电子指针从轻微的滴答作响逐渐变成稳定的洪流，直到一位导游告诉我，不该继续往前了。从这里往外，是一片光秃秃的空地，只有枯死的松针和断落的松枝覆盖其上，什么都无法生长，而盖革计数器发出的声音简直不堪入耳：一刻不停的白噪音啸叫，预示着此处的辐射水平较正常值高出了几千倍。

自从 1986 年夏天，第 25 机械化步兵师的先锋部队用篱笆桩和铁丝网立起第一道屏障墙起，几十年中，随着负责管理这里的新独立政府不断依据西方标准修正苏联对危险辐射水平的定义，隔离区的范围也在不断扩张。1993 年，白俄罗斯的主要污染地区波列西耶国家辐射与生态保护区扩大后，新纳入了一块 850 平方公里的土地。1989 年，乌克兰将隔离区西边另外一块占地 500 平方公里的狭长污染带也纳入隔离区中，其中就包括新疏散的波利西耶和纳罗季奇地区，由此形成的一个单独行政区，命名为隔离区和无条件（强制性）重新安置区。到 2005 年，彼此接壤、分属白俄罗斯和乌克兰的隔离区，在乌克兰西北、白俄罗斯以南地区，形成了一块总面积超过 4700 平方公里的土地，根据官方定义，所有这些土地都因辐射而不再适合人类居住。

在被疏散的那些区域之外，爆炸产生的放射性核素对欧洲的污染波及甚广且为时甚久：事故之后几年，从明斯克到阿伯丁，从法国到
芬兰，农场出产的肉类、奶制品和其他农产品都曾被发现含有微量的 354
锶和铯，因此不得不被没收销毁。在英国，对北威尔士山地牧场上放

养绵羊的销售禁令，到2012年才解除。后续研究发现，事故发生30年后，猎人们在捷克共和国境内森林里射杀的野猪，半数以上野猪肉中仍含有极强的放射性，不适于人类食用。

与此同时，一个引人注目的故事——生态重生与复兴的神话，也开始从隔离区中传出来。事故后，那些疏散区中的植物和动物，在接下来的几十年中，不但没有被核废墟中的疾病和死亡纠缠，反而神奇地呈现出勃勃生机。这种现象的首个证据，来自爆炸后流浪于反应堆附近的三头奶牛和一头公牛。这四只动物被送往普里皮亚季附近的一座试验农场，研究者将其命名为 α、β、γ 和铀。起初它们均因事故后受到的急性辐射而丧失了生育能力，但慢慢地恢复了过来。1989年，在这个放射性农场，第一头牛犊诞生了。后来，试验牲畜增加到了三十多头牛，其中包括一些在隔离区外未经污染的土地上养大的个体。研究团队对两组动物的血液进行了检验。

他们希望在两组血液分析结果中找出某些不同水平辐射暴露的证据。结果，什么都没找到。

苏联解体后，随着乌克兰和白俄罗斯的经济深陷衰退，政府慢慢丧失了进一步资助切尔诺贝利研究的兴趣。但有一位科学家继续留在隔离区中，他就是谢尔盖·加夏克。作为一名“清理员”，1986年夏天，他曾经连续6周、每天花12个小时清洗电厂附近汽车和卡车身上的放射性灰尘。深入这片废土之上的密林沼泽探险时，加夏克开始零星发现，很早以前就因捕猎和集体农业的影响而从乌克兰和白俄罗斯其他地区消失的生物，如狼，驼鹿，棕熊，珍稀猛禽，居然在这里出现了。他的观测记录，促使人们开始以新的视角打量这片隔离区，尽管看起来十分有悖直觉：事实证明，大自然能够以全新的、不可预测的方式完成自愈。在没有人存在的情况下，植物和动物在一个放射性伊甸园里茁壮成长，欣欣向荣。

355 关于禁区奇迹的说法，借助电视纪录片和相关书籍的炒作，开始风行一时：传说中，慢性暴露于残留在许多区域的相对较低的放射性之下，不仅对动物种群数量明显无害，反而在某种情况下还是有益的。然而，关于这一假说的科学证据十分稀少，要不就是彼此矛盾。加夏克本人缺乏研究基金，无法对禁区内的野生动物数量开展大规模研究，其理论建立于大量猜测之上。而一支由独立研究者——来自美国的蒂莫西·穆索和来自丹麦的安德斯·佩普－莫勒担任领队——组成的科学小组，发表了数十篇与加夏克的结论相抵触的论文，并且指出，禁区内的植物和动物普遍呈现出提前死亡和畸形的模式。

1986 年以来进行的关于低剂量辐射的大量研究清楚地表明，不同物种和群落对慢性辐射暴露的反应存在相当大的差异。松树的适应能力不如桦树。莫勒和穆索发现，迁徙的家燕显然对放射性十分敏感，但留鸟便不那么显著。灾难发生后数日在隔离禁区内收割的冬小麦麦种，种到未经污染的土壤中之后，长出了几千种不同的变异植株，而其后每一代的遗传特性都十分不稳定，即便是在事故过去 25 年后依然如此。然而，一项 2009 年的研究在分析了生长于反应堆附近的黄豆后发现，这种植物发生了分子层次的改变，以保护自己免受辐射影响。

与此同时，世界卫生组织依然信心十足地坚称，禁区附近的人群不会因为事故导致的后果而产生遗传缺陷或生殖缺陷。此前数十年的研究表明，尽管哺乳动物的胎儿在子宫中接受辐射暴露会导致出生缺陷，但由此而导致人类遗传变异的风险，却小到了可以忽略不计的地步。但一些研究者坚持认为，没人能够真正确定，人类会不会像其他低等生物一样，受到持续性 DNA 损伤和长期适应性改变的影响，而寻找这一问题的答案可能需要花上几十年甚至几百年的时间。他们争论说，针对慢性辐射暴露在每个物种身上造成的遗传缺陷的研究，结果通常都是程度轻微且多变的，只有在几代之后才会显示出决定性的结论，而人类的潜在遗传改变可能需要数百年的时间才会完全展现出来，毕竟，到 2011 年为止，随着清理员的子女开始为人父母，切尔诺贝利

356 的影响也只不过传到了第三代。“这是我们想要知道的，”莫勒解释说，“在辐射导致的变异问题上，我们到底是更像家燕呢，还是更像黄豆？”

随着切尔诺贝利灾难25周年（2011年）纪念逐渐临近，乌克兰政府提出了一系列方案，将隔离区开放为旅游景点。“切尔诺贝利地区并不像整个世界想象的那么可怕，”一位女发言人对某个英国记者说，“我们希望同大型旅游公司合作，吸引西方游客，这个市场需求很大。”有关当局已经容忍了一千多名农民偷偷回到他们位于禁区内的祖传老宅，他们选择在那里与世隔绝地度过余生：作为“核保护区中的土著”，靠着自己种植的水果和蔬菜维持生存。如今，在当地工作的研究者开始担心，这一新的提议会成为重新开放禁区、全面允许居民入住的前奏，而这让他们不寒而栗。谢尔盖·加夏克便是其中一个，他希望这个区域可以成为永久性的野生动物保护区，让驼鹿和猞猁在猎人无法进入的地方自由生活；莫勒和穆索则担心暴露于环境中残留的诱变剂之下，会给居民带来长期的健康影响。

但在25年之后，关于这场世界上破坏力最大的核事故的集体记忆，已经慢慢变淡，慢慢缓和。随着石油价格的飙升和全球变暖的加速，各国政府开始重新考虑核电的可行性。三十多年来，首个在美国境内建造新核电厂的合同已经在酝酿中。2011年3月初，乌克兰宣布在离切尔诺贝利不远的地方兴建两座新反应堆的计划。2011年3月11日，基辅城中的政府仍在紧锣密鼓地筹划着禁区的未来，这时，传来了日本东京电力公司福岛核电站的消息。

这场灾难牵涉3座由通用电气公司建造于本州岛东北岸的反应堆，它的发生过程，如今人们已经很熟悉，只不过这一次是在电视上现场直播出来了而已：冷却剂流失导致反应堆熔毁，氢气逐渐累积到危险
357 的程度，随后发生了数起灾难性的爆炸。没有人因为直接的辐射释放

而丧生或受伤，但从邻近区域疏散了30万人，而那里将在未来几十年中一直处于污染状态。在紧急清理行动早期，机器人显然无法在核电厂安全壳建筑内的高放射性环境中运行。日本士兵被派进去执行这一任务，生物机器人再次打败技术，赢得了这场皮洛士式的胜利[1]。

那种发生在切尔诺贝利的一切，都不过是百万年一遇之意外的论调，被福岛事故一击即溃，而这起事故，也将新一轮核能复兴扼杀在摇篮中：日本政府立即将余下的48座核反应堆断网停堆；德国也关停了17座反应堆中的8座，并宣布打算在2022年前将剩下的也一律关停，转向可持续能源；在美国，所有关于新建核反应堆的既有方案都被中止或取消了。

然而，经历了重重考验的核电，依然顽强地坚守着阵地。日本福岛灾难发生七年多之后，美国仍拥有100座合法运营的反应堆，其中就包括位于三里岛的一座；法国75%的电能仍由核电厂发出……一些环保主义者指出，人类根本无法对和平原子的承诺与恐怖转过身去视而不见。全球电能需求正呈现着几何级数的增长：据预测，到2050年，人类的能源需求量将翻倍。尽管人们日益确定，燃烧化石燃料导致了灾难性的气候变化，从而令稳定碳排放变得势在必行，煤炭仍是全世界使用最广泛的能源。在美国，化石燃料电厂排放出的细颗粒物每年导致13000人死亡，而在全球范围内，每年有300万人因为燃煤电站和石油电站排放的空气污染而丧生。即便只是开始正面应对气候变化，在接下来的35年中，整个世界需要创造出来的额外发电能力，也必须是使用清洁能源的发电能力，然而，无论是风能发电、太阳能发电、 358
水力发电，还是地热发电，或是将它们组合在一起，都不具备填补供应缺口的潜力。

[1] 皮洛士是一位古希腊国王，曾率兵至意大利与罗马交战，付出惨重代价后取得胜利。

核电站不会释放二氧化碳，而且从统计数据上看，比任何一种与之竞争的能源工业——包括风力机在内——都更安全。而且，在这项技术问世七十多年后，工程师们终于开始研发设计重点为发电，而不是制造炸弹的反应堆了。原则上，这些第四代反应堆要比它们的前几代更廉价，更安全，个头更小，效率更高，也更少毒副作用，因此可能成为一项拯救世界的技术。

1986 年，距离四号反应堆爆炸发生不到一个月，在美国爱达荷州西部的阿尔贡国家实验室，一个核工程师团队不事声张地成功展示了第一个这样的集成式快中子反应堆（integral fast reactor）。即便发生了曾经摧毁三里岛二号反应堆，或是在切尔诺贝利和福岛带来灾难性后果的那些情况，这种新型反应堆也是安全的。而由位于田纳西州的橡树岭国家实验室研发出的、以钍为燃料的液态氟化钍反应堆（LFTR），是一个更先进的概念。钍的储量比铀更丰富，更难加工处理为制造炸弹的原料，而且在反应堆中燃烧得更高效，生成的有害放射性废料更少，且半衰期只有几百年而不是上万年。液态氟化钍反应堆可以在大气压力下运行，甚至不需要达到临界状态，因此也就不需要建造巨大的安全壳来防御因冷却剂流失而导致的事故或爆炸。它的建造规模可以相当紧凑，每座钢铁厂或小城镇都能拥有自己的地下微型反应堆。

2015 年，微软创始人比尔·盖茨开始资助与这些第四代反应堆类似的研究项目，试图找出面向未来的碳中和电源（carbon-neutral power source）。到这时为止，中国政府已经召集了 700 名科学家，攻关建造世界上第一座工业级的钍反应堆，作为向污染宣战举措的一部分。“煤电的问题已经很清楚了，”这个项目的工程负责人表示，“核电是唯一的解决方案。”

359 随着事故 30 周年纪念的临近，禁区开放了从基辅出发的常规观光旅游项目，表面上看起来，国际科学界已经就切尔诺贝利浩劫的长期健康影响达成了共识。因为苏联的医学档案记录在重重保密和掩盖真相的措施下，已变得支离破碎、敷衍了事，联合国下属的众多非政府组织便充当了解读这场灾难的官方科学权威的角色。每一个事故五周年纪念到来时，世界卫生组织、联合国原子辐射影响问题科学委员会（UNSCEAR）和国际原子能机构都会步调一致地得出同样的结论：切尔诺贝利事故的公共健康影响“并不像最初担心的那么严重”。

根据切尔诺贝利论坛（Chernobyl Forum），一个与乌克兰、白俄罗斯和俄罗斯等国政府有合作关系的联合国研究小组的估算，到 2005 年，约有 4000 名事故发生时处于儿童期的人，因为来自反应堆的碘 131 而患上了甲状腺癌，其中 9 例因此死亡。他们预计，在污染程度最严重的那些前苏联地区，事故释放出的辐射可能会导致多达 5000 人患上可致死的癌症，这只是整个欧洲预计会因该次灾难而额外增加的 25,000 例癌症中的一部分。联合国的科学家认为，相对于生活在受影响地区的 500 多万人口来说，这些数字很难说有统计上的显著性。他们更倾向于将放射性坠尘污染区的大多数疾病归因于心理因素——“令人丧失能力的宿命论”（paralyzing fatalism），相当于苏联时代的“放射恐惧症”这个词的最新版本。在 10 年后的一份跟踪报告中，世界卫生组织指出，在清理员中最新发现的白内障患病趋势，使得国际辐射防护委员会（ICRP）下调了核工业工人的安全辐射暴露值。他们还注意到，接触过慢性、低剂量辐射的清理员中，心血管发病率有所提高，但也同时指出，这可能是由其他原因导致的，比如不合理的膳食、缺乏锻炼以及心理压力等。

因为在第六医院的工作，罗伯特·盖尔医生一度成为大众媒体上的小名人和辐射医学领域中的大人物。他已经公开发表声明，从医学的角度来看，是时候跟切尔诺贝利告别了。“基本上这儿没什么可搞的 360
了，”他说，“没什么可搞的……也不会有什么可搞的。”

然而，这些结论所依据的几乎所有研究，要么是以清理员人群——通常是暴露于大剂量辐射下的那些人——为对象，要么是针对甲状腺癌患者的，要么就是根据宽泛的风险—保护模型而推算的。几乎没人试图确立一个国际公认的数据库，对这场灾难对普通人群的长期影响进行跟踪调查，就像那项1945年原子弹爆炸后对日本幸存者长达70年的研究一样。联合国机构以民间人士进行的辐射剂量测量不可靠为理由，放弃进行任何全寿命周期研究，因此，理解低剂量辐射对人类长期影响的宝贵时机，就这样失去了。因为没有大规模的流行病学研究，来自世界各国的独立科学家只好继续零散地记录下受影响地区居民的“内分泌、肌骨骼、呼吸道和循环系统问题，以及恶性肿瘤发病率的上升，尤其是乳腺癌和前列腺癌”。

而在这个留下来的空白地带，对放射性和核能真实威胁的焦虑与误解，继续泛滥蔓延。

在莫斯科、基辅和明斯克，以及遍布前苏联境内的城镇村庄，对于那些亲历了发生在1986年4月的一系列事件的幸存者，生活仍在继续，尽管他们的年岁渐长、健康状况日益恶化。

在乌克兰东部城市第聂伯罗，我和率领第一批直升机飞行员在反应堆上空进行空投的鲍里斯·涅斯捷罗夫上校聊了聊。他说，外科医生已经切除了他1/5的肠道，但已经79岁的他，还在继续飞行。

在一位前克格勃少校位于基辅郊外的别墅花园中，他解释说，前一天晚上他生病了，本想取消我们的这次会面，但他的妻子劝他改变了主意：这或许是他最后一次有机会把所知道的一切说给别人听了。坐在自己位于国家公园旁、银装素裹的乡间小屋中，曾经参与扑灭三号机组屋顶起火的亚历山大·彼得罗夫斯基，认为是新鲜空气和每天

在附近河里游泳的生活方式救了自己，才让他免于被在前战友中蔓延 361
成灾的抑郁和酗酒所困。然而，当年一边对着瓶子痛饮苏维埃香槟、一边飞速赶往爆炸现场的彼得·赫梅利，却仍在工作，并且坚持要从他办公室桌上手枪形状的酒瓶里为我倒一杯上乘干邑白兰地。

我第一次见到玛丽亚·普罗岑科时，这位普里皮亚季的前任总建筑师已经快70岁了。她自己一个人和六只猫住在基辅近郊的一间公寓里，靠着一副磨损严重的铝手杖艰难地走动。有一次她把自己锁在了门外，于是试图从邻居家的阳台上爬进自家公寓，那是她从前轻而易举便能做到的事，但这次却从四楼上摔了下来。医生告诉她，她可能没办法再走路了。但她却证明他们全都错了，并且继续每天前往城中的萨尔瓦多·达利艺术学院教授室内设计。身穿一件优雅的深灰色套装，搭配乳白色衬衫，领口上别着一枚苏维埃建筑师协会的徽章，她说，那场浩劫刚过去时，她曾经很害怕谈起自己所亲历的一切："因为我知道结果会是怎样……我祖父的前车之鉴对我来说已经够深刻了。"但如今，她会细致入微地描述每一件事的细节，带着那种老兵对旧日辉煌大加渲染，却略过那些最黑暗时刻的怀旧情绪。她仍在为丈夫和儿子的故去而悲痛，两人均已因癌症去世。她的女儿，曾和父亲一起看着电影度过了在普里皮亚季的最后一个下午，则完全不想讨论发生的一切。第二年我们再次见面时，普罗岑科给我带来了自制的复活节礼物，她的清理员证件的原件，以及在禁区中那漫长的几个月里使用的笔记本。"这上面仍有辐射的臭味……有点儿像雨——那是臭氧。"她说。当我无法分辨出这种气味时，她在桌旁俯下身去，将页面上的尘土直接吹进了大惊失色的我的鼻孔中。

"哈！"她嗤笑了一声，眼睛里闪着顽皮的神气，"如果你需要为这个担心，我就根本不会把它带来啦！"

我找到维克托·布留哈诺夫的那天，是个秋日的上午，离他的80岁生日只有几天时间。他和妻子瓦莲京娜还住在他出狱后两人一起居
362 住的那间4层楼的公寓里。布留哈诺夫已经因为视力下降而从乌克兰能源部退休了，那之后，他变得日益离群索居。两次中风让他几乎失明，整张脸也变得麻痹无力，但他的思维依然敏锐。他回忆起了自己刚到切尔诺贝利那几个星期里的意气风发和雄心壮志，以及与各级党内领导打交道时的艰难。他谈起了在普里皮亚季的一片沼泽中，从无到有地兴建一座城市所面临的重重挑战，以及越来越庞大的计划，越来越多的反应堆，准备在河对岸兴建的核电厂二期工程。但当话题转到摧毁了四号机组的那场事故发生当晚时，他缓缓地从椅子中站起来，走进了另一间屋子，留下他的妻子继续讲述这个故事。

几个月后我重新拜访他们时，布留哈诺夫遭遇了第三次中风。他重重地摔倒在地，左臂骨折了，医生用灰色泡沫吊臂带给他打了个十分复杂的固定，悬垂在小腹之前。躺在公寓后间的一张绿丝绒沙发上，脑袋后面垫着一堆枕头，布留哈诺夫上身穿一件浅蓝色的T恤，下身是海军蓝的运动裤，脚上裹了一双厚厚的袜子。他的头发全白了，剪得很短，皮肤干枯如纸，颜色也惨白如纸。他那双深蓝色的眼睛茫然地注视着半空，没受伤的那只手不停地颤抖着。但当他说话时，尽管麻木的嘴唇和松弛的舌头令词句混淆不轻，语速却还是和以前一样快。他为自己在爆炸当晚所采取的行动辩护，坚持说，他是直到第二天坐在直升飞机里绕着四号反应堆飞行时才首次获知反应堆全毁的消息。在审判中，他承认自己作为一名管理者对所发生的一切负有罪责，但这只不过是他的工作而已。“厂长对核电厂中发生的一切及其员工都负有主要责任。所以我必须负责。”

他坚称，他之所以没有费力气在法庭上替自己辩护，是因为心知

肚明，上面已经对将会发生的一切做出了决定。而苏联解体之后，他更没兴趣向乌克兰当局提出澄清罪名的请求。“这完全没意义，”他说，“没人会管这事的。”

但就算他承认说，自己仍会为对这场事故负有的责任而愧疚，可在谈起这件事时，他的口气仍像是在讨论某个行政上的技术细节。“我依然觉得对那些人员和建设安装负有责任。” 363

而当我请他说说最大的遗憾是什么时，那些潜伏已久的雄心壮志重新又复苏了。他挣扎着要坐起来。

“我最遗憾的，是没能活着看到我位于10层楼顶楼的办公室，那能让我将切尔诺贝利核电厂的一期工程和二期工程尽收眼底。”他说。

瓦莲京娜明显被这突如其来的苏联式技术专家的狂傲自大搞得不知所措，她用一条波点手绢拭去丈夫嘴角溅出的唾沫星子。“我没听懂，维佳，”她跟他说，“我没听懂。”

“根据计划，要建起一座10层的高楼……”他刚开了个头，便转移了话题，“我开玩笑的，当然。”

之后，这位老人失明的双眼迎上了我的视线，他的眼光凌厉，闪着蓝宝石的光芒。有那么一刻，我感觉核电厂厂长维克托·布留哈诺夫，这位社会主义劳动红旗手奖章和十月革命奖章的获得者，正直直地盯着我，而很可能，他根本就没有在开玩笑。

2016年4月26日那天早上，普里皮亚季美丽宜人的天气骤然变冷，寒风如刀，沿着普里皮亚季河直向电厂那边刮去，暴雨如鞭，从铅云低垂的空中倾盆而下。摇摇欲坠的石棺上，立起了一个高达数百米的巨大拱形建筑，曾经的“巧克力大王”、乌克兰总统彼得罗·波罗申科就站在那下面，对着一个话筒。他那被放大的声音回旋在不锈钢的屋顶下，听起来就像是一部粗制滥造的希腊神话电影中的众神之王宙斯正在发话：

“撒旦沉睡在普里皮亚季之旁。

“他躺在那里，这个该受诅咒的魔王，伪装成普里皮亚季河岸上的一株枯柳，躺在这条曾经蔚蓝清澈的河流的岸上。”

正对着总统讲台的，是一群身着灰蓝色夹克的建筑工人，他们被拦在荧光橙色隔离带之后，跺着脚取暖。

“一支黑烛在原子钟上为他点亮。

“荒弃的村庄也躺在那里，因为他而悲怆。

364 “他的根如利爪插入沙土。

“风声呼啸着钻进他空洞的耳孔。”

在波罗申科身后，重型卡车和挖掘机费力地堆起了一个土坡，穿着橡胶靴子、戴着口罩的男人们，巡行在矗立于四号机组废墟周围的一栋新建筑的阴影中。每当一阵冰寒彻骨的冷风向这位总统刮去，γ 辐射的水平便会急剧升高。便携式辐射剂量计不停发出报警声，这个施工现场依然处于严重污染之中，在外面进食或饮水都是被禁止的。

“他在房子上涂写下流的语句。他偷走了圣像，丢下自己的面具。现在，他要安睡了。

“这是他的国度。他是这里的君王。”

朗诵结束后，波罗申科发表了一席演讲。国家电视台对他的演讲进行了现场直播，以此纪念切尔诺贝利灾难 30 周年。他谈到了这起事故在乌克兰独立和苏联解体中起到的催化剂作用，并将其定义为一系列危及国家存亡的事件之一，列在苏联卫国战争和 2014 年克里米亚事件之间。他谈到了事故的长期代价，11.5 万人永远无法回到自己在隔离禁区中的家，250 多万人生活在被放射性核素污染的土地上，还有数以十万计的切尔诺贝利事故受害者，仍将需要来自国家和社会的支持。“这场浩劫所导致的后果，仍是一个开放性的问题，”他说，“它的沉重负担落在乌克兰人民的肩膀上，很不幸，我们离永远战胜它的那一天还很远。”

这位总统随即转向在他四周的建筑工地上拔地而起的亮闪闪的拱形建筑，设计师将其命名为“新安全壳”（New Safe Confinement）。他宣布，这个新的建筑结构“将像一个巨大的穹顶一样把石棺盖起来”。仍未完工的这个项目，源自当初库尔恰托夫研究所 1990 年综合体探查行动所唤起的恐惧，1997 年，七国集团（G7）制定了一系列实施方案，却因为谁该为此买单的争执与角力而推迟了十多年。尽管对建设资金加以严格管理，以防贪腐成风的乌克兰政府从中渔利，这一项目最终完工时的官方造价还是高达最初预计的 3 倍，超过了 15 亿欧元。全球 43 个国家联合捐献了这笔巨款。按照设计，这一建筑可以将老化的石 365
棺稳定地密封起来。它是人类历史上最雄心勃勃的民用工程项目之一：这座 108 米高的巨型钢拱足以将自由女神像装在其中，里头安装了各种通风和除湿设备，其体量相当于罗马圣彼得大教堂的 3 倍。

“新安全壳”的建筑师们所面对的各种问题，自打 1986 年中型机械制造部 US-605 建设小分队的专家们放下手中的工具后，就从来没有在任何其他建筑项目中遇到过。四号反应堆的放射性仍相当强，无法在其周围开展工作，因此这座钢拱是在 400 米外的一个单独的施工现场建造起来，然后再由法国承包商使用轨道和数十个液压活塞将其滑动就位。重达 36000 吨的钢拱是人类建造过的最大的陆上可移动结构。即便有着专门建造的混凝土辐射屏障的保护，现场地每个工人都需要被严密监测辐射暴露水平。工作时间长则几小时，短则只有几秒。

然而，波罗申科表示，他有信心，在国际援助的支持下，其中包括欧洲复兴开发银行新注入的 8750 万欧元，他的国家会见到工程完工的那一天，从而最终将这场灾难变成历史。“乌克兰人民是坚强的人民，”他说，“就算是核恶魔，我们也可以战胜。”

6个月后，薄雾和雪再次降临，将普里皮亚季城边的原野变成了一片银白。波罗申科站在欧洲银行的高管、法国驻乌克兰大使和已经88岁高龄的国际原子能机构前总干事汉斯·布利克斯身边，参加一场盛大的落成典礼。就在维克托·布留哈诺夫与来自莫斯科的苏联党政高官曾经喝着干邑白兰地，为他们的宏大项目打下奠基桩的那个地方不远处，立起了一座有暖气的帆布帐篷，那里面，一群西装革履、衣食无忧的人也在以香槟、开胃小吃和一盘盘的泡芙庆祝。入口处，身着海蓝色套装、系着鲜红颈巾的年轻女子，将可以挂在脖子上的纽扣
366 式辐射剂量计分发给宾客，用来监测辐射暴露水平。另外一些人走进了雪地里，以外面那座伟大的民用建筑奇迹为背景自拍。终于推送就位的“新安全壳”巨拱，将石棺黑魆魆的剪影完全包在了里面。当阳光透过阴沉沉的云层射下，钢拱在秋日里闪闪发亮。

作为好大喜功的最新证据，完工的建筑结构以体量之巨大弥补了造型优雅的欠缺，但倒也颇符合一座飞机库或市郊购物中心式的审美。在莫斯科，最早的那些石棺的建筑师对它大加嘲笑，坚持认为这是个荒唐而徒劳无功的工程。但如果它真的能发挥预想中的作用的话，“新安全壳”可以将四号机组的废墟万无一失地再封闭个几百年。“我们合上了一个伤口，一个核伤口，一个属于我们每一个人的伤口。”汉斯·布利克斯对在场群众说。新的建筑还将成为瓦列里·赫德姆丘克最后安息之地的一座纪念碑，一座放射性陵墓，用以纪念成为事故直接受害者的那几代人。

工程师们希望，环绕在它遗体周围的“新安全壳”，可以提供一个

安全的空间，令拆解四号反应堆熔化堆芯残骸的工作最终得以进行。然而，即便在最终竣工期限即将到来时，也没人知道，到底该怎样完成这项工作。不止一位资深核专家担心，即便到了现在，那场浩劫发生三十多年后，无论是人还是机器，都无法在如此恶劣的环境中工作。

2016 年 4 月的普里皮亚季城，地平线处，切尔诺贝利核电站和新安全壳的拱形建筑依稀可见。事故发生三十年后，这座原子城已经几乎完全被大自然重新接管

尾　声

1986 年 10 月，**阿纳托利·亚历山德罗夫**从苏联科学院院长和库尔恰托夫研究所所长的职位上退休，但他一直工作到 1994 年 2 月去世为止，终年 90 岁。他从未承认自己对四号反应堆的爆炸负有责任，并在去世前不久接受的一次访谈中，继续将所发生的一切归咎于核电厂的操作人员："你驾驶着一辆轿车，把方向盘打错了方向——一场事故就此发生了！"他说，"这难道应该怪在发动机头上吗？还是轿车的设计师？每个人都会说：'该怪那个不熟练的司机。'"

尼古拉·安托什金少将于 1989 年调回莫斯科，升任上将，后来一手创立了苏联的第一支飞行表演队。作为俄罗斯联邦前线航空部队的指挥官，他主导了车臣战争期间的空袭行动。1998 年，他从空军退休，随后于 2002 年成为苏联英雄协会主席。2014 年，安托什金作为执政党统一俄罗斯党成员，被选入俄罗斯国家杜马。

1997 年，**汉斯·布利克斯**卸任国际原子能机构总干事。3 年后，他被联合国重新召回，出任联合国监测、核查和视察委员会负责人，负责监督检查伊拉克是否遵守了销毁大规模毁灭性武器的承诺。2003 年 2 月，他主导的委员会得出结论，伊拉克不存在这种大规模毁灭性武器。然而，一支以美军为首的由 12.5 万人组成的大军，依然在一个月后入侵伊拉克。这之后没多久，布利克斯永远地离开了联合国。

368 直到苏联解体前，中型机械制造部US-605建设小组第三班次的总工程师**列夫·博恰罗夫**，一直负责监测上报石棺是否完好无损。1996年，他作为俄罗斯小组成员，向乌克兰总统提交了俄方的结构替换方案，但因欧洲提交的方案更受青睐而被拒绝。20年后，已经81岁的他仍充满活力地与妻子生活在由他自行设计的、位于莫斯科西部兹韦尼哥罗德市的大宅中。

在事故发生后的近20年中，**亚历山大·博罗沃伊**继续负责对石棺内部进行探查和监控，并最终锁定了建筑物内95%的失踪燃料的位置。他帮助设计了新安全围堵体的初始概念，从那之后，一直致力于切尔诺贝利档案记录和实际操作教训的编目与保存工作。

普里皮亚季市委会解散后，**亚历山大·叶绍洛夫**被重新安置在位于基辅郊外伊尔平的一所新房中，并最终在乌克兰能源工业的某个政府机关找到一份新工作。他开始投身于写作，迄今为止已经发表了27本书，其中许多是儿童探险故事。他仍在案头保存着普里皮亚季市长办公室的官方印章，并在闲暇时间偶尔作为导游带领外国游客访问这座遭废弃的城市。

罗伯特·盖尔医生在事故发生后的几年中频频重返莫斯科和基辅，成为一个在苏联家喻户晓的人物。1988年，他发表了关于这段经历的回忆录《最后警告》(*Final Warning*)。该书后来被改编为电视电影，由乔恩·沃伊特饰演盖尔，贾森·罗巴兹饰演阿曼德·哈默。作为享誉世界的核灾难医疗应对专家，他到过多个大型辐射事故的现场，其中包括1987年的巴西戈亚尼亚和2011年的日本福岛。

跌下权力宝座后，**米哈伊尔·戈尔巴乔夫**创办了一家总部设在莫斯科的慈善基金会和智库，努力维持其对俄罗斯政局的影响力。1996年，他参加了俄罗斯联邦总统大选，但仅赢得了不到1%的选票。后来，他一直坚持说，是四号反应堆的爆炸，而不是被他自己搞砸了的改革，369
促成了苏联的解体，尽管他拼命想要保全。2006年4月，他写道："20年前的这个月，发生在切尔诺贝利的核灾难，或许是苏联在5年后解体的真正原因，而不是因为我推行了'改革重建'。事实上，切尔诺贝利的浩劫是一个历史转折点：灾难之前，是一个时代；灾难之后，是另外一个完全不同的时代。"

安格林娜·古斯科娃医生发表了大量论文，讨论她在第六医院治疗病患期间的发现。此外，她还在全俄罗斯的核电厂举行巡回讲座，教育那里的员工从事故中吸取教训。直到2015年以91岁的高龄去世，她一直都是核能发电的积极提倡者，并继续工作于布尔纳江医学中心。

在执行完对隔离区的最后一次侦察任务后，**亚历山大·洛加乔夫**开始四处游说，力图让民防军第427机械化团在事故前线发挥的带头作用得到莫斯科的承认。1987年，他获得了在米哈伊尔·戈尔巴乔夫及其夫人赖莎·戈尔巴乔娃面前陈述整个过程的机会。最终，该机械化团的64名成员均被颁发了奖章和奖金。然而，就在与总书记会面后，洛加乔夫接到命令，立即被派往西伯利亚。1989年，他从苏联武装部队复员，目前是一位替代疗法治疗师。

2014年5月，**韦尼阿明·普里亚涅齐尼科夫**死于胃癌并发症，终年70岁。

玛丽亚·普罗岑科仍在基辅教授艺术、设计和建筑。每年的4月26日，她都会戴上因担任“清理员”而授予的奖章，在悼念事故遇难者的纪念碑前献花。之后，她会向学生讲述她记忆中的那场灾难及其后续事件，并回答学生的提问。她已有三十多年没回过普里皮亚季了。

370 1986年秋天，**克利夫·鲁滨逊**辞去了在福斯马克核电站实验室的工作。此后，他花了一年时间对当年春天降落在瑞典国土上的放射性雨进行研究，试图以此获得博士学位。但最终，他成了乌普萨拉市的一位高中物理老师，至今仍生活在那里。

1990年底，苏联总理**尼古拉·雷日科夫**逐渐在苏联经济改革问题上与戈尔巴乔夫分道扬镳，随后突发心脏病。第二年，他在俄罗斯联邦第一次总统大选中输给了鲍里斯·叶利钦。从此，他便开始大声呼吁恢复苏联与计划经济。2014年，84岁的他因为在克里米亚半岛事件中所起的作用而遭到美国政府制裁。

鲍里斯·谢尔比纳继续负责切尔诺贝利事故的后续清理工作，直到1988年12月，一场夺去2.5万人性命的灾难性大地震发生于亚美尼亚，他随即被戈尔巴乔夫派往当地，担任一个新成立的委员会的负责人，统筹调配苏联的灾后应急工作。然而，当谢尔比纳赶到那里时，在切尔诺贝利吸收的辐射已经显著损害了他的健康，而新的灾情的巨大压力也令他不胜重负。6个月后,他卸下了在部长会议上的所有职责。1990年8月去世，终年70岁。

事故后，**弗拉基米尔·谢尔比茨基**一直坚决反对“公开性”和乌克兰民族主义的兴起，并继续掌权数年之久。1989年9月，他被戈尔巴乔夫从中央政治局开除后，将乌克兰共产党的控制权交给了他的副手，并宣布退休。备受打击的他健康状况迅速恶化，之后不到一年，便于 1990 年 2 月 16 日离世，终年 71 岁。1993 年 4 月，刚刚独立的乌克兰检察长办公室在长达一年的调查后得出结论：谢尔比茨基及其资深内阁成员有意隐瞒了切尔诺贝利事故的真相和乌克兰境内的灾后辐射水平，未能履行其保护共和国人民的职责。因为谢尔比茨基已经死亡，按照乌克兰法律规定无法被起诉，这起更像是一出政治闹剧的 371
案件在审判开始前被撤回。

乌克兰能源部部长**维塔利·斯克利亚罗夫**很快便适应了后苏联时代的世界，成为国有电力能源基础设施私有化的热情鼓吹者。不过，基于经济和生态考虑，他反对建造新的核电站。1993 年，在当了 30 多年“电力人”之后，他辞去了部长职位，成为当时担任总理的维塔利·马索尔的个人顾问。在核心禁区工作的那几天，他吸收了 80 雷姆的辐射，但直到年过八旬，他的身体还一直十分健康，并继续去以前政府分配给他的位于孔恰－扎斯帕的别墅度假。

在被强制退休后，**叶菲姆·斯拉夫斯基**在莫斯科的一所豪华公寓中度过余生。晚年，他的听力日益下降，而且常常陷入对当权岁月的回忆。愤怒地目睹他奉献终生的政治体系分崩瓦解后，他于 1991 年 11 月去世，终年 93 岁。

事故当晚身处四号机组控制室的**鲍里斯·斯托利亚尔丘克**，在辐射暴露后幸免于难，并在事后重返核工业工作。2017 年，他被提名为乌克兰国家核管理监察局的代理局长。

因辐射患上白血病的**尼古拉·塔拉卡诺夫**少将在第六医院接受治疗后，重返苏联救灾部队，并参与了 1988 年亚美尼亚地震的灾后救援。他在医院中开始写诗，前后出版了 30 本书，并在美国巡回演讲，介绍自己在核心禁区的工作以及核事故的后续风险。2016 年，82 岁的他宣布，由他撰写的名为《最高总指挥官》（*Supreme Commander in Chief*）的弗拉基米尔·普京传记即将出版。

用在“特别禁区”担任“清理员”工作 6 周赚到的 1400 卢布，**弗拉基米尔·乌萨坚科**为自己买下了第一台彩色电视。1990 年，他被选
372 入乌克兰议会，担任一个专门负责乌克兰境内与这场灾难和核能相关的科学、社会及法律问题的小组委员会主席。

在瓦列里·列加索夫自杀、阿纳托利·亚历山德罗夫退休后，**叶夫根尼·韦利霍夫**院士在 1988 年被任命为库尔恰托夫研究所所长。他于 1992 年当选该机构总裁，成为多国协作的国际热核聚变实验反应堆计划（ITER）中俄罗斯团队的带头人，共同研发试验性质的等离子聚变反应堆。2001 年，在俄罗斯总统普京于联合国千年峰会上倡议多国协作研发新的核能技术后，他被普京任命为俄方项目负责人。

检察官**谢尔盖·扬科夫斯基**没有参加对他亲自帮助定罪的六名事故责任人的审判，而是回到他原本负责的方向，继续办理谋杀和腐败案件。1995 年，他被调到乌克兰拉达（议会）工作，开始推动将关于切尔诺贝利事故的 57 卷调查材料从莫斯科转回基辅。8 年后，当他离职时，那些装有文件和录影带的档案箱，依然保存在俄罗斯最高法院的地下室中，被列为最高机密。2017 年春天，61 岁的他住在基辅的一家国家疗养院中，刚刚从一场疾病中恢复。“在那些文件里，有很多东西，永远都不会有人知道。”他说。

纳塔利娅·谢甫琴科如今生活和工作在莫斯科，住在离儿子基里

尔、儿媳和三个孙辈很近的地方。

抽空四号机组地下室积水后，**彼得·“驼鹿”·兹博罗夫斯基**大尉被提升为少校。他还被颁予红星勋章，并因为“对新设备和武器的出色掌握”而获得通报嘉奖。1993 年，他被转到民防预备役，开始时担任护理员，随后成了一名保安。但他逐渐失去了引以为傲的力量，经常休克，骨头也越来越容易骨折。他死于 2007 年，年仅 55 岁。

373

致 谢

这个项目的源起，可以追溯到多年前的一个故事。最早在新闻中听到它时，我还是一个十几岁的少年，几十年后，作为一名作家，我又重新将它拾起。在这期间，我得到了世界各地的朋友与同事的大力帮助。这本书的灵感，来自那些生活被四号反应堆爆炸所改变的人，那些同意与我分享他们在普里皮亚季、切尔诺贝利电厂和苏联其他原子城市与设施中所度过的时光的采访对象；也正是因为他们，这本书才成为可能。从我在莫斯科与亚历山大·谢甫琴科和纳塔利娅·谢甫琴科第一次见面的那个阴郁的下午开始，许多人向我敞开了他们的家门，对我展示了极大的善意、殷勤与耐心，即便是在谈论那些最令人痛苦难忘的事件之时。对于所有那些同意接受一个来自外国的陌生人的交叉质询，只是为了让他们的经历为更多人所知的采访对象，我深怀感激。我还要感谢 Anna Korolevska，她帮我联系上了许多灾难的目击者，以及 Elena Kozlova、Tom Lasica、Maria Protsenko 和 Nikolai Steinberg，他们为我提供了关键线索和情况介绍，这些信息对于准确重现事件经过至关重要。

我在切尔诺贝利的首次采访之所以能够成行，要感谢《观察家杂志》的编辑 Allan Jenkins 和 Ian Tucker。一番激烈讨论后，他们充满信任地把一厚沓现金装在信封里交给我，派我前往俄罗斯和乌克兰。这之后，《连线》杂志位于伦敦和旧金山的编辑帮助我完成了对隔离区的几次后续短期访问，尽管每一次动身之前，我都跟他们发誓这会是最后一次。在我开始为这本书而进行采访时，我很幸运地从 Piers Paul Read 那里得到了许多忠告。他从来不吝付出他的时间，总是鼓励我。此外，从 Natalia Lentsi、Andrey Slivka、Micky Lachmann、Fiona 374
Cushley 和 Matt McAllester 那里，我也得到了许多在曾经的苏联国家旅行访问的实用指南。

Katia Bachko、Peter Canby、David Kortava、Tali Woodward、Joshua Yaffa 和 Polina Sinovets 都帮助指点我采访到了那些只说俄语的著名研究者和我在别处提到的事实核查者。在 Eugenia Butska、Anton Povar 和 Gennadi Milinevsky 的帮助下，我才得以探访普里皮亚季城、切尔诺贝利核电厂和隔离区的许多一般人难以履及之处，这对于本书的叙述至关重要。我也想要向 Andrea Gallo、Inna Lobanova-Heasley、Michael Wilson、Michael D. Cooper 和 Gunnar Bergdahl 在整个过程中的协助表示感谢。

在乌克兰采访的这些年，我有过许多令人难忘的愉快经历，其中，我想特别感谢 Roman Shumeyko 的极品手抓羊肉饭，还有在湖边畅饮的那个美妙的晚上。在美国这边，我对 Rose George、Greg Williams、James 和 Ana Freedman、Yudhijit Bhattarcharjee、Brendan Koerner、Julie Satow、Ted Conover、Evan Ratliff、Nick Thompson 和 Keith Gessen 给予我的宝贵建议与支持深表感激。

感谢乌克兰国家记忆研究所的 Ihor Kulyk 和工作人员，以及威尔逊中心冷战历史项目的 Christian Ostermann 和研究人员，他们帮我找到并翻译了乌克兰的许多关键档案文件。感谢纽约公共图书馆研究部门的 Melanie Locay 和工作人员，让我有机会接触到那些我本来不敢奢望有可能亲手触碰的材料，并给予我使用艾伦阅读室的特殊待遇，我十分享受在那里度过的时间，而宁静的氛围也令我可以充分地利用那些材料。

在最初起念到最后成书这个漫长的过程中，我一直依赖着来自图书代理人 Edward Orloff 温和有礼、冷静自若的指点。我还要感谢 Millicent Bennett、Henry Vines、Michelle Kroes 和 Scott Rudin，他们都从很早的时候就对这一项目充满信心。在西蒙与舒斯特出版社，Jon Karp 和 Ben Loehnen 从一开始便和我一样，对这个故事充满热情，对手稿提出了精到的反馈意见，最后还帮我起了这个超级棒的书名。在常常令人迷惑的图书出版过程中，Amar Deol 扮演了一个极其专业的
375 牧羊人的角色，而 Kayley Hoffman、Phillip Bashe 和 Josh Cohen 则改正了我无数的拼写和表达错误。

Katie Mummah、Rob Goldston、Frank Von Hippel 和 Alexander Sich 为我解释了复杂的原子物理和核工程理论，并审阅了手稿中关于 RBMK-1000 反应堆设计和缺陷的部分，对此我深表感激。在帮助我理解放射生物学和辐射医学的科学与术语方面，Timothy Jorgensen 显示了同样的慷慨与耐心。书中的任何错误或过度简化，都完全是我的责任。

当我终于回到纽约的杰伊街上，试图把堆成山的材料写成一本书时，多亏了 Chris Heath、Lau-ren Hilgers、Nathan Thornburgh 和 Roads and Kingdoms 出版公司的那些好人，我才没有发疯。还有我所有的朋友，这么多年中，他们对我采访本书和其他项目时的拖拖拉拉、朝三暮四给予了极大的宽容，并借出了他们的沙发、床垫和客房，让我有地容身——Toby Amies、Andrew Marshall、Peg Rawes 和 Tom Corby、David Keeps、Ian Tucker、Michael Odell、Dan Crane、Kate 和 John、Micky 和 Lisa、Rupert、Julie、Stella、Soren 和 Nancy、Matt、Pernilla 和 Harry——感谢你们。对了，请接收我迟来的道歉：我本该勤洗点儿衣服的。

但最重要的，我要感谢我最坦诚直率的批评者和最不知疲倦的啦啦队员 Vanessa Mobley 和我们的女儿 Isla。感谢她们的爱和忍耐，容

忍我常年在外采访不在家中，容忍我无休无止地修改书稿，容忍一个摆满可能存在放射性污染的鞋子和成堆有关苏联经济的书籍的走廊，以及不得不每天穿过这条走廊才能进入公寓的日子。没有你们，我不可能走到如今这一步。

纽约，2018 年 9 月

377

作者手记

这本书是一部历史，但也是新闻报道作品。我依托自己从 2006 年开始的对目击者的采访、公开发表的第一人称回忆和解密的苏联档案，重新构建了那种亲历灾难的切身体验。如果没有那些极其优秀的翻译、居间联络者和研究人员的大力帮助，这是不可能的。这些人包括俄罗斯的 Olga Ticush、Misha Smetnick、Anna Sorokin 和 Artemis Davleyev，还有乌克兰的 Alex Livotka、Ostap Zdorovylo、Natalia Mackessy、Tetiana Vodianytska 和 Dmytro Chumak。在纽约，James Appell 花了几个月的时间，帮我追踪那些独家信源、翻译档案和通信记录，而 Anna Kordunsky 则接下了对手稿进行事实核查的工作，从反应堆设计的技术细节，到俄语词源学上的微妙含义，都做到了一位不知疲倦、无与伦比的合作者所能做的一切。

但是，如果没有 Taras Shumeyko 的渊博知识和大力支持，这本书根本就不可能存在。在 12 年的采访过程中，Taras 是我的向导和搭档，我们一起在地处偏远的城市和大雪覆盖的乡村走访这场浩劫的幸存者，一起参加国际会议，一起进入隔离区。他帮助我追踪到了许多采访对象，他们的证言对本书的叙述至关重要。他用自己的魅力打动了那些不愿发言的老兵和档案管理员，令许多档案得以重见天日，并完成了许多为这个故事奠定基石的采访。

有几本俄文著作报道了事故发生后几个月里的事件，它们为我提供了极好的一手证言来源，这些亲历记录塑造了整本书的叙述风格。比如 Iurii Shcherbak 的 *Chernobyl*，Vasily Voznyak 与 Stanislav Troitsky 合著的 *Chernobyl: It Was Like This——The View from the Inside*，这两本书中充满了亲历者从个体角度对所发生之事的审视，极有价值。此外，还有 A.N.Semenov 主编的 *Chernobyl: Ten Years On: Inevitability or* 378
Accident，收录了清理行动参与者写下的个人陈述，让我们得以获知被卷入这场灾难中的那些部长、核工程师和其他专家的切身体验。对于与石棺有关的各项工作，几乎完全以石棺建造者原话写成的 Elena Kozlova 的 *The Battle With Uncertainty*，则提供了切实可靠的记录。

在英文资料方面，Nikolay Karpan 在审判维克托·布留哈诺夫现场速记下了证人证言，翻译后收入了他的 *From Chernobyl to Fukushima* 中。在帮我建立对导致爆炸的一系列事件和态度的大致了解这一点上，它是不可或缺的。在 1990 年和 1991 年，为了拍摄电视系列纪录片 *The Second Russian Revolution*，BBC 进行了一系列采访，未经编辑的采访文字记录被保存在了伦敦经济学院的图书馆中。这些材料透露了某些年高望重的中央政治局成员和其他苏联高官对这场事故的十分坦率的叙述，若非如此，他们的观点看法通常都不为外界所知。在探索那些切尔诺贝利核电厂工作者的个人历史时，Piers Paul Read 的 *Ablaze:The Story of the Heroes and Victims of Chernobyl* 充当了我的路线图，他采访了这个故事里的几乎每一位主要演员，第一个用英语对所发生的一切进行了全面讲述。

苏联解体、乌克兰倒向西方以及灾难过后的这 30 年时间，令许多曾经加密的官方档案记录得以大白于天下。中央政治局和总理尼古拉·雷日科夫主持下的切尔诺贝利行动小组的会议记录和文字记录，在帮助区分事实与苏联关于这场意外的宣传时，相当有用——尽管我对这些材料依然持谨慎态度。中央政治局会议记录的记录形式各异，每份的长度、细节、可靠性均有不同，有些是以原始文件照片的形式出现的，有些则是获准查看苏联档案的研究者誊写下来的。这些档案曾经短时期开放过，后来又被封锁了起来。我很感谢哈佛大学俄罗斯与欧亚研究中心（Davis Center for Russian and Eurasian Studies）冷战研究项目的项目主管 Mark Kramer，以及俄罗斯的切尔诺贝利历史学家 Vladimir Maleyev，他们在这一领域为我提供了许多指点。关于许多重要的决定，以及普里皮亚季和切尔诺贝利政府委员会的所有初期讨
379 论，文字证据依然十分稀缺。一些采访对象指出，这些文档很可能在当时或其后不久便被销毁了，一方面是为了限制信息传播，一方面也为了减少污染。因此，我对基辅切尔诺贝利博物馆的科学部门副主管 Anna Korolevska 格外感激，在她允许下，我才得以查阅乌克兰内务部关于该事故的工作日志的原件。这些工作日志是在 1986 年 4 月 26 日凌晨到 5 月 6 日期间记下来的，显然，将其保存下来的官员深知这场事故的破坏性。这份珍贵的材料，让我得以深入了解到伴随事件发展而不断升级的回应措施。

关于这场事故的大背景——从 20 世纪 60 年代末在基辅附近建造核电站的最初决定，到那场浩劫本身，再到今时今日——在几部纪录片中都有了很好的展现。尤其值得一提的是 *Fond 89: The Soviet Communist Party on Trial*，它是俄罗斯国家现代史档案馆（RGANI）以照片形式保存的 900 余万份前苏联共产党秘密档案记录的一部分，藏于斯坦福大学的胡佛研究所中。我有幸在哈佛大学的拉蒙特图书馆（Harvard’s Lamont Library）看到了它的副本。更多的原始素材，汇集于乌克兰历史学家 Natalia Baranovska 的著作 *The Chernobyl Tragedy: Documents and Materials* 之中。乌克兰国家记忆研究所已经建立了一个规模不断扩大的网上档案库，收录与这场灾难相关的各种文档。此外，乌克兰克格勃在切尔诺贝利核电厂中的活动，也以 121 份详尽文档的形式出现于 Yuri Danilyuk 的 *The Chernobyl Tragedy in Documents and Materials* 中。最重要的是，我还查阅了切尔诺贝利博

物馆在二十多年的过程中收集到的众多原始材料——工作日志、个人通信、地图、照片和政府官方记录等。

关于这场灾难，迄今为止已发表了海量的技术文献，但为了理解促成发生在四号反应堆之内的那场灾难的苏联核工业的态度和策略，我主要借重了 Sonja D. Schmid 和 Paul Josephson 的研究，尤其是二人分别发表的著作 *Producing Power* 和 *Red Atom*。为了理解复杂的辐射科学，我从 Robert Gale 和 Thomas Hauser 的 *Final Warning*，以
及 Timothy Jorgensen 的杰作 *Strange Glow* 中获益颇多。为了准确地 380
复述事件发生的经过，我从国际原子能机构名为 INSAG-7 的报告中汲取了大量细节，并参考了 Alexander Sich 极为优秀的博士论文“The Chornobyl Accident Revisited: Source Term Analysis and Reconstruction of Events During the Active Phase”。

专有名词

苏联科学院（Academy of Sciences）：苏联最高学术研究机构，专注于数学基础研究和自然、物理及社会科学研究，每个苏维埃社会主义共和国均有各自的科学院。

活动分子基层组织（Aktiv）：一群共产党积极分子，负责在基层，尤其是工作单位，执行党的决策。

党组织（Apparat）：苏联国家官僚机构，特指共产党自身。

党组织成员（Apparatchik）：党组织的官员和工作人员。

原子人（Atomshchiki）：在中型机械制造部的军事机构中培养出来的核能工程师，原子能专家中的佼佼者。

中央委员会（Central Committee）：理论上的苏联共产党最高决策部门，指导全苏联各级共产党委员会、政府部门和企事业单位的各项活动。实际上需要听从规模较小的中央政治局的决定。

部长会议（Council of Ministers）：苏联内阁，在每个加盟共和国的最高行政机构也有相应的部长会议，负责执行中央政治局下达的决策。

电力人（Energetiki）：直接受雇于能源与电气化部的电力工程师，包括操作核电站的那部分人。

停滞时期（Era of Stagnation）：米哈伊尔·戈尔巴乔夫提出的一个概念，特指1970年后期苏联经济和文化渐趋僵化的一段时间。

总书记（General Secretary）：苏联共产党最高领导人，实际上的国家元首。

市委会（Gorkom）：共产党的地区委员会，负责在城镇一级执行党的决策。

国家计划委员会（Gosplan）：负责经济计划的国家委员会，集中经济的智库。

执行委员会（Ispolkom）：一个由当地政府任命的委员会，负责管 382
理市镇、城市或地区的各项事务，相当于西方的市政府。

Kolkhoz：集体农场的俄语。

苏联共青团（Komsomol）：苏联列宁共产主义青年团的简称，苏联共产党的青年组织，成员为 14 岁到 28 岁的青年人。

库尔恰托夫原子能研究所（Kurchatov Institute of Atomic Energy）：苏联最主要的核能研发机构，由对外保密的负责建造原子弹的苏联科学院二号实验室演化而来。

内务部警察部队（Militsia）：内务部直接管辖的警察部队。尽管与民兵（militia）名字相近，但不可混为一谈。

能源与电气化部（Minenergo）：苏联民用能源部门。

内务部（MVD [Ministerstvo vnutrennykh del]）：负责警察、消防和国家安全的准军事机构。

苏联国家动力工程研究所（NIKIET [Nauchno-issledovatelskiy i konstruktorskiy institut energotekhnik]）：负责全苏联核反应堆的设计，其中包括 RBMK 反应堆。

苏联装配技术研究设计院（NIKIMT [Nauchno-issledovatelskiy i konstruktorskiy institut montazhnoy Tekhnologii]）：隶属于中型机械制造部，负责研发核装置的技术解决方案。

在册干部（Nomenklatura）：苏联共产党高层干部，担任关键岗位职务，享有特殊待遇和高工资。得名于为这些人分配职位的干部名单体制。

州（Oblast）：苏联行政区。1986年，乌克兰被分成24个州，其中基辅州是最大的一个。每个州之下又被分为区（rayon），略等于美国官僚行政机构中的县或市级行政区。

核电站事故应急处理小组（OPAS [Gruppa okazaniya pomoschi atomnym stantsiyam pri avariyakh]）：苏联能源部下辖的专门处理核电站事故的应急团队。

383 **中央政治局（Politburo）：**苏联共产党中央委员会的“政治机构”，设置本意是在中央委员会全体会议闭会期间行使决策制定权，但事实上成为苏联的最高权力位置。

压力管式石墨慢化沸水反应堆（RBMK [Reaktor bolshoy moschnosti kanalnyy]）：一种苏联特有的反应堆设计。

苏联核工业联合会（Soyuzatomenergo）：苏联能源部下辖的民间组织，监督原子能电站的运行。

中型机械制造部（Sredmash）：主管苏联的核武器项目及所有的反应堆技术。

最高苏维埃（Supreme Soviet）：名义上的苏联议会，负责制定适用于全苏联的法律法规，在每个加盟共和国也有各自的下级苏维埃。

苏联核电运行研究院（VNIIAES [Vsesoyuznyy nauchno-issledovatelskiy institut po ekspluatatsii atomnykh elektrostantsiy]）：为原子能电站提供研究支持的民间机构。

水－水高能反应堆（VVER [Vodo-vodyanoy energetichesky reaktor]）：一种水冷及水慢化式反应堆，相当于西方的压水反应堆。

少年先锋队（Young Pioneers）：成员为10岁到14岁的少年。

房管局（ZhEK [Zhilishchno-ekspluatatsionnaya kontora]）：负责城市住宅楼管理及维修的政府部门。

辐射单位

用来衡量辐射及其效应的方法不计其数，所使用的术语，也随着这门出现于一个多世纪前的科学的演进而不断更新。尽管今天的科学家们使用的是标准国际单位（SI），但本书，却采用了切尔诺贝利事故发生时在苏联国内普遍使用的那些计量单位，尤其是伦琴和雷姆。为了帮助读者理解这些古老的计量单位以及它们与取代者之间的关系，我将对它们一一解释如下。

居里（Ci）：放射性强度单位，最初定义源于 1 克镭发生放射性衰变的次数（约为每秒 37,000,000,000 次衰变）。居里后来被新的标准单位贝克勒尔取代。

拉德（rad）：辐射吸收剂量单位，用以计算特定质量的某种物质，如砖块、松树或人体器官，吸收致电离辐射的剂量。吸收剂量的标准国际单位是戈瑞（Gy），代表每 1 千克物质中吸收了 1 焦耳致电离辐射的能量。100 拉德相当于 1 戈瑞。

伦琴（R）：一种衡量 X 射线和 γ 辐射暴露的计量单位，相当于 1 单位质量空气吸收的致电离辐射能量值。1 伦琴的千分之一为毫伦琴（mR），1 伦琴的一百万分之一为微伦琴（μR）。持续暴露量可以用伦琴每小时（R/h）表示。在 1986 年的苏联，正常的本底辐射量按规定应当保持在 4 到 20 毫伦琴每小时之间。

雷姆（rem）：人体伦琴当量的缩写，用以量化致电离辐射暴露对健康的影响。雷姆衡量的是剂量当量，计算时会考虑到各种因素，比如吸收剂量和辐射类型。它可以被用来预测某一辐射剂量的生物效应，
386 比如癌症，而不管造成辐射的是 α 粒子、β 粒子、中子、X 射线还是 γ 波。美国科罗拉多州丹佛市的居民一年中吸收的天然本底辐射略大于 1 雷姆，5 雷姆则相当于美国核工业从业人员每年的最高暴露值。对于大多数人来说，全身暴露于 500 雷姆的辐射下，哪怕只是瞬间，也会导致死亡。替代雷姆的标准国际单位是西韦特（Sv）及由其衍生的更小单位：毫西韦特（mSv，相当于 1 西韦特的千分之一）和微西韦特（μSv，相当于 1 西韦特的百万分之一）。这些单位被用于现代的剂量计显示盘上。1 西韦特相当于 100 雷姆。

注 释

引 子

1 1986 年 4 月 26 日，星期六：1986 年 4 月 26 日亚历山大・洛加乔夫在切尔诺贝利核电站放射量地图上标出的精确时间，档案藏于乌克兰基辅切尔诺贝利博物馆。

1 亚历山大・洛加乔夫上尉爱辐射：亚历山大・洛加乔夫，基辅地区民防部队第 427 红旗机械化团化学与辐射侦察指挥官，本书作者采访，基辅，2017 年 6 月 1 日；另参见 Yuli Khariton，Yuri Smirnov，Linda Rothstein，and Sergei Leskov，“The Khariton Version，” Bulletin of the Atomic Scientists 49，no. 4（1993），p. 30.

1 洛加乔夫深知如何保护自己：洛加乔夫，本书作者采访，2017 年。

1 快速穿过基辅市郊：亚历山大・洛加乔夫，2005 年出版的回忆录 *The Truth* [*Истина*]，后以另一种形式发表于 *Obozreniye krymskih del*，2007；Vladimir Grebeniuk 上校，基辅地区民防部队第 427 红旗机械化团团长，本书作者采访，2016 年 2 月 9 日。

2 但他们当日上午晚些时候终于接近核电站时：洛加乔夫，*The Truth*。

2 装甲车开始以 10 公里每小时的速度逆时针绕着电厂综合体缓慢行驶：洛加乔夫的切尔诺贝利电站放射量地图，切尔诺贝利博物馆。

3 2080 伦琴每小时：洛加乔夫，*The Truth*。

I 一座城市的诞生

一 苏维埃的普罗米修斯

7 随着螺旋桨缓慢转动的声音：维克托・布留哈诺夫和瓦莲京娜・布留哈诺娃（丈夫和妻子，1986 年 4 月时切尔诺贝利核电厂的厂长和热处理专家），本书作者采访，基辅，2015 年 9 月和 2016 年 2 月。2006 年 2 月 17 日，作者访问了乌克兰的科帕奇。白兰地和打奠基桩的细节在 Ukrainian Studio of Documentary Chronicle Films 拍摄于 1974 年的纪录片 *The Construction of the Chernobyl Nuclear Power Plant* [*Будівництво Чорнобильської АЕС*] 中有提及。关于这一仪式的照片收录在 I. Kobrin（Kiev：Ukrtelefim，1989）执导的纪录片 *Chernobyl*：*Two Colors of Time* [Чернобыль：Два цвета времени] 中，参见 pt. 3 mark 40：05，www.youtube.com/watch?v=keEcEHQipAY.

388 7 如果苏联中央计划制定者的宏伟蓝图：Zhores A. Medvedev，*The Legacy of Chernobyl*（New York：Norton，1990），239；"Controversy Around the Third Phase of the Chernobyl NPP，" Literaturnaya Gazeta，May 27，1987，translated in "Aftermath of Chernobyl Nuclear Power Plant Accident，Part IV，" Joint Publication Research Service，Soviet Union：Political Affairs（hereafter，JPRS，Soviet Union Political Affairs），111.

7 他们曾考虑过几个方案：Vitali Sklyarov，*Chernobyl Was…… Tomorrow*，trans. Victor Batachov（Montreal：Presses d' Amérique，1993），22.

8 一个只有 2000 居民的古老小城：Alexander Sich，"The Chornobyl Accident Revisited：Source Term Analysis and Reconstruction of Events During the Active Phase"（PhD diss.，Massachusetts Institute of Technology，1994），203.

8 切尔诺贝利城：Richard F. Mould，*Chernobyl Record：The Definitive History of the Chernobyl Catastrophe*（Boca Raton，FL：CRC Press，2000），312.

8 生活在那里的250万居民：从1979年到1989年，基辅人口从220万增加到了260万。V. A. Boldyrev，*Results of USSR Population Census* [Итоги переписи населения СССР]（Moscow：USSR State Committee on Statistics，1990），15：http：//istmat.info/files/uploads/17594/naselenie_sssr._po_dannym_vsesoyuznoy_perepisi_nas eleniya_1989g.pdf. 另参见 Sich，"The Chornobyl Accident Revisited，" 196.

8 维克托 · 布留哈诺夫是在这个冬天刚开始的时候来到切尔诺贝利的：维克托 · 布留哈诺夫和瓦莲京娜 · 布留哈诺娃，本书作者采访，2015；2016 年 4 月 25 日，本书作者访问切尔诺贝利。

8 家中四个孩子里的老大：维克托 · 布留哈诺夫，Oleg Nikolaevich 采访，"Stories about Tashkent Natives：True and Sometimes Unknown. Part 1" [Истории оташкентцах правдивые и не всем известные. Часть 1]，Letters about Tashkent，April 29，2016：http：//mytashkent.uz/2016/04/29/istorii-o-tashkenttsah-pravdivye-i-ne-vsem-izvestnye-chast-1.

8 他的面相颇有几分异国情趣：瓦西里 · 利索文科（Vasily Lisovenko）少校（乌克兰克格勃第六部第三分部负责人），本书作者采访，2016 年 9 月。

9 在能源部：利索文科，本书作者采访，2016 年。苏联革命后，委派忠诚的共产党员担任技术部门负责人，然后由专家为他们提供顾问咨询，是一种十分常见的做法。格里戈里·梅德韦杰夫（Grigori Medvedev），1991 年 BBC 纪录片 *The Second Russian Revolution* 拍摄时的采访录音文字记录：2RR archive file no. 1/3/3，16（后文中以 2RR 指代）。

9 1969 年 7 月：涅波罗日尼（Neporozhny）在 1969 年 7 月 4 日写给苏联总理 Alexei Kosygin 的信中做出这一建议。Sonja D. Schmid，*Producing Power*: *The Pre-Chernobyl History of the Soviet Nuclear Industry*（Cambridge，MA：MIT Press，2015），34n97.

9 他设立了雄心勃勃的目标：Charles Dodd，*Industrial Decision-Making and High-Risk Technology*: *Siting Nuclear Power Facilities in the USSR*（Lanham，MD：Rowman & Littlefield，1994），73–74.

9 乌克兰境内第一座原子能电站：V. A. Sidorenko，"Managing Atomic Energy，" in V. A. Sidorenko，ed.，*The History of Atomic Energy in the Soviet Union and Russia* [*История атомной энергетики Советского Союза и России*]（Moscow：Izdat，2001），219.

389 9 4 亿卢布：建造切尔诺贝利电站的总预算为 1967 年的 3.8968 亿卢布。参见 Document No. 1 in N. Baranovska，ed.，*The Chernobyl Tragedy*: *Documents and Materials* [*Чорнобильська Трагедія*: *Документи і матеріали*]（Kiev：Naukova Dumka，1996）："Appeal from the Council of Ministers of USSR to the Central Committee of Communist Party of Ukraine to

approve the project of building the Central Ukrainian nuclear power station near the village of Kopachi, Chernobyl district, Kiev region," February 2, 1967.

9 他一一列出物资清单：维克托·布留哈诺夫和瓦莲京娜·布留哈诺娃，本书作者采访，2015 年。布留哈诺夫也曾在接受乌克兰《事实与评论报》(*Fakty i kommentarii*) 记者 Maria Vasyl 采访时描述过自己最初时的职责，参见 "Former ChNPP director Brukhanov: 'Had they found legal grounds to have me shot, they would have done so.' " [*Бывший директор ЧАЭС Виктор Брюханов* :《Если бы нашли для меня расстрельную статью, то, думаю, расстреляли бы.》], October 18, 2000, http://fakty.ua/104690-byvshij-direktor-chaes-viktor-bryuhanov-quot-esli-by-nashlidlya-menya-rasstrelnuyu-statyu-to-dumayu-rasstrelyali-by-quot.

10 核电站主体动工之前：Baranovska, ed., *The Chernobyl Tragedy*, Document No. 7: "The joint decision of subdivisions of the USSR Ministry of Energy and Electrification on constructing a temporary cargo berth for the Chernobyl NPP," April 29, 1970.

10 几栋带轮子的小木屋挤在一起：布留哈诺夫 2000 年接受《事实与评论报》记者 Vasyl 采访。

11 劳动突击队员挖好了第一座反应堆坑室：Vasily Kizima（切尔诺贝利建筑工程总监），本书作者采访，乌克兰基辅，2016 年 2 月。Gennadi Milinevsky（基辅大学学生，在 1971 年夏天被派往切尔诺贝利建筑工地提供协助），本书作者采访，基辅，2016 年 4 月。"劳动突击队员"（udarniki）是颁给那些经常超额完成任务、参与共产主义劳动竞赛的苏联劳动者的一个荣誉称号。截至 1971 年，全苏联共有 1790 万名"劳动突击队员"。参见 Lewis Siegelbaum, "Shock Workers;" Seventeen Moments in Soviet History, http://soviethistory.msu.edu/1929-2/shock-workers/.

11 第一批开抵现场的专家：尼古拉·施泰因贝格（Nikolai Steinberg），本书作者采访，乌克兰基辅，2015 年 9 月。

11 依照苏联的城市规划法规：Schmid, *Producing Power*, 19.

11 城里的居民开始……建造夏季度假屋：亚历山大·叶绍洛夫（Alexander Esaulov，普里皮亚季市执行委员会副主席），本书作者采访，乌克兰伊尔平，2015 年 7 月。

11 维克托·布留哈诺夫最初接到的……指示：布留哈诺夫 2000 年接受《事实与评论报》记者 Vasyl 采访；施泰因贝格于 2015 年接受本书作者采访。

12 足以满足至少一百万户现代家庭的需要：电力消耗量受到包括地理位置在内的许多因素的影响，但这一保守估计是在美国核管理委员会（Nuclear Regulatory Commission）提供的美国东北部 21 世纪家庭的用电数字上推算出来的。参见 "What Is a Megawatt?", February 4, 2012, www.nrc.gov/docs/ML1209/ML120960701.pdf.

12 上级领导为他设定的工期：Baranovska, ed., *The Chernobyl Tragedy*, document No. 10: "Resolution of the USSR Ministry of Energy and Electrification on the organization and 390
implementation of operations to oversee the physical and energy launch of the NPPs under construction on USSR territory," July 29, 1971. 此外，施泰因贝格在 2018 年 4 月 6 日与本书作者的个人通信中也提到了这一点。

12 已经令苏联不堪重负：一些苏联历史学家估算出，苏联每年花费在军队和武器装备上的真实数字，在 1972 年前约为 2360 亿到 3000 亿卢布，而到 1989 年时，已经占到国家预算的近半数。参见 Yevgenia Albats, *The State Within a State: The KGB and Its Hold on Russia—Past, Present, and Future*, *trans.* Catherine Fitzpatrick (New York: Farrar, Straus and Giroux, 1999), 189.

12 从一开始：Baranovska，ed.，*The Chernobyl Tragedy*，document No. 13："Resolution of the Communist Party of Ukraine and the Council of Ministers of the USSR on the Construction Progress of the Chernobyl Nuclear Power Plant，" April 14，1972.

12 关键的机械部件：Schmid，*Producing Power*，19；George Stein，"Pipes Called 'Puff Pastry Made of Steel，'" *Los Angeles Times*，May 16，1986；Piers Paul Read，*Ablaze*：*The Story of the Heroes and Victims of Chernobyl*（New York：Random House，1993），30 and 46–47.

12 制造业的工艺质量：Sklyarov，*Chernobyl Was…Tomorrow*，163.（The Russian term *pred-montazhnaya reviziya* oborudovaniya is translated here as "pre-erection overhaul，" but "installation" is closer to the sense of "montage" in the original. See the original Russian edition of the book，*Завтра был …Чернобыль*. Moscow：Rodina，1993，165.）

12 在整个 1971 年底：Baranovska，ed.，*The Chernobyl Tragedy*，document no. 13；Vladimir Voloshko，"The Town That Died at the Age of Sixteen" [Город，погибший в 16 лет]，undated，Pripyat.com http//pripyat.com/people-and-fates/gorod-pogibshii-v-16-let.html.

13 除了这些，还有更多要求接踵而来：这些建设指标是由乌克兰的党内领导在 1972 年到 1974 年间下达的。参见 Baranovska，ed.，*The Chernobyl Tragedy*，document no. 13.

13 约见他在能源与电气化部的上级领导：布留哈诺夫的顶头上司 Artem Grigoriants 是能源部分管核能的领导，负责监督切尔诺贝利核电站的建造并确保其按期完工。

13 苏联共产党由……发展而来：详细的苏联共产党的早期历史，参见 Robert Service，*A History of Modern Russia*（Cambridge，MA：Harvard University Press，2010），47–99.

13 "一个没有阶级的社会"：Raymond E. Zickel，ed.，*Soviet Union*：*A Country Study*（Wash-ington，DC：US Government Printing Office，1991），281.

13 "在册干部"：Theodore R. Weeks，*Across the Revolutionary Divide*：*Russia and the USSR*，1861–1945（Chichester，UK：Wiley-Blackwell，2010），77.

391 14 制度化的乱干预、瞎指挥：关于苏联共产党官僚体系形成初期的混乱与内部斗争，参见 Merle Fainsod 的 *Smolensk Under Soviet Rule*（Cambridge，MA：Harvard University Press，1958）。

14 到 1970 年时，每 15 个苏联公民中，才有不到一个：1970 年苏联共产党党员人数约为 1340 万。A. M. Prokhorov，ed.，*Great Soviet Encyclopedia* [*Большая Советская Энциклопедия*]，vol. 24（Moscow，1997），176.

14 维克托·布留哈诺夫 1966 年加入共产党：维克托·布留哈诺夫接受 Sergei Babakov 的采访，参见 "I don't accept the charges against me …" [«С предъявленными мнеобвинениями не согласен …»]，Zerkalo nedeli，August 27，1999，https：//zn.ua/society/c_predyavlennymi_mne_obvineniyami_ne_soglasen.html.

14 "有着一张卡车司机的脸"：Read，*Ablaze*，31.

14 羞辱：Sklyarov，*Chernobyl Was…Tomorrow*，172.

15 高高坐在：Vladimir Shlapentokh，*A Normal Totalitarian Society*：*How the Soviet Union Functioned and How It Collapsed*（Armonk，NY：M.E. Sharpe，2001），56；Stephen Kotkin，*Armageddon Averted*：*The Soviet Collapse*，1970–2000，2nd ed.（New York：Oxford University Press，2003），67.

15 一种投机游戏：Angus Roxburgh，*Moscow Calling*：*Memoirs of a Foreign Correspondent*（Berlin：Birlinn，2017），28–30.

16 庄稼白白地烂在田里：David Remnick，*Lenin's Tomb*：*The Last Days of the Soviet*

Empire（New York：Vintage Books，1994），249.

16 说起话来慢条斯理但相当自信：参见 Sklyarov，*Chernobyl Was...Tomorrow*，119 and 122。此书作者 Vitali Sklyarov 在事故发生时担任乌克兰能源部长，在 1986 年 4 月 26 日之前的几年中和事故发生后经常与布留哈诺夫见面。

16 然而当布留哈诺夫……赶到：维克托·布留哈诺夫和瓦莲京娜·布留哈诺娃，本书作者采访，2015 年和 2016 年。

16 13 年后：维克托·布留哈诺夫和瓦莲京娜·布留哈诺娃，本书作者采访，2016 年。1984 年普里皮亚季庆祝十月革命纪念日的照片，参见 "Pripyat Before the Accident. Part XIX," Chernobyl and Pripyat electronic archive titled Chernobyl—A Little About Everything [Чернобыль：Обо Всём Понемногу]，November 14，2012，http：//pripyat-city.ru/uploads/posts/2012-11/1352908300_slides-04.jpg.

16 这位厂长的杰出成就得到了大力表扬：维克托·布留哈诺夫和瓦莲京娜·布留哈诺娃，本书作者采访，2016 年。

16 正在建造中：Zhores Medvedev，*Legacy of Chernobyl*，239；Lyubov Kovalevska，"Not a Private Matter" [Не приватна справа]，Literaturna Ukraina，March 27，1986，online at www.myslenedrevo.com.ua/uk/Sci/HistSources/Chornobyl/Prolog/NePryvatnaSprava.html.

17 苏联的麻省理工学院：Paul R. Josephson，Red Atom：*Russia's Nuclear Power Program from Stalin to Today*（Pittsburgh，PA：University of Pittsburgh Press，2005），55.

17 用高光纸印刷了宣传册：Yuri Yevsyukov，*Pripyat* [*Припять*]（Kyiv：Mystetstvo，1986），可以在网上浏览 http：//pripyat-city.ru/books/57-fotoalbom.html.

17 平均年龄：Vasily Voznyak and Stanislav Troitsky，Chernobyl：It Was Like This—The View from the Inside [Чернобыль：Так это было—взгляд изнутри]（Moscow：Libris，1993），223. 392

17 亲眼看见一对驼鹿：维克托·布留哈诺夫和瓦莲京娜·布留哈诺娃，本书作者采访，2015 年。

17 直接接受来自莫斯科的……财政拨款：Esaulov，本书作者采访。

17 在彩虹百货商场：彩虹百货商场中出售的商品，大到家具小到玩具，一应俱全。纳塔利娅·谢甫琴科（普里皮亚季市第四小学老师，切尔诺贝利高级机械工程师亚历山大·谢甫琴科之妻），本书作者采访，俄罗斯莫斯科，2015 年 10 月。

18 在市执行委员会大楼五层拥有一间办公室：斯韦特兰娜·基里琴科（Svetlana Kirichenko，普里皮亚季市执行委员会总经济师），本书作者采访，基辅，2016 年 4 月。

18 偶有麻烦，通常也不过：亚历山大·叶绍洛夫（Alexander Esaulov），*The City That Doesn't Exist* [*Город，которого нет*]（Vinnytsia：Teza，2013），14；Viktor Klochko（普里皮亚季市克格勃负责人），接受 Taras Shumeyko 采访，基辅，2015 年 9 月。

18 每年春天，普里皮亚季河：阿纳托利·扎哈罗夫（Anatoly Zakharov，消防车驾驶员和普里皮亚季市救生员），本书作者采访，乌克兰基辅，2016 年 2 月。

18 回首过去的一年……收获满满：维克托·布留哈诺夫和瓦莲京娜·布留哈诺娃，本书作者采访，2016 年。

19 讲话时，他常无意中流露出：Remnick，*Lenin's Tomb*，144–47.

19 反复敲打：Sklyarov，Chernobyl Was...Tomorrow，123.

19 奖章和奖金：例如，1983 年 12 月四号机组正式运行，参与这一项目的 7 位切尔诺贝利工程师均被党组织授予了奖章。参见 "Resolution 144/2C of the Central Committee of the Communist Party of the Soviet Union" [Постановление Секретариата ЦК Коммунистической

Партии Советского Союза No CT 144/2C]，March 6，1984，Microfilm，Hoover Institution，Russian State Archive of Contemporary History（RGANI），Opis 53，Reel 1.1007，File 33.

20 在苏联境内根本造不出来：Kizima，本书作者采访，2016 年。

20 "要你建就建！"：维克托·布留哈诺夫，接受 Vladimir Shunevich 的采访，参见 "Former director of the Chernobyl Atomic Power Station Viktor Brukhanov：'At night，driving by Unit Four，I saw that the structure above the reactor is...gone!'" [Бывший директор Чернобыльской Атомной Электростанции Виктор Брюханов：《Ночью，проезжая мимо четвертого блока，увидел，что верхнего строения над реактором...Нету!》]，*Fakty i kommentarii*，April 28，2006，http：//fakty.ua/104690-byvshij-direktor-chaes-viktor-bryuhanov-quot-esli-by-nashlidlya

-menya-rasstrelnuyu-statyu-to-dumayu-rasstrelyali-by-quot.

20 挤出了这笔建造费用：维克托·布留哈诺夫和瓦莲京娜·布留哈诺娃，本书作者采访，2015 年。

20 12 月的最后一天：四号机组的交付使用日期参见 Nikolai Karpan，*From Chernobyl to Fukushima*，trans. Andrey Arkhipets（Kiev：S. Podgornov，2012），143.

20 80 年代的头几年：Sich，"The Chornobyl Accident Revisited，" 148.

20 密集电网：Schmid，*Producing Power*，34.

20 被提前了一年：David R. Marples，*Chernobyl and Nuclear Power in the USSR*（New York：St. Martin's Press，1986），120.

393 20 劳动力和供应问题：参见 Kovalevska，"Not a Private Matter." David Marples 在 Chernobyl and Nuclear Power in the USSR 的第 122–124 页中翻译了 Kovalevska 的文章节选并加以讨论。另可参见记者 Iurii Shcherbak 在其著作中对 Kovalevska 的采访，Chernobyl：A Documentary Story，trans. Ian Press（New York：St. Martin's Press，1989），15–21.

20 一群恪尽职守的克格勃特工：根据乌克兰国家记忆研究所（Ukrainian Institute of National Remembrance）所长 Volodymyr Viatrovych 在 2016 年 4 月 28 日在基辅的一场讲座中的说法，到事故发生时，核电站处于 91 名克格勃特工、8 名常驻克格勃官员和 112 名"授权人员"的监视下（参见 www.youtube.com/watch?v=HJpQ4SWxHKU）。关于克格勃对切尔诺贝利材料供应和建造问题的报告样本，参见 Document No. 15，"Special report of the 6th department of the UkSSR KGBM...concerning the facts of shipping of poor-quality equipment for the Chernobyl NPS from Yugoslavia，" from January 9，1984，in Yuri Danilyuk，ed.，"The Chernobyl Tragedy in Documents and Materials" [Чорнобильська трагедія в документах та матеріалах]，Special Issue，*Z arkhiviv* VUChK–GPU–NKVD–KGB 1，no. 16（2001）.

20 布留哈诺夫收到……指示：Viktor Kovtutsky（切尔诺贝利建造部门总会计师），本书作者采访，乌克兰基辅，2016 年 4 月 24 日。

21 办公室就在顶层：维克托·布留哈诺夫和瓦莲京娜·布留哈诺娃，本书作者采访，2016 年。

21 无论是白天还是晚上：Sklyarov，*Chernobyl Was...Tomorrow*，123.

21 如果……出了什么岔子：本书作者采访维克托·布留哈诺夫和瓦莲京娜·布留哈诺娃，2015 年；施泰因贝格，2015 年；Serhiy Parashyn（切尔诺贝利核电厂党委书记），基辅，2016 年 11 月 30 日。

21 尽管技术上颇有天赋：本书作者采访 Parashyn 和 Kizima。

21 贬称他为"一块棉花糖"：据 Vasily Kizima 的叙述，出处参见 Grigori Medvedev 的 *The Truth About Chernobyl*，trans. Evelyn Rossiter（New York：Basic Books，1991），141.

21 道德水准普遍下降：施泰因贝格，本书作者采访，2017 年。另据瓦列里·列加索夫（Valery Legasov）对切尔诺贝利事故的回忆 “My duty is to tell about this”。回忆录全文翻译参见 Mould, “Chapter 19 : The Legasov Testament,” *Chernobyl Record*, 298.

21 苏联的经济乌托邦主义：Alec Nove, *The Soviet Economy : An Introduction*, 2nd rev. ed.（New York : Praeger, 1969）, 258.

21 势在必行的建造工作：布留哈诺夫在 2000 年接受《事实与评论报》采访时描述说，25000 名建筑工人需要稳定的就业机会。关于木星电子厂的员工许多都是女性这一细节，参见 Esaulov, *The City That Doesn't Exist*, 13。此外，Esaulov 在 2015 年接受本书作者采访时也提到了这一点。

21 技术骨干：Schmid, *Producing Power*, 87.

22 “电力人”：同上，第 90 页。

22 “你可以把它涂在面包上”：Alexander Nazarkovsky（切尔诺贝利高级机电工程师），本书作者采访，基辅，2006 年 2 月。

22 “就像是俄罗斯茶炊”：Legasov, “My duty is to tell about this,” 300.

22 用……玻璃杯喝水：Anna Korolovska（切尔诺贝利博物馆分管科学的副馆长），本书作者采访，基辅，2015 年 7 月。

22 慵懒地打发当班时间：Read, *Ablaze*, 45. 394

22 “有效控制组”：同上。

22 在上层：施泰因贝格，本书作者采访，2017 年；Schmid, *Producing Power*, 153. 关于职工倒班问题如何令问题恶化，参见 Marples, Chernobyl and Nuclear Power in the USSR, 120.

22 总工程师：Grigori Medvedev, *The Truth About Chernobyl*, 44.

22 任命由莫斯科的党中央不顾能源部反对而下达：关于福明的任命，1986 年担任苏联能源与电气化部副部长的 Gennadi Shasharin 曾在 “The Chernobyl Tragedy” 中讨论过，参见 A. N. Semenov, ed., *Chernobyl. Ten Years On. Inevitability or Accident?* [*Чернобыль. Десять лет спустя. Неизбежность или случайность？*]（Moscow : Energoatomizdat, 1995）, 98.

22 通过函授课程尽力突击学习了一些核物理知识：庭审记录中的专家证词，Kar-pan, *From Chernobyl to Fukushima*, 148.

22 决定已经做出：Shasharin, “The Chernobyl Tragedy,” 98.

23 这个消息会……公布：叶绍洛夫，本书作者采访，2015 年。

23 不同种类的树木和灌木：“Chernobyl NPP : Master Plan of the Settlement” [Чернобыльская АЭС : Генеральный план поселка], Ministry of Energy and Electrification of the USSR, 1971, 32.

23 然而，布留哈诺夫情有独钟的还是花：本书作者采访，2015 年：叶绍洛夫、基里琴科和维克托·布留哈诺夫及瓦莲京娜·布留哈诺娃；维克托·布留哈诺夫接受 Anton Samarin 的采访，参见 “Chernobyl hasn' t taught anyone anything” [Чернобыль никого и ничему не научил], Odnako, April 26, 2010, www.odnako.org/magazine/material/chernobil-nikogo-i-nichemu-ne-nauchil-1/.

23 高高筑起的混凝土广场：玛丽亚·普罗岑科（Maria Protsenko，普里皮亚季城总设计师），本书作者采访，基辅，2015 年 9 月 5 日。这座临时纪念碑的一张照片，可以通过下面的网站链接浏览 “Pripyat Before the Accident: Part XVI,” Chernobyl and Pripyat electronic archive, December 2011, http : //pripyat-city.ru/uploads/posts/2011-12/1325173857_dumbr-01-prc.jpg.

二 α、β和γ

25 致密到难以想象的地步：Robert Peter Gale and Eric Lax，*Radiation：What It Is，What You Need to Know*（New York：Vintage Books，2013），12.

25 “强相互作用力”：Robert Peter Gale and Thomas Hauser，*Final Warning：The Legacy of Chernobyl*（New York：Warner Books，1988），6.

25 “质与能既不会无中生有，也不会凭空消失”：同上。

25 1905 年，阿尔伯特·爱因斯坦：同上，4–6 页。

26 上空 580 米处：Richard Rhodes，*The Making of the Atomic Bomb*（New York：Simon & Schuster，1988），711.

26 就自身而言，这枚核弹的效率极其低下：Emily Strasser，“The Weight of a Butterfly，” Bulletin of the Atomic Scientists website，February 25，2015；Jeremy Jacquot，“Numbers：Nuclear Weapons，from Making a Bomb to Making a Stockpile to Making Peace，” Discover，October 23，2010.

395 26 丧生的人约有 7.8 万：由于轰炸导致的混乱与破坏，以及当时城中居民人数的不确定性，不同来源的原子弹爆炸直接致死人数彼此相差悬殊，真实数字可能永远都无法确知。这些数字只是作家 Paul Ham 在其著作中给出的“最佳估计值”而已。参见 Paul Ham，*Hiroshima Nagasaki：The Real Story of the Atomic Bombings and Their Aftermath*（New York：Thomas Dunne Books/St. Martin’s Press，2014），408.

26 不同元素的原子重量各异：Gale and Hauser，*Final Warning*，6.

26 增加或减少中子：Fred A. Mettler Jr.，and Charles A. Kelsey，“Fundamentals of Radiation Accidents，” in Igor A. Gusev，Angelina K. Guskova，Fred A. Mettler Jr.，eds.，Medical Management of Radiation Accidents（Boca Raton，FL：CSC，2001），7；Gale and Hauser，*Final Warning*，18.

26 在我们周围，辐射无处不在：Craig Nelson，*The Age of Radiance：The Epic Rise and Dramatic Fall of the Atomic Era*（New York：Simon & Schuster，2014），3–4.

27 积聚的氡 222 气体：Gale and Lax，*Radiation*，13 and 17–18.

27 威力强大的 α 粒子释放元素钋 210：同上，第 20 页。

27 用于毒杀：John Harrison et al.，“The Polonium-210 Poisoning of Mr Alexander Litvinenko，” Journal of Radiological Protection 37，no. 1（February 28，2017）。组建于于 1995 年的俄罗斯联邦安全局（FSB）是俄罗斯首要国家安全机构，其前身为克格勃（KGB）。

28 γ 波——以光速行进的高频电磁波：Gale and Hauser，*Final Warning*，18–19.

28 严重暴露于所有三种致电离辐射之下：Mettler and Kelsey，“Fundamentals of Radiation Accidents，” 7–9；Anzhelika Barabanova 医生，本书作者采访，莫斯科，2016 年 10 月 14 日。

28 原子能先驱：Gale and Lax，Radiation，39.

28 “我看见了我自己的死亡！”：Timothy Jorgensen，*Strange Glow：The Story of Radiation*（Princeton，NJ：Princeton University Press，2016），23–28.

28 1896 年，托马斯·爱迪生发明了荧光镜：同上，第 31—32 页；参见美国内政部网站文章“The Historic Furnishings Report of the National Park Service，Edison Laboratory，” 1995，73，网址：www.nps.gov/parkhistory/online_books/edis/edis_lab_hfr.pdf。这个盒子的照片见于 Gilbert King 的文章“Clarence Dally：The Man Who Gave Thomas Edison X-Ray Vision，” Smithsonian.com，March 14，2012.

28 即便在体外辐射暴露的危害已经十分明显时：Jorgensen，*Strange Glow*，93–95.

29 1903年，玛丽·居里和皮埃尔·居里：Gale and Lax，*Radiation*，43–45.

29 因为镭可以与其他元素混合：Jorgensen，*Strange Glow*，88–89.

29 一起胜诉案件：Gale and Lax，*Radiation*，44.

29 一些放射性核素：乔治敦大学放射医学系副教授 Timothy Jorgensen，本书作者电话采访，2016年6月19日。

29 原子弹爆炸的幸存者们：美国国家科学研究委员会出版物，*Health Risks from Exposure to Low Levels of Ionizing Radiation*：*BEIR VII Phase 2*（Washington，DC：National Academies Press，2006），141.

30 从长崎原子弹爆炸中历劫余生的人中：数据由 Masao Tomonaga（长崎大学原子弹爆炸后遗症医疗研究所所长）提供，摘引自 Gale and Lax，*Radiation*，52–57. 396

30 致电离辐射对无生命物和活体的影响：James Mahaffey，*Atomic Awakening*：*A New Look at the History and Future of Nuclear Power*（New York：Pegasus，2009），286–89 and 329–33. 另参见 Dwayne Keith Petty，"Inside Dawson Forest：A History of the Georgia Nuclear Aircraft Laboratory，" Pickens County Progress，January 2，2007，网址 http://archive.li/GMnGk.

30 1945年8月21日：据估算，达格利恩全身吸收的辐射剂量约为5100毫西韦特，相当于510雷姆。Jorgensen，*Strange Glow*，111；James Mahaffey，*Atomic Accidents*：*A History of Nuclear Meltdowns and Disasters*：*From the Ozark Mountains to Fukushima*（New York：Pegasus Books，2014），57–60.

31 自己去了医院：达格利恩在洛斯阿拉莫斯的一位同事 Joan Hinton 回忆说，在达格利恩走出大楼时，她正好在停车，于是顺便将他送到了医院。参见 Ruth H. Howes and Caroline L. Herzenberg，*Their Day in the Sun*：*Women of the Manhattan Project*（Philadelphia：Temple University Press，1999），54–55.

31 将他的死因描述为……烧伤："Atomic Bomb Worker Died 'From Burns，'" *New York Times*，September 21，1945. 另参见 Paul Baumann，"NL Man Was 1st Victim of Atomic Experiments，" *The Day*，August 6，1985.

31 "大家伙"：David Holloway，*Stalin and the Bomb*：*The Soviet Union and Atomic Energy*，1939–1956（New Haven，CT：Yale University Press，1996），213。苏联原子弹的美国前身，是1945年在新墨西哥州 Jornada del Muerto 沙漠引爆的一枚核装置，制造它的科学家将其称为"小玩意"（the Gadget）。

31 监视他的秘密警察……留有深刻印象：Svetlana Kuzina，"Kurchatov wanted to know what stars were made of—and created bombs" [Курчатов хотел узнать，из чего состоят звезды. И создал бомбы]，*Komsomolskaya Pravda*，January 10，2013，www.kp.ru/daily/26012.4/2936276.

32 以汉福德核反应堆为初始模板：尽管这座产钚反应堆最初参考了汉福德反应堆的卧式设计，但最后还是采用了苏联工程师尼古拉·多列扎利（Nikolai Dollezhal）的立式设计（Holloway，Stalin and the Bomb，183；Schmid，*Producing Power*，45）.

32 库尔恰托夫的成功：参见 Mahaffey，*Atomic Awakening*，203。这本书的全名为 *Atomic Energy for Military Purposes*：*The Official Report on the Development of the Atomic Bomb Under the Auspices of the United States Government*，*1940–1945*。它的俄文版一共印刷了5万份，被分发给苏联的科学家们（Josephson，*Red Atom*，24）。

32 核工业是……的职权范围：在苏联，第一总局被称为 PGU，是俄文 Pervoye Glavnoye

Upravleniye 的缩写。参见 Roy A. Medvedev and Zhores A. Medvedev，*The Unknown Stalin*，translated by Ellen Dahrendorf（New York：I. B. Tauris，2003），133；Simon Sebag Montefiore，Stalin：*The Court of the Red Tsar*（New York：Knopf，2004），501–2.

397 32 到 1950 年，第一总局：Medvedev and Medvedev，*Unknown Stalin*，134 and 162.

32 与……惩罚成正比：Holloway，*Stalin and the Bomb*，218–219.

32 只是慑于：同上，347。

32 直到 1952 年底：Josephson，*Red Atom*，20–26.

33 在理论上拥有了毁灭全人类的能力：Gale and Lax，*Radiation*，48.

33 库尔恰托夫……深深震撼：Holloway，*Stalin and the Bomb*，307 and 317.

33 旨在安抚……的举措之一：Stephanie Cooke，*In Mortal Hands：A Cautionary History of the Nuclear Age*（New York：Bloomsbury，2010），106–11.

33 毫不令人意外：Josephson，*Red Atom*，173.

33 这标志着 20 年来：Cooke，*In Mortal Hands*，113.

33 刚够推动一台火车机车：Schmid，*Producing Power*，97.

34 被逮捕入狱，执行枪决：Montefiore，*Stalin*，652.

34 第一总局被重组：Schmid，*Producing Power*，45 and 230n29.

34 新走马上任的苏联总理：Josephson，*Red Atom*，11.

34 随着和平原子 1 号的成功：同上，4–5.

34 从事 AM-1 工程的物理学家们：Paul Josephson，"Rockets，Reactors，and Soviet Culture，" in Loren Graham，ed.，*Science and the Soviet Social Order*（Cambridge，MA：Harvard University Press，1990），174.

34 "近乎传奇的人物"：Josephson，*Red Atom*，11。1941 年 6 月德国入侵苏联后，苏联对纳粹德国的反击被称为苏联卫国战争（The Great Patriotic War）。

34 并不像表面宣传：同上，25；Schmid，*Producing Power*，45.

35 海军原子：同上，46.

35 与生俱来的问题，就是不稳定：Josephson，*Red Atom*，26–27.

35 甚至可以在大自然中自发形成：Evelyn Mervine，"Nature' s Nuclear Reactors：The 2-Billion-Year-Old Natural Fission Reactors in Gabon，Western Africa，" *Scientific American*，July 13，2011.

36 每秒钟发生 300 多亿次裂变：Ray L. Lyerly and Walter Mitchell III，*Nuclear Power Plants*，rev. ed.（Washington，DC：Atomic Energy Commission，1973），3；Bertrand Barré，"Fundamentals of Nuclear Fission，" in Gerard M. Crawley，ed.，*Energy from the Nucleus：The Science and Engineering of Fission and Fusion*（Hackensack，NJ：World Scientific Publishing，2016），3.

36 一"摇"相当于"羊尾巴摇一下"：Chuck Hansen，*U.S. Nuclear Weapons：The Secret History*（Arlington，TX：Aerofax，1988），11.

36 幸运的是……余下那 1% 的中子：参见 World Nuclear Association，"Physics of Uranium and Nuclear Energy，" updated February 2018，www.world-nuclear.org/information-library/nuclear-fuel-cycle/introduction/physics-of-nuclear-energy.aspx；Robert Goldston 和 Frank Von Hippel，本书作者采访，新泽西普林斯顿，2018 年 2 月。

36 通过插入……机电控制棒：Goldston 和 Von Hippel，本书作者采访，2018 年。

398 37 为了发电：英国的第一座反应堆是 1947 年开始在牛津郡 Harwell 投入运行的低功率石墨实验性原子反应堆，简称 GLEEP。在美国，第一座实验性沸水反应堆由阿尔贡国家实验室于 1956 年研制成功。参见“Nuclear Development in the United Kingdom,” World Nuclear Association, October 2016, 以及“Boiling Water Reactor Technology : International Status and UK Experi-ence,” Position paper, National Nuclear Laboratory, 2013.

37 第一批苏联反应堆: Frank N. Von Hippel and Matthew Bunn, “Saga of the Siberian Plutonium-Production Reactors,” Federation of American Scientists Public Interest Report, 53 (November/December 2000), https : //fas.org/faspir/v53n6.htm ; Von Hippel 和 Goldston, 本书作者采访, 2018 年。

37 这是一个风险很高的组合: Mahaffey, *Atomic Awakening*, 206–7.

37 三个相互竞争的团队: Josephson, Red Atom, 25 ; Schmid, *Producing Power*, 102.

37 然而, 苏联工程师们此前……的工作经历: Holloway, *Stalin and the Bomb*, 347.

37 那些更具试验性: Josephson, *Red Atom*, 56.

37 他们的设计中的第一个重大缺陷: 同上, 27。

37 在正常运行时: “RBMK Reactors,” World Nuclear Association, June 2016, www.world-nuclear.org/information-library/nuclear-fuel-cycle/nuclear-power-reactors/appendices/rbmk-reactors.aspx.

38 宣布了一个动人的奇妙远景: Igor Kurchatov, “Speech at the 20th Congress of the Communist Party of the Soviet Union,” in Y. N. Smirnov, ed., *Igor Vasilyevich Kurchatov in Recollections and Documents* [*Игорь Васильевич Курчатов в воспоминаниях и документах*], 2nd ed. (Moscow : Kurchatov Institute/Izdat, 2004), 466–71.

39 4 种不同的反应堆原型: V. V. Goncharov, “The Early Period of USSR Atomic Energy Development” [Первый период развития атомной энергетики в СССР], in Sidorenko, ed., *The History of Atomic Energy*, p. 19 ; Schmid, *Producing Power*, 20.

39 然而, 在建造开始之前: Schmid, *Producing Power*, 22 and 26–27.

39 和他们的西方同行一样: 同上, 18。

39 “便宜到犯不着查电表”: 美国原子能委员会主席 Lewis Strauss 在 1954 年 9 月面对美国科普作家协会的一次演讲中首次提出了这一说法, 从那之后, 这就成了核工业中流传的一句名言。参见 Thomas Wellock, “‘Too Cheap to Meter’ : A History of the Phrase,” United States Nuclear Regulatory Commission Blog, June 3, 2016.

39 苏联庞大的国土: Schmid, *Producing Power*, 22.

40 显然被库尔恰托夫的承诺说服: 同上, 21。1956 年时处于设计阶段的第一座核电站, 后来建成为新沃罗涅日(Novovoronezh)核电厂。第二座从 1954 年便开始动工兴建的核电站, 是后来的别洛亚尔斯克 (Beloyarsk) 核电站 (参见书中第 103 页和第 275n125)。

40 建造成本飞速攀升: 同上, 29。

40 与此同时, 中型机械制造部: 同上, 106 and 266n41 ; Holloway, *Stalin and the Bomb*, 348.

40 缩写为 EI-2 的 “伊万 2 号” : Holloway, *Stalin and the Bomb*, 348 and 443n16. 399

40 新的重点: Schmid, *Producing Power*, 34.

40 喜欢露齿微笑的年轻女王伊丽莎白二世: *The Atom Joins the Grid*, London : British Pathé, October 1956, www.youtube.com/watch?v=DVBGk0R15gA.

41 一块昂贵的遮羞布: 在电影 *Windscale 1957*: *Britain's Biggest Nuclear Disaster* (Sarah Aspinall, BBC, 2007) 中, 英国记者 Chapman Pincher 说, “我认为, 有时候它实际上是从电网中取电, 而不是向其中供电”。另参见 Lorna Arnold, *Windscale 1957* : *Anatomy of*

a Nuclear Accident（New York：St. Martin’s Press，1992），21；以及 Mahaffey，*Atomic Accidents*，*181*.

41 2000 吨石墨：温德斯凯尔反应堆的图示参见 Mahaffey，*Atomic Accidents*，163.

41 大火燃烧了两天：Rebecca Morelle，“Windscale Fallout Underestimated，” October 6，2007，BBC News；Arnold，*Windscale 1957*，161.

41 一个调查委员会：Arnold，*Windscale 1957*，78–87.

41 不肯全面承认这场事故的严重程度：Mahaffey，*Atomic Accidents*，181。对温德斯凯尔火灾未加删节的报告——也即所谓的彭尼报告（Penney Report）——于 1988 年 1 月解密公开。Mahaffey 在 *Atomic Accidents* 一书的第 159—181 页对这场火灾进行了详细描述。

42 他们开始使用 γ 射线：Josephson，*Red Atom*，4，142–43，147，and 248。为了公平起见，必须指出，美国科学家当时也以同样的热情进行着食物辐照研究，FDA 在 1963 年批准了使用钴 60 对培根进行辐照（参见书中第 160 页）。物理学家 Edward Teller 也是“和平原子爆炸”的热心推动者，虽然结果令他失望。美国军方自己也研发出了多个移动式反应堆。

42 作为一名忠诚的共产党员：同上，113–17。

42 宏大梦想：同上，117–18 and 246–49。

43 “大叶菲姆”和“阿亚图拉”：Sklyarov，*Chernobyl Was…Tomorrow*，10–11。另参见 V. Y. Bushmelev 汇集的关于斯拉夫斯基的回忆文集“For Efim Pavlovich Slavsky’s 115th Birthday”[К 115-летию Ефима Павловича Славского]，Interregional Non-Governmental Movement *of Nuclear Power and Industry Veterans*，*October 26*，*2013*，*www*.veteranrosatom.ru/articles/articles_276.html.

43 尽管在他们的年轻时代：Angelina Guskova，interview by Vladimir Gubarev，“On the Edge of the Atomic Sword” [На лезвии атомного меча]，*Nauka i zhizn*，no.4，2007；Igor Osipchuk，“The legendary academician Aleksandrov fought with the White Guard in his youth” [Легендарный академик Александров в юности был белогвардейцем]，February 4，2014，*Fakty i kommentarii*，http：//fakty.ua/176084-legendarnyj-prezident-sovetskoj-akademii-nauk-v-yunosti-byl-belogvardejcem.

43 一个庞大核帝国：Schmid，*Producing Power*，53；“The Industry’s Evolution：Introduction” [Эволюция отрасли：Введение]，Rosatom，www.biblioatom.ru/evolution/vvedeniye.

43 “邮政信箱”：Fedor Popov，*Arzamas–16*：*Seven Years with Andrei Sakharov [Арзамас-16 семь лет с Андреем Сахаровым]*（Moscow：Institut，1998），52；Schmid，*Producing Power*，93.

400 43 在……斯拉夫斯基的领导下：Schmid，*Producing Power*，50 and 234n55.

43 这种偏执狂式的神神秘秘依然继续留存：尽管大多数核研究工作最终由科学家完成，但他们均要向看似透明的国家原子能利用委员会汇报，而这个机构不过是中型机械制造部的一个门面而已。尼古拉·施泰因贝格回忆说，早在苏联解体之前，中型机械制造部与所谓国家委员会虚假的彼此独立关系便已经为外国专家所熟知——“就像他们常说的，“每件事都是保密的，但没什么秘密可言。”参见 Georgi Kopchinsky and Nikolai Steinberg，*Chernobyl*：*On the Past*，*Present and Future* [*Чернобыль*：*О прошлом*，*настоящем и будущем*]（Kiev：Osnova，2011），123。后来，苏联政府建立了一个名为国家原子能工业安全委员会的监管机构，向苏联境内的每一座核电厂派驻代表，监督运行情况。但这个委员会从未发表过任何公开报告，而且在极度保密的状态下运作。参见 Zhores Medvedev，*Legacy of Chernobyl*，263–64；Schmid，*Producing Power*，50–52，60，and 235n58。

44 作为……12 个创始成员国之一：David Fischer，*History of the Atomic Energy Agency*：

The First Forty Years（Vienna：IAEA，1997），40 and 42–43.

44 全世界最安全的核工业：与表面上看起来出过更多岔子的美国、英国和法国核工业的代表相比，苏联代表团从未报告过任何一起与反应堆或核燃料后处理工厂相关的事故（Medvedev，*Legacy of Chernobyl*，264–65）。

44 1957年9月29日，星期日，下午4点20分：Kate Brown，*Plutopia：Nuclear Families，Atomic Cities，and the Great Soviet and American Plutonium Disasters*（Oxford：Oxford University Press，2015），232.

44 地下核废料储藏罐：G. Sh. Batorshin and Y. G. Mokrov，"Experience in Eliminating the Consequences of the 1957 Accident at the Mayak Production Association，" International Experts' Meeting on Decommissioning and Remediation After a Nuclear Accident，IAEA，Vienna，Austria，January 28 to February 1，2013.

45 细雨和厚厚的黑雪：Brown，*Plutopia*，239.

45 用了一年的时间：同上，232–36。

45 那些偏僻村庄：V. S. Tolstikov and V. N. Kuznetsov，"The 1957 Radiation Accident in Southern Urals：Truth and Fiction" [Южно-уральская радиационная авария 1957 года：Правда и домыслы]，Vremya 32，no. 8（August 2017）：13；Brown，*Plutopia*，239–44.

45 多达50万人：有些科学家预测，暴露人群约为47.5万人（Mahaffey，Atomic Accidents，284），但另外一些科学家——尤其是苏联官方信息源——引用的数字要低得多，只有约4.55万人。参见俄罗斯联邦紧急情况部出版的"The Aftermath of the Man-Made Radiation Exposure and the Challenge of Rehabilitating the Ural Region" [Последствия техногенного радиационного воздействия и проблемы реабилитации Уральского региона]，Moscow，2002，http：//chernobyl-mchs.ru/upload/program_rus/program_rus_1993-2010/Posledstviy_Ural.pdf

45 被一枚苏联SA-2地对空导弹击中：Oleg A. Bukharin，"The Cold War Atomic Intelligence Game，1945–70，" *Studies in Intelligence* 48，no. 2（2004）：4. 401

三 4月25日星期五，下午5点，普里皮亚季

46 几乎所有人都在期待……这个长周末：Kovtutsky，本书作者采访，2016年。

46 "让原子成为工人，而不是战士！"：玛丽亚·普罗岑科，本书作者采访，基辅，2015年9月。这幅标语的照片参见"Pripyat Before the Accident：Part IX，" Chernobyl and Pripyat electronic archive，March 25，2011，http：//pripyat-city.ru/uploads/posts/2011-04/1303647106500008255-pr-c.jpg.

47 谢甫琴科在电站才工作了3年：亚历山大·谢甫琴科，本书作者采访，2006年。

47 还是教练的反对：亚历山大的弟弟弗拉基米尔选择了赛艇运动，曾代表苏联参加1988年的汉城奥运会。Natalia Donets et al.，*25 Years of the National Olympic and Sports Committee of the Republic of Moldova* [*25 de ani ai Comitetului National Olimpic si Sportiv din Republica Moldova*]（Chisinau：Elan Poligraph，2016），16.

47 一项充满未来主义色彩的宏伟事业：纳塔利娅·谢甫琴科，本书作者采访，莫斯科，2015年10月。

47 尽管工作占据了他大量时间：纳塔利娅·谢甫琴科，与本书作者的电子邮件往来，2015年12月；玛丽亚·普罗岑科，本书作者采访，2016年4月。

47 跟邻居借上一艘小摩托艇：纳塔利娅·谢甫琴科，本书作者采访，2015年。

48　和所有初出茅庐的苏联专业人士一样：亚历山大·谢甫琴科，本书作者采访，2006 年。

48　当他们的儿子出生时：纳塔利娅·谢甫琴科，本书作者采访，2015 年；本书作者于 2016 年 4 月 27 日访问了谢甫琴科一家在普里皮亚季的公寓。

49　然而，没有家人在身边帮忙：Read，*Ablaze*，61；纳塔利娅·谢甫琴科，本书作者采访，2015 年。

50　《富人，穷人》：纳塔利娅·谢甫琴科，与本书作者的电子邮件往来，2015 年。

50　显得躁动不安：纳塔利娅·谢甫琴科，本书作者采访，2015 年。

50　她离开电视：Read，*Ablaze*，61.

50　几百米外的地方：亚历山大（萨沙）·科罗尔，本书作者采访，基辅，2015 年 9 月。

51　托图诺夫……呱呱落地后第一眼就能看见：薇拉·托图诺娃（Vera Toptunova），本书作者采访，基辅，2015 年 9 月。

51　托图诺夫的爸爸喜欢跟人夸口：科罗尔，本书作者采访，2015 年。

51　托图诺夫 13 岁时：托图诺娃，本书作者采访，2015 年。

51　在……库尔恰托夫大力支持下创立：这所大学的前身是 1942 年创办的莫斯科军需机械学院（Moscow Mechanical Institute of Munitions）。战后，在库尔恰托夫的鼓励与支持下，它的重点几乎整个转向核物理。参见“History,” National Research Nuclear University MEPhI，https：//mephi.ru/about/index2.php.

402 51　入学考试出了名的难：安德烈·格卢霍夫（Andrei Glukhov），本书作者采访，切尔诺贝利核电厂，2016 年 2 月。

52　学业很难：阿列克谢·布列乌斯（Alexey Breus），本书作者采访，基辅，2015 年 7 月。

52　很早便已经被……禁止播出：Kristin Roth-Ey，*Moscow Prime Time：How the Soviet Union Built the Media Empire That Lost the Cultural Cold War*（Ithaca，NY：Cornell University Press，2011），258–59.

52　表情羞涩、戴着眼镜、婴儿肥犹存：本书作者采访托图诺娃、布列乌斯和格卢霍夫，2015 年。

52　在莫斯科工程物理学院，托图诺夫开始练习：科罗尔，本书作者采访，2015 年。

52　尽管好几位导师规劝他说：布列乌斯，本书作者采访，2015 年。

52　有一晚下课后：科罗尔，本书作者采访，2015 年。

52　学习了 4 年后：科罗尔，接受本书作者采访（2015 年）和 Taras Shumeyko 的采访（基辅，2018 年 4 月）。

53　和所有其他新上岗的工程师们一样：布列乌斯，本书作者采访，2015 年。

53　1983 年的夏天和秋天：同上；科罗尔，本书作者采访，2015 年。反应堆首次进入临界状态的时间引自 Sich，“The Chornobyl Accident Revisited,” 83.

54　托图诺夫……组织起了一个健身俱乐部：科罗尔，本书作者采访，2015 年；托图诺娃，本书作者采访，2015 年；另参见 R. Veklicheva，“A Soviet way of life. The test” [Образ жизни—Советский. Испытание]，*Vperiod*（official newspaper of Obninsk Communist Party Committee），June 17，1986，Vera Toptunova’s personal archive.

54　他有个女朋友：科罗尔，本书作者采访，2015 年；Josephson，*Red Atom*，6–7。在冷却水流过反应堆时汇聚其中的放射性核素，本应沉积于冷却池底部的淤泥中，然后在水被排放到普里皮亚季河之前被过滤出来（参见 Zhores Medvedev，*Legacy of Chernobyl*，92）。因为反应堆出水口令这个水池常年保持在 24 摄氏度的温度，1978 年，苏联当局决定将这个放射性湖开发为商业性养鱼池。接下来的测试表明，那里的鱼体内含有的锶 90 可能达到危险水平，3 年后，这里的鱼被禁止售卖。但当地的钓鱼爱好者不顾禁令，还是继续在那里垂钓。

参见 Danilyuk，ed.，*Z arkhiviv*，document no. 6：“Report of the UkSSR KGBM on Kiev and Kiev region to the UkSSR KGB concerning violations of the radiation safety requirements while studying the feasibility to use the Chernobyl NPS cooling pond for the purposes of industrial fishery,” March 12，1981.

54 操作人员说着内部的代码语言：谢尔盖 · 扬科夫斯基（Sergei Yankovsky），本书作者采访，基辅，2016 年 2 月。

54 成堆厚厚的操作手册：关于操作手册的描述，引自 Anatoly Kryat（核电厂核物理实验室负责人）在法庭上的证词，参见 Karpan，From Chernobyl to Fukushima，190。

54 在某次安全考试结束后：科罗尔，本书作者采访，2015 年。

54 在所有这些学习和实践操作结束后：Anatoly Kryat，本书作者采访，基辅，2016 年 2 月。

55 “咱们一起去吧，”：科罗尔，本书作者采访，2015 年。

55 一个有些闷热的晚上：斯韦特兰娜 · 基里琴科（Svetlana Kirichenko，普里皮亚季市执行委员会总经济师），本书作者采访，2016 年 4 月 24 日；普里皮亚季市民的回忆，引自 Vasily Voznyak and Stanislav Troitsky，*Chernobyl：It Was Like This—The View from the Inside* [*Чернобыль：Так это было—взгляд изнутри*]（Moscow：Libris，1993）. 403

55 在班车上：鲍里斯 · 斯托利亚尔丘克（Boris Stolyarchuk），本书作者采访，基辅，2015 年 7 月；Iurii Shcherbak，“Chernobyl：A Documentary Tale” [Чернобыль：Документальная повесть]，Yunost，nos. 6–7（1987），translated by JPRS Political Affairs as “Fictionalized Report on First Anniversary of Chernobyl Accident,” Report no. JPRS-UPA-87-029，September 15，1987（hereafter，“Report on First Anniversary of Chernobyl Accident”），pt. 1，24.

55 沿着光可鉴人的大理石楼梯走向二楼：Read，*Ablaze*，61；本书作者 2016 年 2 月 10 日访问切尔诺贝利核电厂。从 1986 年到现在，进入大楼的路线和例行程序大部分保留原样。

56 涡轮大厅中容纳着：涡轮大厅的剖面图参见 Sich，“The Chornobyl Accident Revisited,” 192.

56 脱气走廊：本书作者 2016 年访问切尔诺贝利核电厂；施泰因贝格与本书作者的个人通信，2018 年 8 月 6 日；Sich，“The Chornobyl Accident Revisited,” 191。事故后，脱气走廊在媒体报道中被称为“黄金”走廊。

57 离……500 多米远的地方：阿纳托利 · 扎哈罗夫（Anatoly Zakharov），本书作者采访，2006 年 2 月和 2016 年 2 月；彼得 · 赫梅利（Piotr Khmel），本书作者采访，2015 年 7 月；本书作者 2016 年 4 月 25 日访问了第二消防站；列昂尼德 · 夏维（Leonid Shavrey）的证词，引自 Sergei Kiselyov，“Inside the Beast,” trans. Viktoria Tripolskaya-Mitlyng，*Bulletin of Atomic Scientists 52*，no. 3（1996）：47.

57 他们……早些时候接到……警报：基辅地区消防部门 1986 年 4 月 25—26 日的调度记录（基辅切尔诺贝利博物馆存档），109-11。

58 需要他们出动的机会向来不多：亚历山大 · 彼得罗夫斯基（Alexander Petrovsky），本书作者采访，乌克兰博赫达尼，2016 年 11 月；扎哈罗夫，本书作者采访，2016 年。

58 门后面：彼得 · 赫梅利，本书作者采访，2016 年。

58 在这栋建筑物身后：扎哈罗夫，本书作者采访，2016 年。

58 第三班次纪律颇为涣散：彼得 · 赫梅利，本书作者采访，2015 年；列昂尼德 · P. 捷利亚特尼科夫（Leonid P. Telyatnikov）的描述，引自 Iurii Shcherbak，Chernobyl [Чернобыль]，trans. Ian Press（London：Macmillan，1989），26–27；Shcherbak，trans. JPRS，“Report on

First Anniversary of Chernobyl Accident," 46–66.

58 "捷利亚特尼科夫少校周一就度假回来了"：彼得·赫梅利，本书作者采访，2015年。

59 "人民香槟"：Graham Harding, "Sovetskoe Shampanskoye—Stalin's 'Plebeian Luxury,'" *Wine As Was*, August 26, 2014.

59 大约11点钟的时候：赫梅利，本书作者采访，2015年。

59 核电站这边：亚历山大·谢甫琴科，本书作者采访，2006年。

四　和平原子的秘密

60 1966年9月26日：国际原子能机构，国际核安全顾问组，"The Chernobyl Accident : Updating of INSAG–1," Safety series no. 75–INSAG–7, 1992（后文简称INSAG–7），32 ; Schmid, *Producing Power*, 111.

404 60 试验性的和平原子1号反应堆的直系后代：关于规模经济对做出这一选择的影响，参见Marples, *Chernobyl and Nuclear Power in the USSR*, 111。

60 直径12米：国际原子能机构，INSAG–7，40 ; 堆芯中石墨重量的信息来自Zhores Medvedev, *Legacy of Chernobyl*, 5。

60 装在这些通道中的：Zhores Medvedev, *Legacy of Chernobyl*, 236 ; Alexander Sich，电话采访，2018年5月。

60 反应堆的功率：Sich, "The Chornobyl Accident Revisited," 185.

61 为了保护电厂：反应堆坑室的尺寸（21.6米x21.6米x25.5米）引自Sich, "The Chornobyl Accident Revisited," 429。另参见该书第179页的反应堆坑室剖面图。此外，也可参见苏联国家原子能利用委员会为1986年8月在维也纳举行的国际原子能机构专家会议所汇编的材料"The Accident at the Chernobyl Nuclear Power Plant and Its Consequences"（后文简称"USSR State Committee Report on Chernobyl"），"Part 2 : Annex 2," 7 and 9。Sich在书中（第244页）将蛇纹岩描述为一种含水硅酸镁矿物。

61 生物屏障：Alexander Sich对反应堆井的建筑材料进行详细分析后指出，E结构的总重量至少为2000吨（"Chornobyl Accident Revisited," 427）。国际原子能机构在关于切尔诺贝利事故的报告中也引用了同样的数字（INSAG–7，9）。这些计算结果改写了美国核管理委员会1987年在《关于切尔诺贝利核电站事故的报告》（NUREG-1250，2–12）中做出的1000吨的较低估测值。

61 从叶连娜体内穿过：*USSR State Committee Report on Chernobyl*, Part 2 Annex 2, 7, and 9 ; Sich, "Chornobyl Accident Revisited," 196.

61 电厂的员工把它叫作"猪鼻子"：Grigori Medvedev, *The Truth About Chernobyl*, 73–74.

61 RBMK反应堆是……一个胜利：Alexander Sich指出，西方的1300兆瓦量级压水式反应堆的堆芯，通常直径为3.4米，高4.3米（"Chornobyl Accident Revisited," 158）。另参见Josephson, *Red Atom*, 299t6.

61 苏联科学家宣称：Sich, "Chornobyl Accident Revisited," 156–57 ; Schmid, *Producing Power*, 115 and 123.

61 把……设计归功于自己名下：Schmid, *Producing Power*, 290n124.

61 在苏联……的主要竞争对手：同上，123 ; Josephson, *Red Atom*, 36.

62 亚历山德罗夫还省了钱：Schmid, *Producing Power*, 112.

62 作为成本较低的解决方案：Zhores Medvedev, *Legacy of Chernobyl*, 236.

62 压力管破裂：尼古拉·施泰因贝格，本书作者采访，2015 年 9 月。

62 更糟糕的事故在理论上也可能会发生：国际原子能机构，INSAG–7，9.

63 然而，设计师们觉得没有必要：Charles K. Dodd，Industrial Decision-Making and High-Risk Technology：Siting Nuclear Power Facilities in the USSR（Lanham，MD：Rowman & Littlefield，1994），83–84.

63 中型机械制造部下令：Schmid，*Producing Power*，110.

63 一位库尔恰托夫研究所的科学家：这位物理学家的名字是 Vladimir Volkov（同上，第 145 页）。 405

63 另一位科学家则意识到：这位专家的名字是 Ivan Zhezherun，他同样来自库尔恰托夫研究所（Zhores Medvedev，*Legacy of Chernobyl*，258–59）。

63 然而到了那个时候……苏联政府：Schmid，*Producing Power*，110 and 124；国际原子能机构，INSAG–7，37。

63 直到 1968 年：Schmid，*Producing Power*，110–11.

63 因此，为了节约时间：国际原子能机构，INSAG–7，37；Anatoly Dyatlov，Chernobyl：How It Was [Чернобыль：Как это было]（Moscow：Nauchtekhizdat，2003），online at http：//pripyat-city.ru /books /25-chernobyl-kak-yeto-bylo.html，27.

63 开始动工兴建：Dodd，Industrial Decision-Making and High-Risk Technology，app. A.

64 乌克兰共和国全新的 2000 兆瓦原子能电站：这时候，中型机械制造部的官员仍未决定到底要在第二个地方建造哪种反应堆。他们考虑过 3 种方案：名为 RK-1000 的气冷式石墨反应堆、VVER 反应堆和 RBMK 反应堆。开始时，他们认为无论从技术上还是经济成本上，RBMK 都是其中最糟糕的一个选项，因而将其放弃。他们选中的是更高级也更安全的气冷式 RK-1000 反应堆。但到 1969 年，莫斯科雄心勃勃的核建设目标眼看遥不可及，时间变得十分宝贵。中型机械制造部认识到，不管存在多少局限，庞然大物的石墨 - 水反应堆建造起来要比更复杂的气冷式反应堆快得多。于是它改变了主意，还是走了 RBMK 这条路。6 个月后，在新的十年开始前，维克托·布留哈诺夫被召到了莫斯科的能源与电气化部总部，接受了建造切尔诺贝利核电厂头两座 RBMK-1000 反应堆的指令。（国际原子能机构，INSAG–7，32–33；Schmid，*Producing Power*，120–25）

64 第一个 RBMK 机组：全苏联境内的 RBMK 机组的开始建造时间，参见 Sich，"Chornobyl Accident Revisited，" 148.

64 但第一座列宁格勒反应堆：1974 年 11 月 1 日，列宁格勒核电站的一号机组在启动 11 个月后终于达到满功率运行（Schmid，*Producing Power*，114）。

64 第一个问题源自：国际原子能机构，INSAG–7，35–37。

65 即便在投入全面商业运转：同上，37。

65 RBMK 反应堆是如此之庞大：同上，6。

65 一位专家将它比做一栋巨大的公寓楼：韦尼阿明·普里亚涅齐尼科夫（Veniamin Prianichnikov），本书作者采访，基辅，2006 年 2 月 13 日。

65 孤立的反应性热点：Kopchinsky and Steinberg，*Chernobyl*，140；国际原子能机构，INSAG– 7，39–40。

65 "经验和直觉"：国际原子能机构，INSAG–7，4–5。

65 第三个缺陷：同上，43；Sich，"Chornobyl Accident Revisited，" 185。RBMK 反应堆的原始设计文档提议 7 米长的反应堆控制与保护系统（RCPS）控制棒与 7 米长的吸收和替换棒同时使用，这样在降下去时，便可以从头到脚全部贯穿堆芯；其中 68 根将构成紧急保护系统（EPS）控制棒。但在最终设计中，没有一根控制棒的长度足以贯穿堆芯，而 EPS 控 406

制棒的数目也从 68 根变成了仅有 21 根。在第二代 RBMK 反应堆中，EPS 控制棒的数目修改为 24 根，控制棒的总数则增加到 211 根。

65 然而，按照设计，这个 AZ-5 应急机制：国际原子能机构，INSAG–7，45。

66 从……全部抽出的位置：同上，41。

66 燃料组件被卡在燃料通道后：Schmid，*Producing Power*，114。

66 在其他的 RBMK 反应堆中……阀门和流量计：Kopchinsky and Steinberg，*Chernobyl*，140–41。

66 1975 年 11 月 30 日夜里：曾在列宁格勒核电站担任工程师的 Vitali Abakumov 在纪录片中分享了该事故的细节和他的个人回忆，参见 "Analyzing the Causes and Circumstances of the 1975 Accident on Unit One of Leningrad NPP（Perspective of an Engineer-Physicist，Participant and Witness to the Events）" [Анализ причин и обстоятельств аварии 1975 года на 1-м блоке ЛАЭС（комментарий инженера-физика，участника и очевидца событий）]，April 10，2013，http：//accidont.ru/Accid75.html。另参见 Valentin Fedulenko，"Versions of the Accident：A Participant' s Memoir and an Expert' s Opinion" [Версии аварии：мемуары участника и мнение эксперта]，September 19，2008，www.chernobyl.by/accident/28-versii-avarii-memuary-uchastnika-i-mnenie.html.

66 但委员会了解的真相却完全不同：Kopchinsky and Steinberg，Chernobyl，161.

67 中型机械制造部把委员会的调查结果压了下来：同上；国际原子能机构，INSAG–7，48–49。

67 就在列宁格勒堆芯熔毁事件发生的第二天：第 2638 R 号政府令的发布时间为 1975 年 12 月 1 日（国际原子能机构，INSAG–7，33）。

67 1977 年 8 月 1 日：尼古拉・施泰因贝格，本书作者采访，2017 年 5 月 28 日。

67 乌克兰第一批核电：日期引自 Kopchinsky and Steinberg，*Chernobyl*，116。关于乌克兰电网历史，参见 "Section 3：Ukraine' s Unified Power Grid，" in K. B. Denisevich et al.，Book 4：*The Development of Atomic Power and Unified Electricity Systems* [*Книга 4：Развитие атомной энергетики и объединенных энергосистем*]（Kiev：Energetika，2011），http：//energetika.in.ua/ru/books/book-4/section-2/section-3.

67 一道引吭高歌：Kopchinsky and Steinberg，*Chernobyl*，139–40。（这段副歌之前的歌词，对更精密的 VVER 反应堆进行了讽刺。本来预计投入运行的这种反应堆遇到了众多生产问题，工期严重延误。）

67 每分钟要做出几十次调整：施泰因贝格，本书作者采访，2015 年。

68 有传言说：同上；Kopchinsky and Steinberg，*Chernobyl*，140。

68 "你们怎么可能控制得了"：Georgi Reikhtman（对话发生时担任切尔诺贝利一号机组的实习反应堆操作员），本书作者采访，基辅，2015 年 9 月。

407 68 满是各种缺陷：Kopchinsky and Steinberg，*Chernobyl*，140–42。

68 1980 年，能源技术科学研究与设计院完成了：国际原子能机构，INSAG–7，48–49。

68 这份报告清楚表明：同上，82。

68 然而，苏联核电厂的员工们：Schmid，*Producing Power*，62–63；Read，*Ablaze*，193.

69 其中一个新指令要求：国际原子能机构，INSAG–7，72。

69 不知道：同上，48–50。

69 1982 年 9 月 9 日傍晚：事故次日的克格勃报告参见 Danilyuk，ed.，*Z arkhiviv*，

Document no. 9：“Report of the UkSSR KGBM on Kiev and Kiev Region to the 2nd KGB Head-office of the USSR and the 2nd KGB Managing the UkSSR Concerning the Emergency Stoppage of the Chernobyl’ NPS Power Unit 1 on September 9，1982，” September 10，1982.

69 尼古拉·施泰因贝格正坐在自己的办公桌前：施泰因贝格，本书作者采访，2015 年。

70 “防止制造恐慌”：在一份 1982 年 9 月 13 日的克格勃报告中，提到了故意编造不存在放射性元素释放的事，参见 Danilyuk，ed.，*Z arkhiviv*，Document no. 10：“Report of the UkSSR KGBM on Kiev and Kiev Region to the USSR KGB and the UkSSR KGB Concerning the Results of Preliminary Investigation of the Cause of the Emergency Situation on the Chernobyl’ NPS as of September 9，1982，” September 13，1982。在 9 月 14 日，克格勃就已经知道辐射释放的事实真相。参见 KGB of the Ukrainian SSR，*Report of USSR KGB on the number of foreigners from capitalist and developing countries in the Ukrainian SSR，England-Based Combatants of the Organization of Ukrainian Nationalists，the Consequences of the Accident at the NPP* [*Информационное сообщение КГБ УССР о количестве иностранцев из капиталистических и развивающихся стран в УССР，ОУНовских боевиках в Англии*，последствиях аварии на АЭС на 14 сентября 1982 г.]，September 14，1982，declassified archive of the Ukrainian State Security Service，http：//avr.org.ua/index.php/viewDoc/24447/.

70 事实上，放射性污染：Danilyuk，ed.，*Z arkhiviv*，Document no. 12：*Report of the UkSSR KGBM on Kiev and Kiev Region to the USSR KGB and UkSSR KGB concerning the Radioactive Contamination of Chernobyl’ NPS Industrial Site Due to the Accident on 9 September 1982*，September 14，1982；另参见 Document no. 13：*Report of the Chief of the UkSSR KGBM on Kiev and Kiev Region to the Chairman of the UkSSR KGB Concerning the Radiation Situation Which Occurred on the Chernobyl’ NPS Industrial Site Due to the Accident on September 9*，1982，October 30，1982；Viktor Kovtutsky，切尔诺贝利建造部门总会计师，本书作者采访，基辅，2016 年 4 月；叶绍洛夫，*City That Doesn’t Exist*，19。

70 当反应堆……重新并网发电时：Read，*Ablaze*，43–44。

70 工人们……把石墨砌块：安德烈·格卢霍夫，本书作者采访，乌克兰斯拉夫蒂奇（Slavutych），2015 年。

70 这一事件被划为绝密：本书作者采访施泰因贝格和格卢霍夫。 408

70 尼古拉·施泰因贝格要到很多年之后：Kopchinsky and Steinberg，Chernobyl，141；施泰因贝格，本书作者采访，2015 年。

70 1982 年 10 月……一个发电机爆炸了：Grigori Medvedev，*Truth About Chernobyl*，19 and 44–45.

71 两起事故都秘而不宣：本书作者采访施泰因贝格、格卢霍夫和 Kupny；Grigori Medvedev，*Truth About Chernobyl*，19。

71 这种“正紧急停堆效应”的严重程度：运行反应性裕量（ORM）实时测量插入堆芯的控制棒总数——或相应的降功率能力。例如，ORM 值为 30 时，可以意味着 30 根控制棒被完全插入、60 根控制棒被插入了一半或是 120 根控制棒被插入了 1/4。

71 超过 30 根控制棒：国际原子能机构，INSAG–7，39–43。

72 正紧急停堆效应的源头：施泰因贝格，本书作者采访，2017 年；Sich，“Chornobyl Accident Revisited，” 159。

72 和所有……手动控制棒一样：施泰因贝格，本书作者采访，2017 年；Kopchinsky and Steinberg，Chernobyl，144；国际原子能机构，INSAG–7，42–44，90n24。这封信（ref.

no. 33-08 /67）上标注的日期是 1983 年 12 月 23 日。

72 但他们并没有：1983 年，在莫斯科召开、由亚历山德罗夫主持的一次多部门联席会议上，叶菲姆·斯拉夫斯基在话题转向 RBMK 反应堆的缺陷时大发雷霆。据参加了这次会议的中央委员会主管核能口的负责人格奥尔基·科尔钦斯基（Georgi Kopchinsky）的回忆，斯拉夫斯基的这一姿态促使“对此种类型反应堆的严肃讨论之门就此关闭”。参见 Kopchinsky and Steinberg，*Chernobyl*，145。关于未能对 RBMK 反应堆已知设计缺陷加以解决的更多细节信息，参见 Nikolai Karpan，*Chernobyl：Revenge of the Peaceful Atom* [*Чернобыль：Месть мирного атома*]（Kiev：CHP Country Life，2005），399–404。

72 某些局部修改：根据 INSAG–7（45）报告，早在 1977 年，NIKIET 就已经提议对控制棒设计进行修改，但只有几座 RBMK 反应堆真正予以实施。科尔钦斯基提到，这个想法来自库尔斯克的核电厂，“从来不曾被纳入反应堆设计蓝图中”。相反，对每个 RBMK 机组的改动都需要来自 NIKIET 的单独确认，这一过程“常常会拖延几个月之久”（Kopchinsky and Steinberg，*Chernobyl*，144）。

73 这些消息从来就没能传到反应堆操作人员的耳中：施泰因贝格，本书作者采访，2015 年；Alexey Breus，本书作者采访，基辅，2015 年 7 月；Kopchinsky and Steinberg，*Chernobyl*，144；据安德烈·格卢霍夫回忆，切尔诺贝利核安全部门的员工 1983 年收到了一份文件，提醒他们注意“末端效应”，但这份文件标注着仅在特定人员内部传阅，而反应堆操作指令集并没有在修订版本中提到该现象（格卢霍夫，电话采访，2018 年 7 月）。

409 73 1983 年最后一天：四号机组正式投入运行的时间由切尔诺贝利和电厂总工程师尼古拉·福明（Nikolai Fomin）予以确认，参见 Karpan，*From Chernobyl to Fukushima*，143.

73 1979 年 3 月 28 日清晨：关于这起事故的简要介绍，参见 Mahaffey，*Atomic Accidents*，342–50 和 Mahaffey，*Atomic Awakening*，314–17。更多细节参见 Mitchell Rogovin and George T. Frampton Jr.（NRC Special Inquiry Group），*Three Mile Island：A Report to the Commissioners and to the Public*（Washington，DC：Government Printing Office，1980）.

74 关于三里岛的新闻……被审查限制：Grigori Medvedev，*Truth About Chernobyl*，7。

74 资本主义的失败：William C. Potter，*Soviet Decisionmaking for Chernobyl：An Analysis of System Performance and Policy Change*（report to the National Council for Soviet and East European Research，1990），6；Edward Geist，“Political Fallout：The Failure of Emergency Management at Chernobyl’，” *Slavic Review* 74，no. 1（Spring 2015）：107–8.

74 操作人员更训练有素：当时在库尔恰托夫研究所担任高级物理学家的列昂尼德·博利绍夫（Leonid Bolshov）回忆说，官方口径是这样的：美国的操作人员都是没受过多少教育、从来没从学院中毕过业的前海军学员，而苏联的操作人员均是名牌大学的核科学专业毕业生且经受过专业培训（本书作者采访，2017 年）。另参见 Zhores Medvedev，*Legacy of Chernobyl*，272–73.

74 私底下，苏联物理学家们开始分析：公开承认这些专业质疑存在的唯一出版物，是由四位物理学家（列加索夫、Sidorenko、Babayev 和 Kuzmin）执笔、发表于 1980 年的一篇文章，其中写道：“在特定情形下，尽管存在各种安全措施，（在核电厂中）可能形成导致事故发生的条件，令活性区域受损，向大气中释放少量放射性物质。”中型机械制造部立刻批评其为危言耸听。参见“Safety Issues at Atomic Power Stations” [Проблемы безопасности на атомных электростанциях]，Priroda，no. 6，1980. 关于苏联国家核能监管委员会的演变历史，参见 Schmid，*Producing Power*，59–60 and 92。

74 但无论是中型机械制造部还是能源技术科学研究与设计院：国际原子能机构，INSAG–7，34–35。

74 长达10页的特别报道，对核能创造的奇迹大加赞颂："Nuclear Power Industry," *Soviet Life* 353，no. 2（Washington，DC：Soviet Embassy，February 1986），7–16。

74 "30年中"：Valery Legasov，Lev Feoktistov，and Igor Kuzmin，"Nuclear Power Engineering and International Security," *Soviet Life* 353，no. 2，14。

74 "一万年都遇不上一次"：维塔利·斯克利亚罗夫（Vitali Sklyarov），接受Maxim Rylsky采访，参见"The Nuclear Power Industry in the Ukraine," *Soviet Life* 353，no. 2，8。当本书作者2017年访问斯克利亚罗夫时，他宣称不记得说过这段话，也不记得包含这段引语的那篇文章。

五 4月25日，星期五，晚11点55分，四号机组控制室

75 烟雾缭绕，空气污浊：阿列克谢·布列乌斯（Alexey Breus），本书作者采访，2015年7月。核电厂大部分区域都禁止吸烟，控制室是少数允许吸烟的地方之一。反应堆控制工程师们就在控制板旁边抽烟，列昂尼德·托图诺夫和当时为数众多的苏联人一样，也是烟民。 410

75 已经两天没睡觉了：在审判中，佳特洛夫的辩护人在法庭上对福明进行反诘问的时候指出，佳特洛夫已经连续两天自己一个人负责四号机组的运行管理工作。福明回复说，佳特洛夫在4月25日下午回过家"小憩片刻"，不过仍可以通过电话找到他。转引自Karpan，*Chernobyl to Fukushima*，148。

75 又困又乏，很不高兴：鲍里斯·斯托利亚尔丘克（Boris Stolyarchuk），本书作者采访，基辅，2015年7月。

75 众多可能情形之一：类似的全面停电曾经于1980年发生在库尔斯克核电厂，参见Zhores Medvedev，*Legacy of Chernobyl*，269。

75 核电站有应急的柴油发电机：Sich，"Chornobyl Accident Revisited"，225。

75 降负荷机组：切尔诺贝利核电厂前高级工程师尼古拉·施泰因贝格回忆说，在1986年前进行过三次类似的测试，但没有一个能够产生在外部全面断电的情况下所需的足够电能（本书作者采访，2015年）。国际原子能机构的报告（INSAG-7）在第51页总结了降负荷测试的历史。主审法官在切尔诺贝利案的庭审记录中记下了四号反应堆在没有进行这一测试的前提下便交付使用的事实，参见Karpan，Chernobyl to Fukushima，143。

76 整个乌克兰的工厂和企业：在重要生产指标截止日期前突击赶工，在苏联人的工作生活中十分常见，参见Zhores Medvedev，*Legacy of Chernobyl*，25-26。另参见当天在四号机组监督第一班工作的Igor Kazachkov的叙述，引自Shcherbak，*Chernobyl*，34。

76 调度员说：根纳季·梅特连科（Gennadi Metlenko，Dontekhenergo的总工程师），法庭陈述，引自Karpan，*Chernobyl to Fukushima*，178。

76 到星期五午夜时：梅特连科，在法庭作证时回答佳特洛夫的提问，引自Karpan，*Chernobyl to Fukushima*，180。

76 他干脆就没露面：Karpan，*Chernobyl to Fukushima*，146 and 191；格卢霍夫，本书作者采访，2015年。

76 25岁的：列昂尼德·托图诺夫的出生日期（1960年8月16日）由其母薇拉·托图诺娃（Vera Toptunova）提供，本书作者采访，2015年。

76 如果测试当晚未能完成：Zhores Medvedev，*Legacy of Chernobyl*，28。

76 55岁的：阿纳托利·佳特洛夫的出生日期（1931年3月3日）见于法庭判决书，引自Karpan，*Chernobyl to Fukushima*，194。

76 一个资历相当老的物理学家：佳特洛夫，法庭陈述，引自Karpan，*Chernobyl to*

Fukushima，151。

76 农民的儿子：Read，*Ablaze*，33-34 and 46。

77 作为对外保密的 23 号实验室的负责人：V. A. Orlov 和 V. V. Grischenko 的回忆，摘自佳特洛夫所著的 *Chernobyl：How It Was* 一书第 183 页和 187 页的附录部分“Appendix
411 8：Memories about A. S. Dyatlov”中之第 3 和第 5 段。关于列宁共青团造船厂的历史，参见“Komsomol’sk-na-Amure,”Russia：Industry：Shipbuilding，GlobalSecurity.org，November 2011。

77 当他 1973 年来到切尔诺贝利时：佳特洛夫，法庭陈述，引自 Karpan，*Chernobyl to Fukushima*，156。

77 这些小型的海上反应堆：Dyatlov，*Chernobyl：How It Was*，25-32；佳特洛夫，法庭陈述，引自 Karpan，*Chernobyl to Fukushima*，152。

77 然而，佳特洛夫……养成的习惯：Anatoly Kryat 的回忆，part IV in Appendix 8 of Dyatlov，*Chernobyl：How It Was*，186；施泰因贝格，本书作者采访，2015 年；格卢霍夫，本书作者采访，2015 年。

77 即便是……那些同事：在列宁共青团造船厂和切尔诺贝利均与佳特洛夫共事过的 Valentin Grischenko 指出，在切尔诺贝利，佳特洛夫的所有同事中，只有一个人 —— 另一位长期与他共事的 Anatoly Sitnikov—— 被认为是佳特洛夫的密友。Grischenko 的回忆，引自 Dyatlov，*Chernobyl：How It Was*，187。

77 他常常独断专行：科罗尔，本书作者采访，2015 年。

77 他发现的任何故障，都必须：佳特洛夫，法庭陈述，引自 Karpan，*Chernobyl to Fukushima*，152；布列乌斯，本书作者采访，2015 年。

78 甚至在被上面否决时依然如此：Grischenko 的回忆，引自 Dyatlov，*Chernobyl：How It Was*，187。

78 此外，在造船厂的长期经验：Dyatlov，*Chernobyl：How It Was*，25-26。

78 佳特洛夫的所作所为，完美符合：施泰因贝格，本书作者采访，2015 年和 2017 年；Read，*Ablaze*，47；Grischenko 的回忆，引自 Dyatlov，*Chernobyl：How It Was*，187。

78 很长时间之后，他的秘密才逐渐浮现出来：阿纳托利·佳特洛夫，写给托图诺夫父母薇拉和费奥多尔的私人信件（未发表），1989 年 6 月 1 日，收藏于薇拉·托图诺娃的个人档案；谢尔盖·扬科夫斯基（基辅地区检察长办公室的调查人员），本书作者采访，基辅，2016 年 2 月 7 日；Read，*Ablaze*，47。佳特洛夫在接受 A. Budnitsky 和 V. Smaga 采访时提到了他在造船厂工作期间受到辐射的剂量，但没有直接将其归因于那起事故。参见“The Reactor’s Explosion Was Inevitable”[Реактор должен был взорваться]，*Komsomolskoye Znamya*，April 20，1991，reproduced in Dyatlov，*How It Was*，168。

78 许多人却很崇拜他：相关描述参见 Read，*Ablaze*，47；V. V. Lomakin 的回忆，part VI in Appendix 8 of Dyatlov，*Chernobyl：How It Was*，188；Kopchinsky and Steinberg，*Chernobyl*，151。在政治清洗中被开除出苏联海军的潜水艇反应堆控制室军官 Georgi Reikhtman 说，佳特洛夫是个好人，他帮助 Reikhtman 在切尔诺贝利核电站找到了工作，而那时没有其他人愿意施以援手（Reikhtman，本书作者采访，2015 年 9 月）。

78 求知若渴的他们相信：施泰因贝格，本书作者采访，2015 年。

78 尽管长时间逐条细看过：尼古拉·施泰因贝格回忆说，佳特洛夫“有时候会随口提到，RBMK 反应堆不可理喻。我们这帮年轻人发现这事很奇怪。我们本以为像佳特洛夫这种人是无所不知的”。Kopchinsky and Steinberg，*Chernobyl*，151；施泰因贝格，本书作者采访，2017 年。

79 坐在左边的：SIUR 是 starshiy inzhener upravleniya reaktorom 的缩写。本书作者访问切尔诺贝利核电厂二号控制室时的所见所闻，以及 2016 年 2 月 10 日对 Alexander Sevastianov 的采访；斯托利亚尔丘克，本书作者采访，2016 年。 412

79 一面仪表墙：本书作者访问切尔诺贝利核电厂二号控制室时的所见所闻，以及 2016 年 2 月对 Alexander Sevastianov 的采访；斯托利亚尔丘克，本书作者采访，2016 年。

80 在核电厂严格的技术等级制度中：格卢霍夫，本书作者采访，2015 年。

80 32 岁的阿基莫夫，又瘦又高：阿基莫夫的出生日期被认为是 1953 年 5 月 6 日，见 于 "List of Fatalities in the Accident at Chernobyl" [Список погибших при аварии на Чернобыльской АЭС]，undated，Chernobyl Electronic Archive，available at http：//pripyat-city.ru/documents/21-spiski-pogibshix-pri-avarii.html.

80 他和他的妻子柳芭：Read，*Ablaze*，38-39。

80 阿基莫夫聪明过人：施泰因贝格，本书作者采访，2015 年。当被要求计算切尔诺贝利发生假想中的严重事故的可能性时，阿基莫夫给出的估测值为每年千万分之一（Read，*Ablaze*，43）。

80 四号控制室现在变得有点儿拥挤：参见尤里·特列古布（Yuri Tregub）的个人叙述，他是当天四号机组第二班次的主管，引自 Shcherbak，*Chernobyl*，39；Grigori Medvedev，*Truth About Chernobyl*，72。

80 或许是认为：福明在法庭上作证时提出了这种解释，引自 Karpan，*Chernobyl to Fukushima*，146。

80 手持测试规程的阿基莫夫：斯托利亚尔丘克，本书作者采访，2016 年；特列古布，法庭证供，引自 Karpan，*Chernobyl to Fukushima*，180–81。

81 当托图诺夫……接过反应堆的控制权时：国际原子能机构，INSAG–7，4–5。

81 因此，托图诺夫开始：Sich，"Chornobyl Accident Revisited，" 211；Alexander Sich，本书作者电话采访，2016 年 12 月。事后，由苏联专家工作组出具的事故报告同样将功率下降的责任怪在托图诺夫头上：INSAG–7，"Annex I：Report by a Commission to the USSR State Committee for the Supervision of Safety in Industry and Nuclear Power，"1991，63。然而，INSAG–7 报告的执笔者提到，佳特洛夫本人将这一问题归因于设备故障（国际原子能机构，INSAG–7，11）。

81 这时，托图诺夫惊恐地眼见着：国际原子能机构，INSAG–7，p. 73；特列古布的个人陈述，引自 Shcherbak，*Chernobyl*，40。

81 "保持功率！"：特列古布，法庭证供，引自 Karpan，*Chernobyl to Fukushima*，181。

81 在这个节点上：在前两次测试中，当操作人员不等中毒补偿时间（poison override time）结束便试图提高切尔诺贝利核电厂反应堆的功率时，消息传到了莫斯科的核安全监察员的耳中，他们立即给布留哈诺夫打电话，叫停了升功率操作。尤里·劳什金（Yuri Laushkin），法庭证供，引自 Karpan，*Chernobyl to Fukushima*，175。

81 佳特洛夫本人坚称：在佳特洛夫的回忆录中，他说自己在托图诺夫将系统切换到"全面自动化"状态前就离开了控制室，去"更彻底地检查那些辐射风险提高的区域"。他认为， 413
随着反应堆功率的降低，这些区域已经变得更安全了。他说，他直到凌晨 0 点 35 分才回到控制室。（*Chernobyl：How It Was*，30）

82 其他在场人员的回忆：特列古布也作证说，佳特洛夫这时在控制室中（法庭证供，引自 Karpan，*Chernobyl to Fukushima*，180–81）。持此观点的还有梅特连科（179 页），他说佳特洛夫在凌晨 0 点 28 分的时候从控制台前走开，"擦着眉毛上的汗"。

82 "我是不会提高功率的！"：Grigori Medvedev，*Truth About Chernobyl*，55–56。梅

特连科写道，事件发生不到 24 小时候，托图诺夫在普里皮亚季的医疗中心时对自己当时的想法进行了描述。这一观点在谢尔巴克接受 Igor Kazachkov 和 Arkady Uskov 采访时得到了展开，引自 *Chernobyl*，366–69 and 370–74。

82 这位副总工程师……离身而去：梅特连科的法庭证供，引自 Karpan，*Chernobyl to Fukushima*，179。

82 “为什么你抽出的时候不对称？”：特列古布的说法，引自 Shcherbak，*Chernobyl*，41。实际消耗时间引自 Sich，“Chornobyl Accident Revisited，” 212。

83 到凌晨 1 点钟的时候：国际原子能机构，INSAG–7，71。

83 然而，两名工程师知道：同上。

83 操作这个循环泵系统：斯托利亚尔丘克，本书作者采访，2016 年。

83 急速水流：Sich，“Chornobyl Accident Revisited，” 212–14。

83 没过多久：国际原子能机构，INSAG–7，8。

83 一些操作人员：拉齐姆 · 德维叶特别耶夫（Razim Davletbayev，涡轮部门的二把手）的法庭证供，引自 Karpan，*Chernobyl to Fukushima*，188；Dyatlov，*Chernobyl*：*How It Was*，31。

83 10 个男人此时就站在那里：Grigori Medvedev，*Truth About Chernobyl*，71–72。

84 “你还在等什么？”：德维叶特别耶夫，法庭证供，引自 Karpan，*Chernobyl to Fukushima*，188。

84 模拟全面停电可能造成的影响：斯托利亚尔丘克，本书作者采访，2016 年。根据福明的法庭证供，这项测试是由电气车间开始的，引自 Karpan，*Chernobyl to Fukushima*，142。

84 测试程序几乎照搬：梅特连科在法庭证供中表示，1984 年的测试是在 5 号涡轮发电机上进行的，而它属于三号机机组：Karpan，*Chernobyl to Fukushima*，178。

84 总工程师……亲自下令进行该项测试：福明，法庭证供，引自 Karpan，*Chernobyl to Fukushima*，142–44；国际原子能机构，INSAG–7，51–52；苏联最高法院，布留哈诺夫、佳特洛夫和福明的法庭判决，1987 年 7 月 29 日，引自 Karpan，*Chernobyl to Fukushima*，198。

84 福明……做出了两项重要的改动：福明，法庭证供，引自 Karpan，*Chernobyl to Fukushima*，145。

85 佳特洛夫、阿基莫夫和梅特连科：特列古布的个人陈述，引自 Shcherbak，*Chernobyl*，41。

85 在楼上标记为 +12.5 的位置：房间描述来自本书作者 2016 年 2 月 10 日参观切尔诺贝利核电厂三号机组主循环泵房时的见闻。

414 85 211 根控制棒中的 164 根：图 II-6，国际原子能机构，INSAG–7，119。

85 “开启示波器！”：Dyatlov，*Chernobyl*：*How It Was*，40。

85 在反应堆内部，冷却水：国际原子能机构，INSAG–7，8。

85 托图诺夫的控制板上，仪表没有显示出任何异常：国际原子能机构在 INSAG-7（第 66 页）中写道：“从测试开始直至 EPS-5 按钮被按下，反应堆功率和其他参数（汽水分离汽锅中的压力和水平面、冷却剂和给水率等等）均不需要任何人为或专设安全设施的干预。”

86 “SIUR—— 停闭反应堆！”：尤里 · 特列古布（Yuri Tregub）和格里戈里 · 利斯尤科（Grigori Lysyuk，电气车间高级班组长）的法庭证供，引自 Karpan，*Chernobyl to Fukushima*，182 and 184；Dyatlov，*Chernobyl*：*How It Was*，40。尽管利斯尤科坚称托图诺夫在按下 AZ-5 按钮前就报告了功率浪涌的发生，佳特洛夫却表示这发生在按下按钮后，而这与其他人的证词和事故后取得的计算机数据证据相吻合。

86 透明塑料罩：关于 AZ-5 按钮的描述，由尼古拉·施泰因贝格 2017 年接受本书作者采访时提供。

86 “反应堆已经停堆！”：特列古布，法庭证供，引自 Karpan，*Chernobyl to Fukushima*，182。

86 超出了反应堆仪表的记录能力：国际原子能机构，INSAG-7，66。

86 就在那一瞬间：同上，第 119 页。

86 但由石墨制成的控制棒尖端：Dyatlov，*Chernobyl*：*How It Was*，48；国际原子能机构，INSAG–7，4（section 2.2）。

86 链式反应便开始……增加：国际原子能机构，INSAG–7，67；Sich，“Chornobyl Accident Revisited,” 220。

86 连续闪动起令人惊恐的报警信号：国际原子能机构，INSAG–7，55。

86 电子警报器：本书作者访问二号控制室及采访 Alexander Sevastianov 所得，2016 年 2 月 10 日。

86 “停闭反应堆！”：Dyatlov，*Chernobyl*：*How It Was*，41。

86 站在……涡轮控制台前：特列古布的个人陈述，引自 Shcherbak，*Chernobyl*，41–42。

86 但实际上，反应堆是在自我毁灭：Sich，“Chornobyl Accident Revisited,” 231m；国际原子能机构，INSAG–7，67。

87 燃料通道自身也解体了：国际原子能机构，INSAG–7，67–68。

87 AZ-5 控制棒卡在半途：Dyatlov，*Chernobyl*：*How It Was*，31。

87 在标记为 +50 位置……的一个起重台架上：Sich，“Chornobyl Accident Revisited,” 219 and 230nl；Grigori Medvedev，*Truth About Chernobyl*，73–74。

87 在托图诺夫的控制板上，响起了……的警报：国际原子能机构，INSAG–7，55。

87 控制室的四壁：特列古布的个人陈述，引自 Shcherbak，*Chernobyl*，42。 415

87 一声响亮的悲咽：斯托利亚尔丘克，本书作者采访，2015 年。

87 随着燃料通道粉身碎骨：Sich，“Chornobyl Accident Revisited,” 221–22。

87 反应堆内部的温度升高：Karpan，*Chernobyl to Fukushima*，63。

87 自同步监视器表盘上的灯一阵狂闪：Grigori Medvedev，*Truth About Chernobyl*，71。

87 松开 AZ-5 控制棒的离合器：Dyatlov，*Chernobyl*：*How It Was*，57。

88 氢氧混合物：做出这一假设的依据，参见苏联的维也纳会议的报告（USSR State Committee on the Utilization of Atomic Energy，“The Accident at the Chernobyl Nuclear Power Plant and Its Consequences”），21；以及 Sich，“Chornobyl Accident Revisited,” 223。关于其他解释和二次爆炸发生位置的讨论，参见 Karpan，*Chernobyl to Fukushima*，62–63。

88 相当于点燃 60 吨 TNT 炸药：关于摧毁反应堆的爆炸冲力的估测值，彼此相差悬殊。一个估测值是约为 24 吨 TNT 炸药，参见 K. P. Checherov，“Evolving accounts of the causes and processes of the accident at Block 4.” 瓦列里·列加索夫做出的估测，仅为 3 到 4 吨 TNT（Legasov Tapes，Part One，p. 12）。Karpan（Chernobyl to Fukushima，62） 的说法是 30 吨，数据引自 1986 年 5 月 16 日苏联国家调查人员达成的“专家总结意见”。最后，1986 年 5 月 15 日的克格勃报告明确指出了“不少于 50 到 60 吨”的数字（Danilyuk, ed.，*Z arkhiviv*，Document no. 34：“Report of the UkSSR OG KGBM and the USSR KGB in the town of Chernobyl’ to the USSR KGB concerning the radioactive situation and progress in

investigating the accident at the Chernobyl' NPS")。

88 巨大的冲击力撞开了反应堆容器的四壁：尽管对此仍存在争议，苏联国家核电工业安全委员会 1989 年的一份报告明确指出，生物屏障被抛到了空中，发生了翻转：A. Yadrihinsky, "Atomic Accident at Unit Four of Chernobyl NPP and Nuclear Safety of RBMK Reactors" [Ядерная авария на 4 блоке Чернобыльской АЭС и ядерная безопасность реакторов РБМК], Gosatomenergonadzor Inspectorate at the Kursk Nuclear Power Station, 1989, 10–11。另参见美国核管理委员会的 "Report on the Accident (NUREG-1250)," 2–16 及 5–6。更多关于初始爆炸导致损失的细节，参见 Sich, "Chornobyl Accident Revisited," 84–85。

88 近 7 吨铀燃料：Sich, "Chornobyl Accident Revisited," 84。该起事故产生的放射性坠尘的情况，在国家水文气象和环境监察委员会主席尤里·伊兹拉埃尔（Yuri Izrael）5 月 21 日提交给苏联部长会议主席尼古拉·雷日科夫（Nikolai Ryzhkov）的一份绝密报告中有详细介绍："Regarding the assessment of the radioactivity situation and radioactive contamination of the environment by the accident at the Chernobyl NPP" [Об оценке радиационной обстановки и радиоактивного загрязнения природной среды при аварии на Чернобыльской АЭС], May 21, 1986, Microfilm, Hoover Institution, Russian State Archive of Contemporary History (RGANI), Opis 51, Reel 1.1006, File 23。

416 88 1300 吨炽热的石墨碎块：Sich, "Chornobyl Accident Revisited," 405。

88 办公间里：亚历山大·谢甫琴科，本书作者采访，2006 年。

88 在涡轮大厅上方：尤里·科尔涅耶夫（Yuri Korneyev，涡轮操作人员，四号机组第五班次，切尔诺贝利核电厂），本书作者采访，基辅，2015 年 9 月。

89 以前当过核潜艇艇员的阿纳托利·柯尔克孜：Karpan, *Chernobyl to Fukushima*, 21。

89 砖块瓦片的灰尘……落下来：Dyatlov, *Chernobyl: How It Was*, 49。

89 涌出了灰色的烟雾：斯托利亚尔丘克，本书作者采访，2015 年和 2016 年。

89 在核电厂外面：Karpan, *Chernobyl to Fukushima*, 11–12。

六 4 月 26 日，星期六，凌晨 1 点 28 分，第二民兵消防站

91 一束……闪着虹彩的紫色烈焰：目击证人证词，引自 Karpan, *Chernobyl to Fukushima*, 12。

91 电话调度员的房间里：阿纳托利·扎哈罗夫，本书作者采访，基辅，2016 年 2 月。

91 14 名值班消防员中，许多人：同上。根据基辅地区消防部门的调度记录，他们在凌晨 1 点 30 分抵达现场，档案藏于切尔诺贝利博物馆。

91 普拉维克中尉下令出发：亚历山大·彼得罗夫斯基，本书作者采访，博赫达尼（Bohdany），乌克兰，2016 年 11 月。关于警报响起的时间和具体细节，以及装备情况，引自基辅地区消防部门的调度记录，档案藏于切尔诺贝利博物馆。

92 另外两辆水罐车：普里皮亚季市消防队在凌晨 1 点 29 分接到报警（基辅地区消防部门调度记录）。另参见列昂尼德·捷利亚特尼科夫的个人陈述，引自 Shcherbak, "Report on First Anniversary of Chernobyl," trans. JPRS, pt. 1, 18。

92 三号警报：根据存档于切尔诺贝利博物馆的基辅地区消防部门调度记录，普拉维克在凌晨 1 点 40 分通过电话确认了三号警报。更多细节参见：V. Rubtsov and Y. Nazarov, "Men of the Assault Echelon," *Pozharnoye delo*, no. 6 (June 1986), translated in JPRS, *Chernobyl*

Nuclear Accident Documents，24–25。

92 核电厂这一庞然大物的超级结构此时：扎哈罗夫，本书作者采访，2016年；彼得罗夫斯基，本书作者采访，2016年。

92 所有人都在同时开口说话：斯托利亚尔丘克，本书作者采访，2015年和2016年。

92 警报灯闪成了一片：这里的描述，基于本书作者2016年2月10日访问切尔诺贝利核电厂二号机组控制室时的见闻，以及佳特洛夫的法庭陈述，引自Karpan，*Chernobyl to Fukushima*，157。

93 在绝望之中，佳特洛夫转向：Dyatlov，*Chernobyl：How It Was*，49；阿纳托利·佳特洛夫接受《华盛顿邮报》记者Michael Dobbs采访时的陈述，"Chernobyl' s 'Shameless Lies,'"，1992年4月27日。

93 "小伙子们，"他说：Read，*Ablaze*，68；Dyatlov，*Chernobyl：How It Was*，49。在佳特洛夫的回忆录中，他否认下令向反应堆供水，坚持说这个命令是在他离开控制室后由总工程师福明下达的。Dyatlov，*Chernobyl：How It Was*，53。 417

93 被一片灰尘、蒸汽和黑暗所吞没：谢甫琴科，本书作者采访，2006。

93 从被炸得四分五裂的门口外边：亚历山大·谢甫琴科在Renny Barlett执导的纪录片*Zero Hour：Disaster at Chernobyl*中的陈述，探索频道，2004年。关于第二名操作人员亚历山大·诺维克（Alexander Novik）的更多描述，参见《新科学家》杂志记者Michael Bond于2004年8月21日对亚历山大·谢甫琴科的采访"Cheating Chernobyl"。

94 谢甫琴科接着就看见了：亚历山大·谢甫琴科，本书作者采访，2006年；谢甫琴科2004年接受《新科学家》杂志记者Bond采访。根据www.moonpage.com网站，爆炸发生时正值满月。特列古布在接受Yuri Shcherbak采访时回忆的事情发生经过，与谢甫琴科的回忆有所不同（Shcherbak，*Chernobyl*，42-43）。

94 二人转入……运输走廊：亚历山大·谢甫琴科，本书作者采访，2006年。尽管谢甫琴科后来坚信，他所见到的缥缈蓝光是切连科夫辐射光（Cherenkov' s Light），但此种现象仅在水这种高折射率的介质中才能为肉眼见到，不太可能出现在四号反应堆上方的空气中（Alexander Sich，本书作者采访，2018年）。

95 "托利哥，这是什么玩意儿？"：扎哈罗夫，本书作者采访，2016年。

95 一片混乱：这段描述借鉴了科尔涅耶夫和夏维（引自Kiselyov，"Inside the Beast，" 43 and 47）以及拉齐姆·德维叶特别耶夫（引自Kopchinsky and Steinberg，*Chernobyl*，20）等人的说法。

96 普拉维克和夏维：夏维的个人陈述，引自Kiselyov，"Inside the Beast，" 47；基辅地区消防部门调度记录，切尔诺贝利博物馆。

96 到凌晨2点时：基辅地区消防部门调度记录，切尔诺贝利博物馆。

96 成立了一个危机处理中心：《第113号令：关于切尔诺贝利核电厂紧急情况的应对措施》[О мерах в связи с ЧП на Чернобыльской АЭС]，由V.M.Korneychuk少将签署，1986年4月26日，收于"基辅州内务部行动组在普里皮亚季地区采取特殊措施的印发文件"[Оперативный Штаб УВД Киевского облисполкома，Литерное дело по спецмероприятиям в припятской зоне]，1986年4月26日到5月6日，第5—6卷，切尔诺贝利博物馆档案。

96 "四号机组着火了"：彼得·赫梅利，本书作者采访，基辅，2016年。

96 位于列宁大道的公寓中：维克托·布留哈诺夫和瓦莲京娜·布留哈诺娃，本书作者采访，2015年。

97 我要进监狱了：维克托·布留哈诺夫和瓦莲京娜·布留哈诺娃，本书作者采访，

2015 年。

97　按照设计……提供避难之处：细节源自本书作者 2016 年 2 月访问掩体时的见闻。

97　布留哈诺夫走上楼：此处关于布留哈诺夫的行动细节，源自布留哈诺夫 1987 年 7 月 8 日接受审判时个人陈述的笔录材料，由 Nikolai Karpan 当场速记完成，后以 *Chernobyl to Fukushima* 之名出版（第 126—134 页）。核电厂民防负责人谢拉菲姆・沃罗比约夫称，布留哈诺夫命令他亲自打开掩体入口（Shcherbak，*Chernobyl*，396）。布留哈诺夫下令通知发生全面辐射事故这一事实，得到了电话接线员 L.Popova 的确认，参见 Evgeny Ignatenko, ed.，*Chernobyl：Events and Lessons* [Чернобыль：события и уроки]（Moscow：Politizdat, 1989），95。当 Popova 试图打开自动报警系统时，她发现播放录音带的机器坏了，于是她自己一个接一个地拨打电话进行通知。

418

97　普里皮亚季的市长赶到了：布留哈诺夫的法庭供词，引自 Karpan，*Chernobyl to Fukushima*，128–29。普里皮亚季市执行委员会主席 —— 相当于市长 —— 是弗拉基米尔·沃洛什科（Vladimir Voloshko）。在一份 5 月 4 日的克格勃备忘录中，记下了这位克格勃官员的名字是 V.A. 波格丹少校（Major V.A.Bogdan），他的正式头衔为核电厂安全负责人：参见 Danilyuk，ed.，*Z arkhiviv*，Document no. 26：“Report of the UkSSR KGB 6th Department to the USSR KGB Concerning the Radioactive Situation and Progress in Investigating the Accident at the Chernobyl’ NPS.”

98　“发生了坍塌”：帕拉辛的个人陈述，引自 Shcherbak，*Chernobyl*，76。

98　再之后，他又通知了：关于他通话对象的名单，参见布留哈诺夫的法庭证词，引自 Karpan，*Chernobyl to Fukushima*，129。

98　很快，厂长便得到了……初步损失报告：布留哈诺夫，法庭证词，引自 Karpan，*Chernobyl to Fukushima*，129；帕拉辛的个人陈述，引自 Shcherbak，*Chernobyl*，76。

98　很快就进来了三四十个人：帕拉辛的个人陈述，引自 Shcherbak，*Chernobyl*，76。

98　目睹了……恐怖景象之后：亚历山大・谢甫琴科，本书作者采访，2006 年；谢甫琴科，接受《新科学家》记者 Bond 采访，2004 年；Vivienne Parry，“How I Survived Chernobyl，” *Guardian*，August 24，2004。

99　常规应急预案规定：Karpan，*Chernobyl to Fukushima*，18。

100　置身其中：同上，第 18 页和第 20—22 页；Razim Davletbayev，“The Last Shift” [Последняя смена]，in Semenov，ed.，*Chernobyl*：*Ten Years On*，371–77。

100　锁在保险柜里：Karpan，*Chernobyl to Fukushima*，25。

100　拉齐姆・德维叶特别耶夫跟自己说：Davletbayev，“The Last Shift，” 377–78。

100　忙着关掉八号涡轮：尤里・科尔涅耶夫的个人陈述，引自 Kiselyov，“Inside the Beast，” 44;科尔涅耶夫，本书作者采访，基辅，2015 年。关于巴拉诺夫的行动的更多细节，参见 “Materials：Liquidation Heroes” [Материалы：Герои-ликвидаторы]，切尔诺贝利核电厂网站，http：//chnpp.gov.ua/ru/component/content/article?id=82

101　工程师们已经开始在一片瓦砾中搜索：Karpan，*Chernobyl to Fukushima*，19；Nikolai Gorbachenko（切尔诺贝利核电厂辐射监察员），个人陈述，引自 Grigori Medvedev，*Truth About Chernobyl*，99。

101　三个人在瓦砾堆中摸索着，走到了：Grigori Medvedev，*Truth About Chernobyl*，101。

101　一路上到处都是机器残骸：Gorbachenko 的个人陈述，引自 Kiselyov，“Inside the Beast，” 45。

101　之字形的消防梯：扎哈罗夫，本书作者采访，2015 年；彼得罗夫斯基，本书作者采访，

2016 年。

101　几个消防员：捷利亚特尼科夫的个人陈述，引自 David Grogan，“An Eyewitness to Disaster，Soviet Fireman Leonid Telyatnikov Recounts the Horror of Chernobyl，” People，October 5，1987；另见“Firefight at Chernobyl，”捷利亚特尼科夫在 1987 年 9 月 17 日举行于巴尔的摩的第四届全美消防站展示会暨检阅式（the Fourth Great American Firehouse Exposition and Muster）上的讲话稿，可在消防文件数字博物馆（Fire Files Digital Library）网上访问，https：//fire.omeka.net/items/show/625. 419

101　几十处小火苗：关于这些火苗具体位置的详细描述，参见 Karpan，*Chernobyl to Fukushima*，12–15。

102　被……熊熊燃烧的瓦砾碎片点燃：关于火势的描述，参见 Telyatnikov，“Firefight at Chernobyl”；以及 Felicity Barringer，“One Year After Chernobyl，a Tense Tale of Survival，” *New York Times*，April 6，1987。

102　空气中黑烟弥漫：捷利亚特尼科夫个人陈述，引自 Barringer，“One Year After Chernobyl.”

102　在他们脚下的黑暗之中：Karpan，*Chernobyl to Fukushima*，13。

102　一个更看得见摸得着的威胁：彼得·赫梅利，本书作者采访，2015 年。

102　“加点儿压力！”：扎哈罗夫，本书作者采访，2016 年。

102　像日常演练的那样：同上。普拉维克在凌晨 3 点对调度员报告说，已经向三号机组屋顶上布设了喷射泡沫的消防水带，这被记载于基辅地区消防部门调度记录上。

102　基别诺克将另外一条消防水带：扎哈罗夫，本书作者采访，2016 年。

102　但即便到了此刻，屋顶上的几个消防员：彼得罗夫斯基，本书作者采访，2016 年；罗戈日金在法庭作证时回忆起的与捷利亚特尼科夫的对话，引自 Karpan，*Chernobyl to Fukushima*，170。

102　二氧化铀芯块：Karpan，*Chernobyl to Fukushima*，13。根据美国国家卫生研究院的说法，铀燃料起火不可能被水有效扑灭，除非将起火材料完全浸没于液体中：“即便如此，也不会立即将火熄灭，因为炽热的铀金属会将水分解为氢气和氧气，提供继续燃烧的燃料和氧。如果水量足够多，最终可以提供灭火所需的冷却效应，但大量的水会在这个过程中被蒸发”（“Uranium，Radioactive：Fire Fighting，” NIH，US National Library of Medicine，webWISER online directory）。

103　留守在地面：彼得罗夫斯基，本书作者采访，2016 年。

104　足以致死的辐射剂量：对致死剂量的估测，是基于所谓的“中位致命剂量”（简称 LD50）而得出的。这个概念指的是，如果个体全身瞬间遭受到该剂量的辐射而未加治疗，一半人会因此死亡。根据从广岛和长崎原子弹爆炸得出的数据，这个辐射剂量值约为 3.5 到 4.0 戈瑞 —— 或 350 到 400 雷姆。但根据从切尔诺贝利受害者身上获得的经验，这些预测值被上调了。这意味着，在经医学治疗的情况下，健康男性可以承受 5.0 戈瑞 —— 或 500 雷姆 —— 的全身辐射而仍能幸存。参见 Gusev et al.，eds. *Medical Management of Radiation Accidents*，54–55。

104　达到了 3000 伦琴每小时：屋顶的辐射水平，参见 Starodumov，*commentary in Chernobyl 1986.04.26 P. S.* [*Чернобыль.1986.04.26 P. S.*]（Kiev：Telecon，2016）；B. Y. Oskolkov，“Treatment of Radioactive Waste in the Initial Period of Liquidating the Consequences of the Chernobyl NPP Accident. Overview and Analysis” [Обращение с радиоактивными отходами первоначальный период ликвидации последствий аварии на ЧАЭС. Обзор и анализ]，Chornobyl Center for Nuclear Safety，January 2014，36. 420

104　“操他妈的，小万子！”：彼得罗夫斯基，本书作者采访，2016 年 12 月。

104　在核电站综合体的另一端：列昂尼德・夏维的个人陈述，引自 Kiselyov，“Inside the Beast，” 47。

104　第一批抵达现场的人：Vladimir Prischepa 的个人回忆，引自 Karpan，*Chernobyl to Fukushima*，15–16。

104　已经赶到，接过了指挥权：列昂尼德・夏维后来回忆说，捷利亚特尼科夫一身伏特加的味道，看上去整个人都醉醺醺的，但彼得罗夫斯基反驳了这一说法。他坚持说，捷利亚特尼科夫几乎不喝酒：“或许在家里会喝上一小杯 —— 但工作的时候？从来滴酒不沾。”彼得罗夫斯基，本书作者采访，2016 年。

104　仍在喝着人民香槟：彼得・赫梅利，本书作者采访，2006 年和 2016 年。

105　在掩体中：帕拉辛的个人陈述，引自 Shcherbak，*Chernobyl*，76；布留哈诺夫的法庭供词，引自 Karpan，*Chernobyl to Fukushima*，140。

105　然而，并不是每一个人都如此自欺欺人：谢拉菲姆・沃罗比约夫的个人陈述，引自 Shcherbak，*Chernobyl*，397；Grigori Medvedev，*Truth About Chernobyl*，152–54。

106　不到一百米远的地方：救护车医生 Valentin Belokon 记得看见有人在凌晨两点后的几分钟里从三号机组出来，向主行政办公大楼走去。Belokon 的个人陈述参见 Shcherbak，“Report on First Anniversary of Chernobyl，” trans. JPRS，pt. 1，26–27。

106　凌晨 3 点钟的时候，布留哈诺夫给……打电话：基辅地区消防部门调度记录，切尔诺贝利博物馆。

106　沃罗比约夫站在一旁，听着：沃罗比约夫的个人陈述，引自 Shcherbak，*Chernobyl*，397。

106　然而，沃罗比约夫知道：同上，第 398 页。

107　“没错的”：同上；Grigori Medvedev，“Chernobyl Notebook” [Черно быльская тетрадь]，*Novy Mir*，no. 6（June 1989），trans. JPRS Economic Affairs，October 23，1989，35.

107　佳特洛夫笃定地对他说：Read，*Ablaze*，68–69；Grigori Medvedev，*Truth About Chernobyl*，95。

108　在外面的走廊里：Dyatlov，*Chernobyl：How It Was*，50。

108　跑回楼上：同上，第 53-54 页；Arkady Uskov 的个人陈述，引自 Shcherbak，*Chernobyl*，71–72。

108　这时候……辐射水平：巴格达萨罗夫（切尔诺贝利核电厂三号机组班组长）的个人陈述，引自 Kopchinsky and Steinberg，*Chernobyl*，17；Dyatlov，*How It Was*，17。

108　凌晨 5 点 15 分的时候：维克托・布留哈诺夫和瓦莲京娜・布留哈诺娃，本书作者采访，2016 年；帕拉辛的个人回忆，引自 Shcherbak，*Chernobyl*，76。

109　不顾来自上面的指示：这位班组长的名字是尤里・巴格达萨罗夫（Yuri Bagdasarov），他违背了核电厂总工程师鲍里斯・罗戈日金继续让反应堆保持运行的指令。
421 巴格达萨罗夫的回忆，可参见 Kopchinsky and Steinberg（Chernobyl，17），以及三号机组的运行日志，引自 Dyatlov，*Chernobyl：How It Was*，56–57。

109　而在核电厂的另一端：Uskov 的个人陈述，引自 Shcherbak，*Chernobyl*，71–72。

109　“把水送进去！”：Viktor Smagin（四号机组早上 8 点那一班的班组长，紧接阿基莫夫那一班的“第二班次”）的个人回忆，引自 Vladimir M. Chernousenko，*Chernobyl：Insight from the Inside*（New York：Springer，1991），62。

109　狭窄的管道间里：Arkady Uskov 关于当时场景的速写图，基辅切尔诺贝利博物馆馆藏。

109 他们的白色工作服：Karpan，*Chernobyl to Fukushima*，19。

110 阿基莫夫几乎迈不动步子：Uskov 的回忆，引自 Kopchinsky and Steinberg，*Chernobyl*，19。

110 从管道间里拉扯出来：Uskov 的个人陈述，引自 Shcherbak，*Chernobyl*，71–72。

110 从……破裂管道激涌而出：斯托利亚尔丘克，本书作者采访，基辅，2016 年 12 月；Dyatlov，*Chernobyl：How It Was*，76；国际原子能机构，INSAG–7，45。

110 37 支消防队：Zhores Medvedev，*Legacy of Chernobyl*，42。

110 我还这么年轻：斯托利亚尔丘克，本书作者采访，2016 年。

七 星期六，凌晨 1 点 30 分，基辅

111 尽管各种令人舒适的设施一应俱全：维塔利·斯克利亚罗夫，本书作者采访，基辅，2016 年 2 月；本书作者于 2016 年 2 月 6 日访问了孔恰 · 扎斯帕；Vitali Sklyarov，*Chernobyl Was ... Tomorrow*（Montreal：Presses d' Amérique，1993），21–24。

111 50 岁的斯克利亚罗夫一辈子都在与权力打交道：Sklyarov，*Chernobyl Was... Tomorrow*，8 and 27；Vitali Sklyarov，*Sublimation of Time* [*Сублимация времени*]（Kiev：Kvic，2015），62–83。

112 他一直对核电站的各种问题知情：在公开场合中，斯克利亚罗夫自然会和官方口径保持一致。参见第 4 章。

112 即便是在传统发电站中：斯克利亚罗夫，本书作者采访，2016 年；Sklyarov，*Chernobyl Was...Tomorrow*，27–28；Sklyarov，*Sublimation of Time*，496–500。

112 “发生了一系列”：斯克利亚罗夫，本书作者采访，2016 年。

112 斯克利亚罗夫马上打电话给：斯克利亚罗夫，本书作者采访，2016 年；Vitali Cherkasov，“On the 15th anniversary of the atomic catastrophe：Chernobyl' s sores” [К 15-летию атомной катастрофы：язвы Чернобыля]，Pravda，April 25，2011，www.pravda.ru/politics/25-04-2001/817996-0.

112 从基辅那里：“特别报告” [Спецсообщение]，V.M.Korneychuk 少将签名的手写文档，1986 年 4 月 26 日，“普里皮亚季地区特殊措施有关文件”（File on Special Measures in Pripyat Zone）中的 1 号文档，保存于当地内务部警察部门（基辅州党委内务部），切尔诺贝利博物馆馆藏档案。

113 “1，2，3，4”：鲍里斯 · 普鲁申斯基，“这不可能是真的 —— 但它确实发生了（浩劫之后的那几天）” [Этого не может быть—но это случилось（первые дни после катастрофы）]，引 自 A. N. Semenov，ed.，*Chernobyl：Ten Years On. Inevitability or Accident?* [*Чернобыль. Десять лет спустя. Неизбежность или случайность?*]（Moscow：Energoatomizdat，1995），308–9。OPAS 是 gruppa okazaniya pomoschi atomnym stantsiyam pri avariyakh 的俄文首字母缩写，即“核电站事故应急处理小组”。 422

113 凌晨 2 点 20 分的时候，来自国防部中央指挥中心的一个电话：Read，*Ablaze*，94；Sergei Akhromeyev and Georgi Korniyenko，*Through the Eyes of a Marshal and a Diplomat：A Critical Look at USSR Foreign Policy Before and After 1985* [*Глазами маршала и дипломата：Критический взгляд на внешнюю политику СССР до и после 1985 года*]（Moscow：Mezhdunarodnye otnosheniya，1992），98–99。

113 苏联民防军……的负责人：Read，*Ablaze*，93。

113　离开莫斯科：B. Ivanov，“Chernobyl. Part 1 ：The Accident” [Чернобыль. 1 ：Авария]，*Voennye Znaniya* 40，no. 1（1988），32 ；Edward Geist，“Political Fallout ：The Failure of Emergency Management at Chernobyl，” *Slavic Review* 74，no. 1（Spring 2015）：117.

114　成立后的第一次会议：Leonid Drach，本书作者采访，莫斯科，2017 年 4 月。

114　十分了解电厂和员工情况：科尔钦斯基在切尔诺贝利担任过主管科学的副总工程师（1976—1977 年）和主管操作的副总工程师（1977—1979 年）。

114　科尔钦斯基叫了一辆车：科尔钦斯基，本书作者采访，2016 年。

114　当核电站事故应急处理小组的成员：Kopchinsky and Steinberg，*Chernobyl*，8–9。

115　弗拉基米尔・马林仍在家中：Grigori Medvedev，*Truth About Chernobyl*，152–54。在 *The Legacy of Chernobyl* 一书中，Zhores Medvedev 猜测，布留哈诺夫得到过命令，在重大工业事故发生时首先通报党内领导人（*The Legacy of Chernobyl*，47）。Piers Paul Read 在其书中就此有所发挥，参见 *Ablaze*，77。

115　当一缕晨光……破晓而出时：Sklyarov，*Chernobyl Was ... Tomorrow*，32 ；Grigori Medvedev，*Truth About Chernobyl*，117。

115　正在克里米亚度假，也已经被召回：这位能源部副部长是根纳季・萨沙林。

115　雷日科夫告诉马约列茨：尼古拉・雷日科夫，采访文字记录，2RR archive file no.3 /7 /7，16。

116　“没什么好冷却的了！”：Kopchinsky and Steinberg，*Chernobyl*，8–9；科尔钦斯基，本书作者采访，2016 年。科尔钦斯基认为，电话线是被切尔诺贝利核电厂的克格勃接线员为了让事故细节对外保密而故意切断的。

116　坐在基辅的办公室中：Sklyarov，*Chernobyl Was ... Tomorrow*，32。

117　“核电站或许不是乌克兰的”：斯克利亚罗夫，本书作者采访，2016 年；Sklyarov，*Sublimation of Time*，105。

117　“到底发生了什么？到底发生了什么？”：谢尔盖・帕拉辛，本书作者采访，基辅，2016 年 11 月。帕拉辛在 Shcherbak 的书中也提到了发生在掩体中的这一幕，参见 Shcherbak，*Chernobyl*，75–78。

117　技术人员取回的样本：Nikolay Karpan，“First Days of the Chernobyl Accident. Private Experience，” www.rri.kyoto-u.ac.jp/NSRG/en/Karpan2008English.pdf，8–9 ；Karpan，*Chernobyl to Fukushima*，29–30。

423　117　到 9 点钟时：亚历山大・洛加乔夫，接受 Taras Shumeyko 采访，基辅，2017 年 6 月；Alexander Logachev，The Truth [Истина]。帕拉辛指出（参见 Shcherbak，*Chernobyl*，76），马洛穆日赶到的时间是在 4 月 26 日早上 7 点到 9 点之间。

117　布留哈诺夫的办公室里：核电厂民防负责人谢拉菲姆・沃罗比约夫在 Shcherbak 的书中详细描述了这次会议，参见 Shcherbak，*Chernobyl*，400。

118　“坐下”：同上。

118　马洛穆日命令布留哈诺夫：帕拉辛的个人陈述，引自 Shcherbak，*Chernobyl*，76–77 ；Karpan，*Chernobyl to Fukushima*，26。

118　文件很简短：“关于切尔诺贝利 V.I. 列宁核电站事故的情况报告” [Об аварии на Чернобыльской АЭС имени В. И. Ленина]，由维克托・布留哈诺夫签字，1986 年 4 月 26 日，收藏于切尔诺贝利博物馆档案。布留哈诺夫后来说，他知道核电厂周围的辐射水平达到了至少 200 伦琴每小时，但还是在文件上签了名，因为他“没有仔细读”（布留哈诺夫，法庭证词，引自 Karpan，*Chernobyl to Fukushima*，133）。

118　但它没有解释说：Nikolai Gorbachenko 和 Viktor Smagin 的个人陈述，引自 Grigori

Medvedev，*Truth About Chernobyl*，98–99 and 170；Dyatlov，*Chernobyl*：*How It Was*，51–52。

118 一架军用运输机从莫斯科的奇卡洛夫斯基军用机场起飞：Prushinsky，“This Can’t Be—But It Happened，”311–12。萨沙林给出的飞机起飞时间是在早上 8 点 30 到 9 点之间，参见 G. Shasharin，“The Chernobyl Tragedy” [Чернобыльская трагедия] in Semenov，ed.，*Chernobyl*：*Ten Years On*，80。

118 他周末通常会晚一点才到办公室：雷日科夫，采访文字记录，2RR，17–18。根据 Read 在 *Ablaze* 一书第 95 页的说法，马约列茨的团队于 10 点钟出发。这个成立委员会的命令文本，由 Leonid Drach 提供给本文作者。

119 主管全苏联所有燃料和能源业务：Drach，本书作者采访，2017 年。

119 雷日科夫找到了：V. Andriyanov and V. Chirskov，*Boris Scherbina* [Борис Щербина]（Moscow：Molodaya Gvardiya，2009），287。

119 瓦列里·列加索夫院士：Margarita Legasova，*Academician Valery Alekseyevich Legasov* [*Академик Валерий Алексеевич Легасов*]（Moscow：Spektr，2014），111–13；瓦列里·列加索夫，“关于切尔诺贝利原子能核电站事故” [Об аварии на Чернобыльской АЭС]，列加索夫在 1988 年初口述的 5 盘录音带的文字记录（后文中以列加索夫录音带（Legasov Tapes）代称），http：//lib.web-malina.com/getbook.php?bid=2755，Cassette One，1–2。

120 库尔恰托夫研究所共产党委员会的负责人：列昂尼德·博利绍夫，本书作者采访，莫斯科，2017 年 4 月。

121 亚历山德罗夫喜欢溜达到他家里：因加·列加索娃，本书作者采访，莫斯科，2017 年 4 月。

121 只有一个人挡着他的路：博利绍夫，本书作者采访，2017 年；Evgeny Velikhov，*Strawberries from Chernobyl*：*My Seventy-Five Years in the Heart of a Turbulent Russia*，trans. Andrei Chakhovskoi（CreateSpace Independent Publishing Platform，2012），5–12。

121 他到过许多国家：Frank Von Hippel 和 Rob Goldston，本书作者采访，美国新泽西普林斯顿，2018 年 3 月；Frank Von Hippel，“Gorbachev’s Unofficial Arms-Control Advisers，” Physics Today 66，no. 9（September 2013），41–47。

121 “少跟他说你的那些丰功伟绩”：列加索娃，本书作者采访，2017 年。 424

121 当列加索夫在星期六中午到达：Margarita Legasova，*Academician Valery A. Legasov*，113。

121 尽管天气和暖：Read，*Ablaze*，96–97，197；列加索夫的个人陈述，引自 Shcherbak，*Chernobyl*，414。

121 第一架来自莫斯科的飞机：Grigori Medvedev，*Truth About Chernobyl*，142；Shasharin，“Chernobyl Tragedy，” 80；Drach，本书作者采访，2017 年；安热莉卡·巴拉巴诺娃，本书作者采访，莫斯科，2016 年 10 月。

121 刚一落地，普鲁申斯基便得知：Prushinsky，“This Can’t Be—But It Happened，” 312–13。

122 震惊过度的厂长：例如，在莫斯科的苏共中央委员会主管核能口的党内大员弗拉基米尔·马林于 4 月 26 日傍晚抵达普里皮亚季，他写道，在星期六下午 5 点钟时，布留哈诺夫汇报说，反应堆的一切仍在控制之中，正在冷却（V. V. Marin，“On the Activities of the Task Force of the Politburo of the CPSU Central Committee at the Chernobyl NPP” [О деятельности оперативной группы Политбюро ЦК КПСС на Чернобыльской АЭС]，引自 Semenov，ed.，*Chernobyl*：*Ten Years On*，267–68）。

123 经由总务部转到：Dmitri Volkogonov and Harold Shukman，*Autopsy for an Empire*：

The Seven Leaders Who Built the Soviet Regime（New York：Free Press，1999），477。

123　“发生了一起爆炸”：“Urgent Report，Accident at Chernobyl Atomic Power Station，” April 26，1986，History and Public Policy Program Digital Archive，Volkogonov Collection，Manuscript Division，Library of Congress. Translated for NPIHP by Gary Goldberg，http：//digitalarchive.wilsoncenter.org/document/115341.

123　第二波——级别更高的：这个代表团中包括亚历山大·梅什科夫（中型机械制造部副部长）和维克托·西多连科（中型机械制造部负责核能监察的国家核工业监察局 [Gosatomenergonadzor] 副局长）（Shasharin，“Chernobyl Tragedy，” 80–81；Sklyarov，*Chernobyl Was...Tomorrow*，33）。

123　“别吓唬我们了”：Grigori Medvedev，*Truth About Chernobyl*，154；斯克利亚罗夫，本书作者采访，2016 年。

123　在……土路跑道上颠簸着降落：Sklyarov，*Chernobyl Was...Tomorrow*，37–39；Shasharin，“Chernobyl Tragedy，” 80–81；Colonel General B. Ivanov，“Chernobyl. Part 2：Bitter Truth Is Better” [2：Лучше горькая правда]，*Voennye Znaniya 40*，no. 2（1988）：22。

124　正在……进行辐射侦察：这项辐射侦察工作受到了核电厂附近持续保密措施的干扰。负责侦查核电厂的民防军中尉洛加乔夫收到命令时，他指出，在他手头的简图中，根本没有显示出四号机组。马洛穆日亲自拿了一支笔，在地图正中的一块空白地带画出了反应堆
425 的大致轮廓（亚历山大·洛加乔夫，本书作者采访，2016 年）。洛加乔夫在 1986 年 4 月 26 日绘制的切尔诺贝利核电站辐射剂量分布图，保存于切尔诺贝利博物馆馆藏档案中。

124　绕反应堆低空飞行：Prushinsky，“This Can’ t Be—But It Happened，” 315。

125　福明做出结论：乌克兰内务部副部长根纳季·贝尔多维奇的个人陈述，参见 Voznyak and Troitsky，*Chernobyl：It Was Like This*，199。

125　更糟糕的消息还在后面：Karpan，*Chernobyl to Fukushima*，28。

125　他的装甲车：洛加乔夫在自传中提到了这辆车的最高速度和重量，参见 Logachev，*The Truth*。

125　“你的意思是毫伦琴吧，小伙子”：洛加乔夫，本书作者及 Taras Shumeyko 采访，2016 年；Logachev，*The Truth*；洛加乔夫，切尔诺贝利核电站辐射剂量分布图，切尔诺贝利博物馆。

126　星期六晚上 7 点 20 分：Alexander Lyashko，*The Weight of Memory：On the Rungs of Power* [Груз памяти：На ступенях власти]，vol. 2 in a trilogy（Kiev：Delovaya Ukraina，2001），351。

126　迎接他们的，是一群：列加索夫录音带，第一盘，5。

126　一望无际的沼泽：本书作者于 2016 年 4 月 25 日访问普里皮亚季的见闻。

126　但在普里皮亚季，谢尔比纳：Drach，本书作者采访，2017 年；Sklyarov，*Chernobyl Was...Tomorrow*，40。

126　才智过人、精力充沛，工作起来兢兢业业：Drach，本书作者采访，2017 年；斯克利亚罗夫，本书作者采访，2016 年；Andriyanov 和 Chriskov 的书中指出谢尔比纳的出生日期为 1919 年 10 月 5 日，参见 Andriyanov and Chirskov，Boris Scherbina，387。这里的描述也借鉴了科尔钦斯基和施泰因贝格在书中的描述，参见 Kopchinsky and Steinberg，*Chernobyl*，53。

126　十分尊敬，甚至崇拜万分：Drach，本书作者采访，2017 年。

126　“怎么样，吓得拉裤子了没有？”：Sklyarov，*Chernobyl Was...Tomorrow*，40；斯克利亚罗夫，本书作者采访，2016 年。

127　“我们必须疏散本地居民”: Prushinsky，“This Can’t Be—But It Happened，” 317。尽管有这段对话，以及一系列来自其他人的不同证词，普鲁申斯基在书中写道，疏散问题在接下来的会议上“毫无任何延误”地解决了。

127　政府委员会的第一次会议：关于人群和紧张气氛的描述，源自本书作者 2016 年 2 月在基辅对瓦西里·基济马的采访。对房间和抽烟等细节的描述，源自 Taras Shumeyko2017 年 6 月在基辅对亚历山大·洛加乔夫的采访。列加索夫给出的他的到达时间为晚 8 点前后，普鲁申斯基写道，第一次会议于两个小时后开始（Prushinsky，“This Can’t Be—But It Happened，” 317）。

127　列加索夫院士只是在一旁听着：列加索夫录音带，第一盒，5。

127　他们只是说：同上，第一盒，4。

127　谢尔比纳将委员会成员分成了几组：同上，5。

128　与核电站的物理学家们一样：Shasharin，“Chernobyl Tragedy，” 85–86；Karpan，*Chernobyl to Fukushima*，78。

128　但罗夫诺核电站站长不愿意：斯克利亚罗夫，本书作者采访，2017 年；Sklyarov，*Chernobyl Was...Tomorrow*，41–42。

128　与此同时，列加索夫意识到：Read，*Ablaze*，105–6。 426

129　每个人都知道，必须得做点儿什么：基济马，本书作者采访，2016 年。

129　他们发现，数字令人惊心：洛加乔夫，接受 Taras Shumeyko 采访，2017 年。

129　“他们从来都没疏散过那里的居民！”：Drach，本书作者采访，2017 年。这段叙述得到了列加索夫和贝尔多维奇将军的确认：Voznyak and Troitsky，*Chernobyl：It Was Like This*，218。

129　根据……国家文件：Voznyak 和 Troitsky 的书中引用了这份文件（俄文标题为“Критерии для принятия решения по защите населения в случае аварии атомного реактора”），参见 Voznyak and Troitsky，*Chernobyl：It Was Like This*，219。

129　即便是那些规定：Geist，“Political Fallout，” 115–16。

129　他并没有理由认为：不到一年前，基辅的一家电台在进行演习的时候不小心播出了一条录音，宣布该城市的水电站大坝发生了溃坝，敦促市民收拾好自己的物品，马上离家前往地势较高的地方。这条通知没有收到效果，人们并没有做出行动，对此冷漠以对。基辅人对官方新闻源头的不信任到了如此地步，以致于不但没有在宣传的灾难到来时赶快逃生，反而有超过 800 人打电话给广播电台，问这个报道是不是真的。Nigel Raab，*All Shook Up：The Shifting Soviet Response to Catastrophes，1917–1991*（Montreal：McGill-Queen’s University Press，2017），143–44。

129　到星期六黎明拂晓时：据叶绍洛夫回忆，他从自己的顶头上司、普里皮亚季市执行委员会主席弗拉基米尔·沃洛什科（Vladimir Voloshko）那里听说，克格勃在凌晨下令切断了电话线（Esaulov，*City That Doesn’t Exist*，16–17）。

130　从反应堆飘出的气流已经向北方和西北方向飘去：Read，*Ablaze*，101–2；Akhromeyev and Korniyenko，*Through the Eyes of a Marshal and a Diplomat*，100。

130　放射性坠尘也可能随之降下：Zhores Medvedev，*Legacy of Chernobyl*，141。

130　他决定等到第二天早晨：Ivanov，“Chernobyl. Part 3：Evacuation” [3：Эвакуация]，*Voennye Znaniya* 40，no. 3（1988）：38。

130　红宝石色的光：Karpan，“First Days of the Chernobyl Accident，” 2008。

130　在冷却剂河道提取样本：Kopchinsky and Steinberg，*Chernobyl*，65；Armen Abagyan（苏联核电运行研究院的负责人）的个人陈述，引自 Voznyak and Troitsky，*Chernobyl：It Was*

Like This，213。

131 “他是个大惊小怪的家伙！”：斯克利亚罗夫，本书作者采访，2016 年；Sklyarov, *Sublimation of Time*，105–6。在接受本书作者采访时，斯克利亚罗夫回忆说，谢尔比纳当时的原话是“skandal na ves’ mir”，直译过来即是“在全世界人面前丢人现眼”，但 skandal 这个俄文词既有“丢人现眼”的意思，也有“一团混乱”的意思。在 *Sublimation of Time* 一书中，斯克利亚罗夫解释说，他在 1991 年出版的回忆录 *Tomorrow…Was Chernobyl* 初稿中写到了这件事，但应接替谢尔比茨基成为乌克兰共产党一把手的 Vladimir Ivashko 的请求将其删去了。

427

八 星期六，凌晨 6 点 15 分，普里皮亚季

132 大约凌晨 3 点过后：亚历山大·叶绍洛夫，本书作者采访，伊尔平（Irpin），2015 年 7 月；Shcherbak，“Report on First Anniversary of Chernobyl Accident,” trans. JPRS，pt. 1，30。

132 这里那里总是会出点儿岔子：Esaulov，*The City That Doesn't Exist*，11–12。

132 电话那边，是玛丽亚·博亚尔丘克：同上，第 16 页。

133 但接下来，又一辆救护车飞驰而过：据第 126 医疗卫生中心主任 Vitaly Leonenko 的回忆，一共有 4 辆救护车参与了运输伤员的行动（本书作者采访，乌克兰韦普里克（Vepryk），2016 年 12 月）。Arkady Uskov（个人陈述，参见 Shcherbak，Chernobyl，69）记得在 4 点 30 分前往核电厂途中遇到了两辆救护车，Piers Paul Read 则在书中写道，到 5 点钟时，这些救护车已经在“穿梭往来提供救助服务”（*Ablaze*，85）。

133 叶绍洛夫开始怀疑：叶绍洛夫，本书作者采访，2015 年；Esaulov，City That Doesn’t Exist，16。

134 “早上好，鲍里斯”：安德烈·格卢霍夫，本书作者采访，乌克兰斯拉夫蒂奇（Slavutych），2015 年。

134 格卢霍夫爬到顶楼：格卢霍夫，本书作者采访，2015 年；本书作者于 2016 年 4 月 25 日访问了托图诺夫在普里皮亚季的公寓。

135 普里皮亚季医院：Leonenko，本书作者采访，2016 年；本书作者于 2016 年 4 月 27 日访问了第 126 医院。

135 正式作出辐射病的诊断：同上；根据安格林娜·古斯科娃的说法，这家医院的员工最初跟她说，这些人受到的是化学烧伤。安格林娜·古斯科娃，接受 Vladimir Gubarev 采访，“On the Edge of the Atomic Sword” [На лезвии атомного меча]，《科学和生活》（*Nauka i zhizn*），no. 4（2007）：www.nkj.ru/archive/articles/9759

135 从核电厂送来的男男女女：Tatyana Marchulaite（第 126 医院医务助理）的个人陈述，引自 Voznyak and Troitsky，*Chernobyl*：*It Was Like This*，202–5。

135 一开始时，佳特洛夫拒绝接受治疗：Read，*Ablaze*，85–86。

136 “50 雷姆的时候你是不会呕吐的”：亚历山大·谢甫琴科在接受英国《卫报》记者 Vivienne Parry 采访时提到了这段话，参见 Vivienne Parry，“How I Survived Chernobyl,” Guardian，August 24，2004，https：//www.theguardian.com/world/2004/aug/24/russia.health.

136 他的身上满是烧伤和水疱：Read，*Ablaze*，85。

136 “离我远点儿”：Marchulaite 的个人陈述，引自 Voznyak and Troitsky，*Chernobyl*：*It Was Like This*，205。Nikolai Gorbachenko（切尔诺贝利核电厂辐射监察员）在 Kiselyov

的书中提供了沙什诺克的确切死亡时间，参见 Kiselyov，“Inside the Beast，” 46。

136 还不到 8 点：纳塔利娅 · 谢甫琴科，本书作者采访，2015 年；Read，*Ablaze*，85 and 91。

136 街角那边，待在家中的：玛丽亚 · 普罗岑科，本书作者采访，基辅，2015 年 9 月。

137 当说服劝告不管用的时候：切尔诺贝利核电厂三号和四号机组反应堆和涡轮部门技术安全系统负责人 Anatoly Svetetsky，接受 Taras Shumeyko 采访，基辅，2017 年 5 月 28 日。

137 “无产阶级美学”：关于无产阶级美学在苏联能源产业的工程建设中扮演的角色， 428
详见 Josephson，Red Atom，96–97。

138 多达 20 万居民：Sich，“The Chornobyl Accident Revisited，” 204；Igor Kruchik，“Mother of the Atomgrad” [Мати Атомограда]，Tizhden，September 5，2008，http：//tyzhden.ua/Publication/3758.

138 “我们得把“毒素”赶跑！”：清理员也相信这种关于“毒素”的说法，参见 Vasily Gorokhov（1986 年 7 月到 1987 年 5 月间担任切尔诺贝利清除污染行动的副总指挥）接受采访时的说法：Alexander Bolyasny，“The First ‘Orderly’ of the First Zone” [Первый «санитар» первой зоны]，Vestnik 320，no. 9（April 2003）：www.vestnik.com/issues/2003/0430/koi/bolyasny.htm.

138 “有电话找你”：普罗岑科，本书作者采访，2015 年。

138 数百名内务部警察：“Background information on the Town of Pripyat，” April 26，1986，Pripyat militsia，File on Special Measures in Pripyat Zone，14，切尔诺贝利博物馆馆藏档案。

138 紧急会议：关于星期六早晨的这次市政府会议的细节，来自本书作者 2015 年对普罗岑科和叶绍洛夫的采访。

139 正在为下午的比赛热身：作为基辅地区足球联赛半决赛之一的这场比赛，当天晚些时候被取消了（“普里皮亚季的足球运动：“建筑者”足球俱乐部的历史” [Футбол в Припяти. История футбольного клуба «Строитель»]，Sports.ru blog，https：//www.sports.ru/tribuna/blogs/golden_ball/605515.html.，April 27，2014.）

139 马洛穆日……赶到：帕拉辛的个人陈述，引自 Shcherbak，Chernobyl，76；Zhores Medvedev，*Legacy of Chernobyl*，37。

139 “发生了一起事故”：普罗岑科，本书作者采访，2015 年。

139 与此同时，他解释道：Shcherbak，“Report on First Anniversary of Chernobyl Accident，” trans. JPRS，pt. 1，48。

139 自然，有人提出了问题：同上，第 37 页。

139 “拜托不要大惊小怪”：普罗岑科，本书作者采访，2015 年。

140 一辆孤零零的装甲车：车队的到来时间在 Vladimir Maleyev 的书中有记录，参见 *Chernobyl. Days and Years*：*The Chronicle of the Chernobyl Campaign* [Чернобыль. Дни и годы：летопись Чернобыльской кампании]（Moscow：Kuna，2010），21。其他细节来自本书作者和 Taras Shumeyko2016 年 7 月在基辅对 Grebeniuk 上校（第 427 机械化团的指挥官）的采访。这时，亚历山大 · 洛加乔夫上尉的座车在从基辅赶来的路上发生了刹车故障，不得不换上了另一辆车作为头车。为了追赶上自己的同事，洛加乔夫直接开向了核电站。（洛加乔夫，本书作者采访，基辅，2017 年。）

140 牢牢掌握在克格勃手中：Kotkin，*Armageddon Averted*，42。

140 普罗岑科坐在：普罗岑科，本书作者采访，2015 年。

140 第 225 混合飞行中队：Sergei Drozdov，“Aerial Battle over Chernobyl” [Воздушная

битва при Чернобыле], Aviatsiya i vremya 2（2011）, www.xliby.ru/transport_i_aviacija/aviacija_i_vremja_2011_02/p6.php.

140 坐在驾驶员位置上的：谢尔盖·沃洛金，本书作者采访，基辅，2015 年 7 月。

429 140 空中辐射调查：卢博米尔·米姆卡上校，本书作者采访，基辅，2016 年 2 月。

140 在路上：谢尔盖·沃洛金，未出版回忆录，未标注时间。

141 尽管他和他的机组成员：沃洛金，本书作者采访，2006 年和 2015 年。

141 沃洛金很了解切尔诺贝利：同上；沃洛金，未出版回忆录。

142 工程建设总部：Kovtutsky，本书作者采访，2016 年。

142 在白房子的办公桌前：普罗岑科，本书作者采访，2016 年。

143 一位在五号和六号机组工作的管理人员：Grigori Medvedev, *Truth About Chernobyl*, 88–89 and 149–51。

143 这位技术人员的隔壁邻居：同上，第 150 页。

143 知道克格勃：这位工程师是格奥尔基·雷特曼（George Reikhtman，本书作者采访，2015 年 9 月），他告诉妻子打包好全家的冬装。因为当时是晚春，她以为他是在胡说八道，于是置之不理。

143 另外一个人说服了厂长布留哈诺夫：这位工程师是 Nikolai Karpan，参见 *Chernobyl to Fukushima*, 32–33。

143 到达亚诺夫火车站：韦尼阿明·普里亚涅齐尼科夫，本书作者采访，基辅，2006 年 2 月。

144 到处都是内务部警察：一份乌克兰内务部内部备忘录指出，到星期六早上 9 点钟时，已经有来自普里皮亚季本地和基辅地区各基层单位的 600 名内务部警察和 250 名经官方许可的“公民个人”被部署到了普里皮亚季地区。参见“Background Information on the Town of Pripyat,” April 26, 1986, File on Special Measures in Pripyat Zone, 14，切尔诺贝利博物馆档案。

144 普里亚涅齐尼科夫怀疑：普里亚涅齐尼科夫，本书作者采访，2006 年。

144 当那位民防军上校返回：沃洛金，本书作者采访，2006 年。4 月 26 日第一次直升机空中辐射侦察的具体时间出自 M.Masharovsky 少将的讲述，参见“Operation of Helicopters During the Chernobyl Accident,” in Current Aeromedical Issues in Rotary Wing Operations, Papers Presented at the RTO Human Factors and Medicine Panel（HFM）Symposium, San Diego, October 19–21, 1998, RTO /NATO, 7–2。

145 在他的右边，能看到克里斯托加罗夫斯卡村：同上；沃洛金，未出版回忆录。

146 纳塔利娅·谢甫琴科花了一整个上午：纳塔利娅·谢甫琴科，本书作者采访，2015 年。

147 伏特加、香烟和民间偏方草药：Read, *Ablaze*, 87–88。

147 亚历山大说：纳塔利娅·谢甫琴科，本书作者采访，2015 年。

147 下午 4 点钟时，核电站事故应急处理小组的医疗小组成员：Voznyak and Troitsky, *Chernobyl : It Was Like This*, 207。

147 “许多人的情况都不乐观”：Esaulov, *City That Doesn't Exist*, 23–24。

148 在一番争论后：Leonenko，本书作者采访，2016 年。

148 第二书记马洛穆日将叶绍洛夫召回：Esaulov, *City That Doesn't Exist*, 25。

148 到星期六夜色降临时：普罗岑科，本书作者采访，2016 年；David Remnick, “Echo in the Dark,” New Yorker, September 22, 2008。

148 当这些广播匣子默然无声：普罗岑科，本书作者采访，2016；Kovtutsky，本书作者采访，2016 年。

149 随后，当地房管局的办公人员：本书作者采访：纳塔利娅·谢甫琴科，2015年；纳塔利娅·赫德姆丘克，2017年；Alexander Sirota，2017年。 430

149 亚历山大·科罗尔几乎一上午都：科罗尔，本书作者采访，2015年。

149 已经过了晚上9点：叶绍洛夫给出的运送伤员车辆离开的时间为晚上10点（*City That Doesn't Exist*，27），巴士司机Valery Slutsky在2006年2月于普里皮亚季接受本书作者采访时确认了这一点。

149 两辆红色伊卡鲁斯巴士：叶绍洛夫后来回忆说，尽管第一趟没有多少乘客——24个能够自己坐直的人（另外两个坐不起来的人用救护车运送）——他还是多要了一辆伊卡鲁斯巴士备用，因为担心路上可能会抛锚。Esaulov，*City That Doesn't Exist*，26–27；Shcherbak，"Report on First Anniversary of Chernobyl Accident，" trans. JPRS，pt. 1，31。

149 一层层的塑料布：Leonenko，本书作者采访，2016年。

149 "控制棒降了一半，然后就停了"：科罗尔，本书作者采访，2015年。

150 30%的身体都被烧伤：Shcherbak，*Chernobyl*，51。

150 宽敞的转角公寓：维克托·布留哈诺夫和瓦莲京娜·布留哈诺娃，本书作者采访，2015年。

150 当韦尼阿明·普里亚涅齐尼科夫终于通过电话找到：普里亚涅齐尼科夫，本书作者采访，2006年。

150 星期天凌晨不过三四点钟的时候：叶绍洛夫在书中写到，运送伤员的车辆于凌晨3点30分抵达鲍里斯波尔机场（*City That Doesn't Exist*，28–29）。

"市民在安睡"：4月26日到27日的手写日志记录，参见File on Special Measures in Pripyat Zone，Internal Affairs Department of the Kiev Oblast Party Committee，archive of Chernobyl Museum，13。

九 星期日，4月27日，普里皮亚季

152 从基辅军区的中央指挥中心接到命令后：这位专家是Anatoly Kushnin上校。他对事件经过的描述，参见Kiselyov，"Inside the Beast，" 50。其他细节源自本书作者2016年2月在基辅对卢博米尔·米姆卡的采访。

152 一抵达：他首先向民防军司令伊万诺夫报道，然后去见了于星期六晚上11点30分赶到的苏联化学部队司令员弗拉基米尔·皮卡洛夫，参见Voznyak and Troitsky，*Chernobyl*：*It Was Like This*，214。

152 "我们需要直升机"：安托什金，本书作者采访，2015年。

152 使用其中一间的电话：同上；米姆卡，本书作者采访，2016年；鲍里斯·涅斯捷罗夫上校，本书作者采访，乌克兰第聂伯罗（Dnipro），2016年12月；Major A. Zhilin，"No such thing as someone else's grief" [Чужого горя не бывает]，Aviatsiya i Kosmonavtika，no. 8（August 1986）：10。

153 在旅馆里面：Prushinsky，"This Can't Be—But It Happened，" 318。

153 列加索夫估计：Legasov，"My duty is to tell about this，" 引自Mould，*Chernobyl Record*，292。

153 如此高温，很快便会熔化：列加索夫录音带，第一盘，8。

153 燃烧速率大约为每小时一吨：Legasov，"My duty is to tell about this，" 引自Mould，*Chernobyl Record*，292；列加索夫录音带，第一盘，8。关于列加索夫向中央政治局报告的这一分析结果，参见Maleyev，*Chernobyl*：*Days and Years*："Meeting of the 431

Politburo of the CPSU Central Committee：Protocol No. 3”［Заседание Политбюро ЦК КПСС 5 мая 1986 года：Протокол № 3］，249–52。

153　这团火将可能熊熊燃烧两个多月：列加索夫对爆炸前和爆炸后四号反应堆中石墨砌块总重的估值，比大多数其他人的估值都要高得多。但即便是对事故后堆芯残留石墨的相对较低的估值 —— 比如一份 1986 年 5 月 11 日的克格勃报告中摘引的 1500 吨这个数字 —— 也足以持续燃烧两个月左右。这份克格勃备忘录参见 Danilyuk，ed.，“Chernobyl Tragedy，” Zarkhiviv，document no. 31：*Special Report of the UkSSR OG KGB Chief in the Town of Chernobyl to the UkSSR KGB Chairman*。

153　普通的消防技术：V. Bar’yakhtar，V. Poyarkov，V. Kholosha，and N. Shteinberg，“The Accident：Chronology，Causes and Releases，” in G. J. Vargo，ed.，*The Chornobyl Accident：A Comprehensive Risk Assessment*（Columbus，OH：Battelle Press，2000），13。

153　石墨和核燃料燃烧时：列加索夫录音带，第一盘，文字记录第 8 页；Grigori Medvedev，*The Truth about Chernobyl*，176；Zhores Medvedev，*The Legacy of Chernobyl*，43。

154　强大的 γ 辐射场：Bar’yakhtar et al.，“The Accident：Chronology，Causes and Releases，” 13。

154　一位物理学家无法……找到……答案：Evgeny Ignatenko，ed.，*Chernobyl：Events and Lessons*［*Чернобыль：события и уроки*］（Moscow：Politizdat，1989），128。

154　在库尔恰托夫研究所的办公室中：列加索夫录音带，第一盘，文字记录第 9 页；Grigori Medvedev，*Truth About Chernobyl*，176。

154　与此同时，……团队：Armen Abagyan 的个人陈述，引自 Voznyak and Troitsky，*Chernobyl：It Was Like This*，220。

154　凌晨 2 点钟，谢尔比纳给……打了电话：弗拉基米尔·多尔吉赫，采访文字记录，1990 年 6 月，2RR archive file no. 1 /3 /5，4。谢尔比纳直到凌晨 2 点 30 分还没有下定决心这一事实，得到了一位基辅主管运输的高级官员的确认，他在这一时间前后与一个巴士车队一道来到普里皮亚季附近，并到了白房子那里向谢尔比纳汇报。这位主席问他，“谁派你来的？”乌克兰国家汽车运输公司第一副总裁 V.M.Reva，在最高拉达第 46 次会议上的个人陈述，1991 年 12 月 11 日，文字记录参见网址 http：//rada.gov.ua/meeting/stenogr/show/4642.html。

154　当科学家们终于……爬上各自在旅馆中的床：Drach，本书作者采访，2017 年；Nesterov，本书作者采访，2016 年。

155　“我已经决定了”：伊万诺夫的日记，转载于 “Chernobyl，Part 3：Evacuation”［Часть 3：Эвакуация］，*Voennye Znaniya* 40，no. 3（1988）：38。

432 155　伊万诺夫把辐射报告递给他：同上；Leonenko，本书作者采访，2016 年。Leonid Drach 在 2017 年接受本书作者采访时提出过一个不同观点，他回忆说，在星期日凌晨 1 点钟到 2 点钟之间，皮卡洛夫同其他人一道，向谢尔比纳进言说，除了疏散城市没有其他选择。

155　但他仍旧没有下达命令：根据普里皮亚季内务部警察总部保存的日志上的手写注释，在清晨 6 点 54 分，基辅州党委第一书记 G.I.Revenko 报告“疏散的决定将在早 9 点后做出。”克格勃在早上 7 点 45 分确认了这一未来形势预测。参见普里皮亚季内务部警察“关于在普里皮亚季地区采取特别措施的文件”（File on Special Measures in the Pripyat Zone），藏于切尔诺贝利博物馆，第 12—23 页。

155　早上 8 点刚过：安托什金在未发表的回忆录 *Regarding Chernobyl* 中给出的飞行时间为早上 8 点 12 分。

155　与他们一道前往的，还有皮卡洛夫和安托什金两位将军：涅斯捷罗夫，本书作者采访，2016 年；Zhilin，“No such thing as someone else’s grief,”10。

156 即便是在一个最不肯轻易服输的苏联人的眼中：列加索夫录音带，第一盘，第 6 页；Mould，*Chernobyl Record*，291；Margarita Legasova，*Academician Valery A. Legasov*，119。

156 当直升机掉头返回普里皮亚季时：列加索夫的个人陈述，引自 Mould，*Chernobyl Record*，290。

156 早上 10 点钟：弗拉基米尔·皮卡洛夫接受《真理报》记者 A.Gorokhov 采访，“专访化学部队司令员”，1986 年 12 月 25 日，译文引自 JPRS，*Chernobyl Nuclear Accident Documents*，92；Ivanov，“Chernobyl，Part 3：Evacuation，”38。

156 下午 1 点 10 分：Voznyak 和 Troitsky 在他们的书中给出了下午 1 点 10 分这个广播的具体时间，参见 Voznyak and Troitsky，*Chernobyl：It Was Like This*，223。其他人回忆说，这件事发生在 12 点钟或 12 点之前：Drach，本书作者采访，2017 年。

156 用激昂、自信的声调：这份通知的原始文本，参见 Andrei Sidorchik，“Deadly Experiment. Chronology of the Chernobyl NPP Catastrophe”[Смертельный эксперимент. Хронология катастрофы на Чернобыльской АЭС]，Argumenty i fakty，April 26，2016，www.aif.ru/society/history/smertelnyy_eksperiment_hronologiya_katastrofy_na_chernobylskoy_aes. 可以在网上听到这个通知的录音：www.youtube.com/watch?v=1l3g3m8Vrgs。

156 那天早上由一群高级官员起草：Leonid Drach（本书作者采访，2017 年）说，他和乌克兰部长会议副主席 Nikolai Nikolayev 一同起草了这份通知。根据斯克利亚罗夫的回忆，他和基辅地区执行委员会副主席 Ivan Plyushch 也参与了这份通知的起草工作（斯克利亚罗夫，本书作者采访，2016 年）。

157 这份紧急通知：Esaulov，City That Doesn’t Exist，45。维塔利·斯克利亚罗夫解释说，这份通知的目的不仅是为了避免发生恐慌，还试图阻止市民携带沉重的行李和个人物品，造成现有交通工具上的拥挤。斯克利亚罗夫，本书作者采访，基辅，2016 年 2 月。

157 他们必须关紧窗户：Lyubov Kovalevskaya 的个人陈述，引自 Shcherbak，“Report on First Anniversary of Chernobyl，”trans. JPRS，pt. 1，41。

157 那天一清早：纳塔利娅·谢甫琴科，本书作者采访，2015 年。

158 几乎是一个月的工资：作为小学老师，纳塔利娅每个月的工资是 120 卢布。 433

158 白房子二楼上：普罗岑科，本书作者采访，2016 年。

159 加在一起……共有 51300 名：这个数字来自当地内务部警察部队一位少将手写的应急措施记录，他后来补充写道，47000 人已经被疏散，多达 1800 名核电厂操作人员和 2500 名建筑工人留了下来。留在普里皮亚季的还有 600 到 700 名内务部工作人员和武装部队，以及市政府和民防部门的工作人员（普里皮亚季内务部警察，关于在普里皮亚季地区采取特别措施的文件，1986 年 4 月 27 日，第 29 页）。然而，在疏散开始前，相当大一部分市民已经通过其他方式离开了这座城市，尽管对这部分人到底为数多少的估测值相差悬殊（参加下面的详细注释）。

159 要将所有家庭安全撤出：普罗岑科，本书作者采访，2015 年和 2016 年；乌克兰内务部，第 287c/Gd 号报告 [287c /Гд]，1986 年 4 月 27 日（保密文件，由内务部长 Ivan Gladush 签署），切尔诺贝利博物馆馆藏档案。

159 与此同时，在基辅：“乌克兰苏维埃社会主义共和国交通部打给乌克兰共产党中央委员会的报告”，1986 年 4 月 27 日（第 382c 号报告，保密文件，由部长 Volkov 签署），切尔诺贝利博物馆馆藏档案。

159 到凌晨 3 点 50 分时：普里皮亚季内务部警察，关于在普里皮亚季地区采取特别措施的文件，第 10—13 页。

159 基辅的公交车站挤满了焦急等待的乘客：Shcherbak，“Report on First Anniversary of Chernobyl，” trans. JPRS，pt. 1，42–43。

159 煮土豆、面包和猪油：纳塔利娅·赫德姆丘克，本书作者采访，基辅，2017 年。

159 尽管有警告让孩子们待在室内：Anelia Perkovskaya（普里皮亚季市委会共青团书记）的个人陈述，引自 Shcherbak，“Report on First Anniversary of Chernobyl，” trans. JPRS，pt. 1，40 and 43。

159 一些家庭甚至开始步行出城：Boris Nesterov，*Heaven and Earth：Memories and Reflections of a Military Pilot* [*Небо и земля：Воспоминания и размышления военного летчика*]（Kherson，2016），240。

160 与此同时……两架直升机的机组成员：安托什金后来坚称，在疏散完成之前，禁止对反应堆进行“空投”（本书作者采访，2017 年），但似乎这只不过是一种事后诸葛亮式的一厢情愿，因为与其他人的陈述相互抵触。例如，执行最初几次飞行任务的鲍里斯·涅斯捷罗夫就提到过，他在下午 3 点钟前后开始向反应堆中空投材料，从他的座舱中，甚至能够看见进行中的疏散行动（本书作者采访，2016 年）。

160 由鲍里斯·谢尔比纳……批准的这项行动：A. A. Dyachenko，ed.，*Chernobyl. Duty and Courage* [*Чернобыль. Долг и мужество*]，vol. 1（Moscow：Voenizdat，2001），233。

434 160 物质的复杂配方：列加索夫录音带，第一盘，第 10 页；Shasharin，“The Chernobyl Tragedy，” 91。

160 尤其是铅：Sklyarov，*Chernobyl Was...Tomorrow*，61 and 69。

161 与此同时，谢尔比纳将安托什金将军……派到了：萨沙林的个人陈述，引自 Grigori Medvedev，*Truth About Chernobyl*，192；普罗岑科，本书作者采访，2015 年；米姆卡，本书作者采访，2016 年；安托什金，本书作者采访，2017 年。萨沙林称，安托什金将军在填装沙袋的时候依然穿着一身笔挺的军装，但安托什金在采访中反驳了这一说法。

161 所需数量十分巨大：Dyachenko，ed.，*Chernobyl. Duty and Courage*，234。

161 最后，大约 100 名到 150 名：米姆卡，本书作者采访，2016 年；洛加乔夫，本书作者采访，2017 年。

161 谢尔比纳仍然不满意：根纳季·萨沙林和 Anatoly Zagats（Yuzhatomenergomontazh 公司总工程师）的个人陈述，引自 Grigori Medvedev，*Truth About Chernobyl*，192–93。

162 就算谢尔比纳真的知道……急剧上升的污染水平：Sklyarov，*Chernobyl Was ... Tomorrow*，52。

162 星期日下午，头 10 袋沙子：萨沙林的个人陈述，引自 Grigori Medvedev，*Truth About Chernobyl*，193；米姆卡，本书作者采访，2016 年；涅斯捷罗夫，本书作者采访，2016 年。

162 一共有 1225 辆大巴：1986 年 4 月 27 日乌克兰苏维埃社会主义共和国交通部打给乌克兰共产党中央委员会的报告（第 382c 号报告），切尔诺贝利博物馆馆藏档案；普罗岑科，本书作者采访，2016 年；纳塔利娅·谢甫琴科，本书作者采访，2016 年。

162 下午两点：在交通部打给乌克兰中央委员会的报告中，给出的时间是 2 点 30 分，参见切尔诺贝利博物馆馆藏档案；但在普里皮亚季内务部警察关于切尔诺贝利事故应急措施的手写事件日志（关于普里皮亚季地区特别措施的文件，切尔诺贝利博物馆，第 29—30 页）中，列出了下午两点这个时间。一位负责巴士统筹协调的基辅交通部官员也称开车时间是下午两点（Reva 在 1991 年 12 月 11 日最高拉达上的个人陈述）。

162 玛丽亚·普罗岑科在……等着：普罗岑科，本书作者采访，2015 年。

163 540 个出口外面：Ivanov，“Chernobyl. Part 3：Evacuation，” 38；Voznyak and

Troitsky, *Chernobyl*：*It Was Like This*，223。

163 下午3点钟前后……鲍里斯·涅斯捷罗夫上校：涅斯捷罗夫，本书作者采访，2016年；Nesterov，*Heaven and Earth*，236–43。

164 下午5点钟，玛丽亚·普罗岑科折好自己的地图：普罗岑科，本书作者采访，2015年。大量居民是自行离开的，有些在得知事故发生前，有些在那之后。据乌克兰内务部当地派出机构估测，这部分人约有8800人："1986年4月28日晚8点的形势报告"，参见普里皮亚季内务部警察关于普里皮亚季地区特殊措施的日志，切尔诺贝利博物馆，第30页。其他信息源估计这个数字可能高达2万人：Baranovska，ed.，*Chernobyl Tragedy*，document no. 59："Memorandum of the Department of Science and Education of the Central Committee of Communist Party of Ukraine on Immediate Measures Pertaining to the Accident at Chernobyl NPP，" April 29，1986。这份备忘录指出，只有27500人是用官方特别提供的巴士和其他交通工具完成疏散的。 435

165 当五颜六色的巴士车队……缓缓前行：纳塔利娅·谢甫琴科，本书作者采访，2015年。

165 部分车辆已经开出城界很远了：洛加乔夫，本书作者采访，2017年。

165 核电站的一名员工：格卢霍夫，本书作者采访，2015年。

165 维克托·布留哈诺夫的妻子瓦莲京娜……哭了一路：维克托·布留哈诺夫和瓦莲京娜·布留哈诺娃，本书作者采访，2016年。

165 乘客们不安地小声议论着：纳塔利娅·谢甫琴科，本书作者采访，2015年。

165 白房子三楼上：普罗岑科，本书作者采访，2015年。

Ⅱ 帝国的陨落

十 云

169 在猛烈的爆炸中脱缰而出：世界卫生组织（WHO），"Chernobyl Reactor Accident：Report of a Consultation，" Regional Office for Europe，report no. ICP /CEH 129，May 6，1986（provisional），4。

169 这团云中含有气态的氙133：Helen ApSimon and Julian Wilson，"Tracking the Cloud from Chernobyl，" *New Scientist*，no. 1517（July 17，1986）：42–43；Zhores Medvedev，*Legacy of Chernobyl*，89–90.

169 在这团云的中心，搏动着：ApSimon and Wilson，"Tracking the Cloud from Chernobyl，" 45；Zhores Medvedev，*Legacy of Chernobyl*，195.

169 等到苏联科学家们终于……开始进行空中监测：这时候，爆炸后最初释放的那团云已经进入了波兰和芬兰境内，参见Zhores Medvedev，*Legacy of Chernobyl*，195。

169 在24小时之内：WHO，"Chernobyl Reactor Accident：Report of a Consultation，" 4.

169 星期日中午……一台自动监测设备：Zhores Medvedev，*Legacy of Chernobyl*，196–97.

169 到了晚上，这团羽状烟云在瑞典上空遇上了雨云：ApSimon and Wilson，"Tracking the Cloud，" 42 and 44；Zhores Medvedev，*Legacy of Chernobyl*，197.

170 星期一，早上快7点时：克利夫·鲁滨逊（Cliff Robinson），本书作者电话采访，

2016 年 3 月。

170　正在修建大型地下核废料储存库：这一设施于 1988 年完工。参见 See "This is where Sweden keeps its radioactive operational waste," Swedish Nuclear Fuel and Waste Management Company（SKB），November 2016，www.skb.com/our-operations/sfr.

170　反应堆竣工才不过 6 年：Erik K. Stern，*Crisis Decisionmaking：A Cognitive Institutional Approach*（Stockholm：Swedish National Defence College，2003），130.

171　早上 9 点 30 分，核电厂经理卡尔·埃里克·桑德斯泰特：Stern，*Crisis Decisionmaking*，131–32；Nigel Hawkes et al.，*The Worst Accident in the World：Chernobyl，the End of the Nuclear Dream*（London：William Heinemann and Pan Books，1988），116.

171　30 分钟后：鲁滨逊，本书作者采访，2016 年。

436 171　但到那时，国家核管理机构和国防机构：Stern，*Crisis Decisionmaking*，134–36.

172　莫斯科时间上午 11 点前后，盖达尔·阿利耶夫：盖达尔·阿利耶夫（Heydar Aliyev），采访文字记录，2RR archive file no. 3 /1 /6，14–15.

172　苏联境内最有权势的人之一：阿利耶夫在 1967 年到 1969 年担任阿塞拜疆的克格勃负责人。参见 "Heydar Aliyev，President of the Republic of Azerbaijan" [Гейдар Алиев，президент Азербайджанской Республики]，interview by Mikhail Gusman，TASS，September 26，2011，http：//tass.ru/arhiv/554855.

172　无需来自莫斯科的示意，基辅当局：Angus Roxburgh，*The Second Russian Revolution：The Struggle for Power in the Kremlin*（New York：Pharos Books，1992），41–42.

172　阿利耶夫意识到：阿利耶夫，采访文字记录，2RR，14–15.

172　这 12 个人：与会者名单参见：中央政治局会议记录（1986 年 4 月 28 日），引自 Maleyev，*Chernobyl. Days and Years*，241；戈尔巴乔夫的办公室：阿利耶夫，采访文字记录，2RR，14–15.

172　尽管最近翻新过：Valery Boldin，*Ten Years That Shook the World：The Gorbachev Era as Witnessed by His Chief of Staff*（New York：Basic Books，1994），162–63.

172　"发生了什么事？"：亚历山大·雅科夫列夫（Alexander Yakovlev），采访文字记录，2RR archive file no. 3 /10 /7，5.

172　中央委员会书记弗拉基米尔·多尔吉赫：多尔吉赫，采访文字记录，2RR archive file no. 1 /3 /5，4.

172　他提到了一场爆炸：1986 年 4 月 28 日的中央政治局会议工作记录引自 Rudolf G. Pikhoya，*Soviet Union：The History of Power 1945–1991* [*Советский Союз：История власти. 1945–1991*]（Novosibirsk：Sibirsky Khronograf，2000），429–30.

173　相关信心仍十分有限且彼此矛盾：雅科夫列夫，采访文字记录，2RR，5。一些党内元老即便已经收到确凿事实报告，但仍难以理解其重要性。在 4 月 28 日呈交给基辅的乌克兰中央委员会的第一批克格勃报告的某个副本中，有人在辐射数字下方划了一条线，在旁边写道："这是什么意思？" 参见题为 "On the Explosion at the NPP" 的档案的第 2 页，[О взрыве на АЭС]，April 28，1986，archival material of the State Security Service of Ukraine，f. 16，op. 11-A [ф. 16，о п. 11-А]，www.archives.gov.ua/Sections/Chornobyl_30/GDASBU/index.php?2。

173　不过是一句口号：Kotkin，*Armageddon Averted*，67.

173　"我们不能拖延。"：中央政治局会议记录（1986 年 4 月 28 日），引自 Pikhoya，*Soviet Union*，431.

173　戈尔巴乔夫手中的权力并不稳固：当时，中央政治局中的积极改革派是少数派，只有 4 个人：叶利钦（Yeltsin）、雅科夫列夫（Yakovlev）、谢瓦尔德纳泽（Shevardnadze）和戈尔巴乔夫本人。利加乔夫是个强硬派，而雷日科夫则属于温和保守派。参见 Remnick，*Lenin's Tomb*，48。

173　这次会议的官方记录：工作记录显示利加乔夫说，"民众的适应性很强。我们应当毫不耽搁，立刻发表关于这起事故的声明"。但根据大多数其他人的回忆，他是反对信息共享的。中央政治局会议记录（1986 年 4 月 28 日），引自 Pikhoya，*Soviet Union*，431。 437

173　克里姆林宫里的二号当权人物：Jonathan Harris，"Ligachev，Egor Kuzmich，" in Joseph Wieczynski，ed.，*The Gorbachev Encyclopedia*（Salt Lake City：Schlacks，1993），246.

173　"别扯淡了！"：盖达尔·阿利耶夫在纪录片中的证词，参见 The Second Russian Revolution（1991），"Episode Two：The Battle for Glasnost，" online at www.youtube.com / watch?v=5PafRkPMFWI；阿利耶夫，采访文字记录，2RR，archive file no. 3 /1 /6 and 1 /4 /2.

173　会议桌上的其他人：雅科夫列夫，采访文字记录，2RR，6.

173　"声明的措辞"：中央政治局会议记录（1986 年 4 月 28 日），参见 Pikhoya，*Soviet Union*，431。

174　利加乔夫的主张显然占了上风：阿利耶夫，采访文字记录，1 /4 /2，2RR，9。中央委员会发言人列昂尼德·多布罗霍托夫（Leonid Dobrokhotov）在纪录片"The Second Russian Revolution"的第二集中说，"指示很传统 —— 也就是说，我们必须将灾难的程度往小里说，防止公众恐慌，与那些所谓的资产阶级造谣中伤、资产阶级政治宣传和无中生有作斗争"。

174　在斯德哥尔摩，到下午 2 点钟时，瑞典国家当局：Stern，*Crisis Decisionmaking*，136.

174　回到切尔诺贝利：Sklyarov，*Chernobyl Was...Tomorrow*，70.

174　那天下午，在莫斯科：Stern，*Crisis Decisionmaking*，137–38.

175　这位官员跟奥恩说：Hawkes et al.，*Worst Accident in the World*，117.

175　"其中一座原子反应堆遭到破坏"：声明文本摘自 4 月 28 日中央政治局会议的官方总结，参见 RGANI，Opis 53，Reel 1.1007，File 1："Excerpts from the protocol of meeting no. 8 of the CPSU Politburo" [Выписка из протокола № 8 заседания Политбюро ЦК КПСС от 28 апреля 1986 года]。广播的具体时间参见 Alexander Amerisov，"A Chronology of Soviet Media Coverage，" Bulletin of the Atomic Scientists 42，no. 7（August /September 1986）：38。关于西方对这一声明的报道，参见 William J. Eaton，"Soviets Report Nuclear Accident：Radiation Cloud Sweeps Northern Europe；Termed Not Threatening，" *Los Angeles Times*，April 29，1986； 以 及 Serge Schmemann，"Soviet Announces Nuclear Accident at Electric Plant，" *New York Times*，April 29，1986.

175　莫斯科时间晚上 9 点 25 分，《时代》：BBC Summary of World Broadcasts，"Accident at Chernobyl Nuclear Power Station，" SU /8246 /I，April 30，1986（Wednesday）.《时代》新闻报道的视频节选参见 "The announcement of the Vremya program about Chernobyl of 04.28.1986" [Сообщение программы Время о Чернобыле от 28-04-1986]，published April 2011 and accessed May 2018：www.youtube.com/watch?v=VG6eIuAfLoM.

175　但编辑们竭尽全力轻描淡写避重就轻：Marples，*Chernobyl and Nuclear Power in the USSR*，3.

175　在两天之内，已经召集了第二次中央政治局特别会议：V. I. Vorotnikov，*This Is*

438 *How It Went...From the Diary of a Member of the Politburo of the Central Committee of the Communist Party of the Soviet Union* [А было это так ... Из дневника члена Политбюро ЦК КПСС] (Moscow : Soyuz Veteranov Knigoizdaniya SI–MAR, 1995), 96–97.

176 弗拉基米尔 · 多尔吉赫向他的同事们通报了最新消息: 中央政治局会议记录 (1986 年 4 月 29 日), 保存于 Russian Government Archives Fond 3, Opis 120, Document 65, 转引自 Maleyev, *Chernobyl. Days and Years*, 245。Pikhoya 给出了事件的另一个不同版本, 他对会议经过的总结认为, 多尔吉赫描述了核电厂正在恶化的各种情况。参见 Pikhoya, *Soviet Union*, 432。

176 他们正面临着一场灾难: 中央政治局会议记录 (1986 年 4 月 29 日), 引自 Maleyev, *Chernobyl. Days and Years*, 246。 Vorotnikov 坚称, 直到在这第二次会议上, 相关报告才令灾难的规模逐渐清晰 (参见 *This Is How It Went*, 96–97)。

176 "我们越诚实越好" : 中央政治局会议记录 (1986 年 4 月 29 日), 引自 Maleyev, *Chernobyl. Days and Years*, 247 and 249。

176 他们同意向……发送电报声明: "Resolution of the CPSU Central Committee : On Additional Measures Related to the Liquidation of the Accident at the Chernobyl Nuclear Power Plant" [О дополнительных мерах, связанных с ликвидацией аварии на Чернобыльской АЭС], *top secret*, April 29, 1986, in RGANI, Opis 53, Reel 1.1007, File 2.

177 "我们要向自己的国民发布信息吗？" : 中央政治局会议记录 (1986 年 4 月 29 日), 引自 Maleyev, *Chernobyl. Days and Years*, 248。

177 《时代》节目播出了一条……新声明: Amerisov, "A Chronology of Soviet Media Coverage," 38 ; Marples, *Chernobyl and Nuclear Power in the USSR*, 4 ; Mickiewicz, *Split Signals*, 61–62.

177 合众国际社记者卢瑟 · 惠廷顿: Nicholas Daniloff, *Of Spies and Spokesmen : My Life as a Cold War Correspondent* (Columbia : University of Missouri Press, 2008), 343。在关于合众国际社历史的书中, Gregory Gordon 和 Ronald Cohen 指出, 惠廷顿是克格勃精心设下的一个意图抹黑西方新闻报道的圈套的受害者。参见 Gregory Gordon and Ronald E. Cohen, *Down to the Wire : UPI's Fight for Survival* (New York : McGraw-Hill, 1990), 340–41.

177 "2000 人死于核噩梦" : 卢瑟 · 惠廷顿, " '2, 000 Die' in Nukemare ; Soviets Appeal for Help as N-plant Burns out of Control," *New York Post*, April 29, 1986 ; " '2000 Dead' in Atom Horror : Reports in Russia Danger Zone Tell of Hospitals Packed with Radiation Accident Victims," *Daily Mail*, April 29, 1986.

178 当天晚上, 这个过分夸大的死亡人数: Hawkes et al., *Worst Accident in the World*, 126.

178 一份情报部门的秘密评估报告: "Estimate of Fatalities at Chernobyl Reactor Accident," cable from Morton I. Abramovitz *to George Shultz*, *Secret*, *May 2*, *1986*, *CREST record* CIA-RDP88G01117R000401020003-1, approved for release December 29, 2011.

178 与此同时, 辐射云: ApSimon and Wilson, "Tracking the Cloud from Chernobyl," 44.

439 178 西德和瑞典政府向莫斯科发出愤怒抗议: William J. Eaton and Willion Tuohy, "Soviets Seek Advice on A-Plant Fire 'Disaster' : Bonn, Stockholm Help Sought, but Moscow Says Only 2 Died," *Los Angeles Times*, April 30, 1986; Karen DeYoung, "Stockholm, Bonn Ask for Details of Chernobyl Mishap : Soviets Seek West' s Help to Cope With Nuclear Disaster," *Washington Post*, April 30, 1986 ; Stern, *Crisis Decisionmaking*, 230.

178 在丹麦，药房里：Stern，*Crisis Decisionmaking*，147；DeYoung，“Stockholm，Bonn Ask for Details.”

178 在共产主义盟国波兰：Murray Campbell，“Soviet A-leak ‘world’ s worst’：10，000 lung cancer deaths，harm to food cycle feared，” *Globe and Mail*，April 30，1986.

178 “整个世界完全不了解灾难真相”：Hawkes et al.，*Worst Accident in the World*，127.

178 苏联发言人将这些故事斥为：Marples，*Chernobyl and Nuclear Power in the USSR*，6–7.

179 切布里科夫向他的上级汇报说：V. Chebrikov，“On the reaction of foreign diplomats and correspondents to the announcement of an accident at Chernobyl NPP” [О реакции иностранных дипломатов икорреспондентов на сообщение об аварии на Чернобыльской АЭС]，KGB memo to Central Committee of the CPSU，April 20，1986，in RGANI，Opis 53，Reel 1.1007，File 3.

179 显然是想要切断他与外部世界仅存的联系：Daniloff，*Of Spies and Spokesmen*，344；Daniloff，*author interview*，2017.

179 15000 人在事故中丧生：Guy Hawtin，“Report：15，000 Buried in Nuke Disposal Site，” *New York Post*，May 2，1986.

179 仅仅使用 3 架直升飞机：安托什金，*Regarding Chernobyl*，2。

180 “就像是用 BB 枪打大象！”：安托什金，本书作者采访，2017 年。在安托什金未出版的回忆录 *Regarding Chernobyl* 中，他回忆的数字略有不同：55 吨沙子，10 吨硼粉。据 Piers Paul Read 报道，谢尔比纳开始时跟化学部队的两位将军伊万诺夫和皮卡洛夫说，安托什金纯粹就是无能（*Ablaze*，123–24）。

180 重型直升机：Nesterov，*Heaven and Earth*，245。关于米 -26 直升机，参见“Russia’ s airborne ‘cow，’” BBC News Online，August 20，2002.

180 但几乎不可能：Nesterov，*Heaven and Earth*，247.

180 大多数机组成员……飞行 10 到 15 个架次：安托什金，本书作者采访，2015 年。同时参见他未出版的回忆录 *The Role of Aviation in Localizing the Consequences of the Catastrophe at Chernobyl* [*Роль авиации в локализации последствий катастрофы на Чернобыльской АЭС*]，第 11-13 页。

180 温度也从 1000 摄氏度以上降到了：多尔吉赫，在 1986 年 4 月 29 日中央政治局会议上的陈述，会议记录转引自 Maleyev，*Chernobyl. Days and Years*，245。另参见第 258 页上 1986 年 5 月 5 日列加索夫在中央政治局上的陈述。

180 政府委员会被迫撤离：Shasharin，“The Chernobyl Tragedy，” 96.

181 紧邻核电厂：核电厂周围的区域很快被划为分 3 个同心圆，最中心的那个区域直径约为 1.5 公里：Mary Mycio，*Wormwood Forest：A Natural History of Chernobyl*（Washington， 440
DC：Joseph Henry Press，2005），23. “特别禁区” 这一说法从 1986 年 12 月起开始出现在克格勃的备忘录中，尽管它在其中可能指的是一个较大的、半径约为 9 公里的区域。参见 Danilyuk，ed.，“Chernobyl Tragedy，” *Z arkhiviv*，document no. 73：“Special report of the UkSSR KGB to the USSR KGB 6th Department concerning the radioactive situation and the progress in works on the cleaning up operation after the accident at the Chernobyl’ NPS，” December 31，1986.

181 中央政治局行动小组的第一次会议：Baranovska，ed.，*The Chernobyl Tragedy*，document no. 60：“Protocol of the first meeting of the Politburo Task Force on liquidating the

consequences of the Chernobyl NPP accident," April 29, 1986, 80–81。

181 列加索夫却不敢开口要求：列加索夫录音带，cassette One，14；Nikolai Ryzhkov，*Ten Years of Great Shocks* [*Десять лет великих потрясений*]（Moscow：Kniga-Prosveshchenie-Miloserdie，1995），167。

181 第一批 2000 吨铅第二天早上就被运到了：Lyashko，*Weight of Memory*，362。

181 夜色降临时：安托什金，*Regarding Chernobyl*，3。

181 一份科学报告：Baranovska, ed., *The Chernobyl Tragedy*, document no. 59："Memorandum of the Department of Science and Education of the Central Committee of the Communist Party of Ukraine on immediate measures connected to the accident at the Chernobyl NPP," April 29, 1986。

181 该地区民防部队负责人已经做好准备：Ivanov，"Chernobyl，Part 3：Evacuation，" 39。10000 这个数字引自 Lyashko，*Weight of Memory*，355。

181 一批降落伞被直升机运到：米姆卡，本书作者采访，2016 年；安托什金，本书作者采访，2017 年；尼古拉·安托什金 2006 年 4 月 28 日接受俄罗斯《独立报》（*Nezavisimaya Gazeta*）记者 Sergei Lelekov 采访，"Helicopters over Chernobyl" [Вертолеты над Чернобылем] http：//nvo.ng.ru/history/2006-04-28/1_chernobil.html.

181 每顶降落伞可以载重 1.5 吨：安托什金，本书作者采访，2017 年。

181 当这位将军当晚向上级报告时：尼古拉·安托什金，手写证词，切尔诺贝利博物馆档案。

182 这一次，风开始向南吹：Zhores Medvedev，*Legacy of Chernobyl*，158–59。

182 那天下午 1 点整：Y. Izrael, ed.，*Chernobyl：Radioactive Contamination of the Environment* [*Чернобыль：Радиоактивное загрязнение природных сред*]（Leningrad：Gidrometeoizdat，1990），56。在苏联，普遍接受的正常本底辐射值在 4 到 20 微伦琴每小时。参见保存在切尔诺贝利博物馆中、未标明日期的"参考资料"（Справочно）中的 *Radiation Safety Norms–76* [*Нормы радиационной безопасности–76*]，Moscow：Atomizdat，1978。基辅地区辐射侦察官亚历山大·洛加乔夫在回忆录中写道，据他所知，乌克兰的正常本底辐射为 11 微伦琴每小时（*The Truth*）。

441 182 这团放射性云的行踪，一直被……监视着：Alla Yaroshinskaya，*Chernobyl：Crime Without Punishment*，73–75。

182 在乌克兰卫生部内部：尤里·谢尔巴克（Iurii Shcherbak），引自 Zhores Medvedev，*Legacy of Chernobyl*，160；谢尔巴克，采访文字记录（1990 年 6 月 12 日），2RR archive file no. 3 /8 /5，2。

182 对辐射的危害很熟悉：辜斯基此前曾担任科罗廖夫制造公司（S.P.Korolev Manufacturing Company，后改名为子午线 [Meridian] 公司）的负责人，该公司生产包括 γ 辐射测量设备在内的一系列专业电子仪器。参见"More than 60 years in the market of detection equipment and appliances" [Более 60 лет на рынке измерительной и бытовой техники]，Meridian，http：//www.merydian.kiev.ua/

182 他试图说服谢尔比茨基：Alexander Kitral，"Gorbachev *to Scherbitsky*：*'Fail to hold the parade*，*and I'll leave you to* rot!'" [Горбачев—Щербицкому：《Не проведешь парад—сгною!》]，*Komsomolskaya Pravda v Ukraine*，April 26，2011，https：//kp.ua/life/277409-horbachev-scherbytskomu-ne-provedesh-parad-shnoui.

183 但直到离游行开始只有 10 分钟时，还不见他的踪影：利亚什科确认，谢尔比茨基那天的确迟到了，而且与乌克兰政府切尔诺贝利事故应急专案小组的负责人 E.V. 卡恰洛夫斯基（E.V.Kachalovsky）“窃窃私语”了颇久一段时间：Lyashko，*Weight of Memory*，356。另参见对当时在莫斯科举足轻重的一位杂志编辑 Vitali Korotich 的采访，The Second Russian Revolution，“Episode Two：The Battle For Glasnost”（BBC，1991）。

183　“我跟他说了”：Kitral，“Gorbachev to Scherbitsky”；Serhii Plokhy，*The Gates of Europe：A History of Ukraine*（New York：Basic Books，2015），310。谢尔比茨基的妻子拉达（Rada）在 2006 年的一次采访中确认了关于党证的故事：Rada Scherbitskaya，interview by Yelena Sheremeta，“After Chernobyl，Gorbachev told Vladimir Vasiliyevich，‘If you don’t hold the parade，say goodbye to the Party”［Рада Щербицкая：《После Чернобыля Горбачев сказал Владимиру Васильевичу：Если не проведешь первомайскую демонстрацию，то можешьраспрощаться с партией》］，*Fakty i kommentarii*，February 17，2006：http：//fakty.ua/43896-rada-csherbickaya-quot-posle-chernobylya-gorbachev-skazal-vladimiru-vasilevichu-quot-esli-ne-provedesh-pervomajskuyu-demonstraciyu-to-mozhesh-rasprocshatsya-s-partiej-quot.

183　“去他妈的”：Kitral，“Gorbachev to Scherbitsky”；Plokhy，*Gates of Europe*，310–11。1991 年，苏联最终解体，作家、最高苏维埃成员尤里·谢尔巴克指出，已经无法证实，到底是谁真正下达了继续进行游行的命令，因为所有的讨论都是在电话中进行的，牵涉其中的任何人都没有留下文字记录。这之后，支持谢尔比茨基的人坚持认为，这是来自莫斯科的指令；但克里姆林宫的人却认为是乌克兰这边的错（谢尔比茨基，采访文字记录，no. 3 /8 /5，2RR，7）。例如，尼古拉·雷日科夫就曾反驳乌克兰一方的说法，坚持认为是否游行的决定权完全取决于谢尔比茨基一个人。（参见 Ryzhkov，interview by Interfax，April 23，2016：www.interfax.ru/world/505124）雷日科夫拒绝就本书接受采访。

183　红旗汇成了一片海洋：关于此次游行的影像记录，参见 *The Second Russian* 442
Revolution，Episode 2：The Battle for Glasnost：www.youtube.com/watch?v=tyW6wbHft2M.

184　鉴于……放射性坠尘的危险性，他做出了某些让步：Kitral，“Gorbachev to Scherbitsky.”

184　站在观礼台上的一些人那天早上：Sklyarov，*Chernobyl Was…Tomorrow*，146。

184　这之后，当风再度改变方向：Alan Flowers，本书作者电话采访，2016 年 2 月；Justin Sparks，“Russia Diverted Chernobyl Rain，Says Scientist，” *Sunday Times*，August 8，2004；Richard Gray，“How We Made Chernobyl Rain，” *Sunday Telegraph*，April 22，2007。莫斯科反复否认在事故后进行了人工降雨，但两位牵涉其中的飞行员，其中一人在事后因参与行动而获得奖章。2007 年 BBC 纪录片 *The Science of Superstorms* 描述了他们的所作所为。

184　五一劳动节的游行队列像往年一样横扫红场：UPI，“Tens of Thousands in March：Nuclear Disaster Ignored at Soviet May Day Parade，” *Los Angeles Times*，May 1，1986。在庆典过程中，两位在环绕地球飞行的和平号太空站上的苏联宇航员从太空发来即时问候。

184　但这之后，总理雷日科夫召集了：韦利霍夫，*Strawberries from Chernobyl*，245。韦利霍夫，采访文字记录（1990 年 6 月 12 日），2RR archive file no. 1 /1 /14，1。

184　小组成员却面对着……紧急局势：“苏联共产党中央委员会关于切尔诺贝利核电站事故后果的中央政治局特别行动小组第 3 号会议记录”［Протокол № 3 заседания Оперативной группы Политбюро ЦК КПСС по вопросам связанным с ликвидацией последствий аварии на Чернобыльской АЭС］，1986 年 5 月 1 日，引自 RGANI，Opis 51，Reel 1.1006，File 19。

185　这个新的团队将以……伊万·西拉耶夫为首：同上。1985 年 11 月，西拉耶夫已经被任命为苏联部长会议副主席、副总理和部长会议下辖的机械制造总局的局长。

185　雷日科夫到戈尔巴乔夫的办公室去见他：雷日科夫，*Ten Years of Great Shocks*，170–71。

185　飞往基辅，没有戈尔巴乔夫同行：尼古拉·雷日科夫，接受 Elena Novoselova 采访，“The Chronicle of Silence” [Хроника молчания]，《俄罗斯报》(*Rossiiskaya Gazeta*)，2016年4月25日，https://rg.ru/2016/04/25/tridcat-let-nazad-proizoshla-avariia-na-chernobylskoj-aes.html。

185　在乌克兰第一书记谢尔比茨基……的陪同下：雷日科夫，*Ten Years of Great Shocks*，170–72。雷日科夫2016年接受《俄罗斯报》采访时描述了他当时所使用的地图。

186　下午两点：Ivanov，“Chernobyl，Part 3：Evacuation，” 39。

186　全部标为头号机密：Sklyarov，*Chernobyl Was...Tomorrow*，89。

十一　中国综合征

187　从波利西耶旅馆高高的房顶上四下张望：米姆卡，本书作者采访，2016年；本书作者于2016年4月25日访问了普里皮亚季的波利西耶旅馆。

443 188　犹如走马灯一般轮番起飞：关于直升机起飞载运物资的影像记录，参见1987年苏联国家电视台纪录片 *Chernobyl：A Warning* [Чернобыль：Предупреждение] 中1分06秒处。网址 www.youtube.com/watch?v=mwxbSChNNk (accessed May 2018)。

188　尽管许多人习惯性地低报数字：安托什金，手写证词，切尔诺贝利博物馆。

188　味道很苦的碘化钾片：米姆卡，本书作者采访，2016年。

188　“还想当个爸爸”：A. N. Semenov，“For the 10th Anniversary of the Chernobyl Catastrophe，” in Semenov，ed.，*Chernobyl：Ten Years On*，22.

189　物理学家们被拉到……办公室中：亚历山大·博罗沃伊（Alexander Borovoi，事故发生时库尔恰托夫研究所中微子实验室负责人），回忆转引自 Alexander Kupny，*Memories of Lives Given：Memories of Liquidators* [*Живы，пока нас помнят：Воспоминания ликвидаторов*] (Kharkiv：Zoloty Storynki，2011)，6–7.

189　每天……五到六次：E. P. Ryazantsev，“It Was in May 1986，” in Viktor A. Sidorenko，ed.，*The Contribution of Kurchatov Institute Staff to the Liquidation of the Accident at the Chernobyl NPP* [*Вклад Курчатовцев в ликвидацию последствий аварии на чернобыльской АЭС*] (Moscow：Kurchatov Institute，2012)，85.

189　当飞行员们向目标投掷沙包时，他们就在一旁观看：V. M. Fedulenko，“Some Things Have Not Been Forgotten，” in Sidorenko，ed.，*The Contribution of Kurchatov Institute Staff*，79.

189　绚丽的深红光晕：Ryazantsev，“It Was in May 1986，” 86.

189　勘察加火山：米姆卡，本书作者采访，2016年。

189　从一开始……库尔恰托夫研究所小组成员之一：Fedulenko，“Some Things Have Not Been Forgotten，” 82；Read，*Ablaze*，132–33.

190　日复一日，物资总量：由亚历山大·博罗沃伊提供给 Alexander Sich (“The Chornobyl Accident Revisited，” 241) 的这些统计数据，是根据当时直升机飞行员工作日志上的数字计算出的，与安托什金的回忆不一致。

190　他们开始空投铅：Shasharin，“Chernobyl Tragedy，” 107.

190　仓促集结成的：Vladimir Gudov，*Special Battalion no. 731* [*731 спецбатальон*] (Kiev：Kyivskyi Universitet Publishing Center，2010)，trans. Tamara Abramenkova as *731*

Special Battalion：*Documentary Story*（Kiev：N. Veselicka，2012）。参见俄文版第 54 页或英文版第 80 页。

190 炎热的天气和直升机的下洗气流：彼得·兹博罗夫斯基，接受 Sergei Babakov 采访，参见“I’ m still there today，in the Chernobyl zone”[Я и сегодня там，в Чернобыльской зоне]，Zerkalo nedeli Ukraina，September 18，1998：http：//gazeta.zn.ua/SOCIETY/ya_i_segodnya_tam，_v_chernobylskoy_zone.html，translated in Gudov，*731 Special Battalion*，101。另参见 N. Bosy，“Open Letter of a Commander of a Radiological Protection Battalion 731 [...] to Battalion Staff.”第 124-25 页。

190 1200 余吨铅、沙子和其他物资：安托什金，手写证词，切尔诺贝利博物馆。安托什金指出，他有意低报数字，以免谢尔比纳第二天设下更高的指标。根据 Sich 援引飞行员飞行记录上的数字，5 月 1 日的实际空投物资总重为 1900 吨（“Chornobyl Accident Revisited，”241）。

190 一些政府委员会成员站起身来：安托什金，手写证词，切尔诺贝利博物馆。 444

191 不但没有继续下降：国际原子能机构，国际核安全顾问小组，“Summary Report on the Post-Accident Review Meeting on the Chernobyl Accident，”Safety series no. 75–INSAG–1，1986，35；Sich，“Chornobyl Accident Revisited，”241–42，fig. 4.1 and fig. 4.4。

191 已经接近 1700 摄氏度：列加索夫向中央政治局的报告，1986 年 5 月 5 日的会议记录，转引自 Maleyev，*Chernobyl. Days and Years*，258。会议记录中引述的原文是“20 度”，但这很可能是“2000 摄氏度”的笔误，因为列加索夫补充说，从 4 月 26 日星期六 —— 当日测量温度为 1100 度 —— 起，温度每天上升约 135 度。根据计算，到 5 月 4 日星期四傍晚，反应堆的温度在 1595 度左右。在列加索夫留下的录音带（cassette One，20）中，他同样提到，2000 摄氏度“大约是我们观测到的最高温度”。实际上，所有这些数字都可能不过是合理推测而已，因为当时科学家们没有任何办法对反应堆空间内部的温度进行精确测量。

191 这位院士现在开始担心：Sich，“Chornobyl Accident Revisited，”241 and 257–58.

191 如果熔化燃料的温度：雷日科夫，5 月 5 日对中央政治局的汇报，会议记录引自 Maleyev，*Chernobyl. Days and Years*，252。Sich（“Chornobyl Accident Revisited，”242）指出，液化作用发生所需的温度在 2300 到 2900 摄氏度之间。

191 各种各样的有毒放射性核素：P. A. Polad-Zade（苏联水利部副部长），“Too Bad It Took a Tragedy”[Жаль，что для этого нужна трагедия]，in Semenov，ed.，*Chernobyl*：*Ten Years On*，195.

191 但第二个个威胁：Karpan，*Chernobyl to Fukushima*，68；Vitali Masol（事故发生时的乌克兰国家计划委员会主席和乌克兰部长会议副主席），接受 Elena Sheremeta 采访，参见“We were quietly preparing to evacuate Kiev”[Виталий Масол：《Мы тихонечко готовились к эвакуации Киева》]，*Fakty i kommentarii*，April 26，2006：http：//fakty.ua/45679-vitalij-masol-quot-my-tihonechko-gotovilis-k-evakuacii-kieva-quot.

192 5 月 2 日星期五，新一届：1986 年 5 月 1 日，克里姆林宫的切尔诺贝利事件特别行动小组做出了派出替换团队的决定：“Protocol no. 3 of the meeting of the Politburo Operations Group，”in RGANI。

192 全身上下都被辐射照了个遍：Leonid Drach（苏联部长会议核能口负责人），本书作者采访，2017 年；Georgi Kopchinsky（中央委员会核能口负责人）的回忆，参见 Kopchinsky and Steinberg，*Chernobyl*，53。

192 直到……委员会成员才被发放了碘片：Sklyarov，*Chernobyl Was...Tomorrow*，52；根据萨沙林的文字记载，开始时委员会成员没有配备辐射计，“接下来的分析表明，暴露剂量大约在 60 到 100 雷姆之间（没有内部辐射）”（“Chernobyl Tragedy，” 99）。

445 192　现在，他们的眼睛和喉咙都……又红又肿：Evgeny P. Velikhov，*My Journey：I Shall Travel Back to 1935 in Felt Boots* [*Мой путь. Я на валенках поеду в 35-й год*]（Moscow：AST，2016），translated by Andrei Chakhovskoi as *Strawberries from Chernobyl：My Seventy-Five Years in the Heart of a Turbulent Russia*，253。另参见 Abagayn 的回忆，转引自 Voznyak and Troitsky，*Chernobyl：It Was Like This*，216。

192　还有人感觉烦闷欲呕：Sklyarov，*Chernobyl Was...Tomorrow*，141。

192　他们上交了自己的衣物和昂贵的外国手表：Sklyarov，*Chernobyl Was...Tomorrow*，83；Drach，本书作者采访，2017 年。

193　列加索夫却选择留在切尔诺贝利：Vladimir Gubarev，*testimony in Margarita Legasova*，Academician Valery A. Legasov，343.

193　韦利霍夫也没有直接同核反应堆打交道的经验：Velikhov，*Strawberries from Chernobyl*，245–46。

193　他的一举一动不太招将军们的待见：Read，*Ablaze*，138–39。

193　但韦利霍夫：博利绍夫，本书作者采访，2017 年；Vladimir Gubarev（《真理报》科学编辑），提交给苏联中央委员会的备忘录，摘引自 Nicholas Daniloff，“Chernobyl and Its Political Fallout：A Reassessment，” *Demokratizatsiya：The Journal of Post-Soviet Democratization* 12，no. 1（Winter 2004）：123。亚历山大·博罗沃伊曾提到过戈尔巴乔夫对列加索夫的个人敌意，参见 Alla Astakhova，interview with Alexander Borovoi，“The Liquidator” [Ликвидатор]，Itogi 828，no.17（April 23，2012），www.itogi.ru/obsh-spetzproekt/2012/17/177051.html.

193　现在，除了个性不同：Rafael V. Arutyunyan，“The China Syndrome” [Китайский синдром]，*Priroda*，no. 11（November 1990）：77–83。在以录音形式记录的事件回忆中，列加索夫提到韦利霍夫最近刚看过那部电影，参见 Legasov Tapes，*cassette One*，19。

193　全面熔毁的可能性：Shasharin，“Chernobyl Tragedy，” 100；Legasov Tapes，*cassette One*，20.

193　误差也高达 50%：国际原子能机构，INSAG–1，35。

193　他们完全不知道：A. A. Borovoi and E. P. Velikhov，*The Chernobyl Experience：Part 1，Work on the “Shelter”Structure* [*Опыт Чернобыля：Часть 1，работы на объекте «Укрытие»*]（Moscow：Kurchatov Institute，2012），28。

193　密闭的水体：Shasharin，“Chernobyl Tragedy，” 100。

193　在西方，科学家们……开始……进行模拟：Arutyunyan，“China Syndrome，” 77–83。

194　韦利霍夫联系上了……他的研究实验室的负责人：博利绍夫，本书作者采访，2017 年。

194　四号反应堆内部的温度持续上升：列加索夫，在 1986 年 5 月 5 日中央政治局会议上的陈述，引自 Maleyev，*Chernobyl. Days and Years*，259。

194　韦利霍夫给……戈尔巴乔夫打了电话：Velikhov，*My Journey*，274。

194　不像鲍里斯·谢尔比纳那么脾气暴躁：Velikhov，*Strawberries from Chernobyl*，251。

194　但他面临的情况远比其前任所面对的更棘手：韦利霍夫，采访文字记录，2RR，1；*Chernobyl：A Warning*（Soviet documentary，1986）；Read，*Ablaze*，137–38。

195　许多人每晚只能睡上：BBC Summary of World Broadcasts，“Velikhov and Silayev：

'Situation No Longer Poses Major Threat'"(text of a Vesti video report from Chernobyl on May 11，1986)，translated May 13，1986。

195 他还……召来了地铁建筑工程师：据高级测绘员 Nikolai Belous 的回忆，基辅地铁建筑公司（Kievmetrostroi）的负责人 5 月 3 日到达现场，引自 Shcherbak，*Chernobyl*，172。 446

195 5000 立方米：雷日科夫，1986 年 5 月 5 日在中央政治局会议上的发言，引自 Maleyev，*Chernobyl. Days and Years*，252。

195 与此同时：米姆卡，本书作者采访，2016 年。一份 1986 年 5 月 8 日的乌克兰克格勃备忘录记录下了第二天继续向反应堆空投数千吨物资的计划（Danilyuk，ed.，"Chernobyl Tragedy，" *Zarkhiviv*，document no. 28：*Report of the UkSSR KGB 6th Department to the USSR KGB Concerning the Radioactive Situation and Progress in Investigating the Accident at the Chernobyl NPS*）。

195 5 月 3 日星期六，凌晨 1 点：兹博罗夫斯基，接受乌克兰《明镜周报》（*Zerkalo nedeli*）记者 Babakov 采访，1998 年。兹博罗夫斯基回忆说，这件事发生在 5 月 1 日到 2 日的那天晚上 1 点钟，但西拉耶夫最早要到 5 月 2 日才按计划飞往切尔诺贝利。（他的任命和切尔诺贝利之行是在 5 月 1 日下午的中央政治局会议上讨论通过的，参见"Protocol no.3 of the meeting of the Politburo Operations Group，" in RGANI。根据记录，韦利霍夫也出席了这次会议。）由此推测，兹博罗夫斯基指的应该是 5 月 2 日到 3 日的那个晚上。

196 蒸汽抑压池：Shasharin，"Chernobyl Tragedy，" 100；Sich，"Chornobyl Accident Revisited，" 254 and 257。这些水池的照片参见 Borovoi and Velikhov，*The Chernobyl Experience*：*Part 1*，123 and 142.

196 但在 4 月 26 日……这个冷凝系统：Karpan，*Chernobyl to Fukushima*，68–69；二号机组反应堆车间的高级工程师亚历克谢·阿纳年科（Alexey Ananenko）的个人回忆，参见 [Воспоминания старшего инженера-механика реакторного цеха №2 Алексея Ананенка]，*Soyuz Chernobyl*，undated（before September 2013），www.souzchernobyl.org/?id=2440.

197 时间还是下半夜：兹博罗夫斯基，接受乌克兰《明镜周报》（*Zerkalo nedeli*）记者 Babakov 采访，1998 年。

198 慢慢地，水深超过了：兹博罗夫斯基的证词，引自 Gudov，*731 Special Battalion*，112。Karpan 解释说，这个入口位于三号机组下方备用反应堆设备（Auxiliary Reactor Equipment）区的 05/1 楼梯隔间（*Chernobyl to Fukushima*，69）。

198 在莫斯科这边，叶夫根尼·韦利霍夫的理论家团队：博利绍夫，本书作者采访，2017 年。

198 他们将样本送往基辅：Borovoi and Velikhov，*Chernobyl Experience Part 1*，29–30。

198 他们很快便确认了：Arutyunyan，"China Syndrome，" 78–81。

198 但他们还发现：博利绍夫，本书作者采访，2017 年。

198 在切尔诺贝利，委员会依然：兹博罗夫斯基的证词，引自 Gudov，*731 Special Battalion*，103–9。

199 已经被恐惧压倒的电厂物理学家们：普里亚涅齐尼科夫，本书作者采访，2006 年。

199 到星期日下午 6 点时，列加索夫测得的：列加索夫，在 1986 年 5 月 5 日中央政治局会议上的陈述，引自 Maleyev，*Chernobyl. Days and Years*，258。

447 ## 十二 切尔诺贝利之战

200 晚上 8 点刚过：The White House，“Presidential Movements” and “The Daily Diary of President Ronald Reagan，” April and May 1986，Ronald Reagan Presidential Library and Museum，online at www.reaganlibrary.gov/sites/default/files/digitallibrary/dailydiary/1986-05.pdf；Paul Lewis，“Seven Nations Seeking Stable Currency，” *New York Times*，May 6，1986。

200 关于……辐射存在的第一批报告：罗纳德·里根日记，1986 年 4 月 30 日星期三，引自 Douglas Brinkley，ed.，*Reagan Diaries*，vol. 2：*November 1985–January 1989*（New York：HarperCollins，2009），408；George P. Shultz，*Turmoil and Triumph*：*My Years as Secretary of State*（New York：Charles Scribner’s Sons，1993），714。

200 高清间谍卫星图片中：Laurin Dodd（1986 年 3 月到 1994 年 5 月任职于美国太平洋西北国家实验室核系统与概念部门的 RBMK 反应堆专家），本书作者电话采访，2018 年 5 月。

200 美国核管理委员会的官员：Stephen Engelberg，“2D Soviet Reactor Worries U.S. Aides，” *New York Times*，May 5，1986。

200 美国的核专家只能猜测：Dodd，本书作者采访，2018 年。

200 In a classified report：Eduard Shevardnadze，“Memorandum，CPSU Central Committee，no. 623 /GS” [ЦК КПСС № 623 /ГС]，classified，May 3，1986，in RGANI，opis 53，reel 1.1007，file 3.

200 机密报告中：Eduard Shevardnadze，“Memorandum，CPSU Central Committee，no. 623 /GS” [ЦК КПСС № 623 /ГС]，classified，May 3，1986，in RGANI，opis 53，reel 1.1007，file 3。

201 里根总统……进行广播讲话：Ronald Reagan，“Radio Address to the Nation on the President’s Trip to Indonesia and Japan，” May 4，1986，*The American Presidency Project*（collaboration of Gerhard Peters and John T. Woolley），www.presidency.ucsb.edu/ws/?pid=37208.

201 放射性雨落在了日本：P. Klages，“Atom Rain over U.S.，” *Telegraph*，May 6，1986；D. Moore，“UN Nuclear Experts Go to USSR，” *Telegraph*，May 6，1986。

201 第二天下午：Moore，“UN Nuclear Experts Go to USSR.”

201 在他们抵达的几小时前：“Draft minutes，the meeting of the Politburo of the CPSU Central Committee on May 5，1986” [Рабочая запись，Заседание Политбюро ЦК КПСС 5 мая 1986 г.]（Russian Government Archives collection 3，opis 120，document 65，1–18），转引自 Maleyev，*Chernobyl. Days and Years*，249–64。

202 “我只能想象”：中央政治局会议记录（1986 年 5 月 5 日），引自 Maleyev，*Chernobyl. Days and Years*，253。

203 “一场……核爆炸”：同上，第 252 页。

204 共和国当局已经开始：Masol，“We were quietly preparing to evacuate Kiev”；维塔利·马索尔（Vitali Masol），本书作者采访，基辅，2017 年 6 月。

204 “我们必须加快脚步”：中央政治局会议记录（1986 年 5 月 5 日），引自 Maleyev，*Chernobyl. Days and Years*，249–64。

204 兹博罗夫斯基已经……出发：兹博罗夫斯基个人陈述，引自 Gudov，*731 Special Battalion*，108。

204 当他们到达现场时：弗拉基米尔·特里诺（Vladimir Trinos）接受 Irina Rybinskaya

的采访，“Fireman Vladimir Trinos，one of the first to arrive at Chernobyl after the explosion：‘It was inconvenient to wear gloves，so the guys worked with their bare hands，crawling on their knees through radioactive water’” [Пожарный Владимир Тринос，одним из первых попавший на ЧАЭС после взрыва：《в рукавицах было неудобно，поэтому ребята работали 448
голыми руками，ползая на коленях по радиоактивной воде》]，*Fakty i kommentarii*，April 26，2001：http：//fakty.ua/95948-pozharnyj-vladimir-trinos-odnim-iz-pervyh-popavshij-na-chaes-posle-vzryva-quot-v-rukavicah-bylo-neudobno-poetomu-rebyata-rabotali-golymi-rukami-polzaya-na-kolenyah-po-radioaktivnoj-vode-quot. 尼古拉·施泰因贝格也在回忆自己 5 月 7 日到达现场的文字中提到了被丢弃的消防车：Kopchinsky and Steinberg，*Chernobyl*，56。

204　他们演习了一遍又一遍：Read，*Ablaze*，135。

204　一开始时，兹博罗夫斯基大尉一点儿都不担心：兹博罗夫斯基个人陈述，引自 Gudov，*731 Special Battalion*，111。

205　电厂专家和管理人员：Kopchinsky and Steinberg，*Chernobyl*，57–59。

205　从普里皮亚季最后疏散那天起：格卢霍夫，本书作者采访，2015 年。

205　四处点缀着怪模怪样的雕塑：这个营地的照片可见于 https：//www.facebook.com/pg/skazochny/photos/?tab=album&album_id=1631999203712325 和 http：//chornobyl.in.ua/chernobyl-pamiatnik.html。

205　现在，这片树林和周围的林地：Kopchinsky and Steinberg，*Chernobyl*，55–56。

205　首先，地铁工程师：V. Kiselev，苏联交通部特种工程部（人称 157 部，负责莫斯科地铁的建造）副总工程师，转述自 Dyachenko，ed.，*Chernobyl：Duty and Courage*，vol. 1，38–40；Belous，在 Shcherbak，*Chernobyl*，172 中的陈述。

206　与此同时，核电站的技术人员：施泰因贝格，本书作者采访，2015 年；Kopchinsky and Steinberg，*Chernobyl*，67。

206　西拉耶夫主持的政府委员会发出命令：Read，*Ablaze*，139–40；施泰因贝格，本书作者采访，2015 年；Kopchinsky and Steinberg，*Chernobyl*，67。

206　被安托什金手下的两架……直升机运抵现场：米姆卡，本书作者采访，2016 年。

206　“去找液氮”：Read，*Ablaze*，140。

207　星期二晚上 8 点：兹博罗夫斯基个人陈述，引自 Gudov，*731 Special Battalion*，107–9。

207　这些人将卡车停在：Karpan，*Chernobyl to Fukushima*，69。

207　他们铺设好了消防水带：特里诺，接受乌克兰《事实与评论报》（*Fakty i kommentarii*）记者 Rybinskaya 采访，2001 年。

207　让发动机保持在运行状态：兹博罗夫斯基个人陈述，引自 Gudov，*731 Special Battalion*，109–10。

207　终于，地下室中的水位：Read，*Ablaze*，136。

207　每隔几个小时，三个人：特里诺，接受乌克兰《事实与评论报》记者 Rybinskaya 采访，2001 年；兹博罗夫斯基，接受《明镜周报》记者 Babakov 采访，1998 年。

207　凌晨 3 点钟：特里诺，接受乌克兰《事实与评论报》记者 Rybinskaya 采访，2001 年；Read，*Ablaze*，136–37。

207　一辆卡车的发动机停止了运转：Trinos，interview by Rybinskaya，*Fakty i kommentarii*，2001.

207　兹博罗夫斯基的手下都吓坏了：Read，*Ablaze*，136。

208　另一个人开始满口乱嚷嚷：特里诺，接受乌克兰《事实与评论报》记者 Rybinskaya 449

采访，2001 年。

208 “别把我惹毛了啊”：兹博罗夫斯基，接受《明镜周报》记者 Babakov 采访，1998 年。

208 核电厂事故的细节开始渗入基辅：尤里・谢尔巴克，本书作者采访，基辅，2016 年 2 月。随着普里皮亚季的 47000 名前市民中许多人被安置于乌克兰境内，消息也不胫而走，谣言填补了政府留下的信息空白。Kopchinsky and Steinberg，*Chernobyl*，39–40。

208 内务部的舆情监控部门：乌克兰苏维埃社会主义共和国内务部第十七总局，切尔诺贝利核电厂事故舆情监控结果报告 [Докладная записка о результатах изучения общественного мнения в связи с аварией на Чернобыльской АЭС]，1986 年 4 月 30 日呈交给乌克兰内务部长 I.Gladush 的保密文件，收藏于切尔诺贝利博物馆档案。

208 但基辅的街道：Zhores Medvedev，*The Legacy of Chernobyl*，161。

208 城里的放射剂量水平已经急剧增长：乌克兰共产党中央委员会科学部，“关于预防切尔诺贝利核电站事故危害基辅居民健康的几点紧急措施”，[О некоторых неотложных мерах по предотвращению ущерба здоровью населения г. Киева вследствие аварии на Чернобыльской АЭС]，1986 年 5 月 4 日，收藏于切尔诺贝利博物馆档案。

208 乌克兰克格勃的负责人发出警告说：Stepan Mukha，statement at the Ukrainian Politburo meeting，in Baranovska，ed.，*The Chernobyl Tragedy*，Document no. 73 ：“Transcript of the meeting of the Operational Group of the Politburo of the Communist Party of Ukraine，” May 3，1986.

209 到那时，流言已经传遍：当这一消息传到中央政治局时，戈尔巴乔夫和利加乔夫讨论过，是否要采取行动，免除谢尔比茨基乌克兰共和国国家领导人的职务。Kopchinsky and Steinberg，*Chernobyl*，45–46。

209 几天前，在一家位于基辅市中心……的药店：谢尔巴克，采访文字记录，2RR，p. 4；谢尔巴克，本书作者采访，2016 年。

209 更糟糕的是……谣言也传了出来：谢尔巴克，本书作者采访，2016 年；Shcherbak，*Chernobyl*，157–59；Boris Kachura（乌克兰中央政治局成员，1980 年—1990 年），1996 年 7 月 19 日接受 Tatyana Saenko 采访的文字记录，参见 *The Collapse of the Soviet Union*：*The Oral History of Independent Ukraine*，*1988–1991*，http：//oralhistory.org.ua/interview-ua/360.

209 那天晚上，火车站前人潮汹涌：Read，*Ablaze*，185–86；Gary Lee，“More Evacuated in USSR：Indications Seen of Fuel Melting Through Chernobyl Reactor Four，” *Washington Post*，May 9，1986.

209 苏联的内部护照制度：Read，*Ablaze*，185–86。

209 一辆接着一辆的桔黄色街道清扫车：Zhores Medvedev 在书中写道，清扫水车直到 5 月 6 号或 7 号才开始对基辅进行经常性的清洗（*Legacy of Chernobyl*，161）。在 Serge
450 Schmemann 的报道中也提到了桔黄色的街道清扫车，“The Talk of Kiev，” *New York Times*，May 31，1986。

209 “纯属不实谣言”：《乌克兰真理报》（*Pravda Ukrainy*）1986 年 5 月 11 日对乌克兰苏维埃社会主义共和国卫生部副部长 A.M.Kasianenko 的采访，摘引自 Marples，*Chernobyl and Nuclear Power in the USSR*，149。

209 紧张万分的基辅人开始成群疯抢：Shcherbak，*Chernobyl*，152；Grigori Medvedev，“Chernobyl Notebook，” trans. JPRS，61。

209 在火车站：Yuri Kozyrev，本书作者采访，基辅，2017 年。

210 20000 人开车或坐巴士离开：Plokhy，*Chernobyl*，212。

210 西方记者目睹：Felicity Barringer，“On Moscow Trains，Children of Kiev，” *New*

York Times，May 9，1986。

210　担心发生大规模的恐慌：Lyashko，*Weight of Memory*，372–73。

210　“告诉他这儿就是个污物四溢的大茅房”：Velikhov，*My Journey*，277–78。

210　直到星期四早上 4 点钟左右：特里诺，接受乌克兰《事实与评论报》记者 Rybinskaya 采访，2001 年。

210　副总理西拉耶夫坚持：Shasharin，“Chernobyl Tragedy,” 102；阿纳年科，在 Soyuz Chernobyl 网站上的回忆。

211　切尔诺贝利核电站的三名员工：Shasharin，“The Chernobyl Tragedy,” 102。

211　手里紧抓着扳手和手电筒：阿纳年科，在 Soyuz Chernobyl 网站上的回忆。

211　巴拉诺夫为他们把风：同上。

212　他在里面发现了 1000 卢布现金：兹博罗夫斯基自我陈述，引自 Gudov，*731 Special Battalion*，113–14。

212　院士们……如释重负的情绪：Kopchinsky and Steinberg，*Chernobyl*，68。

212　一些估测结果现在表明：E. Ignatenko，*Two Years of Liquidating the Consequences of the Chernobyl Disaster [Два года ликвидации последствий Чернобыльской катастрофы]*（Moscow，Energoatomizdat，1997），62，摘引自 Karpan，*Chernobyl to Fukushima*，72。

212　他们屡屡遇到……停下来：Belous，在 Shcherbak，*Chernobyl*，175–76 中的陈述。

212　与此同时：博利绍夫，本书作者采访，2017 年；“苏联共产党中央委员会关于切尔诺贝利核电站事故后果的中央政治局特别行动小组第 8 号会议记录”[Протокол № 8 заседания Оперативной группы Политбюро ЦК КПСС по вопросам, связанным с ликвидацией последствий аварии на Чернобыльской АЭС]，1986 年 5 月 7 日，引自 RGANI，Opis 51，Reel 1.1006，File 20。

212　迄今为止最事出无奈的举措：William J. Eaton，“Soviets Tunneling Beneath Reactor；Official Hints at Meltdown into Earth；Number of Evacuees Reaches 84，000,” *Los Angeles Times*，May 9，1986。

212　在莫斯科城外的实验室中：Arutyunyan，“The China Syndrome,” 79；博利绍夫，本书作者采访，2017 年。

213　他们被得到的那些结果惊呆了：博利绍夫，本书作者采访，2017 年；Arutyunyan，“China Syndrome,” 81。

213　这些科学家们不再视自己为：博利绍夫，本书作者采访，2017 年。

214　他们在基辅机场与叶夫根尼・韦利霍夫会面：Velikhov，*My Journey*，278–79。

214　穿着绿色防护服的他们：他们降落时的电视影像参见 *Two Colors of Time*，Pt. 1，mark 3.55，https：//www.youtube.com/watch?v=ax54gzlzDpg

214　这位院士并没有告诉：Velikhov，*Strawberries from Chernobyl*，251。

214　石墨大火：国际原子能机构，INSAG-1；Borovoi and Velikhov，*The Chernobyl* 451
Experience：*Part 1*，3。

214　表面的温度：“苏联共产党中央委员会关于切尔诺贝利核电站事故后果的中央政治局特别行动小组第 9 号会议记录”，[Протокол № 9 заседания Оперативной группы Политбюро ЦК КПСС по вопросам, связанным с ликвидацией последствий аварии на Чернобыльской АЭС]，1986 年 5 月 8 日，引自 RGANI，opis 51，reel 1.1006，file 21。一份 1986 年 5 月 11 日的克格勃报告将温度下降的原因归结于 5 月 7 日和 5 日的注入氮气行动，但这一结论仍存有疑问。Danilyuk，ed.，“Chernobyl Tragedy,” *Z arkhiviv*，document no. 31：“Special Report of the UkSSR OG KGB chief in the town of Chernobyl to the UkSSR KGB

Chairman."

215 "我在这儿就能看得很清楚了": Velikhov, *My Journey*, 279。

215 在……新闻发布会上: BBC Summary of World Broadcasts, "IAEA Delegation Gives Press Conference in Moscow"(该报道由塔斯社以英文发布,于 1986 年 5 月 9 日通过莫斯科国际广播服务播出), 1986 年 5 月 12 日翻译。

215 那个星期天,5 月 11 日: BBC Summary of World Broadcasts, "Velikhov and Silayev: 'Situation No Longer Poses Major Threat,'" May 11, 1986;及 Serge Schmemann, "Kremlin Asserts 'Danger Is Over,'" *New York Times*, May 12, 1986。这次报道的部分视频资料被收入了 1987 年的苏联纪录片 *Chernobyl: A Warning*, 参见 35:30 处。

215 回到莫斯科: 博利绍夫,本书作者采访, 2017 年。

216 5 米高、30 米见方: Kozlova, *The Battle with Uncertainty*, 77。

216 "盖吧": 博利绍夫,本书作者采访, 2017 年。

十三 第六医院之内

217 "往后退两步!": Esaulov, *The City That Doesn't Exist*, 39–41;斯韦特兰娜·基里琴科(Svetlana Kirichenko),本书作者采访,基辅, 2016 年 4 月。

217 等到夜幕降临时: Baranovska, ed., *The Chernobyl Tragedy*, document no. 58: "Update from the Ukrainian SSR Interior Ministry to the Central Committee of the Communist Party of Ukraine on the Evacuation From the Accident Zone," April 28, 1986。普里皮亚季内务部警察"关于在普里皮亚季地区采取特殊措施的文件"第 28 页上的手写补充清单(切尔诺贝利博物馆馆藏档案)。

218 "干净的…………污染的": Esaulov, *City That Doesn't Exist*, 40。

218 瓦莲京娜是一位训练有素的工程师: 维克托·布留哈诺夫和瓦莲京娜·布留哈诺娃,本书作者采访, 2015 年; Andrey V. Illesh, *Chernobyl: A Russian Journalist's Eyewitness Account* (New York: Richardson & Steirman, 1987), 62–63。

218 瓦莲京娜与……失散了: 维克托·布留哈诺夫和瓦莲京娜·布留哈诺娃,本书作者采访, 2015 年。

218 30 公里之外,纳塔利娅·谢甫琴科: 纳塔利娅·谢甫琴科,本书作者采访, 2015 年和 2016 年。

452 218 到星期三时,官方消息封锁: 尼古拉·施泰因贝格写道,在 4 月 30 日,他和另外一些巴拉科沃核电站的高级员工只知道发生了某种事故。他们用辐射计测量了一位曾到过普里皮亚季、在 4 月 26 日晚上离开的女性的凉鞋,以此来判断事故的严重程度,对真实发生的一切一无所知。Kopchinsky and Steinberg, *Chernobyl*, 10–12。

219 一栋极其朴素的 9 层褐色砖楼: 关于这栋楼及其周边情况的描述,引自 Gale and Hauser, *Final Warning*, 51。本书作者也曾于 2016 年 10 月 15 日访问了莫斯科的生物物理研究所。

220 从核电厂送来的第一批病人: 安热莉卡·巴拉巴诺娃(Anzhelika Barabanova,第六医院辐射医学部的烧伤专家),本书作者采访,莫斯科, 2016 年 10 月; Angelina Guskova and Igor Gusev, "Medical Aspects of the Accident at Chernobyl," in Gusev et al., eds., *Medical Management of Radiation Accidents*, 199, table 12.1。

220 等着他们: Smagin 的个人陈述,引自 Chernousenko, *Insight from the Inside*, 66–67。Smagin 星期日中午离开基辅,乘坐第二架专机飞往莫斯科。他说,他们在从飞机上下来之前，绕着机场兜了一个小时的圈子。

220 这家有 600 张床的机构：巴拉巴诺娃，本书作者采访，2016 年。

220 有人仍：同上，2016；H. Jack Geiger，MD，"The Accident at Chernobyl and the Medical Response," *Journal of the American Medical Association*（JAMA）256, no. 5（August 1，1986）：610。

220 运送第一波病人的飞机：巴拉巴诺娃，本书作者采访，2016 年；亚历山大·博罗沃伊，本书作者采访，2016 年 10 月。

220 到星期日晚上：Angelina Guskova，*The Country's Nuclear Industry Through the Eyes of a Doctor* [*Атомная отрасль страны глазами врача*]（Moscow：Real Time，2004），141–42。关于送入第六医院的切尔诺贝利事件受害者人数，另外一些资料中给出的数字略有差异。202 这个数字见于 Alexander Baranov，Robert Peter Gale，Angelina Guskova et al.，"Bone Marrow Transplantation After the Chernobyl Nuclear Accident," *New England Journal of Medicine 321*，no. 4（July 27，1989），207。安热莉卡·巴拉巴诺娃医生（本书作者采访，2016 年）认为人数比 200 要多一些。

220 10 个人受到的辐射剂量：巴拉巴诺娃，本书作者采访，2016 年。

220 临床部门的负责人：L. A. Ilyin and A. V. Barabanova，"Obituary：Angelina Konstantinova Guskova," *Journal of Radiological Protection 35*（2015）：733。

221 当古斯科娃在马亚克待了两年还没返回时：古斯科娃的妹妹阻止了这些信被寄出：古斯科娃，接受《科学和生活》（*Nauka i zhizn*）月刊记者 Gubarev 采访，2007 年。

221 在马亚克：Vladislav Larin，"Mayak" *Kombinat：A Problem for the Ages* [*Комбинат "Маяк"—проблема на века*]，2nd edition（Moscow：Ecopresscenter，2001），199–200；Brown，*Plutopia*，172。

221 后来，那些……年轻女性：Brown，*Plutopia*，173–75。

221 同一年，33 岁的她：古斯科娃的生日（1924 年 3 月 29 日）参见"Angelina 453
Konstantinovna Guskova：Biography" [Гуськова Ангелина Константиновна：биография]，Rosatom；古斯科娃，接受《科学和生活》记者 Gubarev 采访，2007 年。

222 前进的代价：例如，1961 年的 K-19 潜水艇事故幸存者的遭遇便是如此。据巴拉巴诺娃说，6 名伤势最重的患者被送进了第六医院，这之后，他们被告诫要向自己的医生隐瞒致病原因。Matt Bivens，"Horror of Soviet Nuclear Sub's '61 Tragedy Told," *Los Angeles Times*，January 3，1994；巴拉巴诺娃，本书作者采访，2016 年。

222 震惊于中型机械制造部一直拒绝承认：Guskova，*The Country's Nuclear Industry Through the Eyes of a Doctor*，141。

222 接下来的一年：A. K. Guskova and G. D. Baysogolov，*Radiation Sickness in Man* [*Лучевая болезнь человека*]（Moscow：Meditsina，1971）；Ilyin and Barabanova，"Obituary：Angelina K. Guskova," 733。

222 到 1986 年时，古斯科娃：Ilyin and Barabanova，"Obituary：Angelina K. Guskova."

222 她诊治过 1000 多名：Mould，*Chernobyl Record*，92。

222 只花了很短的时间：纳塔利娅·谢甫琴科，本书作者采访，2015 年。

223 医院里光线昏暗：罗伯特·盖尔（Robert Gale），本书作者电话采访，2016 年 6 月；理查德·钱普林（Richard Champlin），本书作者电话采访，2016 年 9 月。

223 当电梯：巴拉巴诺娃，本书作者采访，2016 年。

223 当他们在医院的病床上醒来：Gunnar Bergdahl，*The Voice of Ludmilla*，trans. Alexander Keiller（Goteborg：Goteborg Film Festival，2002），43–45。

223　一些人感觉好得不行：巴拉巴诺娃，本书作者采访，2016 年；Alexander Nazarkovsky，本书作者采访，基辅，2006 年 2 月；Uskov，引自 Shcherbak，*Chernobyl*，129–30。

224　另外一些人发现他们的皮肤开始变红：Read，*Ablaze*，144。辐射皮肤损伤的相关知识详见 Fred A. Mettler Jr.，“Assessment and Management of Local Radiation Injury，” in Fred A. Mettler Jr.，Charles A. Kelsey，Robert C. Ricks，eds.，Medical Management of Radiation Accidents，1st ed.（Boca Raton，FL：CRC Press，1990），127–49。

224　谢甫琴科……脑袋被一个护士剃得精光：巴拉巴诺娃，本书作者采访，2016 年。

224　放射性：Uskov，引自 Shcherbak，*Chernobyl*，130。

224　“咱们出去抽根烟”：纳塔利娅·谢甫琴科，本书作者采访，2015 年。

224　作为一种……疾病：巴拉巴诺娃，本书作者采访，2016 年。

225　几米之遥：Dr. Richard Champlin，“With the Chernobyl Victims：An American Doctor’s Inside Report From Moscow’s Hospital No. 6，” *Los Angeles Times*，July 6，1986。

226　爆炸后的一片混乱中：Leonid Khamyanov，引自 Kopchinsky and Steinberg，*Chernobyl*，80–81。

226　然而，古斯科娃凭借着……数十年工作经验：巴拉巴诺娃，本书作者采访，2016 年。

226　这是一个极其耗费人力的过程：Champlin，“With the Chernobyl Victims.”

227　“在头三个星期里”：纳塔利娅·谢甫琴科，本书作者采访，2016 年。

227　当一位医生来到：彼得·赫梅利，本书作者采访，2015 年。尽管包括古斯科娃医
454 生在内的苏联卫生官员当时明确公开表示了不同意见，许多苏联人在事故之后很久依然相信，酒精可以清除人体内的放射性毒素。事实上，在实验室中，乙醇的确在细胞层面表现出了轻微的放射防护效应，尽管一个人不太可能喝下足够多的酒精，去对抗致死剂量的辐射造成的影响。然而，至少有一项研究表明，蚊子喝下啤酒后获得了抗辐射保护。参见 S. D. Rodriguez，R. K. Brar，L. L. Drake et al. “The effect of the radio-protective agents ethanol，trimethylglycine，and beer on survival of X-ray-sterilized male *Aedes aegypti*，” Parasites & Vectors 6，no. 1（July 2013）：211，doi：10.1186/1756-3305-6-211。

227　此时，伤员的亲属：Bergdahl，*The Voice of Ludmilla*，46。

227　在病床上，普拉维克……写了封语气轻快的信：信的内容引自 Voznyak and Troitsky，*Chernobyl*，196。

228　星期二，他们收到了一封……电报：列昂尼德·托图诺夫发给薇拉·托图诺娃的电报，1986 年 4 月 29 日，切尔诺贝利博物馆档案。

228　当他们第二天赶到：托图诺夫的妈妈薇拉和爸爸费奥多尔（Fyodor）在信中给出的到达日期是 4 月 30 日，引自 Shcherbak，*Chernobyl*，362。

228　“一切都很好！”：薇拉·托图诺娃，本书作者采访，2015 年。

228　罗伯特·盖尔医生是一个做什么事都喜欢定时定点的人：细节源自 Gale and Hauser，*Final Warning*，33–36；Robert Gale，“Witness to Disaster：An American Doctor at Chernobyl，” *Life*，August 1986；盖尔，本书作者电话采访，2016 年；Sabine Jacobs（罗伯特·盖尔的助理），本书作者采访，洛杉矶，2016 年 9 月。

229　盖尔知道：Gale and Hauser，*Final Warning*，36–37。

229　在莫斯科，他见到了列宁：哈默后来声称，他第一次前往莫斯科部分出于人道主义目的，意在拯救患斑疹伤寒的苏联儿童的性命。但真相是，他是在父亲因为非法进行堕胎手术、导致母子双亡而被关进监狱之后，才去的苏联。这次手术实际上是阿曼德自己做的，他从来都不曾获取行医资格。到了苏联之后，哈默在苏联共产党政府的安排下，成为一座废弃的石棉矿和铅笔厂的拥有者，这些企业成为了克格勃前身“契卡”（Cheka）的门面，

被用来为美国的间谍网提供资助。哈默的双面人生直到他于 1990 年去世、苏联解体后才被全面揭露出来，有关细节参见 Edward Jay Epstein，*Dossier*：*The Secret History of Armand Hammer*（New York：Random House，1996）。

229 “一道独特桥梁”：Gale and Hauser，*Final Warning*，38。

230 到星期四下午：“Top U.S. Doc Races Death，” *New York Post*，May 2，1986。

230 在第六医院的地界上：纳塔利娅·谢甫琴科，本书作者采访，2016 年。

230 那些接受过核工程和反应堆物理培训的人：Read，*Ablaze*，156。

230 在儿子的床边：薇拉·托图诺娃，本书作者采访，2015 年。

230 星期四早上：Bergdahl，*Voice of Ludmilla*，48–50。

231 确定骨髓捐献者：Gale and Hauser，*Final Warning*，57。

231 对于那些检验结果表明可以成为理想捐献者的亲属：骨髓捐献程序的细节，引 455
自 Gale and Hauser，*Final Warning*，34 and 56；另参见 Champlin，“With the Chernobyl Victims.”

231 当瓦西里·伊格纳坚科听说：Bergdahl，*Voice of Ludmilla*，48–49。

232 到第一周结束时：根据巴拉巴诺娃的记录，托图诺夫在事故后第二天和第七天接受了移植（4 月 27 日和 5 月 2 日），阿基莫夫在事故后第四天接受移植（4 月 29 日）。

232 但还有三位患者：Gale and Hauser，*Final Warning*，54–55。

232 这种疗法的成功率……还要低：Champlin，“With the Chernobyl Victims”；巴拉巴诺娃，本书作者采访，2016 年。

232 到那个时候，生物剂量测定法的局限：Champlin，“With the Chernobyl Victims.”

232 然而这一分析结果：Guskova and Gusev，“Medical Aspects of the Accident at Chernobyl，” 200；巴拉巴诺娃，本书作者采访，2016 年。

232 当 β 烧伤的外部特征：巴拉巴诺娃回忆说，β 烧伤在第 6 天或第 7 天开始变得明显起来，本书作者采访，2016 年。

232 5 月 2 日，巴拉诺夫医生估计：Read，*Ablaze*，145。

232 他们的家人仍抱着很高的期望：Elvira Sitnikova 的个人陈述，引自 Shcherbak，*Chernobyl*，281。

232 住进红场边上的苏维埃饭店之后：Gale and Hauser，*Final Warning*，47–50 and 161；巴拉巴诺娃，本书作者采访，2016 年；Read，*Ablaze*，143–44。

233 两人开车前往：Read，*Ablaze*，152。

233 住在 8 楼：盖尔在 *Final Warning* 一书中写道，无菌病房是在 5 楼，但在接下来的陈述中，几位当事人，包括 Arkady Uskov 和柳德米拉·伊格纳坚科，都一致表示是在 8 楼。

233 这所医院的无菌病房就设在这里：Herbert L. Abrams，“How Radiation Victims Suffer，” *Bulletin of Atomic Scientists* 42，no. 7（1986）：16；巴拉巴诺娃，本书作者采访，2016 年。

233 在无菌病房中：Gale and Hauser，*Final Warning*，52–53；巴拉巴诺娃，本书作者采访，2016 年。

233 如今进到他病房中的……是年轻的小战士：到 5 月 2 日，一队穿着特殊防化服、佩戴防化设备的士兵来到第六医院，在草坪上扎起了帐篷。Bergdahl，*Voice of Ludmilla*，51；另参见 Yuri Grigoriev 接受《观点网》（*Vzgliad*）记者 Alina Kharaz 采访时的叙述，“It was like being at the front” [Там было как на фронте]，*Vzgliad*，April 26，2010，www.vz.ru/society/2010/4/26/396742.html.

233 一些医务人员，尤其是：Sitnikova 的个人陈述，引自 Shcherbak，*Chernobyl*，

281。

234 几十粒药丸：在医院日记中，Arkady Uskov 写道，在治疗的第二周，他不得不“每天吃 30 多片药”。Uskov 个人陈述，引自 Shcherbak，*Chernobyl*，131。

234 他的头发开始掉落：Bergdahl，*Voice of Ludmilla*，49–53。

234 病情最严重的患者：Mould，*Chernobyl Record*，81–82；Gale and Hauser，*Final Warning*，62–63。

234 和热烧伤不同：巴拉巴诺娃，本书作者采访，2016 年。

235 在事故后的头 12 天里：Read，*Ablaze*，152–53；Gale and Hauser，*Final Warning*，79；Adriana Petryna，*Life Exposed：Biological Citizens after Chernobyl*（Princeton，NJ：
456 Princeton University Press，2013），45；Champlin，“With the Chernobyl Victims.”

235 但医生们知道：Geiger，“The Accident at Chernobyl and the Medical Response，”610。

235 光是他被污染的工作服：巴拉巴诺娃，本书作者采访，2016 年。

235 “别担心”：Read，*Ablaze*，157。

235 他告诉一位朋友：Davletbayev，“The Final Shift，”382。

235 “我再也不回”：Read，*Ablaze*，156。

235 等到……谢尔盖·扬科夫斯基：谢尔盖·扬科夫斯基，本书作者采访，基辅，2016 年 2 月 7 日；巴拉巴诺娃，本书作者采访，2016 年。

236 5 月 6 日：Davletbayev，“The Last Shift，”382。

236 病人们再一次从医院的窗口观赏了：Uskov 日记摘抄，转引自 Shcherbak，*Chernobyl*，131。

236 皮肤已经开始脱落：Bergdahl，*Voice of Ludmilla*，52。

236 自己一个人躺在病房中：赫梅利，本书作者采访，2016 年。

236 死亡开始降临：全部死亡时间参见“List of Fatalities in the Accident at Chernobyl Nuclear Power Plant，”Chernobyl and Pripyat electronic archive。

236 恐怖荒唐的谣言：扎哈罗夫，接受 Taras Shumeyko 采访，2006 年。

236 他的双目圆睁，皮肤变成了黑色：柳芭·阿基莫夫（Luba Akimov）个人陈述，引自 Grigori Medvedev，*Truth About Chernobyl*，253–54。

236 古斯科娃医生现在禁止：Uskov 个人陈述，引自 Shcherbak，*Chernobyl*，131–34。

237 当第一批……战友：Parry，“How I Survived Chernobyl.”

237 谢甫琴科被转到了重症监护室：同上；纳塔利娅·谢甫琴科，本书作者采访，2015 年；巴拉巴诺娃，本书作者采访，2016 年。尽管纳塔利娅·谢甫琴科坚持这一观点，但她丈夫的医生巴拉巴诺娃表示，从来没有考虑过截肢的必要性。

237 5 月 13 日星期二：Bergdahl，*Voice of Ludmilla*，56–58。

238 全身 90% 的皮肤被 β 粒子烧伤覆盖：巴拉巴诺娃，本书作者采访，2016 年；薇拉·托图诺娃，本书作者采访，2015 年；托图诺夫的医疗记录，存于巴拉巴诺娃的个人档案。

238 维克托·普罗斯库里亚科夫：Uskov 日记摘抄，引自 Shcherbak，*Chernobyl*，131–33。

238 到 5 月的第三周结束时：纳塔利娅·谢甫琴科，本书作者采访，2016 年；亚历山大·谢甫琴科，接受《新科学家》（*New Scientist*）杂志记者 Bond 采访，2004 年。

238 独自躺在病房中：同上，133 页。

十四　清理员

239　1986 年 5 月 14 日星期三：Marples，*Chernobyl and Nuclear Power in the USSR*，32。该讲话的全文，参见“M. S. Gorbachev's address on Soviet television（Chernobyl）”[Выступление М. С. Горбачева посоветскому телевидению（Чернобыль）]，May 14，1986，Gorbachev Foundation，www.gorby.ru/userfiles/file/chernobyl_pril_6.pdf.

239　对着一份准备好的声明照本宣科：Don Kirk，“Gorbachev Tries Public Approach，” *USA Today*，May 15，1986。

239　发生在切尔诺贝利的这起事故：Celestine Bohlen，“Gorbachev Says 9 Died from 457
Nuclear Accident；Extends Soviet Test Ban，” *Washington Post*，May 15，1986。

239　戈尔巴乔夫痛斥了……“堆成山的谎言”：BBC Summary of World Broadcasts，“Television Address by Gorbachev，” text of broadcast，Soviet television 1700 GMT，May 14，1986，translated May 16，1986。

239　48 小时之前：Maleyev，*Chernobyl：Days and Years*，51。

240　军方特别行动小组：Mikhail Revchuk，account in Gudov，*731 Special Battalion*，92；Marples，*Social Impact*，184；Danilyuk，ed.，“Chernobyl Tragedy，” *Z arkhiviv*，document no. 51：“Report of the UkSSR OG KGBM and the USSR KGB on the town of Chernobyl to the USSR KGB concerning the radioactive situation and the progress in works on the cleaning up operation after the accident at the Chernobyl NPS，” July 4，1986。

240　现在……索科洛夫元帅：Maleyev，*Chernobyl：Days and Years*，54。

240　从苏联的每一个加盟共和国：Kozlova，*The Battle with Uncertainty*，67 and 378；V. Lukyanenko and S. Ryabov，“USSR Cities Rush to Send Critical Cargo，” *Pravda Ukrainy*，May 17，1986，translated in JPRS，*Chernobyl Nuclear Accident Documents*。

240　这种爱国主义总动员的精神：Andrey Illesh，“Survivors Write about Night of April 26，” *Izvestia*，May 19，1986；and V. Gubarev and M. Odinets，“Communists in the Front Ranks：The Chernobyl AES—Days of Heroism，” Pravda，May 16，1986，both translated in JPRS，*Chernobyl Nuclear Accident Documents*。

241　“只不过暂时地失去控制”：Eduard Pershin，“They Were the First to Enter the Fire，” *Literaturna Ukraina*，May 22，1986，translated in JPRS，Chernobyl Nuclear *Accident Documents*。

241　被疏散地区的居民：V. Prokopchuk，“We Report the Details：Above and Around No. 4，” *Trud*，May 22，1986，translated in JPRS，*Chernobyl Nuclear Accident Documents*。

241　第一轮清理工作：根据一份 5 月 4 日登记入档克格勃备忘录，关于隔离辐射、清除区域内污染的讨论在 5 月 3 日便已经开始。Danilyuk，ed.，“Chernobyl Tragedy，” *Z arkhiviv*，document no.26：“Report of the UkSSR KGB 6th Department to the USSR KGB concerning the radioactive situation and progress in investigating the accident at the Chernobyl NPS，” May 4，1986。

241　不曾有过任何正式方案：皮卡洛夫和卫生部的意见，参见 Dyachenko，ed.，*Chernobyl：Duty and Courage*，vol. 1，89–91。在 Maleyev 的著作 *Chernobyl：Days and Years* 第 61 页上，给出的命令发布日期为 5 月 24 日。科尔钦斯基和施泰因贝格提到，25 雷姆的限制是 1986 年 5 月 12 日的能源部第 254 号令规定的（Chernobyl，59）。

241　因缺乏准备而倍感震惊：语出切尔诺贝利职业健康与安全部门负责人 Nikolai

Istomin，参见 Kopchinsky and Steinberg，*Chernobyl*，83-85。另参见叶夫根尼·阿基莫夫（Evgeny Akimov）的个人陈述，引自 Chernousenko，*Chernobyl*：*Insight from the Inside*，120–21。

242 没有对该地区进行全面深入的调查：M.A.Klochkov 的个人陈述，引自 Dyachenko，ed.，*Chernobyl*：*Duty and Courage*，vol. 1，70。

458 242 短缺是家常便饭：Kopchinsky and Steinberg，*Chernobyl*，88；Valery Koldin，本书作者采访，莫斯科，2017 年 4 月；Kiselev 的个人陈述，引自 Dyachenko，ed.，*Chernobyl*：*Duty and Courage*，vol. 1，39。

242 清理……的任务：Klochkov 的个人陈述，引自 Dyachenko，ed.，*Chernobyl*：*Duty and Courage*，vol. 1，71。

242 到 5 月 4 日，头两辆庞然大物的：同上，第 70—71 页。在被一位中将和苏联部长诘问失败原因时，负责此项行动的军官突然爆发了："为什么？"他喊道。"为什么？我不知道！你们自己去看啊！"话已至此，这些大头头们对技术问题的好奇心戛然而止。

243 丢弃在附近田野上：Zhores Medvedev，*Legacy of Chernobyl*，101。

243 能源部紧急地："Protocol no. 8 of the meeting of the Politburo Operations Group，" May 7，1986，in RGANI。关于用混凝土封盖：Danilyuk，ed.，"Chernobyl Tragedy，" *Z arkhiviv*，document no. 33："Report of the UkSSR KGB 6th Department concerning the radioactive situation and progress in investigating the accident，" May 13，1986。另参见第 31 号文件，其中提到一切已于 5 月 11 日准备就绪："Special report of the UkSSR OG KGB chief in Chernobyl to the UkSSR KGB Chairman，" May 11，1986。

243 建筑团队……将灰色的水泥砂浆灌进去：Kopchinsky and Steinberg，*Chernobyl*，93。

243 731 特种部队……开始：Gudov，*731 Special Battalion*，126，Kopchinsky and Steinberg，*Chernobyl*，93。

243 他们的每一次轮班工作时间仅有：Revchuk 的个人陈述，引自 Gudov，*731 Special Battalion*，92–93。

243 被叫来帮忙清理……大块反应堆石墨砌块：Kiselev 的个人陈述，引自 Dyachenko，ed.，*Chernobyl*：*Duty and Courage*，vol. 1，40；Yuri Kolyada 的个人陈述，引自 Shcherbak，*Chernobyl*，199。

243 这样的任务令……受到了：Petryna，*Life Exposed*，xix。

244 与此同时，在地下，与"中国综合征"的决战：普里亚涅齐尼科夫，本书作者采访，2006 年。

244 600 摄氏度：Danilyuk，ed.，"Chernobyl Tragedy，" *Z arkhiviv*，document no. 34："Report of the UkSSR OG KGBM and the USSR KGB in the town of Chernobyl to the USSR KGB concerning the radioactive situation and progress in investigating the accident，" May 15，1986。

244 使用一台……等离子炬：Vladimir Demchenko 的个人陈述，引自 Gudov，*731 Special Battalion*，90。

245 400 余名矿工：这些工人中，来自乌克兰顿巴斯地区的矿工有 234 人，来自莫斯科煤田的有 154 人。参见 Borovoi and Velikhov，*Chernobyl Experience*：*Part 1*，32。

245 再一次……竣工期限：下达的命令要求这些矿工于 5 月 16 日开工，6 月 22 日完成全部挖掘工作。按计划，到 7 月 2 日时冷却管道网络也应完工。Dmitriyev 的个人陈述，引自 Kozlova，*Battle with Uncertainty*，64–66。

245 矿工们开始……开掘坑道：Reikhtman，本书作者采访，2015 年。

245 使用手持工具进行挖掘：Yuri Tamoykin 的个人陈述，引自 Kozlova，*Battle with Uncertainty*，71。

245 当这个坑室完工时：同上，第 68—72 页。

246 40 公斤重的石墨砌块：Dmitriyev（第 66 页）和 Tamoykin（72—73 页）的个人陈述，引自 Kozlova，*Battle with Uncertainty*，66。 459

246 最后阶段的组装开始：Tamoykin 的个人陈述，引自 Kozlova，*Battle with Uncertainty*，72。

246 但早在项目于 6 月 24 日完工之前：普里亚涅齐尼科夫，本书作者采访，2006 年；Kozlova，*Battle with Uncertainty*，75–77。

246 苏联陆军总司令瓦伦丁·瓦连尼科夫：施泰因贝格的回忆，引自 Kopchinsky and Steinberg，*Chernobyl*，101。瓦连尼科夫的生平事迹，参见"Gen. Valentin Varennikov Dies at 85；Director of the Soviet War in Afghanistan，" Associated Press，May 6，2009。

246 当这位将军到达现场时：Dyachenko，ed.，*Chernobyl*，*Duty and Courage*，vol. 1，43.Minenergo construction workers："Protocol no. 8 of the meeting of the Politburo Operations Group，" May 7，1986，in RGANI。

246 中央政治局这时候意识到：Vladimir Maleyev，本书作者采访，莫斯科，2017 年 4 月。苏联武装部队中的酗酒成风和药物滥用等细节，参见 Murray Feshbach and Alfred Friendly Jr.，*Ecocide in the USSR：Health and Nature under Siege*（New York：Basic Books，1992），165–66。

246 一道在和平时期没有先例的命令：这道命令（no. 634-188）的相关部分内容，参见 Vladimir Maleyev，"Chernobyl：The Symbol of Courage" [Чернобыль：символ мужества]，*Krasnaya Zvezda*，April 25，2017，archive.redstar.ru/index.php/2011-07-25-15-55-35/item/33010-chernobyl-simvol-muzhestva.

247 他们被告知，需要：Valery Koldin 上校，本书作者采访，莫斯科，2017 年 4 月。

247 到 7 月开始时：Danilyuk，ed.，"Chernobyl Tragedy，" *Z arkhiviv*，document no. 51："Report of the UkSSR OG KGBM and the USSR KGB，" July 4，1986。

247 这段路很长，天气很热：V. Filatov，"Chernobyl AES—Test of Courage，" *Krasnaya Zvezda*，May 24，1986，translated in JPRS，Chernobyl Nuclear Accident Documents。

247 无论是哪一种：Yuri Kozyrev（乌克兰物理学院高级物理学家），本书作者采访，基辅，2016 年 4 月。

247 那些深知危险所在的人：例如，在从狱中释放后接受的一次采访中，原副总工程师佳特洛夫便演示了这种习惯。参见 Michael Dobbs，"Chernobyl' s 'Shameless Lies，' " *Washington Post*，April 27，1992。

247 然而其余的人依然……一无所知：Kozyrev，本书作者采访，2016 年。

248 只有那些倒霉的乌鸦：Klochkov 的个人陈述，引自 Dyachenko，ed.，*Chernobyl：Duty and Courage*，vol. 1，73。

248 每日辐射调查：Zhores Medvedev，*Legacy of Chernobyl*，77–78。

248 对居民的威胁：国际原子能机构，"Cleanup of Large Areas Contaminated as a Result of a Nuclear Accident，" IAEA Technical Reports Series No. 330（IAEA，Vienna，1989），Annex A：The Cleanup After the Accident at the Chernobyl Power Plant，104–8。

248 风和天气变化：列加索夫，"My duty is to tell about this，" 引自 Mould，*Chernobyl Record*，294n9。

248 清除污染的工作：国际原子能机构，"Cleanup of Large Areas，" 109。 460

248　“清理”这个词：Brown，*Plutopia*，234。

249　整个苏联——事实上，是整个地球——之前都没有人：国际原子能机构，INSAG-1，40。

249　当皮卡洛夫将军：Read，*Ablaze*，102 and 130–31。在 5 月 5 日的中央政治局会议中（会议记录引自 Maleyev，*Chernobyl. Days and Years*，255），雷日科夫同样提到了一个比皮卡洛夫预计时间更长的清理行动期限，尽管在雷日科夫的报告中，这个预测值为一到两年。“这是不可接受的。”雷日科夫下结论说。

249　返回莫斯科后：“苏联共产党中央委员会关于切尔诺贝利核电站事故后果的中央政治局特别行动小组第 10 号会议记录”[Протокол № 10 заседания Оперативной группы Политбюро ЦК КПСС по вопросам，связанным с ликвидацией последствий аварии на Чернобыльской АЭС]，1986 年 5 月 10 日，引自 RGANI，opis 51，reel 1.1006，file 22。

249　该部的工程建设团队很快便被……压垮了：Igor Belyaev，本书作者采访，莫斯科，2017 年 4 月。

250　苏联是世界上第一个：戈尔巴乔夫对中央政治局的讲话，1986 年 5 月 15 日，引自 Volkogonov and Shukman，*Autopsy for an Empire*，480。

250　第二天，中型机械制造部的负责人叶菲姆·斯拉夫斯基：Belyaev，本书作者采访，2017 年 4 月；I. Belyaev，*Chernobyl*:*Death Watch* [*Чернобыль*：*Вахта смерти*]，2nd ed.（IPK Pareto-Print，2009），7。斯拉夫斯基到的那一天——5 月 21 日——正好是在 605 号建筑监理处成立的第二天（Kozlova，*Battle with Uncertainty*，217）。

250　“小伙子们，你们必须得冒这个险”：Belyaev，本书作者采访，2017 年。

250　第二天下午：同上；Read，*Ablaze*，208；BBC Summary of World Broadcasts，“Other Reports；Work at Reactor and in Chernobyl：Interviews with Silayev and Ministers，” select Soviet TV and radio programming on May 18 and 19，translated May 20，1986。

250　在公开场合中，苏联政府：5 月 8 日，《消息报》承认禁区以外地区存在某些地表污染，但强调说，它对人体健康不构成任何威胁：Zhores Medvedev，*Legacy of Chernobyl*，158。

250　但在克里姆林宫的秘密会议中：“Protocol no. 10 of the Politburo Operations Group meeting，” May 10，1986，in RGANI。

251　民防部队……设置了路障：尼古拉·塔拉卡诺夫（Nikolai Tarakanov），本书作者采访，莫斯科，2016 年 10 月；Tarakanov，*The Bitter Truth of Chernobyl* [*Горькая правда Чернобыля*]（Moscow：Center for Social Support of Chernobyl’s Invalids，2011），5–6。

251　5 月 12 日……不允许：“Resolution of a selective meeting of the executive committee，the Soviet of People’s Deputies of the Kiev region” [Решение суженного заседания исполкома Киевского областного Совета народных депутатов]，May 12，1986，切尔诺贝利博物馆档案。

251　在每一条通向基辅的道路上：Lyashko，*Weight of Memory*，372。

461　251　克里姆林宫首席科学家：Read，*Ablaze*，187–88；Lyashko，*Weight of Memory*，373–75。

252　罗曼年科再一次出现在电视上：A. Y. Romanenko，“Ukrainian Minister of Health：School Year to End by 15th May，” transcript of TV appearance on May 8，1986，translated by BBC Summary of World Broadcasts on May 12，1986；Read，*Ablaze*，189。

252　疏散开始于 5 天后：Lyashko，*Weight of Memory*，376–78；Alexander Sirota，本书作者采访，伊万科夫，2017 年。

253 5月22日，谢尔比茨基……签下了自己的名字："On the activities of local Soviets of people' s deputies of the Kiev region in relation to the accident at Chernobyl" [О работе местных Советов народных депутатов Киевской области в связи с аварией на Чернобыльской АЭС]，May 21，1986，切尔诺贝利博物馆档案；V.Scherbitsky，"Information on ongoing work pertaining to the accident at Chernobyl NPP" [Информация о проводимой работе в связи с аварией на Чернобыльской АЭС]，report no. I/50 to Central Committee of the CPSU，May 22，1986，切尔诺贝利博物馆档案。

253 但在所有这些对民众关怀备至的表面文章之下：奥列格·谢尔潘（苏联卫生部副部长），"VCh-gram from Moscow" [ВЧ-грамма из Москвы]，May 21，1986，切尔诺贝利博物馆档案；Petryna，*Life Exposed*，43 and 226n18。

254 回到禁区之内：Baranovska，ed.，*Chernobyl Tragedy*，第91号文件："Materials of the Ukrainian SSR State Agroindustrial Committee on the state of the industry in the wake of the accident at Chernobyl NPP，" May 6，1986；另见第135号文件"Proposal from the Ministry of Internal Affairs of the Ukrainian SSR on the organization of hunting squads for clearing the 30-kilometer zone of dead and stray animals，" May 23，1986。

254 2万头农用牲畜和家养宠物：国际原子能机构，"Environmental Consequences of the Chernobyl Accident and Their Remediation：Twenty Years of Experience，" Report of the Chernobyl Forum Expert Group "Environment" no. STI/PUB /1239，April 2006，75。

254 小剂量或伦琴：Dyachenko，ed.，*Chernobyl：Duty and Courage*，vol. 1，78。

254 苏联的核电厂事故应急预案：Zhores Medvedev援引时任苏联医学科学院副院长的列昂尼德·伊雷因（Leonid Ilyin）的话说，苏联的应急反应策略是针对一次性放射性核素排放入大气的：*Legacy of Chernobyl*，76 and 326n6。另参见Anatoly Dyachenko，"The Experience of Employing Security Agencies in the Liquidation of the Catastrophe at the Chernobyl Nuclear Power Plant" [Опыт применения силовых структур при ликвидации последствий катастрофы на Чернобыльской АЭС]，*Voyennaya mysl*，no. 4（2003）：77–79。

255 辐射专家被从……召来：Natalia Manzurova and Cathy Sullivan，*Hard Duty：A Woman's Experience at Chernobyl*（Tesuque，NM：Natalia Manzurova and Cathy Sullivan，2006），19。

255 开始时，化学部队：国际原子能机构，"Cleanup of Large Areas，" 116。

255 一些材料要比另一些更难对付：Wolfgang Spyra and Michael Katzsch，eds.，*Environmental Security and Public Safety：Problems and Needs in Conversion Policy and Research after 15 Years of Conversion in Central and Eastern Europe*，NATO Security through Science Series（New York：Springer，2007）：181。 462

255 在庭院和花园中：国际原子能机构，"Cleanup of Large Areas，" 124。

255 苏联的技术人员试了：Klochkov的个人陈述，引自Dyachenko，ed.，*Chernobyl：Duty and Courage*，vol. 1，74。

255 他们在路肩上喷洒：Irina Simanovskaya的个人陈述，引自Kupny，*Memories of Lives Given*，39。

255 苏联装配技术研究设计院的专家：Elena Kozlova，本书作者采访，莫斯科，2017年4月。

256 与此同时，辐射对……的威胁：Polad-Zade，"Too Bad It Took a Tragedy，" 198–99；L. I. Malyshev and M. N. Rozin（两人均为事故发生时能源部的高级水利工程师），"In the Fight for Clean Water，" in Semenov，ed.，*Chernobyl：Ten Years On*，238。

256 在靠近普里皮亚季的地方：国际原子能机构，"Present and Future Environmental

Impact of the Chernobyl Accident," report no. IAEA–TECDOC-1240，August 2001，65。

256 不到 10 天……茂密的松林：尼古拉·施泰因贝格写道，这些树在 5 月 7 日就已经呈现出不正常的颜色，但还没有变红：Kopchinsky and Steinberg，*Chernobyl*，56。

256 士兵和科学家：Dyachenko，ed.，*Chernobyl：Duty and Courage*，vol. 1，79。

256 在集体农场的土地上：Zhores Medvedev，*The Legacy of Chernobyl*，90–91；Manzurova and Sullivan，*Hard Duty*，31.

257 专家们预测的最理想结果是：国际原子能机构，"Cleanup of Large Areas，" 114。

257 但在那些：在整个清除污染的过程中，约有 50 万立方米的土壤被清走。Zhores Medvedev，*Legacy of Chernobyl*，102。

257 被军队团团包围住：根据鲍里斯·谢尔比纳 1987 年 10 月 15 日呈交给中央委员会的备忘录，到 1986 年底，已经有 7 万多人和 111 个军事单位在禁区中服过役："Memorandum，CPSU Central Committee，no. Shch–2882s" [ЦК КПСС № Щ–2882с]，classified，in RGANI，opis 53，reel 1.1007，file 74。

257 大战后的一片狼藉：关于在此期间核电厂及周边地区的影像资料，参见第一个获准进入禁区的纪录片摄制组拍摄的电影 *Chernobyl：Chronicle of Difficult Weeks*。

257 背井离乡的普里皮亚季市民：Esaulov，*City That Doesn't Exist*，53–55。

257 光是 6 月 6 日这一天：Baranovska，ed.，*Chernobyl Tragedy*，document no. 177："Report of the Ukrainian MVD on maintaining public order within the 30-kilometer zone and in locations housing the evacuated population，" June 7，1986。

258 令普里皮亚季重新变得适合人类居住的行动：Esaulov，*City That Doesn't Exist*，51。

258 普里皮亚季市政府成员：普罗岑科，本书作者采访，2016 年。

258 6 月 10 日……工程部队："The creation of the protective barrier in the Chernobyl NPP zone during efforts to liquidate the 1986 accident' s consequences" [Создание рубежа охраны в зоне Чернобыльской АЭС при ликвидации последствий катастрофы в 1986 году]，
463 Interregional Non-Governmental Movement of Nuclear Power and Industry Veterans，Soyuz Chernobyl，May 6，2013，www.veteranrosatom.ru/articles/articles_173.html.

258 中央电子报警系统："Evgeny Trofimovich Mishin" [Мишин Евгений Трофимович]，Interregional Non-Governmental Movement of Nuclear Power and Industry Veterans，undated，www.veteranrosatom.ru/heroes/heroes_86.html.

258 在 30 公里禁区的边界：Dmitry Bisin，account in Kozlova，*Battle with Uncertainty*，202.

259 到 6 月 24 日时，他们已经……建成了：Maleyev，*Chernobyl. Days and Years*，68–69。

259 一个由 12 人组成的委员会聚在一起：Esaulov，*City That Doesn't Exist*，53–54。

259 5 个月的清除污染行动：普里皮亚季城中的清除污染工作一直持续到了 1986 年 10 月 2 日。Belyaev，*Chernobyl：Death Watch*，158。

260 投入 16 万人的力量：Kozyrev，本书作者采访，2016 年。

260 "忘了这事儿吧"：普罗岑科，本书作者采访，2015 年。

十五 调 查

261 当谢尔盖·扬科夫斯基……赶到：谢尔盖·扬科夫斯基，本书作者采访，基辅，

2016 年 2 月和 2017 年 5 月。

261 只是资本主义国家的问题：关于苏联解体前几年中的犯罪统计数据，参见 Wieczynski，ed.，*Gorbachev Encyclopedia*，90–92。

261 那天凌晨两点钟的时候：同上。

263 对……事故原因的调查：扬科夫斯基，本书作者采访，2017 年。这位副总检察长是 Oleg Soroka，第二分部的负责人是 Nikolai Voskovtsev。

263 就在同一个晚上：Karpan，*Chernobyl to Fukushima*，113；Kopchinsky and Steinberg，*Chernobyl*，47。

263 两位 RBMK 反应堆专家：这两位科学家是亚历山大·卡卢金（Alexander Kalugin）和康斯坦丁·费多伦科（Konstantin Fedulenko）。参见 Read，*Ablaze*，123；Fedulenko，"Some Things Have Not Been Forgotten，" 74–75。

264 "事故原因，难以控制的"：Read，*Ablaze*，126。

264 到 5 月的第一周结束时：Valentin Zhiltsov（苏联原子能电厂研究机构苏联核电运行研究院（VNIIAES）的实验室主任）的个人陈述，引自 Shcherbak，*Chernobyl*，182–8

265 回到核电站这边：施泰因贝格的回忆，引自 Kopchinsky and Steinberg，*Chernobyl*，56–57；维克托·布留哈诺夫和瓦莲京娜·布留哈诺娃，本书作者采访，2015 年；施泰因贝格，本书作者采访，2017 年；Read，*Ablaze*，201。

265 "操"：扬科夫斯基，本书作者采访，2017 年。

265 "你看上去气色不太好"：格里戈里·梅德韦杰夫（Grigori Medvedev），*Truth About Chernobyl*，225–26 及 "Chernobyl Notebook" [Чернобыльская тетрадь]，Novy Mir，no. 6（June 1989），网址 http：//lib.ru/MEMUARY/CHERNOBYL/medvedev.txt。

265 两星期后：Read，*Ablaze*，201。

266 "原因显然出在"："A Top Soviet Aide Details Situation at Stricken Plant，" Associated Press，May 3，1986。在 1990 年 6 月接受英国系列纪录片 *The Second Russian Revolution* 的采访时，主管能源工业的中央委员会书记弗拉基米尔·多尔吉赫（Vladimir Dolgikh）表示，叶利钦自己主动召开了这次新闻发布会。Dolgikh，interview transcript，2RR，5。 464

266 "这起事故是由……而导致的"：Andranik Petrosyants，"'Highly Improbable Factors' Caused Chemical Explosion，" *Los Angeles Times*，May 9，1986。

266 中型机械制造部中的强硬派：Read，*Ablaze*，198。

266 这位院士……返回家中：Margarita Legasova，"Defenceless Victor：From the Recollections of Academician V. Legasov's Widow" [Беззащитный победитель：Из воспоминаний вдовы акад. В. Легасова]，*Trud*，June 1996，translated in Mould，*Chernobyl Record*，304–5；Margarita Legasova，*Academician Valery A. Legasov*，381。

267 然而，列加索夫依然全身心地投入到了：因加·列加索夫（Inga Legasov），本书作者采访，2017 年。

267 与此同时，在莫斯科一道道紧闭的大门之后：这份文件另外的一个名字是"关于切尔诺贝利核电厂四号机组事故原因的调查记录" [Акт расследования причин аварии на энергоблоке No. 4 Чернобыльской АЭС]。Karpan，*Chernobyl to Fukushima*，113 and 146–47。

268 作为回应，亚历山德罗夫：Kopchinsky and Steinberg，*Chernobyl*，48。

268 会议一开就是几个小时：Karpan，*Chernobyl to Fukushima*，113–15；Shasharin，"Chernobyl Tragedy，" 105；根纳季·萨沙林，"写给戈尔巴乔夫的信（草稿）" [Письмо М. С. Горбачеву（черновик）]，1986 年 5 月，网址为 http：//accidont.ru/letter.html，译文参见

Karpan，*Chernobyl to Fukushima*，214–17。

268 但根纳季·萨沙林：萨沙林，“写给戈尔巴乔夫的信”，引自 Karpan，*Chernobyl to Fukushima*，215–16。

269 维克托·布留哈诺夫回来了：新的电厂厂长是埃里克·波茨迪舍夫（Erik Pozdishev）。维克托·布留哈诺夫，接受《明镜周报》记者 Sergei Babakov 采访，1999 年。根据施泰因贝格的回忆（Kopchinsky and Steinberg，*Chernobyl*，61），波茨迪舍夫走马上任的时间是 1986 年 5 月 27 日。另参见 Read，*Ablaze*，202。

269 “我们拿布留哈诺夫怎么办”：新的总工程师是尼古拉·施泰因贝格。施泰因贝格，本书作者采访，2017 年；维克托·布留哈诺夫和瓦莲京娜·布留哈诺娃，本书作者采访，2016 年。

269 第二分部的总部：扬科夫斯基，本书作者采访，2016 年和 2017 年。位于罗夫诺（Rovno）和赫梅利尼茨基（Khmelnitsky）的另外两座乌克兰核电厂使用的是 VVER 反应堆。

270 7 月 2 日星期二：Read，*Ablaze*，201。（Read 给出的日期是 6 月 2 日，但这是不正确的：于次日举行的中央政治局会议，时间为 7 月 3 日。）

270 但此时，这位已遭罢免的厂长：维克托·布留哈诺夫，接受乌克兰《事实与评论报》记者 Maria Vasyl 采访，2000 年。

270 上午 11 点整：Michael Dobbs，*Down with Big Brother*：*The Fall of the Soviet Empire*（New York：Vintage Books，1998），163。

465 270 “这起事故是……导致的结果”：1986 年 7 月 3 日的中央政治局会议记录（只此一份的绝密文件），转引自 Yaroshinskaya，*Chernobyl*：*Crime Without Punishment*，272–73。在 Vorotnikov 记下的会议概要中，确认谢尔比纳提到过 RBMK 的缺点，以及反应堆设计师没能认识到这些缺陷并将其消除。Vorotnikov，*This Is How It Went*，104。

271 等到谢尔比纳讲完时：Dobbs，*Down with Big Brother*，163–64。另参见戈尔巴乔夫基金会档案中的节选会议记录，引自 Mikhail S. Gorbachev，*Collected Works* [*Собрание сочинений*]（Moscow：Ves Mir，2008），vol.4，276–77。

271 会议在激烈的争执中持续：Read，*Ablaze*，202；Yaroshinskaya，*Chernobyl*：*Crime Without Punishment*，274。

271 斯拉夫斯基继续指责：中央政治局会议记录，1986 年 7 月 3 日，引自 Anatoly Chernyaev，A. Veber，and Vadim Medvedev，eds.，*In the Politburo of the Central Committee of the Communist Party of the Soviet Union...From the notes of Anatoly Chernyaev*，*Vadim Medvedev*，*Georgi Shakhnazarov*（*1985–1991*）[*ВПолитбюро ЦК КПСС ... По записям Анатолия Черняева*，*Вадима Медведева*，*Георгия Шахназарова*（*1985–1991*）]，2nd ed.（Moscow：Alpina Business Books，2008），57–62。另参见 “The meeting of the Politburo of the CPSU Central Committee on July 3，1986：On Chernobyl” [Заседание Политбюро ЦК КПСС 3 июля 1986 года：О Чернобыле]，戈尔巴乔夫基金会网站，http：//www.gorby.ru/userfiles/file/chernobyl_pril_5.pdf。

271 能源部的代表：Vorotnikov，*This Is How It Went*，104；“On Chernobyl” [О Чернобыле]，1986 年 7 月 3 日中央政治局会议记录节选，摘自戈尔巴乔夫基金会出版的中央政治局会议纪要汇编，www.gorby.ru/userfiles/protokoly_politbyuro.pdf

271 梅什科夫不明智地坚持认为：Chernyaev，Veber，and Medvedev，eds.，*In the Politburo*，58。另参见 “On Chernobyl”，戈尔巴乔夫基金会。

272 “这是我们的错”：Yaroshinskaya，*Chernobyl*：*Crime Without Punishment*，279。

272 “这场事故是不可避免的”：Dobbs，*Down with Big Brother*，164–65；Chernyaev，

Veber, and Medvedev, eds., *In the Politburo*, 59–60。

272 这些内容被写进了……决议草案:“Resolution of the Central Committee of the CPSU : On the results of investigation of the mistakes that caused the Chernobyl nuclear accident, on measures to address its aftermath, and on the safety of the atomic power industry” [Постановление ЦК КПСС : О результатах расследования причин аварии на Чернобыльской АЭС и мерах по ликви дации ее последствий, обеспечению безопасности атомной энергетики], 绝密, 1986 年 7 月 7 日, 引自 RGANI, opis 53, reel 1.1007, file 12。根据一份签名投票单上显示的结果,这份文件在 1986 年 7 月 14 日经中央政治局全体一致表决通过。

273 “公开性对我们大大有利”: Gorbachev, *Collected Works*, vol. 4, 279。

273 并不是所有人都对此表示同意:“与切尔诺贝利核电厂四号机组事故相关的涉密信息目录” [Перечень сведений, подлежащих засекречиванию по вопросам, связанным с аварией на блоке № 4 Чернобыльской АЭС (ЧАЭС)], 1986 年 7 月 8 日, 乌克兰国家安全局档案 fond 11, file 992, 可在乌克兰自由运动(Ukrainian Liberation Movement)电子档案中查阅: http : //avr.org.ua/index.php/viewDoc/24475

273 一回到基辅: Read, *Ablaze*, 202 ; 布留哈诺夫, 接受《明镜周报》记者 Sergei Babakov 采访, 1999 年。 466

274 星期六晚上: Associated Press, “Text of the Politburo Statement About Chernobyl,” *New York Times*, July 21, 1986 ; Lawrence Martin, “Negligence Cited in Chernobyl Report,” Globe and Mail (Canada), July 21, 1986。

274 在塔什干:维克托·布留哈诺夫和瓦莲京娜·布留哈诺娃,本书作者采访,2015 年。

274 下达了自己的判决:“Punishment for Chernobyl Officials,” *Radynska Ukraina*, July 27, 1986, translated in the BBC Summary of World Broadcasts, August 2, 1986。

274 11 艘航船: Lyashko, *Weight of Memory*, 369。

274 8 月 12 日……副总工程师:布留哈诺夫,接受《明镜周报》记者 Sergei Babakov 采访, 1999 年;维克托·布留哈诺夫和瓦莲京娜·布留哈诺娃,本书作者采访,2015 年。

275 两星期后,8 月 25 日:Walter C. Patterson, “Chernobyl—The Official Story,” *Bulletin of the Atomic Scientists* 42, no. 9 (November 1986): 34–36。关于列加索夫出席国际原子能机构会议的存档录像,参见 Yuliya Shamal 和 Sergei Marmeladov 导演的纪录片《列加索夫院士死亡之谜》[*Тайна смерти академика Легасова*], (Moscow : Afis-TV for Channel Rossiya, 2004)。

275 列加索夫那个夏天的大部分时间都花在: Read, *Ablaze*, 196。

275 然而,不管搞不搞“开放性”那一套:亚历山大·卡卢金(Alexander Kalugin), 在纪录片《列加索夫院士死亡之谜》中接受采访。卡卢金在他 1990 年的文章中对这张纸条的内容做了类似的描述,参见“Today’s understanding of the accident” [Сегодняшнее понимание аварии], Priroda, 网址 https : //scepsis.net/library/id_698.html.

276 尽管他有关惩罚的提议: Read, *Ablaze*, 196–97。

276 列加索夫的发言:施泰因贝格的个人陈述,引自 Kopchinsky and Steinberg, *Chernobyl*, 148–49 ;《列加索夫院士死亡之谜》。关于列加索夫的措辞 —— 尤其是使用“不足之处”而非“缺陷”—— 参见 Walt Patterson, “Futures : Why a kind of hush fell over the Chernobyl conference / Western atomic agencies’ attitude to the Soviet nuclear accident,” *The Guardian*, October 4, 1986。

276 “将近半数”:“Soviets : Half of Chernobyl-Type Reactors Shut,” *Chicago Tribune*,

August 26，1986。14 座 RBMK 机组当时仍在运行，参见 Dodd，*Industrial Decision-Making*，Appendix D。

276　等到他们……离开：Patterson，“Chernobyl—The Official Story，” 36。亚历山大·博罗沃伊，本书作者采访，莫斯科，2015 年 10 月。“The Liquidator” 对亚历山大·博罗沃伊的采访。

277　大会进行到一半：理查德·威尔逊，本书作者采访，坎布里奇，马萨诸塞州，2016 年 8 月；Alexander Shlyakhter and Richard Wilson，“Chernobyl：The Inevitable Results of Secrecy，” *Public Understanding of Science* 1，no. 3（July 1992）：255；Zhores Medvedev，*Legacy of Chernobyl*，99。

277　“我在维也纳没有说谎”：据安德烈·萨哈罗夫回忆，引自 Shlyakhter and Wilson，“Chernobyl：The Inevitable Results of Secrecy，” 254。

467

十六　石　棺

278　黑屋子里：塔拉卡诺夫，本书作者采访，2016 年；Nikolai Tarakanov，The Bitter Truth of Chernobyl [Горькая правда Чернобыля]（Moscow：Center for Social Support of Chernobyl’s Invalids，2011）。纪录片片段参见 “Chernobyl.Cleaning the Roofs. Soldiers（Reservists），” 节选自系列纪录片 Chernobyl 1986.04.26 P. S. [Чернобыль. 1986.04.26 P. S.]，narrated by Valery Starodumov（Kiev：Telecon，2016），网址 www.youtube.com/watch?v=ti-WdTF2Q。另参见 Sergei Zabolotny 导演的 Chernobyl 3828 [Чернобыль 3828]（Kiev：Telecon，2011）。

278　按照其高度：Tarakanov，*Bitter Truth of Chernobyl*，142。

278　为每一个区域命名：塔拉卡诺夫，本书作者采访，2016 年。关于辐射水平，引自 Starodumov 在纪录片 *Chernobyl 3828* 中的评论。Starodumov 在此次行动期间曾担任辐射侦察兵。

279　高达 10000 伦琴：Yuri Samoilenko，接受 Igor Osipchuk 采访，“当清理原子能核电厂屋顶放射性瓦砾碎片的工作显然只能由数以千计的人手动完成时，政府委员会把战士派到了那里” [Когда стало ясно，что очищать крыши ЧАЭС от радиоактивных завалов придется вручную силами тысяч человек，правительственная ком иссия послала туда солдат]，《事实与评论报》（*Fakty i Kommentarii*），2003 年 4 月 25 日，http：//fakty.ua/75759-kogda-stalo-yasno-chto-ochicshat-kryshi-chaes-ot-radioaktivnyh-zavalov-pridetsya-vruchnuyu-silami-tysyach-chelovek-pravitelstvennaya-komissiya-poslala-tuda-soldat.

280　最终的概念：列夫·博恰罗夫（US-605 第三分队总工程师），本书作者采访，莫斯科，2017 年 4 月；V. Kurnosov et al.，report no. IAEA-CN-48 /253：“掩埋切尔诺贝利核电厂受损的四号发电机组的经验” [Опыт захоронения аварийного четвертого энергоблока Чернобыльской АЭС]，收录于国际原子能机构出版物《核电性能与安全》（*Nuclear Power Performance and Safety*），国际原子能机构维也纳会议的会议记录（1987 年 9 月 28 日到 10 月 2 日）proceedings of the IAEA conference in Vienna（September 28 to October 2，1987），vol. 5，1988，170。关于候选设计方案的数目，也有其他说法。Y. Yurchenko 提到了 28 个蓝图（Kozlova，*Battle with Uncertainty*，205）。尼古拉·施泰因贝格引述的数字高达 100 个（本书作者采访，2006 年）。

280　中空的铅球：Kopchinsky and Steinberg，Chernobyl，128；Kozlova，*Battle with Uncertainty*，209。

280 还有人提议：Kozlova，*Battle with Uncertainty*，209；施泰因贝格，本书作者采访，2006 年。

280 最开始几次会议中：Kopchinsky and Steinberg，*Chernobyl*，128。

281 在提出的建筑解决方案中：列夫·博恰罗夫存档的图纸（本书作者采访，2017 年）。

281 然而，技术上的挑战：Belyaev，本书作者采访，2017 年。

281 工程师们因此计划：Kozlova，*Battle with Uncertainty*，206–7。

281 And time was short：Baranovska，ed.，*The Chernobyl Tragedy*，document no. 172："Resolution of the Central Committee of the CPSU and the USSR Council of Ministers 'On Measures to Conserve Chernobyl NPP Objects Pertaining to the Accident at Energy Block No. 4, and to Prevent Water Runoff from Plant Territory,'" June 5，1986. 468

281 此外，时间也很紧迫：Baranovska，ed.，*The Chernobyl Tragedy*，document no. 172："Resolution of the Central Committee of the CPSU and the USSR Council of Ministers 'On Measures to Conserve Chernobyl NPP Objects Pertaining to the Accident at Energy Block No. 4, and to Prevent Water Runoff from Plant Territory,'" June 5，1986。

282 为了限制他们的总体辐射暴露量：Viktor Sheyanov（US-605 第一分队总工程师）的个人陈述，引自 Kozlova，*Battle with Uncertainty*，217。

282 建造必须的基础设施：Y. Savinov 将军的个人陈述，引自 I. A. Belyaev，*Sredmash Brand Concrete* [*Бетон марки "Средмаш"*]（Moscow：Izdat，1996），39。

282 而那些通常已经人到中年的：Savinov 解释说，这些预备役军人当时年龄在 45 岁到 50 岁之间，他认为这些人不过是些干活马马虎虎、敷衍了事的业余士兵，和第二次世界大战中的敌后游击队员差不多。参见 Belyaev，*Sredmash Brand Concrete*，39。

282 第一拨人马最重要的任务：Sheyanov 的个人陈述，引自 Kozlova，*Battle with Uncertainty*，218。

282 在建造工作开始前：博恰罗夫，本书作者采访，2017 年；Belyaev，本书作者采访，2017 年。

282 开始向反应堆发起围攻：Kozlova，*Battle with Uncertainty*，260。

283 高度超过 6 米：同上，第 220 和 229 页；Belyaev，本书作者采访，2017 年。

283 他们周围的地面：Kozlova，*Battle with Uncertainty*，226。

283 施工一刻不停地进行着：列夫·博恰罗夫的个人陈述，引自 Kozlova，*Battle with Uncertainty*，290。建筑监理人 Valentin Mozhnov 回忆说，每天浇筑的混凝土高达 5600 立方米（第 261 页）。

283 快速运往四号机组的废墟：博恰罗夫和 Nikifor Strashevsky（高级工程师）的个人叙述，引自 Kozlova，*Battle with Uncertainty*，290 and 326。

283 在 7 月和 8 月：L. Krivoshein 的个人陈述，引自 Kozlova，*Battle with Uncertainty*，96；Tarakanov，*Bitter Truth*，142。

283 起重能力：Kozlova，*Battle with Uncertainty*，243。

284 如果开得太近：Yurchenko 的个人陈述，引自 Kozlova，*Battle with Uncertainty*，245 and 252。

284 "阶梯式隔离墙"的钢模：A.V.Shevchenko（高级建筑工程师，US-605 第二分队）的个人陈述，引自 Kozlova，*Battle with Uncertainty*，251。

284 就在中型机械制造部的工程师们忙着：博罗沃伊，本书作者采访，2015 年；Alexander Borovoi，*My Chernobyl* [*Мой Чернобыль*]（Moscow：Izdat，1996），54。

285 他的同事韦利霍夫：Semenov，"For the 10th Anniversary of the Catastrophe at Chernobyl

NPP，" 41。

285　然而，最初几次……尝试：K. P. Checherov，"The Unpeaceful Atom of Chernobyl" [Немирный атом Чернобыля]，nos. 6–7 （2006–2007），网址http：//vivovoco.astronet.ru/VV/PAPERS/MEN/CHERNOBYL.HTM.

285　亚历山大 · 博罗沃伊……49 岁的他，是个体格壮实的：博罗沃伊，本书作者采访，2015 年；Borovoi，*My Chernobyl*，39–40。

286　中央政治局已经公开承诺：在一个 6 月 1 日从切尔诺贝利发回的电视采访中，部长会议副主席、政府委员会三号领导弗拉基米尔 · 沃罗宁表示，他"有充分的信心"，一
469 号和二号机组会在冬天到来之前"依据政府规划的时间表"重新启动。BBC Summary of World Broadcasts，"1st June TV Report of Work at AES：Statement by Voronin，" summary of television programming on June 1，1986（translated June 3，1986）。

286　但此时……真相：Kopchinsky and Steinberg，*Chernobyl*，98 and 108–12。直至今日，那些塑料布仍覆盖于整个核电厂的地面和楼梯上。

286　整个通风换气系统：同上，第 102—107 页。

287　重达 5 吨的混凝土板：塔拉卡诺夫，本书作者采访，2016 年。

287　政府委员会再一次向……求助：Elena Kozlova，本书作者采访，莫斯科，2017 年 4 月；Kozlova，*Battle with Uncertainty*，190–92。

287　技术人员开始计划使用机器人完成碎片清理：关于这一行动的更多细节，参见 Y. Yurchenko 撰写的编号为 no. IAEA-CN-48 /256 的报告："对在切尔诺贝利核电厂受损机组使用的机械除污技术和技术设备的有效性评估" [Оценка эффективности технологий и технических средств механической дезактивации аварийного блока Чернобыльской АЭС]，收录于国际原子能机构 1988 年出版的《核电性能与安全》（*Nuclear Power Performance and Safety*），第 164—65 页。

288　9 月 16 日，塔拉卡诺夫将军收到了：塔拉卡诺夫，本书作者采访，2016 年；尼古拉 · 塔拉卡诺夫的回忆（*Bitter Truth of Chernobyl*，144–45），译本收录于 Chernousenko，*Insight from the Inside*，151。对萨莫伊连科的描述，取材于纪录片 *Chernobyl 3828* 中的画面。

288　手绘的屋顶平面图：塔拉卡诺夫在 Bitter Truth of Chernobyl 的第 141 页提到了这份手绘地图，另参见 Karpan，*Chernobyl to Fukushima*，14。

288　塔拉卡诺夫手下的士兵……开始行动：塔拉卡诺夫，本书作者采访，2016 年；Tarakanov，*Bitter Truth of Chernobyl*，151。

289　"我请你马上离队"：Tarakanov，*Bitter Truth of Chernobyl*，170。

289　许多人都很年轻：Alexander Fedotov（前清理员）在纪录片 *The Battle of Chernobyl* 中接受采访时说，导演 Thomas Johnson（France：*Play Film*，2006）。尽管大多数清理员是"游击队员"，通风烟囱平台却是由哈尔科夫（Kharkov）消防学校自告奋勇执行此项任务的学员们完成清理的。这些年轻人只有十几岁。他们特别专注投入，在许多情况下，为了多干一点儿活，停留的时间远比所允许的长得多。

289　多年后，这位将军坚持说：塔拉卡诺夫，在 *The Battle of Chernobyl* 中接受采访时说。

290　他们的眼睛生疼：伊戈尔 · 柯斯京（Igor Kostin）和 Alexander Fedotov，在 The Battle of Chernobyl 中接受采访时说。柯斯京的个人传记和在核电厂屋顶上拍下的照片，收录于 Igor Kostin，*Chernobyl*：*Confessions of a Reporter*（New York：Umbrage Editions，2006），76-81 and 225–37。

290　登记在册：塔拉卡诺夫，本书作者采访，2016 年；"苏联国防部参与移除切尔诺贝利核电厂三号能源区、机器大厅和通风辅助系统等处核燃料、高放射性石墨和其他爆炸产

物行动的军职人员名单，1986年9月19日-10月1日”[Список личного состава воинских частей и подразделений МО СССР，принимавших участие в операции по удалению ядерного топлива，высокорадиоактивного зараженного графита и других продуктов взрыва 470
с крыш 3го энергоблока，машзала и трубных площадок ЧАЭС в период с 19 сентября по 1 октября 1986 года]，尼古拉·塔拉卡诺夫个人档案。

290 在12天中：Starodumov在*Chernobyl 3828*中的解说词；塔拉卡诺夫，本书作者采访，2016年。

290 下午差一刻钟5点的时候：Kopchinsky and Steinberg，*Chernobyl*，115。

290 在三号机组的屋顶：参见纪录片*Chernobyl 3828*中的画面，解说人Starodumov是升起旗帜的侦察兵之一。柯斯京的照片参见他的书*Chernobyl：Confessions of a Reporter*，95。

291 塔拉卡诺夫在俯身进入……个人专车时：塔拉卡诺夫，本书作者采访，2016年。

291 占据了……头版：题为《驯服反应堆》[*Укрощение реактора*]的一篇文章，图片可见于Kozlova，*Battle with Uncertainty*，284。

291 该班次的总工程师：博恰罗夫，本书作者采访，2017年；Josephson，*Red Atom*，69；IAEA，*Nuclear Applications for Steam and Hot Water Supply*，report no. TECDOC-615，July 1991，73；Stefan Guth，“Picturing Atomic-Powered Communism，” paper given at the international conference Picturing Power. Photography in Socialist Societies，University of Bremen，December 9–12，2015。

291 已经严重超期：一份签署日期为10月5日的克格勃备忘录指出，石棺工程已经错过了中型机械制造部最初制定的竣工日期，但加装屋顶的行动预计直到10月11日才会开始，而二号机组按照计划要在10月20日重新并网发电（Danilyuk，ed.，“Chernobyl Tragedy，” *Z arkhiviv*，document no. 65，*Report of the USSR OG KGB and UkSSR KGB to the USSR KGB Concerning the Radioactive Situation and the Progress in Works on the Cleaning Up Operation After the Accident at the Chernobyl NPS*，October 5，1986）。

292 一座巨大的钢铁纸牌屋：Kozlova，*Battle with Uncertainty*，324。

292 外表粗陋的庞然大物：同上，第358—359页；Belyaev，*Chernobyl：Death Watch*，145。

292 博恰罗夫和手下的工程师把工程总部直接设在：博恰罗夫，本书作者采访，2017年；Belyaev，*Chernobyl：Death Watch*，270。

293 深海潜水器：苏联装配技术研究设计院的技术人员制造了许多个版本的深海潜水器，每一个都略有不同。关于其图片和介绍，参见Kozlova的*Battle with Uncertainty*中第161—162页Alexander Khodeyev和第380页Pavel Safronov的讲述。

293 这位总工程师制定的……计划：博恰罗夫，本书作者采访，2017年。

294 他们将不得不从头开始重新建设石棺：博恰罗夫的个人陈述，引自Kozlova，*Battle with Uncertainty*，382。

294 在离开前，有些人获得了突出贡献奖：Koldin，本书作者采访，2017年。

294 不管……大张旗鼓地宣扬胜利：Raab，*All Shook Up*，172–73。

294 有些人对征兵官员行贿：Marples，*The Social Impact of the Chernobyl Disaster*，191。

294 一群200名：James M. Markham，“Estonians Resist Chernobyl Duty，Paper Says，” *New* 471
York Times，August 27，1986。

294 基辅的军警巡视人员：洛加乔夫，接受Taras Shumeyko采访，2017年。

294 高工资：据玛丽亚·普罗岑科说，禁区中支付的工资按照个人工资的几倍计算（本书作者采访，2016 年）。此外，在 5 月底，中央政治局批准了一个方案，向在清理行动中有突出表现的人一次性支付一笔特殊津贴。参见 Baranovska，ed.，*The Chernobyl Tragedy*，document no. 154："Resolution of the Central Committee of the CPSU and the USSR Council of Ministers 'On conducting decontamination work in Ukrainian SSR and Belarusian SSR regions affected by radioactive pollution after the accident at Chernobyl NPP，'" May 29，1986。

294 当年 36 岁的弗拉基米尔·乌萨坚科：弗拉基米尔·乌萨坚科，本书作者采访，基辅，2016 年 12 月。

296 28 次任务：同上。因为在禁区中的工作，乌萨坚科赚到了 5 倍于自己平常作为一名电力工程师的工资，额外再加上发给非现役军官的 100 卢布奖金。他总共拿到了 1400 卢布。

296 由一位……物理学家带路：博恰罗夫，本书作者采访，2017 年；博恰罗夫的个人陈述，引自 Kozlova，*Battle with Uncertainty*，361–78；*Belyaev*，*Chernobyl*：*Death Watch*，144–45。

296 晚上 10 点：Belyaev，*Chernobyl*：*Death Watch*，146 and 149。

297 依然不知所踪：博罗沃伊，本书作者采访，2015 年；Astakhova，"The Liquidator."

297 屋顶和窗户：Kozlova，*Battle with Uncertainty*，515。

297 工程师们宣称：Belyaev，*Chernobyl*：*Death Watch*，165。经常被苏联新闻报道援引的这些数字，并经不起仔细核对。在 Alexander Sich 的论文中，他指出，将这么多混凝土灌入像石棺这么大的一座建筑物中，从几何学上来看是不可能的（Sich，"Chornobyl Accident Revisited，" 26n12）。

297 工程每日造价飙升到了：Kozlova，*Battle with Uncertainty*，518。

297 当斯拉夫斯基凝视着：Belyaev，*Chernobyl*：*Death Watch*，162。

297 这将成为斯拉夫斯基……最后一项成就：Belyaev，本书作者采访，2017 年。

298 "坎大哈？"：博恰罗夫，本书作者采访，2017 年。

十七 禁 区

299 到 1986 年 8 月初：Gary Lee，"Chernobyl' s Victims Lie Under Stark Marble，Far From Ukraine，" Washington Post，July 2，1986；Carol J. Williams，"Chernobyl Victims Buried at Memorial Site，" Associated Press，June 24，1986；Thom Shanker，"2 Graves Lift Chernobyl Toll to 30，" Chicago Tribune，August 3，1986. Description of cemetery layout：Grigori Medvedev，*Truth About Chernobyl*，262。

299 9 月份，安格林娜·古斯科娃医生："预计不会见到癌症患者的显著增加"，节选自对古斯科娃和 L.A. 伊雷因（苏联医学科学院副院长、苏联卫生部生物物理研究所所长）

472 的采访，1987 年 9 月 19 日发表于《消息报》（*Izvestia*），译文引自 BBC Summary of World Broadcasts on September 27，1986；Reuters，"Chernobyl Costs Reach $3.9 Billion，" Globe and Mail（Canada），September 20，1986。

299 循环泵操作员……尸体：Shcherbak，*Chernobyl*，340。

299 从那时起，又有 29 名：国际原子能机构，INSAG-1，64。一名女性受害者的死亡被归因为明显由急性辐射综合征导致的脑出血：Gusev et al.，eds.，*Medical Management of Radiation Accidents*，201。

299 在 13 名接受……治疗的病人中：国际原子能机构，INSAG-1，64–65；Zhores Medvedev，*Legacy of Chernobyl*，140。

300 副总工程师阿纳托利・佳特洛夫：Dyatlov，*Chernobyl*：*How It Was*，54 and 109。

300 列昂尼德・捷利亚特尼科夫少校：Felicity Barringer，“One Year After Chernobyl，a Tense Tale of Survival，” *New York Times*，April 6，1987。

300 在医生们看来，一些……操作人员居然能够幸存：巴拉巴诺娃，本书作者采访，2016 年。另参见 Davletbayev，“Last Shift，” 373。

300 亚历山大・谢甫琴科：纳塔利娅・谢甫琴科，本书作者采访，2016 年。尽管对手下医生极其严厉，安格林娜・古斯科娃显然对她最喜欢的那些病人表现出了格外温情的一面。据纳塔利娅说，这位资深辐射专家会出现在谢甫琴科的床边，叫着给他起的小名，对他温言抚慰，就像是一位富有爱心的老祖母一样。“萨申卡！（译注：俄语中对名叫亚历山大的人的一种爱称，比“萨沙”更亲密）”她会说，“一切都会好起来的！干嘛愁眉苦脸的？”

301 直到 6 月：同上。

301 就在隔离区外的波列什科镇：Esaulov，*City That Doesn't Exist*，50。

302 5 月份时，苏联红十字会：同上，第 69 页。

302 7 月 25 日，他们得到了答案：同上，第 14 页和 55 页；纳塔利娅・谢甫琴科，本书作者采访，2016 年。

302 这些流亡者仅被允许：Esaulov，*City That Doesn't Exist*，55–56。

303 一些人发现自己很难忍住：参见一名奉命陪同普里皮亚季市前居民回访各自公寓的检查站工作人员的日记，1986 年 10 月首次发表于《共青团真理报》（*Komsomolskaya Pravda*），后 David R. Marples 在其书 *The Social Impact of the Chernobyl Disaster*（New York：St. Martin's Press，1988）中引用，173。

303 已经是 9 月份了：纳塔利娅・谢甫琴科，本书作者采访，2016 年。

303 其他住户在取回：Valery Slutsky，本书作者采访，普里皮亚季，2006 年。

303 瓦莲京娜・布留哈诺娃：维克托・布留哈诺夫和瓦莲京娜・布留哈诺娃，本书作者采访，2016 年。另参见 Svetlana Samodelova 的报道《切尔诺贝利核电厂厂长的个人劫难》[*Личная катастрофа директора Чернобыля*]，《莫斯科共青团员报》（*Moskovsky komsomolets*），2011 年 4 月 22 日，www.mk.ru/politics/russia/2011/04/21/583211-lichnaya-katastrofa-direktora-chernobyilya.html.

303 常常都已经是深夜了：Esaulov，*City That Doesn't Exist*，56。

303 他们都值守在警戒线上：一位来自莫斯科工程物理学院的检查站工作人员的日记，1986 年 10 月发表于《共青团真理报》，引自 Marples，*Social Impact of the Chernobyl Disaster*，172–77。 473

304 对这座废弃城市的回访：Esaulov，*City That Doesn't Exist*，56。

304 市政府本来计划：同上，第 67—68 页。

304 一场慈善摇滚演唱会：BBC Summary of World Broadcasts，“'Highlights' of Rock Concert for Chernobyl Victims Shown on TV，” summary of Soviet television programming on July 11，1986（translated July 15）。

305 904 号账户中已经收到：BBC Summary of World Broadcasts，“Contributions to Chernobyl aid fund，” summary of TASS news report on August 11，1986（translated August 15，1986）。

305 6 月份，中央政治局通过了一项决议：Baranovska，ed.，The Chernobyl Tragedy，document no. 173：“Resolution of the Central Committee of the CPSU and the USSR Council of Ministers 'On providing homes and social amenities to the population evacuated from the Chernobyl zone，” June 5，1986。

305 5 万名支援者：“New Homes for Evacuees：AES Workers' Township，” Pravda，July

23，1986，translated by BBC Summary of World Broadcasts on July 28，1986。

305 第一个居民安置点：Marples，*Social Impact of the Chernobyl Disaster*，197。

305 据报道，每一户：同上，第 198 页。

305 11500 栋适合一家人居住的新房：Lyashko，*Weight of Memory*，370。

305 但……中央政治局特别行动小组：同上，第 371—372 页；Valentin Kupny，本书作者采访，乌克兰斯拉夫蒂奇，2016 年 2 月；纳塔利娅・赫德姆丘克，本书作者采访，基辅，2017 年 5 月。

305 神秘地陷入停工状态：Esaulov，*City That Doesn't Exist*，58–59。

306 他们被自己的新邻居避而远之：纳塔利娅・赫德姆丘克，本书作者采访，2017 年。

306 在学校里：Samodelova，"The private catastrophe of Chernobyl's director."

306 楼梯间与走廊中的辐射值：G. K. Zlobin and V. Y. Pinchuk，eds.，*Chernobyl：Post-Accident Construction Program* [*Чорнобиль：Післяаварійна програма будівництва*]，Kiev Construction Academy（Kiev：Fedorov，1998），311。

306 随着第一座反应堆：E.N.Pozdishev，接受《真理报》通讯员采访，"Chernobyl AES：Chronicle of Events—In Test Mode，" *Pravda*，October 10，1986，译文参见"Aftermath of Chernobyl Nuclear Power Plant Accident—Part II，" Foreign Broadcast Information Service，USSR Report：Political and Sociological Affairs，January 22，1987。

306 三号机组的污染情况仍十分严重：Kopchinsky and Steinberg，Chernobyl，125；Danilyuk，ed.，"Chernobyl Tragedy，" *Z arkhiviv*，document no. 73："Special report of the USSR KGB and UkSSR KGB 6th Department concerning the radioactive situation and the progress in works on the cleaning up operation after the accident at the Chernobyl NPS，" December 31，1986。

306 委员会甚至下令：Kopchinsky and Steinberg，*Chernobyl*，117。

474 306 与此同时，《真理报》上报道了：O. Ignatyev and M. Odinets，"House Warming at Zelenyy Mys，" *Pravda*，October 20，1986，译文引自"Aftermath of Chernobyl—Part II，" Foreign Broadcast Information Service；Marples，*Social Impact of the Chernobyl Disaster*，225–26。

307 "亿万人"：BBC Summary of World Broadcasts，"Gromyko's Presentation of Awards to 'Heroes' of Chernobyl，" summary of TASS news report on January 14，1987（translated January 16，1987）。

307 少数奖项：Grigori Medvedev，*Truth About Chernobyl*，264。

307 有一次：纳塔利娅・谢甫琴科，本书作者采访，2015 年。

307 不仅没有……得到表彰：扬科夫斯基，本书作者采访，2017 年。Samodelova 在 *The private catastrophe of Chernobyl's director* 一文中提到这个通知的下达时间是 1986 年 11 月 28 日。

308 他被禁止访客探望：维克托・布留哈诺夫和瓦莲京娜・布留哈诺娃，本书作者采访，2016 年。

308 偶尔，布留哈诺夫会有：布留哈诺夫，接受《事实与评论报》记者 Maria Vasyl 采访，2000 年。

308 有一阵：维克托・布留哈诺夫和瓦莲京娜・布留哈诺娃，本书作者采访，2015 年。

308 开始时，布留哈诺夫拒绝：布留哈诺夫，接受《事实与评论报》记者 Maria Vasyl 采访，2000 年。

308 但他的妻子：Yuri Sorokin（维克托・布留哈诺夫的出庭律师），本书作者采访，莫斯科，2016 年 10 月。

308 同一个月：扬科夫斯基，本书作者采访，2017年。

308 这位厂长发现了一封……信：这位专家依然是 Vladimir Volkov（参见第4章），只不过这一次提出反对意见的信是写给戈尔巴乔夫本人的。

309 他们一共……寄送了48卷证据文件：Sorokin，本书作者采访，2016年。检察官扬科夫斯基回忆说，一共有57卷材料，其中包括克格勃的电话监听录音和来自核电厂的数据（扬科夫斯基，本书作者采访，2017年）。

309 其他四名核电厂高级员工：第六名受审的被告是国家核工业监察局（Gosatomenergonadzor）派驻电厂的监察员尤里·劳什金，他是唯一没有依照《乌克兰刑法典》第220条“易爆炸工厂及设施”的条款被起诉的人。他被以第167条玩忽职守罪起诉。Schmid，*Producing Power*，4–5 and 206n29 and 206n30；and A. Rekunkov, Prosecutor General of the USSR，“On the completion of the criminal investigation into the accident at Chernobyl NPP” [О завершении расследования по уголовному делу об аварии на Чернобыльской АЭС]，memo to the Central Committee of the CPSU，in RGANI，opis 53，reel 1.1007，file 56。

309 一个被发明出来的的法律措辞：Karpan，*Chernobyl to Fukushima*，125；Schmid，*Producing Power*，4。法律上定义的“易爆炸”设施，通常指的是那些储存有大量热油、化肥、酸和其他化学物质的工厂和库房。参见 A. G. Smirnov and L. B. Godgelf，*The classification of explosive areas in national and international standards and regulations* [*Классификация взрывоопасных зон в национальных и международных стандартах，правилах*]（Moscow：Tiazhpromelectroproyekt，1992），online at http：//aquagroup.ru/normdocs/1232

309 为了将罪名坐实：Voznyak and Troitsky，*Chernobyl*，249；Karpan，*Chernobyl to Fukushima*，126。 475

309 精神状况极其不稳定：A.Smagin 的个人陈述，引自 Grigori Medvedev，*Truth About Chernobyl*，256–57。

309 在这位不幸的技术人员：Voznyak and Troitsky，*Chernobyl*，246。关于最初的审判日期，详情参见《与切尔诺贝利原子能核电厂事故相关的刑事审判的情况汇报》[“О судебном разбирательстве уголовного дела，связанного с аварией на Чернобыльской АЭС”]，1987年2月27日，提交给苏联共产党中央委员会的备忘录，RGANI，opis 53，reel 1.1007，file 58。两个月后的一份后续备忘录指出，延迟审判的另一个原因，是避免审判日期与事故一周年纪念日重合。《与切尔诺贝利原子能核电厂事故相关的刑事审判的情况汇报》[“О судебном разбирательстве уголовного дела，связанного с аварией на Чернобыльской АЭС”]，1987年4月10日，提交给苏联共产党中央委员会的备忘录，RGANI，opis 4，reel 1.989，file 22。

309 玛丽亚·普罗岑科最后一次回到：普罗岑科，本书作者采访，2015年。

310 4月18日：普罗岑科，本书作者采访，2016年。关于标准诊断的精确措辞，参见 Chernousenko，*Insight from the Inside*，163。

310 回到普里皮亚季：L. Kaybysheva，“News panorama” from Chernobyl，*Izvestia*，March 13，1987，translated by BBC Summary of World Broadcasts on March 26，1987；Alexander Sich，“Truth Was an Early Casualty，” Bulletin of Atomic Scientists 52，no. 3（1996）：41。

310 如今独占整座空城的：Felicity Barringer，“A Reporter’s Notebook：A Haunted Chernobyl，” *New York Times*，June 24，1987。

310 成千上万……的清理员：在1987年里，作为清理行动的一部分，约有12万名军职人员在整个隔离区中轮班工作。参见 Yuriy Skaletsky 和 Oleg Nasvit（乌克兰国家安全与防卫委员会）的 “Military liquidators in liquidation of the consequences of Chornobyl NPP accident：myths and realities，” 引自 T. Imanaka，ed.，*Multi-side Approach to the Realities of the Chernobyl NPP Accident*（Kyoto University Press，2008），92。

310 高度污染地区的灰尘：Danilyuk，ed.，“Chernobyl Tragedy，” *Z arkhiviv*，document no. 82：“Special report of the UkSSR KGBM on Kiev and Kiev region to the UkSSR KGB 6th Department concerning the radioactive situation and the progress in works on the cleaning up operation after the accident at the Chernobyl NPS，” May 19，1987。

311 合作工业协会的领导们：V. Gubarev and M. Odinets，“Chernobyl：Two years on，the echo of the ‘zone，’” and commentary by V. A. Masol（chairman of Ukraine’s Council of Ministers）in *Pravda*，April 24，1988，translated by the BBC Summary of World Broadcasts on April 29，1988。

311 与此同时，禁区内的洗劫：Ivan Gladush（事故发生时的乌克兰内务部长）接受 Dmitry Kiyansky 采访，“让我们的博物馆成为唯一的一个，也是最后的一个” [Пусть наш музей будет единственным и последним]，乌克兰《明镜周报》（*Zerkalo nedeli Ukraina*），
476 2000 年 4 月 28 日，https：//zn.ua/society/pust-nash-muzey-budet-edinstvennym-i_poslednim.html.

311 洛加乔夫惊讶地看到：亚历山大·洛加乔夫，接受 Taras Shumeyko 采访，2017 年。

311 丢下的汽车和摩托车：Esaulov，*City That Doesn't Exist*，65；玛丽亚·普罗岑科，本书作者采访，2016 年。

311 随着灾难一周年的纪念日临近：L.Kravchenko 列出了一系列印刷媒体、电视和广播的报道选题，参见《纪念切尔诺贝利核事故一周年的基本宣传措施方案，经中央委员会批准》[*План основных пропагандистских мероприятий в связи с годовщиной аварии на Чернобыльской АЭС*]，1987 年 4 月 10 日，引自 RGANI，opis 53，reel 1.1007，file 27。

311 苏联官方报告：“Annex 7：Medical–Biological Problems，” in “USSR State Committee Report on Chernobyl，” Vienna，August 1986。

312 西方专家：David R. Marples，“Phobia or not，people are ill at Chernobyl，” Globe and Mail（Canada），September 15，1987；Felicity Barringer，“Fear of Chernobyl Radiation Lingers for the People of Kiev，” *New York Times*，May 23，1988。

312 罗伯特·盖尔告诉媒体：Stuart Diamond，“Chernobyl’s Toll in Future at Issue，” *New York Times*，August 29，1986。

312 在这里，事故发生一年多之后：Valeri Slutsky，本书作者采访，2006 年；Felicity Barringer，“Pripyat Journal：Crows and Sensors Watch Over Dead City，” *New York Times*，June 22，1987；Sue Fox，“Young Guardian：Memories of Chernobyl—Some of the things Dr. Robert Gale remembers from the aftermath of the world’s worst nuclear disaster，” *The Guardian*，May 18，1988；Celestine Bohlen，“Chernobyl’s Slow Recovery；Plant Open，but Pripyat Still a Ghost Town，” *Washington Post*，June 21，1987；Thom Shanker，“As Reactors Hum，‘Life Goes On’ at Mammoth Tomb，” *Chicago Tribune*，June 15，1987。

仿佛不知哪天早上：Viktor Haynes and Marco Bojcun，*The Chernobyl Disaster*（London：Hogarth，1988），98。关于那一天何时才会到来，已经不再有人愿意给出答案。“我无法预测未来，”合作工业协会的一位发言人说。“或许十年后，要么就是 15 年。”

十八 审 判

314 对维克托·布留哈诺夫……的审判：Voznyak and Troitsky，*Chernobyl*，244–50。

314 少数国际媒体代表：Martin Walker，“Three Go on Trial After World’ s Worst Atomic Disaster，” *Guardian*，July 7，1987，引自 Schmid，*Producing Power*，205，fn.13。

315 “我认为我没有犯下……那些罪行”：Voznyak and Troitsky，*Chernobyl*，253。

315 穿着一件西装外套：审判的照片，参见“Chernobyl trial” [Черно быльский суд]，切尔诺贝利和普里皮亚季电子档案，2010 年 12 月 18 日，http：//pripyat-city.ru/main/36-chernobylskiy-sud.html.

315 他陈述了：Voznyak and Troitsky，*Chernobyl*，254–55。

315 然而，他对法庭说：布留哈诺夫，法庭证词，引自 Karpan，*Chernobyl to Fukushima*，130–33。 477

316 “这个问题的答案”：同上，第 137 页。

316 “你认为谁有罪？”：同上，第 173 页。

316 总工程师尼古拉·福明：Voznyak and Troitsky，*Chernobyl*，252。

316 他的脸色苍白，淋漓的汗水闪着亮光：庭审过程的影像记录参见“The Chernobyl Trial” [Чернобыльский суд]，online at www.youtube.com/watch?v=BrH2lmP5Wao（accessed May 2018）。

316 他解释说……他因为车祸而严重受伤：Voznyak and Troitsky，*Chernobyl*，259；Karpan，*Chernobyl to Fukushima*，144。

317 一无所知：福明，法庭证词，引自 Karpan，*Chernobyl to Fukushima*，151。

317 “佳特洛夫和阿基莫夫”：福明，法庭证词，同上，第 143 页。

317 在所有出庭的被告中：Voznyak and Troitsky，*Chernobyl*，252；Karpan，*Chernobyl to Fukushima*，162。

317 他说……应当为事故负责：Voznyak and Troitsky，*Chernobyl*，259。

317 尽管遭到几位目击证人的反驳：佳特洛夫，法庭证词，引自 Karpan，*Chernobyl to Fukushima*，155 and 164。他后来在自己的回忆录中承认，自己给这些实习工程师布置了该任务，参见 *How It Was*，49。

317 尽管在被控有罪的人中，没人：Read，*Ablaze*，231。

317 记者被告知：Voznyak and Troitsky，*Chernobyl*，270。

318 然而，许多被传召作证的专家证人：Karpan，*Chernobyl to Fukushima*，205–6；Voznyak and Troitsky，*Chernobyl*，261。

318 法庭于是禁止：Read，*Ablaze*，231–32。

318 7 月 23 日：同上，第 231 页；Voznyak and Troitsky，*Chernobyl*，262–63。

318 “没有理由相信”：同上。

319 他们都意识到：Sorokin，本书作者采访，2016 年。

319 福明接受了罪名：Voznyak and Troitsky，*Chernobyl*，264–68。

319 《石棺：一出悲剧》：William J. Eaton，“Candor Stressed in Stage Account；Soviet Drama Spotlights Chernobyl Incompetence，” *Los Angeles Times*，September 17，1986；Martin Walker，“Moscow Play Pans Nuclear Farce：Piece on Chernobyl Accident to Tour Soviet Cities，” *Guardian*，September 18，1986。

319 “当然了，他们应当被惩罚”：Thom Shanker，“Life Resumes at Chernobyl as Trials Begin，” *Chicago Tribune*，June 16，1987。

319　在某次审判休庭期间：Read，*Ablaze*，233。

319　布里兹法官宣读了他的判决：Voznyak and Troitsky，*Chernobyl*，271。

320　瓦莲京娜・布留哈诺娃昏了过去：维克托・布留哈诺夫和瓦莲京娜・布留哈诺娃，本书作者采访，2016 年；Samodelova，"The private catastrophe of Chernobyl' s director."

320　驶离文化宫：维克托·布留哈诺夫和瓦莲京娜·布留哈诺娃，本书作者采访，2015 年；478 Voznyak and Troitsky，*Chernobyl*，271。"斯托雷平火车"指的是那种用来运送犯人的铁路货车，咸鱼被分发给囚犯，以消除他们的饥饿感。

320　当他最终来到监狱：Samodelova，"Private catastrophe of Chernobyl' s director"；Viktor Brukhanov，interview，"The Incomprehensible Atom" [Непонятый атом]，*Profil*，April 24，2006，www.profile.ru/obshchestvo/item/50192-items-18-814；维克托・布留哈诺夫和瓦莲京娜・布留哈诺娃，本书作者采访，2016 年。

320　随着 1987 年年终将至：Marples，*Social Impact of the Chernobyl Disaster*，226–27 and 235；Baranovska，ed.，*Chernobyl Tragedy*，document no. 372："Information from the Central Committee of the Communist Party of Ukraine to the Central Committee of the CPSU on the status of construction of the city of Slavutych，"August 5，1987；and document no. 373："The letter of V. Scherbitsky to the USSR Council of Ministers about construction shortfalls in the city of Slavutych，" September 21，1987。这座城市最终于 1988 年 4 月迎来了第一批 500 名居民（Reuters，"New Town Opens to Workers from Chernobyl Power Plant，" *New York Times*，April 19，1988）。

320　对斯拉夫蒂奇进行了一次辐射调查：Baranovska，ed.，*Chernobyl Tragedy*，document no. 374："Report of the Joint Commission of USSR ministries and agencies on the radioactive situation in the city of Slavutych，" September 21，1987。

321　三台幸存反应堆中的最后一台：BBC Summary of World Broadcasts，"Chernobyl Nuclear Station Third Set Restart，" summary of Soviet television programming，December 4，1987（translated December 11，1987）。

321　尽管三号机组如今被……隔离开来：Kopchinsky and Steinberg，*Chernobyl*，119–20。即便到了 1990 年，三号机组的屋顶上仍有散落的小片燃料（Karpan，*Chernobyl to Fukushima*，13）。在 1987 年秋天为解决这一问题而进行的种种尝试的细节，参见 Borovoi and Velikhov，*The Chernobyl Experience*，Part 1，114–16。

321　相当于默认了：Schmidt，*Producing Power*，153 and 271n86。

321　有关当局修订了：同上，第 152 页。在当年年底接受一家西德环保杂志的采访时，列加索夫说，在每座电站进行的安全性改装，成本约为 300 万到 500 万美元。BBC Summary of World Broadcasts，"Better safeguards for nuclear stations，" West German Press Agency，November 22，1987（translated on December 4，1987）。

321　真正的改变微乎其微：这份报告指出，从切尔诺贝利事故以来，在苏联的各个核电站发生了 320 次设备故障，其中 160 次导致了反应堆紧急停堆：I.Yastrebov（重工业与电力工程部部长）和 O.Belyakov（国防工业部部长）提交给苏联共产党中央委员会的备忘录，"关于苏联原子能部和中型机械制造部为执行苏联共产党中央委员会 1986 年 7 月 14 日决议而采取措施确保核电厂操作安全的工作情况报告" [О работе Министерства атомной энергетики СССР и Министерства среднего машиностроения СССР по обеспечению безопасности эксплуатации атомных электростанций в свете постановления ЦК КПСС от 14 июля 1986 года о результатах расследования причин аварии на Чернобыльской АЭС]，May 29，1987，in RGANI，opis 53，reel 1.1007，file 61。

321 士气大挫：Danilyuk，ed.，*Z arkhiviv*，document no. 82：“Special report of the UkSSR KGBM,” May 19，1987。

322 在公开场合中，瓦列里·列加索夫：列加索夫于1986年6月发表于《真理报》上的文章，引自 Mould，*Chernobyl Record*，299n12。 479

322 但在私底下：列加索夫录音带，第3盒，第13—14页。

322 他反复住进：Margarita Legasova，“Defenceless Victor,” 引自 Mould，*Chernobyl Record*，304。

322 他提议：Read，*Ablaze*，254。

323 即便是他在切尔诺贝利事故处理中扮演的角色：Vladimir S. Gubarev，“On the Death of V. Legasov,” 节选于 *The Agony of Sredmash* [*Агония Средмаша*]（Moscow：Adademkniga，2006），转引自 Margarita Legasova，*Academician Valery A. Legasov*，343.

323 进行内部重组：同上，第340页。

323 列加索夫以健康不佳的理由：Read，*Ablaze*，256。

324 开始读《圣经》：Legasova，“Defenceless Victor,” in Mould，*Chernobyl Record*，305。

324 使用一台……全新日本产口述录音机：Margarita Legasova，*Academician Valery A. Legasov*，382；Read，*Ablaze*，257。

324 后来，古巴廖夫为了：Read，*Ablaze*，257–58；Gubarev，“On the Death of V. Legasov,” 346。

324 在单独接受……《青春》采访时：Shcherbak，“Report on First Anniversary of Chernobyl,” trans. JPRS，pt. 2，20–21。

325 到了1988年初：Read，*Ablaze*，259–60。

325 那天下午，列加索夫的女儿：因加·列加索夫（Inga Legasov），本书作者采访，2017年。

325 第二天的午餐时间：同上；发现列加索夫死亡的时间引自 *The Mystery of Academician Legasov's Death*。

325 当一位……同事：博罗沃伊，本书作者采访，2015年。

326 “为什么他抛下了我？”：Read，*Ablaze*，261。

326 致开幕词：苏联卫生部长 E.I.Chazov 的“开幕词”，参见国际原子能机构发表的会议记录：“Medical Aspects of the Chernobyl Accident：Proceedings of An All-Union Conference Organized by the USSR Ministry of Health and the All-Union Scientific Centre of Radiation Medicine，USSR Academy of Medical Sciences，and Held in Kiev，11–13 May 1988,” report no. IAEA-TECDOC-516，1989，9–10。生活在受影响地区的成年人和儿童人数，引自 G. M. Avetisov et al.，“Protective Measures to Reduce Population Exposure Doses and Effectiveness of These Measures,” 151。

326 在基辅，即便事故已经过去了两年：Felicity Barringer，“Fear of Chernobyl Radiation Lingers for the People of Kiev,” *New York Times*，May 23，1988。

326 但原子能工业的官老爷们：Kopchinsky and Steinberg，*Chernobyl*，41。

326 “他们带来了极大的伤害”：列昂尼德·伊雷因（Leonid Ilyn），引自 Barringer，“Fear of Chernobyl Radiation Lingers for the People of Kiev.”

327 而这位总书记在意识到：Taubman，*Gorbachev*，235–43。

327 日渐公开的新闻报道：Kotkin，*Armageddon Averted*，68。

327 编辑摘要版本：《说出这些，是我的职责》：V. 列加索夫院士的笔记摘要 [*«Мой*

долг рассказать об этом» Из записок академика В. Легасова],《真理报》,1988年5月20日，译文引自 Mould，*Chernobyl Record*，300。

480 328　两座新建核电站：位于明斯克的核电站被仓促转为一座天然气发电厂。另外一个位于克拉斯诺达尔（Krasnodar）附近的在建工程，则被彻底废弃。参见 Quentin Peel,“Work Abandoned on Soviet Reactor,”*Financial Post*（Toronto）, September 9, 1988; Sich,“Chornobyl Accident Revisited,” 165。

328　尽管有所谓的“开放性”政策：格里戈里·梅德韦杰夫，采访录音文本，1990年6月，2RR。在1989年6月故事全文发表前，其摘要曾于当年3月发表于《共产党人》（*Kommunist*）杂志上。

328　在他亲笔写给总书记的一封信中：萨哈罗夫的信（信上日期为1988年11月）被收入了中央委员会的备忘录《关于A.D.萨哈罗夫院士的信》[*О письме академика А. Д. Сахарова*]，上有中央委员会意识形态部门负责人的签名，1989年1月23日，参见RGANI，opis 53，reel 1.1007，file 81.

328　“任何与……有关的一切”：Grigori Medvedev，“Chernobyl Notebook,” trans. JPRS，1。

328　事实上超过禁区内面积：参见1989年3月披露的污染区域地图，Zhores Medvedev，*Legacy of Chernobyl*，86–88。

328　“开放性最终赢得了胜利”：Charles Mitchell，“New Chernobyl Contamination Charges,” UPI，February 2，1989。

329　那里的土壤深受毒害：Francis X. Clines，“Soviet Villages Voice Fears on Chernobyl,” *New York Times*，July 31，1989。

329　来到了事故现场视察：Gerald Nadler，“Gorbachev Visits Chernobyl,” *UPI*，February 24，1989；Bill Keller，“Gorbachev，at Chernobyl，Urges Environment Plan,” *New York Times*，February 24，1989。

329　绿色世界：“Ukrainian Ecological Association ‘Green World’：About UEA” [*Українська екологічна асоціація «Зелений світ» : Про УЕА*]，www.zelenysvit.org.ua/?page=about.

329　围观群众偏离了给定的脚本：John F. Burns，“A Rude Dose of Reality for Gorbachev,” *New York Times*，February 21，1989。

329　随着事故三周年的临近：Nadler，“Gorbachev Visits Chernobyl”；Remnick，Lenin’s Tomb，245；Zhores Medvedev，*Legacy of Chernobyl*，87。

329　一名成员：BBC Summary of World Broadcasts，“‘Sanctuary’ Designated Around Chernobyl Plant and Animal Mutations Appearing,” summary of TASS news reports on May 19，1989（in English）and July 31，1989（in Russian），translated August 26，1989。

330　被秘密掺入香肠中：David Remnick，“Chernobyl’s Coffin Bonus,” *Washington Post*，November 24，1989；Josephson，*Red Atom*，165–66。中央政治局报告提到了发生在雅罗斯拉夫尔（Yaroslavl）的一起争议事件，这个城市的肉类加工厂被曝光使用污染肉类作为原料。当地官员坚持说，他们只不过是遵照苏联卫生防疫部门的审批行事而已，虽然在刚刚曝光时，他们否认有任何来自切尔诺贝利的肉类曾被运到该地区。参见《有关雅罗斯拉夫尔地区电台报道一事》[*О радиосообщении из Ярославской области*]，苏联共产党中央委员会农业部门负责人的备忘录，1989年12月29日，引自RGANI，opis 53，reel 1.1007，file 87。

330　奇怪的新现象：BBC Summary of World Broadcasts，“‘Sanctuary’ Designated Around
481 Chernobyl Plant” and “An international research centre is to be set up at the Chernobyl AES,” summary of a TASS news report on September 15，1989（translated September 16，

1989）。

330 建造和运行石棺的费用：V. Kholosha and V. Poyarkov，“Economy：Chernobyl Accident Losses，” in Vargo，ed.，*Chornobyl Accident*，215。

330 根据某个对最终损失的估算结果：根据 Kholosha 和 Poyarkov 的估算，从 1986 年到 1997 年，光是乌克兰独自承担的直接和间接损失，总计便高达 1280 亿美元。他们指出，在后苏联时代产生的后续开支的绝大部分，都由乌克兰一力负担。1990 年苏联财政部的官方报告将事故为全苏联带来的直接损失定位 126 亿美元，乌克兰承担了其中的约 30%（Kholosha and Poyarkov，“Economy：Chernobyl Accident Losses，” 220）。戈尔巴乔夫在 1989 年披露的苏联国防预算，修正了之前官方公布的每年 320 亿美元这个较低的数字（“Soviet Military Budget：$128 Billion Bombshell，” *New York Times*，May 31，1989）。

331 在立陶宛，6000 人：Bill Keller，“Public Mistrust Curbs Soviet Nuclear Efforts，” *New York Times*，October 13，1988。

331 在明斯克，一场据媒体报道：1989 年 10 月 1 日的法新社（AFP）报道和 1989 年 10 月 6 日的《苏维埃文化报》（*Sovetskaya Kultura*）报道，摘引自 BBC Summary of World Broadcasts，“The Chernobyl Situation：Other reports，Nuclear Power and Test Sites，” October 30，1989。

331 这场灾难释放出了：Ben A. Franklin，“Report Calls Mistrust a Threat to Atom Power，” *New York Times*，March 8，1987。

331 美国面对着：Serge Schmemann，“Chernobyl and the Europeans：Radiation and Doubts Linger，” *New York Times*，June 12，1988。

332 成为地方对抗莫斯科的焦点问题：Dodd，*Industrial Decision Making and High-Risk Technology*，129–30。

332 800 座核废料处理场：V. Kukhar'，V. Poyarkov，and V. Kholosha，“Radioactive Waste：Storage and Disposal Sites，” in Vargo，ed.，*Chornobyl Accident*，85。

332 即便开出两倍于苏联平均工资的价码：Yuri Risovanny 接受 David R. Maples 的采访，“Revelations of a Chernobyl Insider，” Bulletin of the Atomic Scientists 46，no. 10（1990）：18；Antoshkin，The Role of Aviation，1。

332 60 万 名：Burton Bennett，Michael Repacholi，and Zhanat Carr，eds.，“Health Effects of the Chernobyl Accident and Special Care Programmes，” Report of the UN Chernobyl Forum Expert Group “Health，” World Health Organization，2006，2。

333 专门的诊所：Chernousenko，*Chernobyl：Insight from the Inside*，160。

333 并不情愿将他们的症状与……联系起来：同上，第 163 页。根据苏联国防部发给全苏联征兵中心的一份命令，军队医生不允许在签发给清理员的医疗证明上提及在切尔诺贝利的工作。低于急性辐射综合征致病剂量的辐射，也会被忽略不计（“Explanation by the Central Military Medical Commission of the USSR Ministry of Defense，” no. 205 [July 8， *482*
1987]，引自 Yaroshinskaya，*Chernobyl：Crime Without Punishment*，47）。

334 谢尔盖·沃洛金大尉：沃洛金，本书作者采访，2006 年。

334 一些人死于心脏病：Gusev，Guskova，and Mettler，eds.，*Medical Management of Radiation Accidents*，204–5t12.4。

334 捷利亚特尼科夫少校：“Late Chernobyl Fireman' s Blood Tests to Be Disclosed，” *Japan Times*，April 19，2006；Anna Korolevska，本书作者采访，2015 年。

334 对于其他一些人来说……心理负担：Guskova，*The Country's Nuclear Industry Through the Eyes of a Doctor*，156；巴拉巴诺娃，本书作者采访，2016 年。

334 一家门庭寥落的咖啡厅里：普里亚涅齐尼科夫，本书作者采访，2006 年。

334 “那个看不见的敌人”：安托什金，在 2006 年的 *Battle of Chernobyl* 纪录片中接受采访。

335 当我……拜访两人时：亚历山大·谢甫琴科，本书作者采访，2006 年；纳塔利娅·谢甫琴科，本书作者采访，2015 年。

然而，当他开始：纳塔利娅·谢甫琴科，本书作者采访，2016 年。

十九 大象脚

336 4 月 25 日，星期一，下午：本书作者于 2016 年 4 月 25 日访问普里皮亚季时的见闻；Mycio，*Wormwood Forest*，5。

336 暴露于风吹雨打中：Mycio，*Wormwood Forest*，5–6 and 239。

337 我第一次参观切尔诺贝利核电站：本书作者访问，2016 年 2 月 10 日。

338 伸长了一只手臂发出警报：铜像上的手印是以赫德姆丘克的遗孀纳塔利娅的手为压模留下的（纳塔利娅·赫德姆丘克，本书作者采访，2017 年）。

338 从一开始：Borovoi，“My Chernobyl，” 45–48。

339 尽管充分意识到：博罗沃伊，本书作者采访，2015 年。

339 1986 年秋天：同上；Borovoi，“My Chernobyl，” 86-87。

340 无法找到：Borovoi，“My Chernobyl，” 90-92。

340 16000 吨：Sich，“Chornobyl Accident Revisited，” 241。

340 样本显示：Borovoi and Velikhov，*Chernobyl Experience*：*Part 1*，118–19。

340 却丝毫不在其中：博罗沃伊，本书作者采访，2015 年；Sich，“Chornobyl Accident Revisited，” 326n。

340 通过测量：Borovoi，“My Chernobyl，” 52 and 99–100。

340 1988 年初：Borovoi and Velikhov，*Chernobyl Experience*：*Part 1*，66–71。

340 到 1988 年晚春：Borovoi，“My Chernobyl，” 104–9；博罗沃伊，本书作者采访，2015 年。另参见纪录片 *Inside Chernobyl's Sarcophagus* 中的画面，导演 Edward Briffa（United Kingdom：BBC Horizon，1991）（1996 年重新放映）。

341 只有很少的一部分：在放射性岩浆中发现的铅，只占直升机空投的所有铅的 0.01%（Sich，“Chornobyl Accident Revisited，” 331）。

341 形成了一座座高达 15 米的小丘：Spartak T. Belyayev，Alexandr A. Borovoy，and I. P. Bouzouloukov，“Technical Management on the Chernobyl Site：Status and Future of the ‘Sarcophagus，’” 收录于 European Nuclear Society（ENS），*Nuclear Accidents and the Future of Energy*：*Lessons Learned from Chernobyl*，Proceedings of the ENS International
483 Conference in Paris，France，April 15–17，1991，27，转引自 Sich，“Chornobyl Accident Revisited，” 248n34。

341 一些铅锭：Checherov，“Unpeaceful Atom of Chernobyl.”

341 把自己生生地烧了个一干二净：Sich，“Chornobyl Accident Revisited，” 331。

341 几乎根本没有任何意义：在上面那本书中，对这个问题进行了详细阐述，参见第 243—250 页。

341 但综合体探查行动也表明了：Borovoi and Velikhov，*Chernobyl Experience*：*Part 1*，118；博罗沃伊，本书作者采访，2015 年；Sich，“Chornobyl Accident Revisited，” 332。

342 锆金属包壳：Alexander Sich 估计，在 190.3 吨铀燃料中，约有 71% 从反应堆立井流向地下（“Chornobyl Accident Revisited，” 288）。在书中第 195 页和 409 页提到了下部生物屏障的重量。

342　它烧穿了：同上，293n；Borovoi and Velikhov，*Chernobyl Experience*：*Part 1*，30–31。

342　扩散到南边和东边：Sich 在他的书中给出了 4 股岩浆流的路线图：“Chornobyl Accident Revisited，” 322。

342　它已经烧穿了：博罗沃伊，本书作者采访，2015 年；Sich，“Chornobyl Accident Revisited，” 322。

342　汇成了 15 厘米深的小池：Sich，“Chornobyl Accident Revisited，” 308。

342　当岩浆滴进：同上，第 323 页。根据 Sich 在其他地方的说法，直到 1991 年，事故发生 5 年后，放射性衰变的热量仍令凝固的放射性岩浆保持着热度。另参见第 245 页上的受损四号机组的剖面图。

343　“从目前来看”：专家小组的结论：S. T. Belyaev，A. A. Borovoi，V. G. Volkov et al.，“Technical Validation of the Nuclear Safety of the Shelter” [Техническое обоснование ядерной безопасности объекта Укрытие]，关于综合体探查行动进行的科研工作的报告，1990 年，引自 Borovoi and Velikhov，*Chernobyl Experience*：*Part 1*，147–48。

343　日益被人遗忘：博罗沃伊，本书作者采访，2015 年。

343　到了最后，这些人甚至连内衣都开始短缺：纪录片 *Inside Chernobyl's Sarcophagus* 中的画面内容，1991 年；Borovoi，“My Chernobyl，” 110。

343　令人着迷且极其重要：Borovoi，“My Chernobyl，” 30 and 34。

344　他们分别给这些起了绰号：Borovoi and Velikhov，*Chernobyl Experience*：*Part 1*，119，134，and 141。

344　切尔诺贝利石：博罗沃伊，本书作者采访，2015 年；Sich，本书作者采访，2018 年；Valery Soyfer，“Chernobylite：Technogenic Mineral，” *Khimiya i zhizn*，November 1990，translated in JPRS report JPRS-UCH-91-004：“Science and Technology：USSR Chemistry，” March 27，1991。

344　可能很快便会坍塌：Borovoi，“My Chernobyl，” 37。

344　前核电厂厂长：《关于 V.P. 布留哈诺夫刑事案件的信息》[“Справка по уголовному делу в отношении Брюханова В. П.”]，Yuri Sorokin 个人档案。

344　捷克制造的高级大衣：维克托·布留哈诺夫和瓦莲京娜·布留哈诺娃，本书作者采访，2016 年。 484

345　一封只有两行字的信：S. B. Romazin（苏联最高法院刑事案件委员会主席），信件编号 02DC-36-87，写给 Y.G.Sorokin，1991 年 12 月 26 日，Yuri Sorokin 个人档案。

345　渴望着重返普里皮亚季：维克托·布留哈诺夫和瓦莲京娜·布留哈诺娃，本书作者采访，2016 年。一家报纸 2011 年对布留哈诺夫进行的人物专访写道，他在获释后作为技术部门的负责人重返切尔诺贝利核电厂工作，并且受到了员工的热情欢迎（Samodelova，“The private catastrophe of Chernobyl' s director”）。但他的妻子瓦莲京娜在接受本书作者采访时表示，布留哈诺夫出狱后的第一份工作是在基辅，内容是为一位前同事担任行政助理。

345　最终……维塔利·斯克利亚罗夫：维克托·布留哈诺夫和瓦莲京娜·布留哈诺娃，本书作者采访，2016 年；维塔利·斯克利亚罗夫，本书作者采访，2016 年；维克托·布留哈诺夫，接受 Babakov 采访，《明镜周报》，1999 年。

345　这位下了台的厂长：Read，*Ablaze*，336。

345　前核安全监察员：Samodelova，“The private catastrophe of Chernobyl' s director.”

345　提前获释：Read，*Ablaze*，336。福明被释放的时间（1988 年 9 月 26 日）：“关于 V.P. 布

留哈诺夫刑事案件的信息”，Yuri Sorokin 个人档案。

345　服刑期间：Anatoly Dyatlov，“Why INSAG Has Still Got It Wrong，” *Nuclear Engineering International* 40，no. 494（September 1995）：17；Anatoly Dyatlov，letter to Leonid Toptunov’s parents，Vera and Fyodor，June 1，1989，薇拉・托图诺娃的个人档案。

346　也被提前释放：佳特洛夫被释放的时间（1990 年 10 月 1 日）：《关于 V.P. 布留哈诺夫刑事案件的信息》，Yuri Sorokin 个人档案。

346　顶着能源技术科学研究与设计院（NIKIET）和原子能部的反对：施泰因贝格的个人回忆，引自 Kopchinsky and Steinberg，*Chernobyl*，149–51。

346　一位高级成员：Armen Abagyan，接受 Asahi Shimbun 采访，1990 年 7 月 17 日和 8 月 31 日，引自 Kopchinsky and Steinberg，*Chernobyl*，151。

347　1991 年 5 月：Kopchinsky and Steinberg，*Chernobyl*，152；Read，*Ablaze*，324。

347　“科学上的、技术上的”：施泰因贝格，引自 Read，*Ablaze*，324。

347　“在这些环境因素影响下”：同上。

347　“因此，切尔诺贝利事故”：同上，第 324—325 页。

348　“那些把步枪挂在墙上”：Read，*Ablaze*，325。

348　但原子能工业的大佬们：Kopchinsky and Steinberg，*Chernobyl*，152。

348　“新信息”：国际原子能机构，INSAG-7，16。

349　“在许多方面”：同上，第 22 页。

349　几乎没有引起太多注意：Alexander Sich，本书作者采访，美国俄亥俄州 Steubenville，2018 年 4 月。

349　直到……死于：《A.S. 佳特洛夫生平简介》[*Краткая биография Дятлова А.С.*]，佳特洛夫 *How It Was* 一书前言，第 3 页。

485　349　乌克兰勇气奖章：Karpan，*Chernobyl to Fukushima*，24–25；第 1156/2008 号乌克兰总统令，参见乌克兰总统官方网站 https：//www.president.gov.ua/documents/11562008-8322。

二十　瓦列里・赫德姆丘克之墓

350　直到那年底：纳塔利娅・谢甫琴科，本书作者采访，2015 年和 2016 年。

352　在四号反应堆爆炸近 25 年后：本书作者于 2011 年 2 月 5 日访问了红树林。

353　隔离区的范围也在不断扩张：Mycio，*Wormwood Forest*，68–69；Sergiy Paskevych and Denis Vishnevsky，*Chernobyl：Real World* [*Чернобыль. Реальный мир*]（Moscow：Eksmo，2011）。另参见 Mikhail D. Bondarkov et al.，“Environmental Radiation Monitoring in the Chernobyl Exclusion Zone—History and Results 25 Years After，” *Health Physics* 101，no. 4（October 2011）：442–85。

354　在英国，对……绵羊的销售禁令：Liam O’Brien，“After 26 Years，Farms Emerge from the Cloud of Chernobyl，” *Independent*，June 1，2012。

354　后续研究发现：“Wild Boars Roam Czech Forests—and Some of Them Are Radioactive，” Reuters，February 22，2017。

354　这种现象的首个证据：谢尔盖・加夏克，切尔诺贝利国际放射生态学实验室（Chornobyl International Radioecology Laboratory）科学副主任，本书作者采访，切尔诺贝利隔离区，2011 年 2 月。

354　在苏联解体后：Adam Higginbotham，“Is Chernobyl a Wild Kingdom or a Radioactive Den of Decay？，” *Wired*，April 2011；加夏克，本书作者采访，2011 年。

355 关于禁区奇迹的说法：具体例子参见 Mycio，*Wormwood Forest*，99–116；*Radioactive Wolves*，documentary film，directed by Klaus Feichtenberger（PBS：ORF /epo-film，2011）。

355 然而，关于这一假说的科学证据：对这一研究领域存在的长期争议的讨论，参见 Mary Mycio in "Do Animals in Chernobyl's Fallout Zone Glow？，" *Slate*，January 21，2013。

355 在隔离禁区内收割的冬小麦麦种：Dmitry Grodzinsky，乌克兰国家科学院细胞生物学和遗传工程研究所生物物理及放射生物学部负责人，本书作者采访，基辅，2011 年 2 月。

355 一项 2009 年的研究：Stephanie Pappas，"How Plants Survived Chernobyl，" *Science*，May 15，2009。

355 世界卫生组织依然信心十足地坚称：世界卫生组织、国际原子能机构和联合国开发计划署于 2005 年 9 月 5 日共同发布的新闻稿：《切尔诺贝利事故的真实规模》（Chernobyl：The True Scale of the Accident），摘引自 Petryna，*Life Exposed*，xx。

355 此前数十年的研究表明：Jorgensen，*Strange Glow*，226–30。

355 但一些研究者坚持认为：Grodzinsky，本书作者采访，2011 年。另参见 Anders Pape Møller and Timothy Alexander Mousseau，"Biological Consequences of Chernobyl：20 Years On，" *Trends in Ecology & Evolution 21*，no. 4（April 2006）：200–220。

356 "这是我们想要知道的"：Moller，*author interview*，2011. By 2017，scientists 486
affiliated with the US National Cancer Institute had begun a genome study examining the long-term effect of radiation on a small sample of the population affected by the accident. Dr. Kiyohiko Mabuchi，head of Chernobyl Research Unit，National Cancer Institute，author interview，September 2018.

356 "切尔诺贝利地区并不……那么可怕"：Andrew Osborn，"Chernobyl：The Toxic Tourist Attraction，" *Telegraph*，March 6，2011。

356 有关当局已经容忍了：这些被称为"擅闯者"（squatters）的人，在对 30 公里禁区进行第一次强制疏散后不久，便开始想方设法回到核电厂附近的林区中，他们选择的那些林中小径，很多都曾经在苏联卫国战争期间用于躲避纳粹军队袭击。1988 年，苏联内务部的报告称，980 人已经回到自己的家中居住；根据另一份内务部报告，113 人从来就不曾离开，参见 Anton Borodavka，*Faces of Chernobyl*，2013，19。Borodavka 指出，"核保护区中的土著"这个说法最早源自著名乌克兰诗人 Lina Kostenko（*Faces of Chernobyl*，12）。

356 建造新核电厂的首个合同：这份合同的标的是佐治亚州的弗格特勒（Vogtle）核电厂。参见 Terry Macalister，"Westinghouse Wins First US Nuclear Deal in 30 Years，" *Guardian*，April 9，2008。

356 2011 年 3 月初：这两座新的反应堆是乌克兰政府打算为赫梅利尼茨基（Khmelnitsky）核电厂扩建的三号机组和四号机组。参见"Construction cost of blocks 3 and 4 of Khmelnitsky NPP will be about $4.2 billion" [Стоимость строительства 3 и 4 блоков Хмельницкой АЭС составит около $4，2 млрд]，Interfax，March 3，2011。

357 然而，经历了重重考验的核电，依然顽强地坚守着阵地：现有核电反应堆清单，参见美国核管理委员会的"Operating Nuclear Power Reactors（by Location or Name），"最后更新于 2018 年 4 月 4 日，网址 www.nrc.gov/info-finder/reactors。

357 法国 75% 的电能仍由核电厂发出："法国的核电"，世界核工业联合会，最后更新于 2018 年 6 月，网址 www.world-nuclear.org/information-library/country-profiles/countries-a-f/france.aspx；"中国的核电"，世界核工业联合会，最后更新于 2018 年 5 月，网址 www.world-nuclear.org/information-library/country-profiles/countries-a-f/china-nuclear-power.aspx。

357　据预测，到 2050 年时，人类的能源需求量将翻倍：使用不同预测模型得出的预测结果有很大差异。一个最新预测指出，这种能源需求到 2060 年会翻倍。"World Energy Scenarios 2016：Executive Summary," 世界能源理事会（World Energy Council），网址 https：//www.worldenergy.org/wp-content/uploads/2016/10/World-Energy-Scenarios-2016_Executive-Summary-1.pdf.

357　化石燃料电厂排放出的细颗粒物：United States："The Toll from Coal：An Updated Assessment of Death and Disease from America' s Dirtiest Energy Source," Clean Air Task Force，September 2010，4。

357　即便只是开始正面应对气候变化：Barry W. Brook et al.，"Why Nuclear Energy Is Sustainable and Has to Be Part of the Energy Mix," *Sustainable Materials and Technologies*，volumes 1–2（December 2014）：8–16。

358　从统计数据上来看，比任何一种与之竞争的能源工业："Mortality Rate Worldwide
487 in 2018，by Energy Source（in Deaths Per Terawatt Hours)," Statista .com，www.statista.com/statistics/494425/death-rate-worldwide-by-energy-source；Phil McKenna，"Fossil Fuels Are Far Deadlier Than Nuclear Power," *New Scientist*，March 23，2011。

358　原则上，这些第四代反应堆：对这一理论的详细讨论，参见 Gwyneth Cravens，*Power to Save the World：The Truth About Nuclear Energy*（New York：Vintage Books，2008）；另参见纪录片 *Pandora's Promise*，导演 Robert Stone（Impact Partners，2013）。

358　液态氟化钍反应堆：Robert Hargraves and Ralph Moir，"Liquid Fuel Nuclear Reactors," *Physics and Society*（a newsletter of the American Physical Society），January 2011。

358　2015 年，微软创始人比尔·盖茨：盖茨是泰拉能源（TerraPower）的出资人之一，该公司资助了一系列有关第四代"行波"反应堆（traveling wave reactor）的研究。参见 Richard Martin，"China Details Next-Gen Nuclear Reactor Program," *MIT Technology Review*，October 16，2015；Richard Martin，"China Could Have a Meltdown-Proof Nuclear Reactor Next Year," *MIT Technology Review*，February 11，2016。

358　"煤电的问题已经很清楚了"：Stephen Chen，"Chinese Scientists Urged to Develop New Thorium Nuclear Reactors by 2024," *South China Morning Post*，March 18，2014。

359　"并不像最初担心的那么严重"：世界卫生组织、国际原子能机构和联合国开发计划署，《切尔诺贝利事故的真实规模》（"Chernobyl：The True Scale of the Accident"）http：//www.who.int/mediacentre/news/releases/2005/pr38/en/

359　切尔诺贝利论坛：WHO，"Health Effects of the Chernobyl Accident：An Overview," April 2006，www.who.int/ionizing_radiation/chernobyl/backgrounder/en；Elisabeth Cardis et al.，"Estimates of the Cancer Burden in Europe from Radioactive Fallout from the Chernobyl Accident," *International Journal of Cancer* 119，no. 6（2006）：1224–35。

359　"令人丧失能力的宿命论"：世界卫生组织、国际原子能机构和联合国开发计划署，《切尔诺贝利事故的真实规模》，引自 Petryna，*Life Exposed*，xv。

359　一份跟踪报告中："1986–2016：Chernobyl at 30—An Update," WHO press release，April 25，2016。

360　"基本上这儿没什么可搞的了"：Adriana Petryna，"Nuclear Payouts：Knowledge and Compensation in the Chernobyl Aftermath," *Anthropology Now*，November 19，2009。

360　然而，这些结论：Petryna，*Life Exposed*，xix–xx。

361　她自己一个人和 6 只猫住在：普罗岑科，本书作者采访，2015 年。

361　"这上面仍有辐射的臭味"：同上，2016 年。

361 我找到维克托·布留哈诺夫：维克托·布留哈诺夫和瓦莲京娜·布留哈诺娃，本书作者采访，2015年。

362 “厂长……负有主要责任”：同上；维克托·布留哈诺夫和瓦莲京娜·布留哈诺娃，本书作者采访，2016年。

363 到了2016年4月26日那天早上：本书作者参加了切尔诺贝利事故30周年的纪念仪式，切尔诺贝利核电厂，2016年4月26日。

363 “撒旦沉睡在普里皮亚季之旁”：这首诗是Lina Kostenko的《撒旦沉睡在普里皮亚季之旁》[*На березі Прип'яті спить сатана*]，中译参考了俄语原文和Tetiana Vodianytska的英文译本。 488

364 他谈到了这起事故……的催化剂作用：彼得罗·波罗申科《在切尔诺贝利灾难30周年纪念仪式上的总统致辞》[“Виступ Президента під час заходів у зв'язку з 30-ми роковинами Чорнобильської катастрофи”]，在“新安全壳”施工现场的演讲，2016年4月26日，全文参见乌克兰总统网站：www.president.gov.ua/news/vistup-prezidenta-pid-chas-zahodiv-u-zvyazku-z-30-mi-rokovin-37042.

364 完工时的官方造价：Nicolas Caille（Novarka项目总监），在新安全壳落成典礼上的演讲，切尔诺贝利核电站，2016年11月29日；“Unique Engineering Feat Concluded as Chernobyl Arch Has Reached Resting Place,” EBRD press release, November 29, 2016；Laurin Dodd，本书作者电话采访，2018年5月。

365 “乌克兰人民是坚强的人民”：波罗申科，《在切尔诺贝利灾难30周年纪念仪式上的总统致辞》。

365 6个月后：本书作者参见了“新安全壳”的落成典礼，切尔诺贝利核电厂，2016年11月29日。

366 在莫斯科，最早的那些石棺的建筑师们：博恰罗夫，本书作者采访，2017年；Belyaev，本书作者采访，2017年。

366 “我们合上了一个伤口”：汉斯·布利克斯，在落成典礼上的演讲，切尔诺贝利核电厂，2016年11月29日。

366 无论是人还是机器，都无法：Laurin Dodd，本书作者采访，2018年5月；Artur Korneyev，引自Henry Fountain，“Chernobyl：Capping a Catastrophe,” *New York Times*，April 27，2014。

尾 声

367 阿纳托利·亚历山德罗夫：“Former Academy President Aleksandrov on Chernobyl, Sakharov,” *Ogonek* no. 35，August 1990，6–10，translated by JPRS.

367 尼古拉·安托什金少将：本书作者采访；“Nikolai Timofeyevich Antoshkin,” [Антошкин Николай Тимофеевич] Geroi Strany，www.warheroes.ru/hero/hero.asp?Hero_id=1011.

368 亚历山大·博罗沃伊：Alla Astakhova对亚历山大·博罗沃伊的采访，“The Liquidator,” [Ликвидатор] Itogi 828，no. 17，April 23，2012，www.itogi.ru/obsh-spetzproekt/2012/17/177051.html.

368 跌下权力宝座后：Taubman，Gorbachev，650–663；Mikhail Gorbachev，“Turning Point at Chernobyl,” Project Syndicate，April 14，2006.

369 安格林娜·古斯科娃医生：Guskova，*The Country's Nuclear Industry Through the Eyes of a Doctor*，156.

489 370 总理尼古拉·雷日科夫：US Department of the Treasury，“Treasury Sanctions Russian Officials，Members of the Russian Leadership’s Inner Circle，and an Entity for Involvement in the Situation in Ukraine，” March 20，2014.

370 鲍里斯·谢尔比纳：Andriyanov and Chirskov，*Boris Scherbina*，386–88；Drach，本书作者采访。

370 弗拉基米尔·谢尔比茨基：Rada Scherbitskaya 接受 Sheremeta 的采访，“After Chernobyl，Gorbachev told Vladimir Vasiliyevich，” 2006；Baranovka，ed.，*The Chernobyl Tragedy*，document no. 482：“Resolution on the termination of the criminal case opened February 11，1992，with regard to the conduct of officials and state and public institutions after the Chernobyl NPP accident，” April 24，1993.

371 乌克兰能源部部长：维塔利·斯克利亚罗夫接受 Natalia Yatsenko 的采访，“Vitali Sklyarov，energy advisor to the Ukrainian prime minister：‘What’s happening in our energy sector is self-suffocation，’” [Советник премьер-министра Украины по вопросам энергетики Виталий Скляров：Самоудушение—вот что происходит с нашей энергетикой]，*Zerkalo nedeli Ukraina*，October 7，1994，https：//zn.ua/ECONOMICS/sovetnik_premier-ministra_ukrainy_po_voprosam_energetiki_vitaliy_sklyarov_samoudushenie_-_vot_chto_p.html.

371 接受治疗后：Ekaterina Sazhneva，“The living hero of a dead city” [Живой герой мертвого города]，*Kultura*，February 2，2016，http：//portal-kultura.ru/articles/history/129184-zhivoy-geroy-mertvogo-gorodasazh；Tamara Stadnychenko-Cornelison，“Military engineer denounces handling of Chernobyl Accident，” *The Ukrainian Weekly*，April 26，1992.

371 弗拉基米尔·乌萨坚科：弗拉基米尔·乌萨坚科接受 Oleksandr Hrebet 的采访，“A Chernobyl liquidator talks of the most dangerous nuclear waste repository in Ukraine，” [Ліквідатор аварії на ЧАЕС розповів про найнебезпечніше сховище ядерних відходів в У країні] *Zerkalo nedeli*，December 14，2016，https：//dt.ua/UKRAINE/likvidator-avariyi-na-chaes-rozpoviv-pronaynebezpechnishomu-shovische-yadernih-vidhodiv-v-ukrayini-227461_.html.

372 检察官谢尔盖·扬科夫斯基：谢尔盖·扬科夫斯基，本书作者采访，基辅，2017 年。

372 抽空四号机组地下室积水后：兹博罗夫斯基接受 Babakov 的采访，参见 Gudov，*Special Battalion no. 731*，36，78；John Daniszewski，“Reluctant Ukraine to Shut Last Reactor at Chernobyl，” *Los Angeles Times*，December 14，2000.

索　引

（页码参见本书边码）